第二卷

中华经典藏书

北京出版社

儒学经典
（二）

本 卷 目 录

儒学经典（二）

儒学经典

（二）

春秋左氏传

〔春秋〕 左丘明 撰

隐　公

元　年　经

元年春王正月。

三月，公及邾仪父盟于蔑①。

夏五月，郑伯克段于鄢②。

秋七月，天王使宰咺来归惠公、仲子之赗③。

九月，及宋人盟于宿。

冬十有二月，祭伯来④。

公子益师卒⑤。

元　年　传

惠公元妃孟子。孟子卒，继室以声子，生隐公。

宋武公生仲子。仲子生而有文在其手，曰"为鲁夫人"。故仲子归于我。生桓公而惠公薨，是以隐公立而奉之。

"元年春"，"王"周"正月"。不书即位，摄也。

"三月，公及邾仪父盟于蔑"，邾子克也。未王命，故不书爵。曰"仪父"，贵之也。公摄位而欲求好于邾，故为蔑之盟。

夏四月，费伯帅师城郎⑥。不书，非公命也。

初，郑武公娶于申⑦，曰"武姜"，生庄公及共叔段。庄公寤生⑧，惊姜氏，故名曰"寤生"，遂恶之。爱共叔段，欲立之。亟请于武公，公弗许。及庄公即位，为之请制⑨。公曰："制，岩邑也，虢叔死焉。佗邑唯命。"请京⑩，使居之。谓之"京城大叔"。

祭仲曰："都，城过百雉⑪，国之害也。先王之制：大都，不过参国之一；中，五之一；小，九之一。今京不度，非制也。君将不堪。"公曰："姜氏欲之，焉辟害？"对曰："姜氏何厌之有？不如早为之所，无使滋蔓！蔓，难图也。蔓草犹不可除，况君之宠弟乎？"公曰："多行不义必自毙。子姑待之。"

既而大叔命西鄙、北鄙贰于己⑫。公子吕曰："国不堪贰，君将若之何？欲与大叔，臣请事之；若弗与，则请除之，无生民心。"公曰："无庸，将自及。"大叔又收贰以为己邑，至于廪延。子封曰："可矣！厚将得众。"公曰："不义，不暱。厚将崩。"

大叔完、聚⑬，缮甲、兵，具卒、乘，将袭郑。夫人将启之。公闻其期，曰："可矣！"命子封帅车二百乘以伐京。京叛大叔段，段入于鄢。公伐诸鄢。五月辛丑，大叔出奔共。

书曰："郑伯克段与鄢。"段不弟，故不言"弟"。如二君，故曰"克"。称"郑伯"，讥失教也：谓之郑志。不言"出奔"，难之也。

遂寘姜氏于城颍[14]，而誓之曰："不及黄泉，无相见也！"既而悔之。

颍考叔为颍谷封人[15]，闻之，有献于公。公赐之食。食舍肉，公问之。对曰："小人有母，皆尝小人之食矣，未尝君之羹。请以遗之。"公曰："尔有母遗，繄我独无！"颍考叔曰："敢问何谓也？"公语之故，且告之悔。对曰："君何患焉？若阙地及泉，隧而相见，其谁曰不然！"公从之。公入而赋："大隧之中，其乐也融融。"姜出而赋："大隧之外，其乐也泄泄。"遂为母子如初。

君子曰："颍考叔，纯孝也。爱其母，施及庄公。《诗》曰：'孝子不匮，永锡尔类。'其是之谓乎！"

"秋七月，天王使宰咺来归惠公、仲子之赗。"缓，且子氏未薨，故名。

天子七月而葬，同轨毕至；诸侯五月，同盟至；大夫三月，同位至；士逾月，外姻至。赠死不及尸，吊生不及哀，豫凶事，非礼也。

八月，纪人伐夷。夷不告，故不书。

有蜚，不为灾，亦不书。

惠公之季年，败宋师于黄。公立而求成焉。"九月，及宋人盟于宿"，始通也。

冬十月庚申，改葬惠公。公弗临，故不书。

惠公之薨也，有宋师，大子少，葬故有阙。是以改葬。卫侯来会葬，不见公，亦不书。

郑共叔之乱，公孙滑出奔卫[16]。卫人为之伐郑，取廪延。郑人以王师、虢师伐卫南鄙。请师于邾，邾子使私于公子豫[17]。豫请往，公弗许。遂行，及邾人、郑人盟于翼。不书，非公命也。

新作南门，不书，亦非公命也。

"十二月，祭伯来"，非王命也。

众父卒，公不与小敛，故不书日。

二　年　经

二年春，公会戎于潜。

夏五月，莒人入向。

无骇帅师入极[18]。

秋八月庚辰，公及戎盟于唐[19]。

九月，纪裂繻来逆女[20]。

冬十月，伯姬归于纪[21]。

纪子帛、莒子盟于密。

十有二月乙卯，夫人子氏薨。

郑人伐卫。

二　年　传

"二年春，公会戎于潜"，修惠公之好也。戎请盟，公辞。

莒子娶于向。向姜不安莒而归。夏，莒人入向，以姜氏还。

司空无骇入极，费庈父胜之。

戎请盟。秋，盟于唐，复修戎好也。

"九月，纪裂繻来逆女。"卿为君逆也。

"冬，纪子帛、莒子盟于密。"鲁故也。

"郑人伐卫"，讨公孙滑之乱也。

三 年 经

三年春王二月己巳，日有食之。

三月庚戌，天王崩。

夏四月辛卯，君氏卒。

秋，武氏子来求赙㉒。

八月庚辰，宋公和卒㉓。

冬十有二月，齐侯、郑伯盟于石门。

癸未，葬宋穆公。

三 年 传

三年春王三月壬戌，平王崩。赴以"庚戌"㉔，故书之。

"夏，君氏卒"，声子也。不赴于诸侯，不反哭于寝，不祔于姑㉕，故不曰"薨"。不称夫人，故不言葬，不书姓。为公故，曰"君氏"。

郑武公、庄公为平王卿士。王贰于虢㉖，郑伯怨王。王曰："无之。"故周、郑交质。王子狐为质于郑，郑公子忽为质于周。王崩，周人将畀虢公政㉗。四月，郑祭足帅师取温之麦㉘。秋，又取成周之禾。周、郑交恶。

君子曰："信不由中，质无益也。明恕而行，要之以礼，虽无有质，谁能间之？苟有明信，涧、溪、沼、沚之毛，蘋、蘩、蕰藻之菜，筐、筥、锜、釜之器，潢、汙、行潦之水，可荐于鬼神，可羞于王公㉙，而况君子结二国之信，行之以礼，又焉用质？《风》有《采蘩》、《采蘋》，《雅》有《行苇》、《泂酌》，昭忠信也。"

"武氏子来求赙"，王未葬也。

宋穆公疾，召大司马孔父而属殇公焉㉚，曰："先君舍与夷而立寡人，寡人弗敢忘。若以大夫之灵，得保首领以没，先君若问与夷，其将何辞以对？请子奉之，以主社稷。寡人虽死，亦无悔焉！"对曰："群臣愿奉冯也㉛。"公曰："不可！先君以寡人为贤，使主社稷。若弃德不让，是废先君之举也，岂曰能贤？光昭先君之令德，可不务乎？吾子其无废先君之功！"使公子冯出居于郑。八月庚辰，宋穆公卒，殇公即位。

君子曰："宋宣公可谓知人矣！立穆公，其子飨之，命以义夫！《商颂》曰：'殷受命咸宜，百禄是荷。'其是之谓乎！"

"冬，齐、郑盟于石门"，寻卢之盟也。庚戌，郑伯之车偾于济㉜。

卫庄公娶于齐东宫得臣之妹㉝，曰庄姜，美而无子，卫人所为赋《硕人》也。又娶于陈㉞，曰厉妫，生孝伯，早死。其娣戴妫生桓公，庄姜以为己子。

公子州吁，嬖人之子也㉟，有宠而好兵。公弗禁。庄姜恶之。石碏谏曰㊱："臣闻：爱子，教子以义方，弗纳于邪。骄、奢、淫、泆㊲，所自邪也。四者之来，宠禄过也。将立州吁，乃定之矣；若犹未也，阶之为祸。夫宠而不骄、骄而能降、降而不憾、憾而能眕者㊳，鲜矣。且夫贱妨贵，少陵长③，远间亲，新间旧，小加大，淫破义，所谓六逆也；君义，臣行，父慈，子孝，兄爱，弟敬，所谓六顺也。去顺效逆，所以速祸也。君人者将祸是务去，而速之，无乃不可乎！"弗听。其子厚与州吁游，禁之，不可。桓公立，乃老。

四 年 经

四年春王二月，莒人伐杞，取牟、娄。

戊申，卫州吁弑其君完。

夏，公及宋公遇于清。

宋公、陈侯、蔡人、卫人伐郑。

秋，翚帅师会宋公、陈侯、蔡人、卫人伐郑④。

九月，卫人杀州吁于濮。

冬十有二月，卫人立晋。

四 年 传

四年春，卫州吁弑桓公而立。

公与宋公为会，将寻宿之盟。未及期，卫人来告乱。

夏，公及宋公遇于清。

宋殇公之即位也。公子冯出奔郑；郑人欲纳之。及卫州吁立，将修先君之怨于郑，而求宠于诸侯，以和其民；使告于宋曰："君若伐郑以除君害，君为主，敝邑以赋与陈、蔡从，则卫国之愿也。"宋人许之。于是陈、蔡方睦于卫，故宋公、陈侯、蔡人、卫人伐郑，围其东门，五日而还。

公问于众仲曰④："卫州吁其成乎？"对曰："臣闻以德和民，不闻以乱。以乱，犹治丝而棼之也②。夫州吁，阻兵而安忍。阻兵，无众；安忍，无亲。众叛亲离，难以济矣③。夫兵犹火也，弗戢④，将自焚也。夫州吁弑其君而虐用其民，于是乎不务令德，而欲以乱成，必不免矣！"

秋，诸侯复伐郑。宋公使来乞师，公辞之。羽父请以师会之，公弗许；固请而行。故书曰"翚帅师"，疾之也。诸侯之师败郑徒兵，取其禾而还。

州吁未能和其民，厚问定君于石子⑤。石子曰："王觐为可⑥。"曰："何以得觐？"曰："陈桓公方有宠于王。陈、卫方睦，若朝陈使请，必可得也。"厚从州吁如陈。石碏使告于陈曰："卫国褊小⑦。老夫耄矣，无能为也。此二人者，实弑寡君。敢即图之！"陈人执之，而请莅于卫。九月，卫人使右宰丑莅杀州吁于濮，石碏使其宰獳羊肩莅杀石厚于陈⑧。

君子曰："石碏，纯臣也。恶州吁而厚与焉。'大义灭亲'，其是之谓乎！"

卫人逆公子晋于邢。冬十二月，宣公即位。书曰"卫人立晋"，众也。

五 年 经

五年春，公矢鱼于棠。

夏四月，葬卫桓公。

秋，卫师入郕。

　　九月，考仲子之宫。初献六羽。

　　邾人、郑人伐宋。

　　螟。

　　冬十有二月辛巳，公子彄卒。

　　宋人伐郑，围长葛。

五 年 传

　　五年春，公将如棠观鱼者。臧僖伯谏曰㊽："凡物不足以讲大事，其材不足以备器用，则君不举焉。君，将纳民于轨、物者也。故讲事以度轨量谓之轨㊿，取材以章物采谓之物㊿。不轨不物，谓之乱政。乱政亟行，所以败也。故春蒐、夏苗、秋狝、冬狩㊿，皆于农隙以讲事也。三年而治兵，入而振旅㊿，归而饮至㊿，以数军实。昭文章，明贵贱，辨等列，顺少长，习威仪也。鸟兽之肉不登于俎，皮革、齿牙、骨角、毛羽不登于器，则公不射，古之制也。若夫山林、川泽之实，器用之资，皂隶之事㊿，官司之守，非君所及也。"公曰："吾将略地焉。"遂往，陈鱼而观之。僖伯称疾不从。书曰"公矢鱼于棠"，非礼也，且言远地也。

　　曲沃庄伯以郑人、邢人伐翼，王使尹氏、武氏助之。翼侯奔随。

　　夏，葬卫桓公。卫乱，是以缓。

　　四月，郑人侵卫牧，以报东门之役，卫人以燕师伐郑，郑祭足、原繁、洩驾以三军军其前，使曼伯与子元潜军军其后。燕人畏郑三军而不虞制人。六月，郑二公子以制人败燕师于北制。君子曰："不备不虞㊿。不可以师。"

　　曲沃叛王。秋，王命虢公伐曲沃，而立哀侯于翼。

　　卫之乱也，郕人侵卫，故卫师入郕。

　　九月，考仲子之宫，将万焉。公问羽数于众仲，对曰："天子用八，诸侯用六，大夫四，士二。夫舞，所以节八音而行八风，故自八以下。"公从之。于是初献六羽，始用六佾也。

　　宋人取邾田。邾人告于郑曰："请君释憾于宋㊿，敝邑为道。"郑人以王师会之，伐宋，入其郛㊿，以报东门之役。

　　宋人使来告命。公闻其入郛也，将救之，问于使者曰："师何及？"对曰："未及国。"公怒，乃止，辞使者曰："君命寡人同恤社稷之难。今问诸使者，曰'师未及国'，非寡人之所敢知也！"

　　冬十二月辛巳，臧僖伯卒。公曰："叔父有憾于寡人。寡人弗敢忘！"葬之加一等。

　　宋人伐郑，围长葛，以报入郛之役也。

六 年 经

　　六年春，郑人来渝平。

　　夏五月辛酉，公会齐侯盟于艾。

　　秋七月。

　　冬，宋人取长葛。

六 年 传

　　"六年春，郑人来渝平"，更成也。

翼九宗五正顷父之子嘉父逆晋侯于随⁵⁹，纳诸鄂，晋人谓之鄂侯。

"夏，盟于艾"，始平于齐也。

五月庚申，郑伯侵陈，大获。

往岁，郑伯请成于陈，陈侯不许。五父谏曰："亲仁善邻，国之宝也。君其许郑！"陈侯曰："宋、卫实难，郑何能为？"遂不许。

君子曰："善不可失，恶不可长，其陈桓公之谓乎！长恶不悛，从自及也。虽欲救之，其将能乎！《商书》曰：'恶之易也，如火之燎于原，不可乡迩，其犹可扑灭？'周任有言曰：'为国家者，见恶如农夫之务去草焉，芟夷蕰崇之⁶⁰，绝其本根，勿使能殖，则善者信矣。'"

秋，宋人取长葛。

冬，京师来告饥，公为之请籴于宋、卫、齐、郑，礼也。

郑伯如周，始朝桓王也。王不礼焉。周桓公言于王曰："我周之东迁，晋、郑焉依。善郑以劝来者，犹惧不蔇⁶¹，况不礼焉？郑不来矣。"

七 年 经

七年春王三月，叔姬归于纪。

滕侯卒。

夏，城中丘。

齐侯使其弟年来聘。

秋，公伐邾。

冬，天王使凡伯来聘。戎伐凡伯于楚丘以归。

七 年 传

"七年春，滕侯卒。"不书名，未同盟也。凡诸侯同盟，于是称名，故薨则赴以名，告终、称嗣也。以继好息民，谓之礼经。

"夏，城中丘。"书，不时也。

齐侯使夷仲年来聘，结艾之盟也。

秋，宋及郑平。七月庚申，盟于宿。公伐邾，为宋讨也。

初，戎朝于周，发币于公卿⁶²，凡伯弗宾。冬，王使凡伯来聘。还，戎伐之于楚丘以归。

陈及郑平。十二月，陈五父如郑莅盟。壬申，及郑伯盟，歃如忘⁶³。洩伯曰："五父必不免，不赖盟矣。"

郑良佐如陈莅盟，及陈侯盟，亦知陈之将乱也。

郑公子忽在王所，故陈侯请妻之。郑伯许之，乃成昏。

八 年 经

八年春，宋公、卫侯遇于垂⁶⁴。

三月，郑伯使宛来归祊⁶⁵。庚寅，我入祊。

夏六月己亥，蔡侯考父卒。

辛亥，宿男卒。

秋七月庚午，宋公、齐侯、卫侯盟于瓦屋。

八月，葬蔡宣公。

九月辛卯，公及莒人盟于浮来。

螟。

冬十有二月，无骇卒。

八 年 传

八年春，齐侯将平宋、卫，有会期。宋公以币请于卫，请先相见。卫侯许之，故遇于犬丘⑤。

郑伯请释泰山之祀而祀周公，以泰山之祊易许田。"三月，郑伯使宛来归祊"，不祀泰山也。

夏，虢公忌父始作卿士于周。

四月甲辰，郑公子忽如陈逆妇妫。辛亥，以妫氏归。甲寅，入于郑。陈铖子送女⑤。先配而后祖。铖子曰："是不为夫妇，诬其祖矣。非礼也，何以能育？"

齐人卒平宋、卫于郑。秋，会于温，盟于瓦屋，以释东门之役，礼也。

八月丙戌，郑伯以齐人朝王，礼也。

公及莒人盟于浮来，以成纪好也。

冬，齐侯使来，告成三国。公使众仲对曰："君释三国之图以鸠其民，君之惠也。寡君闻命矣，敢不承受君之明德！"

无骇卒，羽父请谥与族。公问族于众仲。众仲对曰："天子建德，因生以赐姓，胙之土而命之氏⑧。诸侯以字为谥，因以为族。官有世功，则有官族。邑亦如之。"公命以字为展氏。

九 年 经

九年春，天王使南季来聘。

三月癸酉，大雨，震电。

庚辰，大雨雪。

挟卒⑩。

夏，城郎。

秋七月。

冬，公会齐侯于防。

九 年 传

九年春王三月癸酉，大雨霖以"震"。书始也。"庚辰，大雨雪"，亦如之。书，时失也。凡雨，自三日以往为霖。平地尺为大雪。

"夏，城郎。"书，不时也。

宋公不王⑦。郑伯为王左卿士，以王命讨之，伐宋。宋以入郕之役怨公，不告命。公怒，绝宋使。

秋，郑人以王命来告伐宋。

冬，公会齐侯于防，谋伐宋也。

北戎侵郑。郑伯御之，患戎师，曰："彼徒我车，惧其侵轶我也⑦。"公子突曰⑫："使勇而无刚者尝寇而速去之，君为三覆以待之。戎轻而不整，贪而无亲；胜不相让，败不相救。先者见获，必务进；进而遇覆，必速奔；后者不救，则无继矣。乃可以逞⑬。"从之。戎人之前遇覆者奔，祝聃逐之⑭；衷戎师，前后击之，尽殪。戎师大奔。十一月甲寅，郑人大败戎师。

十 年 经

十年春王二月，公会齐侯、郑伯于中丘。

夏，翬帅师会齐人、郑人伐宋。

六月壬戌，公败宋师于菅。辛未，取郜。辛巳，取防。

秋，宋人、卫人入郑。宋人、蔡人、卫人伐戴。郑伯伐取之。

冬十月壬午，齐人、郑人入郕。

十 年 传

十年春王正月，公会齐侯、郑伯于中丘。癸丑，盟于邓，为师期。

夏五月，羽父先会齐侯、郑伯伐宋。

六月戊申，公会齐侯、郑伯于老桃。壬戌，公败宋师于菅。庚午，郑师入郜。辛未，归于我。庚辰，郑师入防。辛巳，归于我。

君子谓郑庄公于是乎可谓正矣，以王命讨不庭，不贪其土，以劳王爵，正之体也。

蔡人、卫人、郕人不会王命。

秋七月庚寅，郑师入郊，犹在郊。宋人、卫人入郑，蔡人从之伐戴。八月壬戌，郑伯围戴。癸亥，克之，取三师焉。宋、卫既入郑，而以伐戴召蔡人，蔡人怒，故不和而败。

九月戊寅，郑伯入宋。

"冬，齐人、郑人入郕"，讨违王命也。

十 一 年 经

十有一年春，滕侯、薛侯来朝。

夏，公会郑伯于时来⑮。

秋七月壬午，公及齐侯、郑伯入许。

冬，十有一月壬辰，公薨。

十 一 年 传

十一年春，滕侯、薛侯来朝，争长⑯。薛侯曰："我先封。"滕侯曰："我，周之卜正也。薛，庶姓也，我不可以后之。"

公使羽父请于薛侯曰："君与滕君辱在寡人。周谚有之曰：'山有木，工则度之；宾有礼，主则择之。'周之宗盟，异姓为后。寡人若朝于薛，不敢与诸任齿。君若辱贶寡人^{⑦⑦}，则愿以滕君为请。"

薛侯许之，乃长滕侯。

"夏，公会郑伯于郲"，谋伐许也。

郑伯将伐许。五月甲辰，授兵于大宫。公孙阏与颍考叔争车^{⑦⑧}，颍考叔挟辀以走^{⑦⑨}，子都拔棘以逐之。及大逵，弗及，子都怒。

秋七月，公会齐侯、郑伯伐许。庚辰，傅于许。颍考叔取郑伯之旗蝥弧以先登^{⑧⑩}，子都自下射之；颠。瑕叔盈又以蝥弧登，周麾而呼曰："君登矣！"郑师毕登。壬午，遂入许。许庄公奔卫。

齐侯以许让公。公曰："君谓许不共，故从君讨之。许既伏其罪矣，虽君有命，寡人弗敢与闻。"乃与郑人。

郑伯使许大夫百里奉许叔以居许东偏，曰："天祸许国，鬼神实不逞于许君，而假手于我寡人。寡人唯是一二父兄不能共亿^{⑧①}，其敢以许自为功乎？寡人有弟，不能和协，而使糊其口于四方，其况能久有许乎？吾子其奉许叔以抚柔此民也，吾将使获也佐吾子。若寡人得没于地，天其以礼悔祸于许，无宁兹许公复奉其社稷。唯我郑国之有请谒焉，如旧昏媾，其能降以相从也？无滋他族实偪处此，以与我郑国争此土也。吾子孙覆亡之不暇，而况能禋祀许乎^{⑧②}？寡人之使吾子处此，不唯许国之为，亦聊以固吾圉也^{⑧③}。"乃使公孙获处许西偏，曰："凡而器用财贿，无寘于许。我死，乃亟去之！吾先君新邑于此。王室而既卑矣，周之子孙日失其序。夫许，大岳之胤也；天而既厌周德矣，吾其能与许争乎？"

君子谓郑庄公于是乎有礼。礼，经国家，定社稷，序民人，利后嗣者也。许无刑而伐之，服而舍之，度德而处之，量力而行之；相时而动，无累后人，可谓知礼矣！

郑伯使卒出豭^{⑧④}，行出犬、鸡^{⑧⑤}，以诅射颍考叔者。

君子谓郑庄公失政刑矣。政以治民，刑以正邪。既无德政，又无威刑，是以及邪。邪而诅之，将何益矣！

王取邬、刘、芴、邘之田于郑^{⑧⑥}，而与郑人苏忿生之田——温、原、絺、樊、隰郕、欑茅、向、盟、州、陉、隤、怀^{⑧⑦}。

君子是以知桓王之失郑也。恕而行之，德之则也，礼之经也。己弗能有，而以与人；人之不至，不亦宜乎！

郑、息有违言。息侯伐郑，郑伯与战于竟。息师大败而还。

君子是以知息之将亡也。不度德，不量力，不亲亲，不征辞，不察有罪：犯五不韪，而以伐人，其丧师也，不亦宜乎？

冬十月，郑伯以虢师伐宋。壬戌，大败宋师，以报其入郑也。

宋不告命，故不书。凡诸侯有命，告则书，不然则否。师出臧否^{⑧⑧}，亦如之。虽及灭国，灭不告败，胜不告克，不书于策。

羽父请杀桓公，将以求大宰。公曰："为其少故也，吾将授之矣。使营菟裘^{⑧⑨}，吾将老焉。"羽父惧，反谮公于桓公而请弑之。

公之为公子也，与郑人战于狐壤，止焉。郑人囚诸尹氏。赂尹氏，而祷于其主钟巫；遂与尹氏归，而立其主。十一月，公祭钟巫，齐于社圃，馆于寪氏^{⑨⑩}。壬辰，羽父使贼弑公于寪氏，立桓公，而讨寪氏，有死者。不书葬，不成丧也。

①邾：国名，曹姓。初都今曲阜县东南，后都今邹县东南。　　仪父：邾君之子，名克。　　蔑：鲁地，故城在今山东省泗水县东四十五里。

②郑：国名，姬姓。　　郑伯：郑庄公。　　段：郑庄公同母弟。　　鄢：地名，在今河南省鄢陵县北。

③天王：周平王。　　宰：官名。　　咺（xuān，音宣）：人名。　　归：同馈。　　仲子：惠公夫人。　　赗（fēng，音风）：送给丧家送葬之物。

④祭（zhài，音债）伯：王朝卿士，祭为其食邑，在今河南郑州市东北。

⑤益师：鲁孝公之子，字众父。

⑥费（fèi，音肺）伯：指鲁大夫费庈（qín，音琴），费为其食邑，在今山东省鱼台县西南。　　郎：地名，在今山东省鱼台县东北。

⑦申：国名，姜姓。故城在今河南省南阳市。

⑧寤（wǔ，音午）生：难产，犹言逆生，足先出。

⑨制：地名，在今河南省荥阳县汜水，一名虎牢关。

⑩京：故城在今荥阳县东南二十余里。

⑪雉：三堵为一雉，高一丈、长一丈为一堵，高一丈、长三丈为三堵，即一雉。

⑫鄙：边境。　　贰：两属。

⑬完：缮治城郭。　　聚：聚集粮草。

⑭城颍（yǐng，音颖）：郑地，在今河南省登封县西南。

⑮封人：管理土地疆界的官吏。

⑯公孙滑：共叔段之子。

⑰公子豫：鲁大夫。

⑱无骇：鲁国之卿。　　极：鲁之附庸国，在今山东省金乡县南。

⑲唐：此为鲁国之唐，在今山东省鱼台县东北。

⑳裂繻（xū，音须）：纪国之卿。　　逆：迎娶。

㉑伯姬：鲁惠公长女。

㉒武氏子：武氏是周室之大夫。　　赙（fù，音附）：助丧之财物。

㉓宋公和：宋穆公。

㉔赴：今作讣，告丧。

㉕祔（fù，音付）：新死者附祭于先祖。　　姑：丈夫的母亲。

㉖虢：指西虢公。

㉗畀（bì，音敝）：给予。

㉘祭足：即祭仲。　　温：周王畿内小国，在今河南省温县南。

㉙羞：进献。

㉚属：嘱托。　　殇公：宣公之子与夷。

㉛冯：亦作凭，穆公之子庄公。

㉜偾（fèn，音奋）：仆倒。

㉝东宫：太子所居，故名东宫。　　得臣：齐庄公之太子，是嫡长子。

㉞陈：国名，妫姓。在今河南省开封市以东，安徽省亳县以北，均为其国土。

㉟嬖（bì，音闭）：得到宠信者。

㊱石碏（què，音鹊）：卫大夫。

㊲佚：通逸。

㊳降：暗指庄公死后，继位的是太子完，那么州吁的地位必定不如以前。　　憾（hàn，音含）：恨。　　畛（zhěn，音诊）：安重镇定貌。

㊴陵：侵。

㊵翚（huī，音挥）：鲁大夫公子翚，字羽父。

㊶众仲：鲁大夫。

㊷棼（fén，音汾）：纷乱。

㊸济：成功。

㊹戢（jí，音缉）：藏兵。止，敛。

㊺厚：石厚，石碏之子，州吁党羽。　　　石子：石碏。

㊻觐（jìn，音近）：诸侯朝见天子。

㊼褊（biǎn，音贬）：小。

㊽宰：古代卿大夫有家臣，家臣之长称宰。　　　獳（nòu，音耨）羊肩：人名。

㊾臧僖伯：即公子彄，孝公之子。

㊿度（duó，音铎）：正。　　　轨量：法度。

51章：明。

52蒐（sōu，音搜）：田猎名。　　　狝（xiǎn，音显）：田猎名。

53振旅：整军。

54饮至：国君出外，行时需告于宗庙，回来亦必告于宗庙，并且慰劳随从者，这种仪式称饮至。

55皂（zào，音皂）隶：古代贱役。

56虞：料想。

57释憾：以打击报复的方式泄忿。

58郛（fú，音孚）：外城。

59翼：地名，顷父、嘉父所居住地。　　　九宗五正：官名。

60芟（shān，音山）夷：除草。　　　蕰（yùn，音运）崇：堆积草于苗根，让其发酵肥田。

61暨：同暨。及，至。

62币：玉、马、皮、圭、璧、帛，统称币。

63歃（shà，音煞）：盟约时，以口微饮牛血。

64垂：卫地，在今山东省曹县北句阳店。

65祊（bēng，音崩）：郑邑，在今山东省费县东。

66犬丘：即垂。

67陈铖（zhēn，音针）子：陈国大夫。

68胙（zuò，音作）：赐予。

69挟：鲁大夫名。

70不王：不朝。

71侵轶：突然从后面超越而来侵犯我的意思。

72公子突：即后来的郑厉公。

73逞：可以解除忧患。

74祝聃（dān，音耽）：郑大夫。

75时来：地名，在今河南省郑州市北三十里。

76争长：争行礼的先后。

77贶（kuàng，音况）：赐与，加惠。

78阏（è，音遏）：公孙阏，郑大夫。

79辀（zhōu，音舟）：车辕，小车居中的弯曲车杠。

80蝥（zhē，音遮）弧：郑伯旗名。

81共亿：相安。

82禋（yīn，音因）：诚敬而清洁以祀祭。

83圉（yǔ，音语）：边疆。

84卒：百人。　　　豭（jiā，音加）：雄猪。

85行（háng，音杭）：二十五人为行。

86芣（wěi，音伟）：邑名，在今河南省孟津县东北。　　　邘（yú，音于）：邑名，在今河南省沁阳县西北。

87郗（chī，音痴）：地名，在今河南省沁阳县西稍南三十里的故郗城。　　　隤（tuí，音颓）：地名，在今河南省获嘉县北约二十里。

88臧否（pǐ，音痞）：指善恶得失。

89营：营造。　　　菟（tú，音徒）裘：嬴姓之国。

⑨窍（wěi，音委）氏：鲁大夫。

桓　公

元　年　经

元年春王正月，公即位。

三月，公会郑伯于垂，郑伯以璧假许田①。

夏四月丁未，公及郑伯盟于越。

秋，大水。

冬十月。

元　年　传

元年春，公即位。修好于郑。郑人请复祀周公，卒易祊田②。公许之。三月，郑伯以璧假许田，为周公、祊故也③。

"夏四月丁未，公及郑伯盟于越。"结祊成也。盟曰："渝盟④，无享国！"

"秋，大水。"凡平原出水为大水。

冬，郑伯拜盟。

宋华父督见孔父之妻于路⑤，目逆而送之，曰："美而艳！"

二　年　经

二年春王正月戊申，宋督弑其君与夷及其大夫孔父。

滕子来朝。⑥。

三月，公会齐侯、陈侯、郑伯于稷，以成宋乱。

夏四月，取郜大鼎于宋⑦。戊申，纳于大庙。

秋七月，杞侯来朝。

蔡侯、郑伯会于邓⑧。

九月，入杞。

公及戎盟于唐。

冬，公至自唐。

二　年　传

二年春，宋督攻孔氏，杀孔父而取其妻。公怒。督惧，遂弑殇公。君子以督为有无君之心，而后动于恶，故先书"弑其君"。

会于稷，以成宋乱，为赂故，立华氏也。

宋殇公立，十年十一战，民不堪命。孔父嘉为司马，督为大宰，故因民之不堪命，先宣言曰："司马则然。"已杀孔父而弑殇公，召庄公于郑而立之，以亲郑。以郜大鼎赂公，齐、陈、郑皆有赂，故遂相宋公。

"夏四月，取郜大鼎于宋。戊申，纳于大庙。"非礼也。臧哀伯谏曰："君人者，将昭德塞违，以临照百官，犹惧或失之，故昭令德以示子孙。是以清庙茅屋，大路越席，大羹不致，粢食不凿⑨，昭其俭也。衮、冕、黻、珽⑩，带、裳、幅、舄⑪，衡、纮、紞、綖⑫，昭其度也。藻、率、鞞、鞛⑬，鞶、厉、游、缨⑭，昭其数也。火、龙、黼、黻⑮，昭其文也。五色比象，昭其物也。钖、鸾、和、铃⑯，昭其声也。三辰旂旗，昭其明也。夫德，俭而有度，登降有数，文、物以纪之，声、明以发之，以临照百官。百官于是乎戒惧，而不敢易纪律。今灭德立违，而寘其赂器于大庙⑰，以明示百官。百官象之，其又何诛焉？国家之败，由官邪也。官之失德，宠赂章也。郜鼎在庙，章孰甚焉？武王克商，迁九鼎于雒邑⑱，义士犹或非之，而况将昭违乱之赂器于大庙，其若之何？"公不听。

周内史闻之，曰："臧孙达其有后于鲁乎！君违，不忘谏之以德。"

秋七月，杞侯来朝，不敬。杞侯归，乃谋伐之。

"蔡侯、郑伯会于邓"，始惧楚也。

"九月，入杞"，讨不敬也。

"公及戎盟于唐"，修旧好也。"冬，公至自唐"，告于庙也。凡公行，告于宗庙；反行、饮至、舍爵、策勋焉⑲，礼也。特相会，往来称地，让事也。自参以上，则往称地，来称会，成事也。

初，晋穆侯之夫人姜氏以条之役生大子，命之曰仇。其弟以千亩之战生，命之曰成师。师服曰："异哉，君之名子也！夫名以制义，义以出礼，礼以体政，政以正民，是以政成而民听。易则生乱。嘉耦曰妃，怨耦曰仇，古之命也。今君命大子曰'仇'，弟曰'成师'，始兆乱矣。兄其替乎！"

惠之二十四年，晋始乱，故封桓叔于曲沃。靖侯之孙栾宾傅之。师服曰："吾闻国家之立也，本大而末小，是以能固。故天子建国，诸侯立家，卿置侧室，大夫有贰宗，士有隶子弟，庶人、工、商，各有分亲，皆有等衰。是以民服事其上，而下无觊觎。今晋，甸侯也；而建国，本既弱矣，岂能久乎？"

惠之三十年，晋潘父弑昭侯而纳桓叔，不克。晋人立孝侯。惠之四十五年，曲沃庄伯伐翼，弑孝侯。翼人立其弟鄂侯。鄂侯生哀侯。哀侯侵陉庭之田。陉庭南鄙启曲沃伐翼。

三 年 经

三年春正月，公会齐侯于嬴。

夏，齐侯、卫侯胥命于蒲⑳。

六月，公会杞侯于郕。

秋七月壬辰朔，日有食之，既。

公子翚如齐逆女㉑。

九月，齐侯送姜氏于讙。

公会齐侯于讙。

夫人姜氏至自齐。

冬，齐侯使其弟年来聘。

有年。

三 年 传

三年春，曲沃武公伐翼，次于陉庭。韩万御戎，梁弘为右。逐翼侯于汾隰，骖絓而止②。夜获之，及栾共叔。

"会于嬴"，成昏于齐也。

"夏，齐侯、卫侯胥命于蒲"，不盟也。

"公会杞侯于郕②"，杞求成也。

"秋，公子翚如其逆女。"修先君之好，故曰"公子"。

"齐侯送姜氏于讙"，非礼也。凡公女，嫁于敌国，姊妹，则上卿送之，以礼于先君；公子，则下卿送之。于大国，虽公子亦上卿送之。于天子，则诸卿皆行。公不自送。于小国，则上大夫送之。

冬，齐仲年来聘，致夫人也。

芮伯万之母芮姜恶芮伯之多宠人也，故逐之，出居于魏。

四 年 经

四年春正月，公狩于郎。

夏，天王使宰渠伯纠来聘。

四 年 传

"四年春正月，公狩于郎。"书，时，礼也。

夏，周"宰渠伯纠来聘"。父在，故名。

秋，秦师侵芮，败焉，小之也。

冬，王师、秦师围魏，执芮伯以归。

五 年 经

五年春正月，甲戌、己丑，陈侯鲍卒。

夏，齐侯、郑伯如纪。

天王使仍叔之子来聘。

葬陈桓公。

城祝丘。

秋，蔡人、卫人、陈人从王伐郑。

大雩②。

蟊㉕。

冬，州公如曹。

五 年 传

"五年春正月，甲戌、己丑，陈侯鲍卒。"再赴也。于是陈乱，文公子佗杀大子免而代之㉖。公疾病而乱作，国人分散，故再赴。

夏，齐侯、郑伯朝于纪，欲以袭之。纪人知之。

王夺郑伯政，郑伯不朝。

秋，王以诸侯伐郑。郑伯御之。

王为中军；虢公林父将右军㉗，蔡人、卫人属焉；周公黑肩将左军，陈人属焉。

郑子元请为左拒，以当蔡人、卫人，为右拒，以当陈人，曰："陈乱，民莫有斗心。若先犯之，必奔。王卒顾之，必乱。蔡、卫不枝，固将先奔。既而萃于王卒，可以集事。"从之。曼伯为右拒，祭仲足为左拒，原繁、高渠弥以中军奉公，为鱼丽之陈㉘。先偏后伍，伍承弥缝。

战于繻葛㉙。命二拒曰："旝动而鼓㉚！"蔡、卫、陈皆奔，王卒乱。郑师合以攻之，王卒大败。祝聃射王中肩㉛，王亦能军。祝聃请从之，公曰："君子不欲多上人，况敢陵天子乎？苟自救也，社稷无陨，多矣。"

夜，郑伯使祭足劳王，且问左右。

"仍叔之子"，弱也。

"秋，大雩。"书，不时也。凡祀，启蛰而郊㉜，龙见而雩㉝，始杀而尝㉞，闭蛰而烝㉟。过则书㊱。

冬，淳于公如曹。度其国危，遂不复。

六 年 经

六年春正月，寔来㊲。

夏四月，公会纪侯于成。

秋八月壬午，大阅。

蔡人杀陈佗。

九月丁卯，子同生㊳。

冬，纪侯来朝。

六 年 传

六年春，自曹来朝。书曰："寔来"，不复其国也。

楚武王侵随，使薳章求成焉㊴，军于瑕以待之㊵。随人使少师董成。

鬥伯比言于楚子曰㊶："吾不得志于汉东也，我则使然。我张吾三军，而被吾甲兵，以武临之，彼则惧而协以谋我，故难间也㊷。汉东之国随为大，随张，必弃小国；小国离，楚之利也。少师侈，请羸师以张之㊸。"熊率且比曰㊹："季梁在，何益？"鬥伯比曰："以为后图。少师得其君。"王毁军而纳少师。

少师归，请追楚师。随侯将许之，季梁止之，曰："天方授楚，楚之赢，其诱我也。君何急焉？臣闻小之能敌大也，小道大淫。所谓道，忠于民而信于神也。上思利民，忠也；祝史正辞⑤，信也。今民馁而君逞欲，祝史矫举以祭⑥，臣不知其可也。"公曰："吾牲牷肥腯⑦，粢盛丰备，何则不信？"对曰："夫民，神之主也，是以圣王先成民而后致力于神。故奉牲以告曰'博硕肥腯'，谓民力之普存也，谓其畜之硕大蕃滋也，谓其不疾瘯蠡也⑧，谓其备腯咸有也；奉盛以告，曰'洁粢丰盛'，谓其三时不害而民和年丰也；奉酒醴以告曰'嘉栗旨酒'⑨，谓其上下皆有嘉德而无违心也。所谓馨香，无谗慝也。故务其三时，修其五教，亲其九族，以致其禋祀⑩，于是乎民和而神降之福，故动则有成。今民各有心，而鬼神乏主；君虽独丰，其何福之有？君姑修政，而亲兄弟之国，庶免于难。"随侯惧而修政，楚不敢伐。

夏，会于成，纪来咨谋齐难也。

北戎伐齐，齐使乞师于郑。郑大子忽帅师救齐。六月，大败戎师，获其二帅大良、少良，甲首三百，以献于齐。于是诸侯之大夫戍齐，齐人馈之饩⑤，使鲁为其班⑥。后郑。郑忽以其有功也，怒，故有郎之师⑥。

公之未昏于齐也，齐侯欲以文姜妻郑大子忽。大子忽辞，人问其故。大子曰："人各有耦。齐大，非吾耦也。《诗》云：'自求多福。'在我而已，大国何为？"君子曰："善自为谋。"及其败戎师也，齐侯又请妻之。固辞。人问其故，大子曰："无事于齐，吾犹不敢。今以君命奔齐之急，而受室以归，是以师昏也。民其谓我何？"遂辞诸郑伯。

"秋，大阅"，简车马也⑤。

"九月丁卯，子同生。"以大子生之礼举之：接以大牢⑤，卜士负之，士妻食之，公与文姜、宗妇命之⑤。

公问名于申繻⑤。对曰："名有五：有信，有义，有象，有假，有类。以名生为信⑧，以德命为义⑨，以类命为象⑥，取于物为假⑥，取于父为类⑥。不以国，不以官，不以山川，不以隐疾，不以畜牲，不以器币。周人以讳事神，名，终将讳之。故以国则废名，以官则废职，以山川则废主，以畜牲则废祀⑥，以器币则废礼⑥。晋以僖侯废司徒⑥，宋以武公废司空，先君献、武废二山⑥，是以大物不可以命。"公曰："是其生也，与吾同物，命之曰同。"

冬，纪侯来朝，请王命以求成于齐。公告不能。

七 年 经

七年春二月己亥，焚咸丘⑤。

夏，谷伯绥来朝⑧。邓侯吾离来朝⑤。

七 年 传

七年春，谷伯、邓侯来朝。名，贱之也。

夏，盟、向求成于郑，既而背之。

秋，郑人、齐人、卫人伐盟、向。王迁盟、向之民于郑⑦。

冬，曲沃伯诱晋小子侯杀之⑦。

八 年 经

八年春正月己卯，烝。

天王使家父来聘。

夏五月丁丑，烝。

秋，伐邾。

冬十月，雨雪。

祭公来，遂逆王后于纪。

八 年 传

八年春，灭翼。

随少师有宠。楚鬥伯比曰："可矣！雠有衅㉒，不可失也。"

夏，楚子合诸侯于沈鹿。黄、随不会。使薳章让黄。楚子伐随，军于汉、淮之间。

季梁请下之："弗许而后战，所以怒我而怠寇也。"少师谓随侯曰："必速战！不然，将失楚师。"随侯御之。望楚师，季梁曰："楚人上左㉓，君必左，无与王遇。且攻其右。右无良焉，必败。偏败㉔，众乃携矣。"少师曰："不当王，非敌也。"弗从。

战于速杞。随师败绩。随侯逸㉕。鬥丹获其戎车㉖，与其戎右少师。

秋，随及楚平，楚子将不许。鬥伯比曰："天去其疾矣，随未可克也。"乃盟而还。

冬，王命虢仲立晋哀侯之弟缗于晋。

"祭公来，遂逆王后于纪。"礼也。

九 年 经

九年春，纪季姜归于京师㉗。

夏四月。

秋七月。

冬，曹伯使其世子射姑来朝㉘。

九 年 传

九年春，纪季姜归于京师。凡诸侯之女行，唯王后书。

巴子使韩服告于楚㉙，请与邓为好。楚子使道朔将巴客以聘于邓㉚。邓南鄙鄾人攻而夺之币㉛，杀道朔及巴行人㉜。楚子使薳章让于邓，邓人弗受。

夏，楚使鬥廉帅师及巴师围鄾。邓养甥、聃甥帅师救鄾，三逐巴师，不克。鬥廉衡陈其师于巴师之中，以战，而北。邓人逐之，背巴师。而夹攻之，邓师大败。鄾人宵溃。

秋，虢仲、芮伯、梁伯、荀侯、贾伯伐曲沃。

冬，曹大子来朝。宾之以上卿，礼也。享曹大子，初献㉝，乐奏而叹。施父曰㉞："曹大子其有忧乎？非叹所也。"

十 年 经

十年春王正月，庚申，曹伯终生卒。

夏五月，葬曹桓公。

秋，公会卫侯于桃丘，弗遇。

冬十有二月丙午，齐侯、卫侯、郑伯来战于郎㉚。

十 年 传

十年春，曹桓公卒。

虢仲谮其大夫詹父于王㉛。詹父有辞，以王师伐虢。夏，虢公出奔虞。

秋，秦人纳芮伯万于芮。

初，虞叔有玉㉗，虞公求旃㉘。弗献，既而悔之，曰："周谚有之：'匹夫无罪，怀璧其罪。'吾焉用此？其以贾害也㉙？"乃献之。又求其宝剑。叔曰："是无厌也。无厌，将及我。"遂伐虞公，故虞公出奔共池㉚。

"冬，齐、卫、郑来战于郎。"我有辞也。

初，北戎病齐㉑，诸侯救之，郑公子忽有功焉。齐人饩诸侯，使鲁次之㉒。鲁以周班后郑。郑人怒，请师于齐。齐人以卫师助之，故不称侵伐。先书"齐、卫"，王爵也。

十 一 年 经

十有一年春正月，齐人、卫人、郑人盟于恶曹㉝。

夏五月癸未，郑伯寤生卒。

秋七月，葬郑庄公。

九月，宋人执郑祭仲。突归于郑。郑忽出奔卫。

柔会宋公、陈侯、蔡叔盟于折㉞。

公会宋公于夫钟㉟。

冬十有二月，公会宋公于阚。

十 一 年 传

十一年春，齐、卫、郑、宋盟于恶曹。

楚屈瑕将盟贰、轸。郧人军于蒲骚㊱，将与随、绞、州、蓼伐楚师。莫敖患之㊲。斗廉曰："郧人军其郊，必不诫，且日虞四邑之至也㊳。君次于郊郢，以御四邑，我以锐师宵加于郧。郧有虞心而恃其城㊴，莫有斗志。若败郧师，四邑必离。"莫敖曰："盍请济师于王？"对曰："师克在和，不在众。商、周不敌，君之所闻也。成军以出，又何济焉？"莫敖曰："卜之。"对曰："卜以决疑。不疑何卜？"遂败郧师于蒲骚，卒盟而还。

郑昭公之败北戎也，齐人将妻之，昭公辞。祭仲曰："必取之！君多内宠，子无大援㊵，将不立。三公子皆君也㊶。"

夏，郑庄公卒。

初，祭封人仲足有宠于庄公^⑥，庄公使为卿。为公娶邓曼，生昭公。故祭仲立之。宋雍氏女于郑庄公^⑥，曰雍姞，生厉公。雍氏宗^⑥，有宠于宋庄公，故诱祭仲而执之，曰："不立突，将死！"亦执厉公而求赂焉。祭仲与宋人盟，以厉公归而立之。

秋九月丁亥，昭公奔卫。己亥，厉公立。

十 二 年 经

十有二年春正月。

夏六月壬寅，公会杞侯、莒子，盟于曲池。

秋七月丁亥，公会宋公、燕人，盟于穀丘。

八月壬辰，陈侯跃卒。

公会宋公于虚。

冬十有一月，公会宋公于龟。

丙戌，公会郑伯，盟于武父^⑥。

丙戌，卫侯晋卒。

十有二月，及郑师伐宋。丁未，战于宋。

十 二 年 传

十二年夏，盟于曲池^⑥，平杞、莒也。

公欲平宋、郑。秋，公及宋公盟于句渎之丘^⑥。宋成未可知也，故又会于虚；冬，又会于龟。宋公辞平。故与郑伯盟于武父，遂帅师而伐宋，战焉，宋无信也。

君子曰："苟信不继，盟无益也。《诗》云'君子屡盟，乱是用长'，无信也。"

楚伐绞，军其南门。莫敖屈瑕曰："绞小而轻，轻则寡谋。请无扞采樵者以诱之^⑥。"从之。绞人获三十人。明日，绞人争出，驱楚役徒于山中。楚人坐其北门，而覆诸山下。大败之。为城下之盟而还。

伐绞之役，楚师分涉于彭。罗人欲伐之，使伯嘉谍之^⑥。三巡数之^⑥。

十 三 年 经

十有三年春二月，公会纪侯、郑伯。己巳，及齐侯、宋公、卫侯、燕人战。齐师、宋师、卫师、燕师败绩。

三月，葬卫宣公。

夏，大水。

秋七月。

冬十月。

十 三 年 传

十三年春，楚屈瑕伐罗。鬬伯比送之。还，谓其御曰："莫敖必败。举趾高，心不固矣。"遂见楚子，曰："必济师！"楚子辞焉[⑪]，入告夫人邓曼。邓曼曰："大夫其非众之谓。其谓君抚小民以信，训诸司以德，以威莫敖以刑也。莫敖狃于蒲骚之役[⑫]，将自用也，必小罗。君若不镇抚，其不设备乎！夫固谓君训众而好镇抚之，召诸司而劝之以令德，见莫敖而告诸天之不假易也[⑬]。不然，夫岂不知楚师之尽行也？"楚子使赖人追之，不及。

莫敖使徇于师曰[⑭]："谏者有刑！"及鄢[⑮]，乱次以济，遂无次。且不设备。及罗，罗与卢戎两军之，大败之。莫敖缢于荒谷。

群帅囚于冶父以听刑。楚子曰："孤之罪也！"皆免之。

宋多责赂于郑[⑯]。郑不堪命，故以纪、鲁及齐与宋、卫、燕战。不书所战，后也。

郑人来请脩好[⑰]。

十四年经

十有四年春正月，公会郑伯于曹。

无冰[⑱]。

夏五，郑伯使其弟语来盟[⑲]。

秋八月壬申，御廪灾[⑳]。

乙亥，尝。

冬十有二月丁巳，齐侯禄父卒。

宋人以齐人、蔡人、卫人、陈人伐郑。

十四年传

十四年春，会于曹。曹人致饩，礼也。

夏，郑子人来寻盟[㉑]，且脩曹之会。

"秋八月壬申，御廪灾。乙亥，尝。"书，不害也[㉒]。

冬，宋人以诸侯伐郑，报宋之战也。焚渠门[㉓]，入，及大逵[㉔]。伐东郊，取牛首[㉕]。以大宫之椽归为卢门之椽[㉖]。

十五年经

十有五年春二月，天王使家父来求车。

三月乙未，天王崩[㉗]。

夏四月乙巳，葬齐僖公。

五月，郑伯突出奔蔡。

郑世子忽复归于郑[㉘]。

许叔入于许[㉙]。

公会齐侯于艾。

邾人、牟人、葛人来朝。

秋九月，郑伯突入于栎[㉚]。

冬十有一月，公会宋公、卫侯、陈侯于袤[㉛]，伐郑。

十 五 年 传

十五年春，天王使家父来求车，非礼也。诸侯不贡车服，天子不私求财。

祭仲专®。郑伯患之，使其婿雍纠杀之。将享诸郊，雍姬知之，谓其母曰："父与夫孰亲？"其母曰："人尽夫也，父一而已，胡可比也？"遂告祭仲曰："雍氏舍其室而将享子于郊。吾惑之，以告。"祭仲杀雍纠，尸诸周氏之汪®。公载以出®。曰："谋及妇人，宜其死也。"夏，厉公出奔蔡。

六月乙亥，昭公入。

许叔入于许。

"公会齐侯于艾"谋定许也。

秋，郑伯因栎人杀檀伯，而遂居栎®。

冬，会于袤，谋伐郑，将纳厉公也。弗克而还。

十 六 年 经

十有六年春正月，公会宋公、蔡侯、卫侯于曹。

夏四月，公会宋公、卫侯、陈侯、蔡侯伐郑。

秋七月，公至自伐郑。

冬，城向。

十有一月，卫侯朔出奔齐。

十 六 年 传

十六年春正月，会于曹，谋伐郑也。

夏，伐郑。

"秋七月，公至自伐郑"，以饮至之礼也。

"冬，城向。"书，时也。

初，卫宣公烝于夷姜®，生急子，属诸右公子。为之娶于齐，而美，公取之®。生寿及朔，属寿于左公子。夷姜缢。宣姜与公子朔构急子®。公使诸齐。使盗待诸莘，将杀之。寿子告之，使行。不可，曰："弃父之命，恶用子矣？有无父之国则可也。"及行，饮以酒。寿子载其旌以先，盗杀之。急子至，曰："我之求也，此何罪？请杀我乎！"又杀之。二公子故怨惠公。

十一月，左公子泄、右公子职立公子黔牟。惠公奔齐。

十 七 年 经

十有七年春正月丙辰，公会齐侯、纪侯，盟于黄。

二月丙午，公会邾仪父，盟于趡®。

夏五月丙午，及齐师战于奚。

六月丁丑，蔡侯封人卒。

秋八月，蔡季自陈归于蔡。

癸巳，葬蔡桓侯。

及宋人、卫人伐邾。

冬十月朔，日有食之。

十 七 年 传

十七年春，盟于黄，平齐、纪，且谋卫故也。

"及邾仪父盟于趡"，寻蔑之盟也。

"夏，及齐师战于奚"，疆事也。于是齐人侵鲁疆，疆吏来告。公曰："疆场之事^⑩，慎守其一而备其不虞^⑪。姑尽所备焉。事至而战，又何谒焉？"

蔡桓侯卒，蔡人召蔡季于陈。"秋，蔡季自陈归于蔡"，蔡人嘉之也。

"伐邾"，宋志也。

"冬十月朔，日有食之。"不书日，官失之也，天子有日官，诸侯有日御。日官居卿以厎日^⑯，礼也。日御不失日，以授百官于朝。

初，郑伯将以高渠弥为卿，昭公恶之，固谏，不听。昭公立，惧其杀己也，辛卯，弑昭公，而立公子亹^⑰。君子谓"昭公知所恶矣"。公子达曰："高伯其为戮乎？复恶已甚矣^⑱！"

十 八 年 经

十有八年春王正月，公会齐侯于泺。公与夫人姜氏遂如齐。

夏四月丙子，公薨于齐。

丁酉，公之丧至自齐。

秋七月。

冬十有二月己丑，葬我君桓公。

十 八 年 传

十八年春，公将有行，遂与姜氏如齐。申繻曰："女有家，男有室，无相渎也。谓之有礼。易此^⑲，必败。"

公会齐侯与泺，遂及文姜如齐。齐侯通焉。公谪之^⑳。以告。

夏四月丙子，享公。使公子彭生乘公^㉑，公薨于车。

鲁人告于齐曰："寡君畏君之威，不敢宁居，来修旧好。礼成而不反，无所归咎，恶于诸侯。请以彭生除之。"齐人杀彭生。

秋，齐侯师于首止^㉒；子亹会之，高渠弥相^㉓。七月戊戌，齐人杀子亹，而轘高渠弥^㉔。祭仲逆郑子于陈而立之。是行也，祭仲知之，故称疾不往。人曰："祭仲以知免。"仲曰："信也。"

周公欲弑庄王而立王子克。辛伯告王，遂与王杀周公黑肩。王子克奔燕。

初，子仪有宠于桓王，桓王属诸周公。辛伯谏曰："并后、匹嫡、两政、耦国^㉕，乱之本也。"周公弗从，故及。

①以璧假许田：假称用玉璧来交换许昌附近的田。

②祊（bēng，音崩）：古邑名。春秋郑国祀泰山的汤沐邑。在今山东费县东南。

③为周公：为郑请祀周公。　　祊故：以祊归我故。

④谕：变。违背。

⑤华父督：宋卿，宋戴公之孙。

⑥滕子：隐公十一年之滕侯。

⑦郜：国名，姬姓。国境在今山东省成武县东南。

⑧邓：蔡国地名。今河南省郾城县东南。

⑨粢食（zī sì，音咨嗣）：主食。　　凿：舂。

⑩衮（gǔn，音滚）：古代天子及上公的礼服，画卷曲龙于衣上，祭祀时用。　　冕：古代大夫以上戴的礼帽。　　黻（fú，音弗）：古代作祭服的蔽膝，用皮革做成。　　珽（tǐng，音挺）：天子所用笏，长三尺，又名大圭。

⑪带：大带，丝制，用以束腰。　　裳：裙。　　幅（bǐ，音逼）：似今之绑腿。　　舄（xì，音戏）：古代一种复底鞋。

⑫衡：横笄（jī，音鸡），用于固冠。长一尺二寸，天子以玉，诸侯以似玉之石。　　紞（dǎn，音胆）：悬瑱之绳，垂于冠之两旁，下悬以瑱。　　纮（hóng，音宏）：古时冠冕上的纽带，由颔下挽上而系在笄的两端。　　綖（yán，音延）：古代冕上的装饰；复在冕上的布。

⑬藻：垫玉的彩色板。　　率：佩巾。　　鞞（bǐng，音丙）：刀鞘。　　鞛（běng，音绷）：佩刀刀把处之装饰。

⑭鞶（pán，音盘）：古代皮做的束衣带。　　厉：大带的下垂部分。　　游（liú，音流）：古代旌旗上附着的飘带。　　缨：即马鞅，马颈上用以驾车的革。

⑮火、龙、黼、黻：四者皆衣裳上的花纹。火是半环形。龙，画是龙形。黼（fǔ，音甫），用白黑两色刺绣成一对斧形。黻，用黑与青两色刺绣成的花纹，如弤字形。

⑯钖（yáng，音扬）：用铜制的马额眉眼上的饰物。　　鸾：古代车上饰物。　　和：设于车轼前的小铃。　　铃：设于旌旗上的小铃。

⑰寘（zhì，音至）：置。

⑱雒（luò，音洛）：雒邑即成周，在今河南省洛阳市西南。

⑲反：返。　　饮至：祭告后，合群臣饮酒。　　舍（shè，音赦）：置。　　爵：古代酒杯。　　策：书写于简策。勋：勋劳。

⑳胥命：诸侯相见。

㉑翬（huī，音辉）：人名。　　逆：迎接。

㉒骖（cān，音餐）：一车驾三马。　　绁（guà，音挂）：受阻；绊住。

㉓郕（chéng，音成）：古国名，在今山东宁阳东北。

㉔雩（yú，音于）：古代为求雨而举行的祭祀。

㉕螽（zhōng，音终）：动物名。飞蝗。

㉖佗：桓公之弟。　　大子免（wèn，音问）：太子免。

㉗虢（guó，音国）：古国名。

㉘鱼丽之陈："鱼"是成群结队，"丽"是连接在一起，"陈"同阵，是说人和车像鱼群一样紧密组合在一起。

㉙缟（xū，音须）葛：隐公五年之长葛。郑地，故城在今河南省长葛县北十二里。

㉚旝（guì，音贵）：大将所用军旗。又认为旝是"飞石"。

㉛祝聃（dān，音耽）：人名。

㉜启蛰：夏正建寅之月，即惊蛰。　　郊：郊礼，祭天大典。

㉝龙见：角、亢两宿（角宿有室女座之二星，亢宿有室女座之四星）于黄昏出现在东方，称"龙见。"

㉞始杀：今之夏正七月。　　尝：祭名。

㉟闭蛰：夏正之孟冬十月。　　烝：冬祭名。

㊱过：谓非常祭。

㊲寔：即实，确实。

㊳子同：即庄公。

㊴选（wǔ，音委）章：人名。

㊵暇：随国地名。

㊶鬬（dòu，音斗）伯比：楚大夫，是令尹子文的父亲。

㊷间：离间。

㊸嬴（léi，音雷）：弱。

㊹熊率且比：楚大夫。

㊺祝史：主持祭礼祈祷之官。　　正辞：不虚称君美。

㊻矫举：诈称功德。

㊼牲牷（quán，音全）：牲，全牛；牷，牛纯色。牲牷，指祭祀用牲。　　肥腯（tū，音突）：即肥，为同义双音词。

㊽瘯（cù，音促）：借为瘦。　　蠡（luǒ，音裸）：通嬴。弱。

㊾嘉：善。　　栗：清洁。　　旨：美。

㊿禋（yīn，音因）祀：洁祀，是同义双音词。

51馈：送。　　饩（qì，音气）：指没有煮熟的东西。

52班：次。使鲁为其班，意思是使鲁定其先后之次序。

53郎之师：发生在鲁桓公十年十二月。

54简车马：检阅战车战马的数目。

55大牢：古代祭祀，牛、羊、猪都用叫大牢。

56宗妇：同宗之妇。　　命之：为太子取名。

57申繻：鲁大夫。

58以名生为信：以出生时的情况命名是信，如唐叔虞初生时，其手掌有字形似"虞"，故名之曰虞；鲁季友初生时，其手掌亦有字形似"友"，故名曰友。

59以德命为义：以祥瑞之字命名是义，如周文王名昌，周武王名发。

60以类命为象：以身体特征命名是象，如孔子头象尼丘，因而取名丘，字仲尼。

61取于物为假：以器物命名是假，如孔子之子出生时恰好有人送鲤鱼，因此取名为鲤，字伯鱼。

62取于父为类：以与父亲相关的事物命名为类，如太子同（庄公）和他父亲（桓公）是同一天出生，所以取名为"同"。

63以畜牲则废祀：如果用六畜为太子取名，那在祭祀时就不能用这种牲畜。

64以器币则废礼：祭祀或盟誓时所用的器物跟玉币都不能用来为太子取名，否则就不能再用作祭品，就等于是废除了礼节。

65晋以僖侯废司徒：晋僖侯名司徒，因而就把官名的司徒改称中军。

66先君献武废二山：鲁献公名具，鲁武公名敖，于是就把具、敖二山都改名。

67焚：以火烧地，驱使野兽外逃，然后用罗网围取。　　咸丘：鲁地，在今山东巨野县东南。

68谷：国名。故城在今湖北省谷城县西北。

69邓：曼姓国，庄公十六年楚文王灭之。故城在今河南省邓县。

70郏（jiá，音夹）：以郏得名，又叫王城，今河南省洛阳市。

71小子侯：晋哀侯之子，是一位少年君主。

72雠（chóu，音仇）：仇的异体字，这里指随国。　　有衅：衅，瑕隙。有衅，指少师得其君，如此好机会，不可错过。

73上左：指楚人以左为上位。

74偏：偏师，即非主力军。

75逸：逃。

76戎车：君所乘的兵车。

77纪季姜：即去年祭公所迎接的桓王后。

78曹伯：曹桓公。　　世子：即太子。　　射（yè，音夜）姑：太子名。

79巴：国名，姬姓。可能在今湖北省襄樊市附近。

80将：率领。

81鄾（yōu，音忧）：国名。在今湖北省襄阳旧城东北十二里。　　币：指聘问礼品。

82行人：古代官名。指巴的韩服。

83初献：开始献酒。

84施父：鲁大夫。

85郎：鲁有两"郎"，一为隐元年《费伯帅师城郎》之郎，离曲阜约二百里。一为鲁近郊之郎，隐九年《夏城郎》即此郎。

⑧潜（zèn）：用谗言陷害人。

⑧虞叔：虞公之弟。

⑧旃（zhān，音毡）：犹"之"。

⑧贾（gǔ，音古）：买。

⑨共池：地名，在今山西省平陆县境。

⑨病齐：使齐困病。

⑨次：排行馈送先后。

⑨恶曹：地名，可能在今河南省延津县东南。

⑨柔：鲁大夫。

⑨夫（fú，音扶）钟：地名，今山东省汶上县东北。

⑨郧（yún，音云）：国名，在今湖北省安陆县。

⑨莫敖：楚国官名，即司马。

⑨虞：望。

⑨虞心：冀四国援兵之心。

⑩大援：大国作后援。

⑩三公子：子突、子亹、子仪，其母皆有宠。这三位公子也都是君位的候选人。

⑩祭：郑地，当在今河南省郑州市东北。

⑩雍氏：宋大夫。　　女：动词，妻之。

⑩宗：为人所尊仰。

⑩武父：郑地，在今山东省东明县东南。

⑩曲池：鲁地，在今山东省宁阳县东北有曲水亭。

⑩句渎（gòu dòu，音勾豆）：即穀丘。

⑩无扞采樵者：不设保卫采樵的人，用以引诱敌军。

⑩谍：侦察。

⑩三巡：三次数楚师人数。

⑪辞：拒绝。

⑫狃（niǔ，音纽）：习以为常。

⑬假易：宽纵。

⑭徇：宣令。

⑮鄢：水名，今名蛮河，流经南漳、宜城两县入汉水。

⑯多责赂：要求增加贡款。

⑰脩：修。

⑱无冰："藏冰"为古二月之礼，至此气候仍暖，无冰可藏。

⑲语：庄公之子，厉公之弟。

⑳御廪：诸侯的珍宝库。

㉑子人：郑伯之弟语的字。　　寻盟：重温十二年武父之盟。

㉒不害：不以御廪之火灾而恐惧。

㉓渠门：郑国城门。

㉔大逵：郑城内四通八达的宽阔街道。

㉕牛首：郑郊，在今通许县稍东北。

㉖大宫：即太宫，郑国祖庙。　　卢门：宋郊的城门。

㉗天王：桓王。

㉘世子忽：即郑昭公，郑庄公死，世子忽当年出奔，四年后返国，不得称君，故称世子。

㉙许叔：许穆公新臣。　　许：许都。

㉚栎：郑之大都。

㉛袤（yí，音移）：宋地，在今安徽省宿县。

㉜专：个人把持政权。

○133 汪：池。

○134 公载以出：载着雍纠的尸体出奔。

○135 栎：本为厉公旧邑。

○136 烝：以下淫上，子与母辈通奸。　　夷姜：庄公妾，为宣公庶母。

○137 公：卫宣公。

○138 构：进谗言以挑拨离间。

○139 趡（cuǐ，音璀）：鲁国地名。当在今山东省泗水县与邹县之间。

○140 埸（yì，音易）：边境。

○141 不虞：意外。

○142 居：处。　　底（zhǐ，音旨）：致。底日即平历数。

○143 亹（wěi，音尾）：子亹，昭公弟。

○144 复：报复。　　已：太。

○145 易：违反。

○146 谪（zhé，音折）：责，怒，罪。

○147 乘公：帮助桓公驾车。

○148 首止：卫地。当在今河南省睢县东南。

○149 相：助手。

○150 轘（huán，音环）：以车裂人使肢体分散的刑罚。

○151 并后：妾与后居平等地位。　　匹嫡：庶子同于嫡子。　　两政：权臣和卿士互争政权。　　耦国：大城市足与国都相抗衡。

庄　公

元　年　经

元年春王正月。

三月，夫人孙于齐①。

夏，单伯送王姬。

秋，筑王姬之馆于外。

冬十月乙亥，陈侯林卒。

王使荣叔来锡桓公命②。

王姬归于齐。

齐师迁纪郱、鄑、郚③。

元　年　传

"元年春"，不称即位，文姜出故也。

"三月，夫人孙子齐。"不称姜氏，绝不为亲④，礼也。

"秋，筑王姬之馆于外。"为外，礼也。

二　年　经

二年春王二月，葬陈庄公。

夏，公子庆父帅师伐于馀丘。

秋七月，齐王姬卒。

冬十有二月，夫人姜氏会齐侯于禚⑤。

乙酉，宋公冯卒。

二　年　传

二年冬，"夫人姜氏会齐侯于禚"。书，奸也。

三　年　经

三年春王正月，溺会齐师伐卫⑥。

夏四月，葬宋庄公。

五月，葬桓王。

秋，纪季以酅入于齐⑦。

冬，公次于滑。

三　年　传

"三年春，溺会齐师伐卫。"疾之也⑧。

"夏五月，葬桓王。"缓也。

"秋，纪季以酅入于齐。"纪于是乎始判⑨。

"冬，公次于滑。"将会郑伯谋纪故也。郑伯辞以难。凡师，一宿为舍⑩，再宿为信，过信为次。

四　年　经

四年春王二月，夫人姜氏享齐侯于祝丘。

三月，纪伯姬卒。

夏，齐侯、陈侯、郑伯遇于垂。

纪侯大去其国⑪。

六月乙丑，齐侯葬纪伯姬。

秋七月。

冬，公及齐人狩于禚。

四 年 传

四年春王正月。楚武王荆尸[12]，授师孑焉[13]，以伐随。将齐，入告夫人邓曼曰："余心荡。"邓曼叹曰："王禄尽矣！盈而荡，天之道也。先君其知之矣，故临武事、将发大命，而荡王心焉。若师徒无亏，王薨于行，国之福也。"王遂行，卒于樠木之下[14]。令尹斗祁、莫敖屈重除道、梁溠[15]，营军临随。随人惧，行成。莫敖以王命入盟随侯，且请为会于汉汭[16]。而还。济汉而后发丧。

纪侯不能下齐，以与纪季。"夏，纪侯大去其国"，违齐难也[17]。

五 年 经

五年春王正月。

夏，夫人姜氏如齐师。

秋，郳犁来来朝[18]。

冬，公会齐人、宋人、陈人、蔡人伐卫。

五 年 传

五年秋，郳犁来来朝。名，未王命也。

冬，伐卫，纳惠公也。

六 年 经

六年春王正月，王人子突救卫[19]。

夏六月，卫侯朔入于卫。

秋，公至自伐卫。

螟。

冬，齐人来归卫俘[20]。

六 年 传

六年春，王人救卫。

夏，卫侯入，放公子黔牟于周，放宁跪于秦[21]，杀左公子泄、右公子职，乃即位。君子以二公子之立黔牟为不度矣[22]。夫能固位者，必度于本末，而后立衷焉。不知其本，不谋[23]；知本之不枝[24]，弗强[25]。《诗》云："本枝百世。"

冬，齐人来归卫宝，文姜请之也。

楚文王伐申，过邓。邓祁侯曰："吾甥也。"止而享之[26]。骓甥、聃甥、养甥请杀楚子[27]，邓侯弗许。三甥曰："亡邓国者，必此人也。若不早图，后君噬齐[28]，其及图之乎？图之，此为时矣！"邓侯曰；"人将不食吾馂[29]。"对曰："若不从三臣，抑社稷实不血食[30]，而君焉取馂？"弗从。还年，楚子伐邓。十六年，楚复伐邓，灭之。

七 年 经

七年春，夫人姜氏会齐侯于防。

夏四月辛卯，夜，恒星不见。夜中，星陨如雨。

秋，大水。

无麦、苗。

冬，夫人姜氏会齐侯于穀。

七 年 传

“七年春，文姜会齐侯于防”，齐志也。

夏，“恒星不见”，夜明也。“星陨如雨”，与雨偕也。

“秋，无麦、苗”，不害嘉谷也。

八 年 经

八年春王正月，师次于郎，以俟陈人、蔡人㉛。

甲午，治兵。

夏，师及齐师围郕。郕降于齐师。

秋，师还。

冬十有一月癸未，齐无知弑其君诸儿。

八 年 传

八年春，“治兵”于庙，礼也。

“夏，师及齐师围郕。郕降于齐师。”仲庆父请伐齐师，公曰：“不可。我实不德，齐师何罪？罪我之由。《夏书》曰：‘皋陶迈种德，德，乃降㉜。’姑务修德以待时乎！”秋，师还。君子是以善鲁庄公。

齐侯使连称、管至父戍葵丘㉝，瓜时而往，曰：“及瓜而代㉞。”期戍，公问不至。请代，弗许。故谋作乱。

僖公之母弟曰夷仲年，生公孙无知，有宠于僖公，衣服礼秩如适㉟。襄公绌之。二人因之以作乱。连称有从妹在公宫，无宠。使间公㊱，曰：“捷，吾以汝为夫人。”

冬十二月，齐侯游于姑棼，遂田于贝丘。见大豕，从者曰：“公子彭生也。”公怒，曰：“彭生敢见！”射之。豕人立而啼。公惧，队于车，伤足丧屦。反，诛屦于徒人费，弗得；鞭之，见血。走出，遇贼于门。劫而束之。费曰：“我奚御哉㊲？”袒而示之背。信之。费请先入。伏公而出，斗，死于门中。石之纷如死于阶下㊳。遂入，杀孟阳于床。曰：“非君也，不类。”见公之足于户下，遂弑之，而立无知。

初，襄公立，无常，鲍叔牙曰：“君使民慢㊴，乱将作矣！”奉公子小白出奔莒㊵。乱作，管夷吾、召忽奉公子纠来奔。

初，公孙无知虐于雍廪。

九 年 经

九年春，齐人杀无知。

公及齐大夫盟于蔇㊶。

夏，公伐齐，纳子纠。齐小白入于齐。

秋七月丁酉，葬齐襄公。

八月庚申，及齐师战于乾时，我师败绩。

九月，齐人取子纠杀之。

冬，浚洙㊷。

九 年 传

九年春，雍廪杀无知。

“公及齐大夫盟于蔇”，齐无君也。

夏，公伐齐，纳子纠。桓公自莒先入。

秋，师及齐师战于乾时，我师败绩。公丧戎路，传乘而归。秦子、梁子以公旗辟于下道，是以皆止㊸。

鲍叔帅师来言曰：“子纠，亲也；请君讨之。管、召，雠也，请受而甘心焉。”乃杀子纠于生窦。召忽死之。管仲请囚，鲍叔受之，及堂阜而税之㊹。归而以告曰：“管夷吾治于高傒㊺，使相可也㊻。”公从之。

十 年 经

十年春王正月，公败齐师于长勺。

二月，公侵宋。

三月，宋人迁宿。

夏六月，齐师、宋师次于郎。公败宋师于乘丘。

秋九月，荆败蔡师于莘，以蔡侯献舞归㊼。

冬十月，齐师灭谭㊽，谭子奔莒。

十 年 传

十年春，齐师伐我。公将战，曹刿请见㊾。其乡人曰：“肉食者谋之㊿，又何间焉(51)?”刿曰：“肉食者鄙，未能远谋。”乃入见，问何以战。公曰：“衣食所安，弗敢专也，必以分人。”对曰：“小惠未徧(52)，民弗从也。”公曰：“牺牲玉帛，弗敢加也。必以信。”对曰：“小信未孚(53)，神弗福也。”公曰：“小大之狱，虽不能察，必以情。”对曰：“忠之属也，可以一战。战，则请从(54)。”

公与之乘。战于长勺。公将鼓之，刿曰：“未可。”齐人三鼓，刿曰：“可矣！”齐师败绩。公将驰之⑤，刿曰："未可。"下，视其辙；登，轼而望之；曰："可矣！"遂逐齐师。

既克，公问其故。对曰："夫战，勇气也。一鼓作气，再而衰，三而竭。彼竭我盈，故克之。夫大国，难测也，惧有伏焉。吾视其辙乱⑤，望其旗靡⑤，故逐之。"

夏六月，齐师、宋师次于郎。公子偃曰："宋师不整，可败也。宋败，齐必还。请击之。"公弗许。自雩门窃出⑧，蒙皋比而先犯之⑨。公从之，大败宋师于乘丘。齐师乃还。

蔡哀侯娶于陈，息侯亦娶焉。息妫将归⑩，过蔡。蔡侯曰："吾姨也。"止而见之，弗宾。息侯闻之，怒，使谓楚文王曰："伐我，吾求救于蔡；而伐之。"楚子从之。秋九月，楚败蔡师于莘，以蔡侯献舞归。

齐侯之出也，过谭，谭不礼焉。及其入也，诸侯皆贺，谭又不至。"冬，齐师灭谭"，谭无礼也。"谭子奔莒"，同盟故也。

十 一 年 经

十有一年春王正月。

夏五月戊寅。公败宋师于鄑。

秋，宋大水。

冬，王姬归于齐。

十 一 年 传

十一年夏，宋为乘丘之役故，侵我。公御之。宋师未陈而薄之⑥，败诸鄑。

凡师，敌未陈曰败某师⑥，皆陈曰战，大崩曰败绩，得儁曰克⑥，覆而败之曰取某师，京师败曰王师败绩于某。

秋，宋大水。公使吊焉，曰："天作淫雨，害于粢盛，若之何不吊？"对曰："孤实不敬，天降之灾，又以为君忧，拜命之辱⑥。"臧文仲曰："宋其兴乎！禹、汤罪己，其兴也悖焉⑤；桀、纣罪人，其亡也忽焉⑥。且列国有凶⑥，称孤，礼也。言惧而名礼，其庶乎！"既而闻之曰："公子御说之辞也⑥。"臧孙达曰："是宜为君，有恤民之心。"

冬，齐侯来逆共姬。

乘丘之役，公以金仆姑射南宫长万⑥，公右歂孙生搏之⑩。宋人请之。宋公靳之⑪，曰："始，吾敬子；今子，鲁囚也，吾弗敬子矣！"病之。

十 二 年 经

十有二年春王三月，纪叔姬归于酅。

夏四月。

秋八月甲午，宋万弑其君捷及其大夫仇牧。

冬十月，宋万出奔陈。

十 二 年 传

十二年秋，宋万弑闵公于蒙泽⑫。遇仇牧于门，批而杀之⑬。遇大宰督于东宫之西，又杀之。

立子游。群公子奔萧。公子御说奔亳⑭，南宫牛、猛获帅师围亳。

冬十月，萧叔大心及戴、武、宣、穆、庄之族以曹师伐之⑮。杀南宫牛于师⑯，杀子游于宋，立桓公。猛获奔卫⑰。南宫万奔陈，以乘车辇其母，一日而至。

宋人请猛获于卫。卫人欲勿与，石祁子曰⑱："不可！天下之恶一也，恶于宋而保于我，保之何补？得一夫而失一国，与恶而弃好，非谋也。"卫人归之⑲。亦请南宫万于陈，以赂。陈人使妇人饮之酒，而以犀革裹之。比及宋⑳，手足皆见。宋人皆醢之㉑。

十 三 年 经

十有三年春，齐侯、宋人、陈人、蔡人、邾人会于北杏㉒。

夏六月，齐人灭遂。

秋七月。

冬，公会齐侯盟于柯㉓。

十 三 年 传

十三年春，会于北杏，以平宋乱。遂人不至。夏，齐人灭遂而戍之。

"冬，盟于柯"，始及齐平也。

宋人背北杏之会。

十 四 年 经

十有四年春，齐人、陈人、曹人伐宋。

夏，单伯会伐宋。

秋七月，荆入蔡。

冬，单伯会齐侯、宋公、卫侯、郑伯于鄄㉔。

十 四 年 传

十四年春，诸侯伐宋。齐请师于周。夏，单伯会之。取成于宋而还。

郑厉公自栎侵郑，及大陵，获傅瑕。傅瑕曰："苟舍我，吾请纳君。"与之盟而赦之。六月甲子，傅瑕杀郑子及其二子而纳厉公。

初，内蛇与外蛇斗于郑南门中，内蛇死。六年而厉公入，公闻之，问于申繻曰："犹有妖乎？"对曰："人之所忌，其气焰以取之。妖由人兴也。人无衅焉，妖不自作。人弃常，则妖兴。故有妖。"

厉公入，遂杀傅瑕。使谓原繁曰："傅瑕贰㉕，周有常刑，既伏其罪矣。纳我而无二心者，吾皆许之上大夫之事，吾愿与伯父图之。且寡人出，伯父无里言㉖。入㉗，又不念寡人：寡人憾焉！"对曰："先君桓公命我先人典司宗祏㉘。社稷有主，而外其心，其何贰如之？苟主社稷，国内之民其谁不为臣？臣无二心，天之制也。子仪在位十四年矣，而谋召君者，庸非贰乎？庄公之子犹有八人，若皆以官爵行赂劝贰而可以济事，君其若之何？臣闻命矣！"乃缢而死。

蔡哀侯为莘故㉟，绳息妫以语楚子㉟。楚子如息，以食人享；遂灭息，以息妫归。生堵敖及成王焉，未言。楚子问之，对曰："吾一妇人而事二夫，纵弗能死，其又奚言？"楚子以蔡侯灭息，遂伐蔡。秋七月，楚人蔡。

君子曰："《商书》所谓'恶之易也，如火之燎于原，不可乡迩，其犹可扑灭'者，其如蔡哀侯乎！"

"冬，会于鄄"，宋服故也。

十 五 年 经

十有五年春，齐侯、宋公、陈侯、卫侯、郑伯会于鄄。

夏，夫人姜氏如齐。

秋，宋人、齐人、邾人伐郳。

郑人侵宋。

冬十月。

十 五 年 传

十五年春，复会焉，齐始霸也。

秋，诸侯为宋伐郳。郑人间之而侵宋。

十 六 年 经

十有六年春王正月。

夏，宋人、齐人、卫人伐郑。

秋，荆伐郑。

冬十有二月，会齐侯、宋公、陈侯、卫侯、郑伯、许男、滑伯、滕子，同盟于幽。

邾子克卒。

十 六 年 传

十六年夏，诸侯伐郑，宋故也。

郑伯自栎入，缓告于楚。秋，楚伐郑及栎，为不礼故也。

郑伯治与于雍纠之乱者。九月，杀公子阏㉛，刖强锄㉜。公父定叔出奔卫㉝。三年而复之，曰："不可使共叔无后于郑。"使以十月入，曰："良月也，就盈数焉㉞。"

君子谓"强锄不能卫其足"。

冬，"同盟于幽"，郑成也。

王使虢公命曲沃伯以一军为晋侯。

初，晋武公伐夷，执夷诡诸。芮国请而免之㉟。既而弗报，故子国作乱，谓晋人曰："与我伐夷而取其地。"遂以晋师伐夷，杀夷诡诸。周公忌父出奔虢。惠王立而复之。

十七年经

十有七年春，齐人执郑詹㊟。

夏，齐人歼于遂。

秋，郑詹自齐逃来。

冬，多麋㊟。

十七年传

"十七年春，齐人执郑詹"，郑不朝也。

夏，遂因氏、颌氏、工娄氏、须遂氏飨齐戍，醉而杀之，齐人歼焉。

十八年经

十有八年春王三月，日有食之。

夏，公追戎于济西。

秋，有蜮。

冬十月。

十八年传

十八年春，虢公、晋侯朝王。王飨醴，命之宥㊟。皆赐玉五瑴㊟、马三匹，非礼也。王命诸侯，名位不同，礼亦异数，不以礼假人。

虢公、晋侯、郑伯使原庄公逆王后于陈。陈妫归于京师，实惠后。

"夏，公追戎于济西。"不言其来，讳之也。

"秋，有蜮"，为灾也。

初，楚武王克权，使斗缗尹之㊟。以叛，围而杀之。迁权于那处㊟，使阎敖尹之。及文王即位，与巴人伐申，而惊其师。巴人叛楚而伐那处，取之，遂门于楚。阎敖游涌而逸，楚子杀之。其族为乱。冬，巴人因之以伐楚。

十九年经

十有九年春王正月。

夏四月，

秋，公子结媵陈人之妇于鄄㊟，遂及齐侯、宋公盟。

夫人姜氏如莒。

冬，齐人、宋人、陈人伐我西鄙㊟。

十 九 年 传

十九年春，楚子御之⑩，大败于津。还，鬻拳弗纳⑩，遂伐黄，败黄师于踖陵⑯。还，及湫⑰，有疾。夏六月庚申，卒。鬻拳葬诸夕室⑱。亦自杀也，而葬于绖皇⑲。

初，鬻拳强谏楚子，楚子弗从。临之以兵，惧而从之。鬻拳曰："吾惧君以兵，罪莫大焉。"遂自刖也。楚人以为大阍⑳，谓之大伯。使其后掌之。君子曰："鬻拳可谓爱君矣：谏以自纳于刑，刑犹不忘纳君于善。"

初，王姚嬖于庄王㉑，生子颓。子颓有宠，蒍国为之师，及惠王即位，取蒍国之圃以为囿㉒。边伯之宫近于王宫，王取之。王夺子禽祝跪与詹父田，而收膳夫之秩㉓，故蒍国、边伯、石速、詹父、子禽祝跪作乱，因苏氏㉔。秋，五大夫奉子颓以伐王，不克，出奔温。苏子奉子颓以奔卫。卫师、燕师伐周。冬，立子颓。

二 十 年 经

二十年春王二月，夫人姜氏如莒。
夏，齐大灾。
秋七月。
冬，齐人伐戎。

二 十 年 传

二十年春，郑伯和王室①，不克。执燕仲父。
夏，郑伯遂以王归，王处于栎。秋，王及郑伯入于邬。遂入成周，取其宝器而还。
冬，王子颓享五大夫，乐及遍舞。郑伯闻之，见虢叔曰："寡人闻之：哀乐失时，殃咎必至。今王子颓歌舞不倦，乐祸也。夫司寇行戮，君为之不举②，而况敢乐祸乎？奸王之位，祸孰大焉？临祸忘忧，忧必及之。盍纳王乎？"虢公曰："寡人之愿也！"

二 十 一 年 经

二十有一年春王正月。
夏五月辛酉，郑伯突卒。
秋七月戊戌，夫人姜氏薨。
冬十有二月，葬郑厉公。

二 十 一 年 传

二十一年春，胥命于弭③。夏，同伐王城。郑伯将王，自圉门入④。虢叔自北门入。杀王子颓及五大夫。

郑伯享王于阙西辟^⑳，乐备。王与之武公之略^㉑，自虎牢以东。
原伯曰："郑伯效尤^㉒，其亦将有咎！"五月，郑厉公卒。
王巡虢守。虢公为王宫于玤^㉓，王与之酒泉。
郑伯之享王也，王以后之鞶鉴予之^㉔。虢公请器，王予之爵。郑伯由是始恶于王。
冬，王归自虢。

二十二年经

二十有二年春王正月，肆大眚^①。
癸丑，葬我小君文姜。
陈人杀其公子御寇。
夏五月。
秋七月丙申，及齐高傒盟于防。
冬，公如齐纳币^②。

二十二年传

二十二年春，陈人杀其大子御寇。陈公子完与颛孙奔齐。颛孙自齐来奔。
齐侯使敬仲为卿。辞曰："羁旅之臣^③，幸若获宥，及于宽政，赦其不闲于教训，而免于罪戾，弛于负担，君之惠也。所获多矣，敢辱高位以速官谤？请以死告。《诗》云：'翘翘车乘，招我以弓。岂不欲往？畏我友朋。'"使为工正^④。
饮桓公酒，乐。公曰："以火继之。"辞曰："臣卜其昼，未卜其夜，不敢！"君子曰："酒以成礼，不继以淫，义也。以君成礼，弗纳于淫，仁也。"
初，懿氏卜妻敬仲。其妻占之，曰："吉！是谓：'凤皇于飞，和鸣锵锵。有妫之后，将育于姜。五世其昌，并于正卿。八世之后，莫之于京^⑤！'"
陈厉公，蔡出也，故蔡人杀五父而立之。生敬仲。其少也，周史有以《周易》见陈侯者^⑥，陈侯使筮之^⑦，遇"观☷"之"否☶^⑧"，曰："是谓'观国之光，利用宾于王^⑨'。此其代陈有国乎？不在此，其在异国；非此其身，在其子孙。光远而自他有耀者也。'坤'，土也；'巽'，风也；'乾'，天也：风为天于土上，山也；有山之材而照之以天光，于是乎居土上，故曰'观国之光，利用宾于王'。庭实旅百^⑩，奉之以玉帛，天地之美具焉，故曰'利用宾于王'。犹有观焉，故曰：其在后乎！风行而著于土^⑪，故曰：其在异国乎！若在异国，必姜姓也。姜，大岳之后也。山岳则配天。物莫能两大。陈衰，此其昌乎！"
及陈之初亡也^⑫，陈桓子始大于齐^⑬；其后亡也^⑭，成子得政。

二十三年经

二十有三年春，公至自齐。
祭叔来聘。
夏，公如齐观社。
公至自齐。

荆人来聘^⑧。

公及齐侯遇于穀。

萧叔朝公^⑧。

秋，丹桓宫楹。

冬十有一月，曹伯射姑卒。

十有二月甲寅，公会齐侯盟于扈^⑧。

二十三年传

二十三年夏，公如齐观社，非礼也。曹刿谏曰："不可！夫礼，所以整民也。故会以训上下之则，制财用之节；朝以正班爵之义^⑩，帅长幼之序；征伐以讨其不然^⑧。诸侯有王，王有巡守，以大习之。非是，君不举矣。君举必书。书而不法，后嗣何观？"

晋桓、庄之族偪^⑧，献公患之。士蒍曰："去富子，则群公子可谋也已。"公曰："尔试其事。"士蒍与群公子谋，谮富子而去之。

秋，丹桓宫之楹。

二十四年经

二十有四年春王三月，刻桓宫桷。

葬曹庄公。

夏，公如齐逆女。

秋，公至自齐。

八月丁丑，夫人姜氏入。

戊寅，大夫宗妇觌^⑧，用币。

大水。

冬，戎侵曹。

曹羁出奔陈。

赤归于曹^⑧。

郭公。

二十四年传

二十四年春，刻其桷，皆非礼也。御孙谏曰："臣闻之：'俭，德之共也；侈，恶之大也。'先君有共德，而君纳诸大恶，无乃不可乎？"

秋，哀姜至，公使宗妇觌；用币，非礼也。御孙曰："男贽^⑧，大者玉帛，小者禽鸟，以章物也。女贽，不过榛、栗、枣、脩，以告虔也。今男女同贽，是无别也。男女之别，国之大节也，而由夫人乱之，无乃不可乎？"

晋士蒍又与群公子谋，使杀游氏之二子。士蒍告晋侯曰："可矣。不过二年，君必无患。"

二十五年经

二十有五年春，陈侯使女叔来聘。

夏五月癸丘，卫侯朔卒。

六月辛未，朔，日有食之，鼓、用牲于社。

伯姬归于杞。

秋，大水，鼓、用牲于社、于门。

冬，公子友如陈。

二十五年传

"二十五年春，陈女叔来聘"，始结陈好也。嘉之，故不名。

"夏六月辛未，朔，日有食之。鼓、用牲于社。"非常也。唯正月之朔，慝未作，日有食之。于是乎用币于社，伐鼓于朝。

"秋，大水，鼓、用牲于社，于门。"亦非常也。凡天灾，有币，无牲，非日、月之眚不鼓。

晋士蒍使群公子尽杀游氏之族，乃城聚而处之。

冬，晋侯围聚，尽杀群公子。

二十六年经

二十有六年春，公伐戎。

夏，公至自伐戎。

曹杀其大夫。

秋，公会宋人、齐人伐徐。

冬十有二月癸亥，朔，日有食之。

二十六年传

二十六年春，晋士蒍为大司空。

夏，士蒍城绛，以深其宫。

秋，虢人侵晋。冬，虢人又侵晋。

二十七年经

二十有七年春，公会杞伯姬于洮。

夏，六月，公会齐侯、宋公、陈侯、郑伯，同盟于幽。

秋，公子友如陈，葬原仲。

冬，杞伯姬来。

莒庆来逆叔姬。

杞伯来朝。

公会齐侯于城濮。

二十七年传

"二十七年春，公会杞伯姬于洮"，非事也。天子非展义不巡守，诸侯非民事不举，卿非君命不越竟⑥。

夏，"同盟于幽"，陈、郑服也。

"秋，公子友如陈，葬原仲。"非礼也。原仲，季友之旧也。

"冬，杞伯姬来"，归宁也⑥。凡诸侯之女，归宁曰"来"⑥，出曰"来归"⑥，夫人归宁曰"如某"，出曰"归于某"。

晋侯将伐虢，士蒍曰："不可！虢公骄，若骤得胜于我，必弃其民。无众而后伐之，欲御我，谁与？夫礼乐、慈爱，战所畜也。夫民，让事、乐和、爱亲、哀丧，而后可用也。虢弗畜也，亟战⑥，将饥⑥。"

王使召伯廖赐齐侯命，且请伐卫，以其立子颓也。

二十八年经

二十有八年春，王三月甲寅，齐人伐卫。卫人及齐人战，卫人败绩。

夏四月丁未，邾子琐卒。

秋，荆伐郑。公会齐人、宋人救郑。

冬，筑郿。

大无麦、禾。臧孙辰告籴于齐⑥。

二十八年传

二十八年春，齐侯伐卫，战败卫师，数之以王命，取赂而还。

晋献公娶于贾，无子。烝于齐姜，生秦穆夫人及大子申生。又娶二女于戎，大戎狐姬生重耳，小戎子生夷吾。晋伐骊戎，骊戎男女以骊姬⑥。归，生奚齐。其娣生卓子。

骊姬嬖，欲立其子。赂外嬖梁五与东关嬖五⑥，使言于公曰："曲沃，君之宗也；蒲与二屈⑥，君之疆也；不可以无主。宗邑无主，则民不威；疆场无主，则启戎心。戎之生心，民慢其政，国之患也。若使大子主曲沃，而重耳、夷吾主蒲与屈，则可以威民而惧戎，且旌君伐⑥。"使俱曰："狄之广莫，于晋为都。晋之启土，不亦宜乎！"晋侯说之。夏，使大子居曲沃，重耳居蒲城，夷吾居屈，群公子皆鄙⑥，唯二姬之子在绛。二五卒与骊姬谮群公子而立奚齐，晋人谓之"二五耦⑥"。

楚令尹子元欲蛊文夫人，为馆于其宫侧而振万焉⑥。夫人闻之，泣曰："先君以是舞也，习戎备也。今令尹不寻诸仇雠，而于未亡人之侧，不亦异乎！"御人以告子元，子元曰："妇人不忘袭雠，我反忘之！"

秋，子元以车六百乘伐郑，入于桔柣之门⑥。子元、鬥御疆、鬥梧、耿之不比为旆，鬥班、王孙游、王孙喜殿。众车入自纯门⑥，及逵市⑥，县门不发⑥。楚言而出。子元曰："郑有人焉。"

诸侯救郑，楚师夜遁。郑人将奔桐丘，谍告曰："楚幕有乌⑦。"乃止。

冬，饥⑧，"臧孙辰告籴于齐"，礼也。

"筑郿"，非都也。凡邑，有宗庙先君之主曰都，无曰邑。邑曰"筑"，都曰"城"。

二十九年经

二十有九年春，新延厩⑫。

夏，郑人侵许。

秋，有蜚。

冬十有二月，纪叔姬卒。

城诸及防。

二十九年传

二十九年春，新作延厩。书，不时也。凡马，日中而出⑬，日中而入。

"夏，郑人侵许。"凡师。有钟鼓曰"伐"，无曰"侵"，轻曰"袭"。

"秋，有蜚。"为灾也。凡物不为灾，不书。

冬十二月，"城诸及防"。书，时也。凡土功，龙见而毕务⑭，戒事也⑮；火见而致用⑯，水昏正而栽⑰，日至而毕⑱。

樊皮叛王⑲。

三十年经

三十年春王正月。

夏，次于成⑳。

秋七月，齐人降鄣。

八月癸亥，葬纪叔姬。

九月庚午朔，日有食之。鼓、用牲于社。

冬，公及齐侯遇于鲁济。

齐人伐山戎。

三十年传

三十年春，王命虢公讨樊皮。夏四月丙辰，虢公入樊，执樊仲皮，归于京师。

楚公子元归自伐郑，而处王宫。鬭射师谏㉑，则执而梏之。秋，申公鬭班杀子元。鬭縠於菟为令尹㉒，自毁其家以纾楚国之难㉓。

"冬，遇于鲁济"，谋山戎也，以其病燕故也。

三十一年经

三十有一年春，筑台于郎。

夏四月，薛伯卒。

筑台于薛。

六月，齐侯来献戎捷®。

秋，筑台于秦。

冬，不雨。

三十一年传

三十一年，夏六月，"齐侯来献戎捷"，非礼也。凡诸侯有四夷之功，则献于王，王以警于夷；中国则否。诸侯不相遗俘。

三十二年经

三十有二年春，城小穀。

夏，宋公、齐侯遇于梁丘。

秋七月癸巳，公子牙卒。

八月癸亥，公薨于路寝®。

冬十月己未，子般卒。

公子庆父如齐。

狄伐邢。

三十二年传

"三十二年春，城小穀"，为管仲也。

齐侯为楚伐郑之故，请会于诸侯。宋公请先见于齐侯。夏，遇于梁丘。

秋七月，有神降于莘。

惠王问诸内史过曰®："是何故也？"对曰："国之将兴，明神降之，监其德也；将亡，神又降之，观其恶也。故有得神以兴，亦有以亡。虞、夏、商、周皆有之。"王曰："若之何？"对曰："以其物享焉®。其至之日，亦其物也。"王从之。内史过往，闻虢请命，反曰："虢必亡矣，虐而听于神。"

神居莘六月。虢公使祝应、宗区、史嚚享焉®，神赐之土田。史嚚曰："虢其亡乎！吾闻之：国将兴，听于民；将亡，听于神。神，聪明正直而壹者也，依人而行。虢多凉德®，其何土之能得？"

初，公筑台，临党氏®；见孟任，从之。閟®。而以"夫人"言，许之，割臂盟公。生子般焉。雩，讲于梁氏®，女公子观之。圉人荦自墙外与之戏®。子般怒，使鞭之。公曰："不如杀之，是不可鞭。荦有力焉，能投盖于稷门®。"

公疾，问后于叔牙，对曰："庆父材。"问于季友，对曰："臣以死奉般。"公曰："乡者牙曰'庆父材'。"成季使以君命命僖叔，待于铖巫氏®，使铖季酖之®，曰："饮此，则有后于鲁国。不然，死且无后！"饮之，归，及逵泉而卒。立叔孙氏。

八月癸亥，公薨于路寝。子般即位，次于党氏。冬十月己未，共仲使圉人荦贼子般于党氏®。

成季奔陈。立闵公。

---

①孙：同逊。意思是文姜（鲁庄公母亲）让位而出国。

②荣叔：周大夫。　　锡：即赐。

③邴（píng，音平）：纪国邑名，故城在今山东省安丘县西。　　鄑（zǐ，音资）：纪国邑名，故城在今山东省昌邑县西北。
郚（wú，音吾）：纪国邑名，故城在今安丘县西南。

④绝：不称姜氏，是表示断绝亲属关系。

⑤禚（zhuō，音桌）：齐国地名，在今山东省长清县境内，是齐、鲁、卫三国分界的地方。

⑥溺：鲁大夫。

⑦纪季：纪侯之弟。　　酅（xī，音西）：纪国邑名，在今山东省淄博市东面。

⑧疾之也：因为鲁大夫溺联合齐军攻打卫国，没有向鲁庄公请得君令，因此经文只写他的名字"溺"，而不写他的姓氏，以表示对他的贬斥。

⑨判：分。纪分为二，纪侯居纪，纪季以酅邑割让给齐国。

⑩一宿为舍：凡是驻军在一个地方住一夜叫"舍"；再住一夜叫"信"；超过两夜叫"次"。

⑪大去：去而不返回。

⑫荆尸：楚国式的军队阵形。

⑬孑：戟，类似矛。

⑭楠（mán，音瞒）：松心木。

⑮令尹：楚官名，相当后来的宰相。　　除道：开路。　　梁溠（zhà，音诈）：在溠水筑桥。

⑯汉纳：汉水入江之处。

⑰违：避。　　难：欺凌。

⑱郳：鲁的附庸国，在今山东省滕县东。其先世出于邾。　　犁来：邾君小子肥的曾孙子。

⑲王人：周王室的官员。

⑳俘：疑是误字，应该是"宝"字。但获宝物也可称"俘"。齐人来归卫俘，意思是齐国把攻打卫国时获得的珍宝送给鲁国。

㉑宁跪：卫大夫。

㉒度：揣度。研究。

㉓不谋：失计。

㉔本之不枝：虽有根但不生叶。意思是此人虽应当立，却孤立无助，不能安国、固后世。

㉕弗强：不能勉强。

㉖止：指邓齐侯把楚王留在邓国。　　享：酒宴款待。

㉗雅（zhuī，音锥）甥：邓国的外甥。　　聃（dān，音耽）甥：同上。

㉘噬齐：自己咬肚脐。比喻后悔莫及。

㉙不食馂：古时俗语，蔑视唾弃之意。

㉚血食：用肉祭祀。

㉛俟（sì，音四）：等待。

㉜皋陶迈种德，德，乃降：皋陶勉力种树的德行具备了，他人自然会来降服。

㉝连称、管至父：都是齐国大夫。

㉞及瓜而待：等到来年食瓜季节，应使人替代他们。

㉟礼秩：待遇。　　適：同嫡。

㊱间：侦察情况。

㊲奚：何。　　御：同禦。

㊳石之纷如：侍人名。

㊴慢：松弛放纵。

㊵公子小白：齐僖公的庶子。即后来成为春秋五霸之首的齐桓公。

㊶郥（jì，音暨）：地名，在今山东省峄县东八十里。

㊷浚洙：加深河道。

㊸止：获。

㊹堂阜：齐地，在今山东省蒙阴县西北。　　　税之：释放他。

㊺管夷吾：管仲。　　　治于高傒：政治才干比高傒（齐国卿高敬仲）还要高。

㊻使相可也：可以使他作宰相。

㊼献舞：即桓十七年"自陈归于蔡"的蔡季、蔡哀侯。

㊽谭：谭国。在今山东省历城县东南七十里。

㊾曹刿（guì，音桂）：鲁国人。曹沫。

㊿肉食者：指大夫以上的人。

51间（jiàn，音践）：参与其间。

52小惠：衣、食。小恩小惠。　　　未徧：无法普遍施舍给人民。

53小信：微不足道的虔诚。　　　未孚：未必使鬼神满意。

54请从：请允许小臣参战。

55驰之：驰车追逐齐师。

56辙乱：军队行列不整。

57旗靡：旗倒。辙乱、旗靡，说明齐军是真败退。

58雩（yú，音于）门：鲁南城西门。　　　窃出：私自出击。

59皋比：虎皮，蒙于马。

60息妫（guī，音龟）：人名。　　　归：出嫁。

61薄：兵逼而压迫。

62敌未陈：没等敌军布好阵就把敌军打败。

63得隽：隽同俊，战胜其师，获得军内的雄隽。

64拜命之辱：当时的习惯语，相当现在说的"承蒙关注，实不敢当"。

65悖：兴起。

66忽：迅速。

67凶：指大水造成年成不收。

68御说：御说（同悦），宋庄公之子，也就是后来的宋桓公。

69仆姑：矢名。　　　南宫长万：宋大夫。

70歂（chuán，音遄）孙搏之：庄公的戎右歂孙活捉南宫。

71靳（jìn，音近）：讽刺。

72万：南宫长万。

73批：反手击之。

74亳（bó，音博）：古都邑名，在今河南省商丘县东南。

75萧：宋邑。　　　叔大心：叔为其人之行弟，大心为其名。

76南宫牛：南宫万之子。南宫党首领。

77猛获：南宫牛的党羽。

78石祁子：卫大夫。

79卫人归之：卫国把猛获引渡给宋国。

80比及宋：等到宋国。

81醢（hǎi，音海）：剁成肉酱。

82北杏：齐地，在今山东省东阿县境内。

83柯：齐邑城。今山东省阳穀县东北。

84鄄（juàn，音绢）：卫地，在今山东省鄄城县西北。

85贰：指有二心。

86里言：把国内情况告诉在外的厉公。

87人：指蔡人于栎。

88祏（shí，音石）：宗庙中藏主石之室。宗祏为宗人之官。

⑧为莘故：在莘楚打败蔡之战。

⑨绳：称誉，夸耀。

⑨阏（yù，音域）：公孙阏，祭仲的党羽。

⑨刖（yuè，音月）：断足。　　强钮：祭仲党羽。

⑨公父定叔：公孙滑之子

⑨良月：古人以奇数之月为忌，偶数之月为良。　　盈数：十为满数。

⑨芮国：周大夫。

⑨郑詹：即叔詹，厉公之子。

⑨麋（mí，音迷）：即麋鹿，麋多则害庄稼。

⑨宥（yòu，音又）：陪人饮宴。

⑨瑴（jué，音觉）：本作珏，白玉一双。

⑩鬭缗：楚大夫。　　尹之：以权为楚县，使鬭缗当县尹（即县大夫）。

⑩那处：楚地，今湖北省荆门县东南。

⑩公子结：鲁大夫。　　媵（yìng，音映）：古代诸侯娶于一国，另一国以庶女陪嫁，称媵。

⑩鄙：边陲。

⑩御之：抵御巴人讨伐楚国的军队。

⑩鬻（yù，音育）拳：楚大阍（hūn，音昏），主管城门。

⑩踖（jí，音籍）陵：黄国地名。在今潢川县西南。

⑩湫（jiǎo，音剿）：地名，在湖北省钟祥县北。

⑩夕室：楚国君主冢墓所在的称谓。

⑩绖皇：楚文王陵墓的地下宫殿殿前的庭道。

⑩大阍：管理宫门的官吏。

⑪王姚：庄王之妾。　　嬖（bì，音闭）：宠幸。

⑫囿（yòu，音又）：古代帝王畜养禽兽的园林。

⑬膳夫：官名，掌管王室膳食。　　秩：俸禄。

⑭因苏氏：利用周大夫苏氏对惠王的不满。

⑮和：调和。

⑯不举：包括贬损膳食和撤除音乐两件事。

⑰胥命于弭：指郑伯、虢公在弭（郑地，在今河南省密县）相约。

⑱圉（yǔ，音语）门：王城南门。

⑲阙西辟：阙是象魏（宫门），西辟是西边。

⑳略：经略土地。

㉑尤：罪、过。

㉒玤（bàng，音棒）：虢地，在今河南省渑池县。

㉓鞶（pán，音盘）鉴：大带而以铜镜装饰。

㉔肆：赦免。　　眚（shěng，音省）：过失。

㉕币：指玉、马、皮、圭、璧、帛等常用的聘礼。

㉖羁（jī，音讥）旅：作客他乡。

㉗工正：管理百官的工作。

㉘京：大。

㉙史：官名，古有大使、内史等官职。

㉚筮：用蓍草占卜称筮。卜则用龟。

㉛观：卦名。　　否（pǐ，音痞）：卦名。

㉜利用：利于。　　宾于王：为君主的上客。

㉝庭实：诸侯朝见天子或互相聘问时，必须将礼品陈列在庭内，叫庭实。

㉞风行：从此处而落他处。

㉟初亡：指昭公八年楚灭陈。

㊱大：大官。

㊲后亡：指哀十七年楚再次灭陈。

㊳荆人：楚人。

㊴萧：宋的附庸国。

㊵扈：齐地，在今山东省观城废县境。

㊶正班爵之义：即正朝仪之位，辨其贵贱等级。

㊷不然（nǎn，音燃）：不敬。

㊸偪：逼的异体字。

㊹大夫宗妇：同姓大夫之妇。　　觌（dí，音敌）：相见。

㊺赤：曹僖公。

㊻贽：古时人们相见时手中必执物，表示诚敬。所执之物称贽。

㊼愿：阴气。

㊽聚：晋邑城。在今山西省绛县东南十里的车箱城。

㊾城：加高加大。

㊿洮（táo，音逃）：鲁地。在今山东省旧汭阳县西南。

㉛竟：同境。

㉜归宁：女子出嫁后，返回娘家问候父母称归宁。

㉝来：指归宁后仍将回夫家。

㉞出：见弃于夫家。　　来归：来而不再返回。

㉟亟：屡。

㊣饥：指民气士气。灾荒。

㊤告：请。

㊥骊戎男：骊戎男爵。　　女：指纳女（骊姬）于献公。

㊦外嬖：女宠称内嬖，男宠称外嬖。

㊧二屈：指北屈和南屈。北屈在今吉县东北。南屈在北屈南面，为毗邻。

㊨旌：表彰。　　伐：功。

㊩使：骊姬使之。

㊪鄙：指边疆。

㊫二五：指梁五和东关嬖五。　　耦：狼狈为奸。

㊬振万：武舞必须振铎，故称振万。万为舞名。

㊭桔柣（dié，音迭）：远郊之门。

㊮纯门：郑国的外郭门。

㊯逵市：郑国城外大路之市场。

㊰县门：内城门上的闸门。

⑰楚幕有乌：是说楚军抛弃幕帐而逃。

⑱饥：指谷不熟。

⑲延：马棚名。

⑳日中：日中指春分、秋分，日夜相等。

㉑龙见：苍龙角、亢早晨出现于东方。

㉒戎事：指土功，即土木工程。

㉓火现：火即心宿，夏正十月初，次角、亢之后，早晨出现在东方。　　致用：板、臿、畚、梮等用具安置于场地。

㉔水昏：水即大水，即定星，今飞马座 α、β 二星，十月黄昏正见于南方。　　栽：筑墙立板。

㉕日至：冬至。

㉖樊皮：周大夫。

㉗次成：指欲数郭邑而不能。

㉘鬬射师：即鬬班。

㉙鬬谷於菟：即令尹子文。谷（gòu，音构）。　　於（yū，音乌）："乌"的古字。　　菟（tú，音徒）。

⑱纾：缓和。

⑱戎捷：讨伐戎的战利品。

⑱路寝：正寝。

⑱内史过：周大夫。过（guō，音锅）。

⑱物：指祭品，祭服。

⑱祝应：太祝名应。　　宗区：宗人区。

⑱凉：薄。

⑲党（zhǎng，音掌）氏：党家。其女叫孟任。

⑲閟（mì，音秘）：关门。

⑲讲：讲习，预习。举行雩（求雨）祭祀之先，预习礼节。

⑲圉人：管马人。　　荦（luò，音络）：人名。

⑲盍（hé，音合）：户扇。

⑲铖（qián，音箝）巫：即铖季，鲁大夫。

⑲酖（zhèn，音振）：同鸩。鸟名，羽毛有毒，古人用于毒酒。

⑲共（gōng，音恭）仲：即庆父。　　贼：杀死。　　子般：鲁新君子名般。

闵　公

元　年　经

元年春王正月。

齐人救邢。

夏六月辛酉，葬我君庄公。

秋八月，公及齐侯盟于落姑。季子来归。

冬，齐仲孙来。

元　年　传

“元年春”，不书即位，乱故也。

狄人伐邢。管敬仲言于齐侯曰：“戎狄豺狼，不可厌也；诸夏亲昵，不可弃也。宴安鸩毒，不可怀也。《诗》云：‘岂不怀归？畏此简书①。’简书，同恶相恤之谓也。请救邢以从简书。”齐人救邢。

夏六月，葬庄公。乱故，是以缓。

“秋八月，公及齐侯盟于落姑”，请复季友也。齐侯许之，使召诸陈，公次于郎以待之。“季子来归”，嘉之也。

冬，齐仲孙湫来省难②。书曰：“仲孙”，亦嘉之也。仲孙归，曰：“不去庆父，鲁难未已。”公曰：“若之何而去之？”对曰：“难不已，将自毙。君其待之。”公曰：“鲁可取乎？”对曰：“不可。犹秉周礼。周礼，所以本也。臣闻之：‘国将亡，本必先颠，而后枝叶从之。’鲁不弃周礼，未可动也。君其务宁鲁难而亲之。亲有礼，因重固，间携贰③，覆昏乱，霸王之器也④。"

晋侯作二军，公将上军，大子申生将下军，赵夙御戎，毕万为右，以灭耿、灭霍、灭魏。还，为大子城曲沃，赐赵夙耿，赐毕万魏，以为大夫。

士蒍曰："大子不得立矣。分之都城而位以卿，先为之极⑤，又焉得立？不如逃之，无使罪至。为吴大伯，不亦可乎？犹有令名，与其及也。且谚曰：'心苟无瑕，何恤乎无家？'天若祚大子，其无晋乎？"

卜偃曰："毕万之后必大。万，盈数也；魏，大名也。以是始赏，天启之矣。天子曰兆民，诸侯曰万民。今名之大以从盈数，其必有众！"

初，毕万筮仕于晋，遇"屯☳☵"之"比☷☵"。辛廖占之，曰："吉！'屯'固⑥，'比'入⑦，吉孰大焉？其必蕃昌！'震'为土⑧，车从马⑨，足居之，足长之，母覆之，众归之，六体不易，合而能固，安而能杀，公侯之卦也。公侯之子孙，必复其始！"

二 年 经

二年春王正月，齐人迁阳。

夏五月乙酉，吉禘于庄公⑩。

秋，八月辛丑，公薨。

九月，夫人姜氏孙于邾。

公子庆父出奔莒。

冬，齐高子来盟。

十有二月，狄入卫。

郑弃其师。

二 年 传

二年春，虢公败犬戎于渭汭。舟之侨曰："无德而禄，殃也。殃将至矣！"遂奔晋。

"夏，吉禘于庄公"，速也。

初，公傅夺卜齮田⑪，公不禁。秋八月辛丑，共仲使卜齮贼公于武闱⑫。成季以僖公適邾，共仲奔莒。乃入，立之。以赂求共仲于莒，莒人归之。及密，使公子鱼请。不许，哭而往。共仲曰："奚斯之声也⑬！"乃缢。

闵公，哀姜之娣叔姜之子也，故齐人立之。共仲通于哀姜，哀姜欲立之。闵公之死也，哀姜与知之，故孙于邾。齐人取而杀之于夷，以其尸归，僖公请而葬之。

成季之将生也，桓公使卜楚丘之父卜之。曰："男也。其名曰友，在公之右；间于两社⑭，为公室辅。季氏亡，则鲁不昌。"又筮之，遇"大有☰☲"之"乾☰☰"，曰："同复于父，敬如君所。"及生，有文在其手曰"友"，遂以命之。

冬十二月，狄人伐卫。卫懿公好鹤，鹤有乘轩者。将战，国人受甲者皆曰："使鹤！鹤实有禄位。余焉能战？"公与石祁子玦⑮，与宁庄子矢，使守，曰："以此赞国，择利而为之。"与夫人绣衣，曰："听于二子。"渠孔御戎，子伯为右，黄夷前驱，孔婴齐殿。及狄人战于荧泽，卫师败绩。遂灭卫。卫侯不去其旗，是以甚败。狄人囚史华龙滑与礼孔，以逐卫人，二人曰："我，大史也，实掌其祭。不先，国不可得也。"乃先之。至则告守曰："不可待也⑯。"夜与国人出。

狄人卫，遂从之，又败诸河。

初，惠公之即位也少，齐人使昭伯烝于宣姜。不可，强之。生齐子、戴公、文公、宋桓夫人、许穆夫人。文公为卫之多患也，先适齐。及败，宋桓公逆诸河，宵济。卫之遗民男女七百有三十人，益之以共、滕之民为五千人。立戴公以庐于曹。许穆夫人赋《载驰》。齐侯使公子无亏帅车三百乘、甲士三千人以戍曹。归公乘马[17]，祭服五称，牛、羊、豕、鸡、狗皆三百与门材。归夫人鱼轩[18]，重锦三十两[19]。

郑人恶高克，使帅师次于河上，久而弗召。师溃而归，高克奔陈。郑人为之赋《清人》。

晋侯使大子申生伐东山皋落氏。里克谏曰[20]："大子奉冢祀、社稷之粢盛[21]，以朝夕视君膳者也，故曰冢子。君行则守，有守则从。从曰抚军，守曰监国，古之制也。夫帅师，专行谋，誓军旅，君与国政之所图也[22]，非大子之事也。师在制命而已，禀命则不威[23]，专命则不孝，故君之嗣适不可以帅师。君失其官，帅师不威，将焉用之？且臣闻皋落氏将战。君其舍之[24]！"公曰："寡人有子，未知其谁立焉！"不对而退。

见大子。大子曰："吾其废乎？"对曰："告之以临民，教之以军旅，不共是惧[25]，何故废乎？且子惧不孝，无惧弗得立。修己而不责人，则免于难。"

大子帅师，公衣之偏衣[26]，佩之金玦。狐突御戎，先友为右。梁馀子养御罕夷[27]，先丹木为右。羊舌大夫为尉。先友曰："衣身之偏，握兵之要，在此行也，子其勉之！偏躬无慝，兵要远灾，亲以无灾，又何患焉！"狐突叹曰："时，事之征也。衣，身之章也。佩，衷之旗也。故敬其事，则命以始；服其身，则衣之纯；用其衷，则佩之度。今命以时卒，闷其事也；衣之尨服[28]，远其躬也；佩以金玦，弃其衷也。服以远之，时以闷之；尨，凉；冬，杀；金，寒；玦，离。胡可恃也！虽欲勉之，狄可尽乎？"梁馀子养曰："帅师者，受命于庙，受脤于社[29]，有常服矣。不获而尨，命可知也。死而不孝，不如逃之！"罕夷曰："尨奇无常，金玦不复。虽复何为？君有心矣！"先丹木曰："是服也，狂夫阻之[30]。曰'尽敌而反'，敌可尽乎？虽尽敌，犹有内谗，不如违之。"狐突欲行。羊舌大夫曰："不可！违命不孝，弃事不忠。虽知其寒[31]，恶不可取[32]。子其死之！"

大子将战，狐突谏曰："不可！昔辛伯谂周桓公云[33]：'内宠并后，外宠二政，嬖子配嫡，大都耦国，乱之本也。'周公弗从，故及于难。今乱本成矣，立可必乎？孝而安民，子其图之！与其危身以速罪也。"

成风闻成季之繇[34]，乃事之而属僖公焉[35]，故成季立之。

僖之元年，齐桓公迁邢于夷仪。二年，封卫于楚丘。邢迁如归，卫国忘亡。

卫文公大布之衣、大帛之冠[36]，务材训农，通商惠工，敬教劝学，授方任能，元年革车三十乘，季年乃三百乘。

---

①简书：这里指告急文书。

②湫（qiū，音秋）：仲孙名。

③间携贰：利用他国内部离心离德而离间之。

④器：用。当方法、策略讲。

⑤先为之极：先身为储君，而今位极人臣。

⑥屯：险难。 固：坚固。

⑦比：亲密。

⑧震为土：震卦变为坤卦（土）

⑨车从马：因震卦变成坤卦，所以说"车从马"。

⑩吉禘（dì，音帝）：大祭。

⑪卜齮（qí，音崎）：鲁大夫。

⑫闱（wéi，音唯）：宫中小门。武闱指鲁武公庙的侧门。

⑬奚斯：公子鱼的字。

⑭两社：诸侯的宫门分为库门（即外门）、雉门（即中门）、路门（即寝门）。雉门之外，右有周社，左有亳社。间于两社意为鲁的大夫。

⑮玦（jué，音决）：古玉器名。环形，有缺口。

⑯待：抵御。

⑰归（kuì，音馈）：赠送。

⑱鱼轩：以鱼皮为饰的车。

⑲重锦：熟细锦缎。　　两：匹。

⑳里克：晋大夫里季。

㉑冢祀：指宗庙之祀。

㉒国政：一国之正卿。

㉓禀命：意思是主帅遇事请示。

㉔舍之：意思是不遣太子行。

㉕不共（gōng，音供）：不能完成任务。

㉖偏衣：左右颜色不同的衣服。

㉗梁馀子养：梁是姓，馀子是字，养是名。　　罕夷：下将军。

㉘尨（máng，音忙）服：杂色的衣服。

㉙受脤（shèn，音慎）：古代出兵祭社，祭毕将社肉颁赐给众人，称为受脤。

㉚阻之：指狂夫也难穿这样的杂色衣服。

㉛寒：苦恶。

㉜恶：指不忠不孝。

㉝谂（shěn，音审）：深谏。规谏。

㉞成风：庄公的爱妾，僖公的母亲。　　繇（zhòu，音宙）：卦兆的占辞。

㉟事：结交，听从其意见。

㊱大帛：大白冠，表示俭节。

僖　公

元　年　经

元年春王正月。

齐师、宋师、曹师次于聂北，救邢。

夏六月，邢迁于夷仪。

齐师、宋师、曹师城邢。

秋七月戊辰，夫人姜氏薨于夷，齐人以归。

楚人伐郑。

八月，公会齐侯、宋公、郑伯、邾人于柽①。

九月，公败邾师于偃。

冬十月壬午，公子友帅师败莒师于郦，获莒挐②。

十有二月丁巳，夫人氏之丧至自齐。

元 年 传

"元年春"，不称即位，公出故也。公出复入，不书，讳之也。讳国恶③，礼也。

诸侯救邢。邢人溃，出奔师。师遂逐狄人，具邢器用而迁之，师无私焉。

夏，邢迁于夷仪，诸侯城之，救患也。凡侯伯，救患，分灾，讨罪，礼也。

秋，楚人伐郑，郑即齐故也。盟于荦，谋救郑也。

"九月，公败邾师于偃"，虚丘之戍将归者也。

冬，莒人来求赂。公子友败诸郦，获莒子之弟挐。——非卿也，嘉获之也。公赐季友汶阳之田及费。

夫人氏之丧至自齐。君子以齐人之杀哀姜也为已甚矣④。女子，从人者也。

二 年 经

二年春王正月，城楚丘。

夏五月辛巳，葬我小君哀姜。

虞师、晋师灭下阳。

秋九月，齐侯、宋公、江人、黄人盟于贯。

冬十月，不雨。

楚人侵郑。

二 年 传

二年春，诸侯城楚丘而封卫焉。不书所会⑤，后也⑥。

晋荀息请以屈产之乘与垂棘之璧假道于虞以伐虢⑦。公曰："是吾宝也。"对曰："若得道于虞，犹外府也。"公曰："宫之奇存焉。"对曰："宫之奇之为人也，懦而不能强谏。且少长于君，君暱之。虽谏，将不听。"乃使荀息假道于虞，曰："冀为不道，入自颠轹⑧，伐鄑三门⑨。冀之既病⑩，则亦唯君故⑪。今虢为不道，保于逆旅⑫，以侵敝邑之南鄙。敢请假道，以请罪于虢。"虞公许之，且请先伐虢。宫之奇谏。不听，遂起师。夏，晋里克、荀息帅师会虞师伐虢，灭下阳。先书虞，贿故也。

"秋，盟于贯"，服江、黄也。

齐寺人貂始漏师于多鱼⑬。

虢公败戎于桑田。晋卜偃曰："虢必亡矣！亡下阳不惧⑭，而又有功，是天夺之鉴，而益其疾也⑮。必易晋而不抚其民矣⑯。不可以五稔⑰。"

冬，楚人伐郑，鬬章囚郑聃伯⑱。

三 年 经

三年春王正月，不雨。

夏四月，不雨。

徐人取舒。

六月雨。

秋，齐侯、宋公、江人、黄人会于阳穀。

冬，公子友如齐莅盟。

楚人伐郑。

三 年 传

三年春不雨，夏六月雨。自十月不雨至于五月。不曰旱，不为灾也。

"秋，会于阳穀"，谋伐楚也。

齐侯为阳穀之会来寻盟。冬，公子友如齐莅盟。

楚人伐郑，郑伯欲成。孔叔不可，曰："齐方勤我。弃德，不祥。"

齐侯与蔡姬乘舟于囿，荡公。公惧，变色；禁之，不可。公怒，归之，未之绝也。蔡人嫁之。

四 年 经

四年春王正月，公会齐侯、宋公、陈侯、卫侯、郑伯、许男、曹伯侵蔡，蔡溃。遂伐楚，次于陉。

夏，许男新臣卒。

楚屈完来盟于师，盟于召陵。

齐人执陈辕涛涂⑲。

秋，及江人、黄人伐陈。

八月，公至自伐楚。

葬许穆公。

冬十有二月，公孙兹帅师会齐人、宋人、卫人、郑人、许人、曹人侵陈⑳。

四 年 传

四年春，齐侯以诸侯之师侵蔡。蔡溃。遂伐楚。

楚子使与师言曰："君处北海，寡人处南海，唯是风马牛不相及也。不虞君之涉吾地也，何故？"管仲对曰："昔召康公命我先君大公曰㉑：'五侯九伯㉒，女实征之，以夹辅周室！'赐我先君履㉓，东至于海，西至于河，南至于穆陵，北至于无棣。尔贡苞茅不入㉔，王祭不共，无以缩酒㉕，寡人是徵㉖。昭王南征而不复，寡人是问！"对曰："贡之不入，寡君之罪也，敢不共给？昭王之不复，君其问诸水滨！"

师进，次于陉。夏，楚子使屈完如师。师退，次于召陵。

齐侯陈诸侯之师，与屈完乘而观之。齐侯曰："岂不穀是为㉗？先君之好是继。与不穀同好如何？"对曰："君惠徼福于敝邑之社稷㉘，辱收寡君，寡君之愿也。"齐侯曰："以此众战，谁能御之？以此攻城，何城不克？"对曰："君若以德绥诸侯，谁敢不服？君若以力，楚国方城以为城，汉水以为池，虽众，无所用之！"

屈完及诸侯盟。

陈辕涛涂谓郑申侯曰："师出于陈、郑之间，国必甚病。若出于东方，观兵于东夷㉙，循海而归㉚，其可也。"申侯曰："善。"涛涂以告齐侯，许之。申侯见，曰："师老矣，若出于东方而遇敌，惧不可用也。若出于陈、郑之间，共其资粮、屝屦㉛，其可也。"齐侯说，与之虎牢㉜。执辕涛涂。

秋，伐陈，讨不忠也。

许穆公卒于师，葬之以侯，礼也。凡诸侯薨于朝、会，加一等；死王事㉝，加二等。于是有以衮敛㉞。

冬，叔孙戴伯帅师，会诸侯之师侵陈。陈成㉟。归辕涛涂。

初，晋献公欲以骊姬为夫人，卜之，不吉；筮之，吉。公曰："从筮。"卜人曰："筮短龟长，不如从长。且其繇曰：'专之渝㊱，攘公之羭㊲。一薰一莸㊳，十年尚犹有臭。'必不可！"弗听，立之。生奚齐。其娣生卓子㊴。

及将立奚齐，既与中大夫成谋。姬谓大子曰："君梦齐姜，必速祭之！"大子祭于曲沃，归胙于公㊵。公田，姬寘诸宫六日。公至，毒而献之。公祭之地，地坟㊶；与犬，犬毙；与小臣，小臣亦毙。姬泣曰："贼由大子！"大子奔新城。公杀其傅杜原款。或谓大子："子辞，君必辩焉。"大子曰："君非姬氏，居不安，食不饱。我辞，姬必有罪。君老矣，吾又不乐。"曰："子其行乎？"大子曰："君实不察其罪。被此名也以出，人谁纳我？"十二月戊申，缢于新城。姬遂谮二公子曰："皆知之。"重耳奔蒲，夷吾奔屈。

五　年　经

五年春，晋侯杀其世子申生。

杞伯姬来朝其子。

夏，公孙兹如牟。

公及齐侯、宋公、陈侯、卫侯、郑伯、许男、曹伯会王世子于首止。

秋八月，诸侯盟于首止。

郑伯逃归不盟。

楚子灭弦。弦子奔黄。

九月戊申朔，日有食之。

冬，晋人执虞公。

五　年　传

五年春王正月辛亥朔，日南至。公既视朔㊷，遂登观台以望。而书，礼也。凡分、至、启、闭㊸，必书云物㊹，为备故也。

晋侯使以杀大子申生之故来告。

初，晋侯使士蒍为二公子筑蒲与屈，不慎，置薪焉。夷吾诉之。公使让之，士蒍稽首而对曰："臣闻之：'无丧而慼㊺，忧必雠焉㊻。无戎而城，雠必保焉㊼。'寇雠之保，又何慎焉？守官废命，不敬。固雠之保㊽，不忠。失忠与敬，何以事君？《诗》云：'怀德惟宁，宗子惟城㊾。'君其修德而固宗子，何城如之？三年将寻师焉，焉用慎？"退而赋，曰："狐裘龙茸㊿，一国三公，吾谁适从？"

及难，公使寺人披伐蒲。重耳曰："君父之命不校㈤。"乃徇曰㈥："校者吾仇也。"逾垣而走。披斩其袪㈦。遂出奔翟。

"夏，公孙兹如牟"，娶焉。

会于首止，会王大子郑，谋宁周也。

陈辕宣仲怨郑申侯之反己于召陵，故劝之城其赐邑，曰："美城之！大名也，子孙不忘。吾助子请。"乃为之请于诸侯而城之，美。遂谮诸郑伯曰："美城其赐邑，将以叛也。"申侯于是得罪。

秋，诸侯盟。王使周公召郑伯，曰："吾抚女以从楚，辅之以晋，可以少安。"郑伯喜于王命，而惧其不朝于齐也，故逃归不盟。孔叔止之，曰："国君不可以轻㈧。轻则失亲；失亲，患必至。病而乞盟，所丧多矣。君必悔之！"弗听，逃其师而归。

楚鬥穀於菟灭弦，弦子奔黄。于是江、黄、道、柏方睦于齐，皆弦姻也。弦子恃之而不事楚，又不设备，故亡。

晋侯复假道于虞以伐虢。宫之奇谏曰："虢，虞之表也。虢亡，虞必从之。晋不可启㈤，寇不可玩㈥。一之谓甚，其可再乎？谚所谓'辅车相依，唇亡齿寒'者，其虞、虢之谓也。"公曰："晋，吾宗也，岂害我哉？"对曰："大伯、虞仲，大王之昭也。大伯不从，是以不嗣。虢仲、虢叔，王季之穆也；为文王卿士，勋在王室，藏于盟府。将虢是灭，何爱于虞？且虞能亲于桓、庄乎？其爱之也？桓、庄之族何罪，而以为戮，不唯偪乎？亲以宠偪，犹尚害之，况以国乎？"公曰："吾享祀丰洁，神必据我。"对曰："臣闻之：鬼神非人实亲，惟德是依。故《周书》曰：'皇天无亲，惟德是辅。'又曰：'黍稷非馨，明德惟馨。'又曰：'民不易物㈤，唯德繄物㈧。'如是，则非德民不和、神不享矣。神所冯依，将在德矣。若晋取虞，而明德以荐馨香，神其吐之乎？"弗听，许晋使。宫之奇以其族行，曰："虞不腊矣㈨！在此行也，晋不更举矣。"

八月甲午，晋侯围上阳。问于卜偃曰："吾其济乎？"对曰："克之。"公曰："何时？"对曰："童谣云：'丙之晨，龙尾伏辰㈥。均服振振㈤，取虢之旂㈥。鹑之贲贲㈥，天策焞焞㈥，火中成军㈥，虢公其奔。'其九月、十月之交乎！丙子旦，日在尾，月在策，鹑火中，必是时也。"

冬十二月丙子朔，晋灭虢。虢公醜奔京师。师还，馆于虞。遂袭虞，灭之。执虞公及其大夫井伯，以媵秦穆姬。而修虞祀，且归其职贡于王

故书曰："晋人执虞公。"罪虞，且言易也。

六 年 经

六年春王正月。

夏，公会齐侯、宋公、陈侯、卫侯、曹伯伐郑，围新城。

秋，楚人围许，诸侯遂救许。

冬，公至自伐郑。

六 年 传

六年春，晋侯使贾华伐屈。夷吾不能守，盟而行。将奔狄，郤芮曰⑱："后出同走，罪也。不如之梁，梁近秦而幸焉。"乃之梁。

夏，诸侯伐郑，以其逃首止之盟故也。围新密，郑所以不时城也。

秋，楚子围许以救郑。诸侯救许。乃还。

冬，蔡穆侯将许僖公以见楚子于武城。许男面缚⑰，衔璧，大夫衰绖⑱。士舆榇⑲。楚子问诸逢伯，对曰："昔武王克殷，微子启如是。武王亲释其缚，受其璧而祓之⑳，焚其榇，礼而命之，使复其所。"楚子从之。

七 年 经

七年春，齐人伐郑。

夏，小邾子来朝。

郑杀其大夫申侯。

秋七月，公会齐侯、宋公、陈世子款、郑世子华，盟于宁母。

曹伯班卒。

公子友如齐。

冬，葬曹昭公。

七 年 传

七年春，齐人伐郑。孔叔言于郑伯曰："谚有之曰：'心则不竞㉑，何惮于病㉒？'既不能强，又不能弱，所以毙也。国危矣，请下齐以救国。"公曰："吾知其所由来矣。姑少待我。"对曰："朝不及夕，何以待君？"

夏，郑杀申侯以说于齐，且用陈辕涛涂之谮也。初，申侯，申出也，有宠于楚文王。文王将死，与之璧，使行，曰："唯我知女；女专利而不厌，予取予求，不女疵瑕也。后之人将求多于女，女必不免。我死，女必速行！无适小国，将不女容焉！"既葬，出奔郑，又有宠于厉公。子文闻其死也，曰："古人有言曰：'知臣莫若君。'弗可改也已！"

"秋，盟于宁母"，谋郑故也。

管仲言于齐侯曰："臣闻之：招携以礼㉓，怀远以德。德、礼不易，无人不怀。"齐侯修礼于诸侯，诸侯官受方物。

郑伯使大子华听命于会，言于齐侯曰："泄氏、孔氏、子人氏三族实违君命。君若去之以为成，我以郑为内臣，君亦无所不利焉。"齐侯将许之。管仲曰："君以礼与信属诸侯㉔，而以奸终之㉕，无乃不可乎？子父不奸之谓礼，守命共时之谓信㉖。违此二者，奸莫大焉！"公曰："诸侯有讨于郑，未捷；今苟有衅，从之，不亦可乎？"对曰："君若绥之以德，加之以训，辞，而帅诸侯以讨郑。郑将覆亡之不暇㉗，岂敢不惧？若揔其罪人以临之㉘，郑有辞矣，何惧？且夫合诸侯，以崇德也。会而列奸㉙，何以示后嗣？夫诸侯之会，其德、刑、礼、义无国不记；记奸之位，君盟替矣㉚。作而不记，非盛德也。君其勿许！郑必受盟。夫子华既为大子，而求介于大国以弱其国，亦必不免。郑有叔詹、堵叔、师叔三良为政，未可间也。"齐侯辞焉。子华由是得罪于郑。

冬，郑伯使请盟于齐。

闰月，惠王崩。襄王恶大叔带之难㉛，惧不立，不发丧，而告难于齐。

八 年 经

八年春王正月，公会王人、齐侯、宋公、卫侯、许男、曹伯、陈世子款盟于洮。郑伯乞盟。

夏，狄伐晋。

秋七月，禘于大庙，用致夫人㉜。

冬十有二月丁未，天王崩。

八 年 传

"八年春，盟于洮"，谋王室也。"郑伯乞盟"，请服也。襄王定位而后发丧。

晋里克帅师，梁由靡御，虢射为右，以败狄于采桑。梁由靡曰："狄无耻。从之，必大克！"里克曰："惧之而已，无速众狄。"虢射曰："期年狄必至，示之弱也。"

夏，狄伐晋，报采桑之役也。复期月㉝。

秋，禘而致哀姜焉，非礼也。凡夫人，不薨于寝，不殡于庙，不赴于同，不祔于姑，则弗致也。

冬，王人来告丧。难故也，是以缓。

宋公疾，大子兹父固请曰："目夷长且仁，君其立之！"公命子鱼。子鱼辞，曰："能以国让，仁孰大焉？臣不及也，且又不顺㉞。"遂走而退。

九 年 经

九年春王三月丁丑，宋公御说卒。

夏，公会宰周公、齐侯、宋子、卫侯、郑伯、许男、曹伯于葵丘。

秋七月乙酉，伯姬卒。

九月戊辰，诸侯盟于葵丘。

甲子，晋侯佹诸卒㉟。

冬，晋里克杀其君之子奚齐。

九 年 传

九年春，宋桓公卒。未葬而襄公会诸侯，故曰"子"。凡在丧，王曰："小童"，公侯曰"子"。

夏，会于葵丘。寻盟，且修好，礼也。

王使宰孔赐齐侯胙，曰："天子有事于文、武，使孔赐伯舅胙，"齐侯将下、拜㊱，孔曰："且有后命——天子使孔曰：'以伯舅耋老，加劳，赐一级，无下拜。'"对曰："天威不违颜咫尺㊲，小白余敢贪天子之命，无下拜？——恐陨越于下，以遗天子羞，敢不下拜？"下，拜；

登⑧，受。

秋，齐侯盟诸侯于葵丘，曰："凡我同盟之人，既盟之后，言归于好！"

宰孔先归，遇晋侯，曰："可无会也。齐侯不务德而勤远略⑩，故北伐山戎，南伐楚，西为此会也。东略之不知，西则否矣。其在乱乎？君务靖乱⑩，无勤于行！"晋侯乃还。

九月，晋献公卒。里克、丕郑欲纳文公⑪，故以三公子之徒作乱。

初，献公使荀息傅奚齐。公疾，召之，曰："以是藐诸孤辱在大夫⑫，其若之何？"稽首而对曰："臣竭其股肱之力，加之以忠、贞。其济，君之灵也；不济，则以死继之。"公曰："何谓忠、贞？"对曰："公家之利，知无不为，忠也。送往事居⑬，耦俱无猜，贞也。"

及里克将杀奚齐，先告荀息曰："三怨将作⑭，秦、晋辅之，子将何如？"荀息曰："将死之！"里克曰："无益也。"荀叔曰："吾与先君言矣，不可以贰⑮。能欲复言而爱身乎？虽无益也，将焉辟之？且人之欲善，谁不如我？我欲无贰，而能谓人已乎？"

冬十月，里克杀奚齐于次。书曰"杀其君之子"，未葬也。荀息将死之，人曰："不如立卓子而辅之。"荀息立公子卓以葬。十一月，里克杀公子卓于朝。荀息死之。

君子曰："《诗》所谓'白圭之玷，尚可磨也；斯言之玷，不可为也'，荀息有焉！"

齐侯以诸侯之师伐晋，及高梁而还，讨晋乱也。令不及鲁，故不书。

晋郤芮使夷吾重赂秦以求入，曰："人实有国⑯，我何爱焉？入而能民⑰，土于何有？"从之。齐隰朋帅师会秦师⑱，纳晋惠公。秦伯谓郤芮曰："公子谁恃？"对曰："臣闻亡人无党，有党必有雠。夷吾弱不好弄，能斗不过，长亦不改，不识其他。"

公谓公孙枝曰："夷吾其定乎？"对曰："臣闻之，唯则定国。《诗》曰：'不识不知，顺帝之则。'文王之谓也。又曰：'不僭不贼⑲，鲜不为则。'无好无恶、不忌不克之谓也。今其言多忌克，难哉！"公曰："忌则多怨，又焉能克？是吾利也。"

宋襄公即位，以公子目夷为仁，使为左师以听政，于是宋治。故鱼氏世为左师。

十 年 经

十年春王正月，公如齐。

狄灭温，温子奔卫。

晋里克弑其君卓及其大夫荀息。

夏，齐侯、许男伐北戎。

晋杀其大夫里克。

秋七月。

冬，大雨雪。

十 年 传

十年春，"狄灭温"，苏子无信也⑳。苏子叛王即敌，又不能于狄，狄人伐之，王不救，故灭。苏子奔卫。

夏四月，周公忌父、王子党会齐隰朋立晋侯。晋侯杀里克以说㉑。将杀里克，公使谓之曰："微子㉒，则不及此。虽然，子杀二君与一大夫，为子君者不亦难乎？"对曰："不有废也，君何以兴？欲加之罪，其无辞乎？臣闻命矣！"伏剑而死。于是丕郑聘于秦，且谢缓赂，故不及。

晋侯改葬共大子^⑥。

秋，狐突适下国^⑥，遇大子。大子使登，仆，而告之曰："夷吾无礼。余得请于帝矣，将以晋畀秦，秦将祀余。"对曰："臣闻之：'神不歆非类^⑥，民不祀非族。'君祀无乃殄乎^⑥？且民何罪？失刑，乏祀，君其图之！"君曰："诺！吾将复请。七日，新城西偏将有巫者而见我焉。"许之，遂不见^⑥。及期而往，告之曰："帝许我罚有罪矣，敝于韩^⑥。"

丕郑之如秦也，言于秦伯曰："吕甥、郤称、冀芮实为不从。若重问以召之^⑥，臣出晋君，君纳重耳，蔑不济矣^⑥。"

冬，秦伯使泠至报、问^⑪，且召三子。郤芮曰："币重而言甘，诱我也。"遂杀丕郑、祁举及七舆大夫^⑫：左行共华、右行贾华、叔坚、骓颛^⑬、累虎、特宫、山祁，皆里、丕之党也。

丕豹奔秦，言于秦伯曰："晋侯背大主而忌小怨，民弗与也。伐之，必出。"公曰："失众，焉能杀？违祸，谁能出君？"

十一年经

十有一年春，晋杀其大夫丕郑父。

夏，公及夫人姜氏会齐侯于阳穀。

秋八月，大雩。

冬，楚人伐黄。

十一年传

十一年春，晋侯使以丕郑之乱来告。

天王使召武公、内史过赐晋侯命^⑭。受玉惰。过归，告王曰："晋侯其无后乎？王赐之命，而惰于受瑞，先自弃也已，其何继之有！礼，国之干也。敬，礼之舆也。不敬则礼不行，礼不行则上下昏，何以长世？"

夏，扬、拒、泉、皋、伊、雒之戎同伐京师，入王城，焚东门，王子带召之也。秦、晋伐戎以救周。秋，晋侯平戎于王。

黄人不归楚贡。冬，楚人伐黄。

十二年经

十有二年春王三月庚午，日有食之。

夏，楚人灭黄。

秋七月。

冬十有二月丁丑，陈侯杵臼卒。

十二年传

十二年春，诸侯城卫楚丘之郢^⑯，惧狄难也。

黄人恃诸侯之睦于齐也，不共楚职^⑯，曰："自郢及我九百里^⑰，焉能害我？"夏，楚灭黄。

王以戎难故，讨王子带。秋，王子带奔齐。

冬，齐侯使管夷吾平戎于王，使隰朋平戎于晋。

王以上卿之礼飨管仲。管仲辞曰："臣，贱有司也。有天子之二守国、高在^⑱，若节春秋来承王命^⑲，何以礼焉？陪臣敢辞^⑳！"王曰："舅氏！余嘉乃勋！应乃懿德，谓督不忘^㉑。往践乃职^㉒，无逆朕命！"管仲受下卿之礼而还。

君子曰："管氏之世祀也宜哉^㉓！让不忘其上。《诗》曰：'恺悌君子，神所劳矣^㉔！'"

十 三 年 经

十有三年春，狄侵卫。

夏四月，葬陈宣公。

公会齐侯、宋公、陈侯、卫侯、郑伯、许男、曹伯于鹹^㉕。

秋九月，大雩。

冬，公子友如齐。

十 三 年 传

十三年春，齐侯使仲孙湫聘于周，且言王子带。事毕，不与王言。归，复命曰："未可。王怒未息，其十年乎？不十年，王弗召也。"

夏，会于鹹，淮夷病杞故，且谋王室也。

秋，为戎难故，诸侯戍周。齐仲孙湫致之。

冬，晋荐饥^㉖，使乞籴于秦。秦伯谓子桑："与诸乎？"对曰："重施而报，君将何求？重施而不报，其民必携^㉗。携而讨焉，无众，必败。"谓百里："与诸乎？"对曰："天灾流行，国家代有^㉘。救灾恤邻，道也。行道，有福。"丕郑之子豹在秦，请伐晋。秦伯曰："其君是恶，其民何罪？"秦于是乎输粟于晋，自雍及绛相继，命之曰"汎舟之役。"

十 四 年 经

十有四年春，诸侯城缘陵。

夏六月，季姬及鄫子遇于防^㉙。使鄫子来朝。

秋八月辛卯，沙鹿崩。

狄侵郑。

冬，蔡侯肸卒^㉚。

十 四 年 传

"十四年春，诸侯城缘陵"而迁杞焉。不书其人，有阙也^㉛。

鄫季姬来宁，公怒，止之，以鄫子之不朝也。夏，遇于防而使来朝。

秋八月辛卯，沙鹿崩。晋卜偃曰："期年将有大咎^㉜，几亡国。"

冬，秦饥，使乞籴于晋。晋人弗与。庆郑曰："背施^㉝，无亲；幸灾，不仁；贪爱，不祥；怒邻，不义。四德皆失，何以守国？"虢射曰："皮之不存，毛将安傅？"庆郑曰："弃信、背邻，患孰恤之？无信，患作；失援，必毙。是则然矣！"虢射曰："无损于怨，而厚于寇，不如勿与。"庆郑曰："背施、幸灾，民所弃也。近犹雠之，况怨敌乎？"弗听。退曰："君其悔是哉！"

十五年经

十有五年春王正月，公如齐。

楚人伐徐。

三月，公会齐侯、宋公、陈侯、卫侯、郑伯、许男、曹伯盟于牡丘，遂次于匡㊿。公孙敖帅师，及诸侯之大夫救徐。

夏五月，日有食之。

秋七月，齐师、曹师伐厉。

八月，螽。

九月，公至自会。

季姬归于鄫。

己卯晦㊿，震夷伯之庙。

冬，宋人伐曹。

楚人败徐于娄林。

十有一月壬戌，晋侯及秦伯战于韩，获晋侯。

十五年传

十五年春，"楚人伐徐"，徐即诸夏故也。"三月，盟于牡丘"，寻葵丘之盟，且救徐也。孟穆伯帅师及诸侯之师救徐，诸侯次于匡以待之。

"夏五月，日有食之。"不书朔与日，官失之也。

秋，伐厉，以救徐也。

晋侯之入也，秦穆姬属贾君焉㊿，且曰："尽纳群公子！"晋侯烝于贾君，又不纳群公子，是以穆姬怨之。晋侯许赂中大夫，既而皆背之。赂秦伯以河外列城五，东尽虢略，南及华山，内及解梁城，既而不与。晋饥，秦输之粟；秦饥，晋闭之籴。故秦伯伐晋。

卜徒父筮之吉："涉河，侯车败。"诘之㊿，对曰："乃大吉也。三败，必获晋君！其卦遇'蛊☷'，曰：'千乘三去，三去之馀，获其雄狐。'夫'狐蛊'，必其君也。'蛊'之贞，风也；其悔，山也。岁云秋矣，我落其实，而取其材，所以克也。实落、材亡，不败何待？"

三败及韩。晋侯谓庆郑曰："寇深矣，若之何？"对曰："君实深之㊿，可若何！"公曰："不孙㊿！"卜右，庆郑吉。弗使。步扬御戎，家仆徒为右。乘小驷，郑入也。庆郑曰："古者大事，必乘其产。生其水土而知其人心；安其教训而服习其道；唯所纳之，无不如志。今乘异产，以从戎事，及惧而变㊿，将与人易。乱气狡愤，阴血周作，张脉偾兴㊿，外强中干；进退不可，周旋不能，君必悔之！"弗听。

九月，晋侯逆秦师，使韩简视师。复曰："师少于我，斗士倍我。"公曰："何故？"对曰："出因其资㊿，入用其宠，饥食其粟，三施而无报，是以来也。今又击之，我怠、秦奋，倍犹未也。"公曰："一夫不可狃㊿，况国乎？"遂使请战，曰："寡人不佞㊿，能合其众而不能离也。君若不还，无所逃命！"秦伯使公孙枝对曰："君之未入，寡人惧之；入而未定列⑮，犹吾忧也。苟列定矣，敢不承命！"韩简退，曰："吾幸而得囚。"

壬戌，战于韩原。晋戎马还泞而止⑯。公号庆郑，庆郑曰："愎谏⑰、违卜，固败是求，又何逃焉？"遂去之。梁由靡御韩简，虢射为右，辂秦伯⑱，将止之。郑以救公误之，遂失秦伯。秦获晋侯以归。晋大夫反首拔舍从之⑲，秦伯使辞焉，曰："二三子何其慼也！寡人之从晋君而西也，亦晋之妖梦是践，岂敢以至？"晋大夫三拜稽首，曰："君履后天而戴皇天，皇天后土实闻君之言！群臣敢在下风。"

穆姬闻晋侯将至，以大子罃⑳、弘与女简璧登台而履薪焉㉑。使以免服衰绖逆㉒，且告曰："上天降灾，使我两君匪以玉帛相见，而以兴戎。若晋君朝以入，则婢子夕以死㉓；夕以入，则朝以死。唯君裁之！"乃舍诸灵台。

大夫请以入。公曰："获晋侯，以厚归也。既而丧归，焉用之？大夫其何有焉！且晋人慼忧以重我㉔，天地以要我㉕。不图晋忧，重其怒也；我食吾言，背天地也。重怒，难任，背天，不祥，必归晋君！"公子絷曰㉖："不如杀之，无聚慝焉。"子桑曰："归之而质其大子，必得大成㉗。晋未可灭而杀其君，只以成恶。且史佚有言曰：'无始祸，无怙乱㉘，无重怒。'重怒，难任；陵人，不祥。"乃许晋平。

晋侯使郤乞告瑕吕饴甥㉙，且召之。子金教之言，曰："朝国人而以君命赏，且告之曰：孤虽归，辱社稷矣！其卜贰圉也㉚。"众皆哭，晋于是乎作爰田㉛。吕甥曰："君亡之不恤，而群臣是忧；惠之至也，将若君何？"众曰："何为而可？"对曰："征缮以辅孺子。"诸侯闻之，丧君有君，群臣辑睦，甲兵益多，好我者劝，恶我者惧，庶有益乎！"众说。晋于是乎作州兵㉜。

初，晋献公筮嫁伯姬于秦，遇"归妹☳"之"睽☲"。史苏占之曰："不吉。其繇曰：'士刲羊㉝，亦无衁也㉞。女承筐㉟，亦无贶也㊱。西邻责言，不可偿也。'归妹'之'睽'，犹无相也。''震'之'离'，亦'离'之'震'。'为雷为火，为嬴败姬'。车说其辐㊲，火焚其旗。不利行师，败于宗丘。'归妹''睽'孤，寇张之弧㊳。姪其从姑，六年其逋㊴，逃归其国，而弃其家，明年其死于高粱之虚。'"

及惠公在秦，曰："先君若从史苏之占，吾不及此夫！"韩简侍，曰："龟，象也；筮，数也。物生而后有象，象而后有滋，滋而后有数。先君之败德，及可数乎？史苏是占，勿从何益？《诗》曰：'下民之孽，匪降自天。僔沓背憎㊵，职竞由人。'"

"震夷伯之庙"，罪之也，于是展氏有隐慝焉㊶。

"冬，宋人伐曹"，讨旧怨也。

"楚败徐于娄林"，徐恃救也。

十月，晋阴饴甥会秦伯，盟于王城，秦伯曰："晋国和乎？"对曰："不和。小人耻失其君而悼丧其亲，不惮征缮以立圉也，曰：'必报雠！宁事戎狄。'君子爱其君而知其罪，不惮征缮以待秦命，曰：'必报德，有死无二！'以此不和。"秦伯曰："国谓君何？"对曰："小人慼，谓之不免。君子恕，以为必归。小人曰：'我毒秦，秦岂归君？'君子曰：'我知罪矣，秦必归君。贰而执之，服而舍之，德莫厚焉，刑莫威焉！服者怀德，贰者畏刑。此一役也，秦可以霸。纳而不定，废而不立，以德为怨，秦不其然！'"秦伯曰："是吾心也！"改馆晋侯，馈七牢焉㊷。

蛾析谓庆郑曰㊸："盍行乎？"对曰："陷君于败，败而不死，又使失刑，非人臣也。臣而不臣，行将焉入？"十一月，晋侯归。丁丑，杀庆郑而后入。

是岁，晋又饥。秦伯又饩之粟㊹，曰："吾怨其君而矜其民。且吾闻唐叔之封也，箕子曰：'其后必大。'晋其庸可冀乎？姑树德焉，以待能者。"于是秦始征晋河东，置官司焉。

十 六 年 经

十有六年春王正月戊申朔，陨石于宋五。是月，六鹢退飞[注]，过宋都。

三月壬申，公子季友卒。

夏四月丙申，鄫季姬卒。

秋七月甲子，公孙兹卒。

冬十有二月，公会齐侯、宋公、陈侯、卫侯、郑伯、许男、邢侯、曹伯于淮。

十 六 年 传

十六年春，"陨石于宋五"，陨星也。"六鹢退飞，过宋都"，风也。周内史叔兴聘于宋，宋襄公问焉，曰："是何祥也？吉凶焉在？"对曰："今兹鲁多大丧，明年齐有乱，君将得诸侯而不终。"退而告人，曰："君失问。是阴阳之事，非吉凶所生也。吉凶由人。吾不敢逆君故也。"

夏，齐伐厉，不克，救徐而还。

秋，狄侵晋，取狐、厨、受铎，涉汾，及昆都，因晋败也。

王以戎难告于齐。齐征诸侯而戍周。

冬，十一月乙卯，郑杀子华。

十二月，会于淮，谋鄫，且东略也。城鄫，役人病，有夜登丘而呼曰："齐有乱！"不果城而还。

十 七 年 经

十有七年春，齐人、徐人伐英氏。

夏，灭项。

秋，夫人姜氏会齐侯于卞。

九月，公至自会。

冬十有二月乙亥，齐侯小白卒。

十 七 年 传

十七年春，齐人为徐伐英氏，以报娄林之役也。

夏，晋太子圉为质于秦，秦归河东而妻之。

惠公之在梁也，梁伯妻之。梁嬴孕，过期。卜招父与其子卜之。其子曰："将生一男一女。"招曰："然。男为人臣，女为人妾。"故名男曰圉，女曰妾。及子圉西质，妾为宦女焉。

师灭项。淮之会，公有诸侯之事，未归，而取项。齐人以为讨，而止公。

秋，声姜以公故，会齐侯于卞。九月，公至。书曰"至自会"，犹有诸侯之事焉，且讳之也。

齐侯之夫人三，王姬、徐嬴、蔡姬，皆无子。齐侯好内，多内宠。内嬖如夫人者六人：长卫姬，生武孟；少卫姬，生惠公；郑姬，生孝公；葛嬴，生昭公；密姬，生懿公；宋华子，生公子雍。公与管仲属孝公于宋襄公，以为大子。雍巫有宠于卫共姬，因寺人貂以荐羞于公[注]，亦有宠。

公许之立武孟。管仲卒，五公子皆求立。冬十月乙亥，齐桓公卒。易牙人，与寺人貂因内宠以杀群吏，而立公子无亏。孝公奔宋。十二月乙亥，赴。辛巳，夜殡。

十八年经

十有八年春王正月，宋公、曹伯、卫人、邾人伐齐。

夏，师救齐。

五月戊寅，宋师及齐师战于甗[甗]，齐师败绩。

狄救齐。

秋八月丁亥，葬齐桓公。

冬，邢人、狄人伐卫。

十八年传

十八年春，宋襄公以诸侯伐齐。三月，齐人杀无亏。

郑伯使朝于楚。楚子赐之金，既而悔之，与之盟曰："无以铸兵！"故以铸三钟。

齐人将立孝公，不胜四公子之徒，遂与宋人战。夏五月，宋败齐师于甗，立孝公而还。

秋八月，葬齐桓公。

冬，邢人、狄人伐卫，围菟圃[菟圃]。卫侯以国让父兄子弟，及朝众，曰："苟能治之，燬请从焉[焉]。"众不可，而后师于訾娄[訾娄]。狄师还。

梁伯益其国而不能实也[也]，命曰新里。秦取之。

十九年经

十有九年春王三月，宋人执滕子婴齐。

夏六月，宋公、曹人、邾人盟于曹南。

鄫子会盟于邾。己酉，邾人执鄫子，用之。

秋，宋人围曹。

卫人伐邢。

冬，会陈人、蔡人、楚人、郑人盟于齐。

梁亡。

十九年传

十九年春，遂城而居之。

宋人执滕宣公。

夏，宋公使邾文公用鄫子于次睢之社，欲以属东夷[夷]。司马子鱼曰："古者六畜不相为用，小事不用大牲，而况敢用人乎？祭祀以为人也。民，神之主也。用人，其谁飨之？齐桓公存三亡国以属诸侯，义士犹曰薄德。今一会而虐二国之君，又用诸淫昏之鬼，将以求霸，不亦难乎？得死为幸[幸]！"

秋，卫人伐邢，以报菟圃之役。于是卫大旱，卜有事于山川，不吉。宁庄子曰："昔周饥，克殷而年丰。今邢方无道，诸侯无伯⑩，天其或者欲使卫讨邢乎？"从之。师兴而雨。

"宋人围曹"，讨不服也。子鱼言于宋公曰："文王闻崇德乱而伐之⑱，军三旬而不降。退修教而复伐之，因垒而降。《诗》曰：'刑于寡妻⑲，至于兄弟，以御于家邦。'今君德无乃犹有所阙，而以伐人，若之何？盍姑内省德乎，无阙而后动？"

陈穆公请修好于诸侯，以无忘齐桓之德。"冬，盟于齐"，修桓公之好也。

"梁亡。"不书其主，自取之也。初，梁伯好土功，亟城而弗处⑳。民罢而弗堪，则曰"某寇将至。"乃沟公宫，曰："秦将袭我。"民惧而溃，秦遂取梁。

二十年经

二十年春，新作南门。

夏，郜子来朝㉒。

五月乙巳，西宫灾。

郑人入滑。

秋，齐人、狄人盟于邢。

楚人伐随。

二十年传

"二十年春，新作南门。"书，不时也。凡启塞㉓，从时。

滑人叛郑而服于卫。夏，郑公子士、泄堵寇帅师入滑。

秋，齐、狄盟于邢，为邢谋卫难也。于是卫方病邢。

随以汉东诸侯叛楚。冬，楚鬬縠於菟帅师伐随，取成而还。君子曰："随之见伐，不量力也。量力而动，其过鲜矣。善败由己，而由人乎哉？《诗》曰：'岂不夙夜？谓行多露。'"

宋襄公欲合诸侯。臧文仲闻之，曰："以欲从人，则可；以人从欲，鲜济。"

二十一年经

二十有一年春，狄侵卫。

宋人、齐人、楚人盟于鹿上。

夏，大旱。

秋，宋公、楚子、陈侯、蔡侯、郑伯、许男、曹伯会于盂。执宋公以伐宋。

冬，公伐邾。

楚人使宜申来献捷。

十有二月癸丑，公会诸侯，盟于薄，释宋公。

二十一年传

二十一年春，宋人为鹿上之盟，以求诸侯于楚，楚人许之。公子目夷曰："小国争盟，祸也。

宋其亡乎！幸而后败。"

　　夏，大旱。公欲焚巫、尪^⑨，臧文仲曰："非旱备也！修城郭、贬食、省用、务穑、劝分，此其务也。巫、尪何为？天欲杀之，则如勿生。若能为旱，焚之滋甚！"公从之。是岁也，饥而不害。

　　秋，诸侯会宋公于孟。子鱼曰："祸其在此乎？君欲已甚，其何以堪之！"于是楚执宋公以伐宋。冬，会于薄以释之。子鱼曰："祸犹未也，未足以惩君。"

　　任、宿、须句、颛臾，风姓也，实司大皞与有济之祀^⑨，以服事诸夏。邾人灭须句。须句子来奔，因成风也^⑨。成风为之言于公曰："崇明祀^⑨，保小寡^⑨，周礼也。蛮夷猾夏^⑨，周祸也。若封须句，是崇皞、济而修祀、纾祸也^⑨。"

二十二年经

　　二十有二年春，公伐邾，取须句。
　　夏，宋公、卫侯、许男、滕子伐郑。
　　秋八月丁未，及邾人战于升陉。
　　冬十有一月己巳朔，宋公及楚人战于泓。宋师败绩。

二十二年传

　　二十二年春，伐邾，取须句，反其君焉，礼也。
　　三月，郑伯如楚。
　　夏，宋公伐郑。子鱼曰："所谓祸在此矣！"
　　初，平王之东迁也，辛有适伊川，见被发而祭于野者，曰："不及百年，此其戎乎！其礼先亡矣。"
　　秋，秦、晋迁陆浑之戎于伊川^⑨。
　　晋大子圉为质于秦，将逃归，谓嬴氏曰："与子归乎？"对曰："子，晋大子，而辱于秦。子之欲归，不亦宜乎！寡君之使婢子侍执巾栉^⑨，以固子也。从子而归，弃君命也。不敢从，亦不敢言。"遂逃归。
　　富辰言于王曰^⑨："请召大叔。《诗》曰：'协比其邻，昏姻孔云^⑨，'吾兄弟之不协，焉能怨诸侯之不睦？"王说。王子带自齐复归于京师，王召之也。
　　邾人以须句故出师。公卑邾，不设备而御之。臧文仲曰："国无小，不可易也。无备，虽众，不可恃也。《诗》曰：'战战兢兢，如临深渊，如履薄冰。'又曰：'敬之敬之！天惟显思，命不易哉！'先王之明德，犹无不难也，无不惧也，况我小国乎？君其无谓邾小，蜂虿有毒^⑨，而况国乎！"弗听。
　　八月丁未，公及邾师战于升陉，我师败绩。邾人获公胄^⑨，县诸鱼门。
　　楚人伐宋以救郑。宋公将战，大司马固谏曰："天之弃商久矣^⑨。君将兴之，弗可赦也已。"弗听。
　　冬十一月己巳朔，宋公及楚人战于泓。宋人既成列，楚人未既济。司马曰："彼众我寡，及其未既济也，请击之。"公曰："不可。"既济而未成列，又以告。公曰："未可。"既陈而后击之，宋师败绩，公伤股，门官歼焉。

国人皆咎公。公曰："君子不重伤，不禽二毛⑯。古之为军也，不以阻隘也。寡人虽亡国之馀，不鼓不成列。"子鱼曰："君未知战。勍敌之人隘而不列⑰，天赞我也；阻而鼓之，不亦可乎？犹有惧焉。且今之勍者，皆吾敌也。虽及胡耇⑱，获则取之，何有于二毛？明耻、教战，求杀敌也。伤未及死，如何勿重？若爱重伤，则如勿伤；爱其二毛，则如服焉。三军以利用也，金鼓以声气也。利而用之，阻隘可也；声盛致志，鼓儳可也⑲。"

丙子晨，郑文夫人芈氏⑳、姜氏劳楚子于柯泽。楚子使师缙示之俘馘㉑。君子曰："非礼也！妇人送迎不出门，见兄弟不踰阈㉒。戎事不迩女器㉓。"

丁丑，楚子入飨于郑。九献，庭实旅百，加笾豆六品。飨毕，夜出，文芈送于军。取郑二姬以归。叔詹曰："楚王其不没乎？为礼卒于无别㉔，无别不可谓礼。将何以没？"诸侯是以知其不遂霸也。

二十三年经

二十有三年春，齐侯伐宋，围缗①。

夏，五月庚寅，宋公兹父卒。

秋，楚人伐陈。

冬十有一月，杞子卒。

二十三年传

"二十三年春，齐侯伐宋，围缗"，以讨其不与盟于齐也。

夏五月，宋襄公卒，伤于泓故也。

秋，楚成得臣帅师伐陈②，讨其贰于宋也。遂取焦、夷，城顿而还③。子文以为之功，使为令尹。叔伯曰④："子若国何？"对曰："吾以靖国也。夫有大功而无贵仕，其人能靖者与有几？"

九月，晋惠公卒。怀公立，命无从亡人⑤，期⑥，期而不至，无赦。狐突之子毛及偃从重耳在秦，弗召。冬，怀公执狐突，曰："子来则免！"对曰："子之能仕，父教之忠，古之制也。策名、委质⑦，贰乃辟也。今臣之子名在重耳，有年数矣。若又召之，教之贰也。父教子贰，何以事君？刑之不滥，君之明也，臣之愿也。淫刑以逞，谁则无罪？臣闻命矣！"乃杀之。卜偃称疾不出，曰："《周书》有之：'乃大明，服。'已则不明，而杀人以逞，不亦难乎？民不见德而唯戮是闻，其何后之有？"

十一月，杞成公卒。书曰"子"，杞，夷也。不书名，未同盟也。凡诸侯同盟，死则赴以名，礼也。赴以名，则亦书之，不然则否，辟不敏也⑧。

晋公子重耳之及于难也，晋人伐诸蒲城。蒲城人欲战，重耳不可，曰："保君父之命而享其生禄⑨，于是乎得人。有人而校，罪莫大焉！吾其奔也。"遂奔狄。从者狐偃、赵衰、颠颉、魏武子、司空季子。狄人伐廧咎如⑩，获其二女叔隗、季隗，纳诸公子。公子取季隗，生伯儵⑪、叔刘。以叔隗妻赵衰，生盾。将适齐，谓季隗曰："待我，二十五年不来而后嫁。"对曰："我二十五年矣，又如是而嫁，则就木焉⑫。请待子！"处狄十二年而行。

过卫，卫文公不礼焉。出于五鹿，乞食于野人，野人与之块。公子怒，欲鞭之。子犯曰："天赐也！"稽首，受而载之。

及齐，齐桓公妻之，有马二十乘。公子安之。从者以为不可，将行，谋于桑下。蚕妾在其上，以告姜氏。姜氏杀之，而谓公子曰："子有四方之志，其闻之者，吾杀之矣。"公子曰："无之。"姜曰："行也！怀与安，实败名。"公子不可。姜与子犯谋，醉而遣之。醒，以戈逐子犯。

及曹，曹共公闻其骈胁，欲观其裸。浴，薄而观之。僖负羁之妻曰："吾观晋公子之从者，皆足以相国。若以相，夫子必反其国。反其国，必得志于诸侯。得志于诸侯，而诛无礼，曹其首也。子盍蚤自贰焉⑩！"乃馈盘飧⑪，真璧焉⑫。公子受飧反璧。

及宋，宋襄公赠之以马二十乘。

及郑，郑文公亦不礼焉。叔詹谏曰："臣闻天之所启，人弗及也。晋公子有三焉，天其或者将建诸，君其礼焉。男女同姓，其生不蕃。晋公子，姬出也，而至于今，一也。离外之患，而天不靖晋国，殆将启之，二也。有三士，足以上人⑬，而从之，三也。晋、郑同侪⑭，其过子弟固将礼焉，况天之所启乎！"弗听。

及楚，楚子飨之，曰："公子若反晋国，则何以报不穀？"对曰："子、女、玉、帛，则君有之，羽、毛、齿、革，则君地生焉。其波及晋国者，君之馀也。其何以报君？"曰："虽然，何以报我？"对曰："若以君之灵得反晋国。晋、楚治兵，遇于中原，其辟君三舍。若不获命，其左执鞭、弭，右属橐鞬⑮，以与君周旋。"子玉请杀之，楚子曰："晋公子广而俭，文而有礼。其从者肃而宽，忠而能力。晋侯无亲，外内恶之。吾闻姬姓唐叔之后，其后衰者也，其将由晋公子乎！天将兴之，谁能废之？违天，必有大咎！"乃送诸秦。

秦伯纳女五人，怀嬴与焉，奉匜沃盥⑯，既而挥之。怒，曰："秦、晋，匹也，何以卑我？"公子惧，降服而囚。

他日，公享之。子犯曰："吾不如衰之文也⑰，请使衰从。"公子赋《河水》。公赋《六月》，赵衰曰："重耳拜赐！"公子降，拜，稽首，公降一级而辞焉。衰曰："君称所以佐天子者命重耳，重耳敢不拜？"

二十四年经

二十有四年春王正月。

夏，狄伐郑。

秋七月。

冬，天王出居于郑。

晋侯夷吾卒。

二十四年传

二十四年春王正月，秦伯纳之。不书，不告入也。

及河，子犯以璧授公子，曰："臣负羁绁从君巡于天下⑱，臣之罪甚多矣，臣犹知之，而况君乎！请由此亡。"公子曰："所不与舅氏同心者，有如白水！"投其璧于河。

济河，围令狐，入桑泉，取臼衰。二月甲午，晋师军于庐柳，秦伯使公子絷如晋师。师退，军于郇⑲。辛丑，狐偃及秦、晋之大夫盟于郇。壬寅，公子入于晋师。丙午，入于典沃。丁未，朝于武宫。戊申，使杀怀公于高梁。不书，亦不告也。

吕、郤畏偪，将焚公宫而弑晋侯。寺人披请见。公使让之，且辞焉，曰："蒲城之役，君命一宿，女即至。其后余从狄君以田渭滨，女为惠公来求杀余，命女三宿⑳，女中宿至㉑。虽有君命，何其速也！夫袪犹在，女其行乎！"对曰："臣谓君之入也，其知之矣。若犹未也，又将及难。君命无二，古之制也。除君之恶，唯力是视！蒲人、狄人，余何有焉？今君即位，其无蒲、狄乎！齐桓公置射钩而使管仲相㉛，君若易之，何辱命焉！行者甚众，岂唯刑臣？"公见之。以难告。三月，晋侯潜会秦伯于王城。己丑晦，公宫火。瑕甥、郤芮不获公，乃如河上。秦伯诱而杀之。

晋侯逆夫人嬴氏以归。秦伯送卫于晋三千人，实纪纲之仆㉜。

初，晋侯之竖头须㉝，守藏者也，其出也，窃藏以逃。尽用以求纳之。及入，求见。公辞焉以沐。谓仆人曰："沐则心覆，心覆则图反，宜吾不得见也。居者为社稷之守，行者为羁绁之仆，其亦可也，何必罪居者？国君而雠匹夫，惧者甚众矣！"仆人以告，公遽见之。

狄人归季隗于晋，而请其二子。文公妻赵衰，生原同、屏括、楼婴。赵姬请逆盾与其母㉞，子馀辞。姬曰："得宠而忘旧，何以使人？必逆之！"固请，许之。来。以盾为才，固请于公，以为嫡子，而使其三子下之；以叔隗为内子，而己下之。

晋侯赏从亡者。介之推不言禄㉟，禄亦弗及。推曰："献公之子九人，唯君在矣。惠、怀无亲，外内弃之。天未绝晋，必将有主。主晋祀者，非君而谁？天实置之，而二三子以为己力，不亦诬乎！窃人之财，犹谓之盗，况贪天之功以为己力乎？下义其罪，上赏其奸；上下相蒙，难与处矣！"其母曰："盍亦求之？以死，谁怼？"对曰："尤而效之㊱，罪又甚焉。且出怨言，不食其食。"其母曰："亦使知之，若何？"对曰："言，身之文也。身将隐，焉用文之？——是求显也。"其母曰："能如是乎！与女偕隐。"遂隐而死。晋侯求之，不获。以绵上为之田，曰："以志吾过㊲，且旌善人㊳。"

郑之入滑也，滑人听命。师还，又即卫。郑公子士、泄堵俞弥帅师伐滑。王使伯服、游孙伯如郑请滑。郑伯怨惠王之入而不与厉公爵也，又怨襄王之与卫滑也，故不听王命而执二子。王怒，将以狄伐郑。

富辰谏曰："不可！臣闻之：大上以德抚民，其次亲亲以相及也。昔周公吊二叔之不咸㊴，故封建亲戚以蕃屏周。管、蔡、郕、霍、鲁、卫、毛、聃、郜、雍、曹、滕、毕、原、酆、郇，文之昭也㊵。邘、晋、应、韩，武之穆也㊶。凡、蒋、邢、茅、胙、祭，周公之胤也㊷。召穆公思周德之不类，故纠合宗族于成周而作诗㊸，曰：'常棣之华㊹，鄂不韡韡㊺。凡今之人，莫如兄弟。'其四章曰：'兄弟阋于墙㊻，外御其侮。'如是，则兄弟虽有小忿，不废懿亲。今天子不忍小忿以弃郑亲，其若之何？庸勋、亲亲、昵近、尊贤，德之大者也㊼。即聋、从昧、与顽、用嚚，奸之大者也㊽。弃德、崇奸，祸之大者也。郑有平、惠之勋，又有厉、宣之亲，弃嬖宠而用三良㊾，于诸姬为近，四德具矣。耳不听五声之和为聋，目不别五色之章为昧，心不则德义之经为顽，口不道忠信之言为嚚。狄皆则之，四奸具矣。周之有懿德也，犹曰'莫如兄弟'，故封建之。其怀柔天下也，犹惧有外侮；扞御侮者莫如亲亲，故以亲屏周。召穆公亦云。今周德既衰，于是乎又渝周、召以从诸奸㊿，无乃不可乎？民未忘祸，王又兴之，其若文、武何？"

王弗听，使颓叔、桃子出狄师。夏，狄伐郑，取栎。王德狄人○，将以其女为后。富辰谏曰："不可！臣闻之曰：'报者倦矣，施者未厌。'狄固贪惏○，王又启之。女德无极，妇怨无终，狄必为患！"王又弗听。

初，甘昭公有宠于惠后○，惠后将立之，未及而卒。昭公奔齐，王复之，又通于隗氏。王替隗氏○。颓叔、桃子曰："我实使狄。狄其怨我。"遂奉大叔以狄师攻王。王御士将御之，王曰："先后其谓我何○？宁使诸侯图之。"王遂出，及坎欿○，国人纳之。

秋，颓叔、桃子奉大叔、以狄师伐周，大败周师，获周公忌父、原伯、毛伯、富辰。王出适郑，处于氾[㊸]。大叔以隗氏居于温。

郑子华之弟子臧出奔宋，好聚鹬冠[㊹]。郑伯闻而恶之，使盗诱之。八月，盗杀之于陈、宋之间。

君子曰："服之不衷，身之灾也。《诗》曰：'彼己之子，不称其服。'子臧之服，不称也夫！《诗》曰'自诒伊慼[㊺]'，其子臧之谓矣。《夏书》曰'地平天成'，称也。"

宋及楚平，宋成公如楚。还，入于郑。郑伯将享之，问礼于皇武子。对曰："宋，先代之后也，于周为客。天子有事，膰焉[㊻]，有丧，拜焉。丰厚可也。"郑伯从之。享宋公，有加，礼也。

冬，王使来告难，曰："不穀不德，得罪于母弟之宠子带，鄙在郑地氾，敢告叔父。"臧文仲对曰："天子蒙尘于外，敢不奔问官守？"王使简师父告于晋，使左鄢父告于秦。

天子无出。书曰"天王出居于郑"，辟母弟之难也。天子凶服，降名，礼也。

郑伯与孔将钮、石甲父、侯宣多省视官、具于氾，而后听其私政，礼也。

卫人将伐邢，礼至曰[㊼]："不得其守，国不可得也。我请昆弟仕焉。"乃往，得仕。

二十五年经

二十有五年春王正月，丙午，卫侯毁灭邢。

夏四月癸酉，卫侯毁卒。

宋荡伯姬来逆妇。

宋杀其大夫。

秋，楚人围陈，纳顿子于顿。

葬卫文公。

冬十有二月癸亥，公会卫子、莒庆，盟于洮。

二十五年传

二十五年春，卫人伐邢，二礼从国子巡城[①]，掖以赴外[②]，杀之。"正月丙午，卫侯毁灭邢。"同姓也，故名。礼至为铭曰："余掖杀国子，莫余敢止。"

秦伯师于河上，将纳王。狐偃言于晋侯曰："求诸侯，莫如勤王。诸侯信之，且大义也。继文之业而信宣于诸侯，今为可矣。"使卜偃卜之，曰："吉！遇黄帝战于阪泉之兆。"公曰："吾不堪也！"对曰："周礼未改。今之王，古之帝也。"公曰："筮之。"筮之，遇"大有☰"之"睽☲"，曰："吉！遇'公用享于天子'之卦。战克而王飨，吉孰大焉？且是卦也，天为泽以当日，天子降心以逆公，不亦可乎？'大有'去'睽'而复，亦其所也。"晋侯辞秦师而下。三月甲辰，次于阳樊，右师围温，左师逆王。夏四月丁巳，王入于王城，取大叔于温，杀之于隰城。

戊午，晋侯朝王。王飨醴，命之宥。请隧，弗许，曰："王章也。未有代德而有二王，亦叔父之所恶也。"与之阳樊、温、原、欑茅之田[③]，晋于是始启南阳。

阳樊不服。围之。苍葛呼曰："德以柔中国，刑以威四夷，宜吾不敢服也。此，谁非王之亲姻，其俘之也？"乃出其民。

秋，秦、晋伐鄀[④]。楚鬬克、屈御寇以申、息之师戍商密。秦人过析，隈入而系舆人[⑤]，以围商密，昏而傅焉[⑥]。宵，坎血加书[⑦]，伪与子仪、子边盟者。商密人惧，曰："秦取析矣，戍人反矣！"乃降秦师。秦师囚申公子仪、息公子边以归。楚令尹子玉追秦师，弗及。遂围陈，纳顿子于顿。

　　冬，晋侯围原，命三日之粮。原不降，命去之。谍出，曰："原将降矣。"军吏曰："请待之。"公曰："信，国之宝也，民之所庇也。得原失信，何以庇之？所亡滋多。"退一舍而原降，迁原伯贯于冀。赵衰为原大夫，狐溱为温大夫。

　　卫人平莒于我。十二月，盟于洮，修卫文公之好，且及莒平也。

　　晋侯问原守于寺人勃鞮®。对曰："昔赵衰以壶飧从，径，馁而弗食。"故使处原。

二十六年经

　　二十有六年春王正月，己未，公会莒子、卫宁速盟于向®。

　　齐人侵我西鄙，公追齐师，至酅®，弗及。

　　夏，齐人伐我北鄙。

　　卫人伐齐。

　　公子遂如楚乞师。

　　秋，楚人灭夔，以夔子归。

　　冬，楚人伐宋，围缗。公以楚师伐齐，取穀。

　　公至自伐齐。

二十六年传

　　二十六年春王正月，公会莒兹丕公、宁庄子，"盟于向"，寻洮之盟也。"齐师侵我西鄙"，讨是二盟也。夏，齐孝公伐我北鄙，卫人伐齐，洮之盟故也。

　　公使展喜犒师，使受命于展禽。齐侯未入竟®，展喜从之，曰："寡君闻君亲举玉趾，将辱于敝邑，使下臣犒执事。"齐侯曰："鲁人恐乎？"对曰："小人恐矣，君子则否。"齐侯曰："室如县罄，野无青草，何恃而不恐？"对曰："恃先王之命。昔周公、大公股肱周室，夹辅成王。成王劳之而赐之盟，曰：'世世子孙，无相害也！'载在盟府，大师职之。桓公是以纠合诸侯而谋其不协，弥缝其阙，而匡救其灾，昭旧职也。及君即位，诸侯之望曰：'其率桓之功！'我敝邑用不敢保聚®，曰：'岂其嗣世九年而弃命废职？其若先君何？君必不然！'恃此以不恐。"齐侯乃还。

　　东门襄仲、臧文仲如楚乞师。臧孙见子玉而道之伐齐、宋，以其不臣也。

　　夔子不祀祝融与鬻熊，楚人让之。对曰："我先王熊挚有疾，鬼神弗赦而自窜于夔，吾是以失楚，又何祀焉？"秋，楚成得臣、鬥宜申帅师灭夔，以夔子归。

　　宋以其善于晋侯也，叛楚即晋。冬，楚令尹子玉、司马子西帅师伐宋，围缗。

　　"公以楚师伐齐，取穀。"凡师，能左右之曰以。真桓公子雍于穀，易牙奉之以为鲁援。楚申公叔侯戍之。桓公之子七人，为七大夫于楚。

二十七年经

　　二十有七年春，杞子来朝。

　　夏六月庚寅，齐侯昭卒。

　　秋八月乙未，葬齐孝公。

乙巳，公子遂帅师入杞。

冬，楚人、陈侯、蔡侯、郑伯、许男围宋。

十有二月甲戌，公会诸侯，盟于宋。

二十七年传

二十七年春，杞桓公来朝。用夷礼，故曰"子"。公卑杞，杞不共也。

夏，齐孝公卒。有齐怨，不废丧纪，礼也。

秋，入杞，责无礼也。

楚子将围宋，使子文治兵于暌，终朝而毕，不戮一人。子玉复治兵于蒍，终日而毕，鞭七人，贯三人耳㊿。国老皆贺子文，子文饮之酒。蒍贾尚幼，后至，不贺。子文问之。对曰："不知所贺。子之传政于子玉，曰：'以靖国也。'靖诸内而败诸外，所获几何？子玉之败，子之举也。举以败国，将何贺焉？子玉刚而无礼，不可以治民，过三百乘㊿，其不能以入矣。苟入而贺，何后之有？"

冬，楚子及诸侯围宋。宋公孙固如晋告急。先轸曰㊿："报施、救患，取威、定霸，于是乎在矣。"狐偃曰："楚始得曹，而新昏于卫。若伐曹、卫，楚必救之，则齐、宋免矣。"

于是乎蒐于被庐㊿，作三军，谋元帅。赵衰曰："郤縠可。臣亟闻其言矣，说礼、乐而敦《诗》、《书》㊿。《诗》、《书》，义之府也；礼、乐，德之则也。德、义，利之本也。《夏书》曰：'赋纳以言㊿，明试以功㊿，车服以庸㊿。'君其试之！"乃使郤縠将中军，郤溱佐之。使狐偃将上军，让于狐毛，而佐之。命赵衰为卿，让于栾枝、先轸。使栾枝将下军，先轸佐之。荀林父御戎，魏犨为右㊿。

晋侯始入而教其民，二年，欲用之。子犯曰："民未知义，未安其居。"于是乎出定襄王，入务利民，民怀生矣㊿。将用之，子犯曰："民未知信，未宣其用。"于是乎伐原以示之信。民易资者㊿，不求丰焉，明征其辞㊿。公曰："可矣乎？"子犯曰："民未知礼，未生其共。"于是乎大蒐以示之礼，作执秩以正其官㊿。民听不惑，而后用之。出穀戍，释宋围，一战而霸，文之教也㊿。

二十八年经

二十有八年春，晋侯侵曹，晋侯伐卫。

公子买戍卫，不卒戍，刺之。

楚人救卫。

三月丙午，晋侯入曹，执曹伯。畀宋人㊿。

夏四月己巳，晋侯、齐师、宋师、秦师及楚人战于城濮，楚师败绩。

楚杀其大夫得臣。卫侯出奔楚。

五月癸丑，公会晋侯、齐侯、宋公、蔡侯、郑伯、卫子、莒子，盟于践土。

陈侯如会。

公朝于王所。

六月，卫侯郑自楚复归于卫。卫元咺出奔晋㊿。

陈侯款卒。

秋，杞伯姬来。

公子遂如齐。

冬，公会晋侯、齐侯、宋公、蔡侯、郑伯、陈子、莒子、邾子、秦人于温。

天王狩于河阳。

壬申，公朝于王所。

晋人执卫侯，归之于京师。卫元咺自晋复归于卫。

诸侯遂围许。

曹伯襄复归于曹，遂会诸侯围许。

二十八年传

二十八年春，晋侯将伐曹，假道于卫。卫人弗许。还，自南河济，侵曹、伐卫。正月戊申，取五鹿。二月，晋郤縠卒。原轸将中军，胥臣佐下军，上德也。晋侯、齐侯盟于敛盂。卫侯请盟，晋人弗许。卫侯欲与楚，国人不欲，故出其君以说于晋。卫侯出居于襄牛。

公子买戍卫，楚人救卫，不克。公惧于晋，杀子丛以说焉㉟。谓楚人曰："不卒戍也。"

晋侯围曹，门焉㊱，多死。曹人尸诸城上，晋侯患之。听舆人之谋，称"舍于墓"，师迁焉。曹人凶惧，为其所得者棺而出之。因其凶也而攻之，三月丙午入曹，数之以其不用僖负羁，而乘轩者三百人也，且曰献状。

令无入僖负羁之宫，而免其族，报施也。魏犨、颠颉怒，曰："劳之不图，报于何有？"燔僖负羁氏㊲。魏犨伤于胸。公欲杀之，而爱其材。使问，且视之。病，将杀之。魏犨束胸见使者，曰："以君之灵，不有宁也！"距跃三百㊳，曲踊三百㊴。乃舍之。杀颠颉以徇于师，立舟之侨以为戎右。

宋人使门尹般如晋师告急。公曰："宋人告急，舍之则绝㊵，告楚，不许。我欲战矣，齐、秦未可，若之何？"先轸曰："使宋舍我而赂齐、秦，藉之告楚。我执曹君，而分曹、卫之田以赐宋人。楚爱曹、卫，必不许也。喜赂，怒顽，能无战乎？"公说，执曹伯，分曹、卫之田以畀宋人。

楚子入居于申，使申叔去穀，使子玉去宋，曰："无从晋师！晋侯在外十九年矣，而果得晋国。险阻艰难，备尝之矣；民之情伪㊶，尽知之矣。天假之年㊷，而除其害㊸。天之所置，其可废乎？《军志》曰：'允当则归㊹。'又曰：'知难而退。'又曰：'有德者不可敌。'此三志者，晋之谓矣。"

子玉使伯棼请战，曰："非敢必有功也，愿以间执谗慝之口㊺。"王怒，少与之师，唯西广、东宫与若敖之六卒实从之㊻。

子玉使宛春告于晋师曰："请复卫侯而封曹；臣亦释宋之围。"子犯曰："子玉无礼哉！——君取一，臣取二。不可失矣！"先轸曰："子与之！定人之谓礼。楚一言而定三国，我一言而亡之。我则无礼，何以战乎？不许楚言，是弃宋也；救而弃之，谓诸侯何？楚有三施，我有三怨。怨雠已多，将何以战？不如私许复曹、卫以携之㊼，执宛春以怒楚，既战而后图之。"公说，乃拘宛春于卫，且私许复曹、卫，曹、卫告绝于楚。

子玉怒，从晋师。晋师退。军吏曰："以君辟臣，辱也；且楚师老矣㊽，何故退？"子犯曰："师直为壮，曲为老，岂在久乎？微楚之惠不及此，退三舍辟之，所以报也。背惠食言，以亢其仇，我曲楚直，其众素饱，不可谓老。我退而楚还，我将何求？若其不还，君退、臣犯，曲在彼矣。"退三舍，楚众欲止，子玉不可。

夏四月戊辰，晋侯、宋公、齐国归父、崔夭、秦小子憖次于城濮㊾。楚师背酅而舍，晋侯患之。听舆人之诵曰："原田每每，舍其旧而新是谋。"公疑焉。子犯曰："战也！战而捷，必得诸侯！若其不捷，表里山河，必无害也。"公曰："若楚惠何？"栾贞子曰："汉阳诸姬，楚实尽之。思小惠而忘大耻，不如战也！"晋侯梦与楚子搏，楚子伏己而盬其脑，是以惧。子犯曰："吉！我得天，楚伏其罪。吾且柔之矣！"

子玉使斗勃请战，曰："请与君之士戏。君凭轼而观之，得臣与寓目焉。"晋侯使栾枝对曰："寡君闻命矣。楚君之惠，未之敢忘，是以在此。为大夫退，其敢当君乎？既不获命矣，敢烦大夫谓二三子：'戒尔车乘，敬尔君事，诘朝将见！'"

晋车七百乘，韅、靷、鞅、靽。晋侯登有莘之虚以观师，曰："少长有礼，其可用也！"遂伐其木，以益其兵。

己巳，晋师陈于莘北，胥臣以下军之佐当陈、蔡。子玉以若敖之六卒将中军，曰："今日必无晋矣！"子西将左，子上将右。胥臣蒙马以虎皮，先犯陈、蔡。陈、蔡奔，楚右师溃，狐毛设二旆而退之。栾枝使舆曳柴而伪遁，楚师驰之，原轸、郤溱以中军公族横击之。狐毛、狐偃以上军夹攻子西，楚左师溃。楚师败绩。子玉收其卒而止，故不败。

晋师三日馆、谷，及癸酉而还。甲午，至于衡雍，作王宫于践土。

乡役之三月，郑伯如楚致其师。为楚师既败而惧，使子人九行成于晋。晋栾枝入盟郑伯。五月丙午，晋侯及郑伯盟于衡雍。

丁未，献楚俘于王：驷介百乘，徒兵千。郑伯傅王，用平礼也。己酉，王享醴，命晋侯宥。王命尹氏及王子虎、内史叔兴父策命晋侯为侯伯，赐之大辂之服、戎辂之服，彤弓一、彤矢百，玈弓矢千，秬鬯一卣，虎贲三百人；曰："王谓叔父：'敬服王命，以绥四国，纠逖王慝！'"晋侯三辞，从命，曰："重耳敢再拜稽首，奉扬天子之丕显休、命！"受策以出。出入三觐。

卫侯闻楚师败，惧，出奔楚，遂适陈，使元咺奉叔武以受盟。癸亥，王子虎盟诸侯于王庭，要言曰："皆奖王室，无相害也！有渝此盟，明神殛之！俾队其师，无克祚国；及而玄孙，无有老幼！"君子谓是盟也信，谓晋于是役也，能以德攻。

初，楚子玉自为琼弁，玉缨，未之服也。先战，梦河神谓己曰："畀余！余赐女孟诸之麋。"弗致也。大心与子西使荣黄谏，弗听。荣季曰："死而利国，犹或为之。况琼玉乎？是粪土也，而可以济师，将何爱焉？"弗听。出，告二子曰："非神败令尹。令尹其不勤民，实自败也。"

既败，王使谓之曰："大夫若入，其若申、息之老何？"子西、孙伯曰："得臣将死，二臣止之曰：'君其将以为戮。'"及连谷而死。晋侯闻之而后喜可知也，曰："莫余毒也已！蒍吕臣实为令尹，奉己而已，不在民矣。"

或诉元咺于卫侯曰："立叔武矣。"其子角从公，公使杀之。咺不废命，奉夷叔以入守。六月，晋人复卫侯。宁武子与卫人盟于宛濮，曰："天祸卫国，君臣不协，以及此忧也。今天诱其衷，使皆降心以相从也。不有居者，谁守社稷？不有行者，谁扞牧圉？不协之故，用昭乞盟于尔大神以诱天衷。自今日以往，既盟之后，行者无保其力，居者无惧其罪。有渝此盟，以相及也。明神先君，是纠是殛！"国人闻此盟也，而后不贰。

卫侯先期入，宁子先，长牂守门以为使也，与之乘而入。公子歂犬、华仲前驱。叔孙将沐，闻君至，喜，捉发走出；前驱射而杀之。公知其无罪也，枕之股而哭之。歂犬走出，公使杀之。元咺出奔晋。

城濮之战，晋中军风于泽，亡大旆之左旃。祁瞒奸命，司马杀之，以徇于诸侯，使茅茷代之。师还。壬午济河。舟之侨先归，士会摄右，秋七月丙申，振旅⊕，恺以入于晋，献俘、授馘，饮至、大赏，征会、讨贰⊕。杀舟之侨以徇于国，民于是大服。

君子谓文公"其能刑矣，三罪而民服⊕。《诗》云：'惠此中国，以绥四方。'不失赏、刑之谓也。"

冬，会于温，讨不服也。

卫侯与元咺讼，宁武子为辅，铖庄子为坐⊕，士荣为大士。卫侯不胜，杀士荣，刖铖庄子，谓宁俞忠而免之。执卫侯，归之于京师，真诸深室。宁子职纳橐饘焉⊕。元咺归于卫，立公子瑕。

是会也，晋侯召王，以诸侯见，且使王狩。仲尼曰："以臣召君，不可以训。故书曰'天王狩于河阳'，言非其地也，且明德也。"

壬申，公朝于王所。

丁丑，诸侯围许。

晋侯有疾，曹伯之竖侯獳货筮史⊕，使曰以曹为解："齐桓公为会而封异姓，今君为会而灭同姓。曹叔振铎，文之昭也；先君唐叔，武之穆也。且合诸侯而灭兄弟，非礼也；与卫偕命，而不与偕复，非信也；同罪异罚⊕，非刑也。礼以行义，信以守礼，刑以正邪。舍此三者，君将若之何？"公说，复曹伯，遂会诸侯于许。

晋侯作三行以御狄。荀林父将中行，屠击将右行，先蔑将左行。

二十九年经

二十有九年春，介葛卢来。

公至自围许。

夏六月，会王人、晋人、宋人、齐人、陈人、蔡人、秦人，盟于翟泉。

秋，大雨雹。

冬，介葛卢来。

二十九年传

二十九年春，介葛卢来朝，舍于昌衍之上⊕。公在会，馈之刍、米，礼也。

夏，公会王子虎、晋狐偃、宋公孙固、齐国归父、陈辕涛涂、秦小子憖，盟于翟泉，寻践土之盟，且谋伐郑也。卿不书⊕，罪之也。在礼，卿不会公侯，会伯子男可也。

"秋，大雨雹"，为灾也。

"冬，介葛卢来"，以未见公故，复来朝。礼之，加燕好⊕。

介葛卢闻牛鸣，曰："是生三牺，皆用之矣。其音云⊕。"问之而信。

三 十 年 经

三十年春王正月。

夏，狄侵齐。

秋，卫杀其大夫元咺及公子瑕。卫侯郑归于卫。

晋人、秦人围郑。

介人侵萧^⑳。

冬，天王使宰周公来聘。

公子遂如京师，遂如晋。

三十年传

三十年春，晋人侵郑，以观其可攻与否。狄间晋之有郑虞也，夏，狄侵齐。

晋侯使医衍酖卫侯^①。宁俞货医，使薄其酖，不死。公为之请，纳玉于王与晋侯，皆十瑴^②。王许之。秋，乃释卫侯。

卫侯使赂周歂、冶廑曰^③："苟能纳我，吾使尔为卿。"周、冶杀元咺及子适、子仪^④。公入，祀先君。周、冶既服，将命。周歂先入，及门，遇疾而死。冶廑辞卿。

九月甲午，晋侯、秦伯围郑，以其无礼于晋，且贰于楚也。晋军函陵，秦军氾南。

佚之狐言于郑伯曰："国危矣！若使烛之武见秦君^⑤，师必退。"公从之。辞曰："臣之壮也，犹不如人；今老矣，无能为也已。"公曰："吾不能早用子，今急而求子，是寡人之过也。然郑亡，子亦有不利焉。"许之。夜，缒而出^⑥。见秦伯，曰："秦、晋围郑，郑既知亡矣。若亡郑而有益于君，敢以烦执事。越国以鄙远，君知其难也。焉用亡郑以陪邻？邻之厚，君之薄也。若舍郑以为东道主，行李之往来^⑦，共其乏困，君亦无所害。且君尝为晋君赐矣，许君焦、瑕，朝济而夕设版焉^⑧，君之所知也。夫晋，何厌之有？既东封郑，又欲肆其西封，不阙秦，将焉取之？阙秦以利晋，惟君图之！"秦伯说，与郑人盟，使杞子、逢孙、杨孙戍之，乃还。

子犯请击之。公曰："不可。微夫人之力不及此。因人之力而敝之^⑨，不仁；失其所与，不知；以乱易整，不武。吾其还也！"亦去之。

初，郑公子兰出奔晋，从于晋侯伐郑，请无与围郑。许之。使待命于东。郑石甲父、侯宣多逆以为大子，以求成于晋，晋人许之。

冬，王使周公阅来聘，飨有昌歜、白黑、形盐^⑩。辞曰："国君，文足昭也，武可畏也，则有备物之飨，以象其德；荐五味，羞嘉榖，盐虎形，以献其功。吾何以堪之？"

东门襄仲将聘于周，遂初聘于晋。

三十一年经

三十有一年春，取济西田。

公子遂如晋。

夏四月，四卜郊^①，不从，乃免牲。犹三望^②。

秋七月。

冬，杞伯姬来求妇。

狄围卫。十有二月，卫迁于帝丘。

三十一年传

"三十一年春，取济西田"，分曹地也。使臧文仲往，宿于重馆^①。重馆人告曰："晋新得诸侯，必亲其共。不速行，将无及也！"从之。分曹地，自洮以南，东傅于济，尽曹地也。

襄仲如晋，拜曹田也。

"夏四月，四卜郊，不从，乃免牲"，非礼也。"犹三望"，亦非礼也。礼不卜常祀，而卜其牲、日。牛卜日曰牲。牲成而卜郊，上怠、慢也㊿。望，郊之细也。不郊，亦无望可也。

秋，晋蒐于清原，作五军以御狄。赵衰为卿。

冬，狄围卫，卫迁于帝丘，卜曰三百年。

卫成公梦康叔曰："相夺予享㊿。"公命祀相，宁武子不可，曰："鬼神非其族类，不歆其祀㊿。杞、鄫何事㊿？相之不享于此久矣，非卫之罪也。不可以间成王、周公之命祀㊿。请改祀命。"

郑洩驾恶公子瑕㊿，郑伯亦恶之，故公子瑕出奔楚。

三十二年经

三十有二年春王正月。

夏四月己丑，郑伯捷卒。

卫人侵狄。秋，卫人及狄盟。

冬十有二月己卯，晋侯重耳卒。

三十二年传

三十二年春，楚鬥章请平于晋，晋阳处父报之。晋、楚始通。

夏，狄有乱。卫人侵狄，狄请平焉。秋，卫人及狄盟。

冬，晋文公卒。庚辰，将殡于曲沃，出绛，柩有声如牛。卜偃使大夫拜，曰："君命大事㊿：将有西师过轶我㊿。击之，必大捷焉。"

杞子自郑使告于秦曰："郑人使我掌其北门之管㊿。若潜师以来，国可得也。"穆公访诸蹇叔㊿，蹇叔曰："劳师以袭远，非所闻也。师劳力竭，远主备之，无乃不可乎？师之所为，郑必知之。勤而无所，必有悖心。且行千里，其谁不知？"公辞焉，召孟明、西乞、白乙，使出师于东门之外。蹇叔哭之，曰："孟子！吾见师之出而不见其入也！"公使谓之曰："尔何知？中寿㊿，尔墓之木拱矣。"蹇叔之子与师，哭而送之，曰："晋人御师必于殽㊿。殽有二陵焉：其南陵，夏后皋之墓也；其北陵，文王之所辟风雨也。必死是间，余收尔骨焉！"秦师遂东。

三十三年经

三十有三年春王二月，秦人入滑。

齐侯使国归父来聘。

夏四月辛巳，晋人及姜戎败秦师于殽。

癸巳，葬晋文公。

狄侵齐。

公伐邾，取訾娄㊿。

秋，公子遂帅师伐邾。

晋人败狄于箕。

冬十月，公如齐。

十有二月，公至自齐。

乙巳，公薨于小寝。

陨霜不杀草。李梅实。

晋人、陈人、郑人伐许。

三十三年传

三十三年春，秦师过周北门。左右免胄而下，超乘者三百乘。王孙满尚幼，观之，言于王曰："秦师轻而无礼，必败。轻则寡谋，无礼则脱⑨。入险而脱⑪，又不能谋，能无败乎？"

及滑，郑商人弦高将市于周，遇之，以乘韦先⑭，牛十二犒师，曰："寡君闻吾子将步师出于敝邑，敢犒从者，不腆敝邑，为从者之淹⑳，居则具一日之积，行则备一夕之卫。"且使遽告于郑。

郑穆公使视客馆⑲，则束载、厉兵、秣马矣。使皇武子辞焉，曰："吾子淹久于敝邑，唯是脯资、饩牵竭矣⑳。为吾子之将行也，郑之有原圃，犹秦之有具囿也，吾子取其麋鹿，以闲敝邑，若何？"杞子奔齐，逢孙、扬孙奔宋。

孟明曰："郑有备矣，不可冀也。攻之不克，围之不继，吾其还也。"灭滑而还。

齐国庄子来聘，自郊劳至于赠贿⑳，礼成而加之以敏⑳。臧文仲言于公曰："国子为政，齐犹有礼，君其朝焉！臣闻之：服于有礼，社稷之卫也。"

晋原轸曰："秦违蹇叔而以贪勤民，天奉我也。奉不可失，敌不可纵。纵敌，患生；违天，不祥，必伐秦师！"栾枝曰："未报秦施而伐其师，其为死君乎？"先轸曰："秦不哀吾丧而伐吾同姓，秦则无礼，何施之为？吾闻之：'一日纵敌，数世之患也。'谋及子孙，可谓死君乎！"遂发命，遽兴姜戎。子墨衰绖⑳，梁弘御戎，莱驹为右。夏四月辛巳，败秦师于殽，获百里孟明视、西乞术、白乙丙以归。遂墨以葬文公。晋于是始墨。

文嬴请三帅⑳，曰："彼实构吾二君⑳。寡君若得而食之，不厌，君何辱讨焉？使归就戮于秦，以逞寡君之志，若何？"公许之。

先轸朝，问秦囚。公曰："夫人请之，吾舍之矣。"先轸怒，曰："武夫力而拘诸原，妇人暂而免诸国⑳，堕军实而长寇雠⑳，亡无日矣！"不顾而唾。

公使阳处父追之。及诸河，则在舟中矣。释左骖，以公命赠孟明。孟明稽首曰："君之惠，不以累臣衅鼓⑳，使归就戮于秦；寡君之以为戮，死且不朽。若从君惠而免之，三年将拜君赐！"

秦伯素服郊次，乡师而哭，曰："孤违蹇叔以辱二三子，孤之罪也！"不替孟明，曰："孤之过也，大夫何罪？且吾不以一眚掩大德⑳。"

"狄侵齐"，因晋丧也。

公伐邾，取訾娄，以报升陉之役。邾人不设备。秋，襄仲复伐邾。

狄伐晋，及箕。八月戊子，晋侯败狄于箕。郤缺获白狄子。

先轸曰："匹夫逞志于君⑳，而无讨，敢不自讨乎？"免胄入狄师，死焉。狄人归其元⑳，面如生。

初，臼季使过冀；见冀缺耨⑳，其妻馌之，敬，相待如宾。与之归，言诸文公曰："敬，德之聚也。能敬必有德。德以治民，君请用之！臣闻之：出门如宾，承事如祭，仁之则也。"公曰："其父有罪，可乎？"对曰："舜之罪也殛鲧⑳，其举也兴禹。管敬仲，桓之贼也⑪，实相以济。《康诰》曰：'父不慈，子不祗，兄不友，弟不共，不相及也。'《诗》曰：'采葑采菲，无以下体。'

君取节焉可也^⑩。"文公以为下军大夫。反自箕，襄公以三命命先且居将中军，以再命命先茅之县赏胥臣，曰："举郄缺，子之功也。"以一命命郄缺为卿，复与之冀，亦未有军行^⑪。

冬，公如齐，朝，且吊有狄师也。反，薨于小寝，即安也。

晋、陈、郑伐许，讨其贰于楚也。

楚令尹子上侵陈、蔡。陈、蔡成，遂伐郑，将纳公子瑕。门于桔柣之门^⑭，瑕覆于周氏之汪，外仆髡屯禽之以献^⑮。文夫人敛而葬之郐城之下。

晋阳处父侵蔡，楚子上救之，与晋师夹泜而军^⑯。阳子患之，使谓子上曰："吾闻之：'文不犯顺，武不违敌。'子若欲战，则吾退舍，子济而陈，迟速唯命。不然，纾我。老师费财^⑰，亦无益也。"乃驾以待。子上欲涉，大孙伯曰^⑱："不可！晋人无信，半涉而薄我，悔败何及？不如纾之。"乃退舍。阳子宣言曰："楚师遁矣！"遂归。楚师亦归。大子商臣谮子上曰："受晋赂而辟之，楚之耻也。罪莫大焉！"王杀子上。

葬僖公。缓作主，非礼也。凡君薨，卒哭而祔^⑱，祔而作主，特祀于主^⑳，烝、尝、禘于庙^㉑。

---

①柽（chēng，音撑）：宋地，在今河南省淮阳县西北。

②莒挐（rú，音如）：莒君的弟弟。

③国恶：国乱。

④已：太。

⑤会：指会盟的地点。

⑥后：指鲁国晚到会。

⑦屈：屈邑，产骏马。　　垂棘：地名，在今山西省潞城县北。　　假道：借道。

⑧颠轸（líng，音灵）：即古时颠轸坂，在今山西省平陆县东北。

⑨郰（míng，音冥）：虞邑，在今山西省平陆县东北。

⑩冀之既病：意思是晋国助虞讨伐冀，已使冀受到损害。

⑪唯：因。

⑫保：堡垒。　　逆旅：客栈。

⑬寺人：官名，宫中侍御者。　　多鱼：地名，在今河南省虞城县。

⑭下阳：虢国宗庙社稷所在地。

⑮天夺之鉴：上天夺去他的镜子，使其无自知之明。　　疾：罪恶。

⑯易（yì，去声）：轻视。

⑰稔（rěn，音忍）：年。

⑱聃（nán，音南）伯：郑大夫名。

⑲辕涛涂：即陈大夫宣仲。

⑳兹：通"慈"字。公孙兹，叔牙之子叔孙戴伯。

㉑大公：即太望公，是齐国最早的君主。

㉒五侯九伯：统指天下诸侯。

㉓履：指得以征伐的范围，而非指齐国的疆土。

㉔苞茅：古人拔菁茅将其束之叫苞茅。

㉕缩酒：用所束之菁茅漉酒以去滓。

㉖征：问罪。

㉗不穀：诸侯自称。

㉘徼（xiāo，音肖）：求。

㉙观兵：显示兵力向诸侯示威。　　东夷：指郯、莒、徐诸夷。

㉚循海：沿淮河而下，由今河南省潢川县、安徽省六安县东至安徽省泗县、江苏省东海县而入山东省临沂地区再回国，非常辽远迂曲。

㉛屝（fèi，音费）：草鞋、麻鞋。

㉜虎牢：地名，在今河南省巩县东虎牢关。

㉝王事：指征伐。

㉞兖敛：用兖衣（古代天子之礼服）敛尸。

㉟成：服罪。

㊱渝：变。

㊲攘：夺。　　羭（yú，音于）：母羊。

㊳薰：香草。　莸（yóu，音由）：水边草。

㊴娣：指骊姬的妹妹。

㊵胙（zuò，音作）：祭之酒肉。

㊶地坟：毒酒泼地后，土突起如坟。

㊷视朔：每月朔日，诸侯以特羊告于庙，称之告朔。告朔之后，仍在太庙听治一月的政事，称之视朔。

㊸分、至、启、闭：分，春分、秋分；至，夏至、冬至；启，立春、立夏；闭，立秋、立冬。

㊹云物：指天象（或日旁云气之色），用以占吉凶。

㊺慼（qī，音戚）：忧。

㊻雠（chóu，音仇）：应答。应验。

㊼雠必保：反足以资内部敌人作为保守之用。

㊽固雠之保：为将来仇敌筑坚固的城池。

㊾宗子：即城池。

㊿狐裘：指大夫之服。　　尨茸：皮毛杂乱的样子。

(51)校：抵抗。

(52)徇：宣令。

(53)袪（qū，音区）：袖口。

(54)轻：轻举妄动。

(55)启：意思是使晋张其野心。

(56)玩：轻侮。

(57)易物：改变祭物。

(58)繄（yī，音衣）物：是祭物。

(59)不腊：不能过腊祭。

(60)龙尾：星名，即尾宿，是苍龙七宿星之第六宿星。　　伏辰：日月相会叫辰，因为太阳位于尾星，其光被日所夺，因此从地球上看不见尾星，故伏而不见。

(61)均服：黑色军服。

(62)旂（qí，音祁）：古时一种带有铃的旗帜。

(63)鹑：是柳宿星，又称鹑火。　　贲贲（bēn，音奔）：形容柳宿星的形状。

(64)天策：即傅说星。　焞焞（tūn，音吞）：星光暗弱。

(65)火中：指鹑火星出在南方。　　成军：勒兵整旅。

(66)郤芮：晋大夫名。

(67)许男：许国男爵。　　面缚：手绑在背后，使人只看见他的面部。

(68)衰绖：（cuī dié，音崔谍）：丧服。

(69)舆（yú，音愉）：车。举而行之。　　榇（chèn，音衬）：棺材。

(70)祓（fú，音拂）：除凶恶的礼节。

(71)竞：强。

(72)病：指屈辱。

(73)招携：招抚离心的人。

(74)属：会合。

(75)奸：邪僻。意思是违背礼与信。

(76)共：可读为“供”，意思是按时供给贡品。

⑦覆亡：救亡。

⑱摠：同"总"，带领。

⑲会：合诸侯。　　列：指君位。列奸，指使奸人（指子华）而在君位。

⑳替：废。

㉑恶：患，畏。　　大叔带：太子郑的弟弟大叔王子带。

㉒致：以其主致之于始祖周公之庙而列其昭穆。　　夫：指哀姜。

㉓复：实践诺言。　　期（jī，音姬）月：一年。

㉔不顺：指舍嫡而立庶。

㉕佹（guǐ，音诡）诸：晋侯名。

㉖下：指降于阶下。　　拜：指再拜稽首。

㉗违：离。

㉘登：升堂，再拜稽首。

㉙勤远略：即北伐、南伐。

㉚靖乱：平定内乱。

㉛丕（pī，音坯）郑：人名。

㉜藐诸（zhě，音者）：弱小的。　　孤：孤儿。　　辱：承蒙。

㉝送往：送走死者。　　事居：侍奉在世的。

㉞三怨：指三位公子的众徒。

㉟贰：苟且偷身。

㊱人实有国：指晋国已非己所有。

㊲入而能民：回晋国而得民，即执政。

㊳隰（xí，音席）朋：齐大夫。

㊴僭（jiàn，音荐）：不可信。　　贼：伤害。

⑩苏子：即经中的温子，苏是氏，温是国名。

⑩以说：表示讨恶之义。

⑩微：无。

⑩共大子：太子申生。

⑩下国：曲沃新城。

⑩歆（xīn，音辛）：飨，祭祀时神灵先享其气。

⑩殄（tiǎn，音舔）：灭绝。

⑩遂不见：是指申生的形象隐没了。

⑩敝：败。

⑩重问：以厚礼聘问。

⑩蔑：无。

⑪泠（líng，音零）至：秦大夫。　　报：报丕郑之聘。　　问：拜见。

⑪七舆大夫：下军的舆帅七人。

⑪雅歂（zhuī chuǎn，音锥喘）：七舆大夫之一。

⑭过：邵武公。

⑪郛（fú，音孚）：外城。

⑯职：贡。

⑰郢（yǐng，音影）：楚都，在今湖北省江陵县。

⑱国、高：指上卿国氏和高氏，为天子所命。

⑲节：时节。　　承：接受。

⑳陪臣：陪即重。隔一层之后的臣子称陪臣。

㉑督：借为笃，意思是甚不能忘。

㉒往职乃职：职高而位卑。

㉓世祀：世代延续祖先祭祀。　　宜：也是应该的。

⑫④劳：佑助。

⑫⑤鹹：咸的繁体字。

⑫⑥荐饥：连年欠收。

⑫⑦携：离。

⑫⑧代有：各国更替。

⑫⑨季姬：僖公女。　鄫（céng，音层）：国名，姒姓。

⑬⑩肸（xī，音希）：蔡侯名。

⑬①阙（quē，音缺）：阙文，即脱漏的文字。

⑬②咎（jiù，音救）：灾祸。

⑬③背施：背弃恩施。

⑬④匡：匡城，在今河南省睢县西三十里，属于宋国。

⑬⑤晦：昏暗。

⑬⑥属：托付。　贾君：晋献公的次妃，惠公嫡长嫂。

⑬⑦诘（jié，音洁）：问。

⑬⑧深：使敌深入。

⑬⑨不孙：不敬。

⑭⑩变：反常。

⑭①脉：血管。　偾（fèn，音奋）兴：突起。

⑭②出：指吾夷出奔。　资：指秦国的资助。

⑭③狃（niǔ，音纽）：狎侮。

⑭④佞（nìng，音宁）：才。

⑭⑤定列：君位安定。

⑭⑥还：盘旋。

⑭⑦愎（bì，音璧）：不接受劝谏。

⑭⑧轹（yà，音亚）：迎上前去。迎战。

⑭⑨反首：披头散发。　拔舍：拔起帐篷随秦西行。

⑮⑩蓇（yīng，音英）：太子名。

⑮①履薪：脚踩着柴火，表示将自焚。

⑮②免（wèn，音问）：丧礼除冠括发。

⑮③婢子：妇女通用的谦称。

⑮④重：当作“动”，意思是动心。

⑮⑤要：约束。

⑮⑥絷（zhí，音执）：秦公子子显。

⑮⑦大成：对构和大大有利。

⑮⑧怙（hù，音户）：恃。

⑮⑨卜贰圉：卜日立其子圉为国君。

⑯⑩爰田：爰田制度，即把归惠公所有的公田税收都分给群臣。

⑯①征：指财赋、军赋。　缮：修治。或指增加军备。

⑯②作州兵：改革兵制。

⑯③刲（kuī，音亏）：割杀。刲羊为古代婚姻之礼节。

⑯④衁（huāng，音荒）：血。

⑯⑤承筐：也是古代婚姻之礼节，以筐接物。

⑯⑥贶（kuàng，音况）：赐与。

⑯⑦嬴：秦国之姓。　姬：晋国之姓。

⑯⑧说：“作“脱”讲。　輹（fú，音服）：车下面与轴相衔接的伏兔，又称钩心。

⑯⑨弧（hú，音狐）：木弓。

⑰⑩逋（bū，音晡）：逃亡。

⑦ 僔（zǔn，音樽）：自制；谦退。　　沓（tà，音踏）：合。

⑦ 展氏：夷伯后人。

⑦ 改馆：晋惠公本被拘于灵台，现在改礼置于客馆。

⑦ 馈七牢：为诸侯之礼，牛一、羊一、豕一为一牢。

⑦ 蛾析：晋大夫。蛾同蚁。

⑦ 饩（xì，音戏）：赠送人的粮食或饲料。

⑦ 鹢（yì，音益）：水鸟名，形如鹭而大，羽色苍白，善翔。

⑦ 荐羞：指馐馔。

⑦ 甗（yǎn，音演）：齐地，在今山东省济南市附近。

⑱ 菟（tú，音徒）圃：卫地，在今河南省长垣县境。

⑱ 燬（huǐ，音毁）：毁的异体字。卫侯辟疆的更名。

⑱ 訾（zī，音资）娄：地名，在今河南省滑县西南。

⑱ 益其国：多建筑城邑。　　实：徙民居之。

⑱ 属：求霸。附己。管束。

⑱ 得死：善终。

⑱ 无伯：齐桓死，无霸主。

⑱ 崇：指崇侯虎。

⑱ 刑：法，示范。　　寡：大。寡妻即大太太。

⑱ 亟城：屡建城池。

⑲ 郜（gào，音告）：古国名，在今山东成武东南。

⑲ 启塞：门户道桥称启，城郭墙堑称塞。　　从时：随时坏随时修。

⑲ 尪（wāng，音汪）：瘠病之人。

⑲ 司：主。　　大皞（hào，音皓）：任、宿诸国始是大皞之后。　　济：济水。

⑲ 成风：庄公之妾，僖公之母。须句是成风母家。

⑲ 明祀：指大皞与济水之祭祀。

⑲ 小寡：指须句。

⑲ 猾（huá，音滑）：乱。

⑲ 纾：解。

⑲ 陆浑之戎：允姓，本居于瓜州，晋惠公开始诱其迁之于伊川。

⑳ 栉（zhì，音质，旧读 jié 节）：梳篦的总称。

㉑ 富辰：周大夫。

㉒ 孔：甚。甚为友好。

㉓ 虿（chài，音瘥）：蝎类毒虫。

㉔ 胄（zhòu，音宙）：古代头盔用皮制成。

㉕ 商：即宋。

㉖ 二毛：指有白发间于黑发的人。

㉗ 勍（qíng，音擎）：强有力。

㉘ 胡耉（gǒu，音苟）：元老之称。

㉙ 鼓儳（chán，音谗）：乘对方军队未成列，鸣鼓而攻击之。

㉑ 芈（mǐ，音弭）氏：楚女。

㉑ 俘：被获的生囚。　　馘（guó，音国）：古代战争中所杀之敌，割其左耳作证称馘。此处指死囚。

㉒ 阈（yù，音域）：门限。

㉓ 迩（ěr，音尔）：近。

㉔ 无别：指男女无别。

㉕ 缗（mín，音民）：古国名，在今山东省金乡县东北。

㉖ 成得臣：楚大夫，字子玉。

㉗ 城：修复城墙。　　顿：国名，姬姓，在今河南省项城县西的南顿。

(218)叔伯：楚大夫薳吕臣。

(219)亡人：指公子重耳。

(220)期：指约定跟从重耳者之归期。

(221)策名：将名字书于策上。　委质（zhì，音至）：委，置。质即贽，古时初次求见人时所送的礼物。

(222)辟：避。　不敏：不审，弄不清而误记。

(223)保：依靠，仗恃。

(224)廧（qiáng，音墙）咎如：白狄，隗姓，约在今山西太原一带。

(225)儵（chóu，音筹）：人名。

(226)木：棺椁。

(227)蚤：早。

(228)飧（sūn，音孙）：晚餐，引申为熟食。

(229)寘：置的异体字。寘璧，藏璧于飧中。

(230)三士：指狐偃、赵衰、贾佗。

(231)同侪：同等。

(232)属（zhú，音烛）：著。　櫜（gāo，音高）：装箭矢之器。　鞬：盛弓之器。

(233)匜（yí，音移）：古时洗手洗面的用具。　沃：注水。

(234)文：有文辞。

(235)绁（xuē，音薛）：绠，牵牲口的绳子。

(236)郇（xún，音荀）：地名，在今山西省临猗县西南。

(237)三宿：第四天。

(238)中宿：第二宿后第三天。

(239)钩：革带上的钩。　相：宰相。

(240)纪纲：得力。

(241)竖：未成人而给事者之称呼。　头须：人名。

(242)盾：即叔隗。

(243)介子推：晋文公的从臣。

(244)怼（duì，音对）：怨。

(245)尤：罪。尤而效之，意思是明知其错却还仿效之。

(246)志：识，记。

(247)旌：表扬。

(248)吊：伤。　不咸：不终。

(249)管、蔡、郕（chéng，音成）、霍、鲁、卫、毛、聃（nán，音南）、郜、雍、曹、滕、毕、原、酆、郇：这十六国，均为文王之子。列为昭级宗族。

(250)邘（yú，音于）、晋、应、韩：这四国均为武王之子，列为穆级宗族。

(251)胤（yìn，音印）：嗣。

(252)成周：西周时，成周是纠合诸侯发号施令的地方。

(253)常棣：即小叶杨。落叶乔木。

(254)鄂：萼。　不：同"跗"，萼足。　韡韡（wěi，音韦）：光明的样子。

(255)阋（xì，音隙）：争吵。

(256)庸勋：酬其功劳。

(257)即聋：接近聋子。　从昧：盲从瞎子。　与顽：亲近顽劣。　嚚（yín，音银）：愚而恶。

(258)弃嬖宠：指杀嬖臣申侯和宠子子华。　三良：叔詹、堵叔、师叔。

(259)渝：变。

(260)德：感谢。

(261)婡：娄的异体字。

(262)甘昭公：即惠王子王子带，封于甘（在今河南省洛阳市南）；昭是谥号。

(263)替：废。

㉖先后：周襄王之母惠后。

㉖坎欿（kǎn，音砍）：周邑，在今河南省巩县东南。

㉖氾（fàn，音泛）：襄城。在今河南省襄城县南。

㉖鹬（yù，音聿）：鸟名，涉禽类。

㉖自诒伊慼：自遗此忧愁。

㉖膰（fán，音烦）：宗庙祭祀用的烤肉。

㉗礼至：卫大夫名。

㉗二礼：礼至和弟弟。

㉗掖：夹持其人手臂。　　赴外：城外。

㉗欑（cuán，音窜）茅：地名。

㉗郡（ruò，音若）：秦、楚界上小国，在今河南省内乡县西南。都，商密。

㉗隈（wēi，音偎）：水曲。

㉗傅：临近城池。

㉗坎血加书：掘地杀牲口，放在坑内，取血告神，歃（shà，音霎）血，加盟书上。是古代订盟的仪式。

㉗勃鞮（dī，音低）：即寺人披。

㉗宁速：卫大夫宁庄子。　　向：莒地，在今山东省莒县。

㉘鄸（xié，音鞋）：齐地，在今山东省东阿县南。

㉘竟：境。

㉘保聚：保城聚众。号令诸侯的意思。

㉘贯：以箭穿耳。

㉘三百乘：二万二千五百人。

㉘先轸（zhěn，音诊）：先丹木之子。

㉘蒐（sōu，音搜）：春猎。　　被庐：晋地。

㉘说：同悦。　　敦：贵。

㉘赋：作敷，徧，意思是不论尊卑远近，只要言善，即应徧加纳之。

㉘试：作庶。

㉙庸：酬劳报功。

㉙魏犫（chōu，音抽）：即魏武子，为晋文公御戎车、为车右。

㉙怀：安。

㉙易资：交易，买卖。

㉙明征其辞：明码实价。

㉙执秩：官名。

㉙文之教：文公的教化。

㉙畀（bì，音必）：与。

㉙元咺（xuān，音萱）：人名。

㉙子丛：公子买之字。

㉚门：作动词，攻城。

㉚迁：指迁往曹人族葬之处。

㉚爇（ruì，音芮）：烧。　　氏：家。

㉚距跃：直跳。

㉚曲踊（yǒng，音勇）：横跳或向上跳。

㉚舍之：指晋不救援。

㉚情伪：真伪。

㉚天假之年：晋文十九年在外，流离颠沛，犹以生存。

㉚除其害：指惠公死，怀公及吕、郤被杀。

㉚允当则归：适可而止。

㉚间执：堵塞。

(311)若敖之六卒：若敖当初所设的宗族亲军六百人。
(312)与之：许其所请。
(313)携：离。离间曹、卫与楚的同盟。
(314)老：指楚师围宋已五、六月，疲惫了。
(315)憖（yìn，音印）：小子憖，即秦穆公子。
(316)每每：形容草盛状。
(317)舍其旧：应不念旧惠。　新是谋：谋立新功。
(318)汉阳诸姬：汉水以北各姬姓国家。
(319)小惠：指重耳出亡于楚，楚国曾厚待之。　大耻：指楚灭我同姓诸国的耻辱
(320)盬（gǔ，音古）：咀嚼。
(321)鬬（dòu，音斗）勃：鬥勃，楚大夫。
(322)戏：角力。
(323)不获命：指楚军竟然未退，并且跟踪而至。
(324)诘朝：明晨。
(325)韅（xiǎn，音显）：马腹带。　靷（yǐn，音引）：引车前行的皮带。　鞅：驾车时马颈之革。　靽：絷马足之绳。
(326)有莘之虚：古代莘国的废墟。
(327)子西：鬥宜申。
(328)子上：鬥勃。
(329)旆（pèi，音配）：前军。
(330)曳（yè，音夜）：牵引；拖。
(331)乡役：此次战役之前。
(332)子人九：郑大夫。
(333)驷介：四马披甲战车。
(334)傅：相。当进行战俘献给周天子的礼节时，郑文公为周天子之上相。
(335)大辂（lù，音路）：天子之车。　戎辂：戎车。
(336)玈（lú，音卢）弓：黑弓。
(337)秬鬯（chàng，音唱）：用黑黍酿成的酒。古人用以降神。　卣（yǒu，音酉）：古代盛酒的器具。
(338)逖（tì，音替）：远。　慝：恶。
(339)丕：大。　显：明。　休：赐与，赏赐。　命：策命。
(340)覲（jìn，音近）：诸侯朝见天子之称。
(341)要（yuē，音约）：约。
(342)奖：成。
(343)殛（jí，音极）：诛戮。
(344)俾（bǐ，音比）：使。　队：同坠，陨。
(345)琼弁（biàn，音卞）：饰以琼玉的马冠。
(346)孟诸之麋：宋国的薮泽，在今河南省商丘县东北。
(347)大心：子玉之子。　子西：子玉之族。
(348)诉：谮。说坏话。
(349)降心：放弃成见。
(350)保：恃。　力：功劳。
(351)长牂（zāng，音脏）：卫大夫。
(352)旃（zhān，音毡）：用大赤色帛制作不加画饰的大旗。
(353)振旅：作战而归。
(354)征会：征召诸侯，冬季将会于温地。　讨贰：讨伐有贰心者。
(355)三罪：三罪人，即颠颉、祁瞒、舟之侨。
(356)鍼（zhen，音斟）庄子：人名。　坐：代成公坐讼。
(357)橐（tuó，音驮）：古代盛物之具。　饘（zhān，音毡）：稠粥。

(358)侯獳（nòu，音耨）：曹共公的俑人。　　货：贿赂。
(359)同罪异罚：指与卫同罪，但卫已复而曹未复。
(360)昌衍：即昌平山，在今山东省曲阜县东南五十里屈山之西。
(361)卿：指狐偃等人。
(362)加燕好：乡宴时比常礼更盛大。
(363)云：如此。
(364)萧：宋邑。
(365)衍：医生名。
(366)瑴（jué，音厥）：双玉。
(367)冶廑（jìn，音近）：人名。
(368)子适：即公子瑕。　　子仪：瑕母弟。
(369)烛之武：郑大夫名。烛邑为郑地。
(370)缒（zhuì，音坠）：用绳系之垂下而出城。
(371)行李：古时专用司外交之官，即行人之官。李，理。
(372)早济：早晨归国。　　夕设版：到夕晚就筑城用以防备秦国。意思是很快违背誓约。
(373)敝：败。
(374)昌歜（cán，音蚕）：用昌蒲根腌成的菜。　　白黑：熬稻和熬黍。　　形盐：盐形似虎。
(375)羞：进。
(376)四卜郊：四次占卜祭天的日子。
(377)犹三望：对天上的星及地上的山川，都在郊祭时加以遥祭。
(378)重：鲁地名，在今山东省鱼台县西。
(379)上怠：怠于吉典。　　慢：慢渎龟策。
(380)相：夏后帝启之孙，帝中康之子。
(381)歆（xīn，音心）：飨，祭祀时神灵先享其气。
(382)杞、鄫：都是夏的后代。
(383)间：犯，违。
(384)洩驾：郑大夫。
(385)大事：戎事。
(386)过轶我：指秦兵袭击郑国，必过晋国南境。
(387)管：即钥匙。
(388)蹇（jiǎn，音简）叔：人名。
(389)中寿：即一百岁。
(390)殽（yáo，音摇）：即崤山，在今河南省洛宁县西北。
(391)訾（zī，音咨）娄：郑地。
(392)脱：疏略。
(393)险：指殽山。
(394)乘韦：四张熟牛皮。　　先：先送轻物为引，而后送重礼。
(395)不典：客套话，典即厚。　　淹：久。
(396)客馆：杞子、逢孙、杨孙三人所居。
(397)脯资：食品。　　饩牵：牲畜。
(398)郊劳：聘礼之始。　　赠贿：聘礼之终。
(399)敏：有客。
(400)子：晋襄公，因其父文公未葬，故称“子”。　　墨：染成黑色。　　衰绖：丧服。
(401)文嬴：襄公的母后，秦穆公的女儿。
(402)构：挑拨秦、晋二国的关系。
(403)暂（jiàn，音渐）：诈欺。
(404)堕：毁弃。　　军实：指秦囚。

⑭ 纍：累的繁体字。俘虏。　　衅鼓：祭鼓。

⑭ 眚（shěng，音省）：过失。

⑭ 逞志于君：指"不顾而唾"之事。

⑭ 元：首。

⑭ 冀缺：惠公之党冀芮之子。冀芮二十四年欲害文公，为秦穆公诱杀。

⑭ 殛：借为极，即流放绝远。　　鲧（gǔn，音滚）：禹之父。

⑭ 桓之贼：管仲尝射齐桓公，箭射中带钩。

⑭ 取节：意思是应节取其善，不因其为罪人之子而废弃。

⑭ 军行：军队职务。

⑭ 门：攻城。　　桔柣（jié dié，音杰迭）之门：郑都远郊之门。

⑭ 髡（kūn，音坤）屯：人名。

⑭ 泜（zhì，音雉）：泜水，今名沙河。

⑭ 老师：师久。

⑭ 大孙伯：即大心，子玉之子。

⑭ 卒：止。　　祔：以新死者之主附于主庙。

⑭ 特祀：单向新死者祭祀。

⑭ 烝、尝、禘（dì，音帝）于庙：冬祭叫"烝"，秋祭叫"尝"，君主死后三年就大禘。烝、尝、禘三种礼节都在祖庙中举行。

文　公

元　年　经

元年春王正月，公即位。

二月癸亥，日有食之。

天王使叔服来会葬。

夏四月丁巳，葬我君僖公。

天王使毛伯来锡公命。

晋侯伐卫。

叔孙得臣如京师。

卫人伐晋。

秋，公孙敖会晋侯于戚。

冬十月丁未，楚世子商臣弑其君頵①。

公孙敖如齐。

元　年　传

元年春，王使内史叔服来会葬。公孙敖闻其能相人也，见其二子焉。叔服曰："榖也食子②，难也收子③。榖也丰下，必有后于鲁国。"

于是闰三月，非礼也。先王之正时也，履端于始，举正于中，归馀于终。履端于始，序则不
愆；举正于中，民则不惑；归馀于终，事则不悖。

夏四月丁巳，葬僖公。

王使毛伯卫来赐公命。叔孙得臣如周拜。

晋文公之季年，诸侯朝晋，卫成公不朝，使孔达侵郑，伐绵、訾及匡。晋襄公既祥，使告于
诸侯而伐卫，及南阳。先且居曰："效尤，祸也。请君朝王，臣从师。"晋侯朝王于温。先且居、
胥臣伐卫。五月辛酉朔，晋师围戚。六月戊戌，取之，获孙昭子。

卫人使告于陈。陈共公曰："更伐之，我辞之。"卫孔达帅师伐晋。君子以为古，古者，越国
而谋。

秋，晋侯疆戚田，故公孙敖会之。

初，楚子将以商臣为大子，访诸令尹子上。子上曰："君之齿未也④，而又多爱。黜乃乱也。
楚国之举⑤，恒在少者。且是人也，蜂目而豺声，忍人也，不可立也！"弗听。

既，又欲立王子职而黜大子商臣⑥。商臣闻之而未察，告其师潘崇曰："若之何而察之？"潘
崇曰："享江芈而勿敬也⑦。"从之。江芈怒，曰："呼，役夫！宜君王之欲杀女而立职也！"告潘
崇，曰："信矣。"潘崇曰："能事诸乎？"曰："不能！""能行乎？"曰："不能！""能行大事乎？"
曰："能！"

冬十月，以宫甲围成王。王请食熊蹯而死⑧，弗听。丁未，王缢。谥之曰"灵"，不瞑；曰
"成"，乃瞑。穆王立，以其为大子之室与潘崇，使为大师，且掌环列之尹。

穆伯如齐，始聘焉，礼也。凡君即位，卿出并聘⑨，践修旧好⑩，要结外援，好事邻国，以
卫社稷，忠、信、卑让之道也。忠，德之正也。信，德之固也。卑让，德之基也。

殽之役，晋人既归秦帅，秦大夫及左右皆言于秦伯曰："是败也，孟明之罪也，必杀之！"秦
伯曰："是孤之罪也。周芮良夫之诗曰：'大风有隧⑪，贪人败类。听言则对，诵言如醉。匪用其
良，覆俾我悖。'是贪故也，孤之谓也。孤实贪以祸夫子，夫子何罪？"复使为政。

二　年　经

二年春，王二月甲子，晋侯及秦师战于彭衙。秦师败绩。

丁丑，作僖公主⑫。

三月乙巳，及晋处父盟。

夏六月，公孙敖会宋公、陈侯、郑伯、晋士縠⑬，盟于垂陇。

自十有二月不雨，至于秋七月。

八月丁卯，大事于大庙，跻僖公。

冬，晋人、宋人、陈人、郑人伐秦。

公子遂如齐纳币。

二　年　传

二年春，秦孟明视帅师伐晋，以报殽之役。二月，晋侯御之。先且居将中军，赵衰佐之。王
官无地御戎，狐鞫居为右⑭。甲子，及秦师战于彭衙，秦师败绩。晋人谓秦"拜赐之师"。

战于殽也，晋梁弘御戎，莱驹为右。战之明日，晋襄公缚秦囚，使莱驹以戈斩之。囚呼，莱

驹失戈，狼瞫取戈以斩囚[15]，禽之以从公乘。遂以为右。箕之役，先轸黜之而立续简伯。狼瞫怒。其友曰："盍死之？"瞫曰："吾未获死所。"其友曰："吾与女为难[16]。"瞫曰："《周志》有之：'勇则害上，不登于明堂。'死而不义，非勇也。共用之谓勇[17]。吾以勇求右，无勇而黜，亦其所也。谓上不我知，黜而宜，乃知我矣。子姑待之。"及彭衙，既陈，以其属驰秦师，死焉。晋师从之，大败秦师。君子谓狼瞫于是乎君子。《诗》曰："君子如怒，乱庶遄沮[18]。"又曰："王赫斯怒，爰整其旅。"怒不作乱而以从师，可谓君子矣！

秦伯犹用孟明。孟明增修国政，重施于民。赵成子言于诸大夫曰："秦师又至，将必辟之。惧而增德，不可当也。《诗》曰：'毋念尔祖，聿修厥德。'孟明念之矣。念德不怠，其可敌乎？"

"丁丑，作僖公主。"书，不时也。

晋人以公不朝来讨。公如晋。夏四月己巳，晋人使阳处父盟公以耻之。书曰"及晋处父盟"，以厌之也。適晋不书，讳之也。

公未至，六月，穆伯会诸侯及晋司空士縠"盟于垂陇"，晋讨卫故也。书"士縠"，堪其事也[19]。

陈侯为卫请成于晋，执孔达以说。

秋八月丁卯，"大事于大庙，跻僖公[20]"，逆祀也。于是夏父弗忌为宗伯，尊僖公。且明见曰："吾见新鬼大，故鬼小。先大后小，顺也。跻圣贤，明也。明、顺，礼也。"

君子以为失礼。礼无不顺。祀，国之大事也，而逆之，可谓礼乎？子虽齐圣，不先父食久矣。故禹不先鲧，汤不先契，文、武不先不窋[21]。宋祖帝乙，郑祖厉王，犹上祖也。是以《鲁颂》曰："春秋匪解[22]，享祀不忒[23]，皇皇后帝，皇祖后稷。"君子曰礼，谓其后稷亲而先帝也。《诗》曰："问我诸姑，遂及伯姊。"君子曰礼，谓其姊亲而先姑也。

仲尼曰："臧文仲，其不仁者三，不知者三。下展禽[24]，废六关，妾织蒲，三不仁也。作虚器，纵逆祀，祀爰居[25]，三不知也。"

冬，晋先且居、宋公子成、陈辕远、郑公子归生伐秦，取汪及彭衙而还，以报彭衙之役。卿不书，为穆公故，尊秦也，谓之崇德。

襄仲如齐纳币，礼也。凡君即位，好舅甥，修昏姻，娶元妃以奉粢盛，孝也。孝，礼之始也。

三　年　经

三年春王正月，叔孙得臣会晋人、宋人、陈人、卫人、郑人伐沈。沈溃。

夏五月，王子虎卒。

秦人伐晋。

秋，楚人围江。

雨螽于宋。

冬，公如晋。十有二月己巳，公及晋侯盟。

晋阳处父帅师伐楚以救江。

三　年　传

三年春，庄叔会诸侯之师伐沈，以其服于楚也。"沈溃"，凡民逃其上曰溃，在上曰逃。

卫侯如陈，拜晋成也。

夏四月乙亥，王叔文公卒。来赴，吊如同盟，礼也。

秦伯伐晋，济河焚舟，取王官及郊。晋人不出。遂自茅津济，封殽尸而还。遂霸西戎，用孟明也。

君子是以知秦穆之为君也，举人之周也⑳，与人之壹也㉗；孟明之臣也，其不解也，能惧思也；子桑之忠也，其知人也，能举善也。《诗》曰："于以采蘩？于沼、于沚。于以用之？公侯之事"，秦穆有焉。"夙夜匪解，以事一人"，孟明有焉。"诒厥孙谋，以燕翼子"，子桑有焉。

"秋，雨螽于宋"，队而死也㉘。

楚师围江，晋先仆伐楚以救江。冬，晋以江故告于周，王叔桓公、晋阳处父伐楚以救江，门于方城，遇息公子朱而还。

晋人惧其无礼于公也，请改盟。公如晋，及晋侯盟。晋侯飨公，赋《菁菁者莪》。庄叔以公降、拜㉙，曰："小国受命于大国，敢不慎仪？君贶之以大礼，何乐如之？抑小国之乐，大国之惠也。"晋侯降，辞。登，成拜。公赋《嘉乐》。

四 年 经

四年春，公至自晋。

夏，逆妇姜于齐。

狄侵齐。

秋，楚人灭江。

晋侯伐秦。

卫侯使宁俞来聘。

冬十有一月壬寅，夫人风氏薨。

四 年 传

四年春，晋人归孔达于卫，以为卫之良也；故免之。

夏，卫侯如晋拜。曹伯如晋会正。

逆妇姜于齐，卿不行，非礼也。君子是以知出姜之不允于鲁也，曰：贵聘而贱逆之，君而卑之，立而废之，弃信而坏其主㉚，在国必乱，在家必亡。不允宜哉！《诗》曰："畏天之威，于时保之。"敬主之谓也。

秋，晋侯伐秦，围邧、新城㉛，以报王官之役。

楚人灭江，秦伯为之降服㉜，出次㉝，不举㉞，过数㉟。大夫谏，公曰："同盟灭，虽不能救，敢不矜乎㊱？吾自惧也。"君子曰："《诗》云：'惟彼二国，其政不获㊲；惟此四国，爰究爰度㊳。'其秦穆之谓矣！"

卫宁武子来聘。公与之宴，为赋《湛露》及《彤弓》。不辞，又不答赋。使行人私焉㊴，对曰："臣以为肄业及之也。昔诸侯朝正于王，王宴乐之，于是乎赋《湛露》，则天子当阳㊵，诸侯用命也。诸侯敌王所忾，而献其功，王于是乎赐之彤弓一、彤矢百、旅弓矢千㊶，以觉报宴。今陪臣来继旧好，君辱贶之，其敢干大礼以自取戾？"

冬，成风薨。

五　年　经

五年春王正月，王使荣叔归含㊷，且赗。

三月辛亥，葬我小君成风。王使召伯来会葬。

夏，公孙敖如晋。

秦人入鄀。

秋，楚人灭六。

冬十月甲申，许男业卒。

五　年　传

五年春，王使荣叔来含且赗，召昭公来会葬，礼也。

初，鄀叛楚即秦，又贰于楚。夏，秦人入鄀。

六人叛楚即东夷㊸。秋，楚成大心、仲归帅师灭六。冬，楚公子燮灭蓼㊹。臧文仲闻六与蓼灭，曰：“皋陶、庭坚不祀忽诸。德之不建，民之无援，哀哉！”

晋阳处父聘于卫，反过宁。宁嬴从之，及温而还。其妻问之，嬴曰：“以刚。《商书》曰：‘沈渐刚克，高明柔克。’夫子壹之，其不没乎？天为刚德，犹不干时，况在人乎？且华而不实，怨之所聚也。犯而聚怨，不可以定身。余惧不获其利而离其难㊺，是以去之。”

晋赵成子、栾贞子、霍伯、臼季皆卒。

六　年　经

六年春，葬许僖公。

夏，季孙行父如陈。

秋，季孙行父如晋。

八月乙亥，晋侯骦卒㊻。

冬十月，公子遂如晋。葬晋襄公。

晋杀其大夫阳处父。

晋狐射姑出奔狄。

闰月不告月㊼，犹朝于庙。

六　年　传

六年春，晋蒐于夷，舍二军。使狐射姑将中军，赵盾佐之。阳处父至自温，改蒐于董，易中军。阳子，成季之属也，故党于赵氏，且谓赵盾能，曰：“使能，国之利也。”是以上之。宣子于是乎始为国政，制事典，正法罪，辟狱刑，董逋逃㊽，由质要㊾，治旧洿㊿，本秩礼[51]，续常职[52]，出滞淹[53]。既成，以授大傅阳子与大师贾佗，使行诸晋国，以为常法。

臧文仲以陈、卫之睦也，欲求好于陈。夏，季文子聘于陈，且娶焉。

秦伯任好卒[54]，以子车氏之三子奄息、仲行、铖虎为殉。皆秦之良也，国人哀之，为之赋

《黄鸟》。

君子曰："秦穆之不为盟主也宜哉！死而弃民。先王违世，犹诒之法。而况夺之善人乎！《诗》曰：'人之云亡，邦国殄瘁。'无善人之谓。若之何夺之！古之王者知命之不长，是以并建圣哲㉟，树之风声㊱，分之采物㊲，著之话言㊳，为之律度，陈之艺极㊴，引之表仪，予之法制，告之训典，教之防利㊵，委之常秩，道之礼则，使毋失其土宜，众隶赖之，而后即命。圣王同之。今纵无法以遗后嗣，而又收其良以死，难以在上矣！"君子是以知秦之不复东征也。

秋，季文子将聘于晋，使求遭丧之礼以行。其人曰："将焉用之？"文子曰："'备豫不虞'，古之善教也。求而无之，实难。过求，何害？"

八月乙亥，晋襄公卒。灵公少，晋人以难故，欲立长君。赵孟曰："立公子雍。好善而长，先君爱之，且近于秦。秦，旧好也。置善则固，事长则顺，立爱则孝，结旧则安。为难故，故欲立长君。有此四德者，难必抒矣！"贾季曰："不如立公子乐㊶。辰嬴嬖于二君㊷，立其子，民必安之。"赵孟曰："辰嬴贱，班在九人，其子何震之有？且为二君嬖，淫也。为先君子，不能求大而出在小国，辟也。母淫子辟，无威；陈小而远，无援，将何安焉？杜祁以君故，让偪姞而上之；以狄故，让季隗而己次之，故班在四。先君是以爱其子而仕诸秦，为亚卿焉。秦大而近，足以为援；母义子爱，足以威民。立之不亦可乎？"使先蔑、士会如秦，逆公子雍。贾季亦使召公子乐于陈，赵孟使杀诸郫。

贾季怨阳子之易其班也，而知其无援于晋也，九月，贾季使续鞫居杀阳处父。书曰"晋杀其大夫"，侵官也。

冬十月，襄仲如晋。葬襄公。

十一月丙寅，晋杀续简伯。贾季奔狄。宣子使臾骈送其帑。夷之蒐，贾季戮臾骈，臾骈之人欲尽杀贾氏以报焉。臾骈曰："不可。吾闻《前志》有之曰：'敌惠敌怨㊸，不在后嗣。'忠之道也。夫子礼于贾季，我以其宠报私怨，无乃不可乎？介人之宠，非勇也。损怨益仇，非知也。以私害公，非忠也。释此三者，何以事夫子？"尽具其帑与其器用财贿，亲帅扞之，送致诸竟。

闰月不告朔，非礼也。闰以正时，时以作事，事以厚生，生民之道于是乎在矣。不告闰朔，弃时政也，何以为民？

七 年 经

七年春，公伐邾。

三月甲戌，取须句。遂城郚。

夏四月，宋公王臣卒。宋人杀其大夫。

戊子，晋人及秦人战于令狐。

晋先蔑奔秦。

狄侵我西鄙。

秋八月，公会诸侯、晋大夫，盟于扈。

冬，徐伐莒。

公孙敖如莒莅盟。

七 年 传

"七年春，公伐邾"，间晋难也。三月甲戌，取须句，寘文公子焉，非礼也。

夏四月，宋成公卒。于是公子成为右师，公孙友为左师，乐豫为司马，鳞矔为司徒㊿，公子荡为司城，华御事为司寇。

昭公将去群公子，乐豫曰："不可！公族，公室之枝叶也；若去之，则本根无所庇荫矣。葛藟犹能庇其本根㊿，故君子以为比，况国君乎？此谚所谓'庇焉而纵寻斧焉'者也，必不可！君其图之。亲之以德，皆股肱也，谁敢携贰？若之何去之？"不听。

穆、襄之族率国人以攻公，杀公孙固、公孙郑于公宫。六卿和公室，乐豫舍司马以让公子卬。昭公即位而葬。书曰"宋人杀其大夫"，不称名，众也，且言非其罪也。

秦康公送公子雍于晋，曰："文公之入也无卫，故有吕、郤之难。"乃多与之徒卫。

穆嬴日抱大子以啼于朝，曰："先君何罪？其嗣亦何罪？舍適嗣不立而外求君，将焉寘此？"出朝，则抱以適赵氏，顿首于宣子，曰："先君奉此子也而属诸子，曰：'此子也才，吾受子之赐；不才，吾唯子之怨。'今君虽终，言犹在耳，而弃之，若何？"宣子与诸大夫皆患穆嬴，且畏偪，乃背先蔑而立灵公，以御秦师。

箕郑居守。赵盾将中军，先克佐之。荀林父佐上军。先蔑将下军，先都佐之。步招御戎，戎津为右。及堇阴，宣子曰："我若受秦，秦则宾也；不受，寇也。既不受矣，而复缓师，秦将生心㊿。先人有夺人之心，军之善谋也。逐寇如追逃，军之善政也。"训卒利兵，秣马蓐食，潜师夜起。戊子，败秦师于令狐，至于刳首。

己丑，先蔑奔秦，士会从之。

先蔑之使也，荀林父止之，曰："夫人、大子犹在，而外求君，此必不行。子以疾辞，若何？不然，将及。摄卿以往㊿，可也，何必子？同官为寮，吾尝同寮，敢不尽心乎？"弗听。为赋《板》之三章，又弗听。及亡，荀伯尽送其帑及其器用财贿于秦，曰："为同寮故也。"

士会在秦三年，不见士伯。其人曰："能亡人于国，不能见于此，焉用之？"士季曰："吾与之同罪，非义之也，将何见焉？"及归，遂不见。

狄侵我西鄙，公使告于晋。赵宣子因使贾季问酆舒，且让之。酆舒问于贾季曰："赵衰、赵盾孰贤？"对曰："赵衰，冬日之日也。赵盾，夏日之日也。"

秋八月，齐侯、宋公、卫侯、陈侯、郑伯、许男、曹伯会晋赵盾，盟于扈，晋侯立故也。公后至，故不书所会。凡会诸侯，不书所会，后也。后至，不书其国，辟不敏也。

穆伯娶于莒，曰戴己，生文伯；其娣声己生惠叔。戴己卒，又聘于莒，莒人以声己辞，则为襄仲聘焉。

冬，徐伐莒。莒人来请盟，穆伯如莒涖盟，且为仲逆。及鄢陵，登城见之，美，自为娶之。仲请攻之，公将许之，叔仲惠伯谏曰："臣闻之：'兵作于内为乱，于外为寇。寇犹及人，乱自及也。'今臣作乱而君不禁，以启寇雠，若之何？"公止之。惠伯成之，使仲舍之，公孙敖反之，复为兄弟如初。从之。

晋郤缺言于赵宣子曰："日卫不睦，故取其地。今已睦矣，可以归之。叛而不讨，何以示威？服而不柔，何以示怀？非威非怀，何以示德？无德，何以主盟？予为正卿，以主诸侯，而不务德，将若之何？《夏书》曰：'戒之用休㊿，董之用威，劝之以《九歌》，勿使坏。'九功之德皆可歌也，谓之《九歌》。六府、三事，谓之九功。水、火、金、木、土、谷谓之六府；正德、利用、厚生谓之三事。义而行之，谓之德、礼。无礼不乐，所由叛也。若吾子之德，莫可歌也，其谁来之？盍使睦者歌吾子乎？"宣子说之。

八　年　经

八年春王正月。

夏四月。

秋八月戊申，天王崩。

冬十月壬午，公子遂会晋赵盾盟于衡雍。

乙酉，公子遂会雒戎盟于暴。

公孙敖如京师，不至而复。丙戌，奔莒。

螽。

宋人杀其大夫司马。宋司城来奔。

八　年　传

八年春，晋侯使解扬归匡、戚之田于卫，且复致公壻池之封，自申至于虎牢之竟。

夏，秦人伐晋，取武城，以报令狐之役。

秋，襄王崩。

晋人以扈之盟来讨。

冬，襄仲会晋赵孟盟于衡雍，报扈之盟也。遂会伊雒之戎。书曰"公子遂"，珍之也。

穆伯如周吊丧，不至，以币奔莒，从己氏焉。

宋襄夫人，襄王之姊也，昭公不礼焉。夫人因戴氏之族，以杀襄公之孙孔叔、公孙钟离及大司马公子卬⑥⑨，皆昭公之党也。司马握节以死⑦⑩，故书以官。司城荡意诸来奔，效节于府人而出⑦①。公以其官逆之，皆复之。亦书以官，皆贵之也。

夷之蒐，晋侯将登箕郑父、先都⑦②，而使士縠、梁益耳将中军。先克曰："狐、赵之勋，不可废也。"从之。先克夺蒯得田于堇阴，故箕郑父、先都、士縠、梁益耳、蒯得作乱。

九　年　经

九年春，毛伯来求金。

夫人姜氏如齐。

二月，叔孙得臣如京师。辛丑，葬襄王。

晋人杀其大夫先都。

三月，夫人姜氏至自齐。

晋人杀其大夫士縠及箕郑父。

楚人伐郑。

公子遂会晋人、宋人、卫人、许人救郑。

夏，狄侵齐。

秋八月，曹伯襄卒。

九月癸酉，地震。

冬，楚子使椒来聘。

秦人来归僖公、成风之襚[73]。

葬曹共公。

九 年 传

九年春王正月己酉，使贼杀先克。乙丑，晋人杀先都、梁益耳。

毛伯卫来求金，非礼也。不书王命，未葬也。

二月，庄叔如周。葬襄王。

三月甲戌，晋人杀箕郑父、士縠、蒯得。

范山言于楚子曰："晋君少，不在诸侯[74]，北方可图也。"楚子师于狼渊以伐郑。囚公子坚、公子龙及乐耳。郑及楚平。

公子遂会晋赵盾、宋华耦、卫孔达、许大夫救郑，不及楚师。卿不书，缓也，以惩不恪[75]。

夏，楚侵陈，克壶丘，以其服于晋也。

秋，楚公子朱自东夷伐陈。陈人败之，获公子茷[76]。陈惧，乃及楚平。

冬，楚子越椒来聘，执币傲。叔仲惠伯曰："是必灭若敖氏之宗。傲其先君，神弗福也。"

秦人来归僖公、成风之襚，礼也。诸侯相吊贺也，虽不当事，苟有礼焉，书也，以无忘旧好。

十 年 经

十年春王三月辛卯，臧孙辰卒。

夏，秦伐晋。

楚杀其大夫宜申。

自正月不雨，至于秋七月。

及苏子盟于女栗。

冬，狄侵宋。

楚子、蔡侯次于厥貉[77]。

十 年 传

十年春，晋人伐秦，取少梁。

夏，秦伯伐晋，取北徵。

初，楚范巫矞似谓成王与子玉、子西曰[78]："三君皆将强死[79]。"城濮之役，王思之，故使止子玉曰："毋死！"不及。止子西，子西缢而县绝，王使适至，遂止之，使为商公[80]。沿汉溯江，将入郢[81]。王在渚宫[82]，下，见之。惧而辞曰："臣免于死，又有谗言，谓臣将逃，臣归死于司败也[83]。"王使为工尹[84]。又与子家谋弑穆王。穆王闻之，五月，杀鬥宜申及仲归。

"秋七月，及苏子盟于女栗"，顷王立故也。陈侯、郑伯会楚子于息。冬，遂及蔡侯次于厥貉，将以伐宋。

宋华御事曰："楚欲弱我也[85]，先为之弱乎？何必使诱我？我实不能，民何罪？"乃逆楚子，劳且听命。遂道以田孟诸[86]。宋公为右盂，郑伯为左盂。期思公复遂为右司马[87]，子朱及文之无畏为左司马㉘，命夙驾载燧㉙。宋公违命，无畏抶其仆以徇㉚。

或谓子舟曰："国君不可戮也！"子舟曰："当官而行，何强之有？《诗》曰：'刚亦不吐，柔亦不茹。''毋纵诡随㉛，以谨罔极㉜。'是亦非辟强也。敢爱死以乱官乎㉝？"

厥貉之会，麇子逃归。

十 一 年 经

十有一年春，楚子伐麇。

夏，叔彭生会晋郤缺于承匡。

秋，曹伯来朝。

公子遂如宋。

狄侵齐。

冬，十月甲午，叔孙得臣败狄于咸。

十 一 年 传

十一年春，楚子伐麇。成大心败麇师于防渚。潘崇复伐麇，至于锡穴。

夏，叔仲惠伯会晋郤缺于承匡，谋诸侯之从于楚者。

秋，曹文公来朝，即位而来见也。

襄仲聘于宋，且言司城荡意诸而复之。因贺楚师之不害也。

鄋瞒侵齐㉞，遂伐我。公卜使叔孙得臣追之，吉。侯叔夏御庄叔㉟，绵房甥为右，富父终甥驷乘㊱。冬十月甲午，败狄于咸，获长狄侨如。富父终甥摏其喉以戈，杀之，埋其首于子驹之门。以命宣伯㊲。

初，宋武公之世，鄋瞒伐宋。司徒皇父帅师御之。耏班御皇父充石㊳，公子縠甥为右，司寇牛父驷乘，以败狄于长丘，获长狄缘斯。皇父之二子死焉。宋公于是以门赏耏班，使食其征，谓之耏门。

晋之灭潞也，获侨如之弟焚如。齐襄公之二年，鄋瞒伐齐。齐王子成父获其弟荣如，埋其首于周首之北门。卫人获其季弟简如。鄋瞒于是遂亡。

郕大子朱儒自安于夫钟，国人弗徇㊴。

十 二 年 经

十有二年春王正月，郕伯来奔。

杞伯来朝。

二月庚子，子叔姬卒。

夏，楚人围巢。

秋，滕子来朝。

秦伯使术来聘。

冬十有二月戊午，晋人、秦人战于河曲。

季孙行父帅师城诸及郓。

十 二 年 传

十二年春，郕伯卒。郕人立君。大子以夫钟与郕邽来奔^⑩。公以诸侯逆之，非礼也。故书曰"郕伯來奔"。不書地，尊諸侯也。

杞桓公来朝，始朝公也，且请绝叔姬而无绝昏，公许之。

二月，"叔姬卒"。不言"杞"，绝也。书"叔姬"，言非女也。

楚令尹大孙伯卒^⑩，成嘉为令尹。^⑩群舒叛楚，^⑩夏，子孔执舒子平及宗子^⑩，遂围巢。

秋，滕昭公来朝，亦始朝公也。

秦伯使西乞术来聘，且言将伐晋。襄仲辞玉，曰："君不忘先君之好，照临鲁国，镇抚其社稷，重之以大器，寡君敢辞玉！"对曰："不腆敝器，不足辞也。"主人三辞。宾答曰："寡君愿徼福于周公、鲁公以事君^⑩。不腆先君之敝器，使下臣致诸执事以为瑞节，要结好命^⑩，所以藉寡君之命，结二国之好，是以敢致之！"襄仲曰："不有君子，其能国乎？国无陋矣。"厚赂之。

秦为令狐之役故，冬，秦伯伐晋，取羁马^⑩。晋人御之。赵盾将中军，荀林父佐之。郤缺将上军，臾骈佐之。栾盾将下军，胥甲佐之。范无恤御戎，以从秦师于河曲。臾骈曰："秦不能久，请深垒固军以待之。"从之。

秦人欲战。秦伯谓士会曰^⑩："若何而战？"对曰："赵氏新出其属曰臾骈，必实为此谋，将以老我师也。赵有侧室曰穿，晋君之婿也，有宠而弱，不在军事；好勇而狂，且恶臾骈之佐上军也。若使轻者肆焉^⑩，其可。"

秦伯以璧祈战于河。

十二月戊午，秦军掩晋上军。赵穿追之，不及。反，怒曰："裹粮坐甲，固敌是求。敌至不击，将何俟焉？"军吏曰："将有待也。"穿曰："我不知谋，将独出。"乃以其属出。宣子曰："秦获穿也，获一卿矣。秦以胜归，我何以报？"乃皆出战，交绥。

秦行人夜戒晋师曰："两君之士皆未慭也^⑩，明日请相见也。"臾骈曰："使者目动而言肆，惧我也，将遁矣。薄诸河，必败之！"胥甲、赵穿当军门呼曰："死伤未收而弃之，不惠。不待期而薄人于险，无勇也。"乃止。秦师夜遁。复侵晋，入瑕。

"城诸及郓"，书，时也。

十 三 年 经

十有三年春王正月。

夏五月壬午，陈侯朔卒。

邾子蘧蒢卒^⑪。

自正月不雨，至于秋七月。

大室屋坏。

冬，公如晋。

卫侯会公于沓^⑫。

狄侵卫。

十有二月己丑，公及晋侯盟。公还自晋。

郑伯会公于棐^⑬。

十三年传

十三年春，晋侯使詹嘉处瑕，以守桃林之塞。

晋人患秦之用士会也，夏，六卿相见于诸浮。赵宣子曰[134]："随会在秦，贾季在狄，难日至矣，若之何？"中行桓子曰[135]："请复贾季，能外事，且由旧勋[136]。"郤成子曰："贾季乱，且罪大，不如随会。能贱而有耻，柔而不犯；其知足使也[137]。且无罪。"

乃使魏寿馀伪以魏叛者，以诱士会[138]。执其帑于晋，使夜逸。请自归于秦，秦伯许之。履士会之足于朝[139]。秦伯师于河西，魏人在东，寿馀曰："请东人之能与夫二三有司言者[140]，吾与之先。"使士会。士会辞曰："晋人，虎狼也。若背其言，臣死，妻、子为戮，无益于君，不可悔也。"秦伯曰："若背其言，所不归尔帑者，有如河！"乃行。绕朝赠之以策[141]，曰："子无谓秦无人，吾谋适不用也。"既济，魏人噪而还。秦人归其帑。其处者为刘氏。

邾文公卜迁于绎[142]。史曰："利于民而不利于君。"邾子曰："苟利于民，孤之利也。天生民而树之君，以利之也。民既利矣，孤必与焉。"左右曰："命可长也，君何弗为？"邾子曰："命在养民。死之短长，时也。民苟利矣，迁也！吉莫如之！"遂迁于绎。五月，邾文公卒。君子曰："知命！"

秋七月，大室之屋坏。书，不共也。

冬，公如晋朝，且寻盟。卫侯会公于沓，请平于晋。公还，郑伯会公于棐，亦请平于晋。公皆成之。

郑伯与公宴于棐，子家赋《鸿雁》。季文子曰："寡君未免于此。"文子赋《四月》。子家赋《载驰》之四章。文子赋《采薇》之四章。郑伯拜，公答拜。

十四年经

十有四年春王正月，公至自晋。

邾人伐我南鄙，叔彭生帅师伐邾。

夏五月乙亥，齐侯潘卒。

六月，公会宋公、陈侯、卫侯、郑伯、许男、曹伯、晋赵盾。癸酉，同盟于新城。

秋七月，有星孛入于北斗[143]。

公至自会。

晋人纳捷菑于邾[144]，弗克纳。

九月甲申，公孙敖卒于齐。

齐公子商人弑其君舍。

宋子哀来奔。

冬，单伯如齐。

齐人执单伯。

齐人执子叔姬。

十四年传

十四年春，顷王崩。周公阅与王孙苏争政，故不赴。凡崩、薨，不赴，则不书。祸、福，不告，亦不书。惩不敬也。

邾文公之卒也，公使吊焉，不敬。邾人来讨，伐我南鄙，故惠伯伐邾。

子叔姬妃齐昭公，生舍。叔姬无宠，舍无威。公子商人骤施于国㉘，而多聚士，尽其家，贷于公有司以继之。夏五月，昭公卒，舍即位。

邾文公元妃齐姜生定公，二妃晋姬生捷菑。文公卒，邾人立定公。捷菑奔晋。

“六月，同盟于新城”，从于楚者服，且谋邾也。

秋七月乙卯，夜，齐商人杀舍，而让元。元曰：“尔求之久矣！我能事尔。尔不可使多蓄憾，将免我乎？尔为之！”

有星孛入于北斗。周内史叔服曰：“不出七年，宋、齐、晋之君皆将死乱。”

晋赵盾以诸侯之师八百乘纳捷菑于邾，邾人辞曰：“齐出貜且长㉙。”宣子曰：“辞顺，而弗从，不祥。”乃还。

周公将与王孙苏讼于晋。王叛王孙苏，而使尹氏与聃启讼周公于晋。赵宣子平王室而复之。

楚庄王立，子孔、潘崇将袭群舒，使公子燮与子仪守，而伐舒蓼㉚。二子作乱，城郢，而使贼杀子孔，不克而还。八月，二子以楚子出。将如商密，庐戢梨及叔麇诱之㉛，遂杀斗克及公子燮。

初，斗克囚于秦。秦有殽之败，而使归求成。成而不得志。公子燮求令尹而不得。故二子作乱。

穆伯之从己氏也，鲁人立文伯。穆伯生二子于莒，而求复。文伯以为请，襄仲使无朝听命，复而不出。三年而尽室以复适莒。文伯疾，而请曰：“榖之子弱㉜，请立难也㉝。”许之。文伯卒，立惠叔。穆伯请重赂以求复。惠叔以为请，许之。将来，九月，卒于齐。告丧，请葬，弗许。

宋高哀为萧封人㉞，以为卿，不义宋公而出，遂来奔。书曰“宋子哀来奔”，贵之也。

齐人定懿公，使来告难，故书以“九月”。齐公子元不顺懿公之为政也，终不曰“公”，曰“夫己氏”。

襄仲使告于王，请以王宠求昭姬于齐㉟，曰：“杀其子㊱，焉用其母？请受而罪之。”冬，单伯如齐请子叔姬，齐人执之。又执子叔姬。

十五年经

十有五年春，季孙行父如晋。

三月，宋司马华孙来盟。

夏，曹伯来朝。

齐人归公孙敖之丧。

六月辛丑朔，日有食之。鼓、用牲于社。

单伯至自齐。

晋郤缺帅师伐蔡。戊申，入蔡。

秋，齐人侵我西鄙。

季孙行父如晋。

冬十有一月，诸侯盟于扈。

十有二月，齐人来归子叔姬。

齐侯侵我西鄙，遂伐曹，入其郛。

十五年传

十五年春，季文子如晋，为单伯与子叔姬故也。

三月，宋华耦来盟。其官皆从之。书曰"宋司马华孙"，贵之也。公与之宴，辞曰："君之先臣督得罪于宋殇公⑩，名在诸侯之策。臣承其祀，其敢辱君？请承命于亚旅⑪。"鲁人以为敏。

夏，曹伯来朝，礼也。诸侯五年再相朝，以修王命，古之制也。

齐人或为孟氏谋⑫，曰："鲁，尔亲也。饰棺置诸堂阜，鲁必取之。"从之。卞人以告。惠叔犹毁以为请⑬，立于朝以待命。许之。取而殡之，齐人送之。书曰："齐人归公孙敖之丧。"为孟氏，且国故也。

葬视共仲⑭。声己不视⑮，帷堂而哭。襄仲欲勿哭，惠伯曰："丧，亲之终也。虽不能始，善终可也。史佚有言曰：'兄弟致美。救乏、贺善、吊灾、祭敬、丧哀，情虽不同，毋绝其爱，亲之道也。'子无失道，何怨于人？"襄仲说，帅兄弟以哭之。

他年，其二子来⑯。孟献子爱之，闻于国。或谮之，曰："将杀子！"献子以告季文子。二子曰："夫子以爱我闻⑰，我以将杀子闻，不亦远于礼乎？远礼不如死！"一人门于句鼆⑱，一人门于戾丘，皆死。

"六月辛丑朔，日有食之。""鼓、用牲于社"，非礼也。日有食之，天子不举，伐鼓于社；诸侯用币于社，伐鼓于朝，以昭事神、训民、事君，示有等威，古之道也。

齐人许单伯请而赦之，使来致命。书曰"单伯至自齐"，贵之也。

新城之盟，蔡人不与。晋郤缺以上军、下军伐蔡，曰："君弱，不可以怠。"戊申，入蔡，以城下之盟而还。凡胜国，曰"灭之"；获大城焉，曰"入之。"

秋，齐人侵我西鄙。故季文子告于晋。

冬十一月，晋侯、宋公、卫侯、蔡侯、陈侯、郑伯、许男、曹伯盟于扈，寻新城之盟，且谋伐齐也。齐人赂晋侯，故不克而还。于是有齐难，是以公不会。书曰"诸侯盟于扈"，无能为故也。凡诸侯会，公不与，不书，讳君恶也；与而不书，后也。

"齐人来归子叔姬"，王故也。

"齐侯侵我西鄙"，谓诸侯不能也。"遂伐曹，入其郛"，讨其来朝也。季文子曰："齐侯其不免乎？己则无礼，而讨于有礼者，曰：'女何故行礼？'礼以顺天，天之道也。己则反天，而又以讨人，难以免矣。《诗》曰：'胡不相畏？不畏于天？'君子之不虐幼贱，畏于天也。在《周颂》曰：'畏天之威，于时保之。'不畏于天，将何能保？以乱取国，奉礼以守，犹惧不终；多行无礼，弗能在矣⑲！"

十六年经

十有六年春，季孙行父会齐侯于阳榖。齐侯弗及盟。

夏五月，公四不视朔。

六月戊辰，公子遂及齐侯盟于郪丘⑳。

秋八月辛未，夫人姜氏薨。

毁泉台。

楚人、秦人、巴人灭庸。

冬十有一月，宋人弑其君杵臼。

十六年传

十六年春王正月，及齐平。公有疾，使季文子会齐侯于阳穀。请盟，齐侯不肯，曰："请俟君间^①。"

"夏五月，公四不视朔"，疾也。公使襄仲纳赂于齐侯，故盟于郪丘。

有蛇自泉宫出，入于国，如先君之数。

秋八月辛未，声姜薨。毁泉台。

楚大饥，戎伐其西南，至于阜山，师于大林。又伐其东南，至于阳丘，以侵訾枝。庸人帅群蛮以叛楚，麇人率百濮聚于选^②，将伐楚。于是申、息之北门不启。

楚人谋徙于阪高。蒍贾曰："不可！我能往，寇亦能往，不如伐庸。夫麇与百濮，谓我饥不能师，故伐我也。若我出师，必惧而归。百濮离居，将各走其邑，谁暇谋人？"乃出师。旬有五日，百濮乃罢。

自庐以往，振廪同食^③。次于句澨^④。使庐戢梨侵庸，及庸方城。庸人逐之，囚子扬窗^⑤。三宿而逸，曰："庸师众，群蛮聚焉。不如复大师，且起王卒，合而后进。"师叔曰："不可。姑又与之遇以骄之。彼骄我怒，而后可克，先君蚡冒所以服陉隰也^⑥。"又与之遇，七遇皆北，唯裨、鯈、鱼人实逐之。庸人曰："楚不足与战矣。"遂不设备。

楚子乘驲^⑦，会师于临品。分为二队：子越自石溪，子贝自仞以伐庸^⑧。秦人、巴人从楚师。群蛮从楚子盟，遂灭庸。

宋公子鲍礼于国人^⑨。宋饥，竭其粟而贷之。年自七十以上，无不馈诒也，时加羞珍异^⑩。无日不数于六卿之门。国之材人，无不事也。亲自桓以下，无不恤也。

公子鲍美而艳。襄夫人欲通之，而不可，乃助之施。昭公无道，国人奉公子鲍以因夫人。

于是华元为右师^⑯，公孙友为左师，华耦为司马，鳞鱹为司徒，荡意诸为司城，公子朝为司寇。初，司城荡卒，公孙寿辞司城^⑰，请使意诸为之^⑱。既而告人曰："君无道。吾官近，惧及焉。弃官则族无所庇。子，身之贰也，姑纾死焉。虽亡子，犹不亡族。"

既，夫人将使公田孟诸而杀之。公知之，尽以宝行。荡意诸曰："盍适诸侯？"公曰："不能其大夫至于君祖母以及国人^⑲，诸侯谁纳我？且既为人君，而又为人臣，不如死！"尽以其宝赐左右而使行。

夫人使谓司城去公。对曰："臣之而逃其难，若后君何？"

冬十一月甲寅，宋昭公将田孟诸，未至，夫人王姬使帅甸攻而杀之^⑳。荡意诸死之。书曰："宋人弑其君杵臼。"君无道也。

文公即位，使母弟须为司城。华耦卒，而使荡虺为司马^㉑。

十七年经

十有七年春，晋人、卫人、陈人、郑人伐宋。

夏四月癸亥，葬我小君声姜。

齐侯伐我西鄙。六月癸未，公及齐侯盟于穀。

诸侯会于扈。

秋，公至自穀。

冬，公子遂如齐。

十 七 年 传

十七年春，晋荀林父、卫孔达、陈公孙宁、郑石楚伐宋，讨曰："何故弑君？"犹立文公而还。卿不书，失其所也。

夏四月癸亥，葬声姜。有齐难，是以缓。

齐侯伐我北鄙，襄仲请盟。六月，盟于穀。

晋侯蒐于黄父®，遂复合诸侯于扈，平宋也。公不与会，齐难故也。书曰"诸侯"，无功也。

于是晋侯不见郑伯，以为贰于楚也。郑子家使执讯而与之书®，以告赵宣子，曰：

"寡君即位三年，召蔡侯而与之事君。九月，蔡侯入于敝邑以行®。敝邑以侯宣多之难，寡君是以不得与蔡侯偕。十一月，克减侯宣多®，而随蔡侯以朝于执事。十二年六月，归生佐寡君之嫡夷®，以请陈侯于楚而朝诸君。十四年七月，寡君又朝以蒇陈事®。十五年五月，陈侯自敝邑往朝于君。往年正月，烛之武往，朝夷也。八月，寡君又往朝。以陈、蔡之密迩于楚而不敢贰焉，则敝邑之故也。虽敝邑之事君，何以不免？在位之中，一朝于襄，而再见于君，夷与孤之二三臣相及于绛®。虽我小国，则蔑以过之矣。今大国曰：'尔未逞吾志。'敝邑有亡，无以加焉。

古人有言曰：'畏首畏尾，身其馀几？'又曰："鹿死不择音®。'小国之事大国也，德则其人也；不德则其鹿也。铤而走险，急何能择？命之罔极，亦知亡矣，将悉敝赋以待于鯈®。唯执事命之！

文公二年六月壬申，朝于齐。四年二月壬戌，为齐侵蔡，亦获成于楚。居大国之间而从于强令，岂有罪也？大国若弗图，无所逃命！"

晋巩朔行成于郑，赵穿、公婿池为质焉。

秋，周甘歜败戎于邥垂®，乘其饮酒也。

冬十月，郑大子夷、石楚为质于晋。

襄仲如齐，拜穀之盟。复曰："臣闻齐人将食鲁之麦。以臣观之，将不能。齐君之语偷。臧文仲有言曰：'民主偷，必死。'"

十 八 年 经

十有八年春王二月丁丑，公薨于台下。

秦伯罃卒®。

夏五月戊戌，齐人弑其君商人。

六月癸酉，葬我君文公。

秋，公子遂、叔孙得臣如齐。

冬十月，子卒®。

夫人姜氏归于齐。

季孙行父如齐。

莒弑其君庶其。

十八年传

十八年春，齐侯戒师期而有疾。医曰："不及秋，将死。"公闻之，卜，曰："尚无及期！"惠伯令龟，卜楚丘占之，曰："齐侯不及期，非疾也。君亦不闻。令龟有咎。"二月丁丑，公薨。

齐懿公之为公子也，与邴歜之父争田，弗胜。及即位，乃掘而刖之，而使歜仆。纳阎职之妻，而使职骖乘。夏五月，公游于申池。二人浴于池。歜以扑抶职①，职怒。歜曰："人夺女妻而不怒，一抶女，庸何伤？"职曰："与刖其父而弗能病者何如？"乃谋，弑懿公，纳诸竹中。归，舍爵而行②。齐人立公子元。

六月，葬文公。

秋，襄仲、庄叔如齐③。惠公立故，且拜葬也。

文公二妃。敬嬴生宣公④。敬嬴嬖，而私事襄仲，宣公长，而属诸襄仲。襄仲欲立之，叔仲不可⑤。仲见于齐侯而请之。齐侯新立，而欲亲鲁，许之。冬十月，仲杀恶及视，而立宣公⑥。书曰"子卒"，讳之也。

仲以君命召惠伯。其宰公冉务人止之⑦，曰："入必死。"叔仲曰："死君命可也。"公冉务人曰："若君命，可死。非君命，何听？"弗听，乃入。杀而埋之马矢之中。公冉务人奉其帑以奔蔡，既而复叔仲氏。

"夫人姜氏归于齐"，大归也。将行，哭而过市，曰："天乎！仲为不道，杀嫡立庶。"市人皆哭。鲁人谓之"哀姜"。

莒纪公生大子仆，又生季佗，爱季佗而黜仆，且多行无礼于国。仆因国人以弑纪公，以其宝玉来奔，纳诸宣公。公命与之邑，曰："今日必授！"季文子使司寇出诸竟，曰："今日必达！"公问其故。季文子使大史克对曰：

"先大夫臧文仲教行父事君之礼⑧，行父奉以周旋，弗敢失队⑨，曰：'见有礼于其君者，事之如孝子之养父母也；见无礼于其君者，诛之如鹰鹯之逐鸟雀也⑩。'先君周公制《周礼》曰："则以观德，德以处事，事以度功，功以食民。"作《誓命》曰："毁则为贼，掩贼不藏。窃贿为盗，盗器为奸。主藏之名，赖奸之用，为大凶德，有常无赦。在'九刑'不忘！"

行父还观莒仆⑪，莫可则也。孝敬忠信为吉德，盗贼藏奸为凶德。夫莒仆，则其孝敬，则弑君父矣；则其忠信，则窃宝玉矣。其人则盗贼也；其器则奸兆也。保而利之，则主藏也。以训则昏，民无则焉。不度于善，而皆在于凶德，是以去之。

昔高阳氏有才子八人，苍舒、隤敳、梼戭、大临、尨降、庭坚、仲容、叔达⑫；齐，圣，广，渊，明，允，笃，诚，天下之民谓之'八恺'。高辛氏有才子八人，伯奋、仲堪、叔献、季仲、伯虎、仲熊、叔豹、季狸；忠，肃，共，懿，宣，慈，惠，和，天下之民谓之"八元"⑬。此十六族也，世济其美，不陨其名。以至于尧，尧不能举。舜臣尧，举八恺，使主后土，以揆百事，莫不时序，地平天成；举八元，使布五教于四方，父义、母慈、兄友、弟共、子孝，内平外成。

昔帝鸿氏有不才子⑭，掩义隐贼，好行凶德；丑类恶物，顽嚚不友，是与比周，天下之民谓之'浑敦'。少皞氏有不才子⑮，毁信废忠，崇饰恶言，靖谮庸回⑯，服谗蒐慝⑰，以诬盛德，天下之民谓之'穷奇'。颛顼氏有不才子⑱，不可教训，不知话言；告之则顽，舍之则嚚；傲很明德，以乱天常，天下之民谓之'梼杌'⑲。此三族也，世济其凶，增其恶名。以至于尧，尧不能去。缙云氏有不才子⑳，贪于饮食，冒于货贿㉑，侵欲崇侈，不可盈厌，聚敛积实，不知纪极㉒，不分孤寡，不恤穷匮，天下之民以比三凶，谓之'饕餮'^⑩。舜臣尧，宾于四门，流四凶族浑敦、穷奇、梼杌、饕餮，投诸四裔^⑩，以御魑魅。

是以尧崩而天下如一，同心戴舜以为天子，以其举十六相、去四凶也。故《虞书》数舜之功，曰：'慎徽五典^⑩，五典克从'，无违教也。曰'纳于百揆^⑩，百揆时序'无废事也。曰'宾于四门，四门穆穆'，无凶人也。

舜有大功二十而为天子，今行父虽未获一吉人，去一凶矣。于舜之功，二十之一也，庶几免于戾乎！"

宋武氏之族道昭公子，将奉司城须以作乱^⑩。十二月，宋公杀母弟须及昭公子，使戴、庄、桓之族攻武氏于司马子伯之馆，遂出武、穆之族。使公孙师为司城。公子朝卒，使乐吕为司寇，以靖国人。

---

①商臣：楚穆王。　　頵（qún，音裙）：楚王名。

②穀：文伯。　　食子：奉祭祀供养。

③难：惠叔。　　收子：收葬。

④齿末：年少。

⑤举：立。

⑥王子职：商臣之庶弟。

⑦江芈（mǐ，音弭）：楚成王胞妹，嫁给江国。

⑧熊蹯（fán，音凡）：熊掌。

⑨并聘：向诸侯普遍聘问。

⑩践（zuǎn，音缵）：继续。

⑪隧：迅疾。

⑫主：指死者的牌位。

⑬士穀：穀通縠。晋大夫。

⑭狐鞫（jú，音菊）居：即续简伯，续为其食邑。

⑮狼瞫（shèn，音审）：人名。

⑯难：发难，意谓共同杀先轸。

⑰共用：共同恭。共同，即为国用而死。

⑱遄（chuán，音船）：迅速地。　　沮（jǔ，音举）：阻止。

⑲堪其事：能胜任其事。

⑳跻僖公：享祀之位，将僖公升至闵公之上。

㉑不窋（zhuó，音浊）：即后稷的儿子弃。

㉒解：懈怠。

㉓忒：误差。

㉔下展禽：展禽，柳下惠。使展禽屈居下位。

㉕爰居：海鸟名。

㉖周：备。不以其人一恶而弃其善。

㉗壹：信任专一。

㉘队：坠。

㉙降、拜：降阶再拜。

㉚坏其主：因夫人是公宫内之主，对其卑之，废之就称"坏其主"。

㉛祁（yuán，音元）：地名，在今陕西省澄城县南。

㉜降服：素服。

㉝出次：不居正寝。

㉞不举：不举行宴会。

㉟过数：过了礼数。

㊱矜：哀怜。

㊲不狄：不合法度。

㊳爰：于是。　　究：推寻。　　度：图谋。

㊴私：以私人身份询问。

㊵当阳：因日光向南照射，天子当阳面坐。

㊶旅（lú，音卢）弓：黑弓。

㊷含：以珠宝等物实于死者口中，这件事称"含"。

㊸六：六是小城邦，偃姓，皋陶的后代，在今安徽省六安县北十三里。

㊹蓼（liǎo，音了）：蓼国，在今河南省固始县东北。

㊺离：罹。

㊻驩："欢"的异体字。晋侯名。

㊼告月：即告朔。

㊽董：督察。

㊾由：用。　　质要：财物出入，都用契约、账目作为凭据。

㊿洿（wū，音乌）：污秽。

51本秩礼：不论贵贱，都尊循传统礼法。

52续常职：恢复已废除的官职。

53出滞淹：选拔贤能为官。

54任好：任音壬。任好，秦穆公之名。

55并：普遍。　　圣哲：贤能。

56风：风化。　　声：声教。

57采物：采章物色、旌旗衣服，名位高低各有品制。

58话言：善言。

59艺极：艺，准；极，中。艺极即准则。

60防利：知足，不贪多。

61公子乐：为公子雍弟。

62辰嬴：晋怀公之妻，后又嫁文公。

63敌：对。

64鳞瓘（guàn，音灌）：桓公孙。

65葛藟（lěi，音垒）：葛藤。

66生心：指秦将会以武力强纳公子雍。

67摄卿：大夫暂时代理卿的职位。

68休：美，善。

69卬（áng，音昂）：昭公之弟。

70节：符节，古时用以表信。

71效：至；还。

72登：提升。

73襚（suí，音遂）：赠给死者衣被。

74不在诸侯：是说晋君主的心志不在称霸诸侯。

75恪（kè，音课）：谨慎，恭敬。

76公子茷（fèi，音吠，又音贝，又音伐）：楚公子。

77次：一宿为舍，二宿为信，过信为次。

78范：楚邑。　　矞（yù，音域）似：女巫名。

79强死：无病而死，即被杀。

80商：商密，在今河南省淅川县西南。

81郢（yǐng，音影）：楚都，在今湖北省江陵县北面的纪南城。

82渚（zhǔ，音主）宫：春秋楚成王所建，为楚之别宫，在今湖北江陵县。

83司败：官名。相当司寇。

84工尹：掌管百工的官职。

85弱：服从。

86田：田猎。

87期思：楚邑，在今河南省固始县西北期思镇。　　复遂：期思县尹官之名。

88文之无畏：即申舟。

89夙驾：早驾。　　燧：钻木取火的工具。

90抶（zhì，音秩）：鞭打。

91诡随：欺谩谲诈的人。

92罔极：没有准则。

93爱：惜。　　乱官：不能行其职守的官。

94鄋（sōu，音搜）：北方长狄国。

95庄叔：即得臣。

96驷乘：兵车车右之副手。

97命：即取名之。用所获敌人的名字给自己儿子取名。

98郰（ér，音而）班：人名。

99徇：顺。

100珪（guī，音圭）：郿邦邑名。又解为郿国之宝。

101大孙伯：即成大心。

102成嘉：孙伯之弟，子玉之子。

103群舒：偃姓各国，在今安徽省庐江舒城二县境。

104子孔：即成嘉，子孔是字。　　宗子：宗，国名。宗子，宗国国君。

105徼（yāo，音腰）：求取。

106要：约。

107羁马：晋邑，在今山西省永济县南三十六里。

108士会：秦军的谋士。

109轻者：指有勇而无刚者。　　肆：疾。犯突。

110慭（yìn，音胤）：愿，肯。

111遽蒢（qú chú，音渠除）：人名，邾子琐之子。

112沓（tà，音踏）：卫地名。

113棐（fěi，音匪）：郑地，在今河南省新郑县。

114宣子：赵盾。

115中行桓子：荀林父。

116由：用。　　旧勋：指有功于文公的狐偃。

117知：智慧。

118寿馀：魏邑之主，毕万之后。

119履：踏，踩。

120东人：晋国在秦国东面，故东人指晋人。　　二三有司：指魏国的官吏。

121绕朝：秦国大夫。

122绛：邾地，在今山东省邹县东南峄山之南与郭山之北的夹谷地带。

123孛（pèi，音佩）：彗星。

124捷菑（zī，音资）：人名。

125商人：桓公夫人密姬所生之子。

126玃（jué，音觉）且：邾公子名，齐女所生。即定公。

127舒蓼（liǎo，音了）：地名，在今安徽省舒城县的古舒城和庐江县的古龙舒城之间。

⑫庐：楚邑名，在今湖北省南漳县东约五十里。　　　戢梨：庐大夫。　　　叔麇：戢梨之佐。

⑫榖之子：即孟献子仲孙蔑。

⑬难：指榖弟。

⑬萧：宋邑。　　　封人：防守边疆的地方官吏。

⑬昭姬：子叔姬。

⑬子：指被商人所杀死的舍。

⑭督：华耦之曾祖，于桓公二年杀死宋殇公。

⑬亚旅：官名，列在司徒、司马、司空之后，而在师氏之前。

⑬孟氏：即公孙敖，庆父之子。

⑬卞人：鲁国卞邑大夫。

⑬毁：因悲哀过多而损害了身体和容颜。

⑬视：比。　　　共仲：即庆父。

⑭声己：公孙敖的次妻。

⑭二子：指穆伯所生的二子。

⑭夫子：夫子即孟献子。

⑭句鼆（měng，音猛）：鲁邑。

⑭在：即善终。

⑭鄎（xī，音西）丘：齐地名。

⑭间：疾病稍愈。

⑭百濮：濮，种族名，濮人部落各自以邑自居，分散甚广，因而称百濮，地处今湖北省石首县附近。

⑭振：开，散。　　　廪（lǐn，音懔）：米仓。

⑭句澨（shì，音筮）：楚国的西界，在今湖北省均县废治西。

⑮子扬窗：庐戢梨的部属。

⑮蚡（fén，音坟）冒：楚武王之兄。

⑯驲（rì，音日）：古代驿站专用的车。

⑯仞（rèn，音刃）：地名，入庸国必经之道。

⑭公子鲍：昭公庶弟文公。

⑮羞：进。　　　珍异：四时美食。

⑯华元：华督的曾孙。

⑯公孙寿：司城荡之子。

⑯意诸：公孙寿之子。

⑯不能：不得，与宋国所有大夫等人不和睦。

⑯王姬：即襄夫人。

⑯虺（huī，音毁）：人名，意诸之弟。

⑯黄父：又名黑壤，在今山西省翼城县东北六十五里的乌岭。

⑯子家：即公子归生。

⑭行：即朝晋。

⑯减：绝。

⑯夷：即郑穆太子灵公。

⑯藏（chǎn，音产）：完成。

⑯绛：晋国都。

⑯音：可解为声音。也可解为荫。

⑰儵（tiáo，音条）：晋国、郑国之境。

⑰甘歇（chù，音触）：王子带的后代。　　　邥（shěn，音审）垂：地名，在今河南省洛阳市南面。

⑰蓍（yīng，音英）：人名。

⑬子：文公太子恶。

⑭扑：驾车时用于击马的竹鞭。　　　抶：笞击。

⑰舍爵：告奠于祖庙。

⑯襄仲：公子遂。　　　庄叔：即得臣。

⑰敬嬴：鲁文公的次妃。

⑱叔仲：即叔彭生，惠伯。

⑲恶、视：文公元妃齐姜所生二子。

⑱宰：卿大夫的家臣之长称作宰。　　　公冉：复姓。

⑱行父：季孙行父。

⑱失队：即失坠。

⑱鹯（zhān，音沾）：鸟名。

⑱还（xuán，音旋）观：顾视。细审的意思。

⑱隤凯（tuí ái，音颓皑）：人名。　　梼戭（táo yǐn，音桃隐）：人名。　　尨（máng，音忙）降：人名。

⑱恺（kǎi，音凯）：和乐。

⑱元：善。《易·乾》："元者，善之长也。"后因称善良的人为元。

⑱帝鸿：黄帝。

⑱少皞：次黄帝，金天氏的号。

⑲靖：安于。　　谮：谗言。　　庸：信用。　　回：即邪。

⑲服：行。　　蒐：隐。

⑲穷奇：可能为怪兽名。

⑲颛顼（zhuān xù，音专旭）：古代部族首领，号高阳氏。

⑲梼杌（táo wù，音桃误）：古代传说中怪兽名。

⑲缙云氏：炎帝之苗裔，姜姓。

⑲冒：贪。

⑲纪极：限度。

⑲饕餮（tāo tiè，音滔铁）：贪财、贪食。又解为怪兽名。

⑲四裔：四方边裔。

㉚徽：美。　　五典：五常之教，父义、母慈、兄友、弟恭、子孝。

㉛百揆（kuí，音葵）：百事。

㉜司城须：文公母弟。

宣　公

元　年　经

元年春王正月，公即位。

公子遂如齐逆女。三月，遂以夫人妇姜至自齐。

夏，季孙行父如齐。

晋放其大夫胥甲父于卫①。

公会齐侯于平州。

公子遂如齐。

六月，齐人取济西田。

秋，郯子来朝。

楚子、郑人侵陈，遂侵宋。晋赵盾帅师救陈。宋公、陈侯、卫侯、曹伯会晋师于棐林，伐郑。

冬，晋赵穿帅师侵崇。

晋人、宋人伐郑。

元 年 传

元年春王正月，“公子遂如齐逆女”，尊君命也。“三月，遂以夫人妇姜至自齐”，尊夫人也。

夏，季文子如齐，纳赂以请会。

晋人讨不用命者，放胥甲父于卫而立胥克②。先辛奔齐③。

会于平州，以定公位。

东门襄仲如齐拜成。

“六月，齐人取济西之田”，为立公故，以赂齐也。

宋人之弑昭公也，晋荀林父以诸侯之师伐宋。宋及晋平，宋文公受盟于晋。又会诸侯于扈，将为鲁讨齐，皆取赂而还。

郑穆公曰：“晋不足与也。”遂受盟于楚。陈共公之卒，楚人不礼焉。陈灵公受盟于晋。

秋，楚子侵陈，遂侵宋。晋赵盾帅师救陈、宋。会于棐林，以伐郑也。楚芳贾救郑，遇于北林，囚晋解扬。晋人乃还。

晋欲求成于秦。赵穿曰：“我侵崇。秦急崇，必救之；吾以求成焉。”冬，赵穿侵崇。秦弗与成。

晋人伐郑，以报北林之役。

于是晋侯侈，赵宣子为政，骤谏而不入④。故不竞于楚。

二 年 经

二年春王二月壬子，宋华元帅师及郑公子归生帅师战于大棘⑤。宋师败绩，获宋华元。

秦师伐晋。

夏，晋人、宋人、卫人、陈人侵郑。

秋九月乙丑，晋赵盾弑其君夷皋。

冬十月乙亥，天王崩⑥。

二 年 传

二年春，郑公子归生命于楚伐宋。宋华元、乐吕御之。二月壬子，战于大棘，宋师败绩。囚华元，获乐吕，及甲车四百六十乘，俘二百五十人，馘百。

狂狡辂郑人⑦，郑人入于井。倒戟而出之，获狂狡。君子曰：“失礼违命，宜其为禽也。戎，昭果毅以听之之谓礼⑧。杀敌为果，致果为毅。易之，戮也。”

将战，华元杀羊食士，其御羊斟不与。及战，曰：“畴昔之羊⑨，子为政。今日之事，我为政。”与入郑师，故败。君子谓羊斟非人也，以其私憾败国殄民，于是刑孰大焉！《诗》所谓“人之无良"者，其羊斟之谓乎，残民以逞！

宋人以兵车百乘、文马百驷以赎华元于郑⑩。半入，华元逃归。立于门外，告而入。见叔牂⑪，曰："子之马然也？"对曰："非马也，其人也。"既合而来奔⑫。

宋城，华元为植⑬，巡功。城者讴曰："睅其目⑭，皤其腹⑮，弃甲而复。于思于思，弃甲复来！"使其骖乘谓之曰："牛则有皮，犀兕尚多⑯，弃甲则那？"役人曰："从其有皮，丹漆若何？"华元曰："去之！夫其口众我寡。"

"秦师伐晋"，以报崇也。遂围焦。夏，晋赵盾救焦，遂自阴地，及诸侯之师侵郑，以报大棘之役。

楚鬭椒救郑，曰："能欲诸侯而恶其难乎？"遂次于郑以待晋师。赵盾曰："彼宗竞于楚⑰，殆将毙矣。姑益其疾。"乃去之。

晋灵公不君⑱。厚敛以雕墙。从台上弹人而观其辟丸也。宰夫胹熊蹯不熟⑲，杀之，寘诸畚，使妇人载以过朝。赵盾、士季见其手，问其故而患之。将谏，士季曰："谏而不入，则莫之继也。会请先⑳，不入，则子继。"三进，及溜㉑，而后视之，曰："吾知所过矣，将改之。"稽首而对曰："人谁无过？过而能改，善莫大焉。《诗》曰：'靡不有初，鲜克有终。'夫如是，则能补过者鲜矣。君能有终，则社稷之固也，岂唯群臣赖之？又曰：'衮职有阙，惟仲山甫补之。'能补过也。君能补过，衮不废矣。"

犹不改，宣子骤谏。公患之，使鉏麑贼之㉒。晨往，寝门辟矣，盛服将朝。尚早，坐而假寐。麑退，叹而言曰："不忘恭敬，民之主也。贼民之主，不忠；弃君之命，不信。有一于此，不如死也！"触槐而死。

秋九月，晋侯饮赵盾酒，伏甲将攻之。其右提弥明知之，趋登，曰："臣侍君宴，过三爵，非礼也！"遂扶以下。公嗾夫獒焉㉓，明搏而杀之。盾曰："弃人用犬，虽猛何为！"斗且出。提弥明死之。

初，宣子田于首山，舍于翳桑㉔，见灵辄饿，问其病。曰："不食三日矣！"食之，舍其半。问之。曰："宦三年矣，未知母之存否。今近焉，请以遗之。"使尽之，而为之箪食与肉㉕，寘诸橐以与之。既而与为公介㉖，倒戟以御公徒而免之㉗。问何故，对曰："翳桑之饿人也。"问其名居，不告而退，遂自亡也。

乙丑，赵穿杀灵公于桃园。宣子未出山而复。太史书曰："赵盾弑其君。"以示于朝。宣子曰："不然。"对曰："子为正卿，亡不越竟，反不讨贼，非子而谁？"宣子曰："乌呼！诗曰：'我之怀矣㉘，自诒伊慼㉙。'其我之谓矣！"孔子曰："董狐，古之良史也，书法不隐。赵宣子，古之良大夫也，为法受恶。惜也！越竟乃免㉚。"

宣子使赵穿逆公子黑臀于周而立之㉛。壬申，朝于武宫。

初，丽姬之乱，诅无畜群公子㉜，自是晋无公族。及成公即位，乃宦卿之适而为之田，以为公族；又宦其馀子，亦为馀子；其庶子为公行。晋于是有公族、馀子、公行。

赵盾请以括为公族㉝，曰："君姬氏之爱子也。微君姬氏，则臣狄人也。"公许之。冬，赵盾为旄车之族，使屏季以其故族为公族大夫㉞。

三 年 经

三年春王正月，郊牛之口伤㉟，改卜牛。牛死，乃不郊。犹三望㊱。

葬匡王。

楚子伐陆浑之戎。

夏，楚人侵郑。

秋，赤狄侵齐。

宋师围曹。

冬十月丙戌，郑伯兰卒。

葬郑穆公。

三 年 传

三年春，不郊，而望，皆非礼也。望，郊之属也。不郊，亦无望可也。

晋侯伐郑，及郔。郑及晋平，士会入盟。

楚子伐陆浑之戎，遂至于雒，观兵于周疆㊲。定王使王孙满劳楚子。楚子问鼎之大小、轻重焉㊳。对曰："在德，不在鼎。昔夏之方有德也，远方图物㊴，贡金九牧㊵，铸鼎象物，百物而为之备㊶，使民知神、奸。故民入川泽、山林，不逢不若㊷。螭魅罔两，莫能逢之。用能协于上下，以承天休㊸。桀有昏德，鼎迁于商，载祀六百。商纣暴虐，鼎迁于周。德之休明㊹，虽小，重也。其奸回昏乱，虽大，轻也。天祚明德，有所厎止㊺。成王定鼎于郏鄏㊻，卜世三十，卜年七百，天所命也。周德虽衰，天命未改。鼎之轻重，未可问也。"

"夏，楚人侵郑"，郑即晋故也。

宋文公即位三年，杀母弟须及昭公子，武氏之谋也。使戴、桓之族攻武氏于司马子伯之馆，尽逐武、穆之族。武、穆之族以曹师伐宋。秋，宋师围曹，报武氏之乱也。

冬，郑穆公卒。

初，郑文公有贱妾曰燕姞，梦天使与己兰，曰："余为伯鯈。余，而祖也。以是为而子。以兰有国香，人服媚之如是。"既而文公见之，与之兰而御之。辞曰："妾不才，幸而有子。将不信，敢征兰乎㊼？"公曰："诺！"生穆公，名之曰"兰"。

文公报郑子之妃曰陈妫㊽，生子华、子臧。子臧得罪而出。诱子华而杀之南里，使盗杀子臧于陈、宋之间。又娶于江，生公子士。朝于楚，楚人鸩之，及叶而死㊾。又娶于苏，生子瑕、子俞弥。俞弥早卒。泄驾恶瑕，文公亦恶之，故不立也。公逐群公子。公子兰奔晋，从晋文公伐郑。

石癸曰："吾闻姬、姞耦，其子孙必蕃。姞，吉人也，后稷之元妃也。今公子兰，姞甥也，天或启之，必将为君，其后必蕃。先纳之可以亢宠㊿。"与孔将鉏、侯宣多纳之，盟于大宫而立之，以与晋平。

穆公有疾，曰："兰死，吾其死乎！吾所以生也。"刈兰而卒。

四 年 经

四年春王正月，公及齐侯平莒及郯㉛。莒人不肯。公伐莒，取向。

秦伯稻卒。

夏六月乙酉，郑公子归生弑其君夷。

赤狄侵齐。

秋，公如齐。公至自齐。

冬，楚子伐郑。

四 年 传

“四年春，公及齐侯平莒及郯。莒人不肯。”“公伐莒，取向”，非礼也。平国以礼不以乱。伐而不治，乱也。以乱平乱，何治之有？无治，何以行礼？

楚人献鼋于郑灵公(52)。公子宋与子家将见(53)。子公之食指动，以示子家，曰：“他日我如此，必尝异味。”及入，宰夫将解鼋。相视而笑。公问之，子家以告。及食大夫鼋，召子公而弗与也。子公怒，染指于鼎，尝之而出。公怒，欲杀子公。

子公与子家谋先，子家曰：“畜老犹惮杀之，而况君乎？”反谮子家。子家惧而从之。夏，弑灵公。书曰：“郑公子归生弑其君夷”，权不足也(54)。君子曰：“仁而不武，无能达也。”凡弑君，称君，君无道也；称臣，臣之罪也。

郑人立子良。辞曰：“以贤则去疾不足(55)，以顺则公子坚长(56)。”乃立襄公。

襄公将去穆氏而舍子良(57)，子良不可，曰：“穆氏宜存，则固愿也。若将亡之，则亦皆亡，去疾何为？”乃舍之，皆为大夫。

初，楚司马子良生子越椒(58)。子文曰：“必杀之！是子也，熊虎之状而豺狼之声，弗杀，必灭若敖氏矣(59)。谚曰：‘狼子野心。’是乃狼也，其可畜乎！”子良不可。子文以为大慼；及将死，聚其族，曰：“椒也知政，乃速行矣，无及于难！”且泣曰：“鬼犹求食，若敖氏之鬼不其馁而(60)！”

及令尹子文卒，鬥般为令尹(61)，子越为司马。蔿贾为工正，谮子扬而杀之，子越为令尹，己为司马。子越又恶之，乃以若敖氏之族，圄伯嬴于轑阳而杀之(62)。遂处烝野(63)，将攻王。王以三王之子为质焉(64)，弗受。

师于漳澨(65)。秋七月戊戌，楚子与若敖氏战于皋浒。伯棼射王(66)，汰辀(67)，及鼓跗(68)，著于丁宁(69)；又射，汰辀，以贯笠毂(70)。师惧，退。王使巡师曰：“吾先君文王克息，获三矢焉。伯棼窃其二，尽于是矣。”鼓而进之，遂灭若敖氏。

初，若敖娶于䢵(71)，生鬥伯比。若敖卒，从其母畜于䢵。淫于䢵子之女，生子文焉。䢵夫人使弃诸梦中(72)，虎乳之。䢵子田，见之，惧而归。夫人以告，遂使收之。楚人谓乳穀，谓虎於菟，故命之曰鬥穀於菟。以其女妻伯比。实为令尹子文。

其孙箴尹克黄使于齐(73)。还，及宋，闻乱。其人曰：“不可以入矣！”箴尹曰：“弃君之命，独谁受之？君，天也，天可逃乎？”遂归，复命，而自拘于司败(74)。王思子文之治楚国也，曰：“子文无后，何以劝善？”使复其所，改命曰“生”。

“冬，楚子伐郑”，郑未服也。

五 年 经

五年春，公如齐。

夏，公至自齐。

秋九月，齐高固来逆叔姬。

叔孙得臣卒。

冬，齐高固及子叔姬来。

楚人伐郑。

五 年 传

五年春，公如齐。高固使齐侯止公⑦，请叔姬焉。

"夏，公至自齐。"书，过也。

秋九月，齐高固来逆女，自为也，故书曰："逆叔姬"，卿自逆也。

冬，来，反马也⑦。

楚子伐郑，陈及楚平。晋荀林父救郑，伐陈。

六 年 经

六年春，晋赵盾、卫孙免侵陈。

夏四月。

秋八月，螽。

冬十月。

六 年 传

六年春，晋、卫侵陈，陈即楚故也。

夏，定王使子服求后于齐⑦。

秋，赤狄伐晋，围怀及邢丘。晋侯欲伐之，中行桓子曰⑦："使疾其民，以盈其贯，将可殪也⑦。《周书》曰'殪戎殷'⑧，此类之谓也。"

冬，召桓公逆王后于齐。

楚人伐郑，取成而还。

郑公子曼满与王子伯廖语，欲为卿。伯廖告人曰："无德而贪，其在《周易》'丰☰'之'离☰'，弗过之矣。"间一岁⑧，郑人杀之。

七 年 经

七年春，卫侯使孙良夫来盟。

夏，公会齐侯伐莱。

秋，公至自伐莱。

大旱。

冬，公会晋侯、宋公、卫侯、郑伯、曹伯于黑壤。

七 年 传

七年春，卫孙桓子来盟。始通，且谋会晋也。

"夏，公会齐侯伐莱"，不与谋也。凡师出，与谋曰"及"，不与谋曰"会"。

赤狄侵晋，取向阴之禾。

郑及晋平，公子宋之谋也，故相郑伯以会。冬，盟于黑壤。王叔桓公临之，以谋不睦。

晋侯之立也，公不朝焉，又不使大夫聘。晋人止公于会，盟于黄父。公不与盟，以赂免⊗。故黑壤之盟不书，讳之也。

八　年　经

八年春，公至自会。

夏六月，公子遂如齐，至黄乃复。

辛巳，有事于大庙，仲遂卒于垂。壬午，犹绎⊗。万入⊗，去籥。

戊子，夫人嬴氏薨。

晋师、白狄伐秦。

楚人灭舒蓼。

秋七月甲子，日有食之，既。

冬十月己丑，葬我小君敬嬴。雨，不克葬⊗。庚寅，日中而克葬。

城平阳。

楚师伐陈。

八　年　传

八年春，白狄及晋平。夏，会晋伐秦。晋人获秦谍，杀诸绛市，六日而苏。

"有事于大庙"，襄仲卒而绎，非礼也。

楚为众舒叛故⊗，伐舒蓼，灭之。楚子疆之，及滑汭⊗，盟吴、越而还。

晋胥克有蛊疾⊗，郤缺为政。秋，废胥克，命名赵朔佐下军。

冬，葬敬嬴。旱，无麻，始用葛茀。"雨，不克葬"，礼也。礼，卜葬，先远日⊗，辟不怀也。

"城平阳"，书，时也。

陈及晋平。楚师伐陈，取成而还。

九　年　经

九年春王正月，公如齐。

公至自齐。

夏，仲孙蔑如京师。

齐侯伐莱。

秋，取根牟⊗。

八月，滕子卒。

九月，晋侯、宋公、卫侯、郑伯、曹伯会于扈。

晋荀林父帅师伐陈。

辛酉，晋侯黑臀卒于扈。

冬十月癸酉，卫侯郑卒。

宋人围滕。

楚子伐郑。晋郤缺帅师救郑。

陈杀其大夫泄冶。

九 年 传

九年春，王使来征聘。夏，孟献子聘于周，王以为有礼，厚赂之。

"秋，取根牟"，言易也。

滕昭公卒。

"会于扈"，讨不睦也。陈侯不会，晋荀林父以诸侯之师伐陈。晋侯卒于扈，乃还。

冬，"宋人围滕"，因其丧也。

陈灵公与孔宁、仪行父通于夏姬，皆衷其衵服⑪，以戏于朝。泄冶谏曰："公卿宣淫，民无效焉。且闻不令。君其纳之！"公曰："吾能改矣。"公告二子，二子请杀之。公弗禁，遂杀泄冶。孔子曰："《诗》云：'民之多辟⑫，无自立辟⑬'。其泄冶之谓乎！"

楚子为厉之役故，伐郑。

晋郤缺救郑。郑伯败楚师于柳棼。国人皆喜，唯子良忧曰："是国之灾也。吾死无日矣！"

十 年 经

十年春，公如齐。

公至自齐。

齐人归我济西田。

夏四月丙辰，日有食之。

己巳，齐侯元卒⑭。

齐崔氏出奔卫。

公如齐。

五月，公至自齐。

癸巳，陈夏征舒弑其君平国。

六月，宋师伐滕。

公孙归父如齐。葬齐惠公。

晋人、宋人、卫人、曹人伐郑。

秋，天王使王季子来聘。

公孙归父帅师伐邾，取绎。

大水。

季孙行父如齐。

冬，公孙归父如齐。齐侯使国佐来聘⑮。

饥。

楚子伐郑。

十 年 传

十年春，公如齐。齐侯以我服故，归济西之田。

夏，齐惠公卒。崔杼有宠于惠公，高、国畏其偪也㊲，公卒而逐之，奔卫。书曰"崔氏"，非其罪也；且告以族，不以名。凡诸侯之大夫违，告于诸侯曰："某氏之守臣某，失守宗庙，敢告。"所有玉帛之使者则告；不然，则否。

公如齐奔丧。

陈灵公与孔宁、仪行父饮酒于夏氏㊲。公谓行父曰："徵舒似女。"对曰："亦似君。"徵舒病之。公出，自其厩射而杀之。二子奔楚。

滕人恃晋而不事宋。六月，宋师伐滕。

郑及楚平。诸侯之师伐郑，取成而还。

秋，刘康公来报聘㊳。

师伐邾，取绎。

季文子初聘于齐。

冬，子家如齐，伐邾故也。

国武子来报聘。

楚子伐郑。晋士会救郑，逐楚师于颍北。诸侯之师戍郑。

郑子家卒。郑人讨幽公之乱，斫子家之棺而逐其族㊴。改葬幽公，谥之曰："灵"。

十 一 年 经

十有一年春王正月。

夏，楚子、陈侯、郑伯盟于辰陵。

公孙归父会齐人伐莒。

秋，晋侯会狄于欑函㊵。

冬十月，楚人杀陈夏徵舒。

丁亥，楚子入陈。

纳公孙宁、仪行父于陈。

十 一 年 传

十一年春，楚子伐郑，及栎。子良曰："晋、楚不务德而兵争，与其来者可也。晋、楚无信，我焉得有信！"乃从楚。夏，楚"盟于辰陵"，陈、郑服也。

楚左尹子重侵宋㊶，王待诸郔。

令尹蒍艾猎城沂㊷，使封人虑事㊸，以授司徒。量功命日，分财用㊹，平板榦㊺，称畚筑㊻，程土物㊼，仪远迩㊽，略基趾㊾，具餱粮㊿，度有司⑪。事三旬而成，不愆于素⑫。

晋郤成子求成于众狄。众狄疾赤狄之役，遂服于晋。"秋，会于欑函"，众狄服也。

是行也，诸大夫欲召狄。郤成子曰："吾闻之：非德，莫如勤；非勤，何以求人？能勤，有继。其从之也！《诗》曰：'文王既勤止。'文王犹勤，况寡德乎？"

冬，楚子为陈夏氏乱故，伐陈。谓陈人："无动！将讨于少西氏⑪。"遂入陈，杀夏徵舒，辕诸栗门。因县陈。陈侯在晋⑫。

申叔时使于齐⑬，反，复命而退。王使让之，曰："夏徵舒为不道，弑其君，寡人以诸侯讨而戮之，诸侯、县公皆庆寡人。女独不庆寡人，何故？"对曰："犹可辞乎？"王曰："可哉！"曰："夏徵舒弑其君，其罪大矣；讨而戮之，君之义也。抑人亦有言曰⑭：'牵牛以蹊人之田⑮，而夺之牛。'牵牛以蹊者，信有罪矣；而夺之牛，罚已重矣。诸侯之从也，曰讨有罪也。今县陈，贪其富也。以讨召诸侯，而以贪归之⑯，无乃不可乎？"王曰："善哉！吾未之闻也。反之，可乎？"对曰："吾侪小人所谓'取诸其怀而与之'也。"乃复封陈。乡取一人焉以归，谓之夏州。故书曰："楚子入陈。纳公孙宁、仪行父于陈。"书有礼也。

厉之役，郑伯逃归，自是楚未得志焉。郑既受盟于辰陵，又徼事于晋。

十 二 年 经

十有二年春，葬陈灵公。

楚子围郑。

夏六月乙卯，晋荀林父帅师及楚子战于邲。晋师败绩。

秋七月。

冬十有二月戊寅，楚子灭萧。

晋人、宋人、卫人、曹人同盟于清丘。

宋师伐陈。卫人救陈。

十 二 年 传

十二年春，楚子围郑。旬有七日，郑人卜行成，不吉；卜临于大宫，且巷出车⑰，吉。国人大临，守陴者皆哭⑱。楚子退师。郑人修城，进复围之，三月，克之。入自皇门，至于逵路。郑伯肉袒牵羊以逆⑲，曰："孤不天，不能事君，使君怀怒以及敝邑，孤之罪也。敢不唯命是听？其俘诸江南以实海滨，亦唯命；其翦以赐诸侯⑳，使臣妾之，亦唯命。若惠顾前好，徼福于厉、宣、桓、武，不泯其社稷，使改事君，夷于九县，君之惠也，孤之愿也，非所敢望也！敢布腹心，君实图之！"左右曰："不可许也，得国无赦！"王曰："其君能下人，必能信用其民矣，庸可几乎？"退三十里而许之平。潘尪入盟㉑。子良出质。

夏六月，晋师救郑。荀林父将中军，先縠佐之㉒。士会将上军，郤克佐之。赵朔将下军，栾书佐之。赵括、赵婴齐为中军大夫，巩朔、韩穿为上军大夫，荀首、赵同为下军大夫，韩厥为司马。

及河，闻郑既及楚平，桓子欲还，曰："无及于郑而勤民㉓，焉用之？楚归而动，不后。"

随武子曰："善！会闻用师，观衅而动。德、刑、政、事、典、礼不易，不可敌也，不为是征。楚君讨郑，怒其贰而哀其卑，叛而伐之，服而舍之，德、刑成矣。伐叛，刑也；柔服，德也，二者立矣。昔岁入陈，今兹入郑，民不罢劳，君无怨讟㉔，政有经矣。荆尸而举，商农工贾不败其业，而卒乘辑睦㉕，事不奸矣。蒍敖为宰，择楚国之令典；军行，右辕，左追蓐；前茅虑无㉖，中权㉗，后劲㉘。百官象物而动，军政不戒而备，能用典矣。其君之举也，内姓选于亲，外姓选于旧㉙。举不失德，赏不失劳。老有加惠，旅有施舍。君子小人，物有服章。贵有常尊，贱有等威，礼不逆矣。德立、刑行，政成、事时，典从、礼顺，若之何敌之？见可而进，知难而退，军之善政也。兼弱攻昧，武之善经也。子姑整军而经武乎㉒！犹有弱而昧者，何必楚？仲虺有言曰：'取乱侮亡'，兼弱也。《汋》曰：'於铄王师！遵养时晦㉓。'耆昧也㉔。《武》曰：'无竞惟烈㉕'。抚弱耆昧以务烈所，可也。"

彘子曰㉖："不可！晋所以霸，师武、臣力也。今失诸侯，不可谓力；有敌而不从，不可谓武。由我失霸，不如死！且成师以出，闻敌强而退，非夫也。命为军帅，而卒以非夫，唯群子能，我弗为也！"以中军佐济㉗。

知庄子曰㉘："此师殆哉！《周易》有之，在'师☷'之'临☷'，曰：'师出以律，否臧㉙，凶。'执事顺成为臧，逆为否。众散为弱，川壅为泽，有律以如己也。故曰律。否臧，且律竭也。盈而以竭，夭且不整㉚，所以凶也。不行之谓'临'有帅而不从，临孰甚焉？此之谓矣。果遇，必败，彘子尸之㉛。虽免而归，必有大咎！"

韩献子谓桓子曰："彘子以偏师陷，子罪大矣！子为元帅，师不用命，谁之罪也？失属、亡师㉜，为罪已重，不如进也。事之不捷，恶有所分。与其专罪，六人同之不犹愈乎？"师遂济。

楚子北师次于郔。沈尹将中军㉝，子重将左㉞，子反将右，将饮马于河而归。闻晋师既济，王欲还。嬖人伍参欲战。令尹孙叔敖弗欲，曰："昔岁入陈，今兹入郑，不无事矣。战而不捷，参之肉其足食乎！"参曰："若事之捷，孙叔为无谋矣。不捷，参之肉将在晋军，可得食乎？"令尹南辕、反旆，伍参言于王曰："晋之从政者新㉟，未能行令。其佐先縠刚愎不仁，未肯用命。其三帅者专行不获。听而无上，众谁适从？此行也，晋师必败！且君而逃臣，若社稷何？"王病之，告令尹改乘辕而北之，次于管以待之㊿。

晋师在敖、鄗之间㊶，郑皇戌使如晋师，曰："郑之从楚，社稷之故也，未有贰心。楚师骤胜而骄，其师老矣，而不设备。子击之，郑师为承，楚师必败！"彘子曰："败楚、服郑，于此在矣。必许之！"栾武子曰："楚自克庸以来，其君无日不讨国人而训之于民生之不易、祸至之无日、戒惧之不可以怠㊷，在军无日不讨军实而申儆之于胜之不可保、纣之百克而卒无后，训之以若敖、蚡冒筚路蓝缕以启山林㊸。箴之曰'民生在勤，勤则不匮㊹'。不可谓'骄'。先大夫子犯有言曰：'师直为壮，曲为老。'我则不德，而徼怨于楚。我曲楚直，不可谓'老'。其君之戎分为二广㊺，广有一卒，卒偏之两㊻。右广初驾，数及日中㊼，左则受之，以至于昏。内官序当其夜㊽，以待不虞。不可谓'无备'。子良，郑之良也；师叔，楚之崇也。师叔入盟，子良在楚，楚、郑亲矣。来劝我战，我克则来，不克遂往，以我卜也㊾。郑不可从！"赵括、赵同曰："率师以来，唯敌是求。克敌、得属，又何俟！必从彘子！"知季曰："原、屏㊿，咎之徒也。"赵庄子曰："栾伯善哉？实其言，必长晋国㊿！"

楚少宰如晋师㊿，曰："寡君少遭闵凶，不能文。闻二先君之出入此行也，将郑是训定，岂敢求罪于晋？二三子无淹久㊿！"随季对曰："昔平王命我先君文侯曰：'与郑夹辅周室，毋废王命！'今郑不率，寡君使群臣问诸郑，岂敢辱候人？敢拜君命之辱！"彘子以为谄，使赵括从而更之，曰："行人失辞。寡君使群臣迁大国之迹于郑，曰：'无辟敌！'群臣无所逃命！"

楚子又使求成于晋，晋人许之，盟有日矣。楚许伯御乐伯，摄叔为右，以致晋师。许伯曰："吾闻致师者，御靡旌，摩垒而还。"乐伯曰："吾闻致师者，左射以菆㊿，代御执辔，御下，两马、掉鞅而还㊿。"摄叔曰："吾闻致师者，右入垒，折馘、执俘而还。"皆行其所闻而复。晋人逐之，左右角之。乐伯左射马，而右射人，角不能进。矢一而已。麋兴于前，射麋，丽龟㊿。晋鲍癸当其后，使摄叔奉麋献焉，曰："以岁之非时，献禽之未至，敢膳诸从者。"鲍癸止之，曰："其左善射，其右有辞，君子也！"既免。

晋魏錡求公族未得㉓，而怒，欲败晋师。请致师，弗许。请使，许之。遂往，请战而还。楚潘党逐之㉔。及荧泽，见六麋，射一麋以顾献，曰："子有军事，兽人无乃不给于鲜？敢献于从者。"叔党命去之。

赵旃求卿未得，且怒于失楚之致师者，请挑战。弗许。请召盟，许之，与魏錡皆命而往。郤献子曰："二憾往矣，弗备，必败。"彘子曰："郑人劝战，弗敢从也；楚人求成，弗能好也。师无成命，多备何为？"士季曰："备之善。若二子怒楚，楚人乘我，丧师无日矣。不如备之。楚之无恶，除备而盟，何损于好？若以恶来，有备，不败。且虽诸侯相见，军卫不彻，警也。"彘子不可。

士季使巩朔、韩穿帅七覆于敖前㉕，故上军不败。赵婴齐使其徒先具舟于河，故败而先济。

潘党既逐魏錡，赵旃夜至于楚军，席于军门之外，使其徒入之。楚子为乘广三十乘，分为左右。右广鸡鸣而驾，日中而说㉖；左则受之，日入而说。许偃御右广，养由基为右；彭名御左广，屈荡为右。乙卯，王乘左广以逐赵旃。赵旃弃车而走林，屈荡搏之，得其甲裳。晋人惧二子之怒楚师也，使轩车逆之。潘党望其尘，使骋而告曰："晋师至矣！"楚人亦惧王之入晋军也，遂出陈。孙叔曰："进之！宁我薄人，无人薄我。《诗》云：'元戎十乘，以先启行。'先人也。《军志》曰：'先人有夺人之心。'薄之也。"遂疾进师，车驰，卒奔，乘晋军。

桓子不知所为，鼓于军中曰："先济者有赏！"中军、下军争舟，舟中之指可掬也㉗。晋师右移，上军未动。

工尹齐将右拒卒以逐下军㉘。楚子使唐狡与蔡鸠居告唐惠侯曰："不穀不德而贪，以遇大敌，不穀之罪也。然楚不克，君之羞也。敢藉君灵，以济楚师！"使潘党率游阙四十乘㉙，从唐侯以为左拒，以从上军。

驹伯曰㉚："待诸乎？"随季曰："楚师方壮，若萃于我，吾师必尽。不如收而去之。分谤、生民㉛，不亦可乎？"殿其卒而退，不败。

王见右广，将从之乘。屈荡户之㉜，曰："君以此始，亦必以终。"自是楚之乘广先左。

晋人或以广队不能进㉝，楚人惎之脱扃㉞。少进，马还，又惎之拔旆投衡，乃出。顾曰："吾不如大国之数奔也㉟。"

赵旃以其良马二济其兄与叔父，以他马反。遇敌不能去，弃车而走林。逢大夫与其二子乘，谓其二子："无顾！"顾，曰："赵傁在后。"怒之，使下，指木曰："尸女于是！"授赵旃绥㊱，以免。明日，以表尸之，皆重获在木下。

楚熊负羁囚知罃㊲。知庄子以其族反之，厨武子御，下军之士多从之。每射，抽矢，菆，纳诸厨子之房。厨子怒曰："非子之求，而蒲之爱，董泽之蒲可胜既乎？"知季曰："不以人子，吾子其可得乎？吾不可以苟射故也。"射连尹襄老㊳，获之，遂载其尸；射公子穀臣，囚之。以二者还。

及昏，楚师军于邲。晋之馀师不能军，宵济，亦终夜有声。

丙辰，楚重至于邲㊴，遂次于衡雍。潘党曰："君盍筑武军而收晋尸以为京观㊵？臣闻克敌必示子孙，以无忘武功。"楚子曰："非尔所知也。夫文，止戈为武。武王克商，作《颂》曰：'载戢干戈，载櫜弓矢。我求懿德，肆于时夏。允王保之！'又作《武》，其卒章曰：'耆定尔功㊶。'其三曰：'铺时绎思㊷，我徂维求定㊸。'其六曰：'绥万邦，屡丰年。'夫武，禁暴、戢兵、保大、定功、安民、和众、丰财者也，故使子孙无忘其章。今我使二国暴骨，暴矣；观兵以威诸侯，兵不戢矣；暴而不戢，安能保大？犹有晋在，焉得定功？所违民欲犹多，民何安焉？无德而强争诸侯，何以和众？利人之几，而安人之乱，以为己荣，何以丰财？武有七德，我无一焉，何以示子孙？其为先君宫，告成事而已，武非吾功也。古者明王伐不敬，取其鲸鲵而封之，以为大戮，于是乎有京观以惩淫慝。今罪无所，而民皆尽忠以死君命，又可以为京观乎？"祀于河，作先君宫，告成事而还。

是役也，郑石制实入楚师，将以分郑，而立公子鱼臣，辛未，郑杀仆叔及子服^[注]。君子曰："史佚所谓'毋怙乱'者，谓是类也。《诗》曰：'乱离瘼矣^[注]，爰其适归？'归于怙乱者也夫！"

郑伯、许男如楚。

秋，晋师归，桓子请死，晋侯欲许之，士贞子谏曰："不可！城濮之役，晋师三日穀，文公犹有忧色。左右曰：'有喜而忧，如有忧而喜乎？'公曰：'得臣犹在，忧未歇也。困兽犹斗，况国相乎！'及楚杀子玉，公喜而后可知也，曰：'莫余毒也已！'是晋再克而楚再败也，楚是以再世不竞^[注]。今天或者大警晋也，而又杀林父以重楚胜，其无乃久不竞乎？林父之事君也，进思尽忠，退思补过，社稷之卫也，若之何杀之？夫其败也，如日月之食焉，何损于明？"晋侯使复其位。

冬，楚子伐萧，宋华椒以蔡人救萧。萧人囚熊相宜僚及公子丙。王曰："勿杀！吾退。"萧人杀之。王怒，遂围萧。萧溃。

申公巫臣曰："师人多寒。"王巡三军，抚而勉之，三军之士皆如挟纩^[注]。遂傅于萧。

还无社与司马卯言^[注]，号申叔展^[注]。叔展曰："有麦麹乎^[注]？"曰："无。""有山鞠穷乎^[注]？"曰："无。""河鱼腹疾奈何^[注]？"曰："目于眢井而拯之^[注]。""若为茅绖，哭井则己。"明日萧溃，申叔视其井，则茅绖存焉，号而出之。

晋原縠、宋华椒、卫孔达、曹人同盟于清丘，曰："恤病，讨贰。"于是卿不书，不实其言也。

宋为盟故，伐陈。卫人救之。孔达曰："先君有约言焉^[注]。若大国讨^[注]，我则死之。"

十 三 年 经

十有三年春，齐师伐莒。

夏，楚子伐宋。

秋，螽。

冬，晋杀其大夫先縠。

十 三 年 传

十三年春，齐师伐莒，莒恃晋而不事齐故也。

"夏，楚子伐宋"，以其救萧也。君子曰："清丘之盟，惟宋可以免焉。"

秋，赤狄伐晋，及清，先縠召之也。

冬。晋人讨邲之败与清之师，归罪于先縠而杀之，尽灭其族。君子曰："'恶之来也，己则取之。'其先縠之谓乎！"

清丘之盟，晋以卫之救陈也，讨焉。使人弗去，曰："罪无所归，将加而师。"孔达曰："苟利社稷，请以我说，罪我之由。我则为政，而亢大国之讨^[注]，将以谁任？我则死之！"

十 四 年 经

十有四年春，卫杀其大夫孔达。夏五月壬申，曹伯寿卒。

晋侯伐郑。

秋九月，楚子围宋。

葬曹文公。

冬，公孙归父会齐侯于穀。

十 四 年 传

十四年春，孔达缢而死，卫人以说于晋而免。遂告于诸侯曰："寡君有不令之臣达{注}，构我敝邑于大国{注}，既伏其罪矣，敢告！"卫人以为成劳{注}，复室其子，使复其位。

夏，晋侯伐郑，为邲故也。告于诸侯，蒐焉而还{注}。中行桓子之谋也，曰："示之以整，使谋而来。"郑人惧，使子张代子良于楚{注}。郑伯如楚，谋晋故也。郑以子良为有礼，故召之。

楚子使申舟聘于齐，曰："无假道于宋。"亦使公子冯聘于晋，不假道于郑。申舟以孟诸之役恶宋，曰："郑昭、宋聋、晋使不害{注}，我则必死！"王曰："杀女，我伐之！"见犀而行{注}。及宋，宋人止之。华元曰："过我而不假道，鄙我也。鄙我，亡也。杀其使者，必伐我。伐我，亦亡也。亡，一也。"乃杀之。楚子闻之，投袂而起。屦及于窒皇{注}，剑及于寝门之外，车及于蒲胥之市。

秋九月，楚子围宋。

冬，公孙归父会齐侯于穀，见晏桓公，与之言鲁，乐。桓子告高宣子曰："子家其亡乎{注}？怀于鲁矣。怀必贪，贪必谋人。谋人，人亦谋己。一国谋之，何以不亡！"

孟献子言于公曰："臣闻小国之免于大国也，聘而献物，于是有庭实旅百；朝而献功，于是有容貌采章{注}，嘉淑而有加货，谋其不免也。诛而荐贿{注}，则无及也。今楚在宋，君其图之！"公说。

十 五 年 经

十有五年春，公孙归父会楚子于宋。

夏五月，宋人及楚人平。

六月癸卯，晋师灭赤狄潞氏{注}，以潞子婴儿归。

秦人伐晋。

王札子杀召伯、毛伯。

秋，螽。

仲孙蔑会齐高固于无娄{注}。

初税亩。

冬，蝝生{注}。

饥。

十 五 年 传

十五年春，公孙归父会楚子于宋。

宋人使乐婴齐告急于晋，晋侯欲救之。伯宗曰："不可。古人有言曰：'虽鞭之长，不及马腹。'天方授楚，未可与争。虽晋之强，能违天乎？谚曰：'高下在心。'川泽纳污，山薮藏疾，瑾瑜匿瑕，国君含垢，天之道也。君其待之！"乃止。

使解扬如宋㉑，使无降楚，曰："晋师悉起，将至矣。"郑人囚而献诸楚。楚子厚赂之，使反其言。不许。三而许之。登诸楼车，使呼宋人而告之，遂致其君命㉒。楚子将杀之，使与之言曰："尔既许不穀而反之，何故？非我无信，女则弃之，速即尔刑！"对曰："臣闻之，君能制命为义，臣能承命为信，信载义而行之为利。谋不失利，以卫社稷，民之主也。义无二信，信无二命。君之赂臣，不知命也。受命以出，有死无陨，又可赂乎？臣之许君，以成命也。死而成命，臣之禄也。寡君有信臣，下臣获考死，又何求？"楚子舍之以归。

夏五月，楚师将去宋，申犀稽首于王之马前曰："毋畏知死而不敢废王命。王弃言焉？"王不能答。申叔时仆㉓，曰："筑室，反耕者，宋必听命！"从之。

宋人惧，使华元夜入楚师，登子反之床，起之，曰："寡君使元以病告，曰：'敝邑易子而食，析骸以爨㉔。虽然，城下之盟，有以国毙，不能从也。去我三十里，唯命是听。'"子反惧，与之盟而告王。退三十里，宋及楚平。华元为质。盟曰："我无尔诈，尔无我虞！"

潞子婴儿之夫人，晋景公之姊也。酆舒为政而杀之，又伤潞子之目。晋侯将伐之，诸大夫皆曰："不可！酆舒有三俊才，不如待后之人。"伯宗曰："必伐之！狄有五罪，俊才虽多，何补焉？不祀，一也；耆酒，二也；弃仲章而夺黎氏地㉕，三也；虐我伯姬，四也；伤其君目，五也。怙其俊才，而不以茂德，滋益罪也。后之人或者将敬奉德义以事神人，而申固其命，若之何待之？不讨有罪，曰：'将待后，后有辞而讨焉'，毋乃不可乎？夫恃才与众，亡之道也。商纣由之，故灭。天反时为灾，地反物为妖，民反德为乱。乱则妖灾生。故文反正为乏，尽在狄矣！"晋侯从之。六月癸卯，晋荀林父败赤狄于曲梁，辛亥，灭潞。酆舒奔卫，卫人归诸晋，晋人杀之。

王孙苏与召氏、毛氏争政，使王子捷杀召戴公及毛伯卫，卒立召襄㉖。

秋七月，秦桓公伐晋，次于辅氏。壬午，晋侯治兵于稷，以略狄土，立黎侯而还。及雒，魏颗败秦师于辅氏，获杜回，秦之力人也。

初，魏武子有嬖妾㉗，无子。武子疾，命颗曰："必嫁是！"疾病，则曰："必以为殉！"及卒，颗嫁之，曰："疾病则乱㉘。吾从其治也"。及辅氏之役，颗见老人结草以亢杜回㉙。杜回踬而颠㉚，故获之。夜梦之曰："余，而所嫁妇人之父也。尔用先人之治命，余是以报。"

晋侯赏桓子狄臣千室㉛，亦赏士伯以瓜衍之县㉜，曰："吾获狄土，子之功也。微子，吾丧伯氏矣。"羊舌职说是赏也㉝，曰："《周书》所谓'庸庸祗祗'者㉞，谓此物也夫！士伯庸中行伯，君信之，亦庸士伯，此之谓明德矣。文王所以造周，不是过也。故《诗》曰'陈锡载周'㉟，能施也。率是道也，其何不济！"

晋侯使赵同献狄俘于周，不敬。刘康公曰："不及十年，原叔必有大咎㊱。天夺之魄矣！"

"初税亩"，非礼也。谷出不过藉㊲，以丰财也。

"冬，蝝生，饥。"幸之也。

十 六 年 经

十有六年春王正月，晋人灭赤狄甲氏及留吁。

夏，成周宣榭火。

秋，郯伯姬来归。

冬，大有年^⑪。

十 六 年 传

十六年春，晋士会帅师灭赤狄甲氏及留吁、铎辰。

三月，献狄俘。晋侯请于王，戊申，以黻冕命士会将中军^⑫，且为大傅^⑬。于是晋国之盗逃奔于秦，羊舌职曰：“吾闻之：‘禹称善人，不善人远’，此之谓也夫。《诗》曰：‘战战兢兢，如临深渊，如履薄冰’，善人在上也。善人在上，则国无幸民。谚曰：‘民之多幸，国之不幸也。’是无善人之谓也。”

“夏，成周宣榭火”，人火之也。凡火，人火曰“火”，天火曰“灾”。

“秋，郯伯姬来归”，出也。

为毛、召之难故，王室复乱，王孙苏奔晋。晋人复之。

冬，晋侯使士会平王室^⑭。定王享之。原襄公相礼^⑮。殽烝^⑯，武子私问其故。王闻之，召武子曰：“季氏，而弗闻乎？王享有体荐^⑰，宴有折俎；公当享，卿当宴。王室之礼也。”武子归而讲求典礼，以修晋国之法。

十 七 年 经

十有七年春王正月庚子，许男锡我卒。

丁未，蔡侯申卒。

夏，葬许昭公。葬蔡文公。

六月癸卯，日有食之。

己未，公会晋侯、卫侯、曹伯、邾子，同盟于断道^⑱。

秋，公至自会。

冬十有一月壬午，公弟叔肸卒。

十 七 年 传

十七年春，晋侯使郤克征会于齐^⑲。齐顷公帷妇人使观之^⑳。郤子登，妇人笑于房。献子怒，出而誓曰：“所不此报，无能涉河！”献子先归，使栾京庐待命于齐，曰：“不得齐事，无复命矣。”

郤子至，请伐齐，晋侯弗许。请以其私属，又弗许。

齐侯使高固、晏弱、蔡朝、南郭偃会。及敛盂，高固逃归。夏，会于断道，讨贰也，盟于卷楚，辞齐人。晋人执晏弱于野王^㉑，执蔡朝于原，执南郭偃于温。

苗贲皇使[○]，见晏桓子。归，言于晋侯曰："夫晏子何罪？昔者诸侯事吾先君，皆如不逮。举言群臣不信，诸侯皆有贰志。齐君恐不得礼，故不出，而使四子来。左右或沮之，曰：'君不出，必执吾使。'故高子及敛孟而逃。夫三子者曰：'若绝君好，宁归死焉！'为是犯难而来。吾若善逆彼，以怀来者。吾又执之，以信齐沮，吾不既过矣乎？过而不改，而又久之以成其悔，何利之有焉？使反者得辞，而害来者，以惧诸侯，将焉用之？"晋人缓之，逸。

秋八月，晋师还。

范武子将老，召文子曰："燮乎！吾闻之：喜怒以类者鲜[○]。易者实多。《诗》曰：'君子如怒，乱庶遄沮。君子如祉，乱庶遄已。'君子之喜怒，以已乱也。弗已者，必益之。郤子其或者欲已乱于齐乎？不然，余惧其益之也。余将老，使郤子逞其志，庶有豸乎[○]！尔从二三子唯敬！"乃请老。郤献子为政。

"冬，公弟叔肸卒"，公母弟也。凡大子之母弟，公在曰"公子"，不在曰"弟"。凡称"弟"，皆母弟也。

十 八 年 经

十有八年春，晋侯、卫世子臧伐齐。

公伐杞。

夏四月。

秋七月，邾人戕鄫子于鄫。

甲戌，楚子旅卒。

公孙归父如晋。

冬十月壬戌，公薨于路寝。

归父还自晋，至笙，遂奔齐。

十 八 年 传

十八年春，晋侯、卫大子臧伐齐，至于阳穀。齐侯会晋侯，盟于缯，以公子强为质于晋。晋师还。蔡朝、南郭偃逃归。

夏，公使如楚乞师，欲以伐齐。

"秋，邾人戕鄫子于鄫。"凡自内虐其君曰"弑"，自外曰"戕"。

楚庄王卒，楚师不出。既而用晋师，楚于是乎有蜀之役。

公孙归父以襄仲之立公也[○]，有宠，欲去三桓，以张公室。与公谋，而聘于晋，欲以晋人去之。

冬，公薨。季文子言于朝曰："使我杀适立庶以失大援者，仲也夫！"臧宣叔怒曰[○]："当其时不能治也，后之人何罪？子欲去之，许请去之！"遂逐东门氏[○]。

子家还[○]。及笙，坛帷[○]，复命于介[○]。既复命，袒、括发，即位哭，三踊而出[○]，遂奔齐。书曰"归父还自晋"，善之也。

---

①放：放逐。

②克：甲之子。

③先辛：甲所属的大夫。

④骤谏：屡谏。

⑤大棘：宋地，在今河南省睢县南。

⑥天王：匡王。

⑦轭（yà，音亚）：迎上前去，迎战。

⑧昭：表明。　　果毅：果敢刚毅。

⑨畴昔：前日。

⑩文马：马的毛色漂亮而有文采。

⑪叔牂：即羊斟。

⑫合：答完话。

⑬植：将吏。大的工程人多，故设将主。

⑭睅（hàn，音旱）：眼睛突出。

⑮皤（pó，音婆）：大腹貌。

⑯犀兕（sì，音寺）：犀皮兕革很厚，可制甲。

⑰彼宗：指鬬椒。　　竞：强。

⑱不君：虽在君位，但言行不合君之道。

⑲胹（ér，音儿）：煮。

⑳会：士季，随会。

㉑溜：阶间之霤（liù，音溜）。霤即屋檐。

㉒钼麑（chú ní，音除尼）：人名。

㉓嗾（sǒu，音叟）：使狗声。　　獒（áo，音敖）：猛犬。

㉔翳（yì，音缢）桑：地名。

㉕箪（dān，音单）：古代盛饭用的竹制圆形筐。

㉖与：参与。　　为公介：当了晋灵公的禁卫兵。

㉗倒戟：反击。　　公徒：即伏甲。

㉘怀：安。

㉙伊：犹是。

㉚越竟：仓皇出奔国境。

㉛黑臀：襄公弟。

㉜诅：祭神欲加祸于某人的一种礼节。　　无畜：不收容，不纳。

㉝括：赵括，是赵盾的异母兄弟。

㉞屏季：即赵括。

㉟郊牛：郊祭时，选择牛卜之，吉则养之，然后再卜郊祭之日。　　口伤：不能再用。

㊱三望：即望祭（郊祭的一种）。鲁国的"三望"是祭东海、泰山、淮水。

㊲观兵：陈兵示威。

㊳鼎：指九鼎。

㊴远方图物：把远方的物象画成图画。

㊵九牧：九州之牧，牧即州长。

㊶备：将万物铸于鼎上，以备人民认识神物和恶物。

㊷不逢不若：不碰上不顺利的东西。

㊸休：赐。

㊹休明：休，美；明，光明。

㊺厎（zhǐ，音纸）：致，来。

㊻郏鄏（jiá rǔ，音夹辱）：周王城所在，在今河南省洛阳市西。

㊼征兰：以兰花为信物。

㊽报：淫。

㊾叶：楚邑，在今河南省叶县南三十里。
㊿亢宠：极其宠幸而不衰。
(51)郯（tán，音谈）：国名，己姓，在今山东省郯城县西南二十里。
(52)鼋（yuán，音元）：大甲鱼。
(53)公子宋：即子公。　子家：即归生。
(54)权：通拳。拳，力。
(55)去疾：灵公之弟。即子良。
(56)公子坚：灵公庶弟，去疾之兄。
(57)穆氏：指穆公的几个儿子，襄公的弟兄们。
(58)司马子良：鬥伯比之子，令尹子文之弟。　子越椒：即鬥椒。
(59)若敖氏：楚武王之祖先。后人以若敖为姓氏。
(60)馁：饥饿。
(61)鬥般：子文之子。
(62)伯嬴：蒍贾的字。　辚（liǎo，音了）阳：楚邑，在今湖北省江陵县境。
(63)烝野：地名，在江陵县境内。
(64)三王：指楚文王、成王、穆王。
(65)漳澨（shì，音筮）：地名，可能在漳水边或江陵县。
(66)伯棼：鬥椒字。
(67)汰辀（zhōu，音舟）：过车辕。
(68)鼓跗：鼓架。
(69)丁宁：又名钲，形状似铃。
(70)笠毂（gǔ，音谷）：车盖，盖有弓，车盖弓骨所聚称笠毂。
(71)邳：同郧，国名。
(72)梦：楚国的云梦泽。
(73)箴尹：官名。　克黄：子扬之子。
(74)司败：楚国掌管司法的官吏。
(75)止：留。
(76)反马：一种礼节。古时大夫以上娶妻，乘娘家之车，驾娘家之马。结婚三月之后，夫家返其马而留其车。
(77)子服：周大夫。
(78)中行桓子：即荀林父。
(79)殪：即殆。一举而灭之。
(80)戎：大。
(81)间一岁：中间隔一岁。前后历时三年。
(82)以赂免：指鲁国赂晋国，因此宣公才获释回国。
(83)犹绎：接连两天举行祭祀，正祭必有尸，以代受祭者，绎祭则以宾敬此尸。
(84)万：万舞。万舞中有籥舞，用乐器吹之以节舞。
(85)克：能。
(86)众舒：舒姓诸国。
(87)滑汭：滑水边的水湾子上。
(88)蛊疾：神经错乱之类的病疾。
(89)先远日：卜葬期先远日，表示不急于求葬，表示孝心。
(90)根牟：国名，在今山东省沂水县南。
(91)衷：穿在里面。　衵（nì，音暱）服：汗衫。内衣。
(92)辟：邪。
(93)立辟：立法度。
(94)齐侯元：齐惠公。
(95)国佐：齐卿，国归父之子。即国武子。

⑨⑥高、国：指高固和国佐。

⑨⑦夏氏：陈国大夫夏微舒家。

⑨⑧刘：春秋之前属郑邑，至桓王时为周邑。定王时刘康公开始食采于刘邑，在今河南省偃师县南。

⑨⑨斫（zhuó，音酌）：砍、斩。

⑩⑩檀（chán，音馋）雨：狄地。

⑩①子重：楚庄王之弟。

⑩②蔿艾猎：即孙叔敖。

⑩③封人：当时掌管建筑城郭者。　　虑事：筹度工程事项。

⑩④财：即材料。　　用：用具。

⑩⑤板：筑墙的夹板。　　干：亦作干，筑城时两头树立的支柱。

⑩⑥称：相称。　　畚：盛土器具。　　筑：筑土之杵。

⑩⑦程土物：事先计算好土方和材木作为程限。

⑩⑧议远迩：就近取水取土。

⑩⑨略：巡行边界。　　基趾：城郭基趾即城郊之界。

⑩⑩餱粮：干粮。

⑪①度：审度人才。　　有司：工程各方面主持人。

⑪②素：本，原来的计划。

⑪③少西氏：即夏微舒。

⑪④陈侯：即灵公的太子午，陈成公。

⑪⑤叔时：楚大夫。

⑪⑥抑：转折连词，"不过"之意。

⑪⑦蹊：径。从田中走过以为捷径。

⑪⑧归：终。

⑪⑨临：哭。　　大宫：太祖之庙。

⑫⑩陴（pí，音皮）：城墙上的女墙。

⑫①逵路：大路。

⑫②肉袒牵羊：表示臣服的礼节。

⑫③翦：指灭亡郑国。

⑫④潘尫（wāng，音汪）：人名。

⑫⑤先縠（hú，音斛）：先轸之孙或曾孙。

⑫⑥勦（jiǎo 音剿）：劳。

⑫⑦谞（dú，音读）：痛怨。

⑫⑧卒乘：步兵和车兵。　　辑：和。

⑫⑨奸：各不相犯。

⑬⑩令：善。　　典：法。

⑬①追蓐：追求草蓐为歇宿作准备。

⑬②前茅：以茅旌作前导。　　虑无：防备意外。

⑬③中权：中军制谋。

⑬④后劲：后以精军押阵。

⑬⑤旧：即世臣。

⑬⑥姑：姑且。

⑬⑦遵：率领。　　养：取。　　时：是。　　晦：昧。

⑬⑧耆昧：攻昧。

⑬⑨竟：强。　　烈：功业。

⑭⑩彘（zhì，音至）子：即先縠。

⑭①佐：由彘子帅领。　　济：渡河。

⑭②知：亦作智，知庄子即荀首。

⑭ 否臧：不善。

⑭ 夭：夭阙，即阻塞。　　不整：众散。

⑭ 尸：主。

⑭ 失属：失郑国。

⑭ 沈尹：孙叔敖。

⑭ 子重：公子婴齐。

⑭ 子反：公子侧。

⑮ 从政者：指执政仅数月的荀林父。

⑮ 管：地名，在今河南省郑州市。

⑮ 敖、鄗（hào，音号）：二山名，在今河南省荥阳县北。

⑮ 讨：治。　　于：以。

⑮ 军实：军中的指挥员及战士。　　申：再三令。　　儆：告诫。

⑮ 若敖、蚡冒：均为楚国先君。　　筚路：以荆竹编制的柴车。　　蓝缕：衣被醜敝。　　启：开辟。

⑯ 匮：乏。

⑰ 二广：左右两部，每部称一广。

⑱ 偏：一偏是十五乘，两偏是三十乘。

⑲ 数：数漏刻。

⑯ 内官：王的左右亲近的大臣。　　序：依次。

⑯ 以我卜：以自己战斗的胜负决定服晋还是从楚。

⑯ 原、屏：赵同和赵括。

⑯ 长：长久。

⑭ 少宰：官名，大宰之副。

⑯ 淹：久。

⑯ 候人：官名，掌管迎送宾客之事。

⑰ 菆（zōu，音邹）：好箭。

⑱ 掉鞅：整理马颈革。

⑲ 丽龟：正中背部。

⑰ 魏錡（yǐ，音椅）：人名，又称厨武子。

⑰ 潘党：潘尪之子。

⑰ 七覆：伏兵七处。

⑰ 说：读税，舍，即卸车。

⑭ 指：用刀砍断的手指。　　掬：形容多，用两手相合能捧起。

⑮ 工尹：官名。　　齐：人名，楚国大夫。

⑯ 游阙：补阙的游车，可在战场巡游。

⑰ 驹伯：即欲錡，欲克之子。

⑱ 分谤：同奔。　　生民：不战。

⑲ 殿：上军之后殿。

⑱ 户：阻止。

⑱ 或：只有一、二辆兵车。　　队：坠，掉进陷坑。

⑱ 惎（jì，音忌）：教。　　扃（jiōng，音坰）：车上搁置兵器的横木。

⑱ 数：多次。

⑱ 绥：用于拉着上车的绳索。

⑱ 知罃：知庄子之子，字子羽。

⑱ 蒲：制菆的原料蒲柳。

⑱ 连尹：楚国官名。

⑱ 重：辎重，载物之车。

⑱ 武军：收晋国士兵尸体埋坑封土。　　京观：筑武军后，建丧木而书之，称京观。

⑨肆：陈之。　　　时：是。　　　夏：乐名。

⑨耆定而功：耆，致。意思是武王诛纣，致定其功。

⑩铺、绎：布、陈。

⑩徂：往。

⑩仆叔：即鱼臣。　　　子服：即石制。

⑩瘼：病。

⑩再世：指成王，穆王。　　　不竞：不强。

⑩纩（kuàng，音旷）：丝绵。

⑩还无社：萧大夫。　　　司马卯：楚大夫。

⑩号：呼，喊。　　　申叔展：楚大夫。

⑳麦麹：酿酒用的酒母。

㉑山鞠穷：即中药川芎。

㉒河鱼腹疾：因水湿而得病。

㉓眢（yuān，音冤）井：枯井。

㉔先君：指卫成公。

㉕大国：指晋国。

㉖亢：当。

㉗令：善。

㉘构：构和两边，使二人彼此相互嫌疑。

㉙成劳：旧功勋。这里指孔达曾帮助卫成公复国。

⑩蒐：阅兵。

⑪子张：穆公孙。

⑫昭：眼明；明白。　　　聋：指宋国昏聩。　　　不害：没有危险。

⑬见：引见。　　　犀：申舟之子。

⑭屦：鞋。　　　及：送鞋者追去。　　　室皇：路寝前的庭院。

⑮子家：归父字。

⑯容貌采章：均为小国献给大国之财物，如玄纁玑组（衣服、装饰物）、羽毛齿革等。

⑰诛：责备。　　　荐：进献。

⑱潞：国名，是赤狄的别种，在今山西潞城县东北四十里。

⑲无娄：莒国城邑。

⑳蝝（yán，音沿）：飞蝗的幼虫。

㉑解扬：晋大夫。

㉒致：传达。　　　君命：指晋君的命令。

㉓仆：为王驾车。

㉔爨（chàn，音窜）：烧火煮饭。

㉕仲章：潞国的贤士。

㉖召襄：召戴公之子。

㉗武子：魏犨，颗之父。

㉘乱：指因病而神志不清。

㉙亢：遮，遮拦道路。

⑩踬（zhì，音至）：足受绊。　　　颠：仆倒。

⑪狄臣：狄人奴隶。

⑫士伯：士贞子。

⑬伯氏：即荀林父，字伯。

⑭职：叔向父。

⑮庸：用。　　　祗：敬。

⑯陈：佈。　　　锡：赐。　　　载：创始。

㉗原叔：赵同。

㉘藉：借。借民力耕田。殷周以后，实行井田制，农奴在公田要尽无偿劳动的义务，称为"藉法"。

㉙大有年：五谷大熟称作"大有年"。

㉚黻（fú，音弗）冕：当时卿大夫的礼服。

㉛大傅：晋国主管礼刑的近官。

㉜平：调和王室中的矛盾。

㉝原襄公：周大夫。

㉞殽（yáo，音肴）烝：古代祭祀、宴会时将牲体切块，连肉带骨置于俎内，则称殽烝，又称折俎。

㉟体荐：即房烝，祭祀的牲体切半个置于俎内。

㊱断道：晋地，可能在今山西省沁县东北断梁城。

㊲征：召。

㊳妇人：即齐顷公的母亲萧同叔子。

㊴野王：地名，在今河南省沁阳县内。

㊵苗贲皇：楚国鬥椒之子。

㊶类：法。以类，喜怒合乎礼法者。

㊷乂（zhǐ，音止）：解决。指患乱得到解决。

㊸归父：襄仲之子。

㊹臧宣叔：臧孙许，臧文仲辰之子，武仲纥之父。

㊺东门氏：襄仲的族号。

㊻子家：即归父，字子家。

㊼坛帷：用帷幕围住土壇。

㊽介：副手。

㊾踊：顿足。

成　公

元　年　经

元年春王正月，公即位。

二月辛酉，葬我君宣公。

无冰。

三月，作丘甲。

夏，臧孙许及晋侯盟于赤棘。

秋，王师败绩于茅戎。

冬十月。

元　年　经

元年春。晋侯使瑕嘉平戎于王，单襄公如晋拜成。刘康公徼戎，将遂伐之。叔服曰："背盟而欺大国，此必败！背盟，不祥；欺大国，不义；神、人弗助，将何以胜？"不听，遂伐茅戎。

三月癸未，败绩于徐吾氏。

为齐难故，作丘甲①。

闻齐将出楚师，夏，盟于赤棘。

秋，王人来告败。

冬，臧宣叔令修赋、缮完、具守备，曰：“齐、楚结好，我新与晋盟。晋、楚争盟，齐师必至。虽晋人伐齐，楚必救之，是齐、楚同我也。知难而有备，乃可以逞。”

二　年　经

二年春，齐侯伐我北鄙。

夏四月丙戌，卫孙良夫帅师及齐师战于新筑，卫师败绩。

六月癸酉，季孙行父、臧孙许、叔孙侨如、如孙婴齐帅师会晋郤克、卫孙良夫、曹公子首及齐侯战于鞌②，齐师败绩。

秋七月，齐侯使国佐如师。己酉，及国佐盟于袁娄。

八月壬午，宋公鲍卒。

庚寅，卫侯速卒。

取汶阳田。

冬，楚师、郑师侵卫。

十有一月，公会楚公子婴齐于蜀③。

丙申，公及楚人、秦人、宋人、陈人、卫人、郑人、齐人、曹人、邾人、薛人、鄫人盟于蜀。

二　年　传

二年春，齐侯伐我北鄙，围龙④。顷公之嬖人卢蒲就魁门焉⑤。龙人囚之。齐侯曰：“勿杀！吾与而盟，无入而封⑥。”弗听，杀而膊诸城上。齐侯亲鼓，士陵城。三日，取龙。遂南侵，及巢丘。

卫侯使孙良夫、石稷、宁相、向禽将侵齐，与齐师遇。石子欲还。孙子曰：“不可！以师伐人，遇其师而还，将谓君何？若知不能，则如无出。今既遇矣，不如战也！”

夏，有……⑦

石成子曰⑧：“师败矣。子不少须⑨，众惧尽。子丧师徒，何以复命？”皆不对。又曰：“子，国卿也。陨子，辱矣。子以众退，我此乃止。”且告车来甚众。齐师乃止，次于鞫居⑩。新筑人仲叔于奚救孙桓子⑪，桓子是以免。

既，卫人赏之以邑。辞，请曲县、繁缨以朝⑫。许之。

仲尼闻之，曰：“惜也！不如多与之邑。惟器与名，不可以假人，君之所司也。名以出信，信以守器，器以藏礼，礼以行义，义以生利，利以平民，政之大节也。若以假人，与人政也。政亡则国家从之，弗可止也已。”

孙桓子还于新筑，不入，遂如晋乞师。臧宣叔亦如晋乞师。皆主郤献子。晋侯许之七百乘。郤子曰：“此城濮之赋也。有先君之明与先大夫之肃⑬，故捷。克于先大夫，无能为役，请八百乘。”许之。郤克将中军，士燮佐上军，栾书将下军，韩厥为司马，以救鲁、卫。臧宣叔逆晋师，且道之。季文子帅师会之。

及卫地，韩献子将斩人，郤献子驰，将救之。至，则既斩之矣。郤子使速以徇，告其仆曰："吾以分谤也。"

师从齐师于莘。六月壬申，师至于靡笄之下[14]。齐侯使请战，曰："子以君师辱于敝邑，不腆敝赋，诘朝请见[15]。"对曰："晋与鲁、卫，兄弟也，来告曰：'大国朝夕释憾于敝邑之地。'寡君不忍，使群臣请于大国，无令舆师淹于君地[16]。能进不能退，君无所辱命。"齐侯曰："大夫之许，寡人之愿也。若其不许，亦将见也。"

齐高固入晋师，桀石以投人[17]，禽之而乘其车，系桑本焉，以徇齐垒，曰："欲勇者贾余馀勇！"

癸酉，师陈于鞌。

邴夏御齐侯，逢丑父为右。晋解张御郤克，郑丘缓为右。

齐侯曰："余姑翦灭此而朝食！"不介马而驰之[18]。

郤克伤于矢，流血及屦，未绝鼓音，曰："余病矣！"张侯曰："自始合，而矢贯余手及肘，余折以御。左轮朱殷[19]，岂敢言病？吾子忍之！"缓曰："自始合，苟有险，余必下推车，子岂识之？然子病矣！"张侯曰："师之耳目，在吾旗鼓，进退从之。此车一人殿之，可以集事，若之何其以病败君之大事也？擐甲执兵[20]，固即死也。病未及死，吾子勉之！"左并辔，右援枹而鼓[21]。马逸不能止，师从之。齐师败绩。逐之，三周华不注[22]。

韩厥梦子舆谓己曰[23]："且辟左右！"故中御而从齐。邴夏曰："射其御者，君子也。"公曰："谓之君子而射之，非礼也。"射其左，越于车下，射其右，毙于车中。綦毋张丧车[24]，从韩厥，曰："请寓乘。"从左右，皆肘之，使立于后。韩厥俛[25]，定其右。逢丑父与公易位。将及华泉，骖絓于木而止[26]。丑父寝于辖中[27]，蛇出于其下，以肱击之，伤而匿之，故不能推车而及。韩厥执絷马前，再拜稽首，奉觞加璧以进，曰："寡君使群臣为鲁、卫请，曰：'无令舆师陷入君地。'下臣不幸，属当戎行，无所逃隐。且惧奔辟而忝两君[28]，臣辱戎士，敢告不敏，摄官承乏[29]。"丑父使公下，如华泉取饮。郑周父御佐车，宛茷为右，载齐侯以免。

韩厥献丑父，郤献子将戮之，呼曰："自今无有代其君任患者。有一于此，将为戮乎！"郤子曰："人不难以死免其君，我戮之，不祥！赦之，以劝事君者。"乃免之。

齐侯免，求丑父，三入三出。每出，齐师以帅退。入于狄卒，狄卒皆抽戈、楯冒之。以入于卫师，卫师免之。遂自徐关入，齐侯见保者，曰："勉之！齐师败矣！"辟女子，女子曰："君免乎？"曰："免矣！"曰："锐司徒免乎[31]？"曰："免矣。"曰："苟君与吾父免矣，可若何！"乃奔。齐侯以为有礼。既而问之，辟司徒之妻也。予之石窌[32]。

晋师从齐师，入自丘舆，击马陉。

齐侯使宾媚人赂以纪甗、玉磬与地，"不可，则听客之所为"。宾媚人致赂。晋人不可，曰："必以萧同叔子为质，而使齐之封内尽东其亩！"对曰："萧同叔子非他，寡君之母也。若以匹敌，则亦晋君之母也。吾子布大命于诸侯[32]，而曰必置其母以为信，其若王命何？且是以不孝令也。诗曰：'孝子不匮，永锡尔类。'若以不孝令于诸侯，其无乃非德类也夫！先王疆理天下[33]，物土之宜而布其利，故《诗》曰：'我疆我理，南东其亩。'今吾子疆理诸侯，而曰'尽东其亩'而已，唯吾子戎车是利，无顾土宜，其无乃非先王之命也乎！反先王则不义，何以为盟主？其晋实有阙。四王之王也，树德而济同欲焉；五伯之霸也，勤而抚之，以役王命。今吾求合诸侯，以逞无疆之欲。《诗》曰：'布政优优，百禄是遒[34]。'子实不优，而弃百禄，诸侯何害焉？不然，寡君之命使臣，则有辞矣，曰：'子以君师辱于敝邑。不腆敝赋，以犒从者。畏君之震，师徒桡败。吾子惠徼齐国之福，不泯其社稷，使继旧好，唯是先君之敝器、土地不敢爱。子又不许，请收合余烬，背城借一。敝邑之幸，亦云从也。况其不幸，敢不唯命是听！'"鲁、卫谏曰："齐疾我矣！其死亡者，皆亲昵也，子若不许，雠我必甚。唯子，则又何求㉟？子得其国宝，我亦得地，而纾于难，其荣多矣。齐、晋亦唯天所授，岂必晋？"晋人许之，对曰："群臣帅赋舆，以为鲁、卫请㊱，若苟有以借口而复于寡君，君之惠也，敢不唯命是听？"

禽郑自师逆公㊲。

秋七月，晋师及齐国佐盟于爰娄。使齐人归我汶阳之田。公会晋师于上鄍，赐三帅先路三命之服㊳。司马、司空、舆帅、候正、亚旅皆受一命之服。

八月，宋文公卒。始厚葬，用蜃、炭㊴，益车、马。始用殉，重器备㊵。椁有四阿㊶，棺有翰、桧㊷。

君子谓华元、乐举于是乎不臣。臣，治烦去惑者也，是以伏死而争。今二子者，君生则纵其惑，死又益其侈，是弃君于恶也，何臣之为？

九月，卫穆公卒，晋三子自役吊焉，哭于大门之外。卫人逆之，妇人哭于门内。送亦如之。遂常以葬。

楚之讨陈夏氏也，庄王欲纳夏姬，申公巫臣曰："不可！君召诸侯，以讨罪也；今纳夏姬，贪其色也。贪色为淫，淫为大罚。《周书》曰：'明德慎罚'，文王所以造周也。明德，务崇之谓也；慎罚，务去之之谓也。若兴诸侯以取大罚，非慎之也。君其图之！"王乃止。

子反欲取之，巫臣曰："是不祥人也！是夭子蛮㊸，杀御叔㊹，弑灵侯㊺，戮夏南㊻，出孔、仪㊼，丧陈国，何不祥如是！人生实难，其有不获死乎？天下多美妇人，何必是？"子反乃止。

王以予连尹襄老。襄老死于邲，不获其尸。其子黑要烝焉。巫臣使道焉㊽，曰："归，吾聘女。"又使自郑召之，曰："尸可得也，必来逆之！"姬以告王。王问诸屈巫㊾，对曰："其信。知罃之父㊿，成公之嬖也，而中行伯之季弟也[51]，新佐中军，而善郑皇戌，甚爱此子[52]。其必因郑而归王子与襄老之尸以求之[53]。郑人惧于邲之役，而欲求媚于晋，其必许之。"王遣夏姬归。将行，谓送者曰："不得尸，吾不反矣。"巫臣聘诸郑，郑伯许之。

及共王即位，将为阳桥之役，使屈巫聘于齐，且告师期。巫臣尽室以行[54]。申叔跪从其父[55]，将适郢，遇之，曰："异哉！夫子有三军之惧，而又有《桑中》之喜[56]，宜将窃妻以逃者也。"及郑，使介反币[57]，而以夏姬行。将奔齐。齐师新败，曰："吾不处不胜之国。"遂奔晋，而因郤至，以臣于晋[58]。晋人使为邢大夫[59]。

子反请以重币锢之。王曰："止！其自为谋也则过矣，其为吾先君谋也则忠。忠，社稷之固也，所盖多矣[60]。且彼若能利国家，虽重币，晋将可乎？若无益于晋，晋将弃之，何劳锢焉！"

晋师归，范文子后入[61]。武子曰[62]："无为吾望尔也乎？"对曰："师有功，国人喜以逆之，先入，必属耳目焉，是代帅受名也，故不敢。"武子曰："吾知免矣[63]！"

郤伯见[64]，公曰[65]："子之力也夫！"对曰："君之训也，二三子之力也。臣何力之有焉？"范叔见[66]，劳之如郤伯；对曰："庚所命也[67]，克之制也。燮何力之有焉？"栾伯见[68]，公亦如之。对曰："燮之诏也，士用命也。书何力之有焉？"

宣公使求好于楚。庄王卒，宣公薨，不克作好。公即位，受盟于晋，会晋伐齐。卫人不行使于楚，而亦受盟于晋，从于伐齐。故楚令尹子重为阳桥之役以救齐。将起师，子重曰："君弱，群臣不如先大夫，师众而后可。《诗》曰：'济济多士，文王以宁。'夫文王犹用众，况吾侪乎？且先君庄王属之曰[69]：'无德以及远方，莫如惠恤其民，而善用之。'"乃大户[70]，已责[71]，逮鳏[72]，救乏，赦罪。悉师[73]，王卒尽行[74]。彭名御戎，蔡景公为左，许灵公为右。二君弱，皆强冠之[75]。

　　冬，楚师侵卫，遂侵我师于蜀。使臧孙往。辞曰："楚远而久，固将退矣。无功而受名，臣不敢。"楚侵及阳桥，孟孙请往⑯，赂之以执斫、执针、织纴⑰，皆百人，公衡为质，以请盟。楚人许平。

　　十一月，公及楚公子婴齐、蔡侯、许男、秦右大夫说、宋华元、陈公孙宁、卫孙良夫、郑公子去疾及齐国之大夫盟于蜀。卿不书，匮盟也⑱。于是乎畏晋而窃与楚盟，故曰"匮盟"。蔡侯、许男不书，乘楚车也，谓之失位。

　　君子曰："位其不可不慎也乎！蔡、许之君，一失其位，不得列于诸侯，况其下乎？《诗》曰：'不解于位⑲，民之攸塈⑳。'其是之谓矣。"

　　楚师及宋，公衡逃归。臧宣叔曰："衡父不忍数年之不宴㉑，以弃鲁国，国将若之何？谁居？后之人必有任是夫！国弃矣！"

　　是行也，晋辟楚，畏其众也。君子曰："众之不可以已也。大夫为政㉒，犹以众克，况明君而善用其众乎？《大誓》所谓商兆民离、周十人同者，众也。"

　　晋侯使巩朔献齐捷于周㉓。王弗见，使单襄公辞焉，曰："蛮夷戎狄，不式王命㉔，淫湎毁常㉕，王命伐之，则有献捷。王亲受而劳之，所以惩不敬、劝有功也。兄弟甥舅侵败王略㉖，王命伐之，告事而已，不献其功，所以敬亲昵、禁淫慝也。今叔父克遂㉗，有功于齐，而不使命卿镇抚王室，所使来抚余一人㉘；而巩伯实来㉙，未有职司于王室，又奸先王之礼；余虽欲于巩伯㉚，其敢废旧典以忝叔父？夫齐，甥舅之国也，而大师之后也㉛，宁不亦淫从其欲以怒叔父㉜，抑岂不可谏诲？"士庄伯不能对㉝。王使季于三吏，礼之如侯伯克敌使大夫告庆之礼，降于卿礼一等。王以巩伯宴，而私贿之。使相告之曰："非礼也，勿籍！"

三　年　经

　　三年春王正月，公会晋侯、宋公、卫侯、曹伯伐郑。

　　辛亥，葬卫穆公。

　　二月，公至自伐郑。

　　甲子，新宫灾。三日哭。

　　乙亥，葬宋文公。

　　夏，公如晋。

　　郑公子去疾帅师伐许。

　　公至自晋。

　　秋，叔孙侨如帅师围棘。

　　大雩。

　　晋郤克、卫孙良夫伐廧咎如。

　　冬十有一月，晋侯使荀庚来聘。

　　卫侯使孙良夫来聘。

　　丙午，乃荀庚盟。丁未，及孙良夫盟。

　　郑伐许。

三　年　传

　　三年春，诸侯伐郑，次于伯牛，讨邲之役也。遂东侵郑。郑公子偃帅师御之，使东鄙覆诸

�[34]，败诸丘舆。皇戌如楚献捷。

夏，公如晋[35]，拜汶阳之田。

许悼楚而不事郑。郑子良伐许。

晋人归楚公子榖臣与连尹襄老之尸于楚，以求知罃。于是荀首佐中军矣，故楚人许之。王送知罃，曰："子其怨我乎？"对曰："二国治戎，臣不才，不胜其任，以为俘馘。执事不以衅鼓，使归即戮，君之惠也。臣实不才，又谁敢怨？"王曰："然则德我乎？"对曰："二国图其社稷，而求纾其民，各惩其忿，以相宥也。两释纍囚，以成其好。二国有好，臣不与及，其谁敢德？"王曰："子归，何以报我？"对曰："臣不任受怨，君亦不任受德，无怨无德，不知所报。"王曰："虽然，必告不榖！"对曰："以君之灵，纍臣得归骨于晋，寡君之以为戮，死且不朽。若从君之惠而免之，以赐君之外臣首[36]，首其请于寡君而以戮于宗，亦死且不朽。若不获命，而使嗣宗职，次及于事，而帅偏师以修封疆。虽遇执事，其弗敢违，其竭力致死，无有二心，以尽臣礼。所以报也。"王曰："晋未可与争。"重为之礼而归之。

秋，叔孙乔如围棘，取汶阳之田。棘不服，故围之。

晋郤克、卫孙良夫伐廧咎如，讨赤狄之馀焉。廧咎如溃，上失民也。

冬十一月，晋侯使荀庚来聘，且寻盟。卫侯使孙良夫来聘，且寻盟。公问诸臧宣叔曰："中行伯之于晋也，其位在三。孙子之于卫也，位为上卿。将谁先？"对曰："次国之上卿当大国之中，中当其下，下当其上大夫。小国之上卿当大国之下卿，中当其上大夫，下当其下大夫。上下如是，古之制也。卫在晋，不得为次国。晋为盟主，其将先之。"丙午盟晋，丁未盟卫，礼也。

十二年甲戌，晋作六军。韩厥、赵括、巩朔、韩穿、荀骓、赵旃皆为卿，赏鞌之功也。

齐侯朝于晋，将授玉，郤克趋进曰[37]：""此行也，君为妇人之笑辱也，寡君未之敢任。""

晋侯享齐侯。齐侯视韩厥。韩厥曰："君知厥也乎？"齐侯曰："服改矣。"韩厥登，举爵曰："臣之不敢爱死，为两君之在此堂也！"

荀罃之在楚也，郑贾人有将寘诸褚中以出[38]。即谋之，未行，而楚人归之。贾人如晋，荀罃善视之，如实出己。贾人曰："吾无其功，敢有其实乎？吾小人，不可以厚诬君子。"遂适齐。

四　年　经

四年春，宋公使华元来聘。

三月壬申，郑伯坚卒。

杞伯来朝。

夏四月甲寅，臧孙许卒。

公如晋。

葬郑襄公。

秋，公至自晋。

冬，城郓。

郑伯伐许。

四　年　传

四年春，宋华元来聘，通嗣君也[39]。

"杞伯来朝"，归叔姬故也。

夏，公如晋。晋侯见公，不敬。季文子曰："晋侯必不免。《诗》曰：'敬之敬之！天惟显思，命不易哉！'夫晋侯之命在诸侯矣。可不敬乎？"

秋，公至自晋，欲求成于楚而叛晋。季文子曰："不可。晋虽无道，未可叛也。国大、臣睦、而迩于我，诸侯听焉，未可以贰。《史佚之志》有之，曰：'非我族类，其心必异。'楚虽大，非吾族也，其肯字我乎⑨？"公乃止。

冬十一月，郑公孙申帅师疆许田，许人败诸展陂。郑伯伐许，取鉏任、泠敦之田。

晋栾书将中军，荀首佐之，士燮佐上军，以救许伐郑。取氾、祭。

楚子反救郑。郑伯与许男讼焉⑩，皇戌摄郑伯之辞⑪。子反不能决。曰："君若辱在寡君，寡君与其二三臣共听两君之所欲，成其可知也。不然，侧不足以知二国之成⑫。"

晋赵婴通于赵庄姬。

五 年 经

五年春王正月，杞叔姬来归。

仲孙蔑如宋。

夏，叔孙侨如会晋荀首于穀。

梁山崩。

秋，大水。

冬十有一月己酉，天王崩。

十有二月己丑，公会晋侯、齐侯、宋公、卫侯、郑伯、曹伯、邾子、杞伯，同盟于虫牢。

五 年 传

五年春，原、屏放诸齐⑬。婴曰："我在，故栾氏不作⑭。我亡，吾二昆其忧哉⑮！且人各有能有不能，舍我，何害？"弗听。

婴梦天使谓己："祭余！余福女。"使问诸士贞伯，贞伯曰："不识也。"既而告其人曰："神福仁而祸淫。淫而无罚，福也。祭，其得亡乎？"祭之，之明日而亡。

孟献子如宋，报华元也。

夏，晋荀首如齐逆女，故宣伯铎诸穀⑯。

梁山崩，晋侯以传召伯宗⑰。伯宗辟重，曰："辟传！"重人曰："待我，不如捷之速也。"问其所，曰："绛人也。"问绛事焉，曰："梁山崩，将召伯宗谋之。"问："将若之何？"曰："山有朽壤而崩，可若何？国主山川，故山崩川竭，君为之不举、降服、乘缦、彻乐、出次⑱，祝币，史辞以礼焉。其如此而已。虽伯宗，若之何？"伯宗请见之，不可。遂以告，而从之。

许灵公愬郑伯于楚⑲。六月，郑悼公如楚，讼，不胜。楚人执皇戌及子国。故郑伯归，使公子偃请成于晋。秋八月，郑伯及晋赵同盟于垂棘。

宋公子围龟为质于楚而归⑳。华元享之，请鼓噪以出，鼓噪以复入，曰："习攻华氏。"宋公杀之。

冬，"同盟于虫牢"，郑服也。

诸侯谋复会，宋公使向为人辞以子灵之难㉑。

十一月己酉，定王崩。

六　年　经

六年春王正月，公至自会。

二月辛巳，立武宫。

取鄑^⑪。

卫孙良夫帅师侵宋。

夏六月，邾子来朝。

公孙婴齐如晋。

壬申，郑伯费卒。

秋，仲孙蔑、叔孙侨如帅师侵宋。

楚公子婴齐帅师伐郑。

冬，季孙行父如晋。

晋栾书帅师救郑。

六　年　传

六年春，郑伯如晋拜成^⑭，子游相^⑮。授玉于东楹之东^⑯。士贞伯曰："郑伯其死乎！自弃也已。视流而行速，不安其位，宜不能久。"

二月，季文子以鞌之功立武宫，非礼也。听于人以救其难，不可以立武^⑰。立武由己，非由人也。

"取鄑"，言易也。

三月，晋伯宗、夏阳说、卫孙良夫、宁湘、郑人、伊雒之戎、陆浑、蛮氏侵宋，以其辞会也。师于锻。卫人不保。说欲袭卫，曰："虽不可入，多俘而归，有罪不及死。"伯宗曰："不可！卫唯信晋，故师在其郊而不设备。若袭之，是弃信也。虽多卫俘，而晋无信，何以求诸侯？"乃止。师还，卫人登陴^⑱。

晋人谋去故绛，诸大夫皆曰："必居郇、瑕氏之地！沃饶而近盬^⑲，国利君乐，不可失也。"韩献子将新中军，且为仆大夫^⑳。公揖而入，献子从。公立于寝庭，谓献子曰："何如？"对曰："不可！郇、瑕氏土薄水浅，其恶易觏。易觏则民愁，民愁则垫隘^㉑，于是乎有沉溺重膇之疾^㉒。不如新田，土厚水深，居之不疾，有汾、浍以流其恶，且民从教，十世之利也。夫山、泽、林、盬，国之宝也。国饶，则民骄佚。近宝，公室乃贫。不可谓乐。"公说，从之。夏四月丁丑，晋迁于新田。

六月，郑悼公卒。

子叔声伯如晋^㉓，命伐宋。

秋，孟献子、叔孙宣伯侵宋，晋命也。

楚子重伐郑，郑从晋故也。

冬，季文子如晋，贺迁也。

晋栾书救郑，与楚师遇于绕角。楚师还，晋师遂侵蔡。楚公子申、公子成以申、息之师救蔡，御诸桑隧。赵同、赵括欲战，请于武子^㉔，武子将许之。知庄子、范文子、韩献子谏曰：

"不可。吾来救郑，楚师去我，吾遂至于此，是迁戮也。戮而不已，又怒楚师，战必不克。虽克，不令⑧。成师以出，而败楚之二县，何荣之有焉？若不能败，为辱已甚。不如还也！"乃遂还。

于是军帅之欲战者众。或谓栾武子曰："圣人与众同欲，是以济事。子盍从众？子为大政，将酌于民者也。子之佐十一人，其不欲战者三人而已，欲战者可谓众矣。《商书》曰：'三人占，从二人'，众故也。"武子曰："善钧从众。夫善，众之主也。三卿为主，可谓众矣。从之，不亦可乎？"

七 年 经

七年春王正月，鼷鼠食郊牛角，改卜牛。鼷鼠又食其角，乃免牛。

吴伐郯。

夏五月，曹伯来朝。

不郊，犹三望。

秋，楚公子婴齐帅师伐郑。

公会晋侯、齐侯、宋公、卫侯、曹伯、莒子、邾子、杞伯救郑。八月戊辰，同盟于马陵。

公至自会。

吴入州来。

冬，大雩。

卫孙林父出奔晋。

七 年 传

七年春，吴伐郯，郯成。

季文子曰："中国不振旅，蛮夷入伐，而莫之或恤。无吊者也夫⑩！《诗》曰：'不吊昊天，乱靡有定。'其此之谓乎！有上不吊，其谁不受乱？吾亡无日矣！"君子曰："知惧如是，斯不亡矣！"

郑子良相成公以如晋，见，且拜师。

夏，曹宣公来朝。

秋，楚子重伐郑，师于氾。诸侯救郑。郑共仲、侯羽军楚师⑩，囚郧公钟仪，献诸晋。

"八月，同盟于马陵"，寻虫牢之盟，且莒服故也。

晋人以钟仪归，囚诸军府。

楚围宋之役，师还，子重请取于申、吕以为赏田。王许之。申公巫臣曰："不可。此申、吕所以邑也，是以为赋，以御北方。若取之，是无申、吕也，晋、郑必至于汉⑩。"王乃止。子重是以怨巫臣。子反欲取夏姬，巫臣止之，遂取以行⑩。子反亦怨之。及共王即位，子重、子反杀巫臣之族子阎、子荡及清尹弗忌及襄老之子黑要⑩，而分其室。子重取子阎之室，使沈尹与王子罢分子荡之室，子反取黑要与清尹之室。巫臣自晋遗二子书⑩，曰："尔以谗慝贪婪事君，而多杀不辜，余必使尔罢于奔命以死！"

巫臣请使于吴，晋侯许之。吴子寿梦说之。乃通吴于晋，以两之一卒适吴⑩，舍偏两之一焉⑩。与其射御，教吴乘车，教之战陈，教之叛楚。寘其子狐庸焉，使为行人于吴。吴始伐楚、伐巢、伐徐，子重奔命。马陵之会，吴入州来，子重自郑奔命。子重、子反于是乎一岁七奔命。

蛮夷属于楚者，吴尽取之，是以始大，通吴于上国。

卫定公恶孙林父。冬，孙林父出奔晋。卫侯如晋，晋反戚焉[○]。

八　年　经

八年春，晋侯使韩穿来言汶阳之田，归之于齐。

晋栾书帅师侵蔡。

公孙婴齐如莒。

宋公使华元来聘。

夏，宋公使公孙寿来纳币。

晋杀其大夫赵同、赵括。

秋七月，天子使召伯来赐公命。

冬十月癸卯，杞叔姬卒。

晋侯使士燮来聘。

叔孙侨如会晋士燮、齐人、邾人伐郯。

卫人来媵[○]。

八　年　传

八年春，晋侯使韩穿来言汶阳之田，归之于齐。季文子饯之，私焉[○]，曰："大国制义，以为盟主，是以诸侯怀德畏讨，无有贰心。谓汶阳之田，敝邑之旧也，而用师于齐，使归诸敝邑。今有二命曰'归诸齐'信以行义，义以成命，小国所望而怀也。信不可知，义无所立，四方诸侯，其谁不解体？《诗》曰：'女也不爽，士贰其行。士也罔极，二三其德。'七年之中，一与一夺，二三孰甚焉？士之二三，犹丧妃耦，而况霸主？霸主将德是以[○]，而二三之，其何以长有诸侯乎？《诗》曰：'犹之未远，是用大简[○]。'行父惧晋之不远犹而失诸侯也，是以敢私言之。"

晋栾书侵蔡，遂侵楚，获申骊[○]。

楚师之还也，晋侵沈，获沈子揖初，从知、范、韩也。君子曰："从善如流，宜哉！《诗》曰：'恺悌君子，遐不作人[○]？'求善也夫！作人，斯有功绩矣。"

是行也，郑伯将会晋师，门于许东门，大获焉。

声伯如莒，逆也。

宋华元来聘，聘共姬也[○]。

夏，宋公使公孙寿来纳币，礼也。

晋赵庄姬为赵婴之亡故[○]，谮之于晋侯，曰："原、屏将为乱。"栾、郤为征。六月，晋讨赵同、赵括。武从姬氏畜于公宫[○]。以其田与祁奚[○]。韩厥言于晋侯曰："成季之勋，宣孟之忠[○]，而无后，为善者其惧矣。三代之令王皆数百年保天之禄。夫岂无辟王？赖前哲以免也。《周书》曰：'不敢侮鳏寡。'所以明德也。"乃立武，而反其田焉。

秋，召桓公来赐公命[○]。

晋侯使申公巫臣如吴，假道于莒。与渠丘公立于池上[○]，曰："城已恶。"莒子曰："辟陋在夷，其谁以我为虞[○]？"对曰："夫狃焉思启封疆以利社稷者，何国蔑有？唯然，故多大国矣。唯或思或纵也。勇夫重闭，况国乎？"

"冬，杞叔姬卒。"来归自杞，故书。

晋士燮来聘，言伐郯也。以其事吴故。公略之，请缓师。文子不可，曰："君命无贰，失信不立。礼无加货，事无二成。君后诸侯，是寡君不得事君也。燮将复之。"季孙惧，使宣伯帅师会伐郯。

卫人来媵共姬，礼也。凡诸侯嫁女，同姓媵之，异姓则否。

九 年 经

九年春王正月，杞伯来逆叔姬之丧以归。

公会晋侯、齐侯、宋公、卫侯、郑伯、曹伯、莒子、杞伯，同盟于蒲。

公至自会。

二月，伯姬归于宋。

夏，季孙行父如宋致女。

晋人来媵。

秋七月丙子，齐侯无野卒。

晋人执郑伯。

晋栾书帅师伐郑。

冬十有一月，葬齐顷公。

楚公子婴齐帅师伐莒。庚申，莒溃。

楚人入郓。

秦人、白狄伐晋。

郑人围许。

城中城。

九 年 传

九年春，杞桓公来逆叔姬之丧[⑩]，请之也。杞叔姬卒，为杞故也。逆叔姬，为我也。

为归汶阳之田故，诸侯贰于晋。晋人惧，会于蒲，以寻马陵之盟。季文子谓范文子曰："德则不竞[⑪]，寻盟何为？"范文子曰："勤以抚之，宽以待之，坚强以御之，明神以要之[⑫]，柔服而伐贰，德之次也。"

是行也，将始会吴，吴人不至。

二月，伯姬归于宋。

楚人以重赂求郑，郑伯会楚公子成于邓。

夏，季文子如宋致女。复命，公享之。赋《韩奕》之五章。穆姜出于房[⑬]，再拜，曰："大夫勤辱，不忘先君以及嗣君[⑭]，施及未亡人，先君犹有望也。敢拜大夫之重勤！"又赋《绿衣》之卒章而入。

晋人来媵，礼也。

秋，郑伯如晋，晋人讨其贰于楚也，执诸铜鞮[⑮]。

栾书伐郑，郑人使伯蠲行成，晋人杀之，非礼也。兵交，使在其间可也。

楚子重侵陈以救郑。

晋侯观于军府，见钟仪。问之曰："南冠而絷者^⑰，谁也？"有司对曰："郑人所献楚囚也。"使税之^㊾。召而吊之^㊿。再拜稽首。问其族，对曰："泠人也^{⑯⓪}。"公曰："能乐乎？"对曰："先人之职官也，敢有二事？"使与之琴，操南音。公曰："君王何如？"对曰："非小人之所得知也。"固问之。对曰："其为大子也，师、保奉之，以朝于婴齐而夕于侧也。不知其他。"

公语范文子。文子曰："楚囚，君子也。言称先职，不背本也；乐操土风，不忘旧也；称大子，抑无私也；名其二卿，尊君也。不背本，仁也；不忘旧，信也；无私，忠也；尊君，敏也。仁以接事，信以守之，忠以成之，敏以行之。事虽大，必济。君盍归之，使合晋楚之成？"公从之，重为之礼，使归求成。

冬十一月，楚子重自陈伐莒，围渠丘。渠丘城恶，众溃，奔莒。戊申，楚入渠丘。莒人囚楚公子平，楚人曰："勿杀！吾归而俘。"莒人杀之。楚师围莒。莒城亦恶，庚申，莒溃。楚遂入郓，莒无备故也。

君子曰："恃陋而不备，罪之大者也。备豫不虞，善之大者也。莒恃其陋而不修城郭，浃辰之间^⑥，而楚克其三都，无备也夫！《诗》曰：'虽有丝、麻，无弃菅、蒯；虽有姬、姜，无弃蕉萃。凡百君子，莫不代匮^⑥。'"言备之不可以已也。

"秦人、白狄伐晋"，诸侯贰故也。

"郑人围许"，示晋不急君也^⑥。是则公孙申谋之；曰："我出师以围许，为将改立君者，而纾晋使，晋必归君。"

"城中城"，书，时也。

十二月，楚子使公子辰如晋^{⑥⑥}，报钟仪之使，请修好、结成。

十 年 经

十年春，卫侯之弟黑背帅师侵郑。

夏四月，五卜郊，不从，乃不郊。

五月，公会晋侯、齐侯、宋公、卫侯、曹伯伐郑。

齐人来媵。

丙午，晋侯獳卒。

秋七月，公如晋。

冬十月。

十 年 传

十年春，晋侯使糴茷如楚^⑥，报大宰子商之使也。

卫子叔黑背侵郑^⑥，晋命也。

郑公子班闻叔申之谋。三月，子如立公子繻。夏四月，郑人杀繻，立髡顽^⑥。子如奔许。

栾武子曰："郑人立君，我执一人焉，何益？不如伐郑而归其君，以求成焉。"晋侯有疾，五月，晋立大子州蒲以为君，而会诸侯伐郑。郑子罕赂以襄钟^⑥，子然盟于修泽^⑥，子驷为质^⑥。辛巳，郑伯归。

晋侯梦大厉，被发及地，搏膺而踊，曰："杀余孙，不义！余得请于帝矣！"坏大门及寝门而入。公惧，入于室。又坏户。公觉，召桑田巫。巫言如梦，公曰："何如？"曰："不食新矣^⑪。"

公疾病，求医于秦。秦伯使医缓为之。未至，公梦疾为二竖子^⑦，曰："彼，良医也。惧伤我，焉逃之？"其一曰："居肓之上，膏之下^⑦，若我何？"医至，曰："疾不可为也。在肓之上，膏之下，攻之不可，达之不及。药不至焉，不可为也！"公曰："良医也！"厚为之礼而归之。

六月丙午，晋侯欲麦，使甸人献麦^⑦，馈人为之。召桑田巫，示而杀之。将食，张^⑦，如厕，陷而卒。小臣有晨梦负公以登天，及日中，负晋侯出诸厕，遂以为殉。

郑伯讨立君者，戊申，杀叔申、叔禽^⑦。君子曰："忠为令德，非其人犹不可，况不令乎？"

秋，公如晋。晋人止公，使送葬。于是梁伇未反。

冬，葬晋景公。公送葬，诸侯莫在。鲁人辱之，故不书，讳之也。

十一年经

十有一年春王三月，公至自晋。

晋侯使郤犨来聘^⑦。己丑，及郤犨盟。

夏，季孙行父如晋。

秋，叔孙侨如如齐。

冬十月。

十一年传

十一年春王三月，公至自晋。晋人以公为贰于楚，故止公。公请受盟，而后使归。

郤犨来聘，且莅盟。

声伯之母不聘^⑦。穆姜曰："吾不以妾为姒^⑦。"生声伯而出之。嫁于齐管于奚，生二子而寡，以归声伯。声伯以其外弟为大夫^⑦，而嫁其外妹于施孝叔^⑦。郤犨来聘，求妇于声伯。声伯夺施氏妇以与之。妇人曰："鸟兽犹不失俪，子将若何？"曰："吾不能死亡。"妇人遂行。生二子于郤氏。郤氏亡，晋人归之施氏。施氏逆诸河，沈其二子。妇人怒，曰："己不能庇其伉俪而亡之，又不能字人之孤而杀之^⑦，将何以终？"遂誓施氏。

夏，季文子如晋报聘，且莅盟也。

周公楚恶惠、襄之偪也，且与伯与争政，不胜，怒而出。及阳樊，王使刘子复之，盟于鄇而入。三日复出奔晋。

秋，宣伯聘于齐，以修前好。

晋郤至与周争鄇田^⑦，王命刘康公、单襄公讼诸晋。郤至曰："温，吾故也，故不敢失。"刘子、单子曰："昔周克商，使诸侯抚封。苏忿生以温为司寇，与檀伯达封于河。苏氏即狄，又不能于狄而奔卫。襄王劳文公而赐之温，狐氏、阳氏先处之^⑦，而后及子。若治其故，则王官之邑也，子安得之？"晋侯使郤至勿敢争。

宋华元善于令尹子重，又善于栾武子。闻楚人既许晋梁伇成，而使归复命矣。冬，华元如楚，遂如晋，合晋、楚之成。

秦、晋为成，将会于令狐。晋侯先至焉。秦伯不肯涉河，次于王城，使史颗盟晋侯于河东。晋郤犨盟秦伯于河西。范文子曰："是盟也何益？齐盟，所以质信也。会所，信之始也。始之不从，其何质乎？"秦伯归而背晋成。

十二年经

十有二年春，周公出奔晋。

夏，公会晋侯、卫侯于琐泽。

秋，晋人败狄于交刚。

冬十月。

十二年传

十二年春，王使以周公之难来告。书曰"周公出奔晋"，凡自周无出，周公自出故也。

宋华元克合晋、楚之成。夏五月，晋士燮会楚公子罢、许偃。癸亥，盟于宋西门之外，曰："凡晋、楚无相加戎，好恶同之。同恤灾危，备救凶患。若有害楚，则晋伐之；在晋，楚亦如之。交贽往来，道路无壅；谋其不协，而讨不庭。有渝此盟，明神殛之，俾队其师，无克胙国！"郑伯如晋听成，会于琐泽，成故也。

狄人间宋之盟，以侵晋而不设备。秋，晋人败狄于交刚。

晋郤至如楚聘，且莅盟。楚子享之，子反相。为地室而县焉[⑥]。郤至将登，金奏作于下[⑥]，惊而走出。子反曰："日云莫矣[⑥]，寡君须矣[⑥]，吾子其入也！"宾曰："君不忘先君之好，施及下臣，贶之以大礼[⑥]，重之以备乐，如天之福，两君相见，何以代此？下臣不敢！"子反曰："如天之福，两君相见，无亦唯是一矢以相加遗，焉用乐？寡君须矣，吾子其入也？"宾曰："若让之以一矢[⑥]，祸之大者，其何福之为？世之治也，诸侯闲于天子之事，则相朝也，于是乎有享、宴之礼。享以训共俭[⑥]，宴以示慈惠[⑥]。共俭以行礼，而慈惠以布政。政以礼成，民是以息。百官承事，朝而不夕，此公侯之所以扞城其民也。故《诗》曰：'赳赳武夫，公侯干城。'及其乱也，诸侯贪冒，侵欲不忌，争寻常以尽其民，略其武夫，以为己腹心、股肱、爪牙，故《诗》曰：'赳赳武夫，公侯腹心。'天下有道，则公侯能为民干城，而制其腹心。乱则反之。今吾子之言，乱之道也，不可以为法。然吾子，主也[⑥]，至敢不从？"遂入，卒事。归以语范文子，文子曰："无礼，必食言，吾死无日矣夫！"

冬，楚公子罢如晋聘，且莅盟。十二月，晋侯及楚公子罢盟于赤棘。

十三年经

十有三年春，晋侯使郤锜来乞师。

三月，公如京师。

夏五月，公自京师，遂会晋侯、齐侯、宋公、卫侯、郑伯、曹伯、邾人、滕人伐秦。

曹伯卢卒于师。

秋七月，公至自伐秦。

冬，葬曹宣公。

十三年传

十三年春，晋侯使郤锜来乞师，将事不敬[⑥]。孟献子曰："郤氏其亡乎！礼，身之干也。敬，身之基也。郤子无基。且先君之嗣卿也^(⑤)，受命以求师，将社稷是卫，而惰，弃君命也，不亡何为?"

三月，公如京师。宣伯欲赐，请先使。王以行人之礼礼焉。孟献子从，王以为介而重贿之。公及诸侯朝王，遂从刘康公、成肃公会晋侯伐秦。

成子受脤于社^(③)，不敬。刘子曰："吾闻之：民受天地之中以生，所谓命也。是以有动作礼义威仪之则，以定命也。能者养以之福，不能者败以取祸。是故君子勤礼，小人尽力。勤礼莫如致敬，尽力莫如敦笃。敬在养神，笃在守业。国之大事，在祀与戎。祀有执膰^(④)，戎有受脤，神之大节也。今成子惰，弃其命矣，其不反乎?"

夏四月戊午，晋侯使吕相绝秦^(⑤)。曰：

"昔逮我献公及穆公相好^(⑥)，戮力同心，申之以盟誓，重之以昏姻。天祸晋国，文公如齐，惠公如秦。无禄^(⑦)，献公即世。穆公不忘旧德，俾我惠公用能奉祀于晋。又不能成大勋，而为韩之师。亦悔于厥心，用集我文公^(⑧)，是穆之成也。

文公躬擐甲胄，跋履山川，逾越险阻，征东之诸侯，虞、夏、商、周之胤而朝诸秦，则亦既报旧德矣。郑人怒君之疆场，我文公帅诸侯及秦围郑。秦大夫不询于我寡君，擅及郑盟。诸侯疾之，将致命于秦。文公恐惧，绥静诸侯；秦师克还无害，则是我有大造于西也^(⑨)。

无禄，文公即世。穆为不吊，蔑死我君，寡我襄公，迭我殽地^(⑩)，奸绝我好，伐我保城，殄灭我费滑^(⑪)，散离我兄弟，挠乱我同盟，倾覆我国家。我襄公未忘君之旧勋，而惧社稷之陨，是以有殽之师。犹愿赦罪于穆公。穆公弗听，而即楚谋我。天诱其衷，成王陨命，穆公是以不克逞志于我。

穆、襄即世，康、灵即位。康公，我之自出^(⑫)，又欲阙翦我公室^(⑬)，倾覆我社稷，帅我蟊贼^(⑭)，以来荡摇我边疆。我是以有令狐之役。康犹不悛，入我河曲，伐我涑川^(⑮)，俘我王官，翦我羁马。我是以有河曲之战。东道之不通，则是康公绝我好也。

及君之嗣也^(⑯)，我君景公引领西望，曰：'庶抚我乎!'君亦不惠称盟，利吾有狄难，入我河县，焚我箕、郜，芟夷我农功，虔刘我边垂^(⑰)，我是以有辅氏之聚^(⑱)。君亦悔祸之延，而欲徼福于先君献、穆，使伯车来命我景公曰^(⑲)："吾与女同好弃恶，复修旧德，以追念前勋。"言誓未就，景公即世，我寡君是以有令狐之会。

君又不祥，背弃盟誓。白狄及君同州，君之仇雠而我昏姻也。君来赐命曰：'吾与女伐狄。'寡君不敢顾昏姻，畏君之威而受命于吏^(⑳)。君有二心于狄^(㉑)，曰：'晋将伐女。'狄应且憎，是用告我。楚人恶君之二三其德也，亦来告我曰：'秦背令狐之盟，而来求盟于我："昭告昊天上帝、秦三公、楚三王曰^(㉒)：'余虽与晋出入，余唯利是视。'"不穀恶其无成德，是用宣之，以惩不壹。'诸侯备闻此言，斯是用痛心疾首，暱就寡人。寡人帅以听命，唯好是求。君若惠顾诸侯，矜哀寡人，而赐之盟，则寡人之愿也，其承宁诸侯以退^(㉓)，岂敢邀乱? 君若不施大惠，寡人不佞^(㉔)，其不能以诸侯退矣! 敢尽布之执事，俾执事实图利之。"

秦桓公既与晋厉公为令狐之盟，而又召狄与楚，欲道以伐晋，诸侯是以睦于晋。

晋栾书将中军，荀庚佐之；士燮将上军，郤锜佐之；韩厥将下军，荀罃佐之；赵旃将新军，郤至佐之。郤毅御戎，栾鍼为右。孟献子曰："晋师乘和，师必有大功。"五月丁亥，晋师以诸侯之师及秦师战于麻隧，秦师败绩。获秦成差及不更女父^(㉕)。

曹宣公卒于师。师遂济泾，及侯丽而还。迓晋侯于新楚^(㉖)。

成肃公卒于瑕。

六月丁卯夜，郑公子班自訾求入于大宫^(㉗)，不能，杀子印、子羽^(㉘)，反军于市。己巳，子驷帅国人盟于大宫，遂从而尽焚之，杀子如、子駹、孙叔、孙知^㊿。

曹人使公子负刍守^㊿，使公子欣时逆曹伯之丧^㊿。秋，负刍杀其大子而自立也，诸侯乃请讨之。晋人以其役之劳，请侯他年。

冬，葬曹宣公。既葬，子臧将亡^㊿，国人皆将从之。成公乃惧^㊿，告罪，且请焉^㊿。乃反，而致其邑。

十 四 年 经

十有四年春王正月，莒子朱卒^㊿。

夏，卫孙林父自晋归于卫。

秋，叔孙侨如如齐逆女。

郑公子喜帅师伐许^㊿。

九月，侨如以夫人妇姜氏至自齐。

冬十月庚寅，卫侯臧卒。

秦伯卒。

十 四 年 传

十四年春，卫侯如晋。晋侯强见孙林父焉，定公不可。夏，卫侯既归，晋侯使郤犨送孙林父而见之。卫侯欲辞，定姜曰^㊿："不可！是先君宗卿之嗣也^㊿，大国又以为请。不许，将亡。虽恶之，不犹愈于亡乎？君其忍之！安民而宥宗卿，不亦可乎？"卫侯见而复之^㊿。

卫侯飨苦成叔^㊿，宁惠子相。苦成叔傲。宁子曰："苦成叔家其亡乎！古之为享食也，以观威仪、省祸福也，故《诗》曰：'兕觥其觩^㊿，旨酒思柔。彼交匪傲，万福来求。'今夫子傲，取祸之道也。"

秋，宣伯如齐逆女。称族，尊君命也。

八月，郑子罕伐许，败焉。戊戌，郑伯复伐许。庚子，入其郛。许人平以叔申之封。

"九月，侨如以夫人妇姜氏至自齐。"舍族^㊿，尊夫人也。故君子曰："《春秋》之称，微而显^㊿，志而晦^㊿，婉而成章，尽而不汙^㊿，惩恶而劝善。非圣人，谁能修之？"

卫侯有疾，使孔成子、宁惠子立敬姒之子衎以为大子^㊿。冬十月，卫定公卒。夫人姜氏既哭而息，见大子之不哀也，不内酌饮，叹曰："是夫也，将不唯卫国之败，其必始于未亡人。乌呼！天祸卫国也夫！吾不获鱄也使主社稷^㊿。"大夫闻之，无不耸惧。孙文子自是不敢舍其重器于卫，尽寘诸戚，而甚善晋大夫。

十 五 年 经

十有五年春王二月，葬卫定公。

三月乙巳，仲婴齐卒。

癸丑，公会晋侯、卫侯、郑伯、曹伯、宋世子成、齐国佐、邾人，同盟于戚。

晋侯执曹伯归于京师。

公至自会。

夏六月，宋公固卒。

楚子伐郑。

秋八月庚辰，葬宋共公。

宋华元出奔晋。宋华元自晋归于宋。

宋杀其大夫山。

宋鱼石出奔楚。

冬十有一月，叔孙侨如会晋士燮、齐高无咎、宋华元、卫孙林父、郑公子鰌、邾人^⑩，会吴于钟离。

·许迁于叶。

十 五 年 传

十五年春，会于戚，讨曹成公也。执而归诸京师。书曰"晋侯执曹伯"，不及其民也。凡君不道于其民，诸侯讨而执之，则曰"某人执某侯"，不然则否。

诸侯将见子臧于王而立之。子臧辞，曰："前《志》有之，曰：'圣达节^⑩，次守节^⑩，下失节^⑩。'为君非吾节也。虽不能圣，敢失守乎？"遂逃，奔宋。

夏六月，宋共公卒。

楚将北师，子囊曰^⑩："新与晋盟而背之，无乃不可乎？"子反曰："敌利则进，何盟之有？"申叔时老矣，在申，闻之，曰："子反必不免！信以守礼，礼以庇身。信、礼之亡，欲免，得乎？"

楚子侵郑，及暴隧。遂侵卫，及首止。郑子罕侵楚，取新石。

栾武子欲报楚，韩献子曰："无庸，使重其罪，民将叛之。无民，孰战？"

秋八月，葬宋共公。于是华元为右师，鱼石为左师^⑩，荡泽为司马^⑩，华喜为司徒^⑩，公孙师为司城^⑩，向为人为大司寇，鳞朱为少司寇^⑩，向带为太宰，鱼府为少宰。荡泽弱公室，杀公子肥^⑩。华元曰："我为右师，君臣之训，师所司也。今公室卑，而不能正，吾罪大矣！不能治官，敢赖宠乎？"乃出，奔晋。

二华，戴族也；司城，庄族也；六官者皆桓族也。鱼石将止华元。鱼府曰："右师反，必讨，是无桓氏也。"鱼石曰："右师苟获反，虽许之讨，必不敢。且多大功，国人与之，不反，惧桓氏之无祀于宋也。右师讨，犹有戌在^⑩。桓氏虽亡，必偏。"鱼石自止华元于河上。请讨，许之，乃反。使华喜、公孙师帅国人攻荡氏，杀子山。书曰："宋杀其大夫山"，言背其族也。

鱼石、向为人、鳞朱、向带、鱼府出舍于睢上^⑩。华元使止之，不可。冬十月，华元自止之，不可，乃反。鱼府曰："今不从，不得入矣。右师视速而言疾，有异志焉。若不我纳，今将驰矣！"登丘而望之，则驰^⑩。骋而从之，则决睢澨^⑩，闭门登陴矣。左师、二司寇、二宰遂出奔楚。华元使向戌为左师，老佐为司马^⑩，乐裔为司寇，以靖国人。

晋三郤害伯宗，谮而杀之，及栾弗忌^⑩。伯州犁奔楚^⑩。韩献子曰："郤氏其不免乎！善人，天地之纪也，而骤绝之，不亡何待？"

初，伯宗每朝，其妻必戒之曰："'盗憎主人，民恶其上。'子好直言，必及于难！"

十一月，"会吴于钟离"，始通吴也。

许灵公畏偪于郑，请迁于楚。辛丑，楚公子申迁许于叶。

十 六 年 经

十有六年春王正月，雨，木冰。

夏四月辛未，滕子卒。

郑公子喜帅师侵宋。

六月丙寅朔，日有食之。

晋侯使栾黡来乞师○。

甲午晦，晋侯及楚子、郑伯战于鄢陵。楚子、郑师败绩。

楚杀其大夫公子侧。

秋，公会晋侯、齐侯、卫侯、宋华元、邾人于沙随○，不见公。

公至自会。

公会尹子，晋侯、齐国佐、邾人伐郑。

曹伯归自京师。

九月，晋人执季孙行父，舍之于苕丘。

冬十月乙亥，叔孙侨如出奔齐。

十有二月乙丑，季孙行父及晋郤犫盟于扈。

公至自会。

乙酉，刺公子偃。

十 六 年 传

十六年春，楚子自武城使公子成以汝阴之田求成于郑。郑叛晋，子驷从楚子盟于武城。

夏四月，滕文公卒。

郑子罕伐宋。宋将鉏、乐惧败诸汋陂○。退舍于夫渠，不儆○。郑人覆之，败诸汋陵，获将鉏、乐惧，宋恃胜也。

卫侯伐郑，至于鸣雁○，为晋故也。

晋侯将伐郑。范文子曰：“若逞吾愿，诸侯皆叛，晋可以逞○。若惟郑叛，晋国之忧可立俟也。”栾武子曰：“不可以当吾世而失诸侯，必伐郑！”及兴师。栾书将中军，士燮佐之；郤锜将上军，荀偃佐之，韩厥将下军，郤至佐新军。荀罃居守。

郤犫如卫，遂如齐，皆乞师焉。栾黡来乞师，孟献子曰：“晋有胜矣。”

戊寅，晋师起。郑人闻有晋师，使告于楚，姚句耳与往。

楚子救郑，司马将中军○，令尹将佐○，右尹子辛将右○。过申，子反入见申叔时，曰：“师其何如？”对曰：“德、刑、详、义、礼、信，战之器也。德以施惠，刑以正邪，详以事神，义以建利，礼以顺时，信以守物。民生厚而德正，用利而事节，时顺而物成，上下和睦，周旋不逆，求无不具，各知其极。故《诗》曰：‘立我烝民○，莫匪尔极。’是以神降之福，时无灾害，民生敦庬○，和同以听，莫不尽力以从上命，致死以补其阙。此战之所由克也。今楚内弃其民而外绝其好，渎齐盟而食话言，奸时以动○，而疲民以逞。民不知信，进退罪也。人恤所底○，其谁致死？子其勉之，吾不复见子矣！”

姚句耳先归。子驷问焉，对曰：“其行速，过险而不整。速则失志。不整，丧列。志失列丧，将何以战？楚惧不可用也。”

五月，晋师济河。闻楚师将至，范文子欲反，曰：“我伪逃楚㉒，可以纾忧。夫合诸侯，非吾所能也，以遗能者。我若群臣辑睦以事君，多矣。”武子曰：“不可！”

六月，晋、楚遇于鄢陵。范文子不欲战。郤至曰：“韩之战，惠公不振旅。箕之役，先轸不反命。邲之师，荀伯不复从。皆晋之耻也。子亦见先君之事矣。今我辟楚，又益耻也！”文子曰：“吾先君之亟战也㉓，有故。秦、狄、齐、楚皆强，不尽力，子孙将弱。今三强服矣，敌楚而已。惟圣人能外内无患。自非圣人，外宁必有内忧，盍释楚以为外惧乎？”

甲午晦，楚晨压晋军而陈。军吏患之。范匄趋进㉔，曰：“塞井夷灶，陈于军中，而疏行首㉕。晋、楚惟天所授，何患焉？”文子执戈逐之，曰：“国之存亡，天也，童子何知焉！”栾书曰：“楚师轻窕，固垒而待之，三日必退。退而击之，必获胜焉。”郤至曰：“楚有六间㉖，不可失也。其二卿相恶㉗，王卒以旧，郑陈而不整，蛮军而不陈，陈不违晦㉘，在陈而嚣㉙，合而加嚣。各顾其后，莫有斗心。旧不必良㉚，以犯天忌。我必克之！”

楚子登巢车，以望晋军，子重使大宰伯州犁侍于王后。王曰：“驰而左右，何也？”曰：“召军吏也。”“皆聚于中军矣。”曰：“合谋也。”“张幕矣。”曰：“虔卜于先君也。”“彻幕矣。”曰：“将发命也。”“甚嚣，且尘上矣！”曰：“将塞井夷灶而为行也。”“皆乘矣，左右执兵而下矣。”曰：“听誓也。”“战乎”曰：“未可知也。”“乘而左右皆下矣。”曰：“战祷也。”伯州犁以公卒告王。

苗贲皇在晋侯之侧㉛，亦以王卒告。皆曰：“国士在㉜，且厚，不可当也。”苗贲皇言于晋侯曰：“楚之良，在其中军王族而已。请分良以击其左右，而三军萃于王卒，必大败之！”公筮之。史曰：“吉！其卦遇‘复䷗’，曰：‘南国蹙，射其元王，中厥目。’国蹙王伤，不败何待？”公从之。

有淖于前，乃皆左右相违于淖。步毅御晋厉公，栾鍼为右。彭名御楚共王，潘党为右。石首御郑成公，唐苟为右。

栾、范以其族夹公行，陷于淖。栾书将载晋侯，鍼曰：“书退！国有大任，焉得专之？且侵官，冒也；失官，慢也；离局㉝，奸也。有三罪焉，不可犯也！”乃掀公以出于淖。

癸巳，潘尩之党与养由基蹲甲而射之㉞，彻七札焉㉟。以示王，曰：“君有二臣如此，何忧于战！”王怒曰：“大辱国！诘朝尔射，死艺㊱！”吕锜梦射月，中之，退入于泥。占之，曰：“姬姓，日也。异姓，月也，必楚王也。射而中之，退入于泥，亦必死矣！”及战，射共王，中目。王召养由基，与之两矢，使射吕锜。中项，伏弢㊲。以一矢复命。

郤至三遇楚子之卒，见楚子，必下，免胄而趋风㊳。楚子使工尹襄问之以弓，曰：“方事之殷也，有韎韦之跗注㊴，君子也。识见不穀而趋，无乃伤乎？”郤至见客，免胄承命，曰：“君之外臣至，从寡君之戎事。以君之灵，间蒙甲胄，不敢拜命，敢告不宁㊵，君命之辱。为事之故，敢肃使者！”三肃使者而退。

晋韩厥从郑伯，其御杜溷罗曰㊶：“速从之！其御屡顾，不在马，可及也。”韩厥曰：“不可以再辱国君。”乃止。郤至从郑伯，其右茀翰胡曰㊷：“谍辂之㊸，余从之乘，而俘以下。”郤至曰：“伤国君有刑！”亦止。

石首曰：“卫懿公唯不去其旗，是以败于荥。”乃内旌于弢中。唐苟谓石首曰：“子在君侧，败者壹大㊹。我不如子。子以君免，我请止。”乃死。

楚师薄于险，叔山冉谓养由基曰：“虽君有命，为国故，子必射！”乃射。再发，尽殪。叔山冉搏人以投㊺，中车，折轼。晋师乃止。囚楚公子茷。

　　栾鍼见子重之旌，请曰："楚人谓夫旌，子重之麾也，彼其子重也。日臣之使于楚也，子重问晋国之勇，臣对曰：'好以众整。'曰：'又何如？'臣对曰：'好以暇。'今两国治戎，行人不使，不可谓整；临事而食言，不可谓暇。请摄饮焉^⑮。"公许之。使行人执榼承饮^⑯，造于子重^⑰，曰："寡君乏使，使鍼御持矛，是以不得犒从者，使某摄饮。"子重曰："夫子尝与吾言于楚，必是故也。不亦识乎？"受而饮之，免使者而复鼓。

　　旦而战，见星未已。子反命军吏察夷伤，补卒乘，缮甲兵，展车马，鸡鸣而食，唯命是听。晋人患之。苗贲皇徇曰："蒐乘^⑱、补卒，秣马、利兵，修陈、固列，蓐食、申祷^⑲，明日复战！"乃逸楚囚。王闻之，召子反谋。榖阳竖献饮于子反，子反醉而不能见。王曰："天败楚也夫！余不可以待。"乃宵遁。

　　晋入楚军，三日榖。范文子立于戎马之前，曰："君幼，诸臣不佞，何以及此？君其戒之！《周书》曰：'惟命不于常。'有德之谓。"

　　楚师还，及瑕^⑳，王使谓子反曰："先大夫之覆师徒者^㉑，君不在。子无以为过，不榖之罪也。"子反再拜稽首，曰："君赐臣死，死且不朽。臣之卒实奔，臣之罪也！"子重使谓子反曰："初陨师徒者，而亦闻之矣。盍图之？"对曰："虽微先大夫有之，大夫命侧，侧敢不义？侧亡君师，敢忘其死！"王使止之，弗及而卒。

　　战之日，齐国佐、高无咎至于师，卫侯出于卫，公出于坏隤。

　　宣伯通于穆姜，欲去季、孟而取其室。将行，穆姜送公，而使逐二子。公以晋难告^㉒，曰："请反而听命。"姜怒，——公子偃、公子鉏趋过，指之曰："女不可，是皆君也。"公待于坏隤，申宫、儆备、设守而后行^㉓，是以后。使孟献子守于公宫。

　　秋，会于沙随，谋伐郑也。

　　宣伯使告郤犨曰："鲁侯待于坏隤，以待胜者。"郤犨将新军，且为公族大夫，以主东诸侯。取货于宣伯，而诉公于晋侯^㉔，晋侯不见公。

　　曹人请于晋曰："自我先君宣公即世，国人曰：'若之何？'忧犹未弭^㉕，而又讨我寡君，以亡曹国社稷之镇公子，是大泯曹也。先君无乃有罪乎？若有罪，则君列诸会矣。君唯不遗德、刑，以伯诸侯，岂独遗诸敝邑？取私布之！"

　　七月，公会尹武公及诸侯伐郑。将行，姜又命公如初。公又申守而行。诸侯之师次于郑西，我师次于督扬，不敢过郑。子叔声伯使叔孙豹请逆于晋师^㉖，为食于郑郊^㉗。师逆以至。声伯四日不食以待之，食使者而后食。

　　诸侯迁于制田，知武子佐下军，以诸侯之师侵陈，至于鸣鹿，遂侵蔡。未反，诸侯迁于颍上。戊午，郑子罕宵军之^㉘，宋、齐、卫皆失军。

　　曹人复请于晋。晋侯谓子臧："反！吾归而君。"子臧反，曹伯归。子臧尽致其邑与卿而不出。

　　宣伯使告郤犨曰："鲁之有季、孟，犹晋之有栾、范也，政令于是乎成。今其谋曰：'晋政多门^㉙，不可从也。宁事齐、楚，有亡而已，蔑从晋矣^㉚！'若欲得志于鲁，请止行父而杀之，我毙蔑也^㉛，而事晋，蔑有贰矣^㉜。鲁不贰，小国必睦。不然，归必叛矣。"

　　九月，晋人执季文子于苕丘。公还，待于郓，使子叔声伯请季孙于晋。郤犨曰："苟去仲孙蔑，而止季孙行父，吾与子国，亲于公室。"对曰："侨如之情，子必闻之矣。若去蔑与行父，是大弃鲁国而罪寡君也。若犹不弃，而惠徼周公之福，使寡君得事晋君；则夫二人者鲁国社稷之臣也，若朝亡之，鲁必夕亡。以鲁之密迩仇雠^㉝，亡而为雠，治之何及？"郤犨曰："吾为子请邑。"对曰："婴齐，鲁之常隶也，敢介大国以求厚焉？承寡君之命以请，若得所请，吾子之赐多矣！

又何求?"

范文子谓栾武子曰:"季孙于鲁,相二君矣㉒。妾不衣帛,马不食粟,可不谓忠乎?信谗慝而弃忠良,若诸侯何?子叔婴齐奉君命无私,谋国家不贰,图其身不忘其君。若虚其请,是弃善人也。子其图之!"乃许鲁平,赦季孙。

冬十月,出叔孙侨如而盟之㉓。侨如奔齐。

十二月,季孙及郤犨盟于扈。归,刺公子偃。召叔孙豹于齐而立之。

齐声孟子通侨如㉔,使立于高、国之间。侨如曰:"不可以再罪。"奔卫,亦间于卿。

晋侯使郤至献楚捷于周,与单襄公语,骤称其伐。单子语诸大夫曰:"温季其亡乎㉕!位于七人之下,而求掩其上。怨之所聚,乱之本也。多怨而阶乱,何以在位?《夏书》曰:'怨岂在明?不见是图。'将慎其细也。今而明之,其可乎?"

十 七 年 经

十有七年春,卫北宫括帅师侵郑①。

夏,公会尹子、单子、晋侯、齐侯、宋公、卫侯、曹伯、邾人伐郑。

六月乙酉,同盟于柯陵。

秋,公至自会。

齐高无咎出奔莒。

九月辛丑,用郊。

晋侯使荀罃来乞师。

冬,公会单子、晋侯、宋公、卫侯、曹伯、齐人、邾人伐郑。

十有一月,公至自伐郑。

壬申,公孙婴齐卒于狸脤。

十有二月丁巳朔,日有食之。

邾子貜且卒②。

晋杀其大夫郤锜、郤犨、郤至。

楚人灭舒庸。

十 七 年 传

十七年春王正月,郑子驷侵晋虚、滑③。卫北宫括救晋,侵郑,至于高氏④。

夏五月,郑大子髡顽、侯獳为质于楚,楚公子成、公子寅戍郑。公会尹武公、单襄公及诸侯伐郑,自戏童至于曲洧⑤。

晋范文子反自鄢陵,使其祝宗祈死,曰:"君骄侈而克敌,是天益其疾也,难将作矣。爱我者惟祝我⑥,使我速死,无及于难,范氏之福也。"六月戊辰,士燮卒。

乙酉,同盟于柯陵,寻戚之盟也。

楚子重救郑,师于首止。诸侯还。

齐庆克通于声孟子⑦,与妇人蒙衣乘辇而入于闳⑧。鲍牵见之,以告国武子。武子召庆克而谓之。庆克久不出,而告夫人曰:"国子谪我⑨。"夫人怒。

国子相灵公以会,高、鲍处守。及还,将至,闭门而索客。孟子诉之曰:"高、鲍将不纳君而立公子角，国子知之。"秋七月壬寅，刖鲍牵而逐高无咎。无咎奔莒。高弱以卢叛[1]。齐人来召鲍国而立之[2]。

初，鲍国去鲍氏而来为施孝叔臣。施氏卜宰[3]，匡句须吉。施氏之宰有百室之邑。与匡句须邑，使为宰，以让鲍国而致邑焉。施孝叔曰："子实吉。"对曰："能与忠良，吉孰大焉！"鲍国相施氏忠，故齐人取以为鲍氏后。

仲尼曰："鲍庄子之知不如葵[4]，葵犹能卫其足[5]。"

冬，诸侯伐郑。十月庚午，围郑。楚公子申救郑，师于汝上。十一月，诸侯还。

初，声伯梦涉洹[6]，或与己琼瑰[7]食之，泣而为琼瑰盈其怀，从而歌之曰："济洹之水，赠我以琼瑰。归乎归乎，琼瑰盈吾怀乎！"惧，不敢占也，还自郑。壬申，至于狸脤而占之，曰："余恐死，故不敢占也。今众繁而从余三年矣，无伤也。"言之，之莫而卒[8]。

齐侯使崔杼为大夫，使庆克佐之，帅师围卢。国佐从诸侯围郑，以难请而归。遂如卢师，杀庆克，以穀叛。齐侯与之盟于徐关而复之。十二月，卢降。使国胜告难于晋[9]，待命于清[10]。

晋厉公侈，多外嬖。反自鄢陵，欲尽去群大夫，而立其左右[11]。胥童以胥克之废也，怨郤氏，而嬖于厉公。郤锜夺夷阳五田，五亦嬖于厉公。郤犨与长鱼矫争田，执而梏之，与其父母妻子同一辕。既、矫亦嬖于厉公。

栾书怨郤至，以其不从己而败楚师也，欲废之，使楚公子茷告公曰："此战也，郤至实召寡君，以东师之未至也，与军帅之不具也，曰：'此必败，吾因奉孙周以事君[12]。'"公告栾书，书曰："其有焉！不然，岂其死之不恤，而受敌使乎？君盍尝使诸周而察之[13]？"郤至聘于周。栾书使孙周见之。公使觇之[14]，信。遂怨郤至。

厉公田，与妇人先杀而饮酒[15]，后使大夫杀。郤至奉豕，寺人孟张夺之[16]，郤至射而杀之。公曰："季子欺余！"

厉公将作难，胥童曰："必先三郤，族大，多怨。去大族，不逼；敌多怨，有庸。"公曰："然！"郤氏闻之。郤锜欲攻公，曰："虽死，君必危。"郤至曰："人所以立，信、知、勇也。信不叛君；知不害民；勇不作乱。失兹三者，其谁与我？死而多怨，将安用之？君实有臣而杀之，其谓君何？我之有罪，吾死后矣。若杀不辜，将失其民，欲安，得乎？待命而已。受君之禄，是以聚党。有党而争命，罪孰大焉？"

壬午，胥童、夷羊五帅甲八百，将攻郤氏，长鱼矫请无用众，公使清沸魋助之[17]。抽戈结衽[18]，而伪讼者。三郤将谋于榭，矫以戈杀驹伯、苦成叔于其位[19]。温季曰："逃威也[20]。"遂趋。矫及诸其车，以戈杀之。皆尸诸朝。

胥童以甲劫栾书、中行偃于朝。矫曰："不杀二子，忧必及君！"公曰："一朝而尸三卿，余不忍益也！"对曰："人将忍君。臣闻乱在外为奸[21]，在内为轨[22]。御奸以德，御轨以刑。不施而杀，不可谓德；臣逼而不讨，不可谓刑。德刑不立，奸轨并至，臣请行！"遂出，奔狄。公使辞于二子，曰："寡人有讨于郤氏，郤氏既伏其辜矣。大夫无辱，其复职位！"皆再拜稽首，曰："君讨有罪，而免臣于死，君之惠也。二臣虽死，敢忘君德？"乃皆归。公使胥童为卿。

公游于匠丽氏，栾书、中行偃遂执公焉。召士匄，士匄辞。召韩厥，韩厥辞，曰："昔吾畜于赵氏。孟姬之谗，吾能违兵[23]。古人有言曰：'杀老牛，莫之敢尸[24]。'而况君乎？二三子不能事君，焉用厥也？"

舒庸人以楚师之败也，道吴人围巢，伐驾，围厘、虺，遂恃吴而不设备。楚公子橐师袭舒庸，灭之。

闰月乙卯晦，栾书、中行偃杀胥童。民不与郤氏，胥童道君为乱，故皆书曰："晋杀其大夫。"

十八年经

十有八年春王正月，晋杀其大夫胥童。

庚申，晋弑其君州蒲。

齐杀其大夫国佐。

公如晋。

夏，楚子、郑伯伐宋。宋鱼石复入于彭城。

公至自晋。

晋侯使士匄来聘。

秋，杞伯来朝。

八月，邾子来朝。

筑鹿囿。

己丑，公薨于路寝。

冬，楚人、郑人侵宋。

晋侯使士鲂来乞师^⑩。

十有二月，仲孙蔑会晋侯、宋公、卫侯、邾子、齐崔杼，同盟于虚朾^⑩。

丁未，葬我君成公。

十八年传

十八年春王正月庚申，晋栾书、中行偃使程滑弑厉公，葬之于翼东门之外，以车一乘。使荀䓨、士鲂逆周子于京师而立之，生十四年矣。

大夫逆于清原。周子曰："孤始愿不及此。虽及此，岂非天乎！抑人之求君，使出命也。立而不从，将安用君？二三子用我今日，否亦今日。共而从君，神之所福也！"对曰："群臣之愿也。敢不唯命是听！"庚午，盟而入，馆于伯子同氏^⑩。辛巳，朝于武宫。逐不臣者七人。周子有兄而无慧，不能辨菽麦，故不可立。

齐为庆氏之难故，甲申晦，齐侯使士华免以戈杀国佐于内宫之朝^⑩。师逃于夫人之宫。书曰"齐杀其大夫国佐"，弃命、专杀，以谷叛故也。使清人杀国胜。国弱来奔。王湫奔莱^⑩。庆封为大夫^⑩，庆佐为司寇。既，齐侯反国弱，使嗣国氏，礼也。

二月乙酉朔，晋悼公即位于朝。始命百官，施舍，已责^⑩，逮鳏寡，振废滞^⑩，匡乏困，救灾患，禁淫慝，薄赋敛，宥罪戾，节器用，时用民，欲无犯时。使魏相、士鲂、魏颉、赵武为卿。荀家、荀会、栾黡、韩无忌为公族大夫^⑩，使训卿之子弟共俭孝弟。使士渥浊为大傅^⑩，使修范武子之法。右行辛为司空，使修士蒍之法^⑩。弁纠御戎，校正属焉^⑩，使训诸御知义^⑩。荀宾为右，司士属焉，使训勇力之士时使^⑩。卿无共御^⑩，立军尉以摄之。祁奚为中军尉，羊舌职佐之；魏绛为司马，张老为候奄^⑩。铎遏寇为上军尉，籍偃为之司马，使训卒、乘、亲以听命。程郑为乘马御^⑩，六驺属焉^⑩，使训群驺知礼。凡六官之长，皆民誉也。举不失职，官不易方，爵不逾德，师不陵正，旅不逼师，民无谤言，所以复霸也。

公如晋，朝嗣君也。

夏六月，郑伯侵宋，及曹门外，遂会楚子伐宋，取朝郏。楚子辛、郑皇辰侵城郜，取幽丘。同伐彭城，纳宋鱼石、向为人、鳞朱、向带、鱼府焉，以三百乘戍之，而还。书曰"复入"。凡去其国，国逆而立之，曰"入"；复其位，曰"复归"；诸侯纳之，曰"归"；以恶曰"复入"。

宋人患之，西鉏吾曰："何也！若楚人与吾同恶，以德于我，吾固事之也，不敢贰矣。大国无厌，鄙我犹憾；不然而收吾憎，使赞其政，以间吾衅，亦吾患也。今将崇诸侯之奸而披其地[⑤]，以塞夷庚[⑥]，逞奸而携服[⑦]，毒诸侯而惧吴、晋，吾庸多矣，非吾忧也。且事晋何为？晋必恤之。"

公至自晋。晋范宣子来聘，且拜朝也。君子谓"晋于是乎有礼"。

秋，杞桓公来朝，劳公，且问晋故。公以晋君语之。杞伯于是骤朝于晋而请为昏[⑧]。

七月，宋老佐、华喜围彭城，老佐卒焉。

八月，邾宣公来朝。即位而来见也。

"筑鹿囿。"书，不时也。

"己丑，公薨于路寝。"言道也。

冬十一月，楚子重救彭城，伐宋。宋华元如晋告急。韩献子为政，曰："欲求得人，必先勤之。成霸、安疆，自宋始矣。"晋侯师于台谷以救宋。遇楚师于靡角之谷，楚师还。

晋士鲂来乞师。季文子问师数于臧武仲[⑩]，对曰："伐郑之役，知伯实来，下军之佐也。今彘季亦佐下军[⑪]，如伐郑可也。事大国，无失班爵而加敬焉，礼也。"从之。

十二月，孟献子会于虚杅，谋救宋也。宋人辞诸侯而请师以围彭城。孟献子请于诸侯，而先归会葬。

"丁未，葬我君成公"，书，顺也。

---

①丘甲：丘，地方基层组织的名称。一丘出一定数量的军赋，丘中之人各按所耕的田数分摊，不同于公田制农夫出同等的军赋。因此作丘甲是一种军赋改革。

②鞌（ān，音鞍）：地名，在今山东省济南市偏西。

③公子婴齐：即子重。

④龙：地名，在今山东泰安县东南。

⑤卢蒲就魁：人名，齐桓公之后。　　门：攻城。

⑥封：境。

⑦杜注："阙文。失新筑战事。"

⑧石成子：即石稷。

⑨须：等待。

⑩鞫（jū，音居）居：地名，在今河南封丘县。

⑪孙桓子：即孙良夫。

⑫曲县：县，同悬。古时，钟、磬等乐器县挂在架上，天子乐器，四面县挂，像宫室四面的墙，故称"宫县"；诸侯则除去南面乐器，三面县挂，称"曲县"；大夫仅左右两面县挂，称"判县"；士仅在东面或阶间县挂，称"特县"。仲叔于奚身为大夫，请求得到"曲县"的礼遇。　　繁（pán，音盘）缨：马鬃毛前的装饰物，亦属诸侯之礼。

⑬肃：敏捷。

⑭靡笄（jī，音鸡）：山名，在今山东省济南市千佛山。

⑮诘朝：第二日早晨。

⑯舆：众。　　淹：久。

⑰桀：举。

⑱不介马：马不披甲。

⑲朱殷（yān，音烟）：指血的红黑色。

⑳襺（huàn，音患）：穿着。

㉑枹（fú，音浮）：鼓槌。

㉒华不注：山名，在今山东济南市东北。

㉓子舆：韩厥之父。

㉔綦母（qí wú，音其无）张：晋大夫。

㉕俛：俯的异体字。

㉖絓（guà，音挂）：受阻；绊住。

㉗辀（zhàn，音栈）：竹木制的栈车。

㉘忝（tiǎn，音舔）：辱。　　两君：晋君和齐君。

㉙摄：代。　　承乏：谦词，意思由于某件事情缺乏人手，只能自己去承当。

㉚锐司徒：主管象矛一类兵器的官吏。

㉛石窌（liū，音溜）：齐地，在今山东长清县东南。

㉜吾子：郤克。

㉝疆：画分经界。　　理：分地理。

㉞酋：聚集。

㉟唯：虽。

㊱赋舆：兵车。

㊲禽郑：鲁大夫。　　公：鲁成公。

㊳三帅：指郤克、士燮、栾书。　　路：辂。

㊴蜃（shèn，音肾）：大蚌蛤。　　炭：木炭。

㊵重：特多。

㊶四阿：古代天子宫室宗庙的建筑形式，用在墓穴建造上。

㊷翰、桧：是棺木旁和棺木上的装饰。

㊸子蛮：郑灵公之字，夏姬之兄。

㊹御叔：夏姬的次夫，即夏徵舒之夫。

㊺灵侯：即陈灵公。

㊻夏南：即夏徵舒。

㊼出孔、仪：指孔宁与仪行父逃奔楚国。

㊽使道：派人向夏姬示意，让她回母家郑国。

㊾屈巫：即巫臣。

㊿知罃之父：荀首。

51中行伯：荀林父。

52子：指知罃，在邲之役中，被楚所囚。

53王子：即公子榖臣。

54尽室：尽带财产和家室。

55孙叔跪：申叔时之子。

56桑中：卫国地名，在河南淇县。此借"桑中"一词是暗喻巫臣与夏姬私约。

57介：副使。　　反币：由副使将齐国赠送楚国的礼品带回去。

58郤至：郤豹的玄孙。郤克是郤豹的曾孙，故郤至是郤克的族侄。此时郤克当政。

59邢：晋国邑名，在今河南温县东北平皋故城。

60盖：护卫。

61范文子：士燮。　　后：最后。

62武子：士会，士燮之父。

63免：指范文子如此谦让，可以免于祸害了。

64郤伯：郤克。字伯。　　见（xiàn，音现）：进见。

65公：晋景公。

66范叔：即范文子。

⑰庚：荀庚，荀林父之子，此时将上军。

⑱栾伯：栾书。

⑲属：嘱托。

⑳大户：清理户口。

㉑已：止。　　　责：债。

㉒逮鳏：施舍于年老鳏夫。

㉓悉：全部，尽其所有。

㉔王卒：楚王的护卫军。

㉕强：勉强。　　冠：冠礼。任车左、车右、必须要在行冠礼之后。

㉖孟孙：孟献子仲孙蔑。

㉗执斫：木工。　　执针：女缝纫工。　　织纴：织布帛工。

㉘匮：乏。意思为缺乏诚意盟会。

㉙解：同懈。

㉚堲（jì，音暨）：休息。

㉛宴：安。

㉜大夫：指楚国主帅子重。

㉝捷：俘虏。

㉞不式：不用。

㉟淫：淫于女色。　　湎：沈湎酒宴。　　常：法度。

㊱略：经略法度。

㊲叔文：指晋景公。　　克：能。　　遂：顺遂成功。

㊳余一人：天子自称。

㊴巩伯：巩朔，时为上军大夫。

㊵欲：爱好。

㊶大师：齐国的始祖吕尚。

㊷从：纵。

㊸士庄伯：巩朔。

㊹覆：埋伏。　　鄤（mán，音瞒）：郑国东部一地名。

㊺公：鲁成公。

㊻外臣：当时卿大夫对外国国君自称外臣。　　首：指知䓨的父亲荀首。

㊼趋进：快步进入。

㊽褚：装衣物的袋。

㊾嗣君：宋共公。

⓪其：岂。　　字：爱。

⓵讼：争论是非。

⓶摄：代替。

⓷侧：子反的姓。

⓸原、屏：原，赵同。屏，赵括。　　放：逐放。

⓹作：起祸害。

⓺昆：兄长。赵同和赵括为赵婴之两兄。

⓻宣伯：叔孙侨如。　　馈（yùn，音运）：向在野行人馈送食物。

⓼传：传车，是古代驿站专用车。

⓽不举：食不杀牲，菜肴简便，进食不用音乐伴奏。　　降服：素服。　　乘缦：坐没有彩画的车子。　　出次：离开寝宫。

⑩愬：诉的异体字。

⑪围龟：文公之子，字子灵。

⑫向为人：可能是宋桓公后代。

⑬ 郮（zhuān，音专）：附属小国，在今山东郯城县东北三十里。

⑭ 拜成：答谢垂棘与虫牢两次媾和。

⑮ 子游：公子偃的字。　　　相：辅助郑悼公行礼。

⑯ 楹：堂屋东、西两大柱。

⑰ 立武：用纪念品来表扬武功。

⑱ 陴（pí，音皮）：城墙上的女墙。

⑲ 盬（yán，音盐）：地名，盐池。

⑳ 仆大夫：掌管宫中事情的官吏。

㉑ 垫隘：羸弱。

㉒ 沉溺：风湿病。　　　重膇（zhuì，音坠）：足肿。

㉓ 子叔声伯：即公孙婴齐。

㉔ 武子：栾书。

㉕ 知庄子：荀首。　　　范文子：士燮。　　　韩献子：韩厥。

㉖ 令：善。

㉗ 无吊者：无善君。善君即霸主。

㉘ 军：包围。

㉙ 汉：汉水。

㉚ 取：娶。　　　以行：巫臣娶夏姬后逃晋国。

㉛ 清尹：朝廷官。

㉜ 二子：子重，子反。

㉝ 两子一卒：合两偏成一卒之车，即兵车三十辆。

㉞ 舍偏两之一：留下十五辆兵车给吴国。

㉟ 戚：原为孙氏采邑，孙林父奔晋后，晋国把戚地归还卫国。

㊱ 媵（yìng，音映）：送女陪嫁。一国国君之女嫁与另一国国君，他国遣女陪嫁。

㊲ 私：私人之间交谈。

㊳ 以：用。

㊴ 简：谏，谋。

㊵ 申骊：楚大夫。

㊶ 遐不作人：为何不起用人才。

㊷ 共姬：成公姊妹，因其夫为宋共公，以夫谥为谥，故称共姬。

㊸ 庄姬：晋成公之女。

㊹ 武：赵武。　　　姬氏：即庄姬。　　　公宫：晋景公之宫。晋景公为赵武舅父。

㊺ 祁奚：高梁伯之子。

㊻ 成季：即越衰。

㊼ 宣孟：即赵盾。

㊽ 召桓公：周卿士。

㊾ 渠丘公：莒子朱。

㊿ 虞：望，侯望。

̵ 丧：死尸。

̵ 竞：强。德则不竞，是说晋国逼迫鲁国将汶阳之田退给齐国，这件事缺乏信义之德。

̵ 明神：指会盟。　　　要：约束。

̵ 穆姜：伯姬之母。

̵ 先君：穆姜之夫宣公。

̵ 铜鞮（tí，音题）：晋侯别宫在此，位于今山西沁县南。

̵ 南冠：獬冠，古代法官戴的帽子。

̵ 税：脱，解除。

̵ 吊：慰问。

⑯⓪ 泠人：即伶人，乐官。

⑯① 浃辰：十二日。

⑯② 代匮：或缺这，或缺那。

⑯③ 不急君：因郑成公被晋拘留，故郑表示不以其君被拘为急务，尚有心力包围许国。

⑯④ 公子辰：字子商。官大宰。

⑯⑤ 籴茷：晋大夫。

⑯⑥ 子叔黑背：卫国穆公子，卫定公之弟。

⑯⑦ 髡（kūn，音坤）顽：郑成公太子郑僖公。

⑯⑧ 子罕：穆公之子。　襄钟：郑襄公庙中的钟。

⑯⑨ 子然：穆公之子。

⑰⓪ 子驷：即公子騑，郑穆公之子。

⑰① 新：新麦。

⑰② 竖子：儿童。

⑰③ 肓：心脏与隔膜之间称肓。　膏：心尖脂肪称膏。

⑰④ 甸人：为诸侯主管藉田，并供给野物的官。

⑰⑤ 馈人：为诸侯主持饮食的官。

⑰⑥ 张：指肚胀。

⑰⑦ 叔禽：叔申弟。

⑰⑧ 郤犨：（chōu，音抽）：魏武子。郤豹曾孙。

⑰⑨ 声伯：公孙婴齐。父叔肸。　不聘：不进行媒聘之礼节。

⑧⓪ 姒：妯娌之间，年长者为姒，年幼者为娣。

⑧① 外弟：指异父同母的兄弟。

⑧② 孝叔：鲁惠公的五世孙。

⑧③ 字：慈爱。

⑧④ 郈（hòu，音侯）：温别邑，在今河南武陟县西南。

⑧⑤ 狐氏：狐溱，温国大夫。　阳氏：阳处父。

⑧⑥ 县：同悬，悬挂钟鼓。

⑧⑦ 金奏：奏九种夏乐，先奏钟镈（即金），后击鼓磬。

⑧⑧ 日云莫：意思是时间已不早了。

⑧⑨ 须：等待。

⑨⓪ 貺（kuàng，音况）：赐与。

⑨① 饷（xiǎng，音饷）：用食物款待。

⑨② 训恭俭：享礼虽设酒食，但并不吃喝。

⑨③ 示慈惠：宴礼则不同于享礼，宾主均饮酒吃食。

⑨④ 主：指子反为相。代替楚共王作主人。

⑨⑤ 将事不敬：做事不严肃。

⑨⑥ 嗣卿：因郤锜是郤克之子，郤克为晋景上卿，郤锜又为其子厉公之卿，故称"嗣卿"。

⑨⑦ 成子：成肃公。

⑨⑧ 膰（fán，音烦）：用于祭祀宗庙的熟肉。

⑨⑨ 吕相：魏相，魏锜之子。魏锜又称吕锜，故魏相亦称吕相。

⑳⓪ 昔逮：古昔。

⑳① 无禄：不幸。

⑳② 集：成全。指穆公护送重耳入国。

⑳③ 大造：大功。

⑳④ 迭：借为轶。即突然进犯。

⑳⑤ 奸绝：断绝。　我好：同盟友好国家，即指郑国。

⑳⑥ 费滑：滑国，都城在费地。

㉗我之自出：指秦康公是晋国的外甥。

㉘阙翦：损害。

㉙螫贼：指公子雍。危害国家的人称螫贼。

㉚悛（quān，音圈）：悔改。

㉛涑（sù，音速）川：涑水城，在今山西永济县东北。

㉜君之嗣：指秦桓公嗣共公而立。

㉝虔刘：屠杀，骚扰。

㉞聚：战争。

㉟伯车：秦桓公之子，名铖，又称"后子"。

㉑受命：授命。

㉒有：又。

㉓秦三公：穆公、康公、共公。　　楚三王：成王、穆王、庄王。

㉔承宁：止息，安宁。

㉕佞（nìng，音宁）：有才能。

㉖郤毅：郤至之弟。

㉗栾铖：栾书之子。

㉘不更：车右职位。　　女父：人名。

㉙迓（yà，音亚）：迎接。

㉚訾（zǐ，音紫）：郑地，在今河南巩县訾店。

㉛子印、子羽：均为郑穆公之子。

㉗子如：公子班。　子駹（páng，音旁）：子如之弟。　叔孙：子如之子。　孙知：子駹之子。

㉘负刍：曹宣公庶子。

㉙欣时：曹宣公庶子。

㉚子臧：欣时的字。

㉛成公：即负刍。

㉜请：请子臧留下，不要出走。

㉝莒子朱：莒渠丘公，名季佗。

㉞喜：穆公之子，字子罕。

㉟定姜：定公夫人。

㉞先君：指卫定公之父卫穆公。　　宗卿：指孙林父之父孙良夫。

㉟宥（yòu，音又）：赦罪。　宗卿：指孙林父。

㉘复之：恢复孙林父的职位和采邑。

㉙苦成叔：郤犨。

㉚兕觥（sì gōng，音寺肱）：古时用犀牛角制成的酒杯，容量较大。　　觩（qiú，音求）：兽角弯曲貌。

㉑交：骄傲。

㉒舍族：不称"叔孙"。

㉓微：言词不多。　显：意义显豁。

㉔志：记载史实。　晦：意义幽深。

㉕尽：直言其事。　汙：汙曲。

㉖敬姒：卫定公妾。　衎（kàn，音看）：即卫献公。

㉗鱄（zhuān，音专）：衎之母弟。

㉘鳅（qiū，音秋）：人名。

㉙圣达节：最高道德合于节义为能进能退，能上能下。

㉚次守节：其次是消极保守的节义。

㉛下失节：下等为唯名利是图，无节义。

㉜子囊：楚庄王之子，共王弟公子贞。

㉝鱼石：公子目夷之曾孙。

㉞荡泽：公孙寿之孙。

㉟华喜：华父督之玄孙。

㊱公孙师：庄公之孙。

㊲鳞朱：桓公生公子鳞，鳞生东乡矔，矔生司徒文，文生大司寇子奏，奏生小司寇朱。

㊳公子肥：宋共公之太子。

㊴戎：向戎，桓族，华元党羽。

㊵睢上：睢，睢水。睢上即离宋都不远的睢河边。

㊶则驰：指华元疾驰而去。

㊷睢澨（shì，音筮）：睢水的堤防。

㊸老佐：戴公五世孙。

㊹栾弗忌：伯宗党羽。

㊺伯州犁：伯宗之子。

㊻栾黡（yǎn，音演）：栾书之子。

㊼沙随：宋地，在今河南宁陵县北。

㊽将鉏：乐氏之族。　　　乐惧：戴公六世孙。

㊾不儆：不加以戒备。

㊿鸣雁：地名，在今河南省杞县北。

㉛逞：缓。

㉜司马：公子侧子反。

㉝令尹：公子婴齐子重。

㉔子辛：公子壬夫。

㉕烝：众。

㉖敦厖（páng，音旁）：敦厚。

㉗奸时：正当春耕大忙之时。

㉘恤：忧。　　　底：至。

㉙伪：如果。

㉚亟：屡次。

㉛范匄（丐的异体字）：士燮之子士匄。

㉜疏行首：将行列间的道路隔宽一点。

㉝间：间隙，空子。

㉔二卿：指子反与子重。

㉕晦：晦日，每月的末一天。古代迷信，月终不宜作战。

㉖嚣：指士兵无纪律。

㉗旧：王卒都是旧家子弟。

㉘苗贲皇：楚国鬬椒之子。因逃奔晋国，故熟悉楚国情况。

㉙国士：指伯州犁。

㉚离局：抛弃自己的职责。

㉛党：即潘尪之子潘党。　　　蹲甲：以甲置于物上。

㉜彻：穿透。　　　七札：革甲内外复叠七层。

㉝死艺：死于射箭武艺上。

㉔伏韬：伏于弓套而死。

㉕趋风：快步走。

㉖韎（mèi，音妹）：赤黄色。　　　韦：柔牛皮。　　　跗：脚背。　　　注：附属，集向。跗注，指长到脚背的军裤。

㉗宁（yìn，音印）：损伤。

㉘杜溷（hùn，音诨）罗：人名。

㉙谍辂之：另派轻兵从间道迎击。

⑩壹：专一。　　　大：指郑君。

⑩博人：俘虏晋人。　　投：投晋军。

⑩摄：代替。

⑩榼（kē，音磕）：古代盛酒的器具。　　承：奉。

⑩造：至。

⑩蒐：检阅。

⑩蓐食：饱餐。　　申祷：再次祈祷求胜。

⑩瑕：随国之地，附庸于楚国。

⑩先大夫：指成得臣。　　君：楚成王，当时不在军中。

⑩晋难：晋使鲁出兵共同伐郑。

⑩申宫：司宫。

⑪诉：毁谤。

⑫忧：指曹宣公死，太子被杀。　　弭：止息。

⑬叔孙豹：侨如之弟。

⑭为食：为晋军准备伙食。

⑮宵军之：进行夜袭。

⑯晋政多门：晋国政令因出自各个大卿族，故不能统一。

⑰蔑：不。

⑱蔑：孙仲蔑，孟献子。

⑲蔑：无

⑳仇雠：指齐、楚诸国。

㉑二君：指宣公、成公。

㉒虚：拒绝。

㉓出：逐出。

㉔声孟子：齐灵公之母。

㉕温季：即郤至。

㉖北宫括：成公曾孙。

㉗貜（jué，音觉）且：邾定公。

㉘虚、滑：晋邑。

㉙高氏：地名，在今河南禹县西南。

㉚戏童：地名，在今河南巩县东南。　　曲洧（wěi，音委）：地名，在今河南洧川县。

㉛祝：诅咒。

㉜庆克：庆封之父。

㉝闳：宫中的夹道门，巷门。

㉞饱牵：鲍叔牙的曾孙。

㉟谪：谴责。

㊱高弱：高无咎之子。　　卢：高氏采邑，在今山东长清县西南。

㊲鲍国：鲍牵之弟。

㊳卜宰：占卜家宰人选。家宰，卿大夫家总管。

㊴鲍庄子：即鲍牵。　　葵：蔬菜，金钱紫花葵。

㊵卫其足：不待葵老便掐作蔬菜，而不伤其根，以再长嫩叶。

㊶洹（huán，音桓）：水名，洹水，今之安阳河。

㊷琼瑰：用次于玉的美石制成的珠子。

㊸之莫：至暮，晚上。

㊹国胜：国佐之子。

㊺清：齐邑，在今山东聊城县西。

㊻左右：即外嬖。指胥童、夷羊五、长鱼矫等人。

㊼孙周：晋悼公。　　君：楚共王。

㊽尝：试。　　周：指周王室。此时孙周在周。
㊾觇（chān，音搀）：窥视。
㊿杀：指打猎射捕禽兽。
351孟张：晋厉公手下的人。
352清沸魋（tuí，音颓）：亦为嬖人。
353结衽：衣襟相结。
354驹伯：郤锜。　　苦成叔：郤犨。
355威：畏，无罪而被杀害。
356乱在外：朝廷之外，即百姓造乱。
357在内：朝廷大臣造乱。　　轨：借为宄（guǐ，音鬼），内乱。
358违兵：不用兵。指当年不肯用兵攻打赵同、赵括。
359尸：主，作主。
360士鲂（fáng，音房）：晋国人，即士会之子。
361虚朾（chéng，音成）：宋地。
362伯子同：晋大夫。
363士：官名。　　华免：掌刑之官。
364王湫：国佐党羽。
365庆封、庆佐：皆庆克之子。
366已责：免除百姓欠国家的债务。
367振废滞：起用被废黜的贵族。
368韩无忌：韩厥长子。
369士渥浊：即士贞伯。
370士芳：为献公司空。
371弁纠：即栾纠。
372校正：掌管马之官吏。
373诸：驾御一般兵车之御。
374勇力之士：即一般车右预备队。
375卿：各军的将佐。
376张老：即张孟。　　候奄：即元候。
377程郑：荀骓之曾孙。
378驺（zōu，音邹）：主管驾车和御车的官。
379崇：尊重。　　披：分。披其地，指取宋国彭城封给鱼石。
380夷庚：车马来往的平道。
381携服：使原来服楚的国家离心。
382骤：很快。
383臧武仲：即臧孙纥，臧宣叔臧孙许之子。
384彘（zhì，音置）季：即士鲂。

襄 公

元 年 经

元年春王正月，公即位。

仲孙蔑会晋栾黡、宋华元、卫宁殖、曹人、莒人、邾人、滕人、薛人，围宋彭城。

夏，晋韩厥帅师伐郑。

仲孙蔑会齐崔杼、曹人、邾人、杞人，次于鄫①。

秋，楚公子壬夫帅师侵宋②。

九月辛酉，天王崩。

邾子来朝③。

冬，卫侯使公孙剽来聘④。

晋侯使荀罃来聘。

元 年 传

元年春己亥，"围宋彭城。"非宋地，追书也。于是为宋讨鱼石，故称宋，且不登叛人也⑤，谓之宋志。

彭城降晋，晋人以宋五大夫在彭城者归⑥，寘诸瓠丘。

齐人不会彭城，晋人以为讨。二月，齐大子光为质于晋。

夏五月，晋韩厥、荀偃帅诸侯之师伐郑，入其郛，败其徒兵于洧上。于是东诸侯之师次于鄫，以待晋师。晋师自郑以鄫之师侵楚焦、夷及陈。晋侯、卫侯次于戚，以为之援。

秋，楚子辛救郑，侵宋吕、留。郑子然侵宋⑦，取犬丘。

九月，邾子来朝，礼也。

冬，卫子叔、晋知武子来聘⑧，礼也。凡诸侯即位，小国朝之，大国聘焉，以继好、结信、谋事、补阙，礼之大者也。

二 年 经

二年春王正月，葬简王。

郑师伐宋。

夏五月庚寅，夫人姜氏薨。

六月庚辰，郑伯睔卒⑨。

晋师、宋师、卫宁殖侵郑。

秋七月，仲孙蔑会晋荀罃、宋华元、卫孙林父、曹人、邾人于戚。

己丑，葬我小君齐姜。

叔孙豹如宋。

冬，仲孙蔑会晋荀罃、齐崔杼、宋华元、卫孙林父、曹人、邾人、滕人、薛人、小邾人于戚，遂城虎牢。

楚杀其大夫公子申。

二 年 传

二年春，郑师侵宋，楚令也。

齐侯伐莱，莱人使正舆子赂夙沙卫以索马牛⑩，皆百匹，齐师乃还。君子是以知齐灵公之为"灵"也。

夏，齐姜薨。初，穆姜使择美槚⑪，以自为椁与颂琴⑫，季文子取以葬。

君子曰："非礼也。礼无所逆。妇，养姑者也⑬。亏姑以成妇。逆莫大焉。《诗》曰：'其惟哲人，告之话言，顺德之行。'季孙于是为不哲矣。且姜氏，君之妣也⑭。《诗》曰：'为酒为醴，烝畀祖妣，以洽百礼，降福孔偕。'"

齐侯使诸姜、宗妇来送葬，召莱子。莱子不会，故晏弱城东阳以偪之。

郑成公疾，子驷请息肩于晋⑮。公曰："楚君以郑故，亲集矢于其目，非异人任，寡人也。若背之，是弃力与言，其谁昵我？免寡人，唯二三子！"

秋七月庚辰，郑伯睔卒。于是子罕当国，子驷为政，子国为司马。晋师侵郑，诸大夫欲从晋。子驷曰："官命未改⑯。"

会于戚，谋郑故也。孟献子曰："请城虎牢以偪郑。"知武子曰："善！鄬之会，吾子闻崔子之言，今不来矣。滕、薛、小邾之不至，皆齐故也。寡君之忧不唯郑。罃将复于寡君，而请于齐。得请而告，吾子之功也。若不得请，事将在齐⑰。吾子之请，诸侯之福也，岂唯寡君赖之！"

穆叔聘于宋⑱，通嗣君也⑲。

冬，复会于戚。齐崔武子及滕、薛、小邾之大夫皆会，知武子之言故也。"遂城虎牢"，郑人乃成。

楚公子申为右司马，多受小国之赂，以偪子重、子辛。楚人杀之，故书曰"楚杀其大夫公子申。"

三 年 经

三年春，楚公子婴齐帅师伐吴。

公如晋。

夏四月壬戌，公及晋侯盟于长樗⑳。

公至自晋。

六月，公会单子、晋侯、宋公、卫侯、郑伯、莒子、邾子、齐世子光。己未，同盟于鸡泽。

陈侯使袁侨如会。

戊寅，叔孙豹及诸侯之大夫及陈袁侨盟。

秋，公至自会。

冬，晋荀罃帅师伐许。

三 年 传

三年春，楚子重伐吴，为简之师㉑。克鸠兹㉒，至于衡山㉓，使邓廖帅组甲三百、被练三千以侵吴㉔。吴人要而击之，获邓廖。其能免者，组甲八十、被练三百而已。

子重归，既饮至，三日，吴人伐楚，取驾㉕。驾，良邑也；邓廖，亦楚之良也。君子谓子重于是役也，所获不如所亡。楚人以是咎子重。子重病之，遂遇心疾而卒。

公如晋，始朝也。

夏，盟于长樗。孟献子相，公稽首。知武子曰："天子在而君辱稽首，寡君惧矣！"孟献子曰："以敝邑介在东表，密迩仇雠㉖，寡君将君是望，敢不稽首？"

晋为郑服故，且欲修吴好，将合诸侯。使士匄告于齐曰："寡君使匄以岁之不易㉗，不虞之不戒，寡君愿与一二兄弟相见，以谋不协。请君临之，使匄乞盟。"齐侯欲勿许，而难为不协，乃盟于耏㉘外。

祁奚请老，晋侯问嗣焉㉙。称解狐，其雠也，将立之而卒。又问焉，对曰："午也可㉚。"于是羊舌职死矣㉛，晋侯曰："孰可以代之？"对曰："赤也可㉜。"于是使祁午为中军尉，羊舌赤佐之。

君子谓祁奚于是能举善矣：称其雠，不为谄；立其子，不为比；举其偏，不为党。《商书》曰："无偏无党，王道荡荡。"其祁奚之谓矣。解狐得举，祁午得位，伯华得官，建一官而三物成，能举善也夫！唯善，故能举其类。《诗》云："惟其有之，是以似之。"祁奚有焉！

六月，公会单顷公及诸侯。己未，同盟于鸡泽。

晋侯使荀会逆吴子于淮上，吴子不至。

楚子辛为令尹，欲侵于小国，陈成公使袁侨如会求成㉝。晋侯使和组父告于诸侯。秋，"叔孙豹及诸侯之大夫及陈袁侨盟"，陈请服也。

晋侯之弟扬干乱行于曲梁，魏绛戮其仆。晋侯怒，谓羊舌赤曰："合诸侯，以为荣也。扬干为戮，何辱如之？必杀魏绛，无失也！"对曰："绛无贰志，事君不辟难，有罪不逃刑。其将来辞，何辱命焉？"言终，魏绛至，授仆人书，将伏剑。士鲂、张老止之。公读其书，曰："日君乏使，使臣斯司马。臣闻：'师众，以顺为武。军事有死无犯为敬。'君合诸侯，臣敢不敬？君师不武㉞，执事不敬，罪莫大焉。臣惧其死，以及扬干，无所逃罪。不能致训，至于用钺㉟，臣之罪重，敢有不从以怒君心？请归死于司寇。"

公跣而出㊱，曰："寡人之言，亲爱也。吾子之讨，军礼也。寡人有弟，弗能教训，使干大命，寡人之过也。子无重寡人之过，敢以为请！"

晋侯以魏绛为能以刑佐民矣，反役，与之礼食，使佐新军。张老为中军司马，士富为候奄。

楚司马公子何忌侵陈，陈叛故也。

许灵公事楚，不会于鸡泽。冬，晋知武子帅师伐许。

四 年 经

四年春王三月己酉，陈侯午卒。

夏，叔孙豹如晋。

秋七月戊子，夫人姒氏薨。

葬陈成公。

八月辛亥，葬我小君定姒。

冬，公如晋。

陈人围顿。

四 年 传

四年春，楚师为陈叛故，犹在繁阳。韩献子患之，言于朝曰："文王帅殷之叛国以事纣，唯知时也。今我易之，难哉！"

三月，陈成公卒。楚人将伐陈，闻丧乃止。陈人不听命。臧武仲闻之，曰："陈不服于楚，必亡。大国行礼焉，而不服；在大犹有咎，而况小乎？"

夏，楚彭名侵陈，陈无礼故也。

穆叔如晋，报知武子之聘也㊲。晋侯享之。金奏《肆夏》之三，不拜。工歌《文王》之三，又不拜。歌《鹿鸣》之三，三拜。

韩献子使行人子员问之，曰："子以君命辱于敝邑。先君之礼，藉之以乐，以辱吾子。吾子舍其大㊳，而重拜其细㊳，敢问何礼也？"对曰："三《夏》，天子所以享元侯也，使臣弗敢与闻。《文王》，两君相见之乐也，使臣不敢及。《鹿鸣》，君所以嘉寡君也，敢不拜嘉？《四牡》，君所以劳使臣也，敢不重拜？《皇皇者华》，君教使臣曰：'必谘于周㊵。'臣闻之：'访问于善为谘，谘亲为询，谘礼为度，谘事为诹㊶，谘难为谋。'臣获五善，敢不重拜？"

秋，定姒薨。不殡于庙，无榇，不虞㊷。匠庆谓季文子曰："子为正卿，而小君之丧不成，不终君也。君长，谁受其咎？"

初，季孙为己树六槚于蒲圃东门之外。匠庆请木㊸，季孙曰："略。"匠庆用蒲圃之槚，季孙不御㊹。

君子曰："《志》所谓'多行无礼，必自及也'，其是之谓乎！"

冬，公如晋听政。晋侯享公。公请属鄫㊺。晋侯不许。孟献子曰："以寡君之密迩于仇雠，而愿固事君，无失官命。鄫无赋于司马。为执事朝夕之命敝邑，敝邑褊小，阙而为罪，寡君是以愿借助焉。"晋侯许之。

楚人使顿间陈而侵伐之㊻，故陈人围顿。

无终子嘉父使孟乐如晋㊼，因魏庄子纳虎豹之皮㊽，以请和诸戎。晋侯曰："戎狄无亲而贪，不如伐之。"魏绛曰："诸侯新服，陈新来和，将观于我。我德则睦，否则携贰。劳师于戎，而楚伐陈，必弗能救，是弃陈也。诸华必叛㊾。戎，禽兽也。获戎失华，无乃不可乎？《夏训》有之曰：'有穷后羿㊿'"。公曰："后羿何如？"

对曰："昔有夏之方衰也，后羿自鉏迁于穷石51，因夏民以代夏政。恃其射也，不修民事，而淫于原兽，弃武罗、伯因、熊髡、龙圉，而用寒浞52。寒浞，伯明氏之谗子弟也53，伯明后寒弃之，夷羿收之，信而使之，以为己相。浞行媚于内，而施赂于外，愚弄其民，而虞羿于田54。树之诈慝以取其国家，外内咸服。羿犹不悛55，将归自田，家众杀而亨之。以食其子，其子不忍食诸，死于穷门。靡奔有鬲氏56。浞因羿室，生浇及豷57。恃其谗慝诈伪而不德于民，使浇用师，灭斟灌及斟寻氏58。处浇于过59，处豷于戈60。靡自有鬲氏，收二国之烬61，以灭浞而立少康。少康灭浇于过，后杼灭豷于戈62，有穷由是遂亡，失人故也63。昔周辛甲之为大史也，命百官，官箴王阙64。于《虞人之箴》曰：'芒芒禹迹，画为九州，经启九道。民有寝庙，兽有茂草；各有攸处，德用不扰⑥。在帝夷羿，冒于原兽，忘其国恤，而思其麀牡⑥。武不可重⑥，用不恢于夏家⑥。兽臣司原，敢告仆夫！'《虞箴》如是，可不惩乎？"于是晋侯好田，故魏绛及之。

公曰："然则莫如和戎乎？"对曰："和戎有五利焉：戎狄荐居，贵货易土，土可贾焉，一也。边鄙不耸，民狎其野⑥，穑人成功⑦，二也。戎狄事晋，四邻振动，诸侯威怀，三也。以德绥戎，师徒不勤，甲兵不顿⑦，四也。鉴于后羿，而用德度，远至、迩安，五也。君其图之！"

公说⑦，使魏绛盟诸戎。修民事，田以时。

冬十月，邾人、莒人伐鄫⑦，臧纥救鄫，侵邾，败于狐骀⑦。国人逆丧者皆髽⑦，鲁于是乎始髽。国人诵之曰："臧之狐裘，败我于狐骀。我君小子，朱儒是使⑦。朱儒朱儒，使我败于邾。"

五　年　经

五年春，公至自晋。

夏，郑伯使公子发来聘⑦。

叔孙豹、鄫世子巫如晋。

仲孙蔑、卫孙林父会吴于善道。

秋，大雩。

楚杀其大夫公子壬夫。

公会晋侯、宋公、陈侯、卫侯、郑伯、曹伯、莒子、邾子、滕子、薛伯、齐世子光、吴人、鄫人于戚。

公至自会。

冬，戍陈。

楚公子贞帅师伐陈⑦。

公会晋侯、宋公、卫侯、郑伯、曹伯、莒子、邾子、滕子、薛伯、齐世子光救陈。

十有二月，公至自救陈。

辛未，季孙行父卒。

五　年　传

五年春，公至自晋。

王使王叔陈生愬戎于晋⑦，晋人执之。士鲂如京师，言王叔之贰于戎也。

夏，郑子国来聘⑧，通嗣君也⑧。

穆叔觌鄫大子于晋⑧，以成属鄫。书曰"叔孙豹、鄫大子巫如晋"，言比诸鲁大夫也。

吴子使寿越如晋，辞不会于鸡泽之故，且请听诸侯之好。晋人将为之合诸侯，使鲁、卫先会吴，且告会期。故孟献子、孙文子会吴于善道。

"秋，大雩"，旱也。

楚人讨陈叛故，曰："由令尹子辛实侵欲焉。"乃杀之。书曰"楚杀其大夫公子壬夫"，贪也。

君子谓楚共王于是不刑。《诗》曰："周道挺挺，我心扃扃⑧。讲事不令，集人来定。'已则无信，而杀人以逞，不亦难乎？《夏书》曰：'成允成功。'"

九月丙午，盟于戚，会吴，且命戍陈也。

穆叔以属鄫为不利，使鄫大夫听命于会。

楚子囊为令尹。范宣子曰："我丧陈矣！楚人讨贰而立子囊，必改行，而疾讨陈。陈近于楚，民朝夕急，能无往乎？有陈非吾事也⑭；无之而后可。"

冬，诸侯戍陈。子囊伐陈。十一月甲午，会于城棣以救之⑮。

季文子卒。大夫入敛，公在位。宰庀家器为葬备⑯，无衣帛之妾，无食粟之马，无藏金玉，无重器备。君子是以知季文子之忠于公室也：相三君矣，而无私积，可不谓忠乎？

六 年 经

六年春王三月壬午，杞伯姑容卒⑰。

夏，宋华弱来奔⑱。

秋，葬杞桓公。

滕子来朝。

莒人灭鄫。

冬，叔孙豹如邾。

季孙宿如晋。

十有二月，齐侯灭莱。

六 年 传

六年春，杞桓公卒。始赴以名，同盟故也。

宋华弱与乐辔少相狎⑲，长相优⑳，又相谤也。子荡怒，以弓梏华弱于朝。平公见之，曰："司武而梏于朝㉑，难以胜矣。"遂逐之。夏，宋华弱来奔。

司城子罕曰："同罪异罚，非刑也。专戮于朝㉒，罪孰大焉？"亦逐子荡。子荡射子罕之门，曰："几日而不我从？"子罕善之如初。

秋，滕成公来朝，始朝公也。

"莒人灭鄫"，鄫恃赂也。

冬，穆叔如邾，聘，且修平㉓。

晋人以鄫故来讨，曰："何故亡鄫？"季武子如晋见，且听命。

十一月，"齐侯灭莱"，莱恃谋也。

于郑子国之来聘也，四月，晏弱城东阳，而遂围莱。甲寅，堙之环城㉔，傅于堞㉕。及杞桓公卒之月，乙未，王湫帅师及正舆子、棠人军齐师㉖，齐师大败之。丁未，入莱。莱共公浮柔奔棠。正舆子、王湫奔莒，莒人杀之。四月，陈无宇献莱宗器于襄宫㉗。晏弱围棠，十一月丙辰而灭之。迁莱于郳㉘。高厚、崔杼定其田。

七 年 经

七年春，郯子来朝㉙。

夏，四月，三卜郊，不从，乃免牲。

小邾子来朝。

城费。

秋，季孙宿如卫。

八月，螽。

冬十月，卫侯使孙林父来聘。壬戌，及孙林父盟。

楚公子贞帅师围陈。

十有二月，公会晋侯、宋公、陈侯、卫侯、曹伯、莒子、邾子于郳。郑伯髡顽如会，未见诸侯；丙戌，卒于鄵^①。

陈侯逃归。

七 年 传

"七年春，郳子来朝"，始朝公也。

"夏四月，三卜郊，不从，乃免牲。"孟献子曰："吾乃今而后知有卜、筮。夫郊祀后稷，以祈农事也，是故启蛰而郊，郊而后耕。今既耕而卜郊，宜其不从也。"

南遗为费宰^②。叔仲昭伯为隧正^③，欲善季氏，而求媚于南遗；谓遗："请城费，吾多与而役。"故季氏城费。

小邾穆公来朝，亦始朝公也。

秋，季武子如卫，报子叔之聘，且辞缓报："非贰也。"

冬十月，晋韩献子告老。公族穆子有废疾^④，将立之，辞曰："《诗》曰：'岂不夙夜？谓行多露。'又曰：'弗躬弗亲^⑤，庶民弗信。'无忌不才，让其可乎？请立起也^⑥。与田苏游^⑦，而曰'好仁'。《诗》曰：'靖共尔位^⑧，好是正直。神之听之，介尔景福^⑨！'恤民为德，正直为正，正曲为直，参和为仁^⑩。如是，则神听之，介福降之^⑩。立之，不亦可乎！"

庚戌，使宣子朝，遂老。晋侯谓韩无忌仁，使掌公族大夫^⑪。

卫孙文子来聘，且拜武子之言，而寻孙桓子之盟。公登亦登^⑫。叔孙穆子相，趋进，曰："诸侯之会，寡君未尝后卫君。今吾子不后寡君，寡君未知所过。吾子其少安^⑬！"孙子无辞，亦无悛容。

穆叔曰："孙子必亡！为臣而君，过而不悛，亡之本也。《诗》曰：'退食自公^⑭，委蛇委蛇。'谓从者也。衡而委蛇^⑮，必折。"

楚子囊围陈，会于郳以救之。

郑僖公之为大子也，于成之十六年与子罕适晋^⑯，不礼焉。又与子丰适楚^⑰，亦不礼焉。及其元年朝于晋，子丰欲愬诸晋而废之，子罕止之。及将会于郳，子驷相，又不礼焉。侍者谏，不听；又谏，杀之。及鄵，子驷使贼夜弑僖公，而以疟疾赴于诸侯^⑱。简公生五年^⑲，奉而立之。

陈人患楚。庆虎、庆寅谓楚人曰^⑳："吾使公子黄往，而执之。"楚人从之。二庆使告陈侯于会，曰："楚人执公子黄矣！君若不来，群臣不忍社稷宗庙，惧有二图^㉑。"陈侯逃归。

八 年 经

八年春王正月，公如晋。

夏，葬郑僖公。

郑人侵蔡，获蔡公子燮。

季孙宿会晋侯、郑伯、齐人、宋人、卫人、邾人于邢丘。

公至自晋。

莒人伐我东鄙。

秋九月，大雩。

冬，楚公子贞帅师伐郑。

晋侯使士匄来聘。

八 年 传

八年春，公如晋，朝，且听朝聘之数㉒。

郑群公子以僖公之死也，谋子驷。子驷先之。夏四月庚辰，辟杀子狐、子熙、子侯、子丁㉓。孙击、孙恶出奔卫。

庚寅，郑子国、子耳侵蔡，获蔡司马公子燮。郑人皆喜。唯子产不顺㉔，曰："小国无文德而有武功，祸莫大焉。楚人来讨，能勿从乎？从之，晋师必至。晋、楚伐郑，自今郑国不四五年弗得宁矣！"子国怒之，曰："尔何知！国有大命，而有正卿，童子言焉，将为戮矣！"

五月甲辰，会于邢丘，以命朝聘之数，使诸侯之大夫听命。季孙宿、齐高厚、宋向戌、卫宁殖、邾大夫会之。郑伯献捷于会，故亲听命。大夫不书，尊晋侯也。

莒人伐我东鄙，以疆鄫田。

"秋九月，大雩"，旱也。

冬，楚子囊伐郑，讨其侵蔡也。子驷、子国、子耳欲从楚，子孔、子蟜、子展欲待晋㉕。

子驷曰："《周诗》有之曰：'俟河之清，人寿几何？兆云询多㉖，职竞作罗㉗。'谋之多族，民之多违，事滋无成。民急矣㉘！姑从楚以纾吾民。晋师至，吾又从之。敬共币帛以待来者，小国之道也。牺牲玉帛，待于二竟㉙，以待强者而庇民焉。寇不为害，民不罢病，不亦可乎？"

子展曰："小所以事大，信也。小国无信，兵乱日至，亡无日矣。五会之信，今将背之，虽楚救我，将安用之？亲我无成㉚，鄙我是欲㉛，不可从也。不如待晋。晋君方明，四军无阙，八卿和睦，必不弃郑。楚师辽远，粮食将尽，必将速归，何患焉！舍之闻之：'杖莫如信。'完守以老楚㉜，杖信以待晋，不亦可乎？"

子驷曰："《诗》云：'谋夫孔多，是用不集。发言盈庭，谁敢执其咎？如匪行迈谋，是用不得于道。'请从楚，騑也受其咎㉝！"

乃及楚平，使王子伯骈告于晋㉞，曰："君命敝邑：'修而车赋㉟，儆而师徒，以讨乱略。'蔡人不从，敝邑之人不敢宁处，悉索敝赋㊱，以讨于蔡，获司马燮，献于邢丘。今楚来讨，曰：'女何故称兵于蔡？'焚我郊保，冯陵我城郭㊲。敝邑之众，夫妇男女，不皇启处㊳，以相救也。翦焉倾覆㊴，无所控告。民死亡者，非其父兄，即其子弟。夫人愁痛，不知所庇。民知穷困，而受盟于楚。孤也与其二三臣不能禁止，不敢不告！"

知武子使行人子员对之，曰："君有楚命，亦不使一个行李告于寡君㊵，而即安于楚。君之所欲也，谁敢违君？寡君将帅诸侯以见于城下，唯君图之！"

晋范宣子来聘，且拜公之辱，告将用师于郑。公享之。宣子赋《摽有梅》，季武子曰："谁敢哉？今譬于草木，寡君在君，君之臭味也㊶。欢以承命，何时之有？"武子赋《角弓》。宾将出，武子赋《彤弓》。宣子曰："城濮之役，我先君文公献功于衡雍，受彤弓于襄王，以为子孙藏。匄也，先君守官之嗣也㊷，敢不承命？"君子以为知礼。

九 年 经

九年春，宋灾。

夏，季孙宿如晋。

五月辛酉，夫人姜氏薨。

秋八月癸未，葬我小君穆姜。

冬，公会晋侯、宋公、卫侯、曹伯、莒子、邾子、滕子、薛伯、杞伯、小邾子、齐世子光伐郑。十有二月己亥，同盟于戏⑪。

楚子伐郑。

九 年 传

九年春，宋灾。乐喜为司城以为政⑪，使伯氏司里⑫。火所未至，彻小屋，涂大屋⑬，陈畚、挶⑭，具绠、缶⑮，备水器；量轻重，蓄水潦⑯，积土涂；巡丈城，缮守备，表火道⑰。使华臣具正徒⑱，令隧正纳郊保⑲，奔火所⑳。使华阅讨右官㉑，官庀其司㉒。向戌讨左，亦如之。使乐遄庀刑器，亦如之。使皇郧命校正出马㉓，工正出车，备甲兵，庀武守。使西鉏吾庀府守㉔，令司宫、巷伯儆宫㉕。二师令四乡正敬享㉖，祝宗用马于四墉㉗，祀盘庚于西门之外㉘。

晋侯问于士弱曰㉙："吾闻之：宋灾，于是乎知有天道，何故？"对曰："古之火正㉚，或食于心，或食于咮㉛，以出内火。是故咮为鹑火，心为大火。陶唐氏之火正阏伯居商丘㉜，祀大火，而火纪时焉㉝。相土因之㉞，故商主大火。商人阅其祸败之衅㉟，必始于火，是以日知其有天道也。"公曰："可必乎㊱？"对曰："在道。国乱无象，不可知也。"

夏，季武子如晋，报宣子之聘也。

穆姜薨于东宫。始往而筮之，遇"艮〔☶〕"之八（☶）。史曰："是谓'艮'之'随☳'。'随'，其出也，君必速出！"姜曰："亡㊲！是于《周易》曰：'随，元、亨、利、贞，无咎。'元，体之长也。亨，嘉之会也㊳。利，义之和也，贞，事之干也㊴。体仁足以长人，嘉德足以合礼，利物足以和义，贞固足以干事。然，故不可诬也。是以虽'随'无咎㊵。今我妇人而与于乱，固在下位而有不仁，不可谓元。不靖国家，不可谓亨。作而害身，不可谓利。弃位而姣，不可谓贞。有四德者，'随'而无咎。我皆无之，岂'随'也哉？我则取恶，能无咎乎？必死于此，弗得出矣！"

秦景公使士雃乞师于楚㊶，将以伐晋，楚子许之。子囊曰："不可。当今吾不能与晋争。晋君类能而使之，举不失选，官不易方。其卿让于善，其大夫不失守，其士竞于教㊷，其庶人力于农穑，商、工、皂、隶不知迁业。韩厥老矣，知罃禀焉以为政。范匄少于中行偃而上之，使佐中军。韩起少于栾黡，而栾黡、士鲂上之，使佐上军。魏绛多功，以赵武为贤，而为之佐。君明臣忠，上让、下竞。当是时也，晋不可敌，事之而后可。君其图之！"王曰："吾既许之矣。虽不及晋，必将出师。"

秋，楚子师于武城以为秦援。

秦人侵晋。晋饥，弗能报也。

冬十月，诸侯伐郑。庚午，季武子、齐崔杼、宋皇郧从荀罃、士匄门于鄟门，卫北宫括、曹人、邾人从荀偃、韩起门于师之梁，滕人、薛人从栾黡、士鲂门于北门，杞人、郳人从赵武、魏绛斩行栗^⑩。甲戌，师于汜，令于诸侯曰："修器备，盛餱粮，归老幼，居疾于虎牢，肆眚^⑩，围郑！"

郑人恐，乃行成^⑩。中行献子曰："遂围之，以待楚人之救也，而与之战。不然，无成。"知武子曰："许之盟而还师，以敝楚人。吾三分四军，与诸侯之锐以逆来者，于我未病^⑩，楚不能矣。犹愈于战。暴骨以逞，不可以争^⑩。大劳未艾。君子劳心，小人劳力，先王之制也。"诸侯皆不欲战，乃许郑成。

十一月己亥，同盟于戏，郑服也。将盟，郑六卿，公子騑、公子发、公子嘉、公孙辄、公孙虿、公孙舍之及其大夫、门子，皆从郑伯。晋士庄子为载书^⑩，曰："自今日既盟之后，郑国而不唯晋命是听，而或有异志者，有如此盟！"公子騑趋进，曰："天祸郑国，使介居二大国之间。大国不加德音而乱以要之，使其鬼神不获歆其禋祀^⑩，其民人不获享其土利，夫妇辛苦垫隘^⑩，无所厎告^⑩。自今日既盟之后，郑国而不唯有礼与强可以庇民者是从，而敢有异志者，亦如之！"荀偃曰："改载书！"公孙舍之曰："昭大神要言焉。若可改也，大国亦可叛也。"知武子谓献子曰："我实不德而要人以盟，岂礼也哉？非礼，何以主盟？姑盟而退，修德，息师而来，终必获郑，何必今日？我之不德，民将弃我，岂唯郑？若能休和，远人将至，何恃于郑？"乃盟而还。

晋人不得志于郑，以诸侯复伐之。十二月癸亥，门其三门。闰月戊寅，济于阴阪，侵郑，次于阴口而还。子孔曰："晋师可击也，师老而劳，且有归志。必大克之！"子展曰："不可。"

公送晋侯。晋侯以公宴于河上，问公年。季武子对曰："会于沙随之岁，寡君以生。"晋侯曰："十二年矣。是谓一终，一星终也^⑩。国君十五而生子，冠而生子^⑩，礼也。君可以冠矣。大夫盍为冠具？"武子对曰："君冠，必以祼享之礼行之^⑩，以金石之乐节之，以先君之祧处之^⑩。今寡君在行，未可具也。请及兄弟之国而假备焉。"晋侯曰："诺。"公还，及卫，冠于成公之庙，假钟磬焉，礼也。

楚子伐郑。子驷将及楚平，子孔、子蟜曰："与大国盟，口血未干而背之，可乎？"子驷、子展曰："吾盟固云'唯强是从。'今楚师至，晋不我救，则楚强矣。盟誓之言，岂敢背之？且要盟无质^⑩，神弗临也。所临唯信。信者言之瑞也，善之主也，是故临之。明神不蠲要盟^⑩，背之可也。"乃及楚平。公子罢戎入盟，同盟于中分。

楚庄夫人卒，王未能定郑而归。

晋侯归，谋所以息民。魏绛请施舍，输积聚以贷。自公以下，苟有积者，尽出之。国无滞积，亦无困人；公无禁利，亦无贪民。祈以币更^⑩，宾以特牲^⑩，器用不作，车服从给^⑩。行之期年，国乃有节，三驾而楚不能与争。

十　年　经

十年春，公会晋侯、宋公、卫侯、曹伯、莒子、邾子、滕子、薛伯、杞伯、小邾子、齐世子光，会吴于柤^⑩。

夏五月甲午，遂灭偪阳。

公至自会。

楚公子贞、郑公孙辄帅师伐宋。

晋师伐秦。

秋，莒人伐我东鄙。

公会晋侯、宋公、卫侯、曹伯、莒子、邾子、齐世子光、滕子、薛伯、杞伯、小邾子，伐郑。

冬，盗杀郑公子騑、公子发、公孙辄。

戍郑虎牢。

楚公子贞帅师救郑。

公至自伐郑。

十　年　传

"十年春，会于柤"，会吴子寿梦也。

三月癸丑，齐高厚相大子光，以先会诸侯于钟离，不敬。士庄子曰："高子相大子以会诸侯，将社稷是卫，而皆不敬，弃社稷也，其将不免乎？"

夏四月戊午，会于柤。

晋荀偃、士匄请伐偪阳，而封宋向戌焉⑩。荀罃曰："城小而固，胜之不武，弗胜为笑。"固请。丙寅，围之，弗克。孟氏之臣秦堇父辇重如役，偪阳人启门，诸侯之士门焉。县门发，郰人纥抉之⑳，以出门者。狄虒弥建大车之轮⑳，而蒙之以甲以为橹，左执之，右拔戟，以成一队。孟献子曰："《诗》所谓'有力如虎'者也。"主人县布㉑，堇父登之，及堞而绝之㉒，队，则又县之。苏而复上者三。主人辞焉，乃退。带其断以徇于军三日。

诸侯之师久于偪阳，荀偃、士匄请于荀罃曰："水潦将降，惧不能归，请班师。"知伯怒，投之以机，出于其间，曰："女成二事㉓，而后告余！余恐乱命㉔，以不女违。女既勤君而兴诸侯，牵帅老夫以至于此，既无武守，而又欲易余罪，曰：'是实班师。不然，克矣。'余羸老也，可重任乎？七日不克，必尔乎取之！"

五月庚寅，荀偃、士匄帅卒攻偪阳，亲受矢石。甲午，灭之。书曰"遂灭偪阳"，言自会也。以与向戌，向戌辞曰："君若犹辱镇抚宋国，而以偪阳光启寡君，群臣安矣，其何贶如之㉕！若专赐臣，是臣兴诸侯以自封也，其何罪大焉？敢以死请！"乃予宋公。

宋公享晋侯于楚丘，请以《桑林》，荀罃辞。荀偃、士匄曰："诸侯宋、鲁，于是观礼。鲁有禘乐，宾祭用之。宋以《桑林》享君，不亦可乎？"舞，师题以旌夏㉖，晋侯惧而退入于房。去旌，卒享而还。及著雍㉗，疾，卜，桑林见㉘。荀偃、士匄欲奔请祷焉，荀罃不可，曰："我辞礼矣，彼则以之。"犹有鬼神，于彼加之。"晋侯有间㉙，以偪阳子归，献于武宫，谓之夷俘。偪阳，妘姓也㉚。使周内史选其族嗣，纳诸霍人㉛，礼也。

师归，孟献子以秦堇父为右。生秦丕兹，事仲尼㉜。

六月，楚子囊、郑子耳伐宋，师于訾毋。庚午围宋，门于桐门。

晋荀罃伐秦，报其侵也。

卫侯救宋，师于襄牛。郑子展曰："必伐卫！不然，是不与楚也。得罪于晋，又得罪于楚，国将若之何？"子驷曰："国病矣！"子展曰："得罪于二大国，必亡。病，不犹愈于亡乎？"诸大夫皆以为然。故郑皇耳帅师侵卫，楚令也。

孙文子卜追之㉝，献兆于定姜。姜氏问繇㉞。曰："兆如山陵，有夫出征，而丧其雄。"姜氏曰："征者丧雄，御寇之利也。大夫图之！"卫人追之，孙蒯获郑皇耳于犬丘㉟。

秋七月，楚子囊、郑子耳侵我西鄙。还，围萧。八月丙寅，克之。九月，子耳侵宋北鄙。

孟献子曰："郑其有灾乎！师竞已甚。周犹不堪竞，况郑乎？有灾，其执政之三士乎㊵？"

莒人间诸侯之有事也，故伐我东鄙。

诸侯伐郑，齐崔杼使大子光先至于师，故长于滕。己酉，师于牛首。

初，子驷与尉止有争㊾。将御诸侯之师，而嬖出其车。尉止获，又与之争。子驷抑尉止曰："尔车非礼也。"遂弗使献。初，子驷为田洫㊿，司氏、堵氏、侯氏、子师氏皆丧田焉。故五族聚群不逞之人因公子之徒以作乱㊶。

于是子驷当国，子国为司马，子耳为司空，子孔为司徒。冬十月戊辰，尉止、司臣、侯晋、堵女父、子师仆帅贼以入，晨攻执政于西宫之朝，杀子驷、子国、子耳，劫郑伯以如北宫。子孔知之，故不死。书曰"盗"，言无大夫焉。

子西闻盗㊸，不儆而出，尸而追盗。盗入于北宫。乃归，授甲，臣妾多逃，器用多丧。子产闻盗，为门者，庀群司，闭府库，慎闭藏，完守备，成列而后出，兵车十七乘；尸而攻盗于北宫，子蟜帅国人助之，杀尉止、子师仆，盗众尽死。侯晋奔晋，堵女父、司臣、尉翩、司齐奔宋㊹。

子孔当国，为载书，以位序、听政辟。大夫、诸司、门子弗顺。将诛之。子产止之，请为之焚书。子孔不可，曰："为书以定国。众怒而焚之，是众为政也，国不亦难乎？"子产曰："众怒难犯，专欲难成。合二难以安国，危之道也。不如焚书以安众，子得所欲，众亦得安，不亦可乎？专欲无成，犯众兴祸，子必从之！"乃焚书于仓门之外，众而后定。

诸侯之师城虎牢而戍之，晋师城梧及制，士鲂、魏绛戍之。书曰"戍郑虎牢"，非郑地也，言将归焉。郑及晋平。

楚子囊救郑。十一月，诸侯之师还郑而南㊺，至于阳陵。楚师不退。知武子欲退，曰："今我逃楚，楚必骄。骄则可与战矣。"栾黡曰："逃楚，晋之耻也。合诸侯以益耻，不如死！我将独进！"师遂进。

己亥，与楚师夹颍而军。子蟜曰："诸侯既有成行㊻，必不战矣。从之将退，不从亦退。退，楚必围我。犹将退也，不如从楚。亦以退之。"宵涉颍，与楚人盟。栾黡欲伐郑师，荀罃不可，曰："我实不能御楚，又不能庇郑，郑何罪？不如致怨焉而还㊼。今伐其师，楚必救之。战而不克，为诸侯笑。克不可命，不如还也！"

丁未，诸侯之师还，侵郑北鄙而归。楚人亦还。

王叔陈生与伯舆争政。王右伯舆㊽。王叔陈生怒而出奔。及河，王复之，杀史狡以说焉。不入，遂处之，晋侯使士匄平王室，王叔与伯舆讼焉。王叔之宰与伯舆之大夫瑕禽坐狱于王庭，士匄听之。王叔之宰曰："筚门闺窦之人而皆陵其上㊾，其难为上矣！"瑕禽曰："昔平王东迁，吾七姓从王，牲用备具；王赖之，而赐之骍旄之盟㊿，曰：'世世无失职！'若筚门闺窦，其能来东底乎？且王何赖焉？今自王叔之相也，政以贿成，而刑放于宠，官之师旅不胜其富，吾能无筚门闺窦乎？唯大国图之！下而无直，则何谓正矣？"范宣子曰："天子所右㉑，寡君亦右之；所左，亦左之。"使王叔氏与伯舆合要㉒，王叔氏不能举其契。王叔奔晋。不书，不告也。单靖公为卿士，以相王室。

十一年经

十有一年春王正月，作三军。

夏四月，四卜郊，不从，乃不郊。

郑公孙舍之帅师侵宋。

公会晋侯、宋公、卫侯、曹伯、齐世子光、莒子、邾子、滕子、薛伯、杞伯、小邾子，伐郑。

秋七月己未，同盟于毫城北㉛。

公至自伐郑。

楚子、郑伯伐宋。

公会晋侯、宋公、卫侯、曹伯、齐世子光、莒子、邾子、滕子、薛伯、杞伯、小邾子，伐郑。会于萧鱼。

公至自会。

楚人执郑行人良霄㉜。

冬，秦人伐晋。

十一年传

十一年春，季武子将作三军，告叔孙穆子曰："请为三军，各征其军。"穆子曰："政将及子，子必不能㉝。"武子固请之。穆子曰："然则盟诸?"乃盟诸僖闳㉞，诅诸五父之衢㉟。

正月，作三军，三分公室而各有其一。三子各毁其乘㊱。季氏使其乘之人，以其役邑入者无征㊲，不入者倍征。孟氏使半为臣，若子若弟㊳。叔孙氏使尽为臣㊴，不然不舍。

郑人患晋、楚之故，诸大夫曰："不从晋，国几亡。楚弱于晋，晋不吾疾也。晋疾，楚将辟之。何为而使晋师致死于我? 楚弗敢敌，而后可固与也。"子展曰："与宋为恶，诸侯必至，吾从之盟。楚师至，吾又从之，则晋怒甚矣。晋能骤来。楚将不能，吾乃固与晋。"大夫说之。

使疆场之司恶于宋㊵。宋向戌侵郑，大获。子展曰："师而伐宋可矣。若我伐宋，诸侯之伐我必疾㊶，吾乃听命焉，且告于楚。楚师至，吾乃与之盟，而重赂晋师，乃免矣㊷。"夏，郑子展侵宋。

四月，诸侯伐郑。己亥，齐大子光、宋向戌先至于郑，门于东门。其莫㊸，晋荀罃至于西郊，东侵旧许。卫孙林父侵其北鄙。六月，诸侯会于北林，师于向㊹。右还，次于琐㊺。围郑，观兵于南门，西济于济隧。郑人惧，乃行成。

秋七月，同盟于毫。范宣子曰："不慎，必失诸侯。诸侯道敝而无成，能无贰乎?"乃盟。载书曰："凡我同盟，毋蕴年㊻，毋壅利㊼，毋保奸㊽，毋留慝㊾，救灾患，恤祸乱，同好恶㊿，奖王室。或间兹命，司慎、司盟，名山、名川，群神、群祀，先王、先公、七姓、十二国之祖，明神殛之! 俾失其民，队命亡氏，踣其国家。"

楚子襄乞旅于秦。秦右大夫詹帅师从楚子，将以伐郑。郑伯逆之。丙子，伐宋。

九月，诸侯悉师以复伐郑。郑人使良霄、大宰石㚟如楚，告将服于晋，曰："孤以社稷之故，不能怀君。君若能以玉帛绥晋，不然则武震以摄威之，孤之愿也。"楚人执之。书曰"行人"，言使人也。

诸侯之师观兵于郑东门，郑人使王子伯骈行成。甲戌，晋赵武入盟郑伯。冬十月丁亥，郑子展出盟晋侯。十二月戊寅，会于萧鱼。庚辰，赦郑囚，皆礼而归之; 纳斥侯，禁侵掠。晋侯使叔肸告于诸侯，公使臧孙纥对曰："凡我同盟，小国有罪，大国致讨，苟有以藉手，鲜不赦宥，寡君闻命矣。"

郑人赂晋侯以师悝、师触、师蠲; 广车、軘车淳十五乘，甲兵备，凡兵车百乘; 歌钟二肆，及其镈、磬; 女乐二八。

晋侯以乐之半赐魏绛，曰："子教寡人和诸戎狄以正诸华，八年之中九合诸侯，如乐之和，无所不谐。请与子乐之。"辞曰："夫和戎狄，国之福也；八年之中九合诸侯，诸侯无慝，君之灵也，二三子之劳也。臣何力之有焉？抑臣愿君安其乐而思其终也。《诗》曰：'乐只君子，殿天子之邦。乐只君子，福禄攸同。便蕃左右，亦是帅从。'夫乐以安德，义以处之，礼以行之，信以守之，仁以厉之，而后可以殿邦国、同福禄、来远人，所谓乐也。《书》曰：'居安思危。'思则有备，有备无患。敢以此规！"公曰："子之教，敢不承命？抑微子，寡人无以待戎，不能济河。夫赏，国之典也；藏在盟府，不可废也。子其受之！"魏绛于是乎始有金石之乐，礼也。

秦庶长鲍、庶长武帅师伐晋以救郑㉛。鲍先入晋地。士鲂御之，少秦师而弗设备。壬午。武济自辅氏㉜，与鲍交伐晋师。己丑，秦、晋战于栎，晋师败绩，易秦故也。

十 二 年 经

十有二年春王二月，莒人伐我东鄙，围台。

季孙宿帅师救台，遂入郓。

夏，晋侯使士鲂来聘。

秋九月，吴子乘卒㉝。

冬，楚公子贞帅师侵宋。

公如晋。

十 二 年 传

十二年春，莒人伐我东鄙，围台。季武子救台，遂入郓，取其钟以为公盘。

夏，晋士鲂来聘，且拜师。

秋，吴子寿梦卒。临于周庙，礼也。凡诸侯之丧，异姓临于外，同姓于宗庙，同宗于祖庙，同族于祢庙。是故鲁为诸姬临于周庙；为刑、凡、蒋、茅、胙、祭，临于周公之庙。

冬，楚子囊、秦庶长无地伐宋，师于杨梁，以报晋之取郑也。

灵王求后于齐。齐侯问对于晏桓子，桓子对曰："先王之礼辞有之。天子求后于诸侯，诸侯对曰：'夫妇所生若而人，妾妇之子若而人。'无女而有姊妹及姑姊妹，则曰：'先守某公之遗女若而人。'"齐侯许昏。王使阴里结之㉞。

公如晋朝，且拜士鲂之辱，礼也。

秦嬴归于楚㉟。楚司马子庚聘于秦，为夫人宁㊱，礼也。

十 三 年 经

十有三年春，公至自晋。

夏，取邿㊲。

秋九月庚辰，楚子审卒㊳。

冬，城防。

十 三 年 传

十三年春，公至自晋。孟献子书劳于庙，礼也。

夏，邿乱，分为三。师救邿，遂取之。凡书"取"，言易也；用大师焉曰"灭"，弗地曰"入"。

荀罃、士鲂卒。晋侯蒐于绵上以治兵，使士匄将中军，辞曰："伯游长。昔臣习于知伯，是以佐之，非能贤也。请从伯游。"荀偃将中军，士匄佐之。使韩起将上军，辞以赵武。又使栾黡，辞曰："臣不如韩起，韩起愿上赵武，君其听之。"使赵武将上军，韩起佐之；栾黡将下军，魏绛佐之。新军无帅，晋侯难其人，使其什吏率其卒乘官属，以从于下军，礼也。晋国之民是以大和，诸侯遂睦。

君子曰："让，礼之主也。范宣子让，其下皆让。栾黡为汰，弗敢违也。晋国以平，数世赖之，刑善也夫！一人刑善，百姓休和，可不务乎？《书》曰：'一人有庆，兆民赖之，其宁惟永'，其是之谓乎！周之兴也，其诗曰：'仪刑文王，万邦作孚'。言刑善也。及其衰也，其诗曰：'大夫不均，我从事独贤。'言不让也。世之治也，君子尚能而让其下，小人农力以事其上，是以上下有礼，而谗慝黜远，由不争也，谓之懿德。及其乱也，君子称其功以加小人，小人伐其技以冯君子，是以上下无礼，乱虐并生，由争善也，谓之昏德。国家之敝，恒必由之。"

楚子疾，告大夫曰："不穀不德，少主社稷。生十年而丧先君，未及习师保之教训而应受多福，是以不德，而亡师于鄢；以辱社稷，为大夫忧，其弘多矣。若以大夫之灵，获保首领以殁于地，唯是春秋窀穸之事、所以从先君于祢庙者，请为'灵'若'厉'。大夫择焉！"莫对。及五命，乃许。

秋，楚共王卒。子囊谋谥。大夫曰："君有命矣。"子囊曰："君命以共，若之何毁之？赫赫楚国，而君临之，抚有蛮夷，奄征南海，以属诸夏，而知其过，可不谓共乎？请谥之'共'！"大夫从之。

吴侵楚。养由基奔命，子庚以师继之。养叔曰："吴乘我丧，谓我不能师也，必易我而不戒。子为三覆以待我，我请诱之。"子庚从之。战于庸浦，大败吴师，获公子党。

君子以吴为不吊。《诗》曰："不吊昊天，乱靡有定。"

"冬，城防。"书事，时也。于是将早城，臧武仲请俟毕农事，礼也。

郑良霄、大宰石㚟犹在楚。石㚟言于子囊曰："先王卜征五年而岁习其祥，祥习则行，不习则增修德而改卜。今楚实不竞，行人何罪？止郑一卿以除其偪，使睦而疾楚，以固于晋，焉用之？使归而废其使，怨其君以疾其大夫，而相牵引也，不犹愈乎？"楚人归之。

十四年经

十有四年春王正月，季孙宿、叔老会晋士匄、齐人、宋人、卫人、郑公孙虿、曹人、莒人、邾人、滕人、薛人、杞人、小邾人，会吴于向。

二月乙未朔，日有食之。

夏四月，叔孙豹会晋荀偃、齐人、宋人、卫北宫括、郑公孙虿、曹人、莒人、邾人、滕人、薛人、杞人、小邾人，伐秦。

己未，卫侯出奔齐。

莒人侵我东鄙。

秋，楚公子贞帅师伐吴。

冬，季孙宿会晋士匄、宋华阅、卫孙林父、郑公孙虿、莒人、邾人于戚。

十四年传

十四年春，吴告败于晋。会于向，为吴谋楚故也。范宣子数吴之不德也，以退吴人。执莒公子务娄，以其通楚使也。

将执戎子驹支，范宣子亲数诸朝^⑨，曰："来，姜戎氏！昔秦人迫逐乃祖吾离于瓜州，乃祖吾离被苫盖、蒙荆棘以来归我先君^⑩。我先君惠公有不腆之田^⑪，与女剖分而食之。今诸侯之事我寡君不如昔者，盖言语漏泄，则职女之由。诘朝之事，尔无与焉。与，将执女！"对曰："昔秦人负恃其众，贪于土地，逐我诸戎。惠公蠲其大德，谓我诸戎：'是四岳之裔胄也^⑫，毋是翦弃。'赐我南鄙之田，狐狸所居，豺狼所嗥。我诸戎除翦其荆棘，驱其狐狸豺狼，以为先君不侵不叛之臣，至于今不贰。昔文公与秦伐郑，秦人窃与郑盟而舍戍焉，于是乎有殽之师。晋御其上，戎亢其下，秦师不复，我诸戎实然。譬如捕鹿，晋人角之^⑬，诸戎掎之^⑭，与晋踣之^⑮。戎何以不免？自是以来，晋之百役与我诸戎相继于时，以从执政，犹殽志也，岂敢离逷^⑯？今官之师旅无乃实有所阙，以携诸侯，而罪我诸戎！我诸戎饮食衣服不与华同，贽币不通^⑰，言语不达，何恶之能为？不与于会，亦无瞢焉^⑱！"赋《青蝇》而退。宣子辞焉^⑲，使即事于会，成恺悌也^⑳。

于是子叔齐子为季武子介以会，自是晋人轻鲁币而益敬其使^㉑。

吴子诸樊既除丧^㉒，将立季札。季札辞曰："曹宣公之卒也，诸侯与曹人不义曹君，将立子臧。子臧去之，遂弗为也，以成曹君。君子曰'能守节'。君，义嗣也^㉓，谁敢奸君？有国，非吾节也。札虽不才，愿附于子臧，以无失节。"固立，弃其室而耕，乃舍之。

夏，诸侯之大夫从晋侯伐秦，以报栎之役也。晋侯待于竟，使六卿帅诸侯之师以进。及泾，不济。叔向见叔孙穆子^㉔，穆子赋《匏有苦叶》，叔向退而具舟。鲁人、莒人先济。郑子蟜见卫北宫懿子曰："与人而不固，取恶莫甚焉，若社稷何？"懿子说。二子见诸侯之师而劝之济。济泾而次。秦人毒泾上流，师人多死。郑司马子蟜帅郑师以进，师皆从之。至于棫林^㉕，不获成焉，荀偃令曰："鸡鸣而驾，塞井夷灶，唯余马首是瞻！"栾黡曰："晋国之命，未是有也。余马首欲东。"乃归，下军从之。左史谓魏庄子曰："不待中行伯乎？"庄子曰："夫子命从帅，栾伯吾帅也，吾将从之。从帅，所以待夫子也。"伯游曰："吾令实过，悔之何及，多遗秦禽^㉖。"乃命大还。晋人谓之"迁延之役"。

栾鍼曰："此役也，报栎之败也。役又无功，晋之耻也。吾有二位于戎路^㉗，敢不耻乎？"与士鞅驰秦师^㉘，死焉。士鞅反。栾黡谓士匄曰："余弟不欲往，而子召之。余弟死，而子来，是而子杀余之弟也。弗逐，余亦将杀之。"士鞅奔秦。

于是齐崔杼、宋华阅、仲江会伐秦。不书，惰也。向之会亦如之。卫北宫括不书于向，书于伐秦，摄也^㉙。

秦伯问于士鞅曰："晋大夫其谁先亡？"对曰："其栾氏乎！"秦伯曰："以其汰乎^㉚？"对曰："然。栾黡汰虐已甚，犹可以免。其在盈乎？"秦伯曰："何故？"对曰："武子之德在民^㉛，如周人之思召公焉，爱其甘棠，况其子乎？栾黡死，盈之善未能及人，武子所施没矣^㉜，而黡之怨实章^㉝，将于是乎在。"秦伯以为知言，为之请于晋而复之。

卫献公戒孙文子、宁惠子食^㉞。皆服而朝，日旰不召^㉟，而射鸿于囿。二子从之。不释皮冠而与之言^㊱，二子怒。

孙文子如戚^㊲，孙蒯入使。公饮之酒，使大师歌《巧言》之卒章，大师辞。师曹请为之^㊳。初，公有嬖妾，使师曹诲之琴，师曹鞭之。公怒，鞭师曹三百。故师曹欲歌之以怒孙子，以报公。公使歌之，遂诵之。

　　蒯惧，告文子。文子曰："君忌我矣。弗先®，必死！"并帑于戚而入®。见蘧伯玉®，曰："君之暴虐，子所知也。大惧社稷之倾覆，将若之何？"对曰："君制其国，臣敢奸之®？虽奸之，庸知愈乎®？"遂行，从近关出。

　　公使子蟜、子伯、子皮与孙子盟于丘宫，孙子皆杀之。四月己未，子展奔齐®，公如鄄®。使子行请于孙子，孙子又杀之。公出奔齐，孙氏追之，败公徒于河泽，鄄人执之。

　　初，尹公佗学射于庾公差，庾公差学射于公孙丁。二子追公，公孙丁御公。子鱼曰："射为背师，不射为戮，射为礼乎？"射两軥而还®。尹公佗曰："子为师，我则远矣。"乃反之。公孙丁授公辔射之，贯臂。

　　子鲜从公。及竟，公使祝宗告亡，且告无罪。定姜曰："无神，何告？若有，不可诬也。有罪，若何告无？舍大臣而与小臣谋，一罪也。先君有冢卿以为师保®，而蔑之，二罪也。余以巾栉事先君®，而暴妾使余®，三罪也。告亡而已，无告无罪！"

　　公使厚成叔吊于卫®，曰："寡君使瘠®，闻君不抚社稷而越在他竟，若之何不吊？以同盟之故，使瘠敢私于执事曰：'有君不吊®，有臣不敏；君不赦宥®，臣亦不帅职，增淫发泄，其若之何？'"卫人使大叔仪对曰："群臣不佞，得罪于寡君。寡君不以即刑，而悼弃之®，以为君忧。君不忘先君之好，辱吊群臣，又重恤之。敢拜君命之辱®，重拜大贶®！"厚孙归，复命，语臧武仲曰："卫君其必归乎？有大叔仪以守，有母弟鱄以出®，或抚其内，或营其外，能无归乎？"

　　齐人以郲寄卫侯®。及其复也，以郲粮归。

　　右宰榖从而逃归，卫人将杀之。辞曰："余不说初矣®。余狐裘而羔袖®。"乃赦之。

　　卫人立公孙剽®，孙林父、宁殖相之，以听命于诸侯。

　　卫侯在郲，臧纥如齐唁卫侯。卫侯与之言，虐®。退而告其人曰："卫侯其不得入矣®。其言，粪土也。亡而不变，何以复国？"子展、子鲜闻之，见臧纥，与之言，道。臧孙说，谓其人曰："卫君必入！夫二子者，或挽之，或推之；欲无入，得乎？"

　　师归自伐秦，晋侯舍新军，礼也。成国不过半天子之军。周为六军，诸侯之大者三军可也。

　　于是知朔生盈而死®，盈生六年而武子卒，彘裘亦幼®，皆未可立也。新军无帅，故舍之。

　　师旷侍于晋侯®。晋侯曰："卫人出其君，不亦甚乎？"对曰："或者其君实甚。良君将赏善而刑淫，养民如子，盖之如天，容之如地；民奉其君，爱之如父母，仰之如日月，敬之如神明，畏之如雷霆，其可出乎？夫君，神之主，而民之望也。若困民之主匮神乏祀，百姓绝望，社稷无主，将安用之？弗去何为？天生民而立之君，使司牧之，勿使失性。有君而为之贰，使师保之，勿使过度。是故天子有公，诸侯有卿，卿置侧室，大夫有贰宗，士有朋友，庶人、工、商、皂、隶、牧、圉皆有亲昵，以相辅佐也。善则赏之，过则匡之，患则救之，失则革之。自王以下，各有父兄子弟以补察其政。史为书，瞽为诗®，工诵箴谏，大夫规诲，士传言，庶人谤，商旅于市，百工献艺。故《夏书》曰：'遒人以木铎徇于路®，官师相规，工执艺事以谏。'正月孟春，于是乎有之，谏失常也®。天之爱民甚矣！岂其使一人肆于民上，以从其淫，而弃天地之性？必不然矣！"

　　秋，楚子为庸浦之役故，子囊师于棠®，以伐吴。吴人不出而还，子囊殿，以吴为不能而弗儆。吴人自皋舟之隘要而击之，楚人不能相救。吴人败之，获楚公子宜榖。

　　王使刘定公赐齐侯命®，曰："昔伯舅大公右我先王®，股肱周室，师保万民。世胙大师，以表东海。王室之不坏，繄伯舅是赖。今余命女环®，兹率舅氏之典®，纂乃祖考，无忝乃旧®。敬之哉！无废朕命！"

晋侯问卫故于中行献子。对曰："不如因而定之。卫有君矣，伐之，未可以得志，而勤诸侯。史佚有言曰：'因重而抚之^㊿。'仲虺有言曰：'亡者侮之，乱者取之。推亡、固存，国之道也。'君其定卫以待时乎！"冬，会于戚，谋定卫也。

范宣子假羽毛于齐而弗归，齐人始贰。

楚子囊还自伐吴，卒。将死，遗言谓子庚^㊿："必城郢！"君子谓：子囊忠。君薨，不忘增其名，将死，不忘卫社稷，可不谓忠乎？忠，民之望也。《诗》曰"行归于周，万民所望"，忠也。

十五年经

十有五年春，宋公使向戌来聘。二月己亥，及向戌盟于刘。

刘夏逆王后于齐^㊿。

夏，齐侯伐我北鄙，围成。公救成，至遇^㊿。

季孙宿、叔孙豹帅师城成郛。

秋八月丁巳，日有食之。

邾人伐我南鄙。

冬十一月癸亥，晋侯周卒。

十五年传

十五年春，宋向戌来聘，且寻盟。见孟献子，尤其室^㊿，曰："子有令闻而美其室^㊿，非所望也。"对曰："我在晋，吾兄为之。毁之重劳，且不敢间。"

官师从单靖公逆王后于齐。卿不行，非礼也。

楚公子午为令尹，公子罢戎为右尹，蒍子冯为大司马，公子橐师为右司马，公子成为左司马，屈到为莫敖，公子追舒为箴尹，屈荡为连尹，养由基为宫厩尹，以靖国人。君子谓：楚于是乎能官人。官人，国之急也。能官人，则民无觎心。《诗》云："嗟我怀人，寘彼周行。"能官人也。王及公、侯、伯、子、男、甸、采、卫、大夫，各居其列，所谓周行也^㊿。

郑尉氏、司氏之乱，其馀盗在宋。郑人以子西、伯有、子产之故，纳赂于宋，以马四十乘与师茷、师慧。三月，公孙黑为质焉。司城子罕以堵女父、尉翩、司齐与之，良司臣而逸之，托诸季武子，武子寘诸卞。郑人醢之三人也^㊿。

师慧过宋朝，将私焉^㊿。其相曰："朝也。"慧曰："无人焉。"相曰："朝也，何故无人？"慧曰："必无人焉！若犹有人，岂其以千乘之相易淫乐之朦^㊿？必无人焉故也。"子罕闻之，固请而归之。

夏，齐侯围成，贰于晋故也。于是乎城成郛。

秋，邾人伐我南鄙，使告于晋。晋将为会以讨邾、莒，晋侯有疾，乃止。冬，晋悼公卒，遂不克会。

郑公孙夏如晋奔丧，子蟜送葬。

宋人或得玉，献诸子罕。子罕弗受。献玉者曰："以示玉人，玉人以为宝也，故敢献之。"子罕曰："我以不贪为宝，尔以玉为宝。若以与我，皆丧宝也，不若人有其宝。"稽首而告曰："小人怀璧，不可以越乡，纳此以请死也。"子罕寘诸其里，使玉人为之攻之，富而后使复其所。

十二月，郑人夺堵狗之妻而归诸范氏^㊿。

十 六 年 经

十有六年春王正月，葬晋悼公。

三月，公会晋侯、宋公、卫侯、郑伯、曹伯、莒子、邾子、薛伯、杞伯、小邾子于溴梁⑰。戊寅，大夫盟。

晋人执莒子、邾子以归。

齐侯伐我北鄙。

夏，公至自会。

五月甲子，地震。

叔老会郑伯、晋荀偃、卫宁殖、宋人伐许。

秋，齐侯伐我北鄙，围成。

大雩。

冬，叔孙豹如晋。

十 六 年 传

十六年春，葬晋悼公。平公即位，羊舌肸为傅，张君臣为中军司马，祁奚、韩襄、栾盈、士鞅为公族大夫，虞丘书为乘马御。改服、修官⑱，烝于曲沃。警守而下，会于溴梁。命归侵田。以我故，执邾宣公、莒犁比公，且曰"通齐楚之使"。

晋侯与诸侯宴于温，使诸大夫舞，曰："歌诗必类⑲!"齐高厚之诗不类。荀偃怒，且曰："诸侯有异志矣!"使诸大夫盟高厚，高厚逃归。于是叔孙豹、晋荀偃、宋向戌、卫宁殖、郑公孙虿、小邾之大夫盟曰："同讨不庭!"

许男请迁于晋。诸侯遂迁许，许大夫不可。晋人归诸侯。

郑子蟜闻将伐许，遂相郑伯以从诸侯之师。穆叔从公。齐子帅师会晋荀偃。书曰"会郑伯"，为夷故也。

夏六月，次于棫林。庚寅，伐许，次于函氏。

晋荀偃、栾黡帅师伐楚，以报宋杨梁之役。楚公子格帅师，及晋师战于湛阪。楚师败绩。晋师遂侵方城之外，复伐许而还。

秋，齐侯围成，孟孺子速徼之⑳。齐侯曰："是好勇，去之以为之名。"速遂塞海陉而还。

冬，穆叔如晋，聘，且言齐故。晋人曰："以寡君之未禘祀，与民之未息；不然，不敢忘。"穆叔曰："以齐人之朝夕释憾于敝邑之地，是以大请。敝邑之急，朝不及夕，引领西望曰：'庶几乎!'比执事之闲，恐无及也!"见中行献子，赋《圻父》。献子曰："偃知罪矣，敢不从执事以同恤社稷，而使鲁及此!"见范宣子，赋《鸿雁》之卒章。宣子曰："匄在此，敢使鲁无鸠乎㉑?"

十 七 年 经

十有七年春王二月庚午，邾子轻卒。

宋人伐陈。

夏，卫石买帅师伐曹。

秋，齐侯伐我北鄙，围桃㉚。高厚帅师伐我北鄙，围防。

九月，大雩。

宋华臣出奔陈。

冬，邾人伐我南鄙。

十七年传

十七年春，宋庄朝伐陈，获司徒卬，卑宋也。

卫孙蒯田于曹隧，饮马于重丘，毁其瓶。重丘人闭门而诟之㉚，曰："亲逐而君㉚，尔父为厉。是之不忧，而何以田为？"夏，卫石买、孙蒯伐曹，取重丘。曹人愬于晋。

齐人以其未得志于我故，秋，齐侯伐我北鄙。围桃。高厚围臧纥于防。师自阳关逆臧孙，至于旅松。耶叔纥、臧畴、臧贾帅甲三百，宵犯齐师，送之而复。齐师去之。

齐人获臧坚。齐侯使夙沙卫唁之，且曰："无死！"坚稽首，曰："拜命之辱。抑君赐不终，姑又使其刑臣礼于士！"以杙抉其伤而死㉚。

"冬，邾人伐我南鄙"，为齐故也。

宋华阅卒，华臣弱皋比之室㉚，使贼杀其宰华吴，贼六人以铍杀诸卢门合左师之后㉚。左师惧，曰："老夫无罪！"贼曰："皋比私有讨于吴。"遂幽其妻，曰："畀余而大璧！"宋公闻之，曰："臣也，不唯其宗室是暴，大乱宋国之政，必逐之！"左师曰："臣也，亦卿也。大臣不顺，国之耻也。不如盖之。"乃舍之。

左师为己短策，苟过华臣之门，必聘。

十一月甲午，国人逐瘈狗㉚。瘈狗入于华臣氏，国人从之。华臣惧，遂奔陈。

宋皇国父为大宰，为平公筑台，妨于农收。子罕请俟农功之毕，公弗许。筑者讴曰："泽门之皙㉚，实兴我役。邑中之黔㉚，实慰我心。"子罕闻之，亲执扑以行筑者，而抶其不勉者，曰："吾侪小人，皆有阖庐以辟燥湿寒暑；今君为一台而不速成，何以为役？"讴者乃止。或问其故，子罕曰："宋国区区而有诅有祝，祸之本也！"

齐晏桓子卒。晏婴粗缞斩㉚，苴绖、带、杖㉚，菅屦，食鬻，居倚庐，寝苫，枕草。其老曰："非大夫之礼也。"曰："唯卿为大夫。"

十八年经

十有八年春，白狄来。

夏，晋人执卫行人石买。

秋，齐师伐我北鄙。

冬十月，公会晋侯、宋公、卫侯、郑伯、曹伯、莒子、邾子、滕子、薛伯、杞伯、小邾子，同围齐。

曹伯负刍卒于师。

楚公子午帅师伐郑。

十八年传

十八年春，白狄始来。

夏，晋人执卫行人石买于长子⑩，执孙蒯于纯留，为曹故也。

秋，齐侯伐我北鄙。中行献子将伐齐，梦与厉公讼，弗胜；公以戈击之，首队于前，跪而戴之，奉之以走，见梗阳之巫皋。他日，见诸道，与之言，同。巫曰：“今兹主必死。若有事于东方，则可以逞。”献子许诺。

晋侯伐齐。将济河，献子以朱丝系玉二瑴而祷曰：“齐环怙恃其险，负其众庶，弃好背盟，陵虐神主。曾臣彪将率诸侯以讨焉⑩，其官臣偃实先后之⑩。苟捷有功，无作神羞，官臣偃无敢复济。唯尔有神裁之！”沈玉而济。

冬十月，会于鲁济，寻溴梁之言，同伐齐。齐侯御诸平阴，堑防门而守，广里。夙沙卫曰：“不能战，莫如守险。”弗听。诸侯之士门焉，齐人多死。

范宣子告析文子，曰：“吾知子，敢匿情乎？鲁人、莒人皆请以车千乘自其乡入，既许之矣。若入，君必失国。子盍图之？”子家以告公，公恐。晏婴闻之，曰：“君固无勇，而又闻是，弗能久矣！”

齐侯登巫山以望晋师。晋人使司马斥山泽之险，虽所不至，必旆而疏陈之。使乘车者左实右伪，以旆先，舆曳柴而从之。齐侯见之，畏其众也，乃脱归。

丙寅晦，齐师夜遁。师旷告晋侯曰：“鸟乌之声乐，齐师其遁。”邢伯告中行伯曰：“有班马之声⑩，齐师其遁。”叔向告晋侯曰：“城上有乌，齐师其遁！”十一月丁卯朔，入平阴，遂从齐师。

夙沙卫连大车以塞隧而殿⑩，殖绰、郭最曰：“子殿国师，齐之辱也。子姑先乎！”乃代之殿。卫杀马于隘以塞道。晋州绰及之，射殖绰，中肩，两矢夹脰⑩，曰：“止，将为三军获；不止，将取其衷！”顾曰：“为私誓。”州绰曰：“有如日！”乃弛弓而自后缚之。其右具丙亦舍兵而缚郭最。皆衿甲面缚⑩，坐于中军之鼓下。

晋人欲逐归者，鲁、卫请攻险。己卯，荀偃、士匄以中军克京兹。乙酉，魏绛、栾盈以下军克邿；赵武、韩起以上军围卢，弗克。十二月戊戌，及秦周，伐雍门之萩。范鞅门于雍门，其御追喜以戈杀犬于门中，孟庄子斩其橁以为公琴。己亥，焚雍门及西郭、南郭。刘难、士弱率诸侯之师焚申池之竹木。壬寅，焚东郭、北郭，范鞅门于扬门。州绰门于东闾，左骖迫⑩，还于门中，以枚数阖⑩。

齐侯驾，将走邮棠。大子与郭荣扣马，曰：“师速而疾，略也⑩。将退矣，君何惧焉？且社稷之主不可以轻，轻则失众。君必待之！”将犯之。大子抽剑断鞅，乃止。

甲辰，东侵及潍，南及沂。

郑子孔欲去诸大夫，将叛晋而起楚师以去之，使告子庚。子庚弗许。楚子闻之，使杨豚尹宜告子庚曰：“国人谓不穀主社稷而不出师，死不从礼。不穀即位，于今五年，师徒不出，人其以不穀为自逸而忘先君之业矣。大夫图之，其若之何？”子庚叹曰：“君王其谓午怀安乎？吾以利社稷也。”见使者，稽首而对曰：“诸侯方睦于晋，臣请尝之。若可，君而继之。不可，收师而退，可以无害，君亦无辱。”

子庚帅师治兵于汾。于是子蟜、伯有、子张从郑伯伐齐，子孔、子展、子西守。二子知子孔之谋，完守入保⑩。子孔不敢会楚师。

楚师伐郑，次于鱼陵。右师城上棘，遂涉颍，次于旃然⑩。芳子冯、公子格率锐师侵费滑、胥靡、献于、雍梁，右回梅山，侵郑东北，至于虫牢而反。子庚门于纯门，信于城下而还，涉于鱼齿之下。甚雨及之。楚师多冻，役徒几尽。

晋人闻有楚师。师旷曰：“不害。吾骤歌北风，又歌南风。南风不竞，多死声，楚必无功！”

董叔曰："天道多在西北。南师不时，必无功。"叔向曰："在其君之德也。"

十九年经

十有九年春王正月，诸侯盟于祝柯。晋人执邾子。

公至自伐齐。

取邾田，自漷水。

季孙宿如晋。

葬曹成公。

夏，卫孙林父率师伐齐。

秋七月辛卯，齐侯环卒。

晋士匄帅师侵齐。至穀，闻齐侯卒，乃还。

八月丙辰，仲孙蔑卒。

齐杀其大夫高厚。

郑杀其大夫公子嘉。

冬，葬齐灵公。

城丁郚。

叔孙豹会晋士匄于柯。

城武城。

十 九 年 传

十九年春，诸侯还自沂上，盟于督扬，曰："大毋侵小！"

执邾悼公，以其伐我故。遂次于泗上，疆我田。取邾田，自漷水归之于我。

晋侯先归。公享晋六卿于蒲圃，赐之三命之服；军尉、司马、司空、舆尉、候奄，皆受一命之服；赂荀偃束锦、加璧、乘马，先吴寿梦之鼎。

荀偃瘅疽[㉙]，生疡于头。济河，及著雍，病，目出。大夫先归者皆反。士匄请见，弗内。请后[㉚]，曰："郑甥可。"二月甲寅，卒，而视，不可含。宣子盥而抚之，曰："事吴敢不如事主！"犹视。栾怀子曰："其为未卒事于齐故也乎？"乃复抚之，曰："主苟终，所不嗣事于齐者，有如河！"乃瞑，受含。宣子出，曰："吾浅之为丈夫也！"

晋栾鲂帅师从卫孙文子伐齐。

季武子如晋拜师，晋侯享之。范宣子为政，赋《黍苗》。季武子兴，再拜稽首，曰："小国之仰大国也，如百穀之仰膏雨焉。若常膏之，其天下辑睦，岂唯敝邑？"赋《六月》。

季武子以所得于齐之兵作林钟而铭鲁功焉。臧武仲谓季孙曰："非礼也！夫铭，天子令德，诸侯言时计功，大夫称伐。今称伐则下等也；计功，则借人也；言时则妨民多矣，何以为铭？且夫大伐小，取其所得，以作彝器[㉛]，铭其功烈以示子孙，昭明德而惩无礼也。今将借人之力以救其死，若之何铭之？小国幸于大国[㉜]，而昭所获焉以怒之[㉝]，亡之道也。"

齐侯娶于鲁，曰颜懿姬，无子。其侄鬷声姬生光[㉞]，以为大子。诸子仲子、戎子，戎子嬖。仲子生牙，属诸戎子。戎子请以为大子，许之。仲子曰："不可！废常，不祥。间诸侯[㉟]，难。光之立也，列于诸侯矣。今无故而废之，是专黜诸侯，而以难犯不祥也。君必悔之！"公曰："在我而已。"遂东大子光⑫。使高厚傅牙以为大子，夙沙卫为少傅。

齐侯疾，崔杼微逆光⑬。疾病而立之。光杀戎子，尸诸朝，非礼也。妇人无刑。虽有刑，不在朝市。夏五月壬辰晦，齐灵公卒。庄公即位⑭，执公子牙于句渎之丘。以夙沙卫易己，卫奔高唐以叛。

晋士匄侵齐，及穀，闻丧而还，礼也。

于四月丁未，郑公孙虿卒，赴于晋大夫。范宣子言于晋侯，以其善于伐秦也。六月，晋侯请于王，王追赐之大路⑮，使以行⑯，礼也。

秋八月，齐崔杼杀高厚于洒蓝，而兼其室。书曰"齐杀其大夫"，从君于昏也⑰。

郑子孔之为政也专，国人患之，乃讨西宫之难与纯门之师。子孔当罪，以其甲及子革、子良氏之甲守。甲辰，子展、子西率国人伐之，杀子孔而分其室。书曰"郑杀其大夫"，专也。

子然、子孔，宋子之子也。士子孔，圭妫之子也。圭妫之班亚宋子而相亲也⑱。二子孔亦相亲也。僖之四年，子然卒；简之元年，士子孔卒。司徒孔实相子革、子良之室，三室如一，故及于难。子革、子良出奔楚。子革为右尹。郑人使子展当国，子西听政，立子产为卿。

齐庆封围高唐，弗克。冬十一月，齐侯围之。见卫在城上，号之，乃下。问守备焉，以无备告。揖之，乃登。闻师将傅⑲，食高唐人。殖绰、工偻会夜缒纳师⑳，醢卫于军。

"城西郛"，惧齐也。

齐及晋平，盟于大隧。故穆叔会范宣子于柯。穆叔见叔向，赋《载驰》之四章。叔向曰："肸敢不承命！"穆叔归，曰："齐犹未也，不可以不惧。"乃城武城。

卫石共子卒㉑，悼子不哀㉒。孔成子曰："是谓蹷其本㉓，必不有其宗！"

二 十 年 经

二十年春王正月辛亥，仲孙速会莒人，盟于向。

夏六月庚申，公会晋侯、齐侯、宋公、卫侯、郑伯、曹伯、莒子、邾子、滕子、薛伯、杞伯、小邾子，盟于澶渊。

秋，公至自会。

仲孙速帅师伐邾。

蔡杀其大夫公子燮㉔。蔡公子履出奔楚㉕。

陈侯之弟黄出奔楚。

叔老如齐。

冬十月丙辰朔，日有食之。

季孙宿如宋。

二 十 年 传

二十年春，及莒平。孟庄子会莒人盟于向，督扬之盟故也。

夏，盟于澶渊，齐成故也。

邾人骤至。以诸侯之事弗能报也。秋，孟庄子伐邾以报之。

蔡公子燮欲以蔡之晋，蔡人杀之。公子履，其母弟也，故出奔楚。

陈庆虎、庆寅畏公子黄之偪，愬诸楚曰："与蔡司马同谋㉖。"楚人以为讨，公子黄出奔楚。

初，蔡文侯欲事晋，曰："先君与于践土之盟，晋不可弃，且兄弟也。"畏楚，不能行而卒。楚人使蔡无常，公子燮求从先君以利蔡，不能而死。书曰"蔡杀其大夫公子燮"，言不与民同欲也；"陈侯之弟黄出奔楚"，言非其罪也。公子黄将出奔，呼于国曰："庆氏无道，求专陈国，暴蔑其君，而去其亲，五年不灭，是无天也！"

齐子初聘于齐，礼也。

冬，季武子如宋，报向戌之聘也。褚师段逆之以受享，赋《常棣》之七章以卒。宋人重赂之。归复命，公享之，赋《鱼丽》之卒章。公赋《南山有台》，武子去所^⑥，曰："臣不堪也！"

卫宁惠子疾，召悼子曰："吾得罪于君，悔而无及也。名藏在诸侯之策，曰：'孙林父、宁殖出其君。'君入，则掩之。若能掩之，则吾子也。若不能，犹有鬼神，吾有馁而已，不来食矣！"悼子许诺，惠子遂卒。

二十一年经

二十有一年春王正月，公如晋。
邾庶其以漆、闾丘来奔。
夏，公至自晋。
秋，晋栾盈出奔楚。
九月庚戌朔，日有食之。
冬十月庚辰朔，日有食之。
曹伯来朝。
公会晋侯、齐侯、宋公、卫侯、郑伯、曹伯、莒子、邾子于商任。

二十一年传

二十一年春，公如晋，拜师及取邾田也。
邾庶其以漆、闾丘来奔，季武子以公姑姊妻之，皆有赐于其从者。
于是鲁多盗。季孙谓臧武仲曰：'子盍诘盗^⑤？"武仲曰："不可诘也。纥又不能。"季孙曰："我有四封，而诘其盗，何故不可？子为司寇，将盗是务去，若之何不能？"武仲曰："子召外盗而大礼焉，何以止吾盗？子为正卿而来外盗；使纥去之，将何以能？庶其窃邑于邾以来，子以姬氏妻之，而与之邑，其从者皆有赐焉。若大盗礼焉以君之姑姊与其大邑；其次皂牧舆马，其小者衣裳剑带，是赏盗也。赏而去之，其或难焉。纥也闻之：在上位者洒濯其心，壹以待人，轨度其信，可明征也，而后可以治人。夫上之所为，民之归也。上所不为而民或为之，是以加刑罚焉，而莫敢不惩。若上之所为，而民亦为之，乃其所也，又可禁乎？《夏书》曰：'念兹在兹，释兹在兹，名言兹在兹，允出兹在兹，惟帝念功。'将谓由己壹也。信由己壹，而后功可念也。"
庶其非卿也，以地来，虽贱，必书，重地也。
齐侯使庆佐为大夫，复讨公子牙之党，执公子买于句渎之丘。公子锄来奔。叔孙还奔燕。
夏，楚子庚卒。楚子使薳子冯为令尹，访于申叔豫。叔豫曰："国多宠而王弱，国不可为也。"遂以疾辞。方暑，阙地，下冰而床焉。重茧^⑥，衣裘，鲜食而寝。楚子使医视之，复曰："瘠则甚矣，而血气未动。"乃使子南为令尹。
栾桓子娶于范宣子^⑥，生怀子^⑥。范鞅以其亡也，怨栾氏，故与栾盈为公族大夫而不相能。桓子卒，栾祁与其老州宾通^㉘，几亡室矣^㉙。怀子患之。祁惧其讨也，愬诸宣子曰："盈将为乱，以范氏为死桓主而专政矣，曰：'吾父逐鞅也，不怒而以宠报之，又与吾同官而专之；吾父死而益富，死吾父而专于国，有死而已，吾蔑从之矣！'其谋如是，惧害于主，吾不敢不言。"范鞅为之征。怀子好施，士多归之。宣子畏其多士也，信之。怀子为下卿，宣子使城著而遂逐之。

秋，栾盈出奔楚。宣子杀箕遗、黄渊、嘉父、司空靖、邴豫、董叔、邴师、申书、羊舌虎、叔罴，囚伯华、叔向、籍偃。

人谓叔向曰："子离于罪^㉚，其为不知乎^㉛？"叔向曰："与其死亡若何？《诗》曰：'优哉游哉，聊以卒岁。'知也。"乐王鲋见叔向，曰："吾为子请。"叔向弗应。出，不拜。其人皆咎叔向。叔向曰："必祁大夫！"室老闻之，曰："乐王鲋言于君，无不行，求赦吾子，吾子不许。祁大夫所不能也，而曰'必由之'，何也？"叔向曰："乐王鲋，从君者也，何能行？祁大夫外举不弃雠，内举不失亲，其独遗我乎？《诗》曰：'有觉德行，四国顺之。'夫子觉者也。"

晋侯问叔向之罪于乐王鲋，对曰："不弃其亲，其有焉。"于是祁奚老矣，闻之，乘驲而见宣子^㉜，曰："《诗》曰：'惠我无疆，子孙保之。'《书》曰：'圣有谟勋，明征定保。'夫谋而鲜过，惠训不倦者，叔向有焉，社稷之固也，犹将十世宥之，以劝能者。今壹不免其身，以弃社稷，不亦惑乎？鲧殛而禹兴^㉝；伊尹放大甲而相之^㉞，卒无怨色。管、蔡为戮^㉟，周公右王。若之何其以虎也弃社稷？子为善，谁敢不勉？多杀何为？"宣子说，与之乘，以言诸公而免之。不见叔向而归，叔向亦不告免焉而朝。

初，叔向之母妒叔虎之母美而不使，其子皆谏其母。其母曰："深山大泽，实生龙蛇，彼美，余惧其生龙蛇以祸女。女，敝族也。国多大宠，不仁人间之，不亦难乎？余何爱焉？"使往视寝。生叔虎，美而有勇力，栾怀子嬖之，故羊舌氏之族及于难。

栾盈过于周，周西鄙掠之。辞于行人曰："天子陪臣盈，得罪于王之守臣，将逃罪。罪重于郊甸，无所伏窜，敢布其死；昔陪臣书能输力于王室^㊱，王施惠焉。其子廆不能保任其父之劳。大君若不弃书之力，亡臣犹有所逃。若弃书之力而思廆之罪，臣，戮馀也，将归死于尉氏，不敢还矣。敢布四休，唯大君命焉。"王曰："尤而效之，其又甚焉。"使司徒禁掠栾氏者，归所取焉，使候出诸辕辕^㊲。

冬，曹武公来朝，始见也。

会于商任，锢栾氏也。齐侯、卫侯不敬。叔向曰："二君者必不免。会朝，礼之经也；礼，政之舆也；政，身之守也。怠礼，失政；失政，不立，是以乱也。"

知起、中行喜、州绰、刑蒯出奔齐，皆栾氏之党也。乐王鲋谓范宣子曰："盍反州绰、刑蒯？勇士也。"宣子曰："彼栾氏之勇也，余何获焉？"王鲋曰："子为彼栾氏，乃亦子之勇也。"

齐庄公朝，指殖绰、郭最曰："是寡人之雄也！"州绰曰："君以为雄，谁敢不雄？然臣不敏，平阴之役，先二子鸣^㊳。"庄公为勇爵，殖绰、郭最欲与焉。州绰曰："东闾之役，臣左骖迫，还于门中，识其枚数，其可以与于此乎？"公曰："子为晋君也。"对曰："臣为隶新，然二子者譬于禽兽，臣食其肉而寝处其皮矣。"

二十二年经

二十有二年春王正月，公至自会。

夏四月。

秋七月辛酉，叔老卒。

冬，公会晋侯、齐侯、宋公、卫侯、郑伯、曹伯、莒子、邾子、薛伯、杞伯、小邾子于沙随。

公至自会。

楚杀其大夫公子追舒。

二十二年传

二十二年春，臧武仲如晋。雨，过御叔。御叔在其邑，将饮酒，曰："焉用圣人？我将饮酒，而已雨行，何以圣为？"穆叔闻之，曰："不可使也，而傲使人，国之蠹也。"令倍其赋。

夏，晋人征朝于郑。郑人使少正公孙侨对曰⑭：

"在晋先君悼公九年，我寡君于是即位。即位八月，而我先大夫子驷从寡君以朝于执事。执事不礼于寡君，寡君惧。因是行也，我二年六月朝于楚，晋是以有戏之役。楚人犹竞，而申礼于敝邑⑭。敝邑欲从执事，而惧为大尤。曰'晋其谓我不共有礼'，是以不敢携贰于楚。我四年三月，先大夫子蟜又从寡君以观衅于楚，晋于是乎有萧鱼之役。谓我敝邑，迩在晋国，譬诸草木，吾臭味也，而何敢差池⑯？楚亦不竞，寡君尽其土实，重之以宗器，以受齐盟。遂帅群臣随于执事，以会岁终。贰于楚者，子侯、石盂，归而讨之。溴梁之明年，子蟜老矣，公孙夏从寡君以朝于君，见于尝酎⑯，与执燔焉。间二年，闻君将靖东夏，四月，又朝以听事期。不朝之间，无岁不聘，无役不从。以大国政令之无常，国家罢病，不虞荐至，无日不惕，岂敢忘职？

大国若安定之，其朝夕在庭，何辱命焉？若不恤其患，而以为口实，其无乃不堪任命，而翦为仇雠？敝邑是惧，其敢忘君命？委诸执事，执事实重图之⑯！"

秋，栾盈自楚适齐。晏平仲言于齐侯曰："商任之会，受命于晋。今纳栾氏，将安用之？小所以事大，信也。失信，不立。君其图之！"弗听。退告陈文子曰："君人执信，臣人执共。忠、信、笃、敬，上下同之，天之道也。君自弃也，弗能久矣！"

九月，郑公孙黑肱有疾，归邑于公，召室老、宗人立段⑯，而使黜官、薄祭⑯："祭以特羊，殷以少牢，足以共祀。"尽归其馀邑，曰："吾闻之：生于乱世，贵而能贫，民无求焉，可以后亡。敬共事君与二三子。生在敬戒，不在富也。"己巳，伯张卒。君子曰："善戒！《诗》曰：'慎尔侯度，用戒不虞。'郑子张其有焉。"

冬，会于沙随，复锢栾氏也。栾盈犹在齐。晏子曰："祸将作矣！齐将伐晋，不可以不惧。"

楚观起有宠于令尹子南，未益禄而有马数十乘。楚人患之，王将讨焉。子南之子弃疾为王御士，王每见之，必泣。弃疾曰："君三泣臣矣，敢问谁之罪也？"王曰："令尹之不能，尔所知也。国将讨焉，尔其居乎⑯？"对曰："父戮子居，君焉用之？泄命重刑，臣亦不为。"王遂杀子南于朝，辕观起于四竟⑯。

子南之臣谓弃疾："请徙子尸于朝。"曰："君臣有礼，唯二三子。"三日，弃疾请尸，王许之。既葬，其徒曰："行乎？"曰："吾与杀吾父，行将焉入？"曰："然则臣王乎？"曰："弃父事雠，吾弗忍也！"遂缢而死。

复使薳子冯为令尹，公子齮为司马⑯，屈建为莫敖。有宠于薳子者八人，皆无禄而多马。他日朝，与申叔豫言，弗应而退。从之，入于人中。又从之，遂归。退朝，见之，曰："子三困我于朝，吾惧，不敢不见。吾过，子姑告我，何疾我也？"对曰："吾不免是惧，何敢告子！"曰："何故？"对曰："昔观起有宠于子南，子南得罪，观起车裂，何故不惧？"自御而归，不能当道。至，谓八人者曰："吾见申叔，夫子所谓生死而肉骨也。知我者如夫子则可，不然，请止。"辞八人者，而后王安之。

十二月，郑游眅将归晋^②，未出竟，遭逆妻者，夺之，以馆于邑。丁巳，其夫攻子明，杀之，以其妻行。子展废良而立大叔^②，曰："国卿，君之贰也，民之主也，不可以苟。请舍子明之类。"求亡妻者，使复其所。使游氏勿怨，曰："无昭恶也。"

二十三年经

二十有三年春王二月癸酉朔，日有食之。

三月己巳，杞伯匄卒。

夏，邾畀我来奔。

葬杞孝公。

陈杀其大夫庆虎及庆寅。

陈侯之弟黄自楚归于陈。

晋栾盈复入于晋，入于曲沃。

秋，齐侯伐卫，遂伐晋。

八月，叔孙豹帅师救晋，次于雍榆。

己卯，仲孙速卒。

冬十月乙亥，臧孙纥出奔邾。

晋人杀栾盈。

齐侯袭莒。

二十三年传

二十三年春，杞孝公卒。晋悼夫人丧之。平公不彻乐，非礼也。礼：为邻国阙。

陈侯如楚。公子黄愬二庆于楚，楚人召之。使庆乐往，杀之。庆氏以陈叛。夏，屈建从陈侯围陈。陈人城，板队而杀人。役人相命，各杀其长。遂杀庆虎、庆寅。楚人纳公子黄。君子谓庆氏：不义，不可肆也，故《书》曰"惟命不于常"。

晋将嫁女于吴。齐侯使析归父媵之，以潘载栾盈及其士^②，纳诸曲沃。栾盈夜见胥午而告之，对曰："不可！天之所废，谁能兴之？子必不免！吾非爱死也，知不集也^②。"盈曰："虽然，因子而死，吾无悔矣。我实不天，子无咎焉。"许诺，伏之而觞曲沃人^②，乐作，午言曰："今也得栾孺子何如？"对曰："得主而为之死，犹不死也！"皆叹，有泣者。爵行，又言。皆曰："得主，何贰之有！"盈出，遍拜之。

四月，栾盈帅曲沃之甲，因魏献子以昼入绛^②。初，栾盈佐魏庄子于下军，献子私焉，故因之。赵氏以原、屏之难怨栾氏。韩、赵方睦。中行氏以伐秦之役怨栾氏，而固与范氏和亲。知悼子少，而听于中行氏。程郑嬖于公。唯魏氏及七舆大夫与之。

乐王鲋侍坐于范宣子。或告曰："栾氏至矣。"宣子惧。桓子曰："奉君以走固宫，必无害也。且栾氏多怨，子为政，栾氏自外，子在位，其利多矣。既有利权，又执民柄，将何惧焉！栾氏所得，其唯魏氏乎？而可强取也。夫克乱在权，子无懈矣。"

公有姻丧。王鲋使宣子墨缞绖冒绖，二妇人辇以如公，奉公以如固宫。

范鞅逆魏舒，则成列既乘，将逆栾氏矣。趋进，曰："栾氏帅贼以入。鞅之父与二三子在君所矣，使鞅逆吾子。鞅请骖乘。"持带，遂超乘，右抚剑，左援带，命驱之出。仆请，鞅曰："之公！"宣子逆诸阶，执其手，赂之以曲沃。

初，斐豹，隶也，著于丹书。栾氏之力臣曰督戎，国人惧之。斐豹谓宣子曰："苟焚丹书，我杀督戎。"宣子喜，曰："而杀之，所不请于君焚丹书者，有如日！"乃出豹而闭之。督戎从之，逾隐而待之。督戎逾入，豹自后击而杀之。

范氏之徒在台后，栾氏乘公门。宣子谓鞅曰："矢及君屋，死之！"鞅用剑以帅卒，栾氏退，摄车从之。遇栾乐，曰："乐免之！死，将讼女于天！"乐射之，不中；又注，则乘槐本而覆。或以戟钩之，断肘而死。栾鲂伤。栾盈奔曲沃。晋人围之。

秋，齐侯伐卫。先驱，榖荣御王孙挥，召扬为右；申驱，成秩御莒恒，申鲜虞之傅挚为右；曹开御戎，晏父戎为右。贰广，上之登御邢公，卢蒲癸为右。启，牢成御襄罢师，狼蘧疏为右；肤，商子车御侯朝，桓跳为右；大殿，商子游御夏之御寇，崔如为右；烛庸之越驷乘。自卫将遂伐晋。

晏平仲曰："君恃勇力，以伐盟主，若不济，国之福也。不德而有功，忧必及君。"崔杼谏曰："不可。臣闻之：小国间大国之败而毁焉，必受其咎。君其图之！"弗听。

陈文子见崔武子，曰："将如君何？"武子曰："吾言于君，君弗听也。以为盟主而利其难，群臣若急，君于何有？子姑止之。"文子退，告其人曰："崔子将死乎？谓君甚而又过之，不得其死。过君以义，犹自抑也，况以恶乎？"

齐侯遂伐晋，取朝歌。为二队，入孟门，登大行。张武军于荧庭，戍郫邵，封少水，以报平阴之役，乃还。赵胜帅东阳之师以追之，获晏氂。八月，叔孙豹帅师救晋，次于雍榆，礼也。

季武子无适子，公弥长。而爱悼子，欲立之。访于申丰，曰："弥与纥，吾皆爱之，欲择才焉而立之。"申丰趋退，归，尽室将行。他日，又访焉。对曰："其然，将具敝车而行。"乃止。访于臧纥，臧纥曰："饮我酒，吾为子立之。"季氏饮大夫酒，臧纥为客。既献，臧孙命北面重席，新尊絜之。召悼子，降，逆之。大夫皆起。及旅，而召公鉏，使与之齿。季孙失色。

季氏以公鉏为马正，愠而不出。闵子马见之，曰："子无然！祸福无门，唯人所召。为人子者患不孝，不患无所。敬共父命，何常之有？若能孝敬，富倍季氏可也。奸回不轨，祸倍下民可也。"公鉏然之，敬共朝夕，恪居官次。季孙喜，使饮己酒，而以具往，尽舍旃。故公鉏氏富，又出为公左宰。

孟孙恶臧孙，季孙爱之。孟氏之御驺丰点好羯也，曰："从余言，必为孟孙。"再三云，羯从之。孟庄子疾，丰点谓公鉏："苟立羯，请雠臧氏。"公鉏谓季孙曰："孺子秩，固其所也。若羯立，则季氏信有力于臧氏矣。"弗应。己卯，孟孙卒。公鉏奉羯立于户侧，季孙至，入，哭，而出，曰："秩焉在？"公鉏曰："羯在此矣。"季孙曰："孺子长。"公鉏曰："何长之有？唯其才也。且夫子之命也。"遂立羯。秩奔邾。

臧孙入，哭，甚哀，多涕。出，其御曰："孟孙之恶子也，而哀如是！季孙若死，其若之何？"臧孙曰："季孙之爱我，疾疢也。孟孙之恶我，药石也。美疢不如恶石。夫石犹生我；疢之美，其毒滋多。孟孙死，吾亡无日矣！"

孟氏闭门，告于季孙曰："臧氏将为乱，不使我葬。"季孙不信。臧孙闻之，戒。冬十月，孟氏将辟，藉除于臧氏。臧孙使正夫助之，除于东门，甲从己而视之。孟氏又告季孙。季孙怒，命攻臧氏。乙亥，臧纥斩鹿门之关以出，奔邾。

初，臧宣叔娶于铸，生贾及为而死。继室以其侄，穆姜之姨子也，生纥，长于公宫。姜氏爱之，故立之。臧贾、臧为出在铸。臧武仲自邾使告臧贾，且致大蔡焉，曰："纥不佞，失守宗桃，敢告不吊。纥之罪不及不祀。子以大蔡纳请，其可。"贾曰："是家之祸也，非子之过也。贾闻命矣！"再拜受龟，使为以纳请，遂自为也。臧孙如防，使来告曰："纥非能害也，知不足也。非敢私请。苟守先祀，无废二勋，敢不辟邑！"乃立臧为。

臧纥致防而奔齐。其人曰："其盟我乎？"臧孙曰："无辞。"将盟臧氏，季孙召外史掌恶臣，而问盟首焉。对曰："盟东门氏也，曰：'毋或如东门遂不听公命、杀适立庶^⑩！'盟叔孙氏也，曰：'毋或如叔孙侨如欲废国常、荡覆公室！'"季孙曰："臧孙之罪，皆不及此。"孟椒曰："盍以其犯门斩关？"季孙用之，乃盟臧氏曰："毋或如臧孙纥干国之纪、犯门斩关！"臧孙闻之，曰："国有人焉，谁居？其孟椒乎^⑩！"

晋人克栾盈于曲沃，尽杀栾氏之族党。栾鲂出奔宋。书曰"晋人杀栾盈"，不言大夫，言自外也。

齐侯还自晋，不入，遂袭莒。门于且于^⑩，伤股而退。明日，将复战，期于寿舒^⑩。杞殖、华还载甲，夜入且于之隧，宿于莒郊。明日，先遇莒子于蒲侯氏。莒子重赂之，使无死，曰："请有盟。"华周对曰："贪货弃命，亦君所恶也。昏而受命，日未中而弃之，何以事君？"莒子亲鼓之，从而伐之，获杞梁^⑩。莒人行成。齐侯归，遇杞梁之妻于郊，使吊之。辞曰："殖之有罪，何辱命焉？若免于罪，犹有先人之敝庐在，下妾不得与郊吊。"齐侯吊诸其室。

齐侯将为臧纥田。臧孙闻之，见齐侯，与之言伐晋，对曰："多则多矣，抑君似鼠。夫鼠，昼伏夜动，不穴于寝庙，畏人故也。今君闻晋之乱而后作焉，宁将事之，非鼠如何？"乃弗与田。仲尼曰："知之难也^⑩！有臧武仲之知，而不容于鲁国，抑有由也，作不顺而施不恕也^⑩《夏书》曰：'念兹在兹。'顺事、恕施也。"

二十四年经

二十有四年春，叔孙豹如晋。

仲孙羯帅师伐齐。

夏，楚子伐吴。

秋七月甲子朔，日有食之，既。

齐崔杼帅师伐莒。

大水。

八月癸巳朔，日有食之。

公会晋侯、宋公、卫侯、郑伯、曹伯、莒子、邾子、滕子、薛伯、杞伯、小邾子于夷仪。

冬，楚子、蔡侯、陈侯、许男伐郑。

公至自会。

陈铖宜咎出奔楚。

叔孙豹如京师。

大饥。

二十四年传

二十四年春，穆叔如晋。范宣子逆之，问焉，曰："古人有言曰：'死而不朽'。何谓也？"穆叔未对。宣子曰："昔匄之祖，自虞以上为陶唐氏，在夏为御龙氏，在商为豕韦氏，在周为唐杜氏，晋主夏盟为范氏，其是之谓乎！"穆叔曰："以豹所闻，此之谓世禄，非不朽也。鲁有先大夫曰臧文仲，既没，其言立^⑳，其是之谓乎！豹闻之：'大上有立德，其次有立功，其次有立言。'虽久不废，此之谓三不朽。若夫保姓受氏，以守宗祊，世不绝祀，无国无之。禄之大者，不可谓不朽。"

范宣子为政，诸侯之币重^①，郑人病之。二月，郑伯如晋，子产寓书于子西以告宣子^②，曰："子为晋国，四邻诸侯不闻令德，而闻重币，侨也惑之。

侨闻君子长国家者，非无贿之患，而无令名之难。

夫诸侯之贿聚于公室，则诸侯贰^③。若吾子赖之，则晋国贰。诸侯贰，则晋国坏；晋国贰，则子之家坏，何没没也^④！将焉用贿！

夫令名，德之舆也。德，国家之基也。有基无坏，无亦是务乎！有德则乐，乐则能久。《诗》云：'乐只君子，邦家之基。'有令德也夫！'上帝临女，无贰尔心'，有令名也夫！

恕思以明德，则令名载而行之，是以远至迩安。

毋宁使人谓子：'子实生我。'而谓'子浚我以生'乎^⑤？象有齿以焚其身，贿也。"

宣子说，乃轻币。

是行也，郑伯朝晋，为重币故，且请伐陈也。郑伯稽首，宣子辞。子西相，曰："以陈国之介恃大国，而陵虐于敝邑，寡君是以请请罪焉，敢不稽首？"

孟孝伯侵齐，晋故也。

夏，楚子为舟师以伐吴，不为军政，无功而还。

齐侯既伐晋而惧，将欲见楚子。楚子使薳启彊如齐聘，且请期。齐社^⑥，蒐军实^⑦，使客观之。陈文子曰："齐将有寇。吾闻之，兵不戢^⑧，必取其族^⑨。"

秋，齐侯闻将有晋师，使陈无宇从薳启彊如楚，辞，且乞师。崔杼帅师送之，遂伐莒，侵介根。

会于夷仪，将以伐齐。水，不克。

冬，楚子伐郑以救齐，门于东门，次于棘泽，诸侯还救郑。

晋侯使张骼、辅跞致楚师，求御于郑。郑人卜宛射犬^⑩，吉。子大叔戒之曰："大国之人，不可与也。"对曰："无有众寡，其上一也。"大叔曰："不然。部娄无松柏^⑪。"二子在幄^⑫，坐射犬于外；既食而后食之。使御广车而行，己皆乘乘车。将及楚师，而后从之乘，皆踞转而鼓琴。近，不告而驰之。皆取胄于橐而胄，入垒，皆下，搏人以投，收禽挟囚。弗待而出^⑬。皆超乘，抽弓而射。既免，复踞转而鼓琴，曰："公孙！同乘，兄弟也，胡再不谋^⑭？"对曰："曩者志入而已^⑮，今则怵也。"皆笑，曰："公孙之亟也！"

楚子自棘泽还，使薳启彊帅师送陈无宇。

吴人为楚舟师之役故，召舒鸠人^⑯。舒鸠人叛楚。楚子师于荒浦，使沈尹寿与师祁犁让之。舒鸠子敬逆二子而告"无之"，且请受盟。二子复命，王欲伐之。薳子曰："不可。彼告不叛，且请受盟；而又伐之，伐无罪也。姑归息民，以待其卒。卒而不贰，吾又何求？若犹叛我，无辞，有庸。"乃还。

陈人复讨庆氏之党，铖宜咎出奔楚。

齐人城郏。穆叔如周聘，且贺城。王嘉其有礼也，赐之大路。

晋侯嬖程郑，使佐下军。郑行人公孙挥如晋聘，程郑问焉，曰："敢问降阶何由？"子羽不能对，归以语然明^⑰。然明曰："是将死矣，不然将亡。贵而知惧，惧而思降，乃得其阶。下人而已，又何问焉？且夫既登而求降阶者，知人也，不在程郑。其有亡衅乎？不然，其有惑疾，将死而忧也。”

二十五年经

二十有五年春，齐崔杼帅师伐我北鄙。

夏五月乙亥，齐崔杼弑其君光。

公会晋侯、宋公、卫侯、郑伯、曹伯、莒子、邾子、滕子、薛伯、杞伯、小邾子于夷仪。

六月壬子，郑公孙舍之帅师入陈。

秋，八月己巳，诸侯同盟于重丘。

公至自会。

卫侯入于夷仪。

楚屈建帅师灭舒鸠。

冬，郑公孙夏帅师伐陈。

十有二月，吴子遏伐楚，门于巢，卒。

二十五传

二十五年春，齐崔杼帅师伐我北鄙，以报孝伯之师也。公患之，使告于晋。孟公绰曰："崔子将有大志，不在病我，必速归。何患焉？其来也不寇⑩，使民不严⑩，异于他日。"齐师徒归。

齐棠公之妻，东郭偃之姊也。东郭偃臣崔武子。棠公死，偃御武子以吊焉。见棠姜而美之，使偃取之。偃曰："男女辨姓⑱。今君出自丁，臣出自桓，不可。"武子筮之，遇"困䷜"之"大过䷛"。史皆曰"吉"！示陈文子，文子曰："夫从风，风陨妻，不可娶也。且其繇曰：'困于石，据于蒺藜。入于其宫，不见其妻。凶。''困于石'，往不济也；'据于蒺藜'，所恃伤也。'入于其宫，不见其妻，凶'，无所归也。"崔子曰："嫠也，何害⑱？先夫当之矣。"遂取之。

庄公通焉，骤如崔氏，以崔子之冠赐人。侍者曰："不可。"公曰："不为崔子，其无冠乎？"崔子因是，又以其间伐晋也，曰："晋必将报。"欲弑公以说于晋，而不获间。公鞭侍人贾举，而又近之，乃为崔子间公⑩。

夏五月，莒为且于之役故，莒子朝于齐。甲戌，飨诸北郭。崔子称疾不视事。

乙亥，公问崔子，遂从姜氏。姜入于室，与崔子自侧户出。公拊楹而歌。侍人贾举止众从者而入，闭门。甲兴⑩，公登台而请⑩，弗许；请盟，弗许；请自刃于庙，弗许。皆曰："君之臣杼疾病，不能听命。近于公宫，陪臣干掫有淫者⑪，不知二命。"公逾墙，又射之，中股，反队，遂弑之。

贾举、州绰、邴师、公孙敖、封具、铎父、襄伊、偻堙皆死。祝佗父祭于高唐，至，复命，不说弁而死于崔氏⑰。申蒯，侍渔者，退，谓其宰曰："尔以帑免，我将死。"其宰曰："免，是反之子义也。"与之皆死。崔氏杀鬷蔑于平阴。

晏子立于崔氏之门外。其人曰："死乎？"曰："独吾君也乎哉，吾死也？"曰："行乎？"曰："吾罪也乎哉，吾亡也？"曰："归乎？"曰："君死，安归？君民者，岂以陵民？社稷是主。臣君者，岂为其口实？社稷是养。故君为社稷死，则死之；为社稷亡，则亡之。若为己死，而为己亡，非其私昵，谁敢任之？且人有君而弑之，吾焉得死之，而焉得亡之？将庸何归？"门启而入，枕尸股而哭，兴，三踊而出。人谓崔子："必杀之！"崔子曰："民之望也。舍之，得民。"

卢蒲葵奔晋，王何奔莒。

叔孙宣伯之在齐也，叔孙还纳其女于灵公。嬖，生景公。丁丑，崔杼立而相之，庆封为左相。盟国人于大宫，曰："所不与崔、庆者。"晏子仰天叹曰："婴所不唯忠于君、利社稷者是与，有如上帝！"乃歃㉟。辛巳，公与大夫及莒子盟。大史书曰："崔杼弑其君。"崔子杀之。其弟嗣书，而死者二人。其弟又书，乃舍之。南史氏闻大史尽死，执简以往，闻既书矣，乃还。

闾丘婴以帷缚其妻而载之，与申鲜虞乘而出。鲜虞推而下之，曰："君昏不能匡，危不能救，死不能死，而知匿其昵，其谁纳之？"行及弇中㊱，将舍，婴曰："崔、庆其追我。"鲜虞曰："一与一，谁能惧我？"遂舍，枕辔而寝，食马而食。驾而行，出弇中，谓婴曰："速驱之！崔、庆之众，不可当也。"遂来奔。

崔氏侧庄公于北郭㊲。丁亥，葬诸士孙之里。四翣㊳，不跸㊴，下车七乘，不以兵甲。

晋侯济自泮，会于夷仪，伐齐，以报朝歌之役。齐人以庄公说，使隰钼请成，庆封如师。男女以班。赂晋侯以宗器、乐器，自六正、五吏、三十帅、三军之大夫、百官之正长、师旅及处守者皆有赂。晋侯许之，使叔向告于诸侯。公使子服惠伯对曰："君舍有罪，以靖小国，君之惠也。寡君闻命矣。"

晋侯使魏舒、宛没逆卫侯，将使卫与之夷仪。崔子止其帑㊵，以求五鹿。

初，陈侯会楚子伐郑。当陈隧者，井堙、木刊㊶，郑人怨之。六月，郑子展、子产帅车七百乘伐陈，宵突陈城，遂入之。

陈侯扶其大子偃师奔墓，遇司马桓子，曰："载余！"曰："将巡城！"遇贾获，载其母妻，下之，而授公车。公曰："舍而母。"辞曰："不祥。"与其妻扶其母以奔墓，亦免。

子展命师无入公宫，与子产亲御诸门。陈侯使司马桓子赂以宗器。陈侯免，拥社㊷，使其众男女别而累㊸，以待于朝。子展执絷而见，再拜稽首，承饮而进献。子美入㊹，数俘而出。祝祓社㊺，司徒致民，司马致节，司空致地，乃还。

秋七月己巳，同盟于重丘，齐成故也。

赵文子为政，令薄诸侯之币而重其礼。穆叔见之。谓穆叔曰："自今以往，兵其少弭矣。齐崔、庆新得政，将求善于诸侯。武也知楚令尹。若敬行其礼，道之以文辞，以靖诸侯，兵可以弭。"

楚蒍子冯卒，屈建为令尹，屈荡为莫敖。舒鸠人卒叛楚，令尹子木伐之，及离城，吴人救之。子木遽以右师先，子强、息桓、子捷、子骈、子孟帅左师以退。吴人居其间七日。子强曰："久将垫隘，隘乃禽也，不如速战。请以其私卒诱之。简师，陈以待我。我克则进，奔则亦视之。乃可以免。不然，必为吴禽。"从之。五人以其私卒先击吴师，吴师奔；登山以望，见楚师不继，复逐之，傅诸其军㊻。简师会之。吴师大败。遂围舒鸠，舒鸠溃。八月，楚灭舒鸠。

卫献公入于夷仪。

郑子产献捷于晋，戎服将事。晋人问陈之罪。对曰：

"昔虞阏父为周陶正㊼，以服事我先王。我先王赖其利器用也，与其神明之后也，庸以元女大姬配胡公㊽，而封诸陈，以备三恪㊾。则我周之自出，至于今是赖。桓公之乱，蔡人欲立其出，我先君庄公奉五父而立之，蔡人杀之，我又与蔡人奉戴厉公。至于庄、宣，皆我之自立。夏氏之乱，成公播荡，又我之自入，君所知也。

今陈忘周之大德，蔑我大惠，弃我姻亲，介恃楚众，以冯陵我敝邑，不可亿逞，我是以有往年之告。未获成命，则有我东门之役，当陈隧者，井堙、木刊。敝邑大惧不竞而耻大姬。天诱其衷，启敝邑心。陈知其罪，授手于我。用敢献功。"

晋人曰："何故侵小？"对曰："先王之命，唯罪所在，各致其辟。且昔天子之地一圻^⑤，列国一同^⑥，自是以衰^⑦。今大国多数圻矣，若无侵小，何以至焉？"晋人曰："何故戎服？"对曰："我先君武、庄，为平、桓卿士。城濮之役，文公布命，曰：'各复旧职。'命我文公戎服辅王，以授楚捷。不敢废王命故也。"士庄伯不能诘，复于赵文子。文子曰："其辞顺。犯顺不祥。"乃受之。

冬十月，子展相郑伯如晋，拜陈之功。子西复伐陈，陈及郑平。

仲尼曰："《志》有之：'言以足志，文以足言。'不言，谁知其志？言之无文，行而不远。晋为伯，郑入陈，非文辞不为功。慎辞哉！"

楚芳掩为司马，子木使庀赋^⑧，数甲兵。甲午，芳掩书土、田、度山林，鸠薮泽^⑨，辨京陵^⑩，表淳卤^⑪，数疆潦^⑫，规偃豬^⑬，町原防^⑭，牧隰皋^⑮，井衍沃^⑯。量入修赋，赋车、籍马，赋车兵、徒兵、甲楯之数^⑰。既成，以授子木，礼也。

十二月，吴子诸樊伐楚，以报舟师之役。门于巢。巢牛臣曰："吴王勇而轻，若启之，将亲门。我获射之，必殪。是君也死，疆其少安。"从之。吴子门焉，牛臣隐于短墙以射之。卒。

楚子以灭舒鸠赏子木。辞曰："先大夫芳子之功也。"以与芳掩。

晋程郑卒。子产始知然明，问为政焉。对曰："视民如子。见不仁者诛之，如鹰鹯之逐鸟雀也。"子产喜，以语子大叔，且曰："他日吾见蔑之面而已，今吾见其心矣！"子大叔问政于子产，子产曰："政如农功，日夜思之，思其始而成其终。朝夕而行之，行无越思，如农之有畔，其过鲜矣。"

卫献公自夷仪使与宁喜言，宁喜许之。大叔文子闻之，曰："乌呼！《诗》所谓'我躬不说^⑱，皇恤我后^⑲'者，宁子可谓不恤其后矣。将可乎哉？殆必不可！君子之行，思其终也，思其复也。《书》曰：'慎始而敬终，终以不困。'《诗》曰：'夙夜匪解，以事一人。'今宁子视君不如弈棋，其何以免乎？奕者举棋不定，不胜其耦；而况置君而弗定乎？必不免矣！九世之卿族，一举而灭之，可哀也哉！"

会于夷仪之岁，齐人城郏。其五月，秦、晋为成，晋韩起如秦莅盟，秦伯车如晋莅盟，成而不结。

二十六年经

二十有六年春王二月辛卯，卫宁喜弑其君剽。

卫孙林父入于戚以叛。

甲午，卫侯衎复归于卫。

夏，晋侯使荀吴来聘。

公会晋人、郑良霄、宋人、曹人于澶渊。

秋，宋公杀其世子痤。

晋人执卫宁喜。

八月壬午，许男宁卒于楚。

冬，楚子、蔡侯、陈侯伐郑。

葬许灵公。

二十六年传

二十六年春，秦伯之弟铖如晋修成。叔向命召行人子员。行人子朱曰："朱也当御。"三云，叔向不应。子朱怒，曰："班爵同，何以黜朱于朝？"抚剑从之。叔向曰："秦、晋不和久矣。今日之事，幸而集，晋国赖之；不集，三军暴骨。子员道二国之言无私，子常易之。奸以事君者，吾所能御也！"拂衣从之。人救之。平公曰："晋其庶乎！吾臣之所争者大。"师旷曰："公室惧卑。臣不心竞而力争，不务德而争善，私欲已侈，能无卑乎？"

卫献公使子鲜为复㊿，辞。敬姒强命之，对曰："君无信，臣惧不免。"敬姒曰："虽然，以吾故也。"许诺。初，献公使与宁喜言，宁喜曰："必子鲜在。不然，必败。"故公使子鲜。

子鲜不获命于敬姒，以公命与宁喜言，曰："苟反，政由宁氏，祭则寡人。"宁喜告蘧伯玉，伯玉曰："瑗不得闻君之出，敢闻其入？"遂行，从近关出，告右宰穀，右宰穀曰："不可！获罪于两君，天下谁畜之？"悼子曰㊿："吾受命于先人，不可以贰。"穀曰："我请使焉而观之。"遂见公于夷仪。反，曰："君淹恤在外十二年矣㊿，而无忧色，亦无宽言，犹夫人也。若不已，死无日矣！"悼子曰："子鲜在。"右宰穀曰："子鲜在，何益？多而能亡，于我何为？"悼子曰："虽然，不可以已。"

孙文子在戚，孙嘉聘于齐，孙襄居守。二月庚寅，宁喜、右宰穀伐孙氏，不克，伯国伤。宁子出舍于郊。伯国死，孙氏夜哭。国人召宁子，宁子复攻孙氏，克之。辛卯，杀子叔及大子角㊿。书曰"宁喜弑其君剽"，言罪之在宁氏也。

孙林父以戚如晋。书曰"入于戚以叛"，罪孙氏也。臣之禄，君实有之。义则进，否则奉身而退。专禄以周旋，戮也。

甲午，卫侯入。书曰："复归"，国纳之也。大夫逆于竟者，执其手而与之言；道逆者，自车揖之；逆于门者，颔之而已㊿。

公至，使让大叔文子曰："寡人淹恤在外，二三子皆使寡人朝夕闻卫国之言，吾子独不在寡人。古人有言曰：'非所怨，勿怨。'寡人怨矣。"对曰："臣知罪矣。臣不佞，不能负羁绁以从扦牧圉，臣之罪一也。有出者，有居者，臣不能贰，通外内之言以事君，臣之罪二也。有二罪，敢忘其死？"乃行，从近关出。公使止之。

卫人侵戚东鄙。孙氏愬于晋，晋戍茅氏㊿。殖绰伐茅氏，杀晋戍三百人。孙蒯追之，弗敢击。文子曰："厉之不如！"遂从卫师，败之圉。雍鉏获殖绰。复愬于晋。

郑伯赏入陈之功，三月甲寅朔，享子展，赐之先路三命之服，先八邑；赐子产次路再命之服，先六邑。子产辞邑，曰："自上以下，降杀以两，礼也。臣之位在四㊿，且子展之功也，臣不敢及赏礼。请辞邑！"公固予之，乃受三邑。公孙挥曰："子产其将知政矣。让不失礼。"

晋人为孙氏故，召诸侯，将以讨卫也。夏，中行穆子来聘，召公也。

楚子、秦人侵吴，及雩娄，闻吴有备而还。遂侵郑。五月，至于城麇㊿。郑皇颉戍之，出与楚师战，败。穿封戌囚皇颉，公子围与之争之，正于伯州犁。伯州犁曰："请问于囚。"乃立囚，伯州犁曰："所争，君子也，其何不知？"上其手㊿，曰："夫子为王子围，寡君之贵介弟也㊿。"下其手，曰："此子为穿封戌，方城外之县尹也。谁获子？"囚曰："颉遇王子，弱焉。"戌怒，抽戈逐王子围，弗及。楚人以皇颉归。

印堇父与皇颉戍城麇㊿，楚人囚之，以献于秦。郑人取货于印氏以请之，子大叔为令正㊿，以为请。子产曰："不获。受楚之功而取货于郑，不可谓国，秦不其然。若曰：'拜君之勤郑国！微君之惠，楚师其犹在敝邑之城下。'其可。"弗从，遂行。秦人不予。更币，从子产，而后获之。

六月，公会晋赵武、宋向戌、郑良霄、曹人于澶渊以讨卫，疆戚田。取卫西鄙懿氏六十以与孙氏。"赵武"不书，尊公也。"向戌"不书，后也。郑先宋，不失所也。

于是卫侯会之。晋人执宁喜、北宫遗，使女齐以先归。卫侯如晋，晋人执而囚之于士弱氏秋七月，齐侯、郑伯为卫侯故，如晋。晋侯兼享之。晋侯赋《嘉乐》。国景子相齐侯，赋《蓼萧》。子展相郑伯，赋《缁衣》。叔向命晋侯拜二君，曰：“寡君敢拜齐君之安我先君之宗祧也，敢拜郑君之不贰也！”

国子使晏平仲私于叔向，曰：“晋君宣其明德于诸侯，恤其患而补其阙，正其违而治其烦，所以为盟主也。今为臣执君，若之何？”叔向告赵文子，文子以告晋侯。晋侯言卫侯之罪，使叔向告二君。国子赋《辔之柔矣》，子展赋《将仲子兮》，晋侯乃许归卫侯。

叔向曰：“郑七穆®，罕氏其后亡者也？子展俭而壹。”

初，宋芮司徒生女子，赤而毛，弃诸堤下。共姬之妾取以入，名之曰弃。长而美。平公入夕®，共姬与之食。公见弃也，而视之，尤。姬纳诸御，嬖，生佐，恶而婉。大子痤美而很，合左师畏而恶之。寺人惠墙伊戾为大子内师而无宠。

秋，楚客聘于晋，过宋。大子知之，请野享之，公使往。伊戾请从之，公曰：“夫不恶女乎？”对曰：“小人之事君子也，恶之不敢远，好之不敢近，敬以待命。敢有贰心乎？纵有共其外®，莫共其内，臣请往也。”遣之。至，则坎，用牲，加书，征之，而驰告公曰：“大子将为乱，既与楚客盟矣。”公曰：“为我子，又何求？”对曰：“欲速。”公使视之，则信有焉。问诸夫人与左师，则皆曰：“固闻之。”公囚大子。大子曰：“唯佐也能免我。”召而使请，曰：“日中不来，吾知死矣。”左师闻之，聒而与之语®。过期，乃缢而死。佐为大子。公徐闻其无罪也，乃亨伊戾。

左师见夫人之步马者®，问之。对曰：“君夫人氏也。”左师曰：“谁为君夫人？余胡弗知？”圉人归，以告夫人。夫人使馈之锦与马，先之以玉，曰：“君之妾弃使某献。”左师改命曰“君夫人”，而后再拜稽首受之。

郑伯归自晋，使子西如晋聘，辞曰：“寡君来烦执事，惧不免于戾，使夏谢不敏®。”君子曰：“善事大国。”

初，楚伍参与蔡大师子朝友®，其子伍举与声子相善也®。伍举娶于王子牟。王子牟为申公而亡，楚人曰：“伍举实送之。”伍举奔郑，将遂奔晋。声子将如晋，遇之于郑郊，班荆相与食®，而言复故。声子曰：“子行也。吾必复子。”

及宋向戌将平晋、楚，声子通使于晋，还如楚。令尹子木与之语，问晋故焉，且曰：“晋大夫与楚孰贤？”对曰：“晋卿不如楚，其大夫则贤，皆卿材也。如杞梓、皮革，自楚往也。虽楚有材，晋实用之。”子木曰：“夫独无族、姻乎？”对曰：虽有，而用楚材实多。归生闻之：善为国者，赏不僭而刑不滥。赏僭，则惧及淫人；刑滥，则惧及善人。若不幸而过，宁僭无滥。与其失善，宁其利淫。无善人，则国从之。《诗》曰：“人之云亡，邦国殄瘁。”无善人之谓也。故《夏书》曰：“与其杀不辜，宁失不经®。”惧失善也。《商颂》有之曰：“不僭不滥，不敢怠皇。命于下国，封建厥福。”此汤所以获天福也。

古之治民者劝赏而畏刑®，恤民不倦。赏以春夏，刑以秋冬。是以将赏，为之加膳，加膳则饫赐®，此以知其劝赏也。将刑，为之不举，不举则彻乐，此以知其畏刑也。夙兴夜寐，朝夕临政，此以知其恤民也。三者礼之大节也。有礼，无败。今楚多淫刑，其大夫逃死于四方，而为之谋主以害楚国，不可救疗，所谓不能也。

子仪之乱，析公奔晋。晋人寘诸戎车之殿，以为谋主。绕角之役，晋将遁矣，析公曰：“楚师轻窕，易震荡也。若多鼓钧声，以夜军之，楚师必遁。”晋人从之。楚师宵溃。晋遂侵蔡，袭沈，获其君，败申、息之师于桑隧，获申丽而还。郑于是不敢南面。楚失华夏，则析公之为也。

雍子之父兄谮雍子，君与大夫不善是也，雍子奔晋，晋人与之鄐，以为谋主。彭城之役，晋、楚遇于靡角之谷。晋将遁矣，雍子发命于军曰："归老幼。反孤疾。二人役，归一人。简兵蒐乘，秣马蓐食。师陈焚次，明日将戰！"行歸者，而逸楚囚。楚師宵潰，晋降彭城而歸諸宋，以魚石歸。楚失東夷，子辛死之，則雍子之為也。

子反与子灵争夏姬，而雍害其事，子灵奔晋，晋人与之邢，以为谋主，扞御北狄，通吴于晋，教吴叛楚，教之乘车、射御、驱侵。使其子狐庸为吴行人焉。吴于是伐巢、取驾、克棘、入州来，楚罢于奔命，至今为患，则子灵之为也。

若敖之乱，伯贲之子贲皇奔晋，晋人与之苗，以为谋主。鄢陵之役，楚晨压晋军而陈。晋将遁矣，苗贲皇曰："楚师之良在其中军王族而已，若塞井夷灶，成陈以当之，栾、范易行以诱之，中行、二郤必克二穆，吾乃四萃于其王族，必大败之！"晋人从之。楚师大败，王夷、师熠，子反死之，郑叛、吴兴，楚失诸侯，则苗贲皇之为也。

子木曰："是皆然矣。"声子曰："今又有甚于此。椒举娶于申公子牟，子牟得戾而亡。君大夫谓椒举：'女实遣之。'惧而奔郑，引领南望曰：'庶几赦余！'亦弗图也。今在晋矣。晋人将与之县，以比叔问。彼若谋害楚国，岂不为患？"

子木惧，言诸王，益其禄爵而复之。声子使椒鸣逆之。

许灵公如楚，请伐郑，曰："师不兴，孤不归矣。"八月，卒于楚。楚子曰："不伐郑，何以求诸侯？"

冬十月，楚子伐郑。郑人将御之，子产曰："晋、楚将平，诸侯将和，楚王是故昧于一来。不如使逞而归，乃易成也。夫小人之性，衅于勇，啬于祸、以足其性、而求名焉者，非国家之利也，若何从之？"子展说，不御寇。十二月乙酉，入南里，堕其城。涉于乐氏，门于师之梁。县门发，获九人焉。涉于氾而归，而后葬许灵公。

卫人归卫姬于晋，乃释卫侯。君子是以知平公之失政也。

晋韩宣子聘于周，王使请事。对曰："晋士起将归时事于宰旅，无他事矣。"王闻之，曰："韩氏其昌阜于晋乎！辞不失旧。"

齐人城郏之岁，其夏，齐乌馀以廪丘奔晋，袭卫羊角，取之。遂袭我高鱼。有大雨，自其窦入，介于其库，以登其城，克而取之。又取邑于宋。于是范宣子卒，诸侯弗能治也。及赵文子为政，乃卒治之。文子言于晋侯曰："晋为盟主，诸侯或相侵也，则讨而使归其地。今乌馀之邑皆讨类也，而贪之，是无以为盟主也。请归之！"公曰："诺。孰可使也？"对曰："胥梁带能无用师。"晋侯使往。

二十七年经

二十有七年春，齐侯使庆封来聘。

夏，叔孙豹会晋赵武、楚屈建、蔡公孙归生、卫石恶、陈孔奂、郑良霄、许人、曹人于宋。

卫杀其大夫宁喜。

卫侯之弟鱄出奔晋。

秋七月辛巳，豹及诸侯之大夫盟于宋。

冬十有二月乙亥朔，日有食之。

二十七年传

二十七年春，胥梁带使诸丧邑者具车徒以受地，必周。使乌馀具车徒以受封，乌馀以其众出。使诸侯伪效乌馀之封者，而遂执之，尽获之。皆取其邑而归诸侯，诸侯是以睦于晋。

齐庆封来聘，其车美。孟孙谓叔孙曰："庆季之车，不亦美乎！"叔孙曰："豹闻之：'服美不称，必以恶终。'美车何为？"叔孙与庆封食，不敬。为赋《相鼠》，亦不知也。

卫宁喜专，公患之。公孙免馀请杀之®，公曰："微宁子不及此。吾与之言矣。事未可知，祗成恶名。止也！"对曰："臣杀之。君勿与知。"乃与公孙无地、公孙臣谋，使攻宁氏，弗克，皆死。公曰："臣也无罪，父子死余矣！"夏，免馀复攻宁氏，杀宁喜及右宰穀，尸诸朝。石恶将会宋之盟，受命而出，衣其尸，枕之股而哭之。欲敛以亡，惧不免，且曰："受命矣！"乃行。

子鲜曰："逐我者出，纳我者死。赏罚无章，何以沮劝？君失其信，而国无刑，不亦难乎？且鱄实使之。"遂出奔晋。公使止之，不可。及河，又使止之，止使者而盟于河。托于木门®，不乡卫国而坐。木门大夫劝之仕，不可，曰："仕而废其事，罪也。从之，昭吾所以出也。将谁愬乎？吾不可以立于人之朝矣！"终身不仕。公丧之如税服，终身。

公与免馀邑六十，辞曰："唯卿备百邑，臣六十矣。下有上禄，乱也。臣弗敢闻。且宁子唯多邑故死，臣惧死之速及也！"公固与之，受其半。以为少师。公使为卿，辞曰："大叔仪不贰，能赞大事，君其命之！"乃使文子为卿。

宋向戌善于赵文子，又善于令尹子木，欲弭诸侯之兵以为名®。如晋，告赵孟。赵孟谋于诸大夫。韩宣子曰："兵，民之残也，财用之蠹，小国之大灾也。将或弭之，虽曰不可，必将许之。弗许，楚将许之以召诸侯，则我失为盟主矣。"晋人许之。如楚，楚亦许之。如齐，齐人难之。陈文子曰："晋、楚许之，我焉得已？且人曰'弭兵'，而我弗许，则固携吾民矣，将焉用之？"齐人许之。告于秦，秦亦许之。皆告于小国，为会于宋。

五月甲辰，晋赵武至于宋。丙午，郑良霄至。六月丁未朔，宋人享赵文子，叔向为介。司马置折俎®，礼也。仲尼使举是礼也®，以为多文辞。戊申，叔孙豹、齐庆封、陈须无、卫石恶至。甲寅，晋荀盈从赵武至。丙辰，邾悼公至。壬戌，楚公子黑肱先至，成言于晋®。丁卯，宋向戌如陈，从子木成言于楚。戊辰，滕成公至。子木谓向戌："请晋、楚之从交相见也。"庚午，向戌复于赵孟。赵孟曰："晋、楚、齐、秦，匹也。晋之不能于齐，犹楚之不能于秦也。楚君若能使秦君辱于敝邑，寡君敢不固请于齐！"壬申，左师复言于子木，子木使驲谒诸王。王曰："释齐、秦，他国请相见也。"秋七月戊寅，左师至。是夜也，赵孟及子皙盟，以齐言。庚辰，子木至自陈。陈孔奂、蔡公孙归生至。曹、许之大夫皆至。以藩为军®。晋、楚各处其偏。伯夙谓赵孟曰："楚氛甚恶，惧难。"赵孟曰："吾左还，入于宋，若我何？"

辛巳，将盟于宋西门之外。楚人衷甲®。伯州犁曰："合诸侯之师，以为不信，无乃不可乎？夫诸侯望信于楚，是以来服。若不信，是弃其所以服诸侯也。"固请释甲。子木曰："晋、楚无信久矣！事利而已。苟得志焉，焉用有信？"大宰退，告人曰："令尹将死矣，不及三年。求逞志而弃信，志将逞乎？志以发言，言以出信，信以立志，参以定之®。信亡，何以及三？"赵孟患楚衷甲，以告叔向。叔向曰："何害也？匹夫一为不信，犹不可，单毙其死®。若合诸侯之卿以为不信，必不捷矣！食言者不病，非子之患也。夫以信召人，而以僭济之®，必莫之与也，安能害我？且吾因宋以守，病则夫能致死。与宋致死，虽倍楚可也，子何惧焉？又不及是。曰'弭兵'以召诸侯，而称兵以害我，吾庸多矣®，非所患也。"

季武子使谓叔孙以公命，曰："视邾、滕。"既而齐人请邾，宋人请滕，皆不与盟。叔孙曰："邾、滕人之私也，我列国也，何故视之？宋、卫吾匹也。"乃盟。故不书其族，言违命也。

晋、楚争先。晋人曰："晋固为诸侯盟主，未有先晋者也。"楚人曰："子言晋、楚匹也，若晋常先，是楚弱也，且晋、楚狎主诸侯之盟也久矣，岂专在晋？"叔向谓赵孟曰："诸侯归晋之德只，非归其尸盟也。子务德，无争先。且诸侯盟，小国固必有尸盟者。楚为晋细，不亦可乎？”乃先楚人。书先晋，晋有信也。

壬午，宋公兼享晋、楚之大夫，赵孟为客，子木与之言，弗能对；使叔向侍言焉，子木亦不能对也。

乙酉，宋公及诸侯之大夫盟于蒙门之外。子木问于赵孟曰：“范武子之德何如？”对曰：“夫子之家事治，言于晋国无隐情，其祝史陈信于鬼神无愧辞。”子木归，以语王。王曰：“尚矣哉！能歆神、人⑥，宜其光辅五君以为盟主也！”子木又语王曰：“宜晋之伯也，有叔向以佐其卿。楚无以当之，不可与争。”晋荀盈遂如楚莅盟。

郑伯享赵孟于垂陇，子展、伯有、子西、子产、子大叔、二子石从。赵孟曰：“七子从君以宠武也，请皆赋，以卒君贶，武亦以观七子之志。”子展赋《草虫》。赵孟曰：“善哉民之主也！抑武也，不足以当之。”伯有赋《鹑之贲贲》。赵孟曰：“床第之言不逾阈，况在野乎？非使人之所得闻也。”子西赋《黍苗》之四章。赵孟曰：“寡君在，武何能焉？”子产赋《隰桑》。赵孟曰：“武请受其卒章。”子大叔赋《野有蔓草》。赵孟曰：“吾子之惠也。”印段赋《蟋蟀》。赵孟曰：“善哉保家之主也！吾有望矣。”公孙段赋《桑扈》。赵孟曰：“‘匪交匪敖’，福将焉往？若保是言也，欲辞福禄，得乎？”卒享，文子告叔向曰：“伯有将为戮矣。诗以言志。志诬其上而公怨之，以为宾荣，其能久乎？幸而后亡。”叔向曰：“然，已侈⑥！所谓不及五稔者⑥，夫子之谓矣。”文子曰：“其馀皆数世之主也。子展其后亡者也，在上不忘降。印氏其次也，乐而不荒；乐以安民，不淫以使之，后亡不亦可乎？”

宋左师请赏⑥，曰：“请免死之邑。”公与之邑六十，以示子罕。子罕曰：“凡诸侯小国，晋、楚所以兵威之，畏而后上下慈和，慈和而后能安靖其国家，以事大国，所以存也。无威则骄，骄则乱生，乱生必灭，所以亡也。天生五材⑥，民并用之，废一不可。谁能去兵？兵之设久矣，所以威不轨而昭文德也。圣人以兴，乱人以废。废兴、存亡、昏明之术，皆兵之由也；而子求去之，不亦诬乎？以诬道蔽诸侯，罪莫大焉。纵无大讨，而又求赏，无厌之甚也！”削而投之⑥。左师辞邑。

向氏欲攻司城⑥，左师曰：“我将亡，夫子存我，德莫大焉。又可攻乎？”君子曰：“‘彼己之子，邦之司直⑥’，乐喜之谓乎！‘何以恤我，我其收之’，向戌之谓乎！”

齐崔杼生成及强而寡⑥，取东郭姜，生明。东郭姜以孤入⑥，曰棠无咎，与东郭偃相崔氏⑥。崔成有疾而废之，而立明。成请老于崔，崔子许之，偃与无咎弗予，曰：“崔，宗邑也，必在宗主。”成与强怒，将杀之，告庆封曰：“夫子之身，亦子所知也，唯无咎与偃是从，父兄莫得进矣。大恐害夫子，敢以告。”庆封曰：“子姑退。吾图之。”告卢蒲嫳。卢蒲嫳曰：“彼，君之雠也。天或者将弃彼矣。彼实家乱，子何病焉？崔之薄，庆之厚也。”他日又告。庆封曰：“苟利夫子，必去之。难，吾助女。”

九月庚辰，崔成、崔强杀东郭偃、棠无咎于崔氏之朝。崔子怒而出，其众皆逃，求人使驾，不得；使圉人驾，寺人御而出，且曰：“崔氏有福，止余犹可。”遂见庆封。庆封曰：“崔、庆一也。是何敢然？请为子讨之。”使卢蒲嫳帅甲以攻崔氏。崔氏堞其宫而守之⑥。弗克，使国人助之，遂灭崔氏，杀成与强，而尽俘其家，其妻缢。嫳复命于崔子，且御而归之。至，则无归矣，乃缢。崔明夜辟诸大墓。辛巳，崔明来奔。庆封当国。

楚薳罢如晋莅盟，晋侯享之。将出，赋《既醉》。叔向曰：“薳氏之有后于楚国也，宜哉！承君命，不忘敏。子荡将知政矣⑥。敏以事君，必能养民，政其焉往？”

崔氏之乱，申鲜虞来奔，仆赁于野⑥，以丧庄公。冬，楚人召之。遂如楚为右尹。

十一月乙亥朔，日有食之。辰在申^⑰，司历过也^⑱，再失闰矣。

二十八年经

二十有八年春，无冰。

夏，卫石恶出奔晋。

邾子来朝。

秋八月，大雩。

仲孙羯如晋。

冬，齐庆封来奔。

十有一月，公如楚。

十有二月甲寅，天王崩。

乙未，楚子昭卒。

二十八年传

二十八年春，无冰。梓慎曰^⑲：“今兹宋、郑其饥乎？岁在星纪而淫于玄枵^⑳，以有时灾，阴不堪阳。蛇乘龙，龙，宋、郑之星也。宋、郑必饥。玄枵，虚中也。枵，耗名也。土虚而民耗，不饥何为？”

夏，齐侯、陈侯、蔡侯、北燕伯、杞伯、胡子、沈子、白狄朝于晋，宋之盟故也。

齐侯将行，庆封曰：“我不与盟，何为于晋？”陈文子曰：“先事后贿，礼也。小事大，未获事焉，从之如志，礼也。虽不与盟，敢叛晋乎？重丘之盟，未可忘也。子其劝行！”

卫人讨宁氏之党，故石恶出奔晋。卫人立其从子圃^㉑，以守石氏之祀，礼也。

邾悼公来朝，时事也。

“秋八月，大雩”，旱也。

蔡侯归自晋，入于郑。郑伯享之，不敬。子产曰：“蔡侯其不免乎？日其过此也^㉒，君使子展迋劳于东门之外^㉓，而傲。吾曰‘犹将更之’。今还，受享而惰，乃其心也^㉔，君小国，事大国，而惰傲以为己心，将得死乎？若不免，必由其子。其为君也，淫而不父。侨闻之：如是者恒有子祸。”

孟孝伯如晋，告将为宋之盟故如楚也。

蔡侯之如晋也，郑伯使游吉如楚。及汉^㉕，楚人还之，曰：“宋之盟，君实亲辱。今吾子来，寡君谓吾子姑还，吾将使驲奔问诸晋而以告。”子大叔曰：“宋之盟，君命将利小国，而亦使安定其社稷、镇抚其民人，以礼承天之休^㉖。此君之宪令，而小国之望也。寡君是故使吉奉其皮币，以岁之不易^㉗，聘于下执事。今执事有命曰：‘女何与政令之有？必使而君弃而封守，跋涉山川，蒙犯霜露，以逞君心。’小国将君是望，敢不唯命是听？无乃非载盟之言，以阙君德，而执事有不利焉，小国是惧。不然，其何劳之敢惮^㉘！”

子大叔归，复命，告子展曰：“楚子将死矣。不修其政德，而贪昧于诸侯以逞其愿，欲久，得乎？《周易》有之，在‘复☷’之‘颐☷’，曰：‘迷复，凶。’其楚子之谓乎！欲复其愿，而弃其本，复归无所，是谓迷复^㉙，能无凶乎？君其往也，送葬而归，以快楚心。楚不几十年，未能恤诸侯也，吾乃休吾民矣。”

　　裨灶曰："今兹周王及楚子皆将死。岁弃其次⑨，而旅于明年之次，以害鸟、帑⑩，周、楚恶之。"

　　九月，郑游吉如晋，告将朝于楚以从宋之盟。子产相郑伯以如楚。舍不为坛⑪。外仆言曰："昔先大夫相先君适四国，未尝不为坛。自是至今，亦皆循之。今子草舍，无乃不可乎？"子产曰："大适小，则为坛。小适大，苟舍而已，焉用坛？侨闻之，大适小有五美：宥其罪戾，赦其过失，救其灾患，赏其德刑，教其不及。小国不困，怀服如归，是故作坛以昭其功，宣告后人，无怠于德。小适大有五恶：说其罪戾⑫，请其不足，行其政事，共其职贡，从其时命。不然，则重其币帛，以贺其福而吊其凶，皆小国之祸也。焉用作坛以昭其祸？所以告子孙，无昭祸焉可也。"

　　齐庆封好田而耆酒，与庆舍政，则以其内实迁于卢蒲嫳氏⑬，易内而饮酒。数日，国迁朝焉。使诸亡人得贼者以告而反之⑭，故反卢蒲癸。癸臣子之⑮，有宠，妻之。庆舍之士谓卢蒲癸曰："男女辨姓，子不辟宗，何也？"曰："宗不余辟，余独焉辟之？赋诗断章，余取所求焉。恶识宗？"癸言王何而反之。二人皆嬖，使执寝戈而先后之。

　　公膳日双鸡。饔人窃更之以鹜⑯，御者知之⑰，则去其肉而以其洎馈⑱。子雅、子尾怒⑲。庆封告卢蒲嫳，卢蒲嫳曰："譬之如禽兽，吾寝处之矣。"使析归父告晏平仲，平仲曰："婴之众不足用也，知无能谋也。言弗敢出，有盟可也。"子家曰："子之言云，又焉用盟？"告北郭子车，子车曰："人各有以事君，非佐之所能也。"陈文子谓桓子曰："祸将作矣。吾其何得？"对曰："得庆氏之木百车于庄。"文子曰："可慎守也已。"

　　卢蒲癸、王何卜攻庆氏，示子之兆曰⑳："或卜攻雠，敢献其兆。"子之曰："克，见血。"冬十月，庆封田于莱，陈无宇从。丙辰，文子使召之，请曰："无宇之母疾病，请归。"庆季卜之㉑，示之兆，曰："死。"奉龟而泣，仍使归。庆嗣闻之，曰："祸将作矣！"谓子家："速归！祸必作于尝㉒，归犹可及也。"子家弗听，亦无悛志㉓。子息曰："亡矣！幸而获在吴、越。"陈无宇济水，而戕舟发梁㉔。

　　卢蒲姜谓癸曰㉕："有事而不告我，必不捷矣。"癸告之。姜曰："夫子愎㉖，莫之止，将不出。我请止之。"癸曰："诺。"十一月乙亥，尝于大公之庙，庆舍莅事。卢蒲姜告之，且止之。弗听，曰："谁敢者？"遂如公。麻婴为尸㉗，庆奊为上献㉘。卢蒲癸、王何执寝戈，庆氏以其甲环公宫。陈氏、鲍氏之圉人为优。庆氏之马善惊，士皆释甲束马，而饮酒，且观优，至于鱼里㉙。栾、高、陈、鲍之徒介庆氏之甲㉚。子尾抽桷击扉三㉛，卢蒲癸自后刺子之，王何以戈击之，解其左肩。犹援庙桷㉜，动于甃㉝，以俎、壶投杀人而后死。遂杀庆绳、麻婴。公惧，鲍国曰："群臣为君故也。"陈须无以公归，税服而如内宫㉞。

　　庆封归，遇告乱者。丁亥，伐西门，弗克。还伐北门，克之。入，伐内宫，弗克。反，陈于岳㉟。请战，弗许，遂来奔。献车于季武子，美泽可以鉴。展庄叔见之，曰："车甚泽，人必瘁，宜其亡也。"叔孙穆子食庆封。庆封氾祭。穆子不说，使工为之诵《茅鸱》，亦不知。既而齐人来让，奔吴。吴句余予之朱方㊱，聚其族焉而居之，富于其旧。子服惠伯谓叔孙曰："天殆富淫人。庆封又富矣！"穆子曰"善人富谓之赏，淫人富谓之殃。天其殃之也，其将聚而歼旃。"

　　癸巳，天王崩。未来赴，亦未书，礼也。

　　崔氏之乱，丧群公子，故钼在鲁，叔孙还在燕，贾在句渎之丘。及庆氏亡，皆召之，具其器用，而反其邑焉。与晏子邶殿其鄙六十㊲，弗受。子尾曰："富，人之所欲也，何独弗欲？"对曰："庆氏之邑足欲，故亡。吾邑不足欲也，益之以邶殿，乃足欲。足欲，亡无日矣。在外，不得宰吾一邑。不受邶殿，非恶富也，恐失富也。且夫富，如布帛之有幅焉，为之制度，使无迁也。夫民，生厚而用利^⑩，于是乎正德以幅之，使无黜嫚，谓之幅利。利过则为败。吾不敢贪多，所谓幅也。"与北郭佐邑六十，受之。与子雅邑，辞多受少。与子尾邑，受而稍致之^⑪。公以为忠，故有宠。释卢蒲嫳于北竟。

求崔杼之尸，将戮之，不得。叔孙穆子曰："必得之！武王有乱臣十人^⑫，崔杼其有乎？不十人，不足以葬。"既，崔氏之臣曰："与我其拱璧，吾献其枢。"于是得之。十二月乙亥朔，齐人迁庄公，殡于大寝。以其棺尸崔杼于市，国人犹知之，皆曰："崔子也！"

为宋之盟故，公及宋公、陈侯、郑伯、许男如楚。公过郑，郑伯不在，伯有迋劳于黄崖，不敬。穆叔曰："伯有无戾于郑，郑必有大咎。敬，民之主也；而弃之，何以承守？郑人不讨，必受其辜。济泽之阿，行潦之蘋、藻^⑬，寘诸宗室，季兰尸之^⑭，敬也。敬可弃乎？"

及汉，楚康王卒。公欲反。叔仲昭伯曰："我楚国之为，岂为一人？行也！"子服惠伯曰："君子有远虑，小人从迩。饥寒之不恤，谁遑其后^⑮？不如姑归也。"叔孙穆子曰："叔仲子，专之矣。子服子，始学者也。"荣成伯曰^⑯："远图者，忠也。"公遂行。

宋向戌曰："我一人之为，非为楚也。饥寒之不恤，谁能恤楚？姑归而息民，待其立君而为之备。"宋公遂反。

楚屈建卒，赵文子丧之如同盟，礼也。

王人来告丧。问崩日，以甲寅告。故书之，以征过也。

二十九年经

二十有九年春王正月，公在楚。

夏五月，公至自楚。

庚午，卫侯衎卒。

阍弑吴子馀祭。

仲孙羯会晋荀盈、齐高止、宋华定、卫世叔仪、郑公孙段、曹人、莒人、滕人、薛人、小邾人，城杞。

晋侯使士鞅来聘。

杞子来盟。

吴子使札来聘。

秋九月，葬卫献公。

齐高止出奔北燕。

冬，仲孙羯如晋。

二十九年传

"二十九年春王正月，公在楚"，释不朝正于庙也^①。楚人使公亲襚^②，公患之。穆叔曰："被殡而襚^③，则布币也。"乃使巫以桃、苅先祓殡^④。楚人弗禁，既而悔之。

二月癸卯，齐人葬庄公于北郭。

夏四月，葬楚康王。公及陈侯、郑伯、许男送葬，至于西门之外，诸侯之大夫皆至于墓。

楚郏敖即位^⑤，王子围为令尹。郑行人子羽曰："是谓不宜，必代之昌。松柏之下，其草不殖。"

公还，及方城。季武子取卞，使公冶问[e]，玺书追而与之[e]，曰："闻守卞者将叛，臣帅徒以讨之，既得之矣。敢告。"公冶致使而退，及舍而后闻取卞。公曰："欲之而言叛，祇见疏也。"公谓公冶曰："吾可以入乎？"对曰："君实有国，谁敢违君？"公与公冶冕服，固辞，强之而后受。公欲无入。荣成伯赋《式微》，乃归。五月，公至自楚。

公冶致其邑于季氏，而终不入焉，曰："欺其君，何必使余？"季孙见之，则言季氏如他日；不见，则终不言季氏。及疾，聚其臣，曰："我死，必无以冕服敛，非德赏也。且无使季氏葬我！"

葬灵王，郑上卿有事。子展使印段往，伯有曰："弱，不可。"子展曰："与其莫往，弱，不犹愈乎？《诗》云'王事靡盬[e]，不遑启处[e]。'东西南北，谁敢宁处？坚事晋、楚，以蕃王室也。王事无旷，何常之有？"遂使印段如周。

吴人伐越，获俘焉，以为阍[e]，使守舟。吴子馀祭观舟，阍以刀弑之。

郑子展卒，子皮即位。于是郑饥，而未及麦，民病。子皮以子展之命饩国人粟，户一钟[e]，是以得郑国之民，故罕氏常掌国政，以为上卿。宋司城子罕闻之，曰："邻于善，民之望也。"宋亦饥，请于平公，出公粟以贷；使大夫皆贷。司城氏贷而不书，为大夫之无者贷。宋无饥人。叔向闻之，曰："郑之罕，宋之乐，其后亡者也，二者其皆得国乎！民之归也。施而不德，乐氏加焉，其以宋升降乎！"

晋平公，杞出也，故治杞。六月，知悼子合诸侯之大夫以城杞，孟孝伯会之，郑子大叔与伯石往。子大叔见大叔文子，与之语。文子曰："甚乎其城杞也[e]！"子大叔曰："若之何哉！晋国不恤周宗之阙，而夏肆是屏[e]，其弃诸姬，亦可知也已。诸姬是弃，其谁归之？吉也闻之：弃同、即异，是谓离德。《诗》曰：'协比其邻，昏姻孔云。'晋不邻矣，其谁云之[e]！"

齐高子容与宋司徒见知伯，女齐相礼[e]。宾出，司马侯言于知伯曰："二子皆将不免。子容专，司徒侈，皆亡家之主也。"知伯曰："何如？"对曰："专则速及，侈将以其力毙，专则人实毙之。将及矣！"

范献子来聘，拜城杞也。公享之，展庄叔执币。射者三耦，公臣不足，取于家臣。家臣展瑕、展王父为一耦；公臣，公巫召伯、仲颜庄叔为一耦，鄦鼓父、党叔为一耦。

晋侯使司马女叔侯来治杞田，弗尽归也。晋悼夫人愠曰："齐也取货[e]，先君若有知也，不尚取之。"公告叔侯。叔侯曰："虞、虢、焦、滑、霍、扬、韩、魏，皆姬姓也，晋是以大。若非侵小，将何所取？武、献以下，兼国多矣，谁得治之？杞，夏馀也，而即东夷。鲁，周公之后也，而睦于晋。以杞封鲁犹可，而何有焉？"鲁之于晋也，职贡不乏，玩好时至，公卿大夫相继于朝，史不绝书，府无虚月。如是可矣，何必瘠鲁以肥杞？且先君而有知也，毋宁夫人，而焉用老臣？"

杞文公来盟。书曰"子"，贱之也。

吴公子札来聘[e]，见叔孙穆子，说之。谓穆子曰："子其不得死乎？好善而不能择人。吾闻君子务在择人。吾子为鲁宗卿，而任其大政，不慎举，何以堪之？祸必及子！"

请观于周乐。使工为之歌《周南》、《召南》。曰："美哉！始基之矣[e]，犹未也，然勤而不怨矣！"为之歌《邶》、《鄘》、《卫》。曰："美哉渊乎[e]！忧而不困者也。吾闻卫康叔、武公之德如是，是其《卫风》乎！"为之歌《王》。曰："美哉！思而不惧，其周之东乎！"为之歌《郑》。曰："美哉！其细已甚[e]，民弗堪也。是其先亡乎？"为之歌《齐》。曰："美哉泱泱乎！大风也哉！表东海者，其大公乎？国未可量也。"为之歌《豳》。曰："美哉荡乎！乐而不淫，其周公之东乎？"为之歌《秦》，曰："此之谓夏声[e]。夫能夏则大。大之至也，其周之旧乎！"为之歌《魏》。曰：

"美哉沨沨乎®！大而婉，险而易行，以德辅此，则明主也。"为之歌《唐》。曰："思深哉！其有陶唐氏之遗民乎！不然，何其忧之远也？非令德之后，谁能若是？"为之歌《陈》。曰："国无主，其能久乎？"自《郐》以下无讥焉。为之歌《小雅》。曰："美哉！思而不贰，怨而不言，其周德之衰乎？犹有先王之遗民焉。"为之歌《大雅》。曰："广哉熙熙乎！曲而有直体，其文王之德乎！"为之歌《颂》。曰："至矣哉！直而不倨，曲而不屈，迩而不偪，远而不携，迁而不淫，复而不厌，哀而不愁，乐而不荒，用而不匮，广而不宣，施而不费，取而不贪，处而不底，行而不流。五声和，八风平，节有度，守有序，盛德之所同也！"见舞《象箾》、《南籥》者®，曰："美哉！犹有憾。"见舞《大武》者，曰："美哉！周之盛也，其若此乎！"见舞《韶濩》者，曰："圣人之弘也，而犹有惭德。圣人之难也！"见舞《大夏》者，曰："美哉勤而不德！非禹，其谁能修之？"见舞《韶箾》者，曰："德至矣哉！大矣，如天之无不帱也®，如地之无不载也。虽甚盛德，其蔑以加于此矣。观止矣®！若有他乐，吾不敢请已。"

其出聘也，通嗣君也®。故遂聘于齐，说晏平仲®，谓之曰："子速纳邑与政®！无邑无政，乃免于难。齐国之政将有所归。未获所归，难未歇也。"故晏子因陈桓子以纳政与邑，是以免于栾、高之难。

聘于郑，见子产，如旧相识。与之缟带，子产献纻衣焉。谓子产曰："郑之执政侈，难将至矣。政必及子。子为政，慎之以礼。不然，郑国将败。"

适卫，说蘧瑗、史狗、史鳔、公子荆、公叔发、公子朝®，曰："卫多君子，未有患也。"

自卫如晋，将宿于戚，闻钟声焉，曰："异哉！吾闻之也：'辩而不德，必加于戮。'夫子获罪于君以在此，惧犹不足，而又何乐？夫子之在此也，犹燕之巢于幕上。君又在殡，而可以乐乎？"遂去之。文子闻之，终身不听琴瑟。

适晋，说赵文子、韩宣子、魏献子，曰："晋国其萃于三族乎？"说叔向，将行，谓叔向曰："吾子勉之！君侈而多良，大夫皆富，政将在家®，吾子好直，必思自免于难。"

秋九月，齐公孙虿、公孙灶放其大夫高止于北燕®。乙未，出。书曰"出奔"，罪高止也。高止好以事自为功，且专，故难及之。

冬，孟孝伯如晋，报范叔也。

为高氏之难故，高竖以卢叛®。十月庚寅，闾丘婴帅师围卢。高竖曰："苟使高氏有后，请致邑。"齐人立敬仲之曾孙酀，良敬仲也。十一月乙卯，高竖致卢而出奔晋，晋人城绵而寘旃。

郑伯有使公孙黑如楚，辞曰："楚、郑方恶，而使余往，是杀余也。"伯有曰："世行也。"子晰曰："可则往，难则已，何世之有？"伯有将强使之。子晰怒，将伐伯有氏，大夫和之。十二月己巳，郑大夫盟于伯有氏。裨谌曰："是盟也，其与几何？《诗》曰：'君子屡盟，乱是用长。'今是长乱之道也，祸未歇也。必三年而后能纾。"然明曰："政将焉往？"裨谌曰："善之代不善，天命也。其焉辟子产？举不逾等®，则位班也®。择善而举，则世隆也。天又除之，夺伯有魄，子西即世，将焉辟之？天祸郑久矣！其必使子产息之，乃犹可以戾®。不然，将亡矣！"

三十年经

三十年春王正月，楚子使薳罢来聘。

夏四月，蔡世子般弑其君固。

五月甲午，宋灾。宋伯姬卒。

天王杀其弟佞夫。

王子瑕奔晋。

秋七月，叔弓如宋，葬宋共姬。

郑良霄出奔许，自许入于郑。郑人杀良霄。

冬十月，葬蔡景公。

晋人、齐人、宋人、卫人、郑人、曹人、莒人、邾人、滕人、薛人、杞人、小邾人会于澶渊，宋灾故。

三十年传

三十年春王正月，楚子使蒍罢来聘，通嗣君也。穆叔问："王子围之为政何如？"对曰："吾侪小人食而听事，犹惧不给命，而不免于戾，焉与知政？"固问焉，不告。穆叔告大夫曰："楚令尹将有大事，子荡将与焉助之，匿其情矣。"

子产相郑伯以如晋，叔向问郑国之政焉。对曰："吾得见与否，在此岁也。驷、良方争，未知所成。若有所成，吾得见，乃可知也。"叔向曰："不既和矣乎？"对曰："伯有侈而愎，子晳好在人上，莫能相下也。虽其和也，犹相积恶也。恶至无日矣！"

二月癸未，晋悼夫人食舆人之城杞者。绛县人或年长矣，无子而往，与于食。有与疑年，使之年，曰："臣小人也，不知纪年。臣生之岁，正月甲子朔，四百有四十五甲子矣，其季于今三之一也。"吏走问诸朝。师旷曰："鲁叔仲惠伯会郤成子于承匡之岁也。是岁也，狄伐鲁，叔孙庄叔于是乎败狄于咸，获长狄侨如及虺也、豹也，而皆以名其子。七十三年矣。"史赵曰："亥有二首六身，下二如身，是其日数也。"士文伯曰："然则二万六千六百有六旬也。"

赵孟问其县大夫，则其属也。召之而谢过焉，曰："武不才，任君之大事，以晋国之多虞，不能由吾子，使吾子辱在泥涂久矣，武之罪也。敢谢不才！"遂仕之，使助为政。辞以老。与之田，使为君复陶，以为绛县师，而废其舆尉。

于是鲁使者在晋，归以语诸大夫。季武子曰："晋未可媮也。有赵孟以为大夫，有伯瑕以为佐，有史赵、师旷而咨度焉，有叔向、女齐以师保其君。其朝多君子，其庸可媮乎？勉事之而后可。"

夏四月己亥，郑伯及其大夫盟。君子是以知郑难之不已也。

蔡景侯为大子般娶于楚，通焉。大子弑景侯。

初，王儋季卒，其子括将见，而叹。单公子愆期为灵王御士，过诸廷，闻其叹而言曰："乌乎！必有此夫！"入以告王，且曰："必杀之！不慼而愿大，视躁而足高，心在他矣。不杀，必害！"王曰："童子何知！"及灵王崩，儋括欲立王子佞夫，佞夫弗知。戊子，儋括围莸，逐成愆。成愆奔平畤。五月癸巳，尹言多、刘毅、单蔑、甘过、巩成杀佞夫。括、瑕、廖奔晋。书曰"天王杀其弟佞夫"，罪在王也。

或叫于宋大庙，曰："嘻嘻，出出！"鸟鸣于亳社，如曰"嘻嘻"。甲午，宋大灾。宋伯姬卒，待姆也。君子谓宋共姬女而不妇，女待人，妇义事也。

六月，郑子产如陈莅盟。归，复命，告大夫曰："陈，亡国也，不可与也。聚禾粟，缮城郭，恃此二者，而不抚其民。其君弱植，公子侈，大子卑，大夫敖，政多门，以介于大国，能无亡乎？不过十年矣！"

秋七月，叔弓如宋，葬共姬也。

郑伯有耆酒，为窟室，而夜饮酒，击钟焉。朝至，未已，朝者曰："公焉在？"其人曰："吾公在壑谷。"皆自朝布路而罢。既而朝，则又将使子皙如楚，归而饮酒。庚子，子皙以驷氏之甲伐而焚之。伯有奔雍梁，醒而后知之。遂奔许。大夫聚谋，子皮曰："《仲虺之志》云：'乱者取之，亡者侮之。推亡、固存，国之利也。'罕、驷、丰同生，伯有汰侈，故不免。"

人谓子产就直助强。子产曰："岂为我徒？国之祸难，谁知所敝？或主强直，难乃不生。姑成吾所。"辛丑，子产敛伯有氏之死者而殡之，不及谋而遂行。印段从之，子皮止之。众曰："人不我顺，何止焉？"子皮曰："夫子礼于死者，况生者乎？"遂自止之。壬寅，子产入。癸卯，子石入。皆受盟于子皙氏。

乙巳，郑伯及其大夫盟于大宫，盟国人于师之梁之外。伯有闻郑人之盟己也，怒；闻子皮之甲不与攻己也，喜，曰："子皮与我矣！"癸丑，晨，自墓门之渎入，因马师颉介于襄库，以伐旧北门。驷带率国人以伐之。皆召子产。子产曰："兄弟而及此，吾从天所与。"伯有死于羊肆。子产襚之，枕之股而哭之，敛而殡诸伯有之臣在市侧者，既而葬诸斗城。子驷氏欲攻子产。子皮怒之，曰："礼，国之干也。杀有礼，祸莫大焉！"乃止。

于是游吉如晋还，闻难，不入，复命于介，八月甲子，奔晋。驷带追之，及酸枣。与子上盟，用两珪质于河。使公孙肸入盟大夫。己巳，复归。

书曰"郑人杀良霄"，不称"大夫"言自外入也。

于子蟜之卒也，将葬，公孙挥与裨灶晨会事焉。过伯有氏，其门上生莠。子羽曰："其莠犹在乎？"于是岁在降娄，降娄中而旦，裨灶指之曰："犹可以终岁。岁不及此次也已。"及其亡也，岁在娵訾之口，其明年乃及降娄。

仆展从伯有，与之皆死。羽颉出奔晋，为任大夫。鸡泽之会，郑乐成奔楚，遂适晋。羽颉因之，与之比而事赵文子，言伐郑之说焉。以宋之盟故，不可。

子皮以公孙钮为马师。

楚公子围杀大司马芌掩而取其室。申无宇曰："王子必不免！善人，国之主也。王子相楚国，将善是封殖，而虐之，是祸国也。且司马，令尹之偏，而王之四体也。绝民之主，去身之偏，艾王之体，以祸其国，无不祥大焉，何以得免？"

为宋灾故，诸侯之大夫会，以谋归宋财。冬十月，叔孙豹会晋赵武、齐公孙虿、宋向戌、卫北宫佗、郑罕虎及小邾之大夫，会于澶渊。既而无归于宋，故不书其人。君子曰："信其不可不慎乎？澶渊之会，卿不书，不信也。夫诸侯之上卿，会而不信，宠、名皆弃，不信之不可也如是！《诗》曰：'文王陟降，在帝左右。'信之谓也。又曰：'叔慎尔止，无载尔伪。'不信之谓也。"书曰"某人某人会于澶渊，宋灾故"，尤之也。不书鲁大夫，讳之也。

郑子皮授子产政。辞曰："国小而偪，族大、宠多，不可为也。"子皮曰："虎帅以听，谁敢犯子？子善相之！国无小，小能事大，国乃宽。"

子产为政，有事伯石，赂与之邑。子大叔曰："国，皆其国也，奚独赂焉？"子产曰："无欲实难。皆得其欲，以从其事，而要其成。非我有成，其在人乎？何爱于邑？邑将焉往？"子大叔曰："若四国何？"子产曰："非相违也，而相从也，四国何尤焉？《郑书》有之曰：'安定国家，必大焉先。'姑先安大，以待其所归。"既，伯石惧而归邑，卒与之。伯有既死，使大史命伯石为卿，辞。大史退，则请命焉。复命之，又辞。如是三，乃受策入拜。子产是以恶其为人也，使次己位。

子产使都鄙有章，上下有服，田有封洫，庐井有伍。大人之忠俭者，从而与之；泰侈者因而毙之。

丰卷将祭，请田焉。弗许，曰："唯君用鲜，众给而已。"子张怒，退而征役。子产奔晋，子皮止之而逐丰卷。丰卷奔晋。子产请其田、里，三年而复之，反其田、里及其入焉。

从政一年，舆人诵之，曰："取我衣冠而褚之，取我田畴而伍之。孰杀子产？吾其与之。"及三年，又诵之，曰："我有子弟，子产诲之。我有田畴，子产殖之。子产而死，谁其嗣之？"

三十一年经

三十有一年春王正月。

夏六月辛巳，公薨于楚宫。

秋九月癸巳，子野卒。

己亥，仲孙羯卒。

冬十月，滕子来会葬。

癸酉，葬我君襄公。

十有一月，莒人弑其君密州。

三十一年传

三十一年春王正月，穆叔至自会，见孟孝伯，语之曰："赵孟将死矣。其语偷○，不似民主。且年未盈五十，而谆谆焉如八、九十者，弗能久矣。若赵孟死，为政者其韩子乎？吾子盍与季孙言之？可以树善，君子也。晋君将失政矣。若不树焉，使早备鲁，既而政在大夫，韩子懦弱，大夫多贪，求欲无厌，齐、楚未足与也，鲁其惧哉！"孝伯曰："人生几何，谁能无偷？朝不及夕，将安用树？"穆叔出而告人曰："孟孙将死矣。吾语诸赵孟之偷也，而又甚焉！"又与季孙语晋故，季孙不从。

及赵文子卒，晋公室卑，政在侈家。韩宣子为政，不能图诸侯。鲁不堪晋求，谗慝弘多，是以有平丘之会。

齐子尾害闾丘婴，欲杀之，使帅师以伐阳州。我问师故。夏五月，子尾杀闾丘婴，以说于我师。工偻洒、渻灶、孔虺、贾寅出奔莒○。出群公子。

公作楚宫。穆叔曰："《大誓》云：'民之所欲，天必从之。'君欲楚也夫，故作其宫。若不复适楚，必死是宫也。"六月辛巳，公薨于楚宫。叔仲带窃其拱璧，以与御人，纳诸其怀，而从取之，由是得罪。

立胡女敬归之子子野○，次于季氏。秋九月癸巳，卒，毁也。

己亥，孟孝伯卒。

立敬归之娣齐归之子公子裯。穆叔不欲，曰："大子死，有母弟则立之；无则立长。年钧择贤，义钧则卜，古之道也，非適嗣，何必娣之子？且是人也，居丧而不哀，在慼而有嘉容○，是谓不度○。不度之人，鲜不为患。若果立之，必为季氏忧。"武子不听，卒立之。比及葬，三易衰，衰衽如故衰○。于是昭公十九年矣，犹有童心，君子是以知其不能终也。

冬十月，滕成公来会葬，惰而多涕。子服惠伯曰："滕君将死矣。怠于其位而哀已甚，兆于死所矣，能无从乎？"癸酉，葬襄公。

公薨之月，子产相郑伯以如晋，晋侯以我丧故，未之见也。子产使尽坏其馆之垣而纳车马焉。士文伯让之，曰："敝邑以政刑之不修，寇盗充斥，无若诸侯之属辱在寡君者何，是以令吏人完客所馆，高其闬闳○，厚其墙垣，以无忧客使。今吾子坏之，虽从者能戒，其若异客何？以敝邑之为盟主，缮完、葺墙^⑰，以待宾客。若皆毁之，其何以共命？寡君使匄请命。"对曰："以敝邑褊小，介于大国，诛求无时^⑱，是以不敢宁居，悉索敝赋，以来会时事。逢执事之不闲，而未得见，又不获闻命，未知见时。不敢输币，亦不敢暴露。其输之，则君之府实也，非荐陈之，不敢输也。其暴露之，则恐燥湿之不时而朽蠹，以重敝邑之罪。侨闻文公之为盟主也^⑲，宫室卑庳，无观台榭，以崇大诸侯之馆，馆如公寝；库厩缮修，司空以时平易道路，圬人以时塓馆宫室^⑳；诸侯宾至，甸设庭燎，仆人巡宫，车马有所，宾从有代，巾车脂辖，隶人、牧、圉各瞻其事，百官之属各展其物；公不留宾，而亦无废事；忧乐同之，事则巡之；教其不知，而恤其不足。宾至如归，无宁灾患？不畏寇盗，而亦不患燥湿。今铜鞮之宫数里，而诸侯舍于隶人，门不容车，而不可逾越；盗贼公行，而天厉不戒。宾见无时，命不可知。若又勿坏，是无所藏币以重罪也。敢请执事：将何所命之？虽君之有鲁丧，亦敝邑之忧也。若获荐币，修垣而行，君之惠也，敢惮勤劳？"

文伯复命，赵文子曰："信。我实不德，而以隶人之垣以赢诸侯，是吾罪也！"使士文伯谢不敏焉。晋侯见郑伯，有加礼，厚其宴、好而归之。乃筑诸侯之馆。

叔向曰："辞之不可以已也如是夫！子产有辞，诸侯赖之。若之何其释辞也？《诗》曰：'辞之辑矣，民之协矣。辞之怿矣，民之莫矣。'其知之矣！"

郑子皮使印段如楚，以适晋告，礼也。

莒犁比公生去疾及展舆^㉑。既立展舆，又废之。犁比公虐，国人患之。十一月，展舆因国人以攻莒子，弑之，乃立。去疾奔齐，齐出也。展舆，吴出也。书曰"莒人弑其君买朱锄^㉒"，言罪之在也。

吴子使屈狐庸聘于晋^㉓，通路也。赵文子问焉，曰："延州来季子其果立乎？巢陨诸樊，阍戕戴吴，天似启之，何如？"对曰："不立。是二王之命也，非启季子也。若天所启，其在今嗣君乎？甚德而度。德不失民，度不失事，民亲而事有序，其天所启也。有吴国者，必此君之子孙实终之。季子，守节者也，虽有国，不立。"

十二月，北宫文子相卫襄公以如楚，宋之盟故也。过郑，印段迋劳于棐林，如聘礼而以劳辞。文子入聘，子羽为行人，冯简子与子大叔逆客。事毕而出，言于卫侯曰："郑有礼，其数世之福也。其无大国之讨乎？《诗》云：'谁能执热，逝不以濯？'礼之于政，如热之有濯也。濯以救热，何患之有？"

子产之从政也，择能而使之：冯简子能断大事；子大叔美秀而文。公孙挥能知四国之为，而辨于其大夫之族姓、班位、贵贱、能否，而又善为辞令。裨谌能谋，谋于野则获，谋于邑则否。郑国将有诸侯之事，子产乃问四国之为于子羽，且使多为辞令；与裨谌乘以适野，使谋可否；而告冯简子，使断之。事成，乃授子大叔使行之，以应对宾客。是以鲜有败事，北宫文子所谓"有礼"也。

郑人游于乡校以论执政。然明谓子产曰："毁乡校，何如？"子产曰："何为？夫人朝夕退而游焉，以议执政之善否。其所善者，吾则行之；其所恶者，吾则改之，是吾师也。若之何毁之？我闻忠善以损怨，不闻作威以防怨。岂不遽止？然犹防川。大决所犯，伤人必多，吾不克救也。不如小决使道。不如吾闻而药之也。"然明曰："蔑也今而后知吾子之信可事也。小人实不才。若果行此，其郑国实赖之，岂唯二三臣？"仲尼闻是语也，曰："以是观之，人谓子产不仁，吾不信也！"

子皮欲使尹何为邑^㉔，子产曰："少，未知可否。"子皮曰："愿。吾爱之，不吾叛也。使夫往而学焉，夫亦愈知治矣。"子产曰："不可！人之爱人，求利之也。今吾子爱人则以政，犹未能操刀而使割也，其伤实多。子之爱人，伤之而已，其谁敢求爱于子？子于郑国，栋也。栋折榱崩，侨将厌焉，敢不尽言？子有美锦，不使人学制焉。大官、大邑，身之所庇也，而使学者制焉，其为美锦不亦多乎？侨闻学而后入政，未闻以政学者也。若果行此，必有所害。譬如田猎，射御贯则能获禽，若未尝登车射御，则败绩厌覆是惧，何暇思获？"子皮曰："善哉！虎不敏。吾闻君子务知大者远者，小人务知小者近者。我小人也。衣服附在吾身，我知而慎之；大官、大邑所以庇身也，我远而慢之。微子之言，吾不知也。他日我曰：'子为郑国、我为吾家以庇焉，其可也。'今而后知不足。自今请虽吾家，听子而行。"子产曰："人心之不同，如其面焉。吾岂敢谓子面如吾面乎？抑心所谓危，亦以告也。"子皮以为忠，故委政焉，子产是以能为郑国。

卫侯在楚，北宫文子见令尹围之威仪，言于卫侯曰："令尹似君矣，将有他志。虽获其志，不能终也。《诗》云：'靡不有初，鲜克有终。'终之实难，令尹其将不免。"公曰："子何以知之？"对曰："《诗》云：'敬慎威仪，惟民之则。'令尹无威仪，民无则焉。民所不则，以在民上，不可以终。"公曰："善哉！何谓威仪？"对曰："有威而可畏谓之威，有仪而可象谓之仪。君有君之威仪，其臣畏而爱之，则而象之，故能有其国家，令闻长世。臣有臣之威仪，其下畏而爱之，故能守其官职，保族宜家。顺是以下皆如是，是以上下能相固也。《卫诗》曰：'威仪棣棣，不可选也。'言君臣、上下、父子、兄弟、内外、大小皆有威仪也。《周诗》曰：'朋友攸摄，摄以威仪。'言朋友之道，必相教训以威仪也。《周书》数文王之德，曰：'大国畏其力，小国怀其德。'言畏而爱之也。《诗》云：'不识不知，顺帝之则'，言则而象之也。纣囚文王七年，诸侯皆从之囚，纣于是乎惧而归之，可谓爱之。文王伐崇，再驾而降为臣，蛮夷帅服，可谓畏之。文王之功，天下诵而歌舞之，可谓则之。文王之行，至今为法，可谓象之。有威仪也！故君子在位可畏，施舍可爱，进退可度，周旋可则，容止可观，作事可法，德行可象，声气可乐，动作有文，言语有章，以临其下，谓之有威仪也。"

①鄫（zēng，音曾）：郑地，在今河南睢县东南约四十里。
②壬夫：子反弟子辛。
③郲子：郲宣公。
④公孙剽：子叔黑背之子，穆公之孙。
⑤登：赞成。　叛人：既鱼石，叛宋逃往楚国。
⑥五大夫：鱼石、向为人、鳞朱、向带、鱼府。
⑦子然：郑穆公子。
⑧子叔：即公孙剽。　知武子：即荀罃。
⑨髡（kūn，音昆）：郑成公名髡。
⑩正舆子：莱之贤大夫，字子马。　夙沙卫：齐之少傅，齐灵公的幸臣。
⑪槚（jiǎ，音贾）：木名，即楸。木材细密，可制器具及棺木。
⑫椁：内棺。　颂琴：长七尺二寸，广尺八寸。二十五弦。用以殉葬。
⑬姑：指丈夫之母，即婆婆。
⑭姒：祖母。
⑮息肩：解除负担。
⑯官命：指郑成公之令。因成公虽死，尚未下葬，故嗣君不能发布新令。
⑰事：军事。伐齐之事。
⑱穆叔：叔孙豹。
⑲嗣君：鲁襄公。
⑳长樗（chū，音初）：晋都郊区地名。

㉑简：出兵前演习，挑选军吏和士卒。
㉒鸠兹：吴地，在今安徽芜湖市东南二十五里。
㉓衡山：吴地，在当塗县东北。
㉔组甲：车士。　被练：徒兵。
㉕驾：地名，在安徽无为县。
㉖密迩：紧挨仇敌。
㉗岁之不易：近年来诸侯间纠纷多。
㉘耏（ér，音而）：水名，时水。
㉙嗣：指接替祁奚职务的人。
㉚午：祁奚之子。
㉛于是：于此时。
㉜赤：羊舌职之子。字伯华。
㉝袁侨：谥桓子，涛塗四世孙。
㉞不武：有违反军纪的人。
㉟钺（yuè，音越）：兵器，大斧。
㊱跣（xiǎn，音显）：赤脚。
㊲知武子：荀罃。
㊳大：指乐章肆夏之三和文王之三。
㊴细：指小雅鹿鸣之三。
㊵必谘于周：必须谘询忠信之人。
㊶诹（zōu，音邹）：询问。
㊷虞：祭礼，虞礼又称反哭：死者葬后，生者返回殡宫祭祀以安死者之灵。
㊸请木：请求用櫰木做定姒的棺椁木料。
㊹御：阻止。
㊺公：襄公。　属鄫：请求把鄫国归属鲁。
㊻顿：邻近陈国的小国。
㊼无终：山戎国名，地在山西省。　嘉父：无终国主名。
㊽魏庄子：即魏绛。
㊾诸华：指中原一带文化较高的国家。
㊿有穷：部落名，在今河南洛阳市西。
(51)鉏：地名，今河南滑县东十五里。　穷石：地名，在洛阳市西面。
(52)寒浞（zhuó，音浊）：寒，部落名，寒浞以部落国家为氏。
(53)伯明：寒国酋长名字。
(54)虞：娱乐。
(55)悛：改，悔改。
(56)靡：夷羿之遗臣。　有鬲氏：部落名，在今山东德州市东南二十五里。
(57)浇（ào，音傲）：寒浞之子。　豷（yì，音翳）：寒浞之子。
(58)斟灌：部落名，在今山东省范县北观城镇。　斟寻：部落名，在今山东省偃师县东北十三里。
(59)过：部落名，在今山东省掖县西北。
(60)戈：部落名，在宋、郑两国之间。
(61)烬：遗民。
(62)后杼：少康之子。
(63)失人：失去贤人。
(64)箴：诫谏。　阙：过失。
(65)德：人与兽的本质。　用：因此。
(66)麀（yōu，音忧）牡：泛指禽兽。
(67)武：指田猎。

⑱用：因此。　恢：廓，大。

⑲狃：习惯。安心。

⑳稛人：管理边鄙农田的官。

㉑不顿：不坏。

㉒说：悦。

㉓臧纥：臧孙纥武仲。

㉔狐骀（tái，音台）：地名，在今山东滕县东南二十里的狐骀山。

㉕髽（zhuā，音抓）：本为妇人丧服之露髻，用麻束发。此处不仅妇人用，所有迎丧者皆用之。

㉖朱儒：即侏儒。

㉗公子发：子产父。

㉘公子贞：楚庄王之子子囊。

㉙王叔：周卿士。

㉚子国：公子发。

㉛嗣君：指郑僖公。

㉜觌（dí，音敌）：相见。

㉝炅炅（jiǒng，音炯）：明察貌。

㉞非吾事：意思是晋国的力量不能长保陈国。

㉟城棣：地名，在今河南原阳县治北。

㊱宰：季氏家臣中的首领。

㊲姑客：杞成公之弟。

㊳华弱：华椒之孙。

㊴相狎：过分亲近，相互轻侮。

㊵长：长大后。　优：戏谑。

㊶司武：即司马，主管军事的官。

㊷专：专横。　戮：侮辱。

㊸且修平：鲁于四年曾为救鄫与邾作战，鲁败于狐骀。今鄫已被莒灭亡，故叔孙豹与邾修和好。

㊹堙：堆土为山。

㊺堞：即陴，女墙。

㊻棠：莱国城邑，在今山东平度县东南。

㊼陈无宇：敬仲之玄孙。

㊽迁莱：迁莱的百姓。　郳（ní，音尼）：古国名。

㊾郯（tán，音谈）：古国名，己姓，故城在今山东郯城县北。

⑩鄵（cào，音操去声）：郑地。

⑩费：季氏的私邑。　宰：县宰。

⑩隧正：掌管徒役的遂人。

⑩穆子：韩厥长子，名无忌。

⑩弗躬弗亲：因身有疾病，不能躬亲办事。

⑩起：无忌弟，谥宣子。

⑩田苏：晋国贤人。

⑩靖共尔位：忠实谨慎于职位。

⑩介：助。　景：大。

⑩参和：指德、正、直三者和为一体。

⑩介福：大福。

⑪掌：主管。公族大夫之首席。

⑫公登亦登：聘礼时，受聘国之君由中庭请贵宾入内，三次揖后至阶前。诸侯之阶七级，登阶后再上殿堂。至阶前，主宾相让。依礼，国君先登二级，然后宾客登一级。今鲁襄登阶，孙林父亦随之同登。

⑬安：止，意思请稍停一下。

⑭退食：退朝回家吃饭。

⑮委蛇（yí，音移）：从容自得的样子。

⑯成：鲁成公。　　　子罕：郑穆公之子。

⑰子丰：亦郑穆公之子。比僖公长二辈。

⑱赴：讣告。

⑲简公：僖公之子。

⑳庆虎、庆寅：当时陈国的执政大夫。

㉑二图：另有打算。意谓将改立从楚的国君。

㉒朝聘之数：指朝聘所用的贡献财币的数量。

㉓辟：罪。借口其有罪而杀之。

㉔子产：公孙侨，子国之子。

㉕子孔：穆公之子。　　　子蟜：即公孙虿，谥桓子，子游之子。　　　子展：即公孙舍之，谥桓子，子罕之子。

㉖兆：占卜。　　云：助词。　　询：信。

㉗职：当。　　竟：语词。　　罗：罗网。

㉘民急：指楚军攻战甚盛，百姓危急。

㉙二竟：指楚与郑及晋与郑的边境。

㉚罢：疲劳。

㉛无成：无好结果。

㉜鄙：边鄙。

㉝完守：坚固守备。　　老楚：使楚军疲惫而无士气。

㉞王子伯骈：郑大夫。

㉟车赋：车乘。

㊱悉索敝赋：收尽我国军事力量。

㊲冯陵：侵略。

㊳皇：间暇。　　启：小跪，古人坐即席地而跪。

㊴蓻：倾覆沉陷的样子。

㊵行李：即行人。

㊶君之臭味：晋君比喻为花与果实，鲁君只是其气味，既表示对晋的尊敬，又比喻两国情同一体。

㊷守官之嗣：士匄的曾祖为成伯缺，缺生会，于成公时为卿，己则继承随武子会及士燮而为晋卿。

㊸戏：戏童山，在今河南登封县嵩山北。

㊹乐喜：即子罕。　　以为政：主持国政。

㊺伯氏：宋大夫。　　司里：非官名，管辖城内街巷。

㊻涂大屋：因大屋不易撤，故用泥土涂之而防火。

㊼畚：用草索制成的器具，可盛粮或盛土。　　　挶（jú，音菊）：用二木贯穿畚之两耳，抬着运土。

㊽绠：汲水用的绳索。　　缶：盛水器具。

㊾潦（láo，音劳）：积水。

㊿表火道：表示火至之处及其趋向，使人趋、避。

(51)华臣：华元之子。　　正徒：司徒，掌管徒役。

(52)隧正：隧，类似今之远郊区。隧正，一隧之长。　　纳郊保：保，隧内的小城堡。纳郊保，即调集郊堡中的徒卒送往国都。

(53)奔火所：让所送调郊保徒役去救火灾。

(54)华阅：华元之子。　　讨：治。　　右官：即右师。

(55)庀（pǐ，音痞）：备具；治理。

(56)皇郧（yún，音云）：皇父充石之后代，为宋司马字椒。　　校正：司马属官。

(57)工正：亦司马属官。

(58)钼吾：太宰。　　庀：保护。　　府守：府库守藏，管理物资财币、典策等。

(59)司宫：宫内奄人之长，相当于总管太监。　　巷伯：即奄人，主管宫中门户巷寝。　　儆：戒备。

⑯⓪二师：右师及左师。　　乡正：即乡大夫。　　敬享：祭祀群神。

⑯①用马：杀马祭祀。　　堙：城。

⑯②盘庚：为阳甲弟，殷商十世之君主，宋视其为远祖。

⑯③士弱：士渥浊之子。

⑯④火正：职掌祭火星，行火政的官。

⑯⑤咮（zhòu，音咒）："柳宿"的别名。

⑯⑥阏伯：相传为高辛氏的苗裔。

⑯⑦火：火星。　　纪时：根据火星移动的轨迹确定时节。

⑯⑧相土：殷商的祖先。

⑯⑨商主大火：商朝以大火星为祭祀的主星。

⑰⓪阅：观察。　　衅：预兆。

⑰①必：肯定。

⑰②亡：不要。

⑰③嘉：嘉礼。　　会：凡嘉礼必有享（即亨），享则有主有宾，因而称"会"。

⑰④贞：信，即言行一致。　　干：本。

⑰⑤是以：如果行此四德（元亨利贞）则不欺诬。

⑰⑥士鲔（qiān，音牵）：人名。

⑰⑦竞：努力。　　教：教训。

⑰⑧行栗：道路两边种的栗树。

⑰⑨肆：缓。　　眚（shěng，音省）：过失。

⑱⓪行成：要求讲和。

⑱①敝楚人：郑与晋联盟，楚必伐郑而疲敝，因此说"敝楚人"。

⑱②于我未病：我军三分兵力，作战时有二分可休整。

⑱③不可以争：争夺胜利不在于力战，而在于智谋。

⑱④载书：载，盟辞。用牲为坎，则加载书于牲上以埋之。

⑱⑤歆（xīn，音辛）：飨，祭祀时神灵先享其气。　　禋（yīn，音因）祀：泛指祭祀。

⑱⑥垫隘：委顿，赢弱之极。

⑱⑦厎（zhǐ，音旨）告：致告。

⑱⑧一星终：星是指木星，古时称之岁星。古时画周天为十二次，以为木星一年行一次，十二年满一周天，因此十二年即为一星终。

⑱⑨冠：由童子变为成人必先行冠礼。

⑲⓪裸（guàn，音贯）：灌祭，用配有香料煮成的酒倒在地上，使受祭者嗅到香味。这是行隆重礼节之前的序幕。裸享即具有裸的仪式的飨礼。

⑲①祧（tiāo，音挑）：祖庙；祠堂。

⑲②要盟：要挟之盟约。　　无质：无诚信可言。

⑲③蠲（juān，音捐）：洁；除去。

⑲④币：皮币，皮为狐貉之裘，币为缯帛之货。祈祷时不用牲畜而用皮币替代。

⑲⑤特牲：一种牲畜。

⑲⑥从给：够用，不求多余。

⑲⑦柤（chá，音查）：楚地，在今江苏邳县北稍西的泇口。

⑲⑧向戌：宋国贤臣。

⑲⑨郰（zōu，音邹）：鲁邑，在今山东曲阜东南约四十里。郰人即郰宰（今谓县长）。　　纥：即叔梁纥，孔丘之父。抉：高举。

⑳⓪狄虒（sī，音斯）弥：鲁国人名。

⑳①主人：偪阳的守城将。　　县：悬。

⑳②堞（dié，音迭）：城上的矮墙，亦称女墙。

⑳③二事：指伐偪阳，封向戌。

㉞乱命：将帅之间，若各执己见，则为乱命。

㉟何贶如之：意思是所受厚赐无与可比。

㊱师：乐队之帅。　　题：额。乐帅在乐队的行首。　　旌夏：以雉羽缀于竿首的一种旌旗。

㊲著雍：晋地。

㊳桑林见：用龟占卜疾病，兆见桑林之神。

㊴有间：不祷而病愈。

㉑妘（yún，音云）姓：姓妘的一族。

㉒霍人：晋邑，在今山西繁峙县东郊，离旧国极远，以防反叛。

㉓事仲尼：拜孔子为师。

㉔孙文子：即孙林父，当时于卫国执政。

㉕繇（zhòu，音宙）：卜兆的占词。

㉖孙蒯：孙林父之子。

㉖三士：因郑简公年幼，由子驷、子国、子耳秉政。

㉗尉止：郑国之东鄙弊狱官名，尉氏乃以官名为氏。

㉘田洫（xù，音恤）：田间放水的沟洫。

㉙五族：尉氏及表田之四氏。　　不逞之人：失意之人。　　公子之徒：指八年子驷所辟杀子狐、子熙、子侯、子丁的族党。

㉑子西：子驷之子，公孙夏。

㉑尉翩：尉止之子。　　司齐：司臣之子。

㉒制：即虎牢，在今河南荥阳上街镇。

㉓还：同环，围绕而行。

㉔成行：已完成退兵的准备工作。

㉕致怨：使郑国怨恨楚国。

㉖命：信心。"克不可命"即胜利不能肯定。

㉗王：周天子。　　右：帮助。

㉘筚门：柴门。　　闺窦：小户人家。指责伯舆出身微贱。

㉙骍（xīn，音辛）旄之盟：用赤牛祭神的盟约。

㉚刑放于宠：执行法律的责任放在宠臣身上。

㉛右：助，赞助。下句"左"则为不助。

㉜合要：双方相争的罪状、证辞等取而合之。

㉝亳（bó，音博）城：郑地。商代遗址。

㉞良霄：公孙辄之子，伯有。

㉟子必不能：叔孙担心季孙一人专政权、军权，不能团结三家。

㊱僖闳：僖公庙的大门。

㊲诅：诅咒，祭神使之加祸于不遵守盟约者。　　五父之衢：地名，在山东曲阜县东南五里。

㊳各毁其乘：各自将私家车兵并入公室军。

㊴役邑：提供兵役的乡邑。　　入：为季氏服军役。　　无征：免除征税。

㊵若：或。　　子、弟：自由民之子或自由民之弟，皆年轻力壮者入军籍，作奴隶兵。

㊶尽为臣：叔孙氏仍将其私邑兵全编为奴隶兵。

㊷疆埸之司：邻近宋国边境的官吏。

㊸疾：奋勇攻击。

㊹免：免于年年遭祸患而亡国。

㊺莫：暮，当天晚上。

㊻向：郑地，在今河南尉氏县西南四十里。

㊼琐：郑地，在河南新郑县北十余里。

㊽道敝：来往疲乏。

㊾毋蕴年：不要囤积粮食而不救邻国之灾。

㉞毋蕴利：不要垄断山川之利。

㉟毋保奸：不要庇护罪人。

㊱毋留慝：邪恶者速去除之。

㊳同好恶：统一善恶的标准。

㊴奖王室：辅助王室。

㊵间：触犯。

㊶司慎：天神，察不敬者。　　　司盟：天神，察盟者。

㊷名山、名川：大山大川之神。

㊸七姓：晋、鲁、卫、曹、滕，姬姓；邾、小邾，曹姓；宋，子姓；齐，姜姓；莒，己姓；杞，姒姓；薛，任姓。十二国中无郑国，因郑当时尚未与盟。

㊹踣（péi，音裴）：灭亡。

㊿乞旅：请求军队援助。

㉛石臭（chuò，音绰）：人名。

㉜纳：收回。　　　斥侯：侦察兵和巡逻兵。

㉝藉手：少有所得。

㉞师悝（kuī，音亏）：人名。乐师。

㉟广车：攻击敌人的横阵之车。　　　軘（tún，音屯）车：屯守之车。　　　淳：耦。广车与軘车相配为一淳。

㊱钟：悬列成一排的钟。　　　肆：两钟为一肆或四钟为一肆。

㊳庶长：秦国爵名。庶长分四等，第十爵左庶长，十一爵右庶长，十七爵驷车庶长，十八爵大庶长。自左庶长以上至大庶长皆为卿大夫。

㊸辅氏：地名，在今陕西大荔县东约二十里。

㊹乘：即寿梦。

㊺阴里：周大夫。　　　结：口头约定。

㊻秦嬴：秦景公妹，楚共王夫人。

㊼宁：妇女出嫁后，返回母家省亲称"宁"。

㊽邿（shī，音诗）：国名，在今山东省济宁市南五十里。

㊾楚子审：即楚共王。

㊿伯游：荀偃，字伯游。

⑦什吏：即五吏：军尉、司马、司空、舆尉、侯奄。每军均有五吏，五吏又各有副手，因此称什吏。

⑦汰（tài，音太）：专横。

⑦仪刑：效法。

⑦孚：信任。

⑧懿德：美德。

⑧称：夸大，夸张。

⑧伐：夸张。　　　冯：加。

⑧师保：教导太子的官有太子太师、少师、大傅、少傅、太保、少保等，统称"师保"。　　　多福：指王位。

⑧殁（mò，音末）：死亡，善终。

⑧春秋：诸侯死后，有月祭、四时之祭，春秋即指祭祀。　　　窀穸（zhūn xī，音谆夕）：墓穴。　　　祢庙：诸侯立五庙，即考庙（父庙）、王考庙（祖父庙）、皇考庙（曾祖庙）、显考庙（高祖庙）、祖考庙（始封祖之庙）。死后其主入庙称谓考庙，亦称祢庙。

⑧灵若厉：灵或厉，皆恶谥。

⑧奔命：急行军中作为前锋。

⑧卜征：占卜征伐之事。　　　岁习其祥：五年之中每年卜征都为吉。

⑧行人：指良宵与自己。

⑨止：留止。　　　一卿：指良宵，因良宵为人刚愎，因此留于楚，是除掉了对郑国君臣的威逼。

⑨怨其君：指良宵若归郑国，必将怨恨郑君。

⑨相牵引：郑国将不和睦而互相牵引。

㉙愈：胜。指此策强于阻止良宵归郑。

㉞亲数朝位：在盟会之地也布置了朝位。

㉟被：披。 苫（shān，音山）盖：用白茅编织的遮身衣物。

㊱不腆：不多。

㊲四岳：尧时方伯，姜姓。 裔：远。 胄：后代。

㊳角之：执其角。

㊴掎（jǐ，音基）之：拖住其后足。

⑩踣（bó，音箔）：仆倒。

⑩逖（tì，音替）：同逷。远，违。

⑩贽币不通：诸侯不相往来。

⑩瞢（mèng，音梦）：忧，闷，愧。

⑩辞：道歉。

⑩成恺悌：显示了不信谗言的美德。

⑩轻鲁币：减轻鲁国的币帛等献礼。

⑩诸樊：寿梦长子。

⑩义嗣：合法继承。

⑩叔向：即叔肸。 叔孙穆子：即鲁国的叔孙豹。

⑩棫林：秦地名，在今泾阳县泾水之西南。

⑪遗：指留下的人马。 禽：俘虏。

⑫二位：居第二位。栾黡为将下军，其弟栾铖为戎右。 戎路：将帅所乘之兵车。

⑬士鞅：士匄之子。

⑭摄：佐助。积极参与。

⑮盈：栾黡之子。

⑯武子：即栾书，栾黡之父。

⑰没：经过多年时间逐渐消失。

⑱章：彰明；明显。

⑲将于是乎在：指栾黡之死将在于此。

⑳戒食：约定时间一齐吃饭。

㉑日旰（gàn，音干）：太阳快下山了。

㉒皮冠：用白鹿皮制的帽，田猎时戴。

㉓戚：孙氏采氏，在今河南濮阳县北。

㉔孙蒯：孙文子之子。 入使：入朝请命。

㉕师曹：大师（乐官之长）属下的乐人。

㉖弗先：若不先动手。

㉗帑（nú，音奴）：泛指子弟臣仆等家众。 而入：入都进攻卫献公。

㉘蘧伯玉：名瑗，蘧庄子无咎之子，为灵公之臣。

㉙奸：犯。

㉚庸知愈乎：岂知新君强于旧君吗？

㉛子展：卫献公弟。

㉜鄄（juàn，音绢）：地名，在今山东鄄城西北。

㉝御公：驾御卫献公的车。

㉞辀（qú，音渠。又读勾）：车辀两边下伸反曲以夹马颈的部分。

㉟冢卿：指孙林父、宁殖。

㊱巾栉：手巾梳子。 事：事奉。

㊲暴妾：象对婢妾一样的残暴。

㊳厚成叔：惠公之子惠伯革，其后代为厚氏。 吊：恤。

㊴瘠：厚成叔名。

⑭ 不吊：不善良。

⑭ 不敏：不达于事。

⑭ 赦宥：宽恕。

⑭ 帅职：尽为臣之职。

⑭ 悼：借为卓，远。悼弃，即远弃群臣流亡。

⑭ 敢拜君命之辱：一谢吊群臣之失君。

⑭ 重拜大贶：又谢对下臣的哀怜。

⑭ 鱄：即子鲜。跟从卫献公出国经营。

⑭ 郏：郏国。　　寄：诸侯失去国家，寓寄他国。

⑭ 不说：不悦。　　初：指随从卫献公一事。

⑮ 狐裘而羔袖：意思是虽从君而出，却一身尽善，罪恶不多。

⑮ 剽：穆公之孙。

⑮ 虐：态度粗暴。

⑮ 其：殆，大概。　　人：回国。

⑮ 知朔：知罃之子。知罃当政的末年，知朔已死，故未及为卿。

⑮ 彘裘：士鲂之子。

⑮ 师旷：晋国乐师，字子野。善弹琴。

⑮ 瞽（gǔ，音古）：乐官。　　为诗：写作诗歌。

⑮ 遒人：宣令之官。　　木铎：金口木舌之铃。　　徇：巡行。

⑮ 谏失常：春秋以前天子诸侯遇事有大臣或谏官劝谏，而下位者以至百工等，只是在正月遒人徇路时，才有进谏的机会。

⑯ 棠：地名，在今江苏六合县西北约二十五里。

⑯ 大公：太公，即吕尚，姓姜，故又称其姜太公。

⑯ 环：齐灵公名。

⑯ 兹：孜孜不卷。　　率：循。

⑯ 纂（zuǎn，音缵）：继承。

⑯ 忝：辱。　　旧：指上文中之祖考。

⑯ 重：安定。意思是卫殇公已经定位。

⑯ 子庚：即公子午，继子囊后当令尹。

⑯ 刘夏：刘定公。

⑯ 遇：鲁地，在曲阜与宁阳之间。

⑰ 尤：其室；责备其屋子太漂亮。

⑰ 令声：好名声。

⑰ 周行：置周之列位，意思是诸侯大夫各任其职。

⑰ 醢（hǎi，音海）：酷刑，将人剁成肉酱。

⑰ 私：小便。

⑰ 千乘之相：指子产等人。　　矇：即蒙，盲人。

⑰ 堵狗：堵父女之族。郑人因诛堵女父，怕堵狗因范氏而作乱，故夺其妻使归娘家。

⑰ 洀（jú，音菊）梁：洀水旁的大堤。

⑰ 改服：脱掉丧服，穿吉服。　　修官：选任贤能。

⑰ 类：舞与歌诗相配。

⑱ 孟孺子：献子之子，名速，谥庄子。　　徼（yāo，音腰）：拦截。

⑱ 鸠：平安。

⑱ 桃（zhào，音兆）：地名，在今山东汶上县北。

⑱ 诟（gòu，音诟）：骂。

⑱ 亲逐而君：指孙林父逐卫献公，是由于孙蒯之入使。

⑱ 杙（yì，音亦）：尖锐的小木条。

⑱ 华臣：华阅之弟。　　弱：因弱而侵害之。　　皋比：华阅之子。

㊗铍（pī，音披）：两边有刃的刀，宝剑类。　卢门：宋国城门。　合左师：即向戌。
⑱瘈（jì，音计）狗：狂犬，疯狗。
⑱泽门之皙：指皇国父，因其居于泽门而面白皙。
⑳邑中之黔：指子罕，因子罕居城内而肤色黑。
⑳粗缞斩：粗布之斩衰，古代丧服。
⑳苴（jū，音居）绖、带、杖：用牝麻织成的丧帽、大带和竹杖。
⑳长子：地名，在今山西长子县西郊。
⑳曾臣：陪臣。　彪：晋平公名。
⑳官臣：受天子之命能自置官吏以治家邑者称官臣。
⑳班马：马盘桓不前；还马。
⑳连大车：拉大车。　隧：山间小路。
⑳脰（dòu，音豆）：颈项。
⑳衿（jīn，音今）甲：不解甲。
⑳左骖迫：左边的马由于兵车拥挤，被迫不能前进。
⑳枚：门上所布的铁钉似钟乳，故名枚。　阖：门扇。
⑳略：夺取物资。
⑳完守：加强守备。　入保：进入城堡固守。
⑳旃（zhān，音毡）然：即索水，在荥阳县南三十五里。
⑳瘅疽：亦名玉枕疽、脑后疽。
⑳请后：问荀偃，立谁为继承人。
⑳彝器：钟鼎为宗庙之常器。
⑳幸：侥幸。指小国鲁国战胜大国齐国只是侥幸。
⑳昭所获：铸钟铭功。
⑳鬷（zōng，音宗）：姓。声姬母本姓鬷，因以为号。
⑪间：触犯。
⑫东：东鄙。
⑬微：隐行。偷偷地。
⑭庄公：即太子光。
⑮大路：天子所赐给的车总称大路。
⑯行：行葬，柩车在前，道车、稾车序从。
⑰从君于昏：指齐灵公废太子光而立公子牙这件事实属昏庸。而高厚傅牙，以为太子，这是顺从了国君昏聩的命令。
⑱班：位置。　亚：次于。
⑲傅：贴着城墙进攻。
⑳夜缒纳师：夜里以绳垂下使齐军入城。
㉑共子：即石买。
㉒悼子：石买之子石恶。
㉓蹷（jué，音决）：倒。拔。
㉔公子燮：庄公之子。
㉕公子履：公子燮之同母弟。
㉖蔡司马：即公子燮。
㉗去所：避席。
㉘盍：何不。　诘：治，禁。
㉙重茧：两层绵袍。
㉚取于范宣子：娶的是士匄之女。
㉛怀子：栾盈。
㉜栾祁：栾黡之妻。　老：室老，家臣之长。
㉝几亡室：栾氏财产几乎全被占有。

㊵离：同罹。

㊵知：同智。

㊶馹（rì，音日）：传车，车速快。

㊷鲧殛而禹兴：鲧治水无功，舜将鲧流放，又用其子禹，最终成功。

㊸伊尹：商汤之相。　　放：流放。　　大甲：汤之孙，因即位荒淫，伊尹逐之于桐宫三年。　　相之：待大甲改正过失后使其复位为相。

㊴管、蔡为戮：管叔、蔡叔、周公并为兄弟。管、蔡叛周，帮助殷之谋复国者，被周公杀死。

㊵书：栾书，盈之祖。

㊶辕辕：山名，在河南登封县西北三十里。

㊷鸣：战争如斗鸡，胜利者先鸣。

㊸少正：即亚卿。　　公孙侨：即子产。

㊸申礼：晋多次伐郑，楚多次救郑，即谓申礼。

㊸差池：不一致。

㊸尝酎（zhòu，音宙）：用连酿三次的醇酒祭高帝庙。

㊸重图：深思。

㊸室老：即宰。　　宗人：掌宗室礼仪者。　　段：黑肱之子。

㊸黜官：减省其家臣。　　薄祭：祭祀从省。

㊸居：不逃走。

㊸辕：车裂。　　四竟：四境。

㊸齮（yǐ，音椅）：人名。

㊸游贩（fàn，音贩）：公孙虿之子，字子明，谥昭子。

㊸良：游贩之子。　　大叔：游吉，公孙虿之子，游贩之弟。

㊸潘：有障蔽的车。

㊸不集：举事不能成功。

㊸伏之：藏匿栾盈。　　觞：宴请喝酒。

㊸绛：晋都，在今山西侯马市。

㊸逾隐：越入矮墙。

㊸乘：登。

㊶槐本：槐树根部突出的土地。

㊵申驱：次前车。

㊶傅挚：申鲜虞之子。

㊶贰广：公副车。

㊶启：左翼。

㊶胠（qū，音区）：右翼。

㊶大殿：后军。

㊶朝歌：地名，在今河南省淇县。

㊶晏氂（máo，音毛）：即晏莱，晏婴之子。

㊶申丰：季氏的家臣。

㊶旅：旅酬，宾主按长幼尊卑互相敬酒酬答。

㊶公钼：即公弥。

㊶马正：大夫家的司马，为大夫掌管土地之军赋。

㊶尽舍旃：季武子让公钼请自己喝酒，而带着饮宴的器具前往，把器具全部留下。

㊶御驺（zōu，音邹）：古时掌马的官，也掌驾车。　　羯（jié，音竭）：孟庄子的庶子，孺子秩之弟，亦称孝伯。

㊷疾疢（chèn，音趁）：疾病。

㊷藉：借。　　除：除徒，开辟墓道的役夫。

㊷铸：地名，在今山东肥城县南大汶河北岸。

㊷东门遂：即襄仲。　　杀适立庶：杀适子恶而立庶子宣公。

⑱孟椒：孟献子之孙子服惠伯。

⑱且于：莒邑，在山东莒县境内。

⑱寿舒：莒地，亦在莒县境内。

⑱杞梁：杞殖之子。

⑱知：智，聪明。

⑱作不顺：所作不顺于事理。　　施不恕：所为不合乎恕道。

⑱其言立：他的话世世不废弃。

⑱币：指一切贡献品。

⑱子西：公孙夏，公子騑之子。

⑱贰：指内部分裂。

⑳没没：即昧昧，糊涂，不明白。

㉑浚（jùn，音俊）：榨取，剥削。

㉒社：军社，行军立社。

㉓蒐（sōu，音搜）：阅兵。　　军实：车徒及军器。

㉔兵不戢：不收敛武力。

㉕取自族：危害自己。

㉖宛射犬：射犬即郑公孙，因食邑于宛，故称宛射犬。宛位于今河南许昌市西北。

㉗部娄：小土山。喻小国家。

㉘二子：即指张骼、辅跞。　　幄：军队用的帐篷。

㉙弗待而出：指射犬不等张骼和辅跞，独自驰车出了敌垒。

⑩胡：何故。　　再不谋：指射犬入驰、出垒两次都不打招呼。

㉑曩（nǎng，音囊）：以往。指"不告而驰。"

㉒舒鸠：楚属国，在今安徽省舒城县。

㉓然明：人名，即鬷蔑。

㉔不寇：不劫掠，不为寇害。

㉕不严：欲得民心。

㉖辨姓：男女要辨别姓氏，同姓不结婚。

㉗嫠（lí，音离）：寡妇。

㉘间公：寻找杀庄公的机会。

㉙甲兴：甲兵起而攻庄公。

⑩请：请免于死。

㉑干掫（zōu，音邹）：巡夜捕击不法者。

㉒说：脱。　　弁（biān，音辨）：爵弁，古代贵族的一种帽子。

㉓歃（shà，音霎）：歃血，口含血。古代订盟时的一种仪式。

㉔弇（yǎn，音演）中：地名，临淄西南有弇中峪。

㉕椁：与墂通。墂固，烧土为砖附于棺之四周。

㉖翣（shà，音霎）：一种长柄扇形物，羽毛制作，随葬立于墓坑中。

㉗跸（bì，音毕）：大丧必清除道路，禁止通行。

㉘止其帑（nú，音奴）：将卫侯妻留在齐国作人质。

㉙井堙：井被塞。　　木刊：树木被伐。

⑳免（wèn，音问）：穿着丧服。

㉑拥社：抱着土地神的神主。

㉒纍：累的繁体字。又通缧，捆绑。

㉓子美：即子产。

㉔祝祓社：向土地神祝告除灾去邪。

㉕傅：近。

㉖陶正：掌管陶器的官。

(527)庸：乃。　元女大姬：武王之长女。　胡公：阏父之子。

(528)恪（kè，音课）：恭敬。以备三恪，以使黄帝、尧、舜的后代齐备而表示诚敬。

(529)一圻：方千里。

(530)一同：方百里。

(531)衰：以此递降。

(532)庀（pǐ，音痞）：治理。　赋：军赋。

(533)鸠：聚。

(534)辨：测量区别。

(535)表：树木为标志。　淳卤：盐碱地。

(536)规：规划。　偃：堰。　豬：即瀦，畜水。

(537)町（tǐng，音挺）：划分为小块的田地。

(538)牧：牧牛羊。　隰皋：多水草的淤地。

(539)井：井田。　衍沃：平而肥沃的土地。

(540)甲：盔甲。　楯：盾牌。

(541)躬：身。　说：阅，容纳。

(542)皇：暇。　恤：顾念。　后：后人。

(543)子鲜：献公的母弟鱄。　为复：为自己谋复君位。

(544)敬姒：献公及子鲜之母。

(545)悼子：即宁喜。

(546)淹恤：淹留忧患，即避难的意思。

(547)子叔：即卫侯剽。　角：子叔之子。

(548)颔：低头，点头。

(549)茅氏：戚的东鄙。

(550)位在四：郑卿的次序是子展、伯有、子西、子产。

(551)城麇（jūn，音军）：地名。

(552)上其手：向公子围高举其手。

(553)贵介：介，大。贵介，地位高贵。

(554)印堇父：郑大夫。

(555)令正：主管文件之官。

(556)七穆：郑穆公有十一子，子然、子孔、士子孔三族已亡，子羽不为卿，故所存而又当政者为七族，即子展公孙舍之为罕氏，子西公孙夏为驷氏，子产公孙侨为国氏，伯有良宵为良氏，子大叔游吉为游氏，伯石公孙段为丰氏，子石印段为印氏，故称为七穆。

(557)平公：共姬之子。　入夕：问候晚安。

(558)共：供奉。　外：在外服务之人。

(559)聒（guō，音郭）：喧闹。絮语不休。

(560)步马：溜马。

(561)夏：子西名。

(562)子朝：文公之子，蔡景公弟。

(563)伍举：子胥的祖父椒举。　声子：子朝之子。

(564)班：铺，布。　荆：草名。

(565)不经：不守正法的人。

(566)劝：乐。　赏：行赏。

(567)饫（yù，音预）：饱。　赐：赐剩菜给下边。

(568)鄐（chù，音畜）：地名，在今河南温县附近。

(569)驾：地名，今安徽无为县境。　州来：地名，在今安徽凤台县。

(570)苗：晋邑，在今河南济源县西面。

(571)夷：受伤。　熸（jiān，音尖）：火熄灭。这里比喻楚军士气不振。

(572)椒鸣：伍举之子。

(573)晋士起：起，韩起，晋国上卿。列国的大夫入天子之国称士，故韩起聘于周则称士。 时事：四时奉献贡品。 宰旅：冢宰之下士。

(574)昌阜：昌盛。

(575)窦：城的出水穴，大雨则开窦。

(576)胥梁带：胥甲父之孙。

(577)必周：行动必须秘密。

(578)免馀：卫大夫。

(579)托于木门：寄住在木门。

(580)弭：停止；消除。 兵：战争。

(581)折俎：将牲畜肢体解成一节一段，放在俎上。

(582)使举是礼：以后看到这次礼仪的记录。

(583)成言：相约。

(584)藩：藩篱，篱笆编成的墙，作各国军队分界。

(585)衷甲：外衣里边穿上皮甲。

(586)参以定之：言、信、志三者相互关联，彼此确定。

(587)单：同殚，尽。 毙：向前倒下。

(588)僭（jiàn，音荐）：假，不可信。 济：利用。

(589)庸：用。吾庸多，意思是楚背信弃诸侯，对我大有用处。

(590)歆（xīn，音欣）：欣喜，悦服。

(591)五君：即文、襄、灵、成、景。

(592)已：太。 侈：骄奢。

(593)五稔：五年。意思是五年之内必被杀。

(594)宋左师：即向戌。

(595)五材：金、木、水、火、土。

(596)兵：武器。

(597)削：古人书写用竹简或木札，误书则用刀把简册上的字削去。 投：扔。

(598)司城：指子罕。

(599)司直：辅佐丞相检举不守法的官吏。

(600)寡：死了妻子。

(601)孤：前夫的儿子，即棠无咎。

(602)东郭偃：东郭姜的兄弟。

(603)卢蒲嫳（piè，音瞥）：庆封属大夫。

(604)堞（dié，音迭）：重叠。加筑宫墙。

(605)子荡：即薳罢。不久当了楚国令尹。

(606)仆：仆人。 赁：雇佣。 野：郊外。

(607)辰在申：斗柄指申，应为九月。

(608)司历：主持历法的官吏。 过：过失。

(609)梓慎：鲁国大夫。

(610)岁：岁星，即木星。 淫：过头。 玄枵（xiāo，音嚣）：十二次之一。与十二辰相配为子，与二十八宿相配为女、危三宿。

(611)从子：兄弟之子。

(612)日：往日。 过此：指去往晋国时经过郑国。

(613)迋（wàng，音旺）：前往。 劳：慰劳。

(614)心：本性。

(615)汉：汉水。

(616)休：福禄。赐予。

(617)岁之不易：年来有饥荒之难。

(618)何劳之敢惮：不敢怕任何劳苦，必来朝楚。

(619)迷复：迷了路才想回来，想回到自己喜欢的地方，但忘掉了原来的路，结果无处可归。

(620)岁弃其次：岁星失去它应有的位置。

(621)鸟帑：鸟毛。鸟，朱鸟，亦称朱雀，四象之一。二十八宿体系形成后，由南方七宿：井宿、柳宿、星宿、张宿、翼宿、轸宿组成鸟象。

(622)舍：在郊外设帷宫。　坛：在除草后的坦坪上积土筑坛。古代国君去他国，设坛接受郊劳。

(623)说：解释。

(624)内实：宝物及妻妾。

(625)亡人：躲避崔杼之难者。　贼：崔氏之党羽。

(626)癸：庆舍之臣。　子之：庆舍字。

(627)饔（yōng，音雍）人：管伙食的人。　更：换。　鹜（wù，音务）：鸭子。

(628)御者：送饭的人。

(629)洎（jì，音记）：肉汁。

(630)子雅、子尾：二人皆惠公孙。

(631)子家：即庆丰。

(632)子之：即庆舍。　兆：由龟的裂纹来卜占凶吉。

(633)季：即庆封。

(634)尝：秋祭。

(635)悛：悔改之意。

(636)戕（qiāng，音枪）：破坏。　发：撤去。

(637)姜：卢蒲嫳妻，庆舍之女。

(638)夫子：指庆舍。　愎（bì，音必）：倔强。

(639)尸：古代祭祀，以活人充当受祭者，称“尸”。

(640)庆奊（xiè，音泻）：人名。　上献：上宾。

(641)鱼里：里名，于宫门之外。

(642)栾：子雅。　高：子尾。　陈：陈须无。　鲍：鲍国。　介：披甲。

(643)桷（jiǎo，音角）：槌。　扉：门扇。

(644)援：攀附。指庆舍拉着庙桷。　桷：方形椽子。

(645)动：震动。　甍（méng，音萌）：栋梁。

(646)税服：祭服。

(647)陈：列阵。　嶽：大街。

(648)句余：吴子夷末。　朱方：吴邑。

(649)邶殿：齐国大邑，在今山东昌邑县西北。

(650)生厚：生活想要丰厚。　用利：器物财货想要富饶。

(651)稍：尽。　致之：还（指还给景公）。

(652)乱臣：治理天下之臣。　十人：指文母、周公、大公、毕公、荣公、大颠、闳夭、散宜生、南宫括。

(653)济：渡口。　泽：水草之交。　阿：水崖。

(654)行：道路。　潦：积水。　蘋：浮萍。　藻：水草。

(655)季兰：诗中季女。　尸：祭尸。

(656)遑（huáng，音皇）：闲暇，暇顾。　后：后果。

(657)荣成伯：荣驾鹅，叔肸曾孙。

(658)释：解释。　朝正：诸侯每月初一到祖庙杀羊祭祀，然后回朝听政。前者称告朔或听朔，后者称朝庙或朝正。

(659)襚（suí，音遂）：为死者穿衣服。

(660)祓（fú，音拂）：古代习俗，为除灾去邪而举行仪式。　布币：陈列朝聘的皮币等物。

(661)桃、茢：桃棒、苕帚。在柩上扫除不祥。

(662)郏敖：康王之子熊麇。

(663)公冶：季冶，鲁大夫。　　问：问候。

(664)玺书：用印封书。

(665)王事：凡交于大国，朝聘、会盟、征伐等事。　　靡：无。　　盬（gǔ，音古）：不坚固，不细致。

(666)遑：暇闲。　　启：跪。　　处：居。

(667)阍（hūn，音昏）：守门人。

(668)钟：合当时六石四斗。

(669)甚乎：指动员诸侯为杞国筑城这件事太过分了。

(670)夏肄：肄，余。夏肄，夏代的剩余之国。　　屏：保护。

(671)其谁云之：还有谁与他友好往来。

(672)女齐：司马侯。　　相礼：大臣接见外宾掌九仪之宾客摈相之礼，出接宾曰摈，入赞礼曰相。

(673)取货：即取杞田。

(674)札：即季札，吴王寿梦第四子。

(675)基之：为王业奠定基础。

(676)渊：深厚。

(677)细：指乐的诗辞多为男女之间琐碎的事，政治内容极少。

(678)夏声：古代夏指西方，史称西夏。夏声，西方之声。

(679)沨沨（féng，音冯）：形容乐声宛转抑扬。

(680)箾：同萧。　　籥（yuè，音月）：乐器似笛。

(681)帱（dǎo，音导）：复盖。

(682)观止：最大限度的尽善尽美。

(683)通嗣君：为新立的国君（夷昧）通好。

(684)说：同悦。喜欢。

(685)纳：归还。　　邑：封。　　政：政权。

(686)蘧（qú，音渠）瑗：即蘧伯玉。　　史鰌（qiū，音秋）：即史鱼。

(687)政将在家：政权将由公室归于大夫。

(688)虿：子尾。　　灶：子雅。

(689)卢：高氏邑，在今山东长清县西南。

(690)举不逾等：越级举拔别人。　　位班：按班次，子产应当执政。

(691)除之：为子产清除道路。

(692)戾：安定。

(693)子荡：即薳罢。

(694)驷：子皙。　　良：伯有。

(695)有与疑年：有人怀疑其年龄。

(696)媮（tōu，音偷）：轻视。

(697)儋季：周灵王之弟。

(698)必有此：必定想占有这里（指朝廷）。

(699)平畤（zhì，音至）：周邑，洛阳附近。

(700)佞（nìng，音泞）夫：灵王之子，景王弟。

(701)义事：便宜行事。

(702)弱植：根基不牢固，指哀公有废疾。

(703)公子：公子留。

(704)大子：偃师。

(705)罕：子皮。　　驷：子皙。　　丰：公孙段。

(706)子石：即印段。

(707)马师颉：子羽之孙。　　介于襄库：取襄库之皮甲装备士兵。

(708)驷带：子西之子。

(709)介：游吉的副手，让他入都代之复命。

⑦⑩ 子蟜：公孙虿。

⑦⑪ 降娄：十二星次之一。

⑦⑫ 岁：指伯有死的那年月。　　娵訾之口：木星正好过娵訾，未及降娄。

⑦⑬ 封殖：培养。

⑦⑭ 艾（yì，音刈）：斩除。

⑦⑮ 都：有宗庙先君之主的邑则称都。都多大夫士与工商。　　鄙：鄙野，多农与田。　　章：区别。

⑦⑯ 服：职，事。

⑦⑰ 庐井：田野中的农舍。　　伍：赋税。

⑦⑱ 毙：惩罚而免去任职。

⑦⑲ 丰卷：郑穆公之子。

⑦⑳ 鲜：新猎的兽作祭品。

⑦㉑ 子张：丰卷字。

⑦㉒ 其语偷：他的话毫无远虑。

⑦㉓ 工偻洒、渻（shěng，音省）灶、孔虺、贾寅：此四子为间丘婴之党羽。

⑦㉔ 胡：国名，归姓。　　敬归：襄公妾。

⑦㉕ 在慼（qī，音戚）：父母死。　　嘉容：容色喜悦。

⑦㉖ 不度：不孝。

⑦㉗ 衽：衣襟。　　故：旧。古代丧服衣襟较长，三次换衣，新衣襟如旧衣襟。

⑦㉘ 闬（hàn，音悍）闳：门。

⑦㉙ 完：借为院，即垣。

⑦㉚ 诛求：责其贡献。

⑦㉛ 侨：子产名。　　文公：晋国重耳。

⑦㉜ 圬（wū，音乌）人：泥工。　　墁（mì，音觅）：涂，泥。

⑦㉝ 犁比：莒子密州之号。

⑦㉞ 买朱钼：即密州。

⑦㉟ 狐庸：巫臣之子。

⑦㊵ 尹何：子皮的属臣。　　邑：家臣之宰。

⑦㊶ 厌：压，被压。

⑦㊷ 仪：仪式，陈设。

⑦㊸ 仪：仪容，举止言语。

⑦㊹ 棣棣：安和貌。

⑦㊺ 降为臣：指使崇侯降为臣。

昭 公

元 年 经

元年春王正月，公即位。

叔孙豹会晋赵武、楚公子围、齐国弱、宋向戌、卫齐恶、陈公子招、蔡公孙归生、郑罕虎、许人、曹人于虢。

三月，取郓。

夏，秦伯之弟铖出奔晋①。

六月丁巳，邾子华卒。

晋荀吴帅师败狄于大卤。

秋，莒去疾自齐入于莒，莒展舆出奔吴。

叔弓帅师疆郓田。

葬邾悼公。

冬十有一月己酉，楚子麇卒。

楚公子比出奔晋。

元 年 传

元年春，楚公子围聘于郑，且娶于公孙段氏。伍举为介②。将入馆，郑人恶之，使行人子羽与之言；乃馆于外。既聘，将以众逆。子产患之，使子羽辞，曰：“以敝邑褊小，不足以容从者，请墠听命③。”令尹命大宰伯州犁对曰：“君辱贶寡大夫围，谓围将使丰氏抚有而室。围布几筵，告于庄、共之庙而来。若野赐之，是委君贶于草莽也，是寡大夫不得列于诸卿也。不宁唯是，又使围蒙其先君④，将不得为寡君老，其蔑以复矣！唯大夫图之！”子羽曰：“小国无罪，恃实其罪。将恃大国之安靖己，而无乃包藏祸心以图之？小国失恃，而惩诸侯，使莫不憾者，距违君命，而有所壅塞不行是惧！不然，敝邑，馆人之属也，其敢爱丰氏之祧⑤？”伍举知其有备也，请垂櫜而入⑥。许之。

正月乙未，入，逆而出。遂会于虢，寻宋之盟也。祁午谓赵文子曰：“宋之盟，楚人得志于晋。今令尹之不信，诸侯之所闻也。子弗戒，惧又如宋。子木之信称于诸侯，犹诈晋而驾焉，况不信之尤者乎！楚重得志于晋，晋之耻也。子相晋国，以为盟主，于今七年矣。再合诸侯⑦，三合大夫⑧，服齐、狄，宁东夏，平秦乱，城淳于，师徒不顿，国家不罢，民无谤讟⑨，诸侯无怨，天无大灾，子之力也！有令名矣，而终之以耻，午也是惧，吾子其不可以不戒！”文子曰：“武受赐矣。然宋之盟，子木有祸人之心，武有仁人之心，是楚所以驾于晋也。今武犹是心也，楚又行僭⑩，非所害也。武将信以为本，循而行之。譬如农夫，是穮是蓘⑪，虽有饥馑，必有丰年。且吾闻之：‘能信不为人下。’吾未能也。《诗》曰：“不僭不贼，鲜不为则。’信也。能为人则者，不为人下矣。吾不能是难，楚不为患！"楚令尹围请"用牲，读旧书加于牲上而已"，晋人许之。

　　三月甲辰，盟。楚公子围设服、离卫⑫。叔孙穆子曰："楚公子美矣君哉！"郑子皮曰："二执戈者前矣！"蔡子家曰："蒲宫有前，不亦可乎？"楚伯州犁曰："此行也，辞而假之寡君。"郑行人挥曰："假不反矣。"伯州犁曰："子姑忧子皙之欲背诞也。"子羽曰："当璧犹在⑬，假而不反，子其无忧乎？"齐国子曰："吾代二子愍矣⑭！"陈公子招曰："不忧何成？二子乐矣。"卫齐子曰："苟或知之，虽忧何害？"宋合左师曰："大国令，小国共⑮。吾知共而已。"晋乐王鲋曰："《小旻》之卒章善矣！吾从之。"

　　退会，子羽谓子皮曰："叔孙绞而婉，宋左师简而礼，乐王鲋字而敬，子与子家持之，皆保世之主也。齐、卫、陈大夫其不免乎！国子代人忧，子招乐忧，齐子虽忧弗害。夫弗及而忧，与可忧而乐，与忧而弗害，皆取忧之道也，忧必及之。《大誓》曰：'民之所欲，天必从之。'三大夫兆忧，忧能无至乎？其是之谓矣。"

　　季武子伐莒，取郓。莒人告于会。楚告于晋曰："寻盟未退，而鲁伐莒，渎齐盟，请戮其使！"

　　乐桓子相赵文子⑯，欲求货于叔孙，而为之请。使请带焉，弗与。梁其跖曰："货以藩身⑰，子何爱焉？"叔孙曰："诸侯之会，卫社稷也。我以货免，鲁必受师，是祸之也，何卫之为？人之有墙，以蔽恶也；墙之隙坏，谁之咎也？卫而恶之，吾又甚焉。虽怨季孙，鲁国何罪？叔出季处，有自来矣⑱，吾又谁怨？然鲋也贿，弗与，不已。"召使者，裂裳帛而与之，曰："带其褊矣。"

　　赵孟闻之，曰："临患不忘国，忠也；思难不越官，信也；图国忘死，贞也；谋主三者⑲，义也。有是四者，又可戮乎？"乃请诸楚曰："鲁虽有罪，其执事不辟难⑳，畏威而敬命矣。子若免之，以劝左右，可也。若子之群吏，处不辟污㉑，出不逃难，其何患之有？患之所生：污而不治，难而不守，所由来也。能是二者，又何患焉？不靖其能，其谁从之？鲁叔孙豹可谓能矣，请免之，以靖能者！子会而赦有罪，又赏其贤，诸侯其谁不欣焉望楚而归之，视远如迩？疆场之邑，一彼一此，何常之有？王、伯之令也㉒，引其封疆而树之官㉓，举之表旗，而著之制令，过则有刑，犹不可壹，于是乎虞有三苗㉔，夏有观、扈㉕，商有姺、邳㉖，周有徐、奄㉗。自无令王，诸侯逐进，狎主齐盟，其又可壹乎？恤大舍小，足以为盟主，又焉用之？封疆之削，何国蔑有？主齐盟者，谁能辩焉？吴、濮有衅㉘，楚之执事岂其顾盟？莒之疆事，楚勿与知，诸侯无烦㉙，不亦可乎？莒、鲁争郓，为日久矣。苟无大害于其社稷，可无亢也。去烦宥善㉚，莫不竞劝。子其图之！"固请诸楚，楚人许之，乃免叔孙。

　　令尹享赵孟，赋《大明》之首章。赵孟赋《小宛》之二章。事毕，赵孟谓叔向曰："令尹自以为王矣，何如？"对曰："王弱，令尹强，其可哉！虽可，不终。"赵孟曰："何故？"对曰："强以克弱而安之，强不义也。不义而强，其毙必速。《诗》曰：'赫赫宗周，褒姒灭之'。强不义也。令尹为王，必求诸侯。晋少懦矣，诸侯将往。若获诸侯，其虐滋甚，民弗堪也，将何以终？夫以强取，不义而克，必以为道。道以淫虐，弗可久已矣！"

　　夏四月，赵孟、叔孙豹、曹大夫入于郑，郑伯兼享之。子皮戒赵孟，礼终，赵孟赋《瓠叶》。子皮遂戒穆叔，且告之。穆叔曰："赵孟欲一献，子其从之。"子皮曰："敢乎？"穆叔曰："夫人之所欲也，又何不敢？"及享，具五献之笾豆于幕下㉛。赵孟辞，私于子产曰："武请于冢宰矣！"乃用一献。赵孟为客。礼终乃宴。穆叔赋《鹊巢》，赵孟曰："武不堪也！"又赋《采蘩》，曰："小国为蘩，大国省穑而用之，其何实非命？"子皮赋《野有死麕》之卒章，赵孟赋《常棣》，且曰："吾兄弟比以安，尨也可使无吠！"穆叔、子皮及曹大夫兴，拜，举兕爵，曰："小国赖子，知免于戾矣!"饮酒乐,赵孟出,曰:"吾不复此矣!"

天王使刘定公劳赵孟于颍㉜,馆于雒汭。刘子曰:"美哉禹功,明德远矣!微禹,吾其鱼乎!吾与子弁冕、端委㉝,以治民、临诸侯,禹之力也。子盍亦远绩禹功而大庇民乎㉞?"对曰:"老夫罪戾是惧,焉能恤远?吾侪偷食,朝不谋夕,何其长也?"刘子归,以语王曰:"谚所谓老将知而耄及之者㉟,其赵孟之谓乎!为晋正卿,以主诸侯,而侪于隶人,朝不谋夕,弃神、人矣。神怒、民叛,何以能久?赵孟不复年矣。神怒,不歆其祀;民叛,不即其事。祀、事不从,又何以年?"

叔孙归,曾夭御季孙以劳之㊱。且及日中不出。曾夭谓曾阜曰㊲:"且及日中,吾知罪矣。鲁以相忍为国也。忍其外,不忍其内,焉用之?"阜曰:"数月于外,一旦于是,庸何伤?贾而欲赢,而恶嚣乎?"阜谓叔孙曰:"可以出矣。"叔孙指楹,曰:"虽恶是,其可去乎?"乃出见之。

郑徐吾犯之妹美㊳,公孙楚聘之矣㊴,公孙黑又使强委禽焉㊵。犯惧,告子产。子产曰:"是国无政,非子之患也。唯所欲与。"犯请于二子,请使女择焉。皆许之。子晳盛饰入,布币而出。子南戎服入,左右射,超乘而出。女自房观之,曰:"子晳信美矣。抑子南,夫也。夫夫妇妇,所谓顺也。"适子南氏。子晳怒,既而櫜甲以见子南,欲杀之而取其妻。子南知之,执戈逐之,及衝㊶,击之以戈。子晳伤而归,告大夫曰:"我好见之,不知其有异志也,故伤。"

大夫皆谋之。子产曰:"直钧㊷,幼贱有罪,罪在楚也。"乃执子南而数之,曰:"国之大节有五,女皆奸之。畏君之威,听其政,尊其贵,事其长,养其亲,五者所以为国也。今君在国,女用兵焉,不畏威也;奸国之纪,不听政也;子晳,上大夫,女,嬖大夫,而弗下之,不尊贵也;幼而不忌㊸,不事长也;兵其从兄,不养亲也。君曰:'余不女忍杀,宥女以远。'勉速行乎,无重而罪!"

五月庚辰,郑放游楚于吴㊹。将行子南,子产咨于大叔。大叔曰:"吉不能亢身㊺,焉能亢宗?彼,国政也,非私难也。子图郑国,利则行之,又何疑焉?周公杀管叔而蔡蔡叔㊻,夫岂不爱?王室故也。吉若获戾,子将行之,何有于诸游?"

秦后子有宠于桓㊼,如二君于景。其母曰:"弗去,惧选!"癸卯,铖适晋,其车千乘。书曰:"秦伯之弟铖出奔晋。"罪秦伯也。

后子享晋侯,造舟于河,自雍及绛㊽。归取酬币㊾,终事八反㊿。司马侯问焉,曰:"子之车尽于此而已乎?"对曰:"此之谓多矣。若能少此,吾何以得见?"女叔齐以告公,且曰:"秦公子必归。臣闻君子能知其过,必有令图。令图,天所赞也。"

后子见赵孟。赵孟曰:"吾子其曷归?"对曰:"铖惧选于寡君,是以在此,将待嗣君。"赵孟曰:"秦君何如?"对曰:"无道。"赵孟曰:"亡乎?"对曰:"何为?一世无道,国未艾也。国于天地,有与立焉。不数世淫,弗能毙也。"赵孟曰:"天乎?"对曰:"有焉。"赵孟曰:"其几何?"对曰:"铖闻之:国无道而年谷和熟,天赞之也。鲜不五稔。"赵孟视荫,曰:"朝夕不相及,谁能待五?"后子出,而告人曰:"赵孟将死矣。主民,翫岁而愒日㊿,其与几何?"

郑为游楚乱故,六月丁巳,郑伯及其大夫盟于公孙段氏。罕虎、公孙侨、公孙段、印段、游吉、驷带私盟于闺门之外,实薰隧。公孙黑强与于盟,使大史书其名,且曰"七子"。子产弗讨。

晋中行穆子败无终及群狄于大原,崇卒也。将战,魏舒曰:"彼徒我车,所遇又阨㊿,以什共车,必克。困诸阨,又克。请皆卒,自我始。"乃毁车以为行,五乘为三伍。荀吴之嬖人不肯即卒,斩以徇。为五陈以相离,两于前,伍于后,专为右角,参为左角,偏为前拒,以诱之。翟人笑之。未陈而薄之,大败之。

莒展舆立,而夺群公子秋㊿。公子召去疾于齐。秋,齐公子钽纳去疾,展舆奔吴。

叔弓帅师疆郓田，因莒乱也。于是莒务娄、瞀胡及公子灭明以大厖与常仪靡奔齐㊸。

君子曰："莒展之不立，弃人也夫！人可弃乎？《诗》曰'无竞维人'，善矣。"

晋侯有疾，郑伯使公孙侨如晋聘，且问疾。叔向问焉，曰："寡君之疾病，卜人曰'实沈、台骀为祟'，史莫之知。敢问此何神也？"子产曰：

"昔高辛氏有二子，伯曰阏伯，季曰实沈，居于旷林，不相能也，日寻干戈以相征讨。后帝不臧㊹，迁阏伯于商丘，主辰㊺，商人是因，故辰为商星；迁实沈于大夏，主参㊻，唐人是因，以服事夏、商，其季世曰唐叔虞。当武王邑姜方震大叔㊼，梦帝谓己：'余命而子曰"虞"，将与之唐，属诸参，而蕃育其子孙。'及生，有文在其手曰'虞'，遂以命之。及成王灭唐，而封大叔焉，故参为晋星。由是观之，则实沈参神也。

昔金天氏有裔子曰昧，为玄冥师㊽，生允格、台骀。台骀能业其官，宣汾、洮，障大泽，以处大原。帝用嘉之，封诸汾川，沈、姒、蓐、黄实守其祀。今晋主汾而灭之矣。由是观之，则台骀汾神也。

抑此二者不及君身。山川之神，则水旱疠疫之灾于是乎禜之㊾。日月星辰之神，则雪霜风雨之不时，于是乎禜之。若君身，则亦出入、饮食、哀乐之事也，山川、星辰之神又何为焉？

侨闻之，君子有四时：朝以听政，昼以访问，夕以修令，夜以安身。于是乎节宣其气，勿使有所壅闭湫底以露其体，兹心不爽而昏乱百度。今无乃壹之，则生疾矣。侨又闻之：内官不及同姓，其生不殖。美先尽矣，则相生疾，君子是以恶之。故《志》曰：'买妾不知其姓，则卜之。'违此二者，古之所慎也。男女辨姓，礼之大司也。今君内实有四姬焉，其无乃是也乎？若由是二者，弗可为也已！四姬有省犹可，无则必生疾矣。"

叔向曰："善哉！肸未之闻也。此皆然矣。"

叔向出，行人挥送之㊿。叔向问郑故焉，且问子皙，对曰："其与几何！无礼而好陵人，怙富而卑其上，弗能久矣。"

晋侯闻子产之言，曰："博物君子也！"重贿之。

晋侯求医于秦，秦伯使医和视之。曰："疾不可为也，是谓近女，室疾如蛊。非鬼非食，惑以丧志。良臣将死，天命不佑。"公曰："女不可近乎？"对曰："节之！先王之乐，所以节百事也，故有五节；迟速本末以相及，中声以降；五降之后，不容弹矣。于是有烦手淫声，慆堙心耳，乃忘平和，君子弗听也。物亦如之，至于烦，乃舍也已，无以生疾。君子之近琴瑟，以仪节也，非以慆心也。天有六气，降生五味，发为五色，征为五声。淫生六疾。六气曰阴、阳、风、雨、晦、明也，分为四时，序为五节，过则为灾：阴淫寒疾，阳淫热疾，风淫末疾，雨淫腹疾，晦淫惑疾，明淫心疾。女，阳物而晦时，淫则生内热惑蛊之疾。今君不节不时，能无及此乎？"

出，告赵孟。赵孟曰："谁当良臣？"对曰："主是谓矣。主相晋国，于今八年，晋国无乱，诸侯无阙，可谓良矣！和闻之：国之大臣，荣其宠禄，任其大节；有灾祸兴，而无改焉，必受其咎。今君至于淫以生疾，将不能图恤社稷，祸孰大焉？主不能御，吾是以云也。"赵孟曰："何谓蛊？"对曰："淫溺惑乱之所生也。于文，皿虫为蛊。谷之飞亦为蛊。在《周易》，女惑男、风落山谓之'蛊☶☴'。皆同物也。"赵孟曰："良医也！"厚其礼而归之。

楚公子围使公子黑肱、伯州犁城犨、栎、郏㊿，郑人惧。子产曰："不害。令尹将行大事，而先除二子也。祸不及郑，何患焉？"

冬，楚公子围将聘于郑，伍举为介。未出竟，闻王有疾而还，伍举遂聘。十一月己酉，公子围至，入问王疾，缢而弑之，遂杀其二子幕及平夏。右尹子干出奔晋，宫厩尹子皙出奔郑。杀大宰伯州犁于郏。葬王于郏，谓之郏敖。使赴于郑，伍举问应为后之辞焉，对曰："寡大夫围。"

伍举更之曰："共王之子围为长。"

　　子干奔晋，从车五乘。叔向使与秦公子同食，皆百人之饩。赵文子曰："秦公子富。"叔向曰："厎禄以德，德钧以年，年同以尊。公子以国，不闻以富。且夫以千乘去其国，强御已甚。《诗》曰：'不侮鳏寡，不畏强御。'秦、楚，匹也。"使后子与子干齿⑥，辞曰："铖惧选，楚公子不获⑥，是以皆来，亦唯命。且臣与羁齿，无乃不可乎？史佚有言曰：'非羁，何忌？'"

　　楚灵王即位，莸罢为令尹⑥，莸启疆为大宰。郑游吉如楚葬郏敖，且聘立君；归，谓子产曰："具行器矣。楚王汏侈而自说其事⑥，必合诸侯。吾往无日矣。"子产曰："不数年未能也。"

　　十二月，晋既烝，赵孟适南阳，将会孟子馀。甲辰朔，烝于温⑥；庚戌，卒。郑伯如晋吊，及雍乃复⑥。

二　年　经

二年春，晋侯使韩起来聘。

夏，叔弓如晋。

秋，郑杀其大夫公孙黑。

冬，公如晋，至河乃复。

季孙宿如晋。

二　年　传

　　二年春，晋侯使韩宣子来聘，且告为政，而来见，礼也。观书于大史氏，见《易》、《象》与《鲁春秋》，曰："周礼尽在鲁矣。吾乃今知周公之德与周之所以王也。"公享之，季武子赋《緜》之卒章。韩子赋《角弓》，季武子拜，曰："敢拜子之弥缝敝邑，寡君有望矣。"武子赋《节》之卒章。既享，宴于季氏。有嘉树焉，宣子誉之。武子曰："宿敢不封殖此树，以无忘《角弓》！"遂赋《甘棠》。宣子曰："起不堪也，无以及召公。"

　　宣子遂如齐纳币。见子雅。子雅召子旗⑥，使见宣子。宣子曰："非保家之主也，不臣。"见子尾。子尾见彊⑦，宣子谓之如子旗。大夫多笑之，唯晏子信之，曰："夫子，君子也。君子有信，其有以知之矣。"

　　自齐聘于卫，卫侯享之。北宫文子赋《淇澳》，宣子赋《木瓜》。

　　夏四月，韩须如齐逆女。齐陈无宇送女，致少姜⑦。少姜有宠于晋侯，晋侯谓之"少齐"。谓陈无宇非卿，执诸中都。少姜为之请，曰："送从逆班⑦。畏大国也，犹有所易，是以乱作。"

　　叔弓聘于晋，报宣子也。晋侯使郊劳，辞曰："寡君使弓来继旧好，固曰'女无敢为宾'。彻命于执事，敝邑弘矣，敢辱郊使？请辞。"致馆，辞曰："寡君命下臣来继旧好，好合使成，臣之禄也。敢辱大馆？"叔向曰："子叔子知礼哉！吾闻之曰：'忠信，礼之器也；卑让，礼之宗也。'辞不忘国，忠信也；先国后己，卑让也。《诗》曰：'敬慎威仪，以近有德。'夫子近德矣。"

　　秋，郑公孙黑将作乱，欲去游氏而代其位，伤疾作而不果。驷氏与诸大夫欲杀之。子产在鄙，闻之，惧弗及，乘遽而至。使吏数之，曰："伯有之乱，以大国之事而未尔讨也。尔有乱心无厌，国不女堪。专伐伯有，而罪一也；昆弟争室，而罪二也；薰隧之盟，女矫君位，而罪三也。有死罪三，何以堪之？不速死，大刑将至！"再拜稽首，辞曰："死在朝夕，无助天为虐。"子产曰："人谁不死？凶人不终，命也。作凶事，为凶人。不助天，其助凶人乎？"请以印为褚师⑦，子产曰：“印也若才，君将任之；不才，将朝夕从女。女罪之不恤，而又何请焉？不速死，司寇将至。”七月戊寅，缢。尸诸周市之衢，加木焉。

晋少姜卒。公如晋，及河，晋侯使士文伯来辞，曰：“非伉俪也。请君无辱。”公还，季孙宿遂致服焉。

叔向言陈无宇于晋侯曰：“彼何罪？君使公族逆之⑭，齐使上大夫送之，犹曰不共：君求以贪！国则不共，而执其使。君刑已颇⑮，何以为盟主？且少姜有辞。”冬十月，陈无宇归。

十一月，郑印段如晋吊。

三　年　经

三年春王正月丁未，滕子原卒。

夏，叔弓如滕。

五月，葬滕成公。

秋，小邾子来朝。

八月，大雩。

冬，大雨雹。

北燕伯款出奔齐。

三　年　传

三年春王正月，郑游吉如晋，送少姜之葬。梁丙与张趯见之⑯，梁丙曰：“甚矣哉，子之为此来也！”子大叔曰：“将得已乎！昔文、襄之霸也，其务不烦诸侯，令诸侯三岁而聘，五岁而朝，有事而会，不协而盟。君薨，大夫吊，卿共葬事；夫人，士吊，大夫送葬。足以昭礼、命事、谋阙而已，无加命矣。今嬖宠之丧，不敢择位⑰，而数于守适⑱，唯惧获戾，岂敢惮烦？少姜有宠而死，齐必继室。今兹吾又将来贺，不唯此行也。”张趯曰：“善哉！吾得闻此数也。然自今子其无事矣。譬如火焉，火中，寒暑乃退。此其极也⑲，能无退乎？晋将失诸侯，诸侯求烦不获。”二大夫退，子大叔告人曰：“张趯有知，其犹在君子之后乎？”

“丁未，滕子原卒。”同盟，故书名。

齐侯使晏婴请继室于晋，曰：“寡君使婴曰：‘寡人愿事君，朝夕不倦。将奉质币以无失时，则国家多难，是以不获。不腆先君之适以备内官，焜燿寡人之望⑳，则又无禄，早世殒命，寡人失望。君若不忘先君之好，惠顾齐国，辱收寡人，徼福于大公、丁公，照临敝邑，镇抚其社稷，则犹有先君之适及遗姑姊妹若而人。君若不弃敝邑，而辱使董振择之㉑，以备嫔嫱㉒，寡人之望也！’”

韩宣子使叔向对曰：“寡君之愿也。寡君不能独任其社稷之事，未有伉俪；在缞绖之中，是以未敢请。君有辱命，惠莫大焉！若惠顾敝邑，抚有晋国，赐之内主，岂唯寡君，举群臣实受其贶，其自唐叔以下实宠嘉之。”

既成昏㉓，晏子受礼，叔向从之宴，相与语。叔向曰：“齐其何如？”晏子曰：“此季世也，吾弗知齐其为陈氏矣。公弃其民，而归于陈氏。齐旧四量：豆、区、釜、钟㉔。四升为豆，各自其四，以登于釜。釜十则钟。陈氏三量皆登一焉㉕，钟乃大矣。以家量贷，而以公量收之。山木如市，弗加于山㉖；鱼盐蜃蛤，弗加于海。民参其力，二入于公，而衣食其一。公聚朽蠹，而三老冻馁，国之诸市，屦贱踊贵㊲。民人痛疾，而或燠休之㊳。其爱之如父母，其归之如流水。欲无获民，将焉辟之？箕伯、直柄、虞遂、伯戏㊴，其相胡公、大姬已在齐矣㊵！"

叔向曰："然。虽吾公室，今亦季世也。戎马不驾，卿无军行，公乘无人，卒列无长。庶民罢敝，而宫室滋侈；道殣相望㊶，而女富溢尤。民闻公命，如逃寇雠。栾、郤、胥、原、狐、续、庆、伯降在皂隶㊷，政在家门，民无所依。君日不悛，以乐慆忧。公室之卑，其何日之有？谗鼎之铭曰：'昧旦丕显，后世犹怠。'况日不悛，其能久乎？"

晏子曰："子将若何？"叔向曰："晋之公族尽矣。肸闻之：公室将卑，其宗族枝叶先落，则公室从之。肸之宗十一族，唯羊舌氏在而已。肸又无子，公室无度，幸而得死，岂其获祀？"

初，景公欲更晏子之宅，曰："子之宅近市，湫隘嚣尘㊳，不可以居，请更诸爽垲者㊴。"辞曰："君之先臣容焉。臣不足以嗣之，于臣侈矣。且小人近市，朝夕得所求，小人之利也。敢烦里旅㊵？"公笑曰："子近市，识贵贱乎？"对曰："既利之，敢不识乎？"公曰："何贵？何贱？"于是景公繁于刑，有鬻踊者㊶，故对曰："踊贵，屦贱。"既已告于君，故与叔向语而称之。景公为是省于刑。君子曰："仁人之言，其利博哉！晏子一言，而齐侯省刑。《诗》曰：'君子如祉，乱庶遄已㊷。'其是之谓乎！"

及晏子如晋，公更其宅。反，则成矣。既拜，乃毁之，而为里室皆如其旧，则使宅人反之，曰："谚曰：'非宅是卜，唯邻是卜。'二三子先卜邻矣。违卜不祥。君子不犯非礼，小人不犯不祥，古之制也。吾敢违诸乎？"卒复其旧宅，公弗许；因陈桓子以请，乃许之。

夏四月，郑伯如晋，公孙段相，甚敬而卑，礼无违者。晋侯嘉焉，授之以策，曰："子丰有劳于晋国，余闻而弗忘。赐女州田，以胙乃旧勋。"伯石再拜稽首，受策以出。君子曰："礼，其人之急也乎！伯石之汏也，一为礼于晋，犹荷其禄，况以礼终始乎？《诗》曰：'人而无礼，胡不遄死？'其是之谓乎！"

初，州县，栾豹之邑也。及栾氏亡，范宣子、赵文子、韩宣子皆欲之。文子曰："温，吾县也。"二宣子曰："自郤称以别㊸，三传矣。晋之别县不唯州，谁获治之？"文子病之，乃舍之。二宣子曰："吾不可以正议而自与也。"皆舍之。及文子为政，赵获曰："可以取州矣。"文子曰："退！二子之言，义也。违义，祸也。余不能治余县，又焉用州？其以徼祸也？君子曰：'弗知实难。'知而弗从，祸莫大焉！有言州必死！"

丰氏故主韩氏㊴，伯石之获州也，韩宣子为之请之，为其复取之之故。

五月，叔弓如滕葬滕成公，子服椒为介。及郊，遇懿伯之忌，敬子不入。惠伯曰："公事有公利，无私忌。椒请先入。"乃先受馆。敬子从之。

晋韩起如齐逆女。公孙虿为少姜之有宠也，以其子更公女而嫁公子㊵。人谓宣子："子尾欺晋，晋胡受之？"宣子曰："我欲得齐而远其宠，宠将来乎？"

秋七月，郑罕虎如晋，贺夫人，且告曰："楚人日征敝邑以不朝立王之故㊶。敝邑之往，则畏执事其谓寡君而固有外心；其不往，则宋之盟云。进退罪也！寡君使虎布之。"宣子使叔向对曰："君若辱有寡君，在楚何害？修宋盟也。君苟思盟，寡君乃知免于戾矣。君若不有寡君，虽朝夕辱于敝邑，寡君猜焉。君实有心，何辱命焉？君其往也！苟有寡君，在楚犹在晋也。"

张趯使谓大叔曰："自子之归也，小人粪除先人之敝庐，曰：'子其将来'。今子皮实来，小人失望。"大叔曰："吉贱，不获来，畏大国，尊夫人也。且孟曰'而将无事'，吉庶几焉㊷。"

小邾穆公来朝，季武子欲卑之。穆叔曰："不可。曹、滕、二邾实不忘我好，敬以逆之，犹惧其贰，又卑一睦，焉逆群好也？其如旧而加敬焉！《志》曰：'能敬无灾。'又曰：'敬逆来者，天所福也。'"季孙从之。

"八月，大雩"，旱也。

齐侯田于莒，卢蒲嫳见㊉，泣，且请曰："余发如此种种㊉，余奚能为！"公曰："诺！吾告二子㊉。"归而告之。子尾欲复之，子雅不可，曰："彼其发短而心甚长，其或寝处我矣！"九月，子雅放卢蒲嫳于北燕。

燕简公多嬖宠，欲去诸大夫而立其宠人。冬，燕大夫比以杀公之外嬖㊉。公惧，奔齐。书曰："北燕伯款出奔齐。"罪之也。

十月，郑伯如楚，子产相。楚子享之，赋《吉日》。既享，子产乃具田备，王以田江南之梦。

齐公孙灶卒㊉。司马灶见晏子，曰："又丧子雅矣。"晏子曰："惜也！子旗不免㊉，殆哉！姜族弱矣，而妫将始昌。二惠竞爽犹可，又弱一个焉，姜其危哉！"

四　年　经

四年春王正月，大雨雹。

夏，楚子、蔡侯、陈侯、郑伯、许男、徐子、滕子、顿子、胡子、沈子、小邾子、宋世子佐、淮夷会于申。

楚人执徐子。

秋七月，楚子、蔡侯、陈侯、许男、顿子、胡子、沈子、淮夷伐吴，执齐庆封，杀之。遂灭赖。

九月，取鄫。

冬十二月乙卯，叔孙豹卒。

四　年　传

四年春王正月，许男如楚，楚子止之，遂止郑伯。复田江南，许男与焉。

使椒举如晋求诸侯，二君待之。椒举致命曰："寡君使举曰：'日君有惠，赐盟于宋，曰："晋楚之从交相见也。"以岁之不易，寡人愿结欢于二三君。'使举请闲。君若苟无四方之虞，则愿假宠以请于诸侯。"晋侯欲勿许，司马侯曰："不可。楚王方侈，天或者欲逞其心，以厚其毒，而降之罚，未可知也。其使能终，亦未可知也。晋、楚唯天所相，不可与争。君其许之，而修德以待其归。若归于德，吾犹将事之，况诸侯乎？若适淫虐，楚将弃之，吾又谁与争？"公曰："晋有三不殆，其何敌之有？国险而多马，齐、楚多难；有是三者，何乡而不济？"对曰："恃险与马，而虞邻国之难，是三殆也。四岳、三涂、阳城、大室、荆山、中南，九州之险也㊉，是不一姓㊉。冀之北土，马之所生㊉，无兴国焉。恃险与马，不可以为固也，从古以然。是以先王务修德音以亨神、人，不闻其务险与马也。邻国之难，不可虞也。或多难以固其国，启其疆土；或无难以丧其国，失其守宇。若何虞难？齐有仲孙之难，而获桓公，至今赖之。晋有里、丕之难而获文公，是以为盟主。卫、邢无难，敌亦丧之。故人之难不可虞也。恃此三者，而不修政德，亡于不暇，又何能济？君其许之！纣作淫虐，文王惠和，殷是以陨，周是以兴，夫岂争诸侯？"乃许楚使。使叔向对曰："寡君有社稷之事，是以不获春秋时见。诸侯，君实有之，何辱命焉？"椒举遂请昏，晋侯许之。

楚子问于子产曰："晋其许我诸侯乎？"对曰："许君。晋君少安，不在诸侯。其大夫多求，莫匡其君。在宋之盟又曰如一。若不许君，将焉用之？"王曰："诸侯其来乎？"对曰："必来！从宋之盟，承君之欢，不畏大国，何故不来？不来者，其鲁、卫、曹、邾乎？曹畏宋，邾畏鲁，鲁、卫偪于齐而亲于晋，唯是不来。其馀，君之所及也，谁敢不至？"王曰："然则吾所求者无不可乎？"对曰："求逞于人不可。与人同欲，尽济。"

　　大雨雹。季武子问于申丰曰："雹可御乎^⑩？"对曰："圣人在上，无雹；虽有，不为灾。古者日在北陆而藏冰^⑫，西陆朝觌而出之^⑬。其藏冰也，深山穷谷，固阴沍寒^⑭，于是乎取之。其出之也，朝之禄位，宾，食，丧，祭，于是乎用之。其藏之也，黑牡、秬黍以享司寒。其出之也，桃弧、棘矢以除其灾^⑭。其出入也时。食肉之禄，冰皆以焉。大夫命妇，丧浴用冰。祭寒而藏之，献羔而启之。公始用之，火出而毕赋，自命夫命妇至于老疾，无不受冰。山人取之，县人传之，舆人纳之，隶人藏之。夫冰以风壮，而以风出。其藏之也周，其用之也遍，则冬无愆阳，夏无伏阴，春无凄风，秋无苦雨，雷出不震，无菑霜雹，疠疾不降，民不夭札。今藏川池之冰弃而不用，风不越而杀，雷不发而震，雹之为菑谁能御之？《七月》之卒章，藏冰之道也。"

　　夏，诸侯如楚，鲁、卫、曹、邾不会。曹、邾辞以难，公辞以时祭，卫侯辞以疾。郑伯先待于申。六月丙午，楚子合诸侯于申。椒举言于楚子曰："臣闻诸侯无归，礼以为归。今君始得诸侯，其慎礼矣。霸之济否，在此会也。夏启有钧台之享，商汤有景亳之命，周武有孟津之誓，成有岐阳之蒐，康有酆宫之朝，穆有涂山之会，齐桓有召陵之师，晋文有践土之盟。君其何用^⑯？宋向戌、郑公孙侨在，诸侯之良也，君其选焉。"王曰："吾用齐桓。"

　　王使问礼于左师与子产。左师曰："小国习之，大国用之，敢不荐闻？"献公合诸侯之礼六。子产曰："小国共职，敢不荐守？"献伯、子、男会公之礼六。君子谓合左师善守先代，子产善相小国。

　　王使椒举侍于后以规过，卒事不规。王问其故，对曰："礼，吾所未见者有六焉，又何以规？"

　　宋大子佐后至。王田于武城，久而弗见。椒举请辞焉。王使往，曰："属有宗桃之事于武城，寡君将堕币焉^⑯，敢谢后见。"

　　徐子，吴出也^⑰，以为贰焉，故执诸申。

　　楚子示诸侯侈。椒举曰："夫六王、二公之事^⑱，皆所以示诸侯礼也，诸侯所由用命也。夏桀为仍之会，有缗叛之。商纣为黎之蒐，东夷叛之。周幽为大室之盟，戎狄叛之。皆所以示诸侯汰也，诸侯所由弃命也。今君以汰，无乃不济乎！"王弗听。

　　子产见左师曰："吾不患楚矣。汰而愎谏，不过十年。"左师曰："然。不十年侈，其恶不远。远恶而后弃。善亦如之，德远而后兴。"

　　秋七月，楚子以诸侯伐吴。宋大子、郑伯先归，宋华费遂、郑大夫从。使屈申围朱方^⑲，八月甲申，克之，执齐庆封而尽灭其族。

　　将戮庆封，椒举曰："臣闻无瑕者可以戮人。庆封唯逆命，是以在此，其肯从于戮乎？播于诸侯，焉用之？"王弗听，负之斧钺以徇于诸侯，使言曰："无或如齐庆封弑其君、弱其孤以盟其大夫！"庆封曰："无或如楚共王之庶子围弑其君——兄之子麇——而代之，以盟诸侯！"王使速杀之。

　　遂以诸侯灭赖^⑳。赖子面缚衔璧，士袒，舆榇从之，造于中军。王问诸椒举，对曰："成王克许，许僖公如是；王亲释其缚，受其璧，焚其榇。"王从之。迁赖于鄢。

　　楚子欲迁许于赖，使斗韦龟与公子弃疾城之而还^㉑。

　　申无宇曰："楚祸之首，将在此矣。召诸侯而来，伐国而克，城，竟莫校^㉒，王心不违，民其居乎？民之不处，其谁堪之？不堪王命，乃祸乱也。"

"九月，取鄫"，言易也。莒乱，著丘公立而不抚鄫，鄫叛而来，故曰"取"。凡克邑不用师徒曰"取"。

郑子产作丘赋，国人谤之，曰："其父死于路，己为虿尾⑤，以令于国，国将若之何？"子宽以告。子产曰："何害？苟利社稷，死生以之。且吾闻为善者不改其度，故能有济也。民不可逞⑥，度不可改。《诗》曰：'礼义不愆，何恤于人言！'吾不迁矣！"浑罕曰："国氏其先亡乎⑤？君子作法于凉⑤，其敝犹贪⑤。作法于贪，敝将若之何？姬在列者，蔡及曹、滕其先亡乎？偪而无礼。郑先卫亡，偪而无法。政不率法，而制于心。民各有心，何上之有？"

冬，吴伐楚，入棘、栎、麻⑤，以报朱方之役。楚沈尹射奔命于夏汭⑥，葳尹宜咎城钟离⑧，莐启强城巢⑥，然丹城州来⑤。东国水，不可以城。彭生罢赖之师⑤。

初，穆子去叔孙氏⑤，及庚宗，遇妇人，使私为食而宿焉。问其行，告之故；哭而送之。适齐，娶于国氏，生孟丙、仲壬。梦天压己，弗胜，顾而见人，黑而上偻，深目而豭喙⑤，号之曰："牛，助余！"乃胜之。旦而皆召其徒，无之。且曰："志之！"

及宣伯奔齐⑤，馈之。宣伯曰："鲁以先子之故，将存吾宗，必召女。召，女何如？"对曰："愿之久矣！"鲁人召之，不告而归。既立，所宿庚宗之妇人献以雉。问其姓⑥，对曰："余子长矣，能奉雉而从我矣。"召而见之，则所梦也。未问其名，号之曰："牛！"曰："唯"。皆召其徒使视之。遂使为竖⑪，有宠，长，使为政。公孙明知叔孙于齐。归，未逆国姜⑫，子明取之。故怒。其子长而后使逆之。

田于丘莸，遂遇疾焉。竖牛欲乱其室而有之，强与孟盟，不可。叔孙为孟钟，曰："尔未际，飨大夫以落之⑩。"既具，使竖牛请日。入，弗谒；出，命之日。及宾至，闻钟声。牛曰："孟有北妇人之客。"怒，将往，牛止之。宾出，使拘而杀诸外。牛又强与仲盟，不可。仲与公御莱书观于公，公与之环，使牛入示之。入，不示；出，命佩之。牛谓叔孙："见仲而何？"叔孙曰："何为？"曰："不见？既自见矣，公与之环而佩之矣。"遂逐之，奔齐。疾急，命召仲，牛许而不召。

杜泄见⑩，告之饥渴，授之戈。对曰："求之而至，又何去焉？"竖牛曰："夫子疾病，不欲见人。"使置馈于个而退⑩。牛弗进，则置虚命彻。十二月癸丑，叔孙不食；乙卯，卒。牛立昭子而相之。

公使杜泄葬叔孙。竖牛赂叔仲昭子与南遗⑥，使恶杜泄于季孙而去之。杜泄将以路葬，且尽卿礼。南遗谓季孙曰："叔孙未乘路，葬焉用之？且冢卿无路，介卿以葬，不亦左乎？"季孙曰："然。"使杜泄舍路。不可，曰："夫子受命于朝而聘于王，王思旧勋而赐之路，复命而致之君。君不敢逆王命而复赐之，使三官书之。吾子为司徒，实书名。夫子为司马，与工正书服；孟孙为司空，以书勋。今死而弗以，是弃君命也。书在公府而弗以，是废三官也。若命服，生弗敢服，死又不以，将焉用之？"乃使以葬。

季孙谋去中军，竖牛曰："夫子固欲去之。"

五　年　经

五年春王正月，舍中军。

楚杀其大夫屈申。

公如晋。

夏，莒牟夷以牟娄及防、兹来奔。

秋七月，公至自晋。

戊辰，叔弓帅师败莒师于蚡泉。

秦伯卒。

冬，楚子、蔡侯、陈侯、许男、顿子、沈子、徐人、越人伐吴。

五 年 传

“五年春王正月，舍中军”，卑公室也。毁中军于施氏，成诸臧氏。初，作中军，三分公室而各有其一。季氏尽征之，叔孙氏臣其子弟㉕，孟氏取其半焉。及其舍之也，四分公室，季氏择二，二子各一，皆尽征之而贡于公。以书使杜泄告于殡，曰：“子固欲毁中军。既毁之矣，故告。”杜泄曰：“夫子唯不欲毁也，故盟诸僖闳，诅诸五父之衢。”受其书而投之，帅士而哭之。

叔仲子谓季孙曰：“带受命于子叔孙：‘葬鲜者自西门㉖。’”季孙命杜泄，杜泄曰：“卿丧自朝，鲁礼也。吾子为国政未改礼，而又迁之？群臣惧死，不敢自也。”既葬而行。

仲至自齐㉗，季孙欲立之。南遗曰：“叔孙氏厚则季氏薄。彼实家乱，子勿与知，不亦可乎？”南遗使国人助竖牛以攻诸大库之庭，司宫射之，中目而死。竖牛取东鄙三十邑以与南遗。

昭子即位，朝其家众，曰：“竖牛祸叔孙氏，使乱大从，杀适立庶；又披其邑，将以赦罪。罪莫大焉！必速杀之！”竖牛惧，奔齐。孟、仲之子杀诸塞关之外，投其首于宁风之棘上。

仲尼曰：“叔孙昭子之不劳，不可能也㉘。周任有言曰：‘为政者不赏私劳，不罚私怨。’《诗》云：‘有觉德行㉙，四国顺之。’”

初，穆子之生也，庄叔以《周易》筮之，遇“明夷䷣”之“谦䷎”，以示卜楚丘。曰：“是将行而归为子祀。以谗人入，其名曰牛。卒以馁死。‘明夷’，日也。日之数十，故有十时，亦当十位。自王已下，其二为公，其三为卿。日上其中，食日为二，旦日为三。‘明夷’之‘谦’，明而未融㉚，其当旦乎？故曰‘为子祀’。日之‘谦’当鸟，故曰‘明夷于飞’。明而未融，故曰‘垂其翼’。象日之动，故曰‘君子于行’。当三在旦，故曰‘三日不食’。‘离’，火也；‘艮’，山也。‘离’为火，火焚山，山败。于人为言，败言为谗，故曰：‘有攸往。主人有言。’言必谗也。纯‘离’为牛，世乱谗胜，胜将适‘离’，故曰‘其名曰牛’。‘谦’不足，飞不翔，垂不峻，翼不广。故曰：其为子后乎！吾子，亚卿也，抑少不终㉛。”

楚子以屈申为贰于吴，乃杀之。以屈生为莫敖，使于令尹子荡如晋逆女。过郑，郑伯劳子荡于汜㉜，劳屈生于菟氏。晋侯送女于邢丘。子产相郑伯，会晋侯于邢丘。

公如晋，自郊劳至于赠贿，无失礼。晋侯谓女叔齐曰：“鲁侯不亦善于礼乎？”对曰：“鲁侯焉知礼！”公曰：“何为？自郊劳至于赠贿，礼无违者。何故不知？”对曰：“是仪也，不可谓礼。礼，所以守其国，行其政令，无失其民者也。今政令在家㉝，不能取也；有子家羁㉞，弗能用也；奸大国之盟，陵虐小国；利人之难，不知其私；公室四分，民食于他㉟，思莫在公，不图其终。为国君，难将及身，不恤其所。礼之本末，将于此乎在？而屑屑焉习仪以亟，言善于礼，不亦远乎？”君子谓叔侯于是乎知礼。

晋韩宣子如楚送女，叔向为介。郑子皮、子大叔劳诸索氏㊱。大叔谓叔向曰：“楚王汰侈已甚，子其戒之！”叔向曰：“汰侈已甚，身之灾也，焉能及人？若奉吾币帛，慎吾威仪；守之以信，行之以礼；敬始而思终，终无不复。从而不失仪，敬而不失威，道之以训辞，奉之以旧法，考之以先王，度之以二国，虽汰侈，若我何？”

及楚。楚子朝其大夫，曰：“晋，吾仇敌也。苟得志焉，无恤其他㊲。今其来者，上卿、上大夫也。若吾以韩起为阍，以羊舌肸为司宫，足以辱晋，吾亦得志矣。可乎？”大夫莫对。芋启强曰：“可。苟有其备，何故不可？耻匹夫不可以无备，况耻国乎！是以圣王务行礼，不求耻人。朝聘有珪㊿，享觐有璋㊿。小有述职㊿，大有巡功㊿。设机而不倚，爵盈而不饮；宴有好货㊿，飨有陪鼎㊿；入有郊劳，出有赠贿，礼之至也！国家之败，失之道也，则祸乱兴。城濮之役，晋无楚备，以败于邲。邲之役，楚无晋备，以败于鄢。自鄢以来，晋不失备，而加之以礼，重之以睦，是以楚弗能报，而求亲焉。既获姻亲，又欲耻之，以召寇雠，备之若何？谁其重此？若有其人，耻之可也。若其未有，君亦图之！晋之事君，臣曰可也：求诸侯而麇至㊿；求昏而荐女，君亲送之，上卿及上大夫致之。犹欲耻之，君其亦有备矣。不然，奈何？韩起之下，赵成、中行吴、魏舒、范鞅、知盈；羊舌肸之下，祁午、张趯、籍谈、女齐、梁丙、张骼、辅跞、苗贲皇，皆诸侯之选也。韩襄为公族大夫，韩须受命而使矣；箕襄、邢带、叔禽、叔椒、子羽，皆大家也。韩赋七邑，皆成县也。羊舌四族，皆强家也。晋人若丧韩起、杨肸㊿，五卿、八大夫辅韩须、杨石㊿，因其十家九县，长毂九百㊿，其馀四十县，遗守四千，奋其武怒，以报其大耻。伯华谋之㊿，中行伯、魏舒帅之，其蔑不济矣！君将以亲易怨，实无礼以速寇，而未有其备，使群臣往遗之禽，以逞君心，何不可之有？”王曰：“不穀之过也，大夫无辱。”厚为韩子礼。王欲敖叔向以其所不知，而不能，亦厚其礼。

韩起反，郑伯劳诸圉㊿。辞不敢见，礼也。

郑罕虎如齐，娶于子尾氏。晏子骤见之。陈桓子问其故，对曰：“能用善人，民之主也。”

“夏，莒牟夷以牟娄及防、兹来奔。”牟夷非卿而书，尊地也。莒人愬于晋，晋侯欲止公㊿。范献子曰：“不可。人朝而执之，诱也。讨不以师，而诱以成之，惰也。为盟主而犯此二者，无乃不可乎？请归之，间而以师讨焉。”乃归公。秋七月，公至自晋。

莒人来讨，不设备。戊辰，叔弓败诸蚡泉，莒未陈也。

冬十月，楚子以诸侯及东夷伐吴，以报棘、栎、麻之役。芋射以繁扬之师会于夏汭。越大夫常寿过帅师会楚子于琐㊿。闻吴师出，芋启强帅师从之；遽不设备，吴人败诸鹊岸。

楚子以驲至于罗汭。吴子使其弟蹶由犒师，楚人执之，将以衅鼓㊿。王使问焉，曰：“女卜来吉乎？”对曰：“吉！寡君闻君将治兵于敝邑，卜之以守龟，曰：‘余亟使人犒师，请行以观王怒之疾徐，而为之备，尚克知之。’龟兆告吉，曰：‘克可知也。’君若驩焉好逆使臣，滋敝邑休怠㊿，而忘其死，亡无日矣。今君奋焉震电冯怒㊿，虐执使臣将以衅鼓，则吴知所备矣。敝邑虽贫，若早修完，其可以息师。难易有备，可谓吉矣！且吴社稷是卜，岂为一人？使臣获衅军鼓，而敝邑知备，以御不虞，其为吉孰大焉？国之守龟，其何事不卜？一臧一否㊿，其谁能常之㊿？城濮之兆，其服在邲。今此行也，其庸有报志㊿？”乃弗杀。

楚师济于罗汭，沈尹赤会楚子，次于莱山。芋射帅繁扬之师先入南怀，楚师从之，及汝清。吴不可入，楚子遂观兵于坻箕之山。

是行也，吴早设备，楚无功而还，以蹶由归。楚子惧吴，使沈尹射待命于巢，芋启强待命于雩娄，礼也。

秦后子复归于秦，景公卒故也。

六　年　经

六年春王正月，杞伯益姑卒。

葬秦景公。

夏，季孙宿如晋。

葬杞文公。

宋华合比出奔卫。

秋九月，大雩。

楚薳罢帅师伐吴。

冬，叔弓如楚。

齐侯伐北燕。

六 年 传

六年春王正月，杞文公卒。吊如同盟，礼也。

大夫如秦葬景公，礼也。

三月，郑人铸刑书。叔向使诒子产书，曰：

"始吾有虞于子㊟，今则已矣。昔先王议事以制，不为刑辟，惧民之有争心也。犹不可禁御，是故闲之以义，纠之以政，行之以礼，守之以信，奉之以仁；制为禄位，以劝其从；严断刑罚，以威其淫。惧其未也，故诲之以忠，耸之以行，教之以务，使之以和，临之以敬，莅之以强，断之以刚；犹求圣哲之上、明察之官、忠信之长、慈惠之师，民于是乎可任使也，而不生祸乱。民知有辟㊟，则不忌于上㊟。并有争心㊟，以征于书，而徼幸以成之，弗可为矣！

夏有乱政，而作《禹刑》，商有乱政，而作《汤刑》，周有乱政，而作《九刑》：三辟之兴㊟，皆叔世也㊟。今吾子相郑国，作封洫㊟，立谤政㊟，制参辟㊟，铸刑书，将以靖民，不亦难乎？《诗》曰：'仪式刑文王之德，日靖四方。'又曰：'仪刑文王，万邦作孚。'如是，何辟之有？民知争端矣，将弃礼而征于书，锥刀之末㊟，将尽争之。乱狱滋丰，贿赂并行。终子之世，郑其败乎！肸闻之：'国将亡，必多制。'其此之谓乎！"

复书曰："若吾子之言，侨不才，不能及子孙。吾以救世也。既不承命，敢忘大惠？"

士文伯曰："火见㊟，郑其火乎？火未出，而作火以铸刑器，藏争辟焉。火如象之，不火何为！"

"夏，季孙宿如晋。"拜莒田也。晋侯享之，有加笾。武子退，使行人告曰："小国之事大国也，苟免于讨，不敢求贶；得贶不过三献。今豆有加，下臣弗堪，无乃戾也？"韩宣子曰："寡君以为欢也。"对曰："寡君犹未敢，况下臣，君之隶也，敢闻加贶？"固请彻加㊟，而后卒事。晋人以为知礼，重其好货。

宋寺人柳有宠，大子佐恶之。华合比曰："我杀之！"柳闻之，乃坎，用牲，埋书，而告公曰："合比将纳亡人之族，既盟于北郭矣。"公使视之，有焉，遂逐华合比。合比奔卫。于是华亥欲代右师㊟，乃与寺人柳比㊟，从为之征，曰："闻之久矣。"公使伐之。见于左师，左师曰："女夫也必亡！女丧而宗室，于人何有？人亦于女何有？《诗》曰：'宗子维城㊟，毋俾城坏㊟，毋独斯畏㊟，女其畏哉！'"

六月丙戌，郑灾。

楚公子弃疾如晋，报韩子也。过郑，郑罕虎、公孙侨、游吉从郑伯以劳诸柤㊟，辞不敢见。固请，见之。见如见王，以其乘马八匹私面㊟。见子皮如上卿，以马六匹；见子产，以马四匹；见子大叔，以马二匹。禁刍牧採樵㊟，不入田，不樵树，不采蓻㊟，不抽屋㊟，不强匄㊟，誓曰："有犯命者，君子废，小人降！"舍不为暴，主不慁宾㊟，往来如是。郑三卿皆知其将为王也。

韩宣子之适楚也，楚人弗逆。公子弃疾及晋竟，晋侯亦将弗逆。叔向曰：“楚辟，我衷，若何效辟？《诗》曰：‘尔之教矣，民胥效矣。’从我而已，焉用效人之辟？《书》曰：‘圣作则。’无宁以善人为则，而取人之辟乎？匹夫为善，民犹则之，况国君乎？”晋侯说，乃逆之。

“秋九月，大雩。”旱也。

徐仪楚聘于楚，楚子执之。逃归。惧其叛也，使薳泄伐徐。吴人救之。令尹子荡帅师伐吴，师于豫章，而次于乾谿。吴人败其师于房钟，获宫厩尹弃疾。子荡归罪于薳泄而杀之。

“冬，叔弓如楚。”聘，且吊败也。

十一月，齐侯如晋，请伐北燕也。士匄相士鞅逆诸河，礼也。晋侯许之。十二月，齐侯遂伐北燕，将纳简公。晏子曰：“不入。燕有君矣，民不贰。吾君贿，左右谄谀，作大事不以信，未尝可也。”

七　年　经

七年春王正月，暨齐平①。

三月，公如楚。

叔孙婼如齐莅盟。

夏四月甲辰朔，日有食之。

秋八月戊辰，卫侯恶卒。

九月，公至自楚。

冬十有一月癸未，季孙宿卒。

十有二月癸亥，葬卫襄公。

七　年　传

“七年春王正月，暨齐平。”齐求之也。癸巳，齐侯次于虢。燕人行成，曰：“敝邑知罪，敢不听命？先君之敝器请以谢罪②！”公孙晳曰：“受服而退、俟衅而动，可也③。”二月戊午，盟于濡上。燕人归燕姬，赂以瑶瓮、玉椟、斝耳④。不克而还。

楚子之为令尹也，为王旌为田。芋尹无宇断之⑤，曰：“一国两君，其谁堪之？”及即位⑥，为章华之宫，纳亡人以实之。无宇之阍入焉。无宇执之，有司弗与，曰：“执人于王宫，其罪大矣！”执而谒诸王。王将饮酒，无宇辞曰：“天子经略，诸侯正封，古之制也。封略之内，何非君土？食土之毛，谁非君臣？故《诗》曰：‘普天之下，莫非王土。率土之滨，莫非王臣。’天有十日，人有十等。下所以事上，上所以共神也。故王臣公，公臣大夫，大夫臣士，士臣皁⑦，皁臣舆⑧，舆臣隶，隶臣僚⑨，僚臣仆⑩，仆臣台⑪。马有圉，牛有牧，以待百事。今有司曰：‘女胡执人于王宫？’将焉执之？周文王之法曰：‘有亡，荒阅⑫。’所以得天下也。吾先君文王作仆区之法，曰：‘盗所隐器，与盗同罪。’所以封汝也。若从有司，是无所执逃臣也；逃而舍之，是无陪台也⑬。王事无乃阙乎？昔武王数纣之罪以告诸侯曰：‘纣为天下逋逃主，萃渊薮。’故夫致死焉。君王始求诸侯而则纣，无乃不可乎？若以二文之法取之，盗有所在矣。”王曰：“取而臣以往。盗有宠，未可得也。”遂赦之。

楚子成章华之台，愿与诸侯落之。大宰薳启强曰：“臣能得鲁侯。”薳启强来召公，辞曰：“昔先君成公命我先大夫婴齐曰：‘吾不忘先君之好，将使衡父照临楚国，镇抚其社稷，以辑宁尔民。'婴齐受命于蜀。奉承以来，弗敢失陨，而致诸宗祧。日我先君共王引领北望，日月以冀，传序相授，于今四王矣⑳！嘉惠未至，唯襄公之辱临我丧。孤与其二三臣悼心失图⑳，社稷之不皇⑳，况能怀思君德？今君若步玉趾，辱见寡君，宠灵楚国，以信蜀之役，致君之嘉惠，是寡君既受贶矣，何蜀之敢望？其先君鬼神实嘉赖之⑳，岂唯寡君？君若不来，使臣请问行期，寡君将承质币而见于蜀，以请先君之贶。"

公将往，梦襄公祖⑳。梓慎曰："君不果行⑳。襄公之适楚也，楚周公祖而行。今襄公实祖，君其不行。"子服惠伯曰："行！先君未尝适楚，故周公祖以道之。襄公适楚矣，而祖以道君。不行何之？"

三月，公如楚。郑伯劳于师之梁。孟僖子为介，不能相仪。及楚，不能答郊劳。

夏四月甲辰朔，日有食之。晋侯问于士文伯曰："谁将当日食⑳？"对曰："鲁、卫恶之。卫大，鲁小。"公曰："何故？"对曰："去卫地，如鲁地。于是有灾，鲁实受之。其大咎，其卫君乎？鲁将上卿。"公曰："《诗》所谓'彼日而食，于何不臧'者，何也？"对曰："不善政之谓也。国无政，不用善，则自取谪于日月之灾，故政不可不慎也。务三而已⑳：一曰择人，二曰因民，三曰从时。"

晋人来治杞田，季孙将以成与之⑳。谢息为孟孙守，不可，曰："人有言曰：'虽有挈瓶之知⑳，守不假器⑳，礼也。'夫子从君，而守臣丧邑，虽吾子亦有猜焉。"季孙曰："君之在楚，于晋罪也。又不听晋，鲁罪重矣！晋师必至！吾无以待之，不如与之；间晋而取诸杞。吾与子桃。成反⑳，谁敢有之？是得二成也。鲁无忧，而孟孙益邑，子何病焉？"辞以无山，与之莱、柞；乃迁于桃。晋人为杞取成。

楚子享公于新台，使长鬣者相⑳。好以大屈⑳，既而悔之。薳启强闻之，见公，公语之，拜贺。公曰："何贺？"对曰："齐与晋、越欲此久矣。寡君无适与也，而传诸君。君其备御三邻，慎守宝矣。敢不贺乎？"公惧，乃反之。

郑子产聘于晋。晋侯有疾。韩宣子逆客，私焉，曰："寡君寝疾，于今三月矣，并走群望⑳，有加而无瘳。今梦黄熊入于寝门，其何厉鬼也？"对曰："以君之明，子为大政，其何厉之有？昔尧殛鲧于羽山，其神化为黄熊以入于羽渊，实为夏郊，三代祀之。晋为盟主，其或者未之祀也乎？"韩子祀夏郊。晋侯有间⑳，赐子产莒之二方鼎。

子产为丰施归州田于韩宣子⑳，曰："日君以夫公孙段为能任其事，而赐之州田。今无禄早世，不获久享君德。其子弗敢有，不敢以闻于君，私致诸子。"宣子辞。子产曰："古人有言曰：'其父析薪，其子弗克负荷。'施将惧不能任其先人之禄，其况能任大国之赐？纵吾子为政而可，后之人若属有疆场之言，敝邑获戾，而丰氏受其大讨。吾子取州，是免敝邑于戾而建置丰氏也。敢以为请！"宣子受之，以告晋侯。晋侯以与宣子。宣子为初言，病有之⑳，以易原县于乐大心⑳。

郑人相惊以伯有，曰："伯有至矣！"则皆走，不知所往。铸刑书之岁二月，或梦伯有介而行⑳，曰："壬子，余将杀带也。明年壬寅，余又将杀段也。"及壬子，驷带卒，国人益惧。齐、燕平之月，壬寅，公孙段卒，国人愈惧。其明月，子产立公孙泄及良止以抚之，乃止。子大叔问其故。子产曰："鬼有所归，乃不为厉。吾为之归也⑳。"大叔曰："公孙泄何为？"子产曰："说也。为身无义而图说⑳，从政有所反之，以取媚也。不媚，不信。不信，民不从也。"

及子产适晋，赵景子问焉，曰："伯有犹能为鬼乎？"子产曰："能。人生始化曰魄，既生魄，阳曰魂。用物精多，则魂魄强，是以有精爽至于神明。匹夫匹妇强死，其魂魄犹能冯依于人，以为淫厉，况良霄，我先君穆公之胄，子良之孙，子耳之子，敝邑之卿，从政三世矣！郑虽无腆⑳，抑谚曰'蕞尔国'⑳，而三世执其政柄，其用物也弘矣，其取精也多矣，其族又大，所冯厚矣^⑩，而强死，能为鬼，不亦宜乎！"

　　子皮之族饮酒无度，故马师氏与子皮氏有恶^⑩。齐师还自燕之月^⑩，罕朔杀罕魋^⑩。罕朔奔晋。韩宣子问其位于子产，子产曰："君之羁臣，苟得容以逃死，何位之敢择？卿违，从大夫之位；罪人以其罪降，古之制也。朔于敝邑，亚大夫也；其官，马师也，获戾而逃。唯执政所寘之！得免其死，为惠大矣，又敢求位？"宣子为子产之敏也^⑩，使从嬖大夫。

　　秋八月，卫襄公卒。晋大夫言于范献子曰："卫事晋为睦。晋不礼焉，庇其贼人而取其地^⑩，故诸侯贰。《诗》曰：'鹡鸰在原^⑩，兄弟急难。'又曰：'死丧之威，兄弟孔怀。'兄弟之不睦，于是乎不吊；况远人，谁敢归之？今又不礼于卫之嗣，卫必叛我。是绝诸侯也。"献子以告韩宣子。宣子说，使献子如卫吊，且反戚田。

　　卫齐恶告丧于周，且请命。王使郕简公如卫吊，且追命襄公曰："叔父陟恪^⑩，在我先王之左右，以佐事上帝，余敢忘高圉、亚圉^⑩？"

　　九月，公至自楚。孟僖子病不能相礼，乃讲学之，苟能礼者从之。及其将死也，召其大夫，曰："礼，人之干也。无礼，无以立。吾闻将有达者曰孔丘，圣人之后也^⑩，而灭于宋。其祖弗父何，以有宋而授厉公。及正考父佐戴、武、宣，三命兹益共^⑩，故其鼎铭云：'一命而偻^⑩，再命而伛，三命而俯。循墙而走，亦莫余敢侮。饘于是^⑩，鬻于是^⑩，以糊余口。'其共也如是。臧孙纥有言曰：'圣人有明德者，若不当世，其后必有达人。'今其将在孔丘乎！我若获没，必属说与何忌于夫子^⑩，使事之而学礼焉，以定其位。"故孟懿子与南宫敬叔师事仲尼。仲尼曰："能补过者，君子也。《诗》曰：'君子是则是效。'孟僖子可则效已矣。"

　　单献公弃亲用羁^⑩。冬十月辛酉，襄、顷之族杀献公而立成公^⑩。

　　十一月，季武子卒。晋侯谓伯瑕曰："吾所问日食，从矣，可常矣？"对曰："不可！六物不同，民心不壹，事序不类，官职不则^⑩，同始异终，胡可常也？《诗》曰：'或燕燕居息，或憔悴事国。'其异终也如是。"公曰："何谓六物？"对曰："岁、时、日、月、星、辰，是谓也。"公曰："多语寡人辰而莫同。何谓辰？"对曰："日月之会是谓辰，故以配日。"

　　卫襄公夫人姜氏无子，嬖人婤姶生孟絷。孔成子梦康叔谓己："立元！余使羁之孙圉与史苟相之^⑩。"史朝亦梦康叔谓己："余将命而子苟与孔烝鉏之曾孙圉相元。"史朝见成子，告之梦，梦协。晋韩宣子为政，聘于诸侯之岁，婤姶生子，名之曰元。孟絷之足不良能行。孔成子以《周易》筮之，曰："元尚享卫国，主其社稷。"遇"屯☷"。又曰："余尚立絷，尚克嘉之。"遇"屯☷"之"比☷"，以示史朝。史朝曰："'元亨'^⑩，又何疑焉？"成子曰："非长之谓乎？"对曰："康叔名之，可谓长矣。孟非人也，将不列于宗，不可谓长。且其繇曰：'利建侯'。嗣吉，何建？建非嗣也。二卦皆云，子其建之！康叔命之，二卦告之，筮袭于梦，武王所用也，弗从何为？弱足者居。侯主社稷，临祭祀，奉民人，事鬼神，从会朝，又焉得居？各以所利，不亦可乎！"故孔成子立灵公。

　　十二月癸亥，葬卫襄公。

八　年　经

　　八年春，陈侯之弟招杀陈世子偃师。

　　夏四月辛丑，陈侯溺卒。

　　叔弓如晋。

　　楚人执陈行人干征师，杀之。

陈公子留出奔郑。

秋，蒐于红。

陈人杀其大夫公子过。

大雩。

冬十月壬午，楚师灭陈。执陈公子招，放之于越。杀陈孔奂。

葬陈哀公。

八 年 传

八年春，石言于晋魏榆。晋侯问于师旷曰："石何故言？"对曰："石不能言，或冯焉。不然，民听滥也。抑臣又闻之曰：'作事不时，怨讟动于民^⑥，则有非言之物而言。'今宫室崇侈，民力凋尽，怨讟并作，莫保其性，石言不亦宜乎？"于是晋侯方筑虒祁之宫^⑰，叔向曰："子野之言君子哉！君子之言，信而有征，故怨远于其身。小人之言，僭而无征，故怨咎及之。《诗》曰：'哀哉不能言，匪舌是出，唯躬是瘁。哿矣能言^⑱，巧言如流，俾躬处休。'其是之谓乎！是宫也成，诸侯必叛，君必有咎，夫子知之矣。"

陈哀公元妃郑姬生悼大子偃师，二妃生公子留，下妃生公子胜。二妃嬖，留有宠，属诸司徒招与公子过^⑲。哀公有废疾。三月甲申，公子招、公子过杀悼大子偃师而立公子留。夏四月辛亥，哀公缢。干徵师赴于楚，且告有立君。公子胜愬之于楚，楚人执而杀之。公子留奔郑。

书曰"陈侯之弟招杀陈世子偃师"，罪在招也。"楚人执陈行人干徵师杀之"，罪不在行人也。

叔弓如晋，贺虒祁也。游吉相郑伯以如晋，亦贺虒祁也。史赵见子大叔^⑳，曰："甚哉其相蒙也！可吊也，而又贺之？"子大叔曰："若何吊也？其非唯我贺，将天下实贺。"

秋，大蒐于红^㉑，自根牟至于商、卫^㉒，革车千乘。

七月甲戌，齐子尾卒。子旗欲治其室^㉓。丁丑，杀梁婴^㉔。八月庚戌，逐子成、子工、子车^㉕，皆来奔，而立子良氏之宰^㉖。其臣曰："孺子长矣，而相吾室，欲兼我也。"授甲，将攻之。陈桓子善于子尾，亦授甲，将助之。或告子旗，子旗不信，则数人告，将往，又数人告于道，遂如陈氏。桓子将出矣，闻之而还，游服而逆之^㉗。请命，对曰："闻疆氏授甲将攻子，子闻诸？"曰："弗闻。""子盍亦授甲？无宇请从。"子旗曰："子胡然？彼孺子也，吾诲之，犹惧其不济，吾又宠秩之，——其若先人何？子盍谓之？《周书》曰：'惠不惠，茂不茂^㉘。'康叔所以服弘大也。"桓子稽颡曰^㉙："顷、灵福子，吾犹有望。"遂和之如初。

陈公子招归罪于公子过而杀之。九月，楚公子弃疾帅师奉孙吴围陈^㉚，宋戴恶会之。冬十一月壬午，灭陈。舆嬖袁克杀马、毁玉以葬。楚人将杀之，请真之，既又请私。私于堀，加绖于颡而逃^㉛。

使穿封戌为陈公^㉜，曰："城麇之役不谄。"侍饮酒于王，王曰："城麇之役，女知寡人之及此，女其辟寡人乎^㉝？"对曰："若知君之及此，臣必致死礼以息楚。"

晋侯问于史赵曰："陈其遂亡乎？"对曰："未也。"公曰："何故？"对曰："陈，颛顼之族也^㉞，岁在鹑火，是以卒灭。陈将如之。今在析木之津^㉟，犹将复由。且陈氏得政于齐而后陈卒亡。自幕至于瞽瞍无违命^㊱，舜重之以明德，真德于遂^㊲。遂世守之。及胡公不淫^㊳，故周赐之姓，使祀虞帝。臣闻盛德必百世祀。虞之世数未也，继守将在齐，其兆既存矣！"

九　年　经

九年春，叔弓会楚子于陈。

许迁于夷^❶。

夏四月，陈灾。

秋，仲孙貜如齐。

冬，筑郎囿。

九　年　传

九年春，叔弓、宋华亥、郑游吉、卫赵黶会楚子于陈。

二月庚申，楚公子弃疾迁许于夷，实城父。取州来淮北之田以益之，伍举授许男田。然丹迁城父人于陈，以夷濮西田益之。迁方城外人于许。

周甘人与晋阎嘉争阎田^❶。晋梁丙、张趯率阴戎伐颍^❷。王使詹桓伯辞于晋，曰："我自夏以后稷，魏、骀、芮、岐、毕，吾西土也；及武王克商，蒲姑、商奄，吾东土也；巴、濮、楚、邓，吾南土也；肃慎、燕、亳，吾北土也。吾何迩封之有^❸？文、武、成、康之建母弟^❹，以蕃屏周，亦其废队是为^❺，岂如弁髦^❻，而因以敝之？先王居梼杌于四裔^❼，以御螭魅，故允姓之奸居于瓜州^❽。伯父惠公归自秦，而诱以来，使偪我诸姬，入我郊甸，则戎焉取之。戎有中国，谁之咎也？后稷封殖天下，今戎制之，不亦难乎？伯父图之！我在伯父^❾，犹衣服之有冠冕，木水之有本原，民人之有谋主也。伯父若裂冠毁冕，拔本塞原，专弃谋主，虽戎狄，其何有余一人？"叔向谓宣子曰："文之伯也^❿，岂能改物？翼戴天子^⓫，而加之以共。自文以来，世有衰德而暴蔑宗周，以宣示其侈，诸侯之贰不亦宜乎？且王辞直，子其图之！"宣子说。王有姻丧，使赵成如周吊，且致阎田与襚^⓬，反颍俘^⓭。王亦使宾滑执甘大夫襄以说于晋^⓮，晋人礼而归之。

夏四月，陈灾。郑裨灶曰："五年陈将复封，封五十二年而遂亡。"子产问其故，对曰："陈，水属也。火，水妃也^⓯，而楚所相也。今火出而火陈，逐楚而建陈也。妃以五成，故曰五年。岁五及鹑火，而后陈卒亡，楚克有之，天之道也，故曰五十二年。"

晋荀盈如齐逆女，还。六月，卒于戏阳。殡于绛，未葬。晋侯饮酒，乐。膳宰屠蒯趋入，请佐公使尊，许之。而遂酌以饮工^⓰，曰："女为君耳，将司聪也。辰在子、卯，谓之疾日，君彻宴乐，学人舍业，为疾故也。君之卿佐，是谓股肱。股肱或亏，何痛如之！女弗闻而乐，是不聪也。"又饮外嬖嬖叔，曰："女为君目，将司明也。服以旌礼^⓱，礼以行事，事有其物，物有其容。今君之容，非其物也^⓲；而女不见，是不明也。"亦自饮也，曰："味以行气，气以实志，志以定言，言以出令。臣实司味。二御失官，而君弗命，臣之罪也！"公说，彻酒。

初，公欲废知氏而立其外嬖^⓳，为是悛而止。秋八月，使荀跞佐下军以说焉^⓴。

孟僖子如齐殷聘^㉑，礼也。

"冬，筑郎囿。"书，时也。季平子欲其速成也^㉒，叔孙昭子曰："《诗》曰：'经始勿亟^㉓，庶民子来^㉔。'焉用速成？其以勤民也^㉕？无囿犹可，无民其可乎？"

十　年　经

十年春王正月。

夏，齐栾施来奔。

秋七月，季孙意如、叔弓、仲孙貜帅师伐莒。

戊子，晋侯彪卒。

九月，叔孙婼如晋。葬晋平公。

十有二月甲子，宋公成卒。

十　年　传

十年春王正月，有星出于婺女㊼。郑裨灶言于子产曰：“七月戊子，晋君将死。今兹岁在颛顼之虚㊼，姜氏、任氏实守其地，居其维首㊼，而有妖星焉，告邑姜也㊼。邑姜，晋之妣也。天以七纪㊼，戊子逢公以登㊼，星斯于是乎出，吾是以讥之。”

齐惠栾、高氏皆耆酒㊼，信内多怨，彊于陈、鲍氏而恶之。

夏，有告陈桓子曰：“子旗、子良将攻陈、鲍。”亦告鲍氏。桓子授甲而如鲍氏，遭子良醉而骋，遂见文子，则亦授甲矣。使视二子，则皆将饮酒。桓子曰：“彼虽不信，闻我授甲，则必逐我。及其饮酒也，先伐诸？”陈、鲍方睦，遂伐栾、高氏。子良曰：“先得公㊼，陈、鲍焉往？”遂伐虎门。

晏平仲端委立于虎门之外，四族召之㊼，无所往。其徒曰：“助陈、鲍乎？”曰：“何善焉？”“助栾、高乎？”曰：“庸愈乎㊼？”“然则归乎？”曰：“君伐，焉归？”公召之，而后入。公卜使王黑以灵姑钘率㊼，吉，请断三尺焉而用之。五月庚辰，战于稷，栾、高败，又败诸庄。国人追之，又败诸鹿门。栾施、高彊来奔。陈、鲍分其室。

晏子请桓子：“必致诸公㊼！让，德之主也。让之谓懿德。凡有血气，皆有争心，故利不可强，思义为愈。义，利之本也。蕴利生孽，姑使无蕴乎！可以滋长。”桓子尽致诸公，而请老于莒。

桓子召子山㊼，私具幄幕、器用、从者之衣屦，而反棘焉㊼。子商亦如之，而反其邑。子周亦如之，而与之夫于㊼。反子城、子公、公孙捷而皆益其禄。凡公子、公孙之无禄者，私分之邑。国之贫约孤寡者，私与之粟。曰：“《诗》云‘陈锡载周’，能施也。桓公是以霸。”公与桓子莒之旁邑，辞。穆孟姬为之请高唐，陈氏始大。

秋七月，平子伐莒，取郠㊼。献俘，始用人于亳社㊼。臧武仲在齐，闻之，曰：“周公其不飨鲁祭乎？周公飨义，鲁无义。《诗》曰：‘德音孔昭，视民不佻。’佻之谓甚矣，而壹用之，将谁福哉？”

戊子，晋平公卒。郑伯如晋，及河，晋人辞之。游吉遂如晋。九月，叔孙婼、齐国弱、宋华定、卫北宫喜、郑罕虎、许人、曹人、莒人、邾人、滕人、薛人、杞人、小邾人如晋，葬平公也。

郑子皮将以币行，子产曰：“丧焉用币？用币必百两，百两必千人。千人至，将不行。不行，必尽用之。几千人而国不亡？”子皮固请以行。

既葬，诸侯之大夫欲因见新君。叔孙昭子曰：“非礼也。”弗听。叔向辞之，曰：“大夫之事毕矣，而又命孤㊼。孤斩焉在衰绖之中㊼，其以嘉服见，则丧礼未毕；其以丧服见，是重受吊也，大夫将若之何？”皆无辞以见。

子皮尽用其币，归，谓子羽曰：“非知之实难，将在行之。夫子知之矣，我则不足。《书》曰：‘欲败度，纵败礼。’我之谓矣。夫子知度与礼矣！我实纵欲，而不能自克也。”

　　昭子至自晋，大夫皆见。高彊见而退。昭子语诸大夫曰："为人子不可不慎也哉！昔庆封亡，子尾多受邑，而稍致诸君，君以为忠，而甚宠之。将死，疾于公宫，輦而归，君亲推之。其子不能任，是以在此。忠为令德，其子弗能任，罪犹及之，难不慎也？丧夫人之力⑱，弃德、旷宗以及其身，不亦害乎？《诗》曰'不自我先，不自我后'，其是之谓乎！"

　　冬十二月，宋平公卒。初，元公恶寺人柳⑲，欲杀之。及丧，柳炽炭于位，将至，则去之。比葬⑳，又有宠。

十 一 年 经

　　十有一年春王二月，叔弓如宋。

　　葬宋平公。

　　夏四月丁巳，楚子虔诱蔡侯般杀之于申①。

　　楚公子弃疾帅师围蔡。

　　五月甲申，夫人归氏薨②。

　　大蒐于比蒲。

　　仲孙貜会邾子，盟于祲祥。

　　秋，季孙意如会晋韩起、齐国弱、宋华亥、卫北宫佗、郑罕虎、曹人、杞人于厥憖。

　　九月己亥，葬我小君齐归。

　　冬十有一月丁酉，楚师灭蔡，执蔡世子有以归，用之。

十 一 年 传

　　"十一年春王二月，叔弓如宋"，葬平公也。

　　景王问于苌弘曰③："今兹诸侯何实吉？何实凶？"对曰："蔡凶。此蔡侯般弑其君之岁也，岁在豕韦④，弗过此矣。楚将有之，然壅也。岁及大梁⑤，蔡复，楚凶，天之道也。"

　　楚子在申，召蔡灵侯。灵侯将往，蔡大夫曰："王贪而无信，唯蔡于感⑥。今币重而言甘，诱我也。不如无往。"蔡侯不可。三月丙申，楚子伏甲而飨蔡侯于申，醉而执之。夏四月丁巳，杀之。刑其士七十人。公子弃疾帅师围蔡。

　　韩宣子问于叔向曰："楚其克乎？"对曰："克哉！蔡侯获罪于其君，而不能其民，天将假手于楚以毙之，何故不克？然肸闻之：不信以幸，不可再也。楚王奉孙吴以讨于陈，曰：'将定而国。'陈人听命，而遂县之。今又诱蔡而杀其君，以围其国，虽幸而克，必受其咎，弗能久矣。桀克有缗⑦，以丧其国，纣克东夷而陨其身。楚小、位下，而亟暴于二王，能无咎乎？天之假助不善，非祚之也，厚其凶恶而降之罚也。且譬之如天，其有五材而将用之，力尽而敝之，是以无拯，不可没振。"

　　五月甲申，齐归薨。大蒐于比蒲，非礼也。

　　孟僖子会邾庄公，盟于祲祥，修好，礼也。

　　泉丘人有女，梦以其帷幕孟氏之庙，遂奔僖子，其僚从之。盟于清丘之社，曰："有子，无相弃也！"僖子使助逿氏之簉⑧。反自祲祥，宿于逿氏，生懿子及南宫敬叔于泉丘人。其僚无子，使字敬叔⑨。

　　楚师在蔡。晋荀吴谓韩宣子曰："不能救陈，又不能救蔡，物以无亲⑩。晋之不能，亦可知也已。为盟主而不恤亡国，将焉用之？”

秋，会于厥慭，谋救蔡也。郑子皮将行，子产曰：“行不远，不能救蔡也。蔡小而不顺，楚大而不德，天将弃蔡以壅楚，盈而罚之。蔡必亡矣！且丧君而能守者鲜矣。三年，王其有咎乎？美恶周必复，王恶周矣。”

晋人使孤父请蔡于楚，弗许。

单子会韩宣子于戚^①，视下，言徐。叔向曰：“单子其将死乎！朝有著定，会有表^②；衣有襘^③，带有结。会朝之言，必闻于表著之位，所以昭事序也。视不过结、襘之中，所以道容貌也。言以命之，容貌以明之，失则有阙。今单子为王官伯，而命事于会，视不登带^④，言不过步^⑤，貌不道容^⑥，而言不昭矣^⑦。不道，不共；不昭，不从。无守气矣！”

九月，葬齐归，公不慼。晋士之送葬者，归以语史赵。史赵曰：“必为鲁郊！”侍者曰：“何故？”曰：“归姓也。不思亲，祖不归也。”叔向曰：“鲁公室其卑乎！君有大丧，国不废蒐。有三年之丧，而无一日之慼。国不恤丧，不忌君也；君无慼容，不顾亲也。国不忌君，君不顾亲，能无卑乎？殆其失国。”

冬十一月，楚子灭蔡，用隐大子于冈山^⑧。申无宇曰：“不祥！五牲不相为用，况用诸侯乎？王必悔之！”

十二月，单成公卒。

楚子城陈、蔡、不羹，使弃疾为蔡公。王问于申无宇曰：“弃疾在蔡，何如？”对曰：“择子莫如父，择臣莫如君。郑庄公城栎而寘子元焉^⑨，使昭公不立。齐桓公城穀而寘管仲焉^⑩，至于今赖之。臣闻五大不在边^⑪，五细不在庭^⑫。亲不在外，羁不在内^⑬。今弃疾在外，郑丹在内，君其少戒！”王曰：“国有大城，何如？”对曰：“郑京、栎实杀曼伯，宋萧、亳实杀子游，齐渠丘实杀无知，卫蒲、戚实出献公。若由是观之，则害于国。末大必折，尾大不掉^⑭，君所知也。”

十 二 年 经

十有二年春，齐高偃帅师纳北燕伯于阳。

三月壬申，郑伯嘉卒。

夏，宋公使华定来聘^①。

公如晋，至河乃复。

五月，葬郑简公。

楚杀其大夫成熊。

秋七月。

冬十月，公子慭出奔齐。

楚子伐徐。

晋伐鲜虞。

十 二 年 传

十二年春，齐高偃纳北燕伯款于唐，因其众也。

三月，郑简公卒。将为葬除，及游氏之庙，将毁焉。子大叔使其除徒执用以立^①，而无庸毁，曰：“子产过女而问何故不毁，乃曰：‘不忍庙也。诺，将毁矣。’”既如是，子产乃使辟之。司墓之室有当道者，毁之，则朝而塴^⑯，弗毁，则日中而塴，子大叔请毁之，曰："无若诸侯之宾何？"子产曰："诸侯之宾能来会吾丧，岂惮日中？无损于宾而民不害，何故不为？"遂弗毁，日中而葬。君子谓子产于是乎知礼。礼，无毁人以自成也。

夏，宋华定来聘，通嗣君也。享之，为赋《蓼萧》。弗知，又不答赋。昭子曰："必亡！宴语之不怀，宠光之不宣，令德之不知，同福之不受，将何以在？"

齐侯、卫侯、郑伯如晋，朝嗣君也。公如晋，至河，乃复。取郠之役，莒人愬于晋，晋有平公之丧，未之治也，故辞公。公子慭遂如晋。

晋侯享诸侯。子产相郑伯，辞于享，请免丧而后听命。晋人许之，礼也。

晋侯以齐侯宴，中行穆子相。投壶，晋侯先，穆子曰："有酒如淮，有肉如坻^⑱。寡君中此，为诸侯师。"中之。齐侯举矢，曰："有酒如渑^⑲，有肉如陵。寡人中此，与君代兴！"亦中之。伯瑕谓穆子曰："子失辞。吾固师诸侯矣，壶何为焉，其以中俊也？齐君弱吾君，归弗来矣。"穆子曰："吾军帅强御，卒乘竞劝。今犹古也，齐将何事？"公孙傁趋进，曰："日旰君勤^⑳，可以出矣！"以齐侯出。

楚子谓"成虎^㉑，若敖之馀也"，遂杀之。或谮成虎于楚子，成虎知之而不能行。书曰"楚杀其大夫成虎"，怀宠也。

六月，葬郑简公。

晋荀吴伪会齐师者，假道于鲜虞，遂入昔阳。秋八月壬午，灭肥^㉒，以肥子绵皋归。

周原伯绞虐^㉓，其舆臣使曹逃。冬十月壬申朔，原舆人逐绞，而立公子跪寻。绞奔郊^㉔。

甘简公无子^㉕，立其弟过。过将去成、景之族。成、景之族赂刘献公，丙申，杀甘悼公而立成公之孙鳝^㉖。丁酉，杀献大子之傅庚皮之子过，杀瑕辛于市，及宫嬖绰、王孙没、刘州鸠、阴忌、老阳子。

季平子立而不礼于南蒯^㉗。南蒯谓子仲^㉘："吾出季氏，而归其室于公，子更其位，我以费为公臣。"子仲许之。南蒯语叔仲穆子，且告之故。

季悼子之卒也^㉙，叔孙昭子以再命为卿。及平子伐莒，克之，更受三命。叔仲子欲构二家^㉚。谓平子曰："三命逾父兄^㉛，非礼也。"平子曰："然。"故使昭子。昭子曰："叔孙氏有家祸，杀适立庶，如婼也及此。若因祸以毙之，则闻命矣；若不废君命，则固有著矣。"昭子朝而命吏曰："婼将与季氏讼，书辞无颇。"季孙惧而归罪于叔仲子。故叔仲小、南蒯、公子慭谋季氏。慭告公，而遂从公如晋。南蒯惧不克，以费叛如齐。子仲还，及卫，闻乱，逃介而先。及郊，闻费叛，遂奔齐。

南蒯之将叛也，其乡人或知之，过之而叹，且言曰："恤恤乎！湫乎！攸乎！深思而浅谋，迩身而远志，家臣而君图，有人矣哉！"

南蒯枚筮之^㉜，遇"坤☷"之"比☵"，曰"黄裳元吉"，以为大吉也。示子服惠伯，曰："即欲有事，何如？"惠伯曰："吾尝学此矣。忠信之事则可，不然必败。外强内温，忠也；和以率贞，信也，故曰'黄裳元吉'。黄，中之色也；裳，下之饰也；元，善之长也。中不忠，不得其色；下不共，不得其饰；事不善，不得其极^㉝。外内倡和为忠，率事以信为共，供养三德为善，非此三者弗当。且夫《易》，不可以占险，将何事也？且可饰乎？中美能黄，上美为元，下美则裳，参成可筮。犹有阙也，筮虽吉，未也！"

将适费，饮乡人酒。乡人或歌之曰："我有圃，生之杞乎！从我者子乎，去我者鄙乎，倍其邻者耻乎^㉞！已乎已乎，非吾党之士乎！"

平子欲使昭子逐叔仲小。小闻之，不敢朝。昭子命吏谓小"待政于朝"，曰："吾不为怨府⑧。"

楚子狩于州来，次于颍尾，使荡侯、潘子、司马督、嚣尹午、陵尹喜帅师围徐以惧吴⑧。楚子次于乾谿，以为之援。雨雪，王皮冠，秦复陶⑧，翠被⑧，豹舄⑧，执鞭以出。仆析父从。右尹子革夕，王见之，去冠、被，舍鞭，与之语，曰："昔我先王熊绎与吕伋、王孙牟、燮父、禽父并事康王⑧。四国皆有分⑧，我独无有。今吾使人于周，求鼎以为分，王其与我乎？"对曰："与君王哉！昔我先王熊绎辟在荆山，筚路蓝缕以处草莽，跋涉山川以事天子，唯是桃弧、棘矢以共御王事。齐，王舅也；晋及鲁、卫，王母弟也。楚是以无分，而彼皆有。今周与四国服事君王，将唯命是从，岂其爱鼎？"王曰："昔我皇祖伯父昆吾，旧许是宅⑧。今郑人贪赖其田而不我与。我若求之，其与我乎？"对曰："与君王哉！周不爱鼎，郑敢爱田？"王曰："昔诸侯远我而畏晋。今我大城陈、蔡、不羹，赋皆千乘，子与有劳焉，诸侯其畏我乎？"对曰："畏君王哉！是四国者专足畏也。又加之以楚，敢不畏君王哉？"

工尹路请曰："君王命剥圭以为鏚柲⑧，敢请命。"王入视之。析父谓子革："吾子，楚国之望也。今与王言如响，国其若之何？"子革曰："摩厉以须⑧。王出，吾刃将斩矣。"王出，复语。左史倚相趋过，王曰："是良史也，子善视之！是能读《三坟》、《五典》、《八索》、《九丘》。"对曰："臣尝问焉：昔穆王欲肆其心，周行天下，将皆必有车辙马迹焉。祭公谋父作《祈招》之诗以止王心⑧，王是以获没于祗宫。臣问其诗而不知也。若问远焉，其焉能知之？"王曰："子能乎？"对曰："能！其诗曰：'祈招之愔愔⑧，式昭德音。思我王度，式如玉，式如金！形民之力，而无醉饱之心。'"王揖而入，馈不食，寝不寐，数日不能自克，以及于难。

仲尼曰："古也有志：'克己复礼⑧，仁也。'信善哉！楚灵王若能如是，岂其辱于乾谿？"

晋伐鲜虞，因肥之役也。

十 三 年 经

十有三年春，叔弓帅师围费。

夏四月，楚公子比自晋归于楚，弑其君虔于乾谿。

楚公子弃疾杀公子比。

秋，公会刘子、晋侯、齐侯、宋公、卫侯、郑伯、曹伯、莒子、邾子、滕子、薛伯、杞伯、小邾子于平丘。

八月甲戌，同盟于平丘。公不与盟。

晋人执季孙意如以归。

公至自会。

蔡侯卢归于蔡。陈侯吴归于陈。

冬十月，葬蔡灵公。

公如晋，至河乃复。

吴灭州来。

十 三 年 传

十三年春，叔弓围费，弗克，败焉。平子怒，令见费人执之，以为囚俘。冶区夫曰："非也。若见费人，寒者衣之，饥者食之，为之令主而共其乏困；费来如归，南氏亡矣。民将叛之，谁与居邑？若惮之以威，惧之以怒，民疾而叛，为之聚也。若诸侯皆然，费人无归，不亲南氏，将焉入矣？”平子从之。费人叛南氏。

　　楚子之为令尹也，杀大司马蒍掩而取其室。及即位，夺蒍居田，迁许而质许围㉔。蔡洧有宠于王，——王之灭蔡也，其父死焉。王使与于守而行。申之会，越大夫戮焉。王夺鬬韦龟中犨㉕，又夺成然邑，而使为郊尹。蔓成然故事蔡公。故蒍氏之族及蒍居、许围、蔡洧、蔓成然皆王所不礼也，因群丧职之族启越大夫常寿过作乱，围固城，克息舟，城而居之。

　　观起之死也，其子从在蔡，事朝吴，曰：“今不封蔡，蔡不封矣。我请试之。”以蔡公之命召子干、子皙，及郊而告之情，强与之盟，入袭蔡。蔡公将食，见之而逃。观从使子干食，坎、用牲、加书而速行。已徇于蔡㉖，曰：“蔡公召二子，将纳之，与之盟而遣之矣，将师而从之。”蔡人聚，将执之；辞曰：“失贼成军，而杀余，何益？”乃释之。朝吴曰：“二三子若能死亡，则如违之，以待所济。若求安定，则如与之，以济所欲。且违上，何适而可？”众曰：“与之！”乃奉蔡公，召二子而盟于邓，依陈、蔡人以国㉗。楚公子比、公子黑肱、公子弃疾、蔓成然、蔡朝吴帅陈、蔡、不羹、许、叶之师，因四族之徒以入楚。

　　及郊，陈、蔡欲为名，故请为武军㉘。蔡公知之，曰：“欲速！且役病矣㉙，请藩而已㉚。”乃藩为军。蔡公使须务牟与史猈先入，因正仆人杀大子禄及公子罢敌。公子比为王，公子黑肱为令尹，次于鱼陂。公子弃疾为司马，先除王宫，使观从从师于乾谿，而遂告之，且曰：“先归复所。后者劓㉛！”师及訾梁而溃。

　　王闻群公子之死也，自投于车下，曰：“人之爱其子也，亦如余乎？”侍者曰：“甚焉！小人老而无子，知挤于沟壑矣。”王曰：“余杀人子多矣，能无及此乎？”右尹子革曰：“请待于郊，以听国人。”王曰：“众怒不可犯也！”曰：“若入于大都，而乞师于诸侯？”王曰：“皆叛矣！”曰：“若亡于诸侯，以听大国之图君也？”王曰：“大福不再，祇取辱焉！”然丹乃归于楚㉜。

　　王沿夏㉝，将欲入鄢。芋尹无宇之子申亥曰：“吾父再奸王命，王弗诛，惠孰大焉？君不可忍，惠不可弃，吾其从王！”乃求王，遇诸棘闱以归㉞。夏五月癸亥，王缢于芋尹申亥氏。申亥以其二女殉而葬之。

　　观从谓子干曰：“不杀弃疾，虽得国，犹受祸也。”子干曰：“余不忍也。”子玉曰：“人将忍子，吾不忍俟也。”乃行。

　　国每夜骇曰：“王入矣！”乙卯夜，弃疾使周走而呼曰：“王至矣！”国人大惊。使蔓成然走告子干、子皙曰：“王至矣！国人杀君司马，将来矣！君若早自图也，可以无辱。众怒如水火焉，不可为谋。”又有呼而走至者，曰：“众至矣！”二子皆自杀。

　　丙辰，弃疾即位，名曰熊居。葬子干于訾，实訾敖㉟。杀囚，衣之王服，而流诸汉，乃取而葬之，以靖国人。使子旗为令尹。

　　楚师还自徐，吴人败诸豫章，获其五帅。

　　平王封陈、蔡，复迁邑，致群赂，施舍，宽民，宥罪，举职。召观从，王曰：“唯尔所欲。”对曰：“臣之先佐开卜。”乃使为卜尹。

　　使枝如子躬聘于郑㊱，且致犨、栎之田。事毕弗致㊲。郑人请曰：“闻诸道路，将命寡君以犨、栎，敢请命。”对曰：“臣未闻命。”既复，王问犨、栎，降服而对，曰：“臣过失命，未之致也。”王执其手，曰：“子毋勤㊳！姑归。不穀有事，其告子也。”

　　他年，芋尹申亥以王柩告。乃改葬之。

　　初，灵王卜，曰：“余尚得天下！”不吉。投龟，诟天而呼曰㊴：“是区区者而不余畀，余必自取之！"民患王之无厌也，故从乱如归。

初，共王无冢適，有宠子五人，无適立焉。乃大有事于群望，而祈曰："请神择于五人者，使主社稷。"乃遍以璧见于群望，曰："当璧而拜者，神所立也，谁敢违之？"既，乃与巴姬密埋璧于大室之庭；使五人齐，而长入拜。康王跨之，灵王肘加焉，子干、子晳皆远之。平王弱，抱而入，再拜，皆厌纽。斗韦龟属成然焉，且曰："弃礼违命，楚其危哉！"

子干归，韩宣子问于叔向曰："子干其济乎？"对曰："难。"宣子曰："同恶相求，如市贾焉，何难？"对曰："无与同好，谁与同恶？取国有五难：有宠而无人，一也；有人而无主，二也；有主而无谋，三也；有谋而无民，四也；有民而无德，五也。子干在晋十三年矣，晋、楚之从，不闻达者，可谓无人。族尽亲叛，可谓无主。无衅而动，可谓无谋。为羁终世，可谓无民。亡无爱征，可谓无德。王虐而不忌，楚君子干，涉五难以弑旧君，谁能济之？有楚国者，其弃疾乎！君陈、蔡，城外属焉。苟慝不作，盗贼伏隐，私欲不违，民无怨心。先神命之，国民信之。芈姓有乱，必季实立，楚之常也。获神，一也；有民，二也；令德，三也；宠贵，四也；居常，五也：有五利以去五难，谁能害之？子干之官，则右尹也；数其贵宠，则庶子也；以神所命，则又远之。其贵亡矣，其宠弃矣，民无怀焉，国无与焉，将何以立？"宣子曰："齐桓、晋文，不亦是乎？"对曰："齐桓，卫姬之子也，有宠于僖；有鲍叔牙、宾须无、隰朋以为辅佐，有莒、卫以为外主，有国、高以为内主；从善如流，下善齐肃；不藏贿，不从欲，施舍不倦，求善不厌。是以有国，不亦宜乎？我先君文公，狐季姬之子也，有宠于献；好学而不贰，生十七年，有士五人。有先大夫子余、子犯以为腹心，有魏犫、贾佗以为股肱；有齐、宋、秦、楚以为外主，有栾、郤、狐、先以为内主；亡十九年，守志弥笃。惠、怀弃民，民从而与之。献无异亲，民无异望。天方相晋，将何以代文？此二君者，异于子干。共有宠子，国有奥主；无施于民，无援于外；去晋而不送，归楚而不逆：何以冀国？"

晋成虒祁，诸侯朝而归者皆有贰心。为取郠故，晋将以诸侯来讨。叔向曰："诸侯不可以不示威。"乃并征会，告于吴。秋，晋侯会吴子于良，水道不可，吴子辞，乃还。七月丙寅，治兵于邾南，甲车四千乘。羊舌鲋摄司马，遂合诸侯于平丘。

子产、子大叔相郑伯以会，子产以幄、幕九张行。子大叔以四十，既而悔之；每舍，损焉。及会，亦如之。

次于卫地，叔鲋求货于卫，淫刍荛者。卫人使屠伯馈叔向羹，与一箧锦，曰："诸侯事晋，未敢携贰；况卫在君之宇下，而敢有异志？刍荛者异于他日，敢请之。"叔向受羹反锦，曰："晋有羊舌鲋者，渎货无厌，亦将及矣。为此役也，子若以君命赐之，其已。"客从之，未退而禁之。

晋人将寻盟，齐人不可。晋侯使叔向告刘献公，曰："抑齐人不盟，若之何？"对曰："盟以底信。君苟有信，诸侯不贰，何患焉？告之以文辞，董之以武师，虽齐不许，君庸多矣。天子之老请帅王赋：'元戎十乘，以先启行。'迟速唯君！"

叔向告于齐，曰："诸侯求盟，已在此矣。今君弗利，寡君以为请。"对曰："诸侯讨贰，则有寻盟。若皆用命，何盟之寻？"叔向曰："国家之败，有事而无业，事则不经；有业而无礼，经则不序；有礼而无威，序则不共；有威而不昭，共则不明。不明弃共，百事不终，所由倾覆也。是故明王之制，使诸侯岁聘以志业，间朝以讲礼，再朝而会以示威，再会而盟以显昭明。志业于好，讲礼于等，示威于众，昭明于神，自古以来，未之或失也。存亡之道，恒由是兴。晋礼主盟，惧有不治；奉承齐牺，而布诸君，求终事也。君曰'余必废之'，何齐之有？唯君图之，寡君闻命矣！"齐人惧，对曰："小国言之，大国制之，敢不听从？既闻命矣，敬共以往，迟速唯君！”

叔向曰："诸侯有间矣。不可以不示众。"八月辛未，治兵，建而不旆，壬申，复旆之。诸侯畏之。

邾人、莒人愬于晋曰："鲁朝夕伐我，几亡矣。我之不共^⑩，鲁故之以。"晋侯不见公，使叔向来辞，曰："诸侯将以甲戌盟。寡君知不得事君矣，请君无勤！"子服惠伯对曰："君信蛮夷之诉，以绝兄弟之国，弃周公之后，亦唯君。寡君闻命矣！"叔向曰："寡君有甲车四千乘在，虽以无道行之，必可畏也。况其率道，其何敌之有？牛虽瘠，偾于豚上，其畏不死？南蒯、子仲之忧，其庸可弃乎？若奉晋之众，用诸侯之师，因邾、莒、杞、鄫之怒，以讨鲁罪，间其二忧，何求而弗克？"鲁人惧，听命。

"甲戌，同盟于平丘"，齐服也。令诸侯日中造于除^⑩。癸酉，退朝。子产命外仆速张于除^⑩，子大叔止之，使待明日。及夕，子产闻其未张也，使速往，乃无所张矣。

及盟，子产争承^⑩，曰："昔天子班贡，轻重以列。列尊贡重，周之制也。卑而贡重者，甸服也。郑伯，男也^⑩；而使从公侯之贡，惧弗给也。敢以为请！诸侯靖兵，好以为事。行理之命无月不至^⑩，贡之无艺，小国有阙，所以得罪也。诸侯修盟，存小国也。贡献无及，亡可待也。存亡之制，将在今矣！"自日中以争，至于昏，晋人许之。

既盟，子大叔咎之曰："诸侯若讨，其可渎乎？"子产曰："晋政多门，贰偷之不暇，何暇讨？国不竞亦陵^⑩，何国之为！"

公不与盟。晋人执季孙意如，以幕蒙之，使狄人守之。司铎射怀锦^⑩，奉壶饮冰以蒲伏焉。守者御之，乃与之锦而入。晋人以平子归，子服湫从^⑩。

子产归，未至，闻子皮卒，哭，且曰："吾已！无为为善矣。唯夫子知我！"

仲尼谓子产："于是行也，足以为国基矣。《诗》曰：'乐只君子，邦家之基'。子产，君子之求乐者也。"且曰："合诸侯，艺贡事^⑩，礼也。"

鲜虞人闻晋师之悉起也，而不警边，且不修备。晋荀吴自著雍以上军侵鲜虞，及中人，驱冲竞^⑩，大获而归。

楚之灭蔡也，灵王迁许、胡、沈、道、房、申于荆焉^⑩。平王即位，既封陈、蔡，而皆复之，礼也。隐大子之子庐归于蔡，礼也。悼大子之子吴归于陈，礼也。

冬十月，葬蔡灵公，礼也。

公如晋。荀吴谓韩宣子曰："诸侯相朝，讲旧好也。执其卿而朝其君，有不好焉，不如辞之。"乃使士景伯辞公于河^⑩。

吴灭州来。令尹子旗请伐吴。王弗许，曰："吾未抚民人，未事鬼神，未修守备，未定国家，而用民力，败不可悔。州来在吴，犹在楚也。子姑待之。"

季孙犹在晋，子服惠伯私于中行穆子曰："鲁事晋，何以不如夷之小国？鲁，兄弟也，土地犹大，所命能具。若为夷弃之，使事齐、楚，其何瘳于晋^⑩？亲亲，与大，赏共，罚否，所以为盟主也。子其图之！谚曰：'臣一主二'。吾岂无大国？"穆子告韩宣子，且曰："楚灭陈、蔡，不能救；而为夷执亲，将焉用之？"乃归季孙。

惠伯曰："寡君未知其罪，合诸侯而执其老^⑩。若犹有罪，死命可也！若曰无罪而惠免之，诸侯不闻，是逃命也，何免之为？请从君惠于会。"宣子患之，谓叔向曰："子能归季孙乎？"对曰："不能。鲋也能。"乃使叔鱼。叔鱼见季孙，曰："昔鲋也得罪于晋君，自归于鲁君，微武子之赐，不至于今。虽获归骨于晋，犹子则肉之，敢不尽情？归子而不归，鲋也闻诸吏，将为子除馆于西河。其若之何？"且泣。平子惧，先归。惠伯待礼。

十四年经

十有四年春，意如至自晋。

三月，曹伯滕卒。

夏四月。

秋，葬曹武公。

八月，莒子去疾卒。

冬，莒杀其公子意恢。

十四年传

十四年春，"意如至自晋"，尊晋、罪己也。尊晋、罪己，礼也。

南蒯之将叛也，盟费人。司徒老祁、虑癸伪废疾⑱，使请于南蒯曰："臣愿受盟而疾兴，若以君灵不死，请待间而盟。"许之。二子因民之欲叛也，请朝众而盟，遂劫南蒯曰："君臣不忘其君，畏子以及今，三年听命矣。子若弗图，费人不忍其君⑲，将不能畏子矣。子何所不逞欲？请送子。"请期五日。遂奔齐。侍饮酒于景公。公曰："叛夫！"对曰："臣欲张公室也。"子韩晳曰："家臣而欲张公室，罪莫大焉！"司徒老祁、虑癸来归费，齐侯使鲍文子致之。

夏，楚子使然丹简上国之兵于宗丘，且抚其民。分贫，振穷；长孤幼，养老疾；收介特⑳，救灾患；宥孤寡，赦罪戾；诘奸慝，举淹滞；礼新，叙旧；禄勋，合亲；任良，物官。使屈罢简东国之兵于召陵，亦如之。好于边疆，息民五年，而后用师，礼也。

秋八月，莒著丘公卒。郊公不慭㉑，国人弗顺，欲立著丘公之弟庚舆。蒲馀侯恶公子意恢，而善于庚舆，郊公恶公子铎而善于意恢。公子铎因蒲馀侯而与之谋，曰："尔杀意恢，我出君而纳庚舆。"许之。

楚令尹子旗有德于王，不知度，与养氏比而求无厌㉒。王患之。九月甲午，楚子杀鬥成然而灭养氏之族。使鬥辛居郧㉓，以无忘旧勋。

冬十二月，蒲馀侯兹夫杀莒公子意恢。郊公奔齐。公子铎逆庚舆于齐，齐隰党、公子鉏送之，有赂田。

晋邢侯与雍子争鄐田㉔，久而无成。士景伯如楚，叔鱼摄理。韩宣子命断旧狱，罪在雍子。雍子纳其女于叔鱼，叔鱼蔽罪邢侯。邢侯怒，杀叔鱼与雍子于朝。宣子问其罪于叔向，叔向曰："三人同罪，施生戮死可也。雍子自知其罪，而赂以买直㉕；鲋也鬻狱㉖，邢侯专杀，其罪一也。己恶而掠美为昏，贪以败官为墨，杀人不忌为贼。《夏书》曰：'昏、墨、贼，杀。'皋陶之刑也。请从之。"乃施邢侯而尸雍子与叔鱼于市。

仲尼曰："叔向，古之遗直也。治国制刑，不隐于亲。三数叔鱼之恶，不为末减，曰义也夫，可谓直矣！平丘之会，数有贿也，以宽卫国，晋不为暴。归鲁季孙，称其诈也，以宽鲁国，晋不为虐。邢侯之狱，言其贪也，以正刑书，晋不为颇。三言而除三恶，加三利。杀亲益荣，犹义也夫！"

十五年经

十有五年春王正月，吴子夷末卒。

二月癸酉，有事于武宫。禴入，叔弓卒。去乐，卒事。

夏，蔡朝吴出奔郑。

六月丁巳朔，日有食之。

秋，晋荀吴帅师伐鲜虞。

冬，公如晋。

十五年传

十五年春，将禘于武公，戒百官。梓慎曰："禘之日，其有咎乎！吾见赤黑之祲[⑩]，非祭祥也。丧氛也。其在莅事乎！"二月癸酉，禘。叔弓莅事，禴入而卒。去乐，卒事，礼也。

楚费无极害朝吴之在蔡也[⑩]，欲去之，乃谓之曰："王唯信子，故处子于蔡。子亦长矣，而在下位，辱；必求之，吾助子请。"又谓其上之人曰："王唯信吴，故处诸蔡；二三子莫之如也，而在其上，不亦难乎？弗图，必及于难！"夏，蔡人逐朝吴，朝吴出奔郑。王怒，曰："余唯信吴，故寘诸蔡。且微吴，吾不及此。女何故去之？"无极对曰："臣岂不欲吴？然而前知其为人之异也。吴在蔡，蔡必速飞；去吴，所以翦其翼也。"

六月乙丑，王大子寿卒。

秋八月戊寅，王穆后崩。

晋荀吴帅师伐鲜虞，围鼓[⑩]。鼓人或请以城叛，穆子弗许。左右曰："师徒不勤，而可以获城，何故不为？"穆子曰："吾闻诸叔向曰：'好恶不愆，民知所适，事无不济。'或以吾城叛，吾所甚恶也；人以城来，吾独何好焉？赏所甚恶[⑩]，若所好何[⑩]？若其弗赏，是失信也，何以庇民？力能则进，否则退，量力而行。吾不可以欲城而迩奸，所丧滋多。"使鼓人杀叛人而缮守备。围鼓三月，鼓人或请降。使其民见，曰："犹有食色，姑修而城！"军吏曰："获城而弗取，勤民而顿兵，何以事君？"穆子曰："吾以事君也。获一邑而教民怠，将焉用邑？邑以贾怠[⑩]，不如完旧[⑩]。贾怠无卒，弃旧不祥。鼓人能事其君，我亦能事吾君。率义不爽，好恶不愆，城可获而民知义所，有死命而无二心，不亦可乎？"鼓人告食竭力尽，而后取之。克鼓而反，不戮一人，以鼓子鸢鞮归[⑩]。

冬，公如晋，平丘之会故也。

十二月，晋荀跞如周，葬穆后，籍谈为介。既葬，除丧，以文伯宴，樽以鲁壶。王曰："伯氏，诸侯皆有以镇抚王室[⑩]，晋独无有，何也？"文伯揖籍谈。对曰："诸侯之封也，皆受明器于王室，以镇抚其社稷，故能荐彝器于王[⑩]。晋居深山，戎狄之与邻，而远于王室，王灵不及，拜戎不暇，其何以献器？"王曰："叔氏，而忘诸乎！叔父唐叔，成王之母弟也，其反无分乎？密须之鼓与其大路[⑩]，文所以大蒐也；阙巩之甲，武所以克商也，唐叔受之以处参虚[⑩]，匡有戎狄[⑩]。其后襄之二路、铖钺、秬鬯、彤弓、虎贲[⑩]，文公受之，以有南阳之田，抚征东夏，非分而何？夫有勋而不废，有绩而载，奉之以土田，抚之以彝器，旌之以车服，明之以文章，子孙不忘，所谓福也。福祚之不登，叔父焉在？且昔而高祖孙伯黡司晋之典籍，以为大政，故曰籍氏。及辛有之二子董之晋[⑩]，于是乎有董史。女，司典之后也，何故忘之？"籍谈不能对。宾出，王曰："籍父其无后乎！数典而忘其祖。"

籍谈归，以告叔向。叔向曰："王其不终乎！吾闻之：'所乐必卒焉。'今王乐忧，若卒以忧，不可谓终。王一岁而有三年之丧二焉，于是乎以丧宾宴，又求彝器，乐忧甚矣，且非礼也。彝器之来，嘉功之由，非由丧也。三年之丧，虽贵遂服，礼也。王虽弗遂，宴乐以早，亦非礼也。

礼，王之大经也。一动而失二礼，无大经矣。言以考典^⑱，典以志经^⑲。忘经而多言，举典^⑳，将焉用之?"

十 六 年 经

十有六年春，齐侯伐徐。

楚子诱戎蛮子，杀之。

夏，公至自晋。

秋八月己亥，晋侯夷卒。

九月，大雩。

季孙意如如晋。

冬十月，葬晋昭公。

十 六 年 传

十六年春王正月，公在晋，晋人止公。不书，讳之也。

齐侯伐徐。

楚子闻蛮氏之乱也与蛮子之无质也^①，使然丹诱戎蛮子嘉杀之，遂取蛮氏。既而复立其子焉，礼也。

二月丙申，齐师至于蒲隧^②，徐人行成。徐子及郯人、莒人会齐侯，盟于蒲隧，赂以甲父之鼎^③。叔孙昭子曰："诸侯之无伯^④，害哉^⑤! 齐君之无道也，兴师而伐远方，会之，有成而还，莫之亢也^⑥。无伯也夫!《诗》曰:'宗周既灭，靡所止戾^⑦。正大夫离居^⑧，莫知我肄^⑨。'其是之谓乎!"

三月，晋韩起聘于郑，郑伯享之。子产戒曰:"苟有位于朝，无有不共恪!"孔张后至^⑩，立于客间，执政御之，适客后;又御之，适县间^⑪。客从而笑之。

事毕，富子谏曰:"夫大国之人，不可不慎也! 几为之笑而不陵我? 我皆有礼，夫犹鄙我;国而无礼，何以求荣? 孔张失位，吾子之耻也。"子产怒，曰:"发命之不衷^⑫，出令之不信，刑之颇类^⑬，狱之放纷，会朝之不敬，使命之不听，取陵于大国，罢民而无功，罪及而弗知:侨之耻也。孔张，君之昆孙，子孔之后也，执政之嗣也，为嗣大夫;承命以使，周于诸侯;国人所尊，诸侯所知。立于朝而祀于家，有禄于国，有赋于军，丧、祭有职，受脤、归脤。其祭在庙，已有著位。在位数世，世守其业而忘其所，侨焉得耻之? 辟邪之人而皆及执政，是先王无刑罚也。子宁以他规我。"

宣子有环，其一在郑商。宣子谒诸郑伯，子产弗与，曰:"非官府之守器也，寡君不知。"子大叔、子羽谓子产曰:"韩子亦无几求，晋国亦未可以贰。晋国、韩子不可偷也^⑭。若属有谗人交斗其间，鬼神而助之，以兴其凶怒，悔之何及? 吾子何爱于一环? 其以取憎于大国也? 盍求而与之?"子产曰:"吾非偷晋而有二心，将终事之，是以弗与，忠信故也。侨闻君子非无贿之难，立而无令名之患^⑮。侨闻为国非不能事大、字小之难^⑯，无礼以定其位之患。夫大国之人令于小国，而皆获其求，将何以给之? 一共一否，为罪滋大。大国之求，无礼以斥之，何餍之有? 吾且为鄙邑，则失位矣。若韩子奉命以使而求玉焉，贪淫甚矣，独非罪乎? 出一玉以起二罪，吾又失位，韩子成贪，将焉用之? 且吾以玉贾罪，不亦锐乎^⑰!"

韩子买诸贾人。既成贾矣，商人曰："必告君大夫！"韩子请诸子产曰："日起请夫环，执政弗义，弗敢复也。今买诸商人，商人曰'必以闻'，敢以为请！"子产对曰："昔我先君桓公，与商人皆出自周，庸次比耦以艾杀㉙此地㉚，斩之蓬、蒿、藜、藋，而共处之，世有盟誓以相信也，曰：'尔无我叛，我无强贾，毋或匄夺㉛。尔有利市宝贿，我勿与知。'恃此质誓，故能相保以至于今。今吾子以好来辱，而谓敝邑强夺商人，是教敝邑背盟誓也，毋乃不可乎！吾子得玉，而失诸侯，必不为也。若大国令，而共无艺㉜，郑鄙邑也，亦弗为也。侨若献玉，不知所成。敢私布之！"韩子辞玉，曰："起不敏，敢求玉以徼二罪？敢辞之！"

夏四月，郑六卿饯宣子于郊。宣子曰："二三君子请皆赋，起亦以知郑志。"子𫞩赋《野有蔓草》，宣子曰："孺子善哉，吾有望矣！"子产赋郑之《羔裘》，宣子曰："起不堪也！"子大叔赋《褰裳》，宣子曰："起在此，敢勤子至于他人乎？"子大叔拜。宣子曰："善哉！子之言是。不有是事，其能终乎？"子游赋《风雨》。子旗赋《有女同车》。子柳赋《蘀兮》㉝。宣子喜曰："郑其庶乎！二三君子以君命贶起，赋不出郑志，皆昵燕好也。二三君子，数世之主也，可以无惧矣！"宣子皆献马焉，而赋《我将》。子产拜，使五卿皆拜，曰："吾子靖乱，敢不拜德！"

宣子私觌于子产以玉与马，曰："子命起舍夫玉，是赐我玉而免吾死也，敢不藉手以拜！"

公至自晋，子服昭伯语季平子曰㉞："晋之公室，其将遂卑矣。君幼弱，六卿强而奢傲，将因是以习，习实为常，能无卑乎？"平子曰："尔幼，恶识国？"

秋八月，晋昭公卒。

"九月，大雩。"旱也。

郑大旱，使屠击、祝款、竖柎有事于桑山㉟。斩其木，不雨。子产曰："有事于山，蓺山林也㊱。而斩其木，其罪大矣！"夺之官邑。

冬十月，季平子如晋葬昭公。平子曰："子服回之言犹信。子服氏有子哉！"

十 七 年 经

十有七年春，小邾子来朝。

夏六月甲戌朔，日有食之。

秋，郯子来朝。

八月，晋荀吴帅师灭陆浑之戎。

冬，有星孛于大辰。

楚人及吴战于长岸。

十 七 年 传

十七年春，小邾穆公来朝。公与之燕。季平子赋《采叔》，穆公赋《菁菁者莪》。昭子曰："不有以国㉒，其能久乎？"

夏六月，甲戌朔，日有食之。祝史请所用币㉖。昭子曰："日有食之，天子不举，伐鼓于社；诸侯用币于社，伐鼓于朝，礼也。"平子御之，曰："止也！唯正月朔，慝未作，日有食之，于是乎有伐鼓、用币，礼也。其余则否。"大史曰："在此月也。日过分而未至，三辰有灾，于是乎百官降物㉗；君不举㉘，辟移时㉙；乐奏鼓，祝用币，史用辞。故《夏书》曰：'辰不集于房，瞽奏鼓，啬夫驰㉚，庶人走。'此月朔之谓也。当夏四月，是谓孟夏。"平子弗从。昭子退，曰："夫子将有异志，不君君矣。"

秋，郯子来朝，公与之宴。昭子问焉，曰："少皞氏鸟名官，何故也？"郯子曰："吾祖也。我知之。昔者黄帝氏以云纪[①]，故为云师而云名；炎帝氏以火纪，故为火师而火名；共工氏以水纪，故为水师而水名；大皞氏以龙纪，故为龙师而龙名。我高祖少皞挚之立也，凤鸟适至，故纪于鸟，为鸟师而鸟名：凤鸟氏，历正也；玄鸟氏，司分者也[⑥]；伯赵氏[⑧]，司至者也；青鸟氏[⑥]，司启者也[⑦]；丹鸟氏[⑧]，司闭者也。祝鸠氏[⑨]，司徒也；鴡鸠氏[⑩]，司马也；鳲鸠氏[⑪]，司空也；爽鸠氏[⑫]，司寇也；鹘鸠氏[⑬]，司事也。五鸠，鸠民者也[⑭]。五雉为五工正[⑮]，利器用，正度量，夷民者也。九扈为九农正[⑯]，扈民无淫者也。自颛顼以来，不能纪远，乃纪于近。为民师而命以民事，则不能故也。"仲尼闻之，见于郯子而学之，既而告人曰："吾闻之：'天子失官[⑰]，官学在四夷[⑱]。'犹信！"

晋侯使屠蒯如周，请有事于雒与三涂。苌弘谓刘子曰[⑲]："客容猛，非祭也，其伐戎乎？陆浑氏甚睦于楚，必是故也。君其备之！"乃警戒备。九月丁卯，晋荀吴帅师涉自棘津，使祭史先用牲于雒。陆浑人弗知，师从之。庚午，遂灭陆浑，数之以其贰于楚也。陆浑子奔楚，其众奔甘鹿。周大获。宣子梦文公携荀吴而授之陆浑，故使穆子帅师，献俘于文宫。

冬，有星孛于大辰，西及汉。申须曰："彗，所以除旧布新也。天事恒象。今除于火，火出必布焉，诸侯其有火灾乎？"梓慎曰："往年吾见之，是其征也。火出而见，今兹火出而章，必火入而伏。其居火也久矣[⑳]，其与不然乎？火出，于夏为三月，于商为四月，于周为五月。夏数得天[㉑]，若火作，其四国当之，在宋、卫、陈、郑乎！宋，大辰之虚也；陈，大皞之虚也；郑，祝融之虚也，皆火房也。星孛及汉，汉，水祥也。卫，颛顼之虚也，故为帝丘，其星为大水，水，火之牡也。其以丙子若壬午作乎[㉒]！水火所以合也。若火入而伏，必以壬午，不过其见之月。"

郑裨灶言于子产曰："宋、卫、陈、郑将同日火。若我用瓘斝玉瓒[㉓]，郑必不火。"子产弗与。

吴伐楚。阳匄为令尹[㉔]，卜：战不吉。司马子鱼曰："我得上流，何故不吉？且楚故，司马令龟，我请改卜。"令曰："鲂也以其属死之，楚师继之，尚大克之？"吉。战于长岸，子鱼先死，楚师继之，大败吴师。获其乘舟馀皇，使随人与后至者守之，环而堑之，及泉，盈其隧炭，陈以待命。

吴公子光请于其众，曰："丧先王之乘舟，岂唯光之罪？众亦有焉。请藉取之以救死！"众许之。使长鬣者三人潜伏于舟侧，曰："我呼馀皇，则对。师夜从之！"三呼，皆迭对。楚人从而杀之。楚师乱，吴人大败之，取馀皇以归。

十 八 年 经

十有八年春王三月，曹伯须卒。

夏五月壬午，宋、卫、陈、郑灾。

六月，邾人入鄅。

秋，葬曹平公。

冬，许迁于白羽。

十 八 年 传

十八年春王二月乙卯，周毛得杀毛伯过而代之。苌弘曰："毛得必亡！是昆吾稔之日也[㉗]，侈故之以。而毛得以济侈于王都，不亡，何待？"

三月，曹平公卒。

夏五月，火始昏见。丙子，风。梓慎曰："是谓融风，火之始也。七日，其火作乎！"戊寅，风甚。壬午，大甚。宋、卫、陈、郑皆火。梓慎登大庭氏之库以望之，曰："宋、卫、陈、郑也。"数日，皆来告火。

裨灶曰："不用吾言，郑又将火。"郑人请用之，子产不可。子大叔曰："宝，以保民也。若有火，国几亡。可以救亡，子何爱焉？"子产曰："天道远，人道迩，非所及也，何以知之？灶焉知天道？是亦多言矣，岂不或信？"遂不与。亦不复火。

郑之未灾也，里析告子产曰："将有大祥，民震动，国几亡。吾身泯焉，弗良及也。国迁，其可乎？"子产曰："虽可，吾不足以定迁矣。"及火，里析死矣，未葬，子产使舆三十人迁其柩。

火作，子产辞晋公子、公孙于东门，使司寇出新客，禁旧客勿出于宫。使子宽、子上巡群屏摄⑲，至于大宫。使公孙登徙大龟，使祝史徙主祏于周庙，告于先君。使府人、库人各儆其事。商成公儆司宫，出旧宫人，寘诸火所不及。司马、司寇列居火道，行火所焮⑳。城下之人，伍列登城。明日，使野司寇各保其征，郊人助祝史除于国北，禳火于玄冥、回禄㉑，祈于四鄘。书焚室而宽其征，与之材。三日哭，国不市。使行人告于诸侯。

宋、卫皆如是。陈不救火，许不吊灾，君子是以知陈、许之先亡也。

六月，郠人藉稻㉒，邾人袭郠。郠人将闭门，邾人羊罗摄其首焉，遂入之，尽俘以归。郠子曰："余无归矣！"从帑于邾。邾庄公反郠夫人而舍其女。

秋，葬曹平公。往者见周原伯鲁焉，与之语，不说学。归以语闵子马，闵子马曰："周其乱乎？夫必多有是说，而后及其大人。大人患失而惑，又曰'可以无学，无学不害'。不害而不学，则苟而可；于是乎下陵上替，能无乱乎？夫学，殖也，不学将落。原氏其亡乎！"

七月，郑子产为火故，大为社，祓禳于四方，振除火灾，礼也。乃简兵大蒐，将为蒐除。子大叔之庙在道南，其寝在道北，其庭小，过期三日，使除徒陈于道南庙北，曰："子产过女而命速除，乃毁于而乡！"子产朝，过而怒之。除者南毁。子产及冲，使从者止之，曰："毁于北方。"

火之作也，子产授兵登陴。子大叔曰："晋无乃讨乎？"子产曰："吾闻之：小国忘守则危，况有灾乎？国之不可小，有备故也。"既，晋之边吏让郑曰："郑国有灾，晋君、大夫不敢宁居，卜筮走望，不爱牲玉。郑之有灾，寡君之忧也。今执事䢒然授兵登陴㉓，将以谁罪？边人恐惧，不敢不告！"子产对曰："若吾子之言，敝邑之灾，君之忧也。敝邑失政，天降之灾，又惧谗慝之间谋之，以启贪人，荐为敝邑不利以重君之忧。幸而不亡，犹可说也；不幸而亡，君虽忧之，亦无及也。郑有他竟，望走在晋。既事晋矣，其敢有二心？"

楚左尹王子胜言于楚子曰："许于郑，仇敌也，而居楚地以不礼于郑。晋、郑方睦，郑若伐许，而晋助之，楚丧地矣。君盍迁许？许不专于楚。郑方有令政，许曰：'余旧国也。'郑曰：'余俘邑也。'叶在楚国，方城外之蔽也。土不可易，国不可小，许不可俘，雠不可启。君其图之！"楚子说。冬，楚子使王子胜迁许于析，实白羽。

十九年　经

十有九年春，宋公伐邾。

夏五月戊辰，许世子止弑其君买。

己卯，地震。

秋，齐高发帅师伐莒。

冬，葬许悼公。

十九年传

十九年春，楚工尹赤迁阴于下阴，令尹子瑕城郏。叔孙昭子曰："楚不在诸侯矣，其仅自完也，以持其世而已。"

楚子之在蔡也，郹阳封人之女奔之^㉜，生大子建。及即位，使伍奢为之师^㉝。费无极为少师，无宠焉，欲谮诸王，曰："建可室矣。"王为之聘于秦。无极与逆，劝王取之。正月，楚夫人嬴氏至自秦。

郳夫人，宋向戍之女也，故向宁请师^㉞。二月，宋公伐邾，围虫。三月，取之，乃尽归郳俘。

夏，许悼公疟。五月戊辰，饮大子止之药卒。大子奔晋。书曰"弑其君"。君子曰："尽心力以事君，舍药物可也。"

邾人、郳人、徐人会宋公^㉟。乙亥，同盟于虫。

楚子为舟师以伐濮。费无极言于楚子曰："晋之伯也，迩于诸夏。而楚辟陋，故弗能与争。若大城城父而寘大子焉^㊱，以通北方，王收南方，是得天下也。"王说，从之。故大子建居于城父。

令尹子瑕聘于秦，拜夫人也。

秋，齐高发帅师伐莒，莒子奔纪鄣。使孙书伐之

初，莒有妇人，莒子杀其夫，已为嫠妇。及老，托于纪鄣，纺焉以度而去之。及师至，则投诸外。或献诸子占，子占使师夜缒而登。登者六十人，缒绝，师鼓噪，城上之人亦噪。莒共公惧，启西门而出。七月丙子，齐师入纪。

是岁也，郑驷偃卒。子游娶于晋大夫，生丝，弱，其父兄立子瑕。子产憎其为人也，且以为不顺，弗许，亦弗止。驷氏耸。

他日，丝以告其舅。冬，晋人使以币如郑，问驷乞之立故。驷氏惧，驷乞欲逃，子产弗遣，请龟以卜，亦弗予。大夫谋对，子产不待而对客曰："郑国不天，寡君之二三臣札瘥夭昏^㊲。今又丧我先大夫偃，其子幼弱，其一二父兄惧队宗主，私族于谋，而立长亲。寡君与其二三老曰：'抑天实剥乱是^㊳，吾何知焉？'谚曰'无过乱门'，民有乱兵，犹惮过之，而况敢知天之所乱？今大夫将问其故，抑寡君实不敢知，其谁实知之？平丘之会，君寻旧盟曰：'无或失职！'若寡君之二三臣，其即世者，晋大夫而专制其位，是晋之县鄙也，何国之为？"辞客币而报其使，晋人舍之。

楚人城州来。沈尹戌曰："楚人必败！昔吴灭州来，子旗请伐之，王曰：'吾未抚吾民。'今亦如之，而城州来以挑吴，能无败乎？"侍者曰："王施舍不倦，息民五年，可谓抚之矣。"戌曰："吾闻抚民者，节用于内，而树德于外，民乐其性，而无寇仇。今宫室无量，民人日骇，劳罢死转，忘寝与食，非抚之也！"

郑大水，龙斗于时门之外洧渊，国人请为禜焉^㊴。子产弗许，曰："我斗，龙不我觌也。龙斗，我独何觌焉？禳之，则彼其室也。吾无求于龙，龙亦无求于我。"乃止也。

令尹子瑕言蹶由于楚子^㊵，曰："彼何罪？谚所谓'室于怒市于色'者^㊶，楚之谓矣。舍前之忿可也。"乃归蹶由。

二 十 年 经

二十年春王正月。

夏，曹公孙会自鄸出奔宋。

秋，盗杀卫侯之兄絷。

冬十月，宋华亥、向宁、华定出奔陈。

十有一月辛卯，蔡侯庐卒。

二 十 年 传

二十年春王二月己丑，日南至。梓慎望氛^①，曰："今兹宋有乱，国几亡，三年而后弭。蔡有大丧。"叔孙昭子曰："然则戴、桓也。汏侈，无礼已甚，乱所在也。"

费无极言于楚子曰："建与伍奢将以方城之外叛，自以为犹宋、郑也，齐、晋又交辅之，将以害楚，其事集矣^②。"王信之，问伍奢。伍奢对曰："君一过多矣^③，何信于谗？"王执伍奢。使城父司马奋扬杀大子^④，未至，而使遣之。三月，大子建奔宋。王召奋扬，奋扬使城父人执己以至。王曰："言出于余口，入于尔耳，谁告建也？"对曰："臣告之。君王命臣曰：'事建如事余。'臣不佞，不能苟贰。奉初以还，不忍后命，故遣之。既而悔之，亦无及已。"王曰："而敢来，何也？"对曰："使而失命，召而不来，是再奸也。逃无所入。"王曰："归，从政如他日！"

无极曰："奢之子材，若在吴，必忧楚国。盍以免其父召之？彼仁，必来；不然，将为患。"王使召之，曰："来！吾免而父。"棠君尚谓其弟员曰^⑤："尔适吴，我将归死。吾知不逮；我能死，尔能报。闻免父之命，不可以莫之奔也！亲戚为戮，不可以莫之报也！奔死免父，孝也；度功而行，仁也；择任而往，知也；知死不辟，勇也。父不可弃，名不可废，尔其勉之！相从为愈^⑥。"伍尚归。奢闻员不来，曰："楚君、大夫其旰食乎^⑦！"楚人皆杀之。

员如吴，言伐楚之利于州于^⑧。公子光曰："是宗为戮，而欲反其雠，不可从也。"员曰："彼将有他志。余姑为之求士，而鄙以待之。"乃见鱄设诸焉，而耕于鄙。

宋元公无信多私，而恶华、向。华定、华亥与向宁谋曰："亡愈于死，先诸？"华亥伪有疾，以诱群公子。公子问之，则执之。夏六月丙申，杀公子寅、公子御戎、公子朱、公子固、公孙援、公孙丁，拘向胜、向行于其廪。公如华氏请焉，弗许，遂劫之。癸卯，取大子栾与母弟辰、公子地以为质^⑨。公亦取华亥之子无慼、向宁之子罗、华定之子启，与华氏盟，以为质。

卫公孟絷狎齐豹^⑩，夺之司寇与鄄。有役则反之，无则取之。公孟恶北宫喜、褚师圃，欲去之。公子朝通于襄夫人宣姜，惧而欲以作乱。故齐豹、北宫喜、褚师圃、公子朝作乱。

初，齐豹见宗鲁于公孟，为骖乘焉。将作乱而谓之曰："公孟之不善，子所知也。勿与乘！吾将杀之。"对曰："吾由子事公孟，子假吾名焉，故不吾远也。虽其不善，吾亦知之；抑以利故，不能去，是吾过也。今闻难而逃，是僭子也。子行事乎，吾将死之，以周事子；而归死于公孟，其可也。"

丙辰，卫侯在平寿。公孟有事于盖获之门外^⑪。齐子氏帷于门外，而伏甲焉，使祝蛙真戈于车薪以当门，使一乘从公孟以出。使华齐御公孟，宗鲁骖乘。及闳中，齐氏用戈击公孟，宗鲁以背蔽之，断肱，以中公孟之肩。皆杀之。

公闻乱，乘，驱自阅门入。庆比御公，公南楚骖乘。使华寅乘贰车。及公宫，鸿駵魋駟乘于公⑩。公载宝以出。褚师子申遇公于马路之衢，遂从。过齐氏，使华寅肉袒⑩，执盖以当其阙。齐氏射公，中南楚之背。公遂出，寅闭郭门，逾而从公。公如死鸟⑩。析朱钮宵从窦出，徒行从公。

齐侯使公孙青聘于卫。既出，闻卫乱，使请所聘。公曰："犹在竟内，则卫君也。"乃将事焉，遂从诸死鸟，请将事。辞曰："亡人不佞，失守社稷，越在草莽，吾子无所辱君命。"宾曰："寡君命下臣于朝曰：'阿下执事⑩。'臣不敢贰！"主人曰："君若惠顾先君之好，照临敝邑，镇抚其社稷，则有宗祧在。"乃止。卫侯固请见之。不获命，以其良马见，为未致使故也⑩。卫侯以为乘马。宾将掫⑩，主人辞曰："亡人之忧，不可以及吾子。草莽之中，不足以辱从者。敢辞！"宾曰："寡君之下臣，君之牧圉也。若不获扞外役⑩，是不有寡君也。臣惧不免于戾，请以除死！"亲执铎，终夕与于燎。

齐氏之宰渠子召北宫子。北宫氏之宰不与闻谋，谋杀渠子，遂伐齐氏，灭之。丁巳晦，公入，与北宫喜盟于彭水之上。秋七月戊午朔，遂盟国人。八月辛亥，公子朝、褚师圃、子玉霄、子高鲂出奔晋。闰月戊辰，杀宣姜。卫侯赐北宫喜谥曰"贞子"，赐析朱钮谥曰"成子"，而以齐氏之墓予之。

卫侯告宁于齐，且言子石⑩。齐侯将饮酒，遍赐大夫曰："二三子之教也！"苑何忌辞⑩，曰："与于青之赏，必及于其罚。在《康诰》曰：'父子兄弟，罪不相及。'况在群臣？臣敢贪君赐以干先王？"

琴张闻宗鲁死，将往吊之。仲尼曰："齐豹之盗，而孟絷之贼，女何吊焉？君子不食奸，不受乱，不为利疚于回⑩，不以回待人，不盖不义，不犯非礼。"

宋华、向之乱、公子城、公孙忌、乐舍、司马强、向宜、向郑、楚建、郳甲出奔郑。其徒与华氏战于鬼阎，败子城。子城适晋。

华亥与其妻，必盟而食所质公子者而后食。公与夫人每日必适华氏，食公子而后归。华亥患之，欲归公子。向宁曰："唯不信，故质其子。若又归之，死无日矣！"公请于华费遂，将攻华氏。对曰："臣不敢爱死。无乃求去忧而滋长乎？臣是以惧，敢不听命？"公曰："子死亡有命。余不忍其询。"

冬十月，公杀华、向之质而攻之。戊辰，华、向奔陈，华登奔吴。向宁欲杀大子，华亥曰："干君而出，又杀其子，其谁纳我？且归之有庸！"使少司寇牼以归⑩，曰："子之齿长矣，不能事人。以三公子为质，必免。"公子既入，华牼将自门行。公遽见之，执其手，曰："余知而无罪也。入，复而所！"

齐侯疥，遂痁，期而不瘳。诸侯之宾问疾者多在，梁丘据与裔款言于公曰⑩："吾事鬼神丰，于先君有加矣。今君疾病，为诸侯忧，是祝、史之罪也。诸侯不知，其谓我不敬。君盍诛于祝固、史嚚以辞宾？"

公说，告晏子。晏子曰："日宋之盟，屈建问范会之德于赵武，赵武曰：'夫子之家事治；言于晋国，竭情无私。其祝、史祭祀，陈信不愧；其家事无猜，其祝、史不祈。'建以语康王，康王曰：'神、人无怨，宜夫子之光辅五君以为诸侯主也。'"公曰："据与款谓寡人能事鬼神，故欲诛于祝、史。子称是语，何故？"对曰："若有德之君，外内不废，上下无怨，动无违事，其祝、史荐信⑩，无愧心矣。是以鬼神用飨，国受其福，祝、史与焉。其所以蕃祉老寿者，为信君使也，其言忠信于鬼神。其适遇淫君，外内颇邪、上下怨疾、动作辟违、从欲厌私，高台深池、撞钟舞女，斩刈民力、输掠其聚，以成其违，不恤后人。暴虐淫从，肆行非度；无所还忌，不思谤讟，不惮鬼神。神怒民痛，无悛于心。其祝、史荐信，是言罪也；其盖失数美，是矫诬也。进退无辞，则虚以求媚。是以鬼神不飨其国以祸之，祝、史与焉。所以夭昏孤疾者，为暴君使也，其言僭嫚于鬼神。"公曰："然则若之何？"对曰："不可为也：山林之木，衡鹿守之；泽之萑蒲，舟鲛守之；薮之薪蒸，虞候守之；海之盐、蜃，祈望守之。县鄙之人，入从其政；偪介之关，暴征其私；承嗣大夫，强易其贿。布常无艺，征敛无度；宫室日更，淫乐不违。内宠之妾，肆夺于市；外宠之臣，僭令于鄙。私欲养求，不给则应。民人苦病，夫妇皆诅；祝有益也，诅亦有损。聊、摄以东，姑、尤以西，其为人也多矣。虽其善祝，岂能胜亿兆人之诅？君若欲诛于祝、史，修德而后可。"公说，使有司宽政，毁关，去禁，薄敛，已责。

十二月，齐侯田于沛。招虞人以弓，不进。公使执之，辞曰："昔我先君之田也，旃以招大夫，弓以招士，皮冠以招虞人。臣不见皮冠，故不敢进。"乃舍之。仲尼曰："守道不如守官。"君子韪之。

齐侯至自田。晏子侍于遄台，子犹驰而造焉。公曰："唯据与我和夫！"晏子对曰："据亦同也，焉得为和？"公曰："和与同异乎？"对曰："异！和如羹焉：水、火、醯、醢、盐、梅以烹鱼肉，燀之以薪，宰夫和之，齐之以味；济其不及，以泄其过。君子食之，以平其心。君臣亦然。君所谓可而有否焉，臣献其否以成其可；君所谓否而有可焉，臣献其可以去其否，是以政平而不干，民无争心。故《诗》曰'亦有和羹，既戒既平。鬷嘏无言，时靡有争。'先王之济五味、和五声也，以平其心，成其政也。声亦如味：一气，二体，三类，四物，五声，六律，七音，八风，九歌，以相成也；清浊，小大，短长，疾徐，哀乐，刚柔，迟速，高下，出入，周疏，以相济也。君之听之，以平其心。心平，德和，故《诗》曰：'德音不瑕'。今据不然。君所谓可，据亦曰可；君所谓否，据亦曰否。若以水济水，谁能食之？若琴瑟之专壹，谁能听之？同之不可也如是！"

饮酒乐。公曰："古而无死，其乐若何？"晏子对曰："古而无死，则古之乐也，君何得焉？昔爽鸠氏始居此地，季萴因之，有逢伯陵因之，蒲姑氏因之，而后大公因之。古若无死，爽鸠氏之乐，非君所愿也。"

郑子产有疾，谓子大叔曰："我死，子必为政。唯有德者能以宽服民，其次莫如猛。夫火烈，民望而畏之，故鲜死焉；水懦弱，民狎而玩之，则多死焉，故宽难。"疾数月而卒。大叔为政，不忍猛，而宽。郑国多盗，取人于萑苻之泽。大叔悔之，曰："吾早从夫子，不及此。"兴徒兵以攻萑苻之盗，尽杀之。盗少止。

仲尼曰："善哉！政宽则民慢，慢则纠之以猛。猛则民残，残则施之以宽。宽以济猛，猛以济宽，政是以和。《诗》曰'民亦劳止，汔可小康；惠此中国，以绥四方'。施之以宽也。'毋从诡随，以谨无良。式遏寇虐，惨不畏明。'纠之以猛也。'柔远能迩，以定我王'。平之以和也。又曰：'不竞不絿，不刚不柔。布政优优，百禄是遒。'和之至也！"及子产卒，仲尼闻之，出涕，曰："古之遗爱也！"

二十一年经

二十有一年春王三月，葬蔡平公。

夏，晋侯使士鞅来聘。

宋华亥、向宁、华定自陈入于宋南里以叛。

秋七月壬午朔，日有食之。

八月乙亥，叔辄卒。

冬，蔡侯朱出奔楚。

公如晋，至河乃复。

二十一年传

二十一年春，天王将铸无射^⑧，泠州鸠曰^⑧："王其以心疾死乎？夫乐，天子之职也。夫音，乐之舆也；而钟，音之器也。天子省风以作乐^⑧，器以钟之，舆以行之。小者不窕，大者不摦^⑧，则和于物；物和则嘉成。故和声入于耳而藏于心，心亿则乐。窕则不咸，摦则不容，心是以感，感实生疾。今钟摦矣，王心弗堪，其能久乎？"

三月，葬蔡平公。蔡大子朱失位，位在卑。大夫送葬者归，见昭子。昭子问蔡故，以告。昭子叹曰："蔡其亡乎！若不亡，是君也必不终。《诗》曰：'不解于位，民之攸塈。'今蔡侯始即位，而适卑，身将从之。"

夏，晋士鞅来聘，叔孙为政。季孙欲恶诸晋，使有司以齐鲍国归费之礼为士鞅。士鞅怒，曰："鲍国之位下，其国小，而使鞅从其牢礼，是卑敝邑也。将复诸寡君！"鲁人恐，加四牢焉，为十一牢。

宋华费遂生华貙、华多僚、华登^⑧。貙为少司马。多僚为御士，与貙相恶，乃谮诸公曰："貙将纳亡人。"亟言之。公曰："司马以吾故，亡其良子。死亡有命，吾不可以再亡之。"对曰："君若爱司马，则如亡。死如可逃，何远之有？"公惧，使侍人召司马之侍人宜僚，饮之酒而使告司马。司马叹曰："必多僚也！吾有谗子而弗能杀，吾又不死；抑君有命，可若何？"乃与公谋逐华貙，将使田孟诸而遣之。公饮之酒，厚酬之，赐及从者。司马亦如之。张匄尤之，曰："必有故！"使子皮承宜僚以剑而讯之，宜僚尽以告。张匄欲杀多僚，子皮曰："司马老矣。登之谓甚，吾又重之，不如亡也！"

五月丙申，子皮将见司马而行，则遇多僚御司马而朝。张匄不胜其怒，遂与子皮、曰任、郑翩杀多僚，劫司马以叛，而召亡人。壬寅，华、向入。乐大心、丰愆、华牼御诸横^⑧。华氏居卢门，以南里叛。六月庚午，宋城旧鄘及桑林之门而守之。

秋七月壬午朔，日有食之。公问于梓慎曰："是何物也？祸福何为？"对曰："二至二分，日有食之，不为灾。日月之行也，分，同道也；至，相过也。其他月则为灾，阳不克也，故常为水。"于是叔辄哭日食。昭子曰："子叔将死，非所哭也。"八月，叔辄卒。

冬十月，华登以吴师救华氏。齐乌枝鸣戍宋。厨人濮曰^⑧："《军志》有之：'先人有夺人之心，后人有待其衰。'盍及其劳且未定也伐诸！若入而固，则华氏众矣，悔无及也！"从之。丙寅，齐师、宋师败吴师于鸿口，获其二帅公子苦雃、偃州员^⑧。华登帅其馀以败宋师。

公欲出，厨人濮曰："吾小人，可藉死。而不能送亡，君请待之。"乃徇曰："扬徽者，公徒也！"众从之。公自扬门见之，下而巡之，曰："国亡君死，二三子之耻也，岂专孤之罪？"齐乌枝鸣曰："用少莫如齐致死。齐致死莫如去备。彼多兵矣，请皆用剑！"从之。华氏北，复即之。厨人濮以裳裹首，而荷以走，曰："得华登矣！"遂败华氏于新里。

翟偻新居于新里，既战，说甲于公而归^⑧。华妵居于公里，亦如之。

十一月癸未，公子城以晋师至。曹翰胡会晋荀吴、齐苑何忌、卫公子朝救宋^⑧。丙戌，与华氏战于赭丘。郑翩愿为鹳，其御愿为鹅。子禄御公子城，庄堇为右。干犫御吕封人华豹，张匄为右。相遇，城还。华豹曰："城也！"城怒而反之，将注，豹则关矣，曰："平公之灵尚辅相余！"豹射，出其间。将注，则又关矣，曰："不狃，鄙！"抽矢。城射之，殪。张匄抽殳而下。

射之，折股。扶伏而击之，折轸。又射之，死。干犨请一矢，城曰："余言女于君。"对曰："不死伍乘，军之大刑也！干刑而从子，君焉用之？子速诸！"乃射之，殪。大败华氏，围诸南里。

华亥搏膺而呼，见华貙，曰："吾为栾氏矣！"貙曰："子无我迂，不幸而后亡。"使华登如楚乞师。华貙以车十五乘、徒七十人，犯师而出，食于睢上^⑩，哭而送之，乃复入。

楚薳越帅师将逆华氏，大宰犯谏曰："诸侯唯宋事其君。今又争国，释君而臣是助，无乃不可乎？"王曰："而告我也后，既许之矣。"

蔡侯朱出奔楚。费无极取货于东国^⑩，而谓蔡人曰："朱不用命于楚，君王将立东国。若不先从王欲，楚必围蔡。"蔡人惧，出朱而立东国。朱愬于楚，楚子将讨蔡。无极曰："平侯与楚有盟，故封。其子有二心，故废之。灵王杀隐大子，其子与君同恶，德君必甚。又使立之，不亦可乎！且废置在君，蔡无他矣。"公如晋，及河。鼓叛晋，晋将伐鲜虞，故辞公。

二十二年经

二十有二年春，齐侯伐莒。

宋华亥、向宁、华定自宋南里出奔楚。

大蒐于昌间。

夏四月乙丑，天王崩。

六月，叔鞅如京师，葬景王。王室乱。

刘子、单子以王猛居于皇。

秋，刘子、单子以王猛入于王城。

冬十月，王子猛卒。

十有二月癸酉朔，日有食之。

二十二年传

二十二年春，王二月甲子，齐北郭启帅师伐莒^①。莒子将战，苑羊牧之谏曰^②："齐帅贱，其求不多，不如下之。大国不可怒也。"弗听，败齐师于寿馀。齐侯伐莒，莒子行成。司马灶如莒莅盟，莒子如齐莅盟，盟于稷门之外。莒于是乎大恶其君。

楚薳越使告于宋，曰："寡君闻君有不令之臣为君忧，无宁以为宗羞？寡君请受而戮之。"对曰："孤不佞，不能媚于父兄，以为君忧，拜命之辱！抑君臣日战，君曰'余必臣是助'，亦唯命。人有言曰：'唯乱门之无过。'君若惠保敝邑，无亢不衷，以奖乱人，孤之望也。唯君图之！"楚人患之。诸侯之戍谋曰："若华氏知困而致死，楚耻无功而疾战，非吾利也。不如出之，以为楚功，其亦无能为也已。救宋而除其害，又何求？"乃固请出之，宋人从之。己巳，宋华亥、向宁、华定、华貙、华登、皇奄伤、省臧、士平出奔楚。

宋公使公孙忌为大司马，边卬为大司徒^③，乐祁为司城，仲几为左师，乐大心为右师，乐挽为大司寇^④，以靖国人。

王子朝、宾起有宠于景王，王与宾孟说之，欲立之。刘献公之庶子伯蚠事单穆公^⑤，恶宾孟之为人也，愿杀之；又恶王子朝之言，以为乱，愿去之。宾孟适郊，见雄鸡自断其尾。问之，侍者曰："自惮其牺也。"遂归告王，且曰："鸡其惮为人用乎？人异于是。牺者，实用人。人牺实难，己牺何害？"王弗应。

夏四月，王田北山，使公卿皆从。将杀单子、刘子。王有心疾，乙丑，崩于荣锜氏。戊辰，刘子挚卒，无子。单子立刘蚠。五月庚辰，见王，遂攻宾起，杀之，盟群王子于单氏。

晋之取鼓也，既献而反鼓子焉。又叛于鲜虞。六月，荀吴略东阳，使师伪粜者负甲以息于昔阳之门外；遂袭鼓，灭之；以鼓子鸢鞮归，使涉佗守之。

丁巳，葬景王。王子朝因旧官、百工之丧职秩者与灵、景之族以作乱，帅郊、要、饯之甲以遂刘子^⑤。壬戌，刘子奔扬。单子逆悼王于庄宫以归。

王子还夜取王以如庄宫^⑥。癸亥，单子出。王子还与召庄公谋，曰："不杀单旗，不捷。与之重盟，必来。背盟而克者多矣。"从之。樊顷子曰："非言也，必不克！"遂奉王以追单子，及领^⑥，大盟而复。杀挚荒以说。刘子如刘^⑥。单子亡。乙丑，奔于平畤，群王子追之。单子杀还、姑、发、弱、鬷、延、定、稠。子朝奔京。丙寅，伐之。京人奔山。刘子入于王城。辛未，巩简公败绩于京。乙亥，甘平公亦败焉。

叔鞅至自京师，言王室之乱也。闵马父曰^⑥："子朝必不克。其所与者，天所废也！"

单子欲告急于晋，秋七月戊寅，以王如平畤，遂如圃车，次于皇。刘子如刘。单子使王子处守于王城。盟百工于平宫。辛卯，郙胏伐皇^⑥，大败，获郙胏。壬辰，焚诸王城之市。八月辛酉，司徒丑以王师败绩于前城。百工叛。己巳，伐单氏之宫，败焉。庚午，反伐之。辛未，伐东圉。

冬十月丁巳，晋籍谈、荀跞帅九州之戎及焦、瑕、温、原之师，以纳王于王城。庚申，单子、刘蚠以王师败绩于郊，前城人败陆浑于社。

十一乙酉，王子猛卒，不成丧也。己丑，敬王即位，馆于子旅氏。十二月庚戌，晋籍谈、荀跞、贾辛、司马督帅师军于阴，于侯氏，于溪泉，次于社。王师军于氾、于解，次于任人。闰月，晋箕遗、乐徵、右行诡济师取前城，军其东南；王师军于京楚。辛丑，伐京，毁其西南。

二十三年经

二十有三年春王正月，叔孙婼如晋。

癸丑，叔鞅卒。

晋人执我行人叔孙婼。

晋人围郊。

夏六月，蔡侯东国卒于楚。

秋七月，莒子庚舆来奔。

戊辰，吴败顿、胡、沈、蔡、陈、许之师于鸡父。胡子髡、沈子逞灭^⑥。获陈夏啮。

天王居于狄泉。

尹氏立王子朝。

八月乙未，地震。

冬，公如晋；至河，有疾，乃复。

二十三年传

二十三年春王正月壬寅朔，二师围郊。癸卯，郊、郛溃。丁未，晋师在平阴，王师在泽邑。王使告间^⑥，庚戌，还。

邾人城翼，还，将自离姑^⑥。公孙钮曰："鲁将御我。"欲自武城还，循山而南。徐钮、丘弱、茅地曰："道下，遇雨将不出，是不归也。"遂自离姑。武城人塞其前，断其后之木而弗殊；邾师过之，乃推而蹷之。遂取邾师，获钮、弱、地。

邾人诉于晋，晋人来讨。叔孙婼如晋，晋人执之。书曰"晋人执我行人叔孙婼"，言使人也。晋人使与邾大夫坐^⑩，叔孙曰："列国之卿，当小国之君，固周制也。邾又夷也。寡君之命介子服回在，请使当之，不敢废周制故也。"乃不果坐。

韩宣子使邾人聚其众，将以叔孙与之。叔孙闻之，去众与兵而朝。士弥牟谓韩宣子曰^⑩："子弗良图，而以叔孙与其雠，叔孙必死之！鲁亡叔孙，必亡邾。邾君亡国，将焉归？子虽悔之，何及？所谓盟主，讨违命也。若皆相执，焉用盟主？"乃弗与，使各居一馆。士伯听其辞而诉诸宣子，乃皆执之。

士伯御叔孙，从者四人，过邾馆以如吏。先归邾子。士伯曰："以匐莪之难，从者之病，将馆子于都。"叔孙旦而立，期焉。乃馆诸箕。舍子服昭伯于他邑。

范献子求货于叔孙，使请冠焉。取其冠法，而与之两冠，曰："尽矣。"为叔孙故，申丰以货如晋。叔孙曰："见我，吾告女所行货。"见，而不出。吏人之与叔孙居于箕者，请其吠狗，弗与。及将归，杀而与之食之。叔孙所馆者，虽一日，必葺其墙屋，去之如始至。

夏四月乙酉，单子取訾，刘子取墙人、直人^⑩。六月壬午，王子朝入于尹。癸未，尹圉诱刘佗杀之^⑩。丙戌，单子从阪道，刘子从尹道伐尹。单子先至而败，刘子还。己丑，召伯奂、南宫极以成周人戍尹。庚寅，单子、刘子、樊齐以王如刘。甲午，王子朝入于王城，次于左巷。秋七月戊申，鄩罗纳诸庄公。尹辛败刘师于唐。丙辰，又败诸鄩。甲子，尹辛取西闱。丙寅，攻蒯，蒯溃。

莒子庚舆虐而好剑。苟铸剑，必试诸人。国人患之。又将叛齐。乌存帅国人以逐之。庚舆将出，闻乌存执殳而立于道左，惧将止死。苑羊牧之曰："君过之！乌存以力闻可矣，何必以弑君成名！"遂来奔。齐人纳郊公。

吴人伐州来。楚薳越帅师及诸侯之师，奔命救州来。吴人御诸钟离。子瑕卒，楚师熸^⑩。

吴公子光曰："诸侯从于楚者众，而皆小国也。畏楚而不获已，是以来。吾闻之曰：'作事威克其爱，虽小必济。'胡、沈之君幼而狂，陈大夫啮壮而顽，顿与许、蔡疾楚政。楚令尹死，其师熸，帅贱、多宠，政令不壹。七国同役而不同心，帅贱而不能整，无大威命，楚可败也。若分师先以犯胡、沈与陈，必先奔。三国败，诸侯之师乃摇心矣。诸侯乖乱，楚必大奔。请先者去备薄威，后者敦陈整旅"。吴子从之。

戊辰晦，战于鸡父。吴子以罪人三千先犯胡、沈与陈，三国争之。吴为三军以系于后，中军从王，光帅右，掩馀帅左^⑩。吴之罪人或奔或止，三国乱。吴师击之，三国败；获胡、沈之君及陈大夫。舍胡、沈之囚，使奔许与蔡、顿，曰："吾君死矣！"师噪而从之。三国奔，楚师大奔。书曰"胡子髡、沈子逞灭，获陈夏啮"，君臣之辞也。不言"战"，楚未陈也。

八月丁酉，南宫极震。苌弘谓刘文公曰："君其勉之！先君之力可济也。周之亡也，其三川震。今西王之大臣亦震^⑩，天弃之矣！东王必大克^⑩。"

楚大子建之母在郹，召吴人而启之。冬十月甲申，吴大子诸樊入郹，取楚夫人与其宝器以归。楚司马薳越追之不及，将死，众曰："请遂伐吴以徼之^⑩。"薳越曰："再败君师，死且有罪。亡君夫人，不可以莫之死也！"乃缢于薳澨。

公为叔孙故如晋，及河，有疾而复。

楚囊瓦为令尹^⑩，城郢。沈尹戌曰："子常必亡郢。苟不能卫，城无益也。古者天子守在四夷；天子卑，守在诸侯。诸侯守在四邻；诸侯卑，守在四竟。慎其四竟，结其四援，民狎其野，三务成功。民无内忧而又无外惧，国焉用城？今吴是惧，而城于郢，守已小矣。卑之不获，能无亡乎？昔梁伯沟其公宫而民溃，民弃其上，不亡何待？夫正其疆场，修其土田，险其走集^⑩，亲其民人，明其伍候，信其邻国，慎其官守，守其交礼，不僭不贪，不懦不耆；完其守备，以待不虞，又何畏矣！《诗》曰："无念尔祖，聿修厥德。'无亦监乎？若敖、蚡冒至于武、文，土不过同^⑪；慎其四竟，犹不城郢。今土数圻而郢是城^⑫，不亦难乎？"

二十四年经

二十有四年春王二月丙戌，仲孙貜卒。

婼至自晋。

夏五月乙未朔，日有食之。

秋八月，大雩。

丁酉，杞伯郁釐卒。

冬，吴灭巢。

葬杞平公。

二十四年传

二十四年春王正月辛丑，召简公、南宫嚚以甘桓公见王子朝^①。刘子谓苌弘曰："甘氏又往矣！"对曰："何害？同德度义。《大誓》曰：'纣有亿兆夷人，亦有离德；余有乱臣十人，同心同德。'此周所以兴也。君其务德，无患无人。"戊午，王子朝入于邬。

晋士弥牟逆叔孙于箕。叔孙使梁其踁待于门内^②，曰："余左顾而欬^③，乃杀之。右顾而笑，乃止。"叔孙见士伯，士伯曰："寡君以为盟主之故，是以久子。不腆敝邑之礼，将致诸从者，使弥牟逆吾子。"叔孙受礼而归。二月，"婼至自晋"，尊晋也。

三月庚戌，晋侯使士景伯莅问周故。士伯立于乾祭^④，而问于介众。晋人乃辞王子朝，不纳其使。

夏五月乙未朔，日有食之。梓慎曰："将水。"昭子曰："旱也。日过分而阳犹不克，克必甚，能无旱乎？阳不克莫，将积聚也。"

六月壬申，王子朝之师攻瑕及杏，皆溃。

郑伯如晋，子大叔相。见范献子，献子曰："若王室何？"对曰："老夫其国家不能恤，敢及王室？抑人亦有言曰：'嫠不恤其纬^⑤，而忧宗周之陨，为将及焉。'今王室实蠢蠢焉，吾小国惧矣；然大国之忧也，吾侪何知焉？吾子其早图之！《诗》曰：'瓶之罄矣，惟罍之耻。'王室之不宁，晋之耻也。"献子惧而与宣子图之，乃征会于诸侯，期以明年。

"秋八月，大雩"，旱也。

冬十月癸酉，王子朝用成周之宝珪沈于河。甲戌，津人得诸河上。阴不佞以温人南侵^⑥，拘得玉者，取其玉。将卖之，则为石。王定而献之，与之东訾。

楚子为舟师以略吴疆。沈尹戌曰："此行也，楚必亡邑。不抚民而劳之，吴不动而速之，吴踵楚，而疆场无备，邑，能无亡乎？"

越大夫胥犴劳王于豫章之汭，越公子仓归王乘舟。仓及寿梦帅师从王，王及圉阳而还。

吴人踵楚，而边人不备，遂灭巢及钟离而还。沈尹戌曰："亡郢之始于此在矣。王壹动而亡二姓之帅，几如是而不及郢？《诗》曰：'谁生厉阶？至今为梗！'其王之谓乎！"

二十五年经

二十有五年春，叔孙婼如宋。

夏，叔诣会晋赵鞅、宋乐大心、卫北宫喜、郑游吉、曹人、邾人、滕人、薛人、小邾人于黄父。

有鸜鹆来巢。

秋七月上辛，大雩；季辛，又雩。

九月己亥，公孙于齐，次于阳州。齐侯唁公于野井。

冬十月戊辰，叔孙婼卒。

十有一月己亥，宋公佐卒于曲棘。

十有二月，齐侯取郓。

二十五年传

二十五年春，叔孙婼聘于宋。桐门右师见之，语，卑宋大夫而贱司城氏。昭子告其人曰："右师其亡乎？君子贵其身而后能及人，是以有礼。今夫子卑其大夫而贱其宗，是贱其身也，能有礼乎？无礼必亡！"

宋公享昭子，赋《新宫》。昭子赋《车辖》。明日宴，饮酒，乐。宋公使昭子右坐，语相泣也。乐祁佐，退而告人曰："今兹君与叔孙其皆死乎？吾闻之：'哀乐而乐哀，皆丧心也。'心之精爽，是谓魂魄。魂魄去之，何以能久？"

季公若之姊为小邾夫人，生宋元夫人，生子，以妻季平子。昭子如宋聘，且逆之。公若从，谓曹氏勿与，鲁将逐之。曹氏告公，公告乐祁。乐祁曰："与之！如是，鲁君必出。政在季氏三世矣，鲁君丧政四公矣。无民而能逞其志者，未之有也。国君是以镇抚其民。《诗》曰：'人之云亡，心之忧矣！'鲁君失民矣，焉得逞其志？靖以待命犹可，动必忧！"

夏，会于黄父，谋王室也。赵简子令诸侯之大夫输王粟、具戍人，曰："明年将纳王。"

子大叔见赵简子，简子问揖让周旋之礼焉。对曰："是仪也，非礼也。"简子曰："敢问何谓礼？"对曰：

"吉也闻诸先大夫子产曰：'夫礼，天之经也，地之义也，民之行也。'天地之经，而民则实之。则天之明，因地之性，生其六气，用其五行。气为五味，发为五色，章为五声。淫则昏乱，民失其性。是故为礼以奉之：为六畜、五牲、三牺，以奉五味；为九文、六采、五章，以奉五色；为九歌、八风、七音、六律，以奉五声。为君臣上下，以则地义，为夫妇外内，以经二物，为父子、兄弟、姑姊、甥舅、昏媾、姻亚，以象天明，为政事、庸力、行务以从四时。为刑罚、威狱，使民畏忌，以类其震曜杀戮；为温慈惠和，以效天之生殖长育。民有好恶、喜怒、哀乐，生于六气，是故审则宜类，以制六志：哀有哭泣，乐有歌舞，喜有施舍，怒有战斗；喜生于好，怒生于恶。是故审行信令，祸福赏罚，以制死生。生，好物也；死，恶物也。好物，乐也；恶物，哀也。哀乐不失，乃能协于天地之性，是以长久。"

简子曰："甚哉，礼之大也！"对曰："礼，上下之纪，天地之经纬也，民之所以生也，是以先王尚之。故人之能自曲直以赴礼者，谓之成人。大，不亦宜乎！"简子曰："鞅也请终身守此言也！"

宋乐大心曰："我不输粟。我于周为客。若之何使客？"晋士伯曰："自践土以来。宋何役之不会，而何盟之不同？曰'同恤王室'，子焉得辟之？子奉君命以会大事，而宋背盟，无乃不可乎？"右师不敢对，受牒而退。士伯告简子曰："宋右师必亡！奉君命以使，而欲背盟以干盟主，无不祥大焉！"

"有鸜鹆来巢"，书所无也，师己曰："异哉！吾闻文、成之世童谣有之，曰：'鸜之鹆之，公出辱之。鸜鹆之羽，公在外野，往馈之马。鸜鹆跦跦，公在乾侯，征褰与襦。鸜鹆之巢，远哉遥遥；稠父丧劳，宋父以骄。鸜鹆鸜鹆，往歌来哭！'童谣有是，今鸜鹆来巢，其将及乎？"

秋，书再雩，旱甚也。

初，季公鸟娶妻于齐鲍文子，生甲。公鸟死，季公亥与公思展与公鸟之臣申夜姑相其室。及季姒与饔人檀通，而惧，乃使其妾抶己，以示秦遄之妻，曰："公若欲使余，余不可；而抶余。"又诉于公甫，曰："展与夜姑将要余！"秦姬以告公之。公之与公甫告平子。平子拘展于卞而执夜姑，将杀之；公若泣而哀之，曰："杀是，是杀余也！"将为之请，平子使竖勿内。日中不得请，有司逆命，公之使速杀之。故公若怨平子。

季、郈之鸡斗。季氏介其鸡，郈氏为之金距。平子怒，益宫于郈氏，且让之。故郈昭伯亦怨平子。

臧昭伯之从弟会为谗于臧氏，而逃于季氏。臧氏执旃。平子怒，拘臧氏老。将禘于襄公，万者二人，其众万于季氏。臧孙曰："此之谓不能庸先君之庙。"大夫遂怨平子。

公若献弓于公为，且与之出射于外，而谋去季氏。公为告公果、公贲，公果、公贲使侍人僚柤告公。公寝，将以戈击之，乃走。公曰："执之！"亦无命也。惧而不出，数月不见。公不怒。又使言，公执戈以惧之，乃走。又使言，公曰："非小人之所及也！"公果自言。公以告臧孙，臧孙以难。告郈孙，郈孙以可，劝。告子家懿伯，懿伯曰："谗人以君侥幸。事若不克，君受其名，不可为也。舍民数世，以求克事，不可必也。且政在焉，其难图也！"公退之。辞曰："臣与闻命矣，言若泄，臣不获死！"乃馆于公。

叔孙昭子如阚。公居于长府。九月戊戌，伐季氏，杀公之于门，遂入之。平子登台而请曰："君不察臣之罪，使有司讨臣以干戈，臣请待于沂上以察罪。"弗许。请囚于费，弗许。请以五乘亡，弗许。子家子曰："君其许之。政自之出久矣！隐民多取食焉，为之徒者众矣。日入慝作，弗可知也。众怒不可蓄也，蓄而弗治，将蕰。蕰畜，民将生心；生心，同求将合。君必悔之！"弗听。郈孙曰："必杀之！"公使郈孙逆孟懿子。

叔孙氏之司马鬷戾言于其众曰："若之何？"莫对。又曰："我家臣也，不敢知国。凡有季氏与无，于我孰利？"皆曰："无季氏，是无叔孙氏也。"鬷戾曰："然则救诸！"帅徒以往，陷西北隅以入。公徒释甲执冰而跨，遂逐之。

孟氏使登西北隅，以望季氏。见叔孙氏之旌，以告。孟氏执郈昭伯，杀之于南门之西，遂伐公徒。

子家子曰："诸臣伪劫君者，而负罪以出，君止。意如之事君也，不敢不改。"公曰："余不忍也！"与臧孙如墓谋，遂行。

己亥，公孙于齐，次于阳州。齐侯将唁公于平阴，公先至于野井。齐侯曰："寡人之罪也。使有司待于平阴，为近故也。"书曰："公孙于齐，次于阳州。齐侯唁公于野井。"礼也。将求于人，则先下之，礼之善物也。齐侯曰："自莒疆以西，请致千社以待君命。寡人将帅敝赋以从执事，唯命是听。君之忧，寡人之忧也。"公喜。子家子曰："天禄不再。天若祚君，不过周公，以鲁足矣。失鲁而以千社为臣，谁与之立？且齐君无信，不如早之晋。"弗从。

臧昭伯率从者将盟，载书曰："戮力壹心，好恶同之！信罪之有无，缱绻从公[⊕]，无通外内！"以公命示子家子。子家子曰："如此，吾不可以盟。羁也不佞，不能与二三子同心，而以为皆有罪。或欲通外内，且欲去君。二三子好亡而恶定，焉可同也？陷君于难，罪孰大焉！通外内而去君，君将速入，弗通何为？而何守焉？"乃不与盟。

昭子自阚归，见平子。平子稽颡，曰："子若我何？"昭子曰："人谁不死？子以逐君成名，子孙不忘，不亦伤乎？将若子何！"平子曰："苟使意如得改事君，所谓生死而肉骨也！"

昭子从公于齐，与公言。子家子命："适公馆者执之！"公与昭子言于幄内。曰："将安众而纳公。"公徒将杀昭子，伏诸道。左师展告公，公使昭子自铸归。

平子有异志。冬十月辛酉，昭子齐于其寝，使祝宗祈死。戊辰，卒。左师展将以公乘马而归，公徒执之。

壬申，尹文公涉于巩，焚东訾，弗克。

十一月，宋元公将为公故如晋，梦大子栾即位于庙，己与平公服而相之。且召六卿，公曰："寡人不佞，不能事父兄，以为二三子忧，寡人之罪也！若以群子之灵，获保首领以没，唯是楄柎所以藉幹者[⊕]，请无及先君！"仲幾对曰："君若以社稷之故，私降昵宴，群臣弗敢知。若夫宋国之法，死生之度，先君有命矣，群臣以死守之，弗敢失队。臣之失职，常刑不赦。臣不忍其死，君命祇辱。"宋公遂行。己亥，卒于曲棘。

十二月庚辰，齐侯围郓。

初，臧昭伯如晋，臧会窃其宝龟偻句，以卜为信与僭[⊕]，僭吉。臧氏老将如晋问，会请往。昭伯问家故，尽对。及内子与母弟叔孙，则不对；再三问，不对。归，及郊，会逆；问，又如初。至，次于外而察之，皆无之。执而戮之，逸，奔郈。郈鲂假使为贾正焉。计于季氏，臧氏使五人以戈楯伏诸桐汝之间，会出，逐之，反奔，执诸季氏中门之外。平子怒，曰："何故以兵入吾门？"拘臧氏老，季、臧有恶。及昭伯从公，平子立臧会。会曰："偻句不余欺也！"

楚子使选射城州屈，复茄人焉[⊕]；城丘皇，迁訾人焉[⊕]。使熊相禖郭巢，季然郭卷。子大叔闻之，曰："楚王将死矣！使民不安其土，民必忧；忧将及王，弗能久矣。"

二十六年经

二十有六年春王正月，葬宋元公。

三月，公至自齐，居于郓。

夏，公围成。

秋，公会齐侯、莒子、邾子、杞伯，盟于鄟陵。

公至自会，居于郓。

九月庚申，楚子居卒。

冬十月，天王入于成周。

尹氏、召伯、毛伯以王子朝奔楚。

二十六年传

二十六年春王正月庚申，齐侯取郓。

葬宋元公如先君，礼也。

"三月，公至自齐，处于郓"，言鲁地也。

夏，齐侯将纳公，使无受鲁货。申丰从女贾，以币锦二两缚一如瑱，适齐师，谓子犹之人高龁：："能货子犹，为高氏后，粟五千庾。"高龁以锦示子犹，子犹欲之，龁曰："鲁人买之，百两一布。以道之不通，先入币财。"子犹受之，言于齐侯曰："群臣不尽力于鲁君者，非不能事君也。然据有异焉：宋元公为鲁君如晋，卒于曲棘；叔孙昭子求纳其君，无疾而死。不知天之弃鲁耶？抑鲁君有罪于鬼神，故及此也？君若待于曲棘，使群臣从鲁君以卜焉。若可，师有济也，君而继之，兹无敌矣；若其无成，君无辱焉。"齐侯从之，使公子铟帅师从公。

成大夫公孙朝谓平子曰："有都以卫国也，请我受师。"许之。请纳质，弗许，曰："信女足矣！"告于齐师曰："孟氏，鲁之敝室也。用成已甚，弗能忍也；请息肩于齐。"齐师围成。成人伐齐师之饮马于淄者，曰："将以厌众。"鲁成备而后告曰："不胜众。"

师及齐师战于炊鼻。齐子渊捷从泄声子，射之，中楯瓦，繇胸汏輈，匕入者三寸。声子射其马，斩鞅，殪。改驾，人以为鬷戾也，而助之。子车曰："齐人也！"将击子车；子车射之，殪。其御曰："又之。"子车曰："众可惧也，而不可怒也。"子囊带从野泄，叱之；泄曰："军无私怒。报乃私也。将亢子。"又叱之，亦叱之。冉竖射陈武子，中手；失弓而骂。以告平子，曰："有君子白皙、鬒须眉，甚口。"平子曰："必子强也。无乃亢诸？"对曰："谓之'君子'，何敢亢之？"

林雍羞为颜鸣右，下。苑何忌取其耳，颜鸣去之。苑子之御曰："视下！"顾。苑子刜林雍，断其足，鋻而乘于他车以归。颜鸣三入齐师，呼曰："林雍乘！"

四月，单子如晋告急。五月戊午，刘人败王城之师于尸氏。戊辰，王城人、刘人战于施谷，刘师败绩。

秋，"盟于邿陵"，谋纳公也。

七月己巳，刘子以王出。庚午，次于渠。王城人焚刘。丙子，王宿于褚氏。丁丑，王次于萑谷。庚辰，王入于胥靡。辛巳，王次于滑。晋如踽、赵鞅帅师纳王，使女宽守阙塞。

九月，楚平王卒。令尹子常欲立子西，曰："大子壬弱；其母非适也，王子建实聘之。子西长而好善。立长则顺，建善则治。王顺、国治，可不务乎？"子西怒曰："是乱国而恶君王也。国有外援，不可渎也。王有適嗣，不可乱也。败亲、速雠、乱嗣，不祥！我受其名。赂吾以天下，吾滋不从也，楚国何为？必杀令尹！"令尹惧，乃立昭王。

冬十月丙申，王起师于滑。辛丑在郊，遂次于尸。十一月辛酉，晋师克巩。召伯盈逐王子朝。王子朝及召氏之族、毛伯得、尹氏固、南宫嚚奉周之典籍以奔楚。阴忌奔莒以叛。召伯逆王于尸，及刘子、单子盟。遂军围泽，次于隄上。癸酉，王入于成周。甲戌，盟于襄宫。晋师使成公般戍周而还。十二月癸未，王入于庄宫。

王子朝使告于诸侯曰：

"昔武王克殷，成王靖四方，康王息民，并建母弟以蕃屏周，亦曰：'吾无专享文、武之功，且为后人之迷败倾覆而溺入于难，则振救之。'至于夷王，王愆于厥身，诸侯莫不并走其望，以祈王身。至于厉王，王心戾虐，万民弗忍，居王于彘。诸侯释位，以间王政。宣王有志，而后效官。至于幽王，天不吊周，王昏不若，用愆厥位。携王奸命，诸侯替之，而建王嗣，用迁郏鄏，则是兄弟之能用力于王室也。至于惠王，天不靖周，生颓祸心，施于叔带。惠、襄辟难，越去王都，则有晋、郑咸黜不端，以绥定王家，则是兄弟之能率先王之命也。在定王六年，秦人降妖，曰：'周其有頿王，亦克能修其职，诸侯服享，二世共职。王室其有间王位，诸侯不图，而受其乱灾。'至于灵王，生而有颤；王甚神圣，无恶于诸侯。灵王、景王^⑤，克终其世。

今王室乱，单旗、刘狄剥乱天下^⑥，壹行不若，谓：'先王何常之有？唯余心所命，其谁敢讨之？'帅群不吊之人，以行乱于王室。侵欲无厌，规求无度，贯渎鬼神，慢弃刑法，倍奸齐盟，傲很威仪，矫诬先王。晋为不道，是摄是赞，思肆其罔极。兹不穀震荡播越，窜在荆蛮，未有攸底^⑦。若我一二兄弟甥舅奖顺天法，无助狡猾，以从先王之命，毋速天罚，赦图不穀，则所愿也。敢尽布其腹心及先王之经，而诸侯实深图之！"

昔先王之命曰："王后无適则择立长，年钧以德，德钧以卜。"王不立爱，公卿无私，古之制也。穆后及大子寿早夭即世，单、刘赞私立少，以间先王。亦唯伯仲叔季图之！

闵马父闻子朝之辞，曰："文辞以行礼也。子朝干景之命、远晋之大，以专其志，无礼甚矣！文辞何为？"

齐有彗星，齐侯使禳之。晏子曰："无益也，祇取诬焉。天道不谄，不贰其命，若之何禳之！且天之有彗也，以除秽也。君无秽德，又何禳焉？若德之秽，禳之何损？《诗》曰：'惟此文王，小心翼翼；昭事上帝，聿怀多福。厥德不回，以受方国。'君无违德，方国将至，何患于彗？《诗》曰：'我无所监，夏后及商。用乱之故，民卒流亡。'若德回乱，民将流亡，祝、史之为无能补也！"公说，乃止。

齐侯与晏子坐于路寝。公叹曰："美哉室！其谁有此乎？"晏子曰："敢问，何谓也？"公曰："吾以为在德。"对曰："如君之言，其陈氏乎！陈氏虽无大德，而有施于民。豆、区、釜、钟之数^⑧，其取之公也薄，其施之民也厚。公厚敛焉；陈氏厚施焉，民归之矣。《诗》曰：'虽无德与女，式歌且舞。'陈氏之施，民歌舞之矣。后世若少惰，陈氏而不亡，则国其国也已！"公曰："善哉！是可若何？"对曰："唯礼可以已之。在礼，家施不及国，民不迁，农不移，工贾不变，士不滥，官不滔，大夫不收公利。"公曰："善哉！我不能矣。吾今而后知礼之可以为国也！"对曰："礼之可以为国也久矣，与天地并！君令、臣共，父慈、子孝，兄爱、弟敬，夫和、妻柔，姑慈、妇听，礼也。君令而不违，臣共而不贰；父慈而教，子孝而箴；兄爱而友，弟敬而顺；夫和而义，妻柔而正；姑慈而从，妇听而婉：礼之善物也。"公曰："善哉！寡人今而后闻此礼之上也！"对曰："先王所禀于天地以为其民也，是以先王上之。"

二十七年经

二十有七年春，公如齐。
公至自齐，居于郓。
夏四月，吴弑其君僚。
楚杀其大夫郤宛。
秋，晋士鞅、宋乐祁犁、卫北宫喜、曹人、邾人、滕人会于扈。
冬十月，曹伯午卒。
邾快来奔。公如齐。
公至自齐，居于郓。

二十七年传

"二十七年春，公如齐。公至自齐，处于郓。"言在外也。

　　吴子欲因楚丧而伐之，使公子掩馀、公子烛庸帅师围潜。使延州来季子聘于上国①，遂聘于晋，以观诸侯。楚莠尹然、王尹麇帅师救潜②，左司马沈尹戌帅都君子与王马之属以济师，与吴师遇于穷。令尹子常以舟师及沙汭而还③。左尹郤宛、工尹寿帅师至于潜。吴师不能退。

　　吴公子光曰：“此时也，弗可失也！”告鱄设诸曰：“上国有言曰：‘不索，何获？’我，王嗣也。吾欲求之。事若克，季子虽至，不吾废也。”鱄设诸曰：“王可弑也。母老、子弱，是无若我何？”光曰：“我，尔身也。”

　　夏四月，光伏甲于堀室而享王。王使甲坐于道及其门。门、阶、户、席，皆王亲也，夹之以铍。羞者献体改服于门外④。执羞者坐行而入，执铍者夹承之，及体，以相授也。光伪足疾，入于堀室。鱄设诸寘剑于鱼中以进，抽剑刺王，铍交于胸，遂弑王。阖庐以其子为卿⑤。

　　季子至，曰：“苟先君无废祀，民人无废主，社稷有奉，国家无倾，乃吾君也，吾谁敢怨？哀死事生，以待天命。非我生乱，立者从之，先人之道也。”复命哭墓，复位而待。吴公子掩馀奔徐，公子烛庸奔钟吾。楚师闻吴乱而还。

　　郤宛直而和，国人说之。鄢将师为右领，与费无极比而恶之。令尹子常贿而信谗；无极谮郤宛焉，谓子常曰：“子恶欲饮子酒。”又谓子恶：“令尹欲饮酒于子氏。”子恶曰：“我贱人也，不足以辱令尹。令尹将必来辱，为惠已甚；吾无以酬之，若何？”无极曰：“令尹好甲兵。子出之，吾择焉。”取五甲五兵，曰：“寘诸门。令尹至，必观之，而从以酬之。”及飨日，帷诸门左。无极谓令尹曰：“吾几祸子！子恶将为子不利，甲在门矣。子必无往！且此役也，吴可以得志；子恶取赂焉而还，又误群帅，使退其师，曰：‘乘乱不祥。’吴乘我丧，我乘其乱，不亦可乎？”令尹使视郤氏，则有甲焉；不往，召鄢将师而告之。将师退，遂令攻郤氏，且燄之。

　　子恶闻之⑥，遂自杀也。国人弗燄。令曰：“不燄郤氏，与之同罪！”或取一编菅焉，或取一秉秆焉，国人投之，遂弗燄也。令尹炮之⑦，尽灭郤氏之族党，杀阳令终与其弟完及佗，与晋陈及其子弟。晋陈之族呼于国曰：“鄢氏、费氏自以为王，专祸楚国，弱寡王室，蒙王与令尹以自利也；令尹尽信之矣，国将如何！”令尹病之。

　　秋，会于扈，令戍周，且谋纳公也。宋、卫皆利纳公，固请之。范献子取货于季孙，谓司城子梁与北宫贞子曰：“季孙未知其罪，而君伐之。请囚、请亡，于是乎不获，君又弗克而自出也。夫岂无备而能出君乎？季氏之复，天救之也。休公徒之怒，而启叔孙氏之心，不然，岂其伐人而说甲执冰以游！叔孙氏惧祸之滥，而自同于季氏，天之道也。鲁君守齐，三年而无成。季氏甚得其民，淮夷与之，有十年之备，有齐、楚之援，有天之赞，有民之助，有坚守之心，有列国之权，而弗敢宣也，事君如在国。故鞅以为难。二子皆图国者也，而欲纳鲁君，鞅之愿也。请从二子以围鲁。无成，死之。”二子惧，皆辞。乃辞小国，而以难复。

　　孟懿子、阳虎伐郓。郓人将战，子家子曰：“天命不慆久矣！使君亡者，必此众也。天既祸之，而自福也，不亦难乎？犹有鬼神，此必败也。乌呼！为无望也夫！其死于此乎？”公使子家子如晋，公徒败于且知。

　　楚郤宛之难，国言未已，进胙者莫不谤令尹。沈尹戌言于子常曰：“夫左尹与中厩尹，莫知其罪，而子杀之，以兴谤讟，至于今不已。戌也惑之：仁者杀人以掩谤，犹弗为也。今吾子杀人以兴谤，而弗图，不亦异乎！夫无极，楚之谗人也，民莫不知。去朝吴，出蔡侯朱，丧大子建，杀连尹奢，屏王之耳目，使不聪明。不然，平王之温惠共俭有过成、庄，无不及焉。所以不获诸侯，迩无极也。今又杀三不辜以兴大谤⑧，几及子矣。子而不图，将焉用之？夫鄢将师矫子之命，以灭三族国之良也，而不愆位。吴新有君，疆场日骇。楚国若有大事，子其危哉！知者除谗以自安也；今子爱谗以自危也，甚矣其惑也！”子常曰：“是瓦之罪⑨，敢不良图！”九月己未，子常杀费无极与鄢将师，尽灭其族，以说于国。谤言乃止。

冬，公如齐。齐侯请飨之，子家子曰：“朝夕立于其朝，又何飨焉？其饮酒也。”乃饮酒，使宰献，而请安。子仲之子曰重，为齐侯夫人，曰：“请使重见。”子家子乃以君出。

十二月，晋籍秦致诸侯之戍于周^❻。鲁人辞以难。

二十八年经

二十有八年春王三月，葬曹悼公。

公如晋，次于乾侯。

夏四月丙戌，郑伯宁卒。

六月，葬郑定公。

秋七月癸巳，滕子宁卒。

冬，葬滕悼公。

二十八年传

二十八年春，公如晋，将如乾侯。子家子曰：“有求于人，而即其安，人孰矜之？其造于竟。”弗听。使请逆于晋，晋人曰：“天祸鲁国！君淹恤在外，君亦不使一个辱在寡人，而即安于甥舅^❶，其亦使逆君？”使公复于竟，而后逆之。

晋祁胜与邬臧通室^❷。祁盈将执之，访于司马叔游。叔游曰：“《郑书》有之：‘恶直丑正^❸，实蕃有徒^❹。’无道立矣，子惧不免。《诗》曰：‘民之多辟，无自立辟。’姑已，若何？”盈曰：“祁氏私有讨，国何有焉？”遂执之。祁胜赂荀跞，荀跞为之言于晋侯，晋侯执祁盈。祁盈之臣曰：“钧将皆死，憖使吾君闻胜与臧之死也以为快！”乃杀之。夏六月，晋杀祁盈及杨食我^❺。食我，祁盈之党也，而助乱，故杀之。遂灭祁氏、羊舌氏。

初，叔向欲娶于申公巫臣氏^❻，其母欲娶其党。叔向曰：“吾母多而庶鲜，吾憖舅氏矣^❼。”其母曰：“子灵之妻杀三夫、一君、一子^❽，而亡一国两卿矣，可无惩乎？吾闻之：‘甚美必有甚恶。’是郑穆少妃姚子之子，子貉之妹也。子貉早死，无后，而天钟美于是，将必以是大有败也。昔有仍氏生女^❾，鬒黑而甚美，光可以鉴，名曰‘玄妻’。乐正后夔取之，生伯封，实有豕心，贪惏无餍，忿颣无期，谓之‘封豕’。有穷后羿灭之，夔是以不祀。且三代之亡，共子之废，皆是物也。女何以为哉？夫有尤物^❿，足以移人，苟非德人，则必有祸。”叔向惧，不敢取。平公强使取之，生伯石。

伯石始生，子容之母走谒诸姑^⓫，曰：“长叔姒生男^⓬。”姑视之，及堂，闻其声而还，曰：“是豺狼之声也，狼子野心。非是，莫丧羊舌氏矣！”遂弗视。

秋，晋韩宣子卒，魏献子为政。分祁氏之田以为七县，分羊舌氏之田以为三县。司马弥牟为邬大夫，贾辛为祁大夫，司马乌为平陵大夫，魏戊为梗阳大夫，知徐吾为涂水大夫，韩固为马首大夫，孟丙为盂大夫，乐霄为铜鞮大夫，赵朝为平阳大夫，僚安为杨氏大夫。谓贾辛、司马乌为有力于王室，故举之。谓知徐吾、赵朝、韩固、魏戊，馀子之不失职、能守业者也。其四人者，皆受县而后见于魏子，以贤举也。

魏子谓成鱄：“吾与戊也县，人其以我为党乎？”对曰：“何也？戊之为人也，远不忘君，近不偪同，居利思义，在约思纯，有守心而无淫行。虽与之县，不亦可乎？昔武王克商，光有天下，其兄弟之国者十有五人，姬姓之国者四十人，皆举亲也。夫举无他，唯善所在，亲疏一也。《诗》曰：'唯此文王，帝度其心。莫其德音，其德克明。克明克类，克长克君。王此大国，克顺克比；比于文王，其德靡悔。既受帝祉，施于孙子。'心能制义曰'度'，德正应和曰'莫'，照临四方曰'明'，勤施无私曰'类'，教诲不倦曰'长'，赏庆刑威曰'君'，慈和遍服曰'顺'，择善而从之曰'比'，经纬天地曰'文'。九德不愆，作事无悔，故袭天禄，子孙赖之。主之举也，近文德矣，所及其远哉！"

贾辛将适其县，见于魏子。魏子曰："辛来！昔叔向适郑，鬷蔑恶，欲观叔向，从使之收器者，而往，立于堂下，一言而善。叔向将饮酒，闻之，曰：'必鬷明也！'下，执其手以上，曰：'昔贾大夫恶，娶妻而美，三年不言不笑。御以如皋，射雉，获之，其妻始笑而言，贾大夫曰："才之不可以已！我不能射，女遂不言不笑夫！"今子少不飏，子若无言，吾几失子矣。言之不可以已也如是！'遂如故知。今女有力于王室，吾是以举女。行乎，敬之哉！毋堕乃力！"

仲尼闻魏子之举也，以为义，曰："近不失亲，远不失举，可谓义矣。"又闻其命贾辛也，以为忠："《诗》曰：'永言配命，自求多福。'忠也。魏子之举也义，其命也忠，其长有后于晋国乎！"

冬，梗阳人有狱，魏戊不能断，以狱上。其大宗赂以女乐，魏子将受之。魏戊谓阎没、女宽曰："主以不贿闻于诸侯。若受梗阳人，贿莫甚焉。吾子必谏！"皆许诺，退朝，待于庭。馈入，召之。比置，三叹。既食，使坐。魏子曰："吾闻诸伯叔，谚曰：'唯食忘忧。'吾子置食之间三叹，何也？"同辞而对曰："或赐二小人酒，不夕食。馈之始至，恐其不足，是以叹。中置，自咎曰：'岂将军食之而有不足？'是以再叹。及馈之毕，愿以小人之腹为君子之心，属厌而已。"献子辞梗阳人。

二十九年经

二十有九年春，公至自乾侯，居于郓。齐侯使高张来唁公。

公如晋，次于乾侯。

夏四月庚子，叔诣卒。

秋七月。

冬十月，郓溃。

二十九年传

二十九年春，公至自乾侯，处于郓。齐侯使高张来唁公，称"主君"。子家子曰："齐卑君矣，君祇辱焉！"公如乾侯。

三月己卯，京师杀召伯盈、尹氏固及原伯鲁之子。尹固之复也，有妇人遇之周郊，尤之曰："处则劝人为祸，行则数日而反，是夫也，其过三岁乎？"

夏五月庚寅，王子赵车入于鄻以叛，阴不佞败之。

平子每岁贾马，具从者之衣屦而归之于乾侯。公执归马者，卖之，乃不归马。

卫侯来献其乘马曰"启服"，堑而死。公将为之椟，子家子曰："从者病矣，请以食之。"乃以帏裹之。

公赐公衍羔裘，使献龙辅于齐侯，遂入羔裘。齐侯喜，与之阳穀。公衍、公为之生也，其母偕出。公衍先生，公为之母曰："相与偕出，请相与偕告。"三日，公为生。其母先以告，公为为兄。公私喜于阳穀而思于鲁，曰："务人为此祸也，且后生而为兄，其诬也久矣！"乃黜之，而以公衍为大子。

秋，龙见于绛郊。魏献子问于蔡墨曰："吾闻之：虫莫知于龙，以其不生得也，谓之知。信乎？"对曰；"人实不知，非龙实知。古者畜龙，故国有豢龙氏，有御龙氏。"献子曰："是二氏者，吾亦闻之，而不知其故。是何谓也？"对曰：

"昔有飂叔安㉗，有裔子曰董父，实甚好龙，能求其耆欲以饮食之，龙多归之，乃扰畜龙㉘，以服事帝舜。帝赐之姓曰董，氏曰豢龙，封诸鬷川，鬷夷氏其后也。故帝舜氏世有畜龙。及有夏孔甲，扰于有帝；帝赐之乘龙，河、汉各二，各有雌雄。孔甲不能食㉙，而未获豢龙氏。有陶唐氏既衰，其后有刘累，学扰龙于豢龙氏，以事孔甲，能饮食之；夏后嘉之，赐氏曰御龙，以更豕韦之后。龙一雌死，潜醢以食夏后。夏后飨之，既而使求之。惧而迁于鲁县，范氏其后也。"

献子曰："今何故无之？"对曰：

"夫物，物有其官，官修其方，朝夕思之。一日失职，则死及之。失官不食。官宿其业，其物乃至，若泯弃之，物乃坻伏，郁湮不育㉚。故有五行之官，是为五官，实列受氏姓，封为上公，祀为贵神。社稷五祀，是尊是奉。木正曰句芒，火正曰祝融，金正曰蓐收，水正曰玄冥，土正曰后土。龙，水物也；水官弃矣，故龙不生得。不然，《周易》有之：在'乾☰'之'姤☴'，曰'潜龙勿用'，其'同人☲'曰'见龙在田'，其'大有☰'曰'飞龙在天'，其'夬☱'曰'亢龙有悔'，其'坤☷'曰'见群龙无首，吉'，'坤'之'剥☶'曰'龙战于野'。若不朝夕见，谁能物之㉛？"

献子曰："社稷五祀，谁氏之五官也㉜？"对曰：

"少皞氏有四叔，曰重、曰该、曰修、曰熙，实能金、木及水。使重为句芒，该为蓐收，修及熙为玄冥，世不失职，遂济穷桑，此其三祀也。颛顼氏有子曰犁，为祝融；共工氏有子曰句龙，为后土：此其二祀也。后土为社；稷，田正也。有烈山氏之子曰柱为稷，自夏以上祀之。周弃亦为稷，自商以来祀之。"

冬，晋赵鞅、荀寅帅师城汝滨㉝，遂赋晋国一鼓铁，以铸刑鼎，著范宣子所为刑书焉。仲尼曰："晋其亡乎？失其度矣！夫晋国将守唐叔之所受法度，以经纬其民，卿大夫以序守之，民是以能尊其贵，贵是以能守其业。贵贱不愆，所谓度也。文公是以作执秩之官，为被庐之法，以为盟主。今弃是度也而为刑鼎，民在鼎矣，何以尊贵？贵何业之守？贵贱无序，何以为国？且夫宣子之刑，夷之蒐也，晋国之乱制也，若之何以为法！"蔡史墨曰："范氏、中行氏其亡乎？中行寅为下卿而干上令，擅作刑器，以为国法，是法奸也。又加范氏焉，易之，亡也！其及赵氏，赵孟与焉。然不得已，若德，可以免。"

三十年经

三十年春王正月，公在乾侯。

夏六月庚辰，晋侯去疾卒。

秋八月，葬晋顷公。

冬十有二月，吴灭徐，徐子章羽奔楚。

三 十 年 传

"三十年春王正月，公在乾侯。"不先书"郓"与"乾侯"，非公，且征过也。

夏六月，晋顷公卒；秋八月，葬。郑游吉吊，且送葬。魏献子使士景伯诘之，曰："悼公之丧，子西吊，子蟜送葬。今吾子无贰㊷，何故？"对曰："诸侯所以归晋君，礼也。礼也者，小事大、大字小之谓。事大在共其时命，字小在恤其所无。以敝邑居大国之间，共其职贡，与其备御不虞之患，岂忘共命？先王之制：诸侯之丧，士吊，大夫送葬；唯嘉好、聘享、三军之事㊸，于是乎使卿。晋之丧事，敝邑之闲，先君有所助执绋矣㊹。若其不闲，虽士、大夫有所不获数矣。大国之惠，亦庆其加而不讨其乏，明底其情，取备而已，以为礼也。灵王之丧，我先君简公在楚，我先大夫印段实往，敝邑之少卿也。王吏不讨，恤所无也。今大夫曰：'女盍从旧？'旧有丰有省，不知所从。从其丰，则寡君幼弱，是以不共；从其省，则吉在此矣。唯大夫图之！"晋人不能诘。

吴子使徐人执掩馀，使钟吾人执烛庸。二公子奔楚。楚子大封，而定其徙，使监马尹大心逆吴公子，使居养㊺，莠尹然、左司马沈尹戌城之；取于城父与胡田以与之，将以害吴也。子西谏曰："吴光新得国而亲其民，视民如子，辛苦同之，将用之也。若好吴边疆，使柔服焉，犹惧其至；吾又疆其雠以重怒之，无乃不可乎？吴，周之胄裔也，而弃在海滨，不与姬通㊻；今而始大，比于诸华。光又甚文，将自同于先王。不知天将以为虐乎，使翦丧吴国而封大异姓乎？其抑亦将卒以祚吴乎？其终不远矣。我盍姑亿吾鬼神，而宁吾族姓，以待其归，将焉用自播扬焉？"王弗听。

吴子怒。冬十二月，吴子执钟吾子，遂伐徐，防山以水之。己卯，灭徐。徐子章禹断其发，携其夫人以逆吴子。吴子唁而送之，使其迩臣从之，遂奔楚。楚沈尹戌帅师救徐，弗及。遂城夷，使徐子处之。

吴子问于伍员曰："初而言伐楚，余知其可也，而恐其使余往也，又恶人之有余之功也。今余将自有之矣，伐楚何如？"对曰："楚执政众而乖，莫适任患。若为三师以肆焉：一师至，彼必皆出；彼出则归，彼归则出，楚必道敝。亟肆以罢之，多方以误之，既罢而后以三军继之，必大克之！"阖庐从之。楚于是乎始病。

三 十 一 年 经

三十有一年春王正月，公在乾侯。

季孙意如会晋荀跞于适历。

夏四月丁巳，薛伯穀卒。

晋侯使荀跞唁公于乾侯。

秋，葬薛献公。

冬，黑肱以滥来奔。

十有二月辛亥朔，日有食之。

三十一年传

"三十一年春王正月，公在乾侯。"言不能外内也。

晋侯将以师纳公，范献子曰："若召季孙而不来，则信不臣矣，然后伐之，若何？"晋人召季孙。献子使私焉，曰："子必来，我受其无咎。"季孙意如会晋荀跞于适历，荀跞曰："寡君使跞谓吾子：'何故出君？有君不事，周有常刑。子其图之！'"季孙练冠、麻衣、跣行①，伏而对曰："事君，臣之所不得也，敢逃刑命？君若以臣为有罪，诸因于费，以待君之察也，亦唯君；若以先臣之故，不绝季氏，而赐之死，若弗杀弗亡，君之惠也，死且不朽；若得从君而归，则固臣之愿也，敢有异心？"

夏四月，季孙从知伯如乾侯。子家子曰："君与之归！一惭之不忍，而终身惭乎？"公曰："诺！"众曰："在一言矣，君必逐之！"荀跞以晋侯之命唁公，且曰："寡君使跞以君命讨于意如，意如不敢逃死，君其入也！"公曰："君惠顾先君之好，施及亡人，将使归粪除宗祧以事君，则不能见夫人。已所能见夫人者有如河②！"荀跞掩耳而走，曰："寡君其罪之恐，敢与知鲁国之难？臣请复于寡君。"退而谓季孙："君怒未息，子姑归祭。"子家子曰："君以一乘入于鲁师，季孙必与君归。"公欲从之。众从者胁公，不得归。

"薛伯谷卒。"同盟，故书。

秋，吴人侵楚，伐夷，侵潜、六③。楚沈尹戌帅师救潜，吴师还。楚师迁潜于南冈而还。吴师围弦。左司马戌、右司马稽帅师救弦，及豫章，吴师还。始用子胥之谋也。

"冬，邾黑肱以滥来奔。"贱而书名，重地故也。君子曰："名之不可不慎也如是：夫有所有名而不如其已。以地叛，虽贱，必书地以名其人，终为不义，弗可灭已。是故君子动则思礼，行则思义，不为利回，不为义疚。或求名而不得，或欲盖而名章，惩不义也。齐豹为卫司寇，守嗣大夫，作而不义，其书为'盗'。邾庶其、莒牟夷、邾黑肱以土地出，求食而已，不求其名。贱而必书。此二物者，所以惩肆而去贪也。若艰难其身，以险危大人，而有名章彻，攻难之士将奔走之。若窃邑叛君以徼大利而无名，贪冒之民将置力焉，是以《春秋》书齐豹曰'盗'，三叛人名，以惩不义，数恶无礼，其善志也。故曰：《春秋》之称微而显，婉而辨。上之人能使昭明，善人劝焉，淫人惧焉，是以君子贵之。"

十二月辛亥朔，日有食之。是夜也，赵简子梦童子裸而转以歌，且占诸史墨，曰："吾梦如是，今而日食，何也？"对曰："六年及此月也，吴其入郢乎？终亦弗克。入郢必以庚辰，日月在辰尾。庚午之日，日始有谪。火胜金④，故弗克。"

三十二年经

三十有二年春王正月，公在乾侯。取阚。

夏，吴伐越。

秋七月。

冬，仲孙何忌会晋韩不信、齐高张、宋仲几、卫世叔申、郑国参、曹人、莒人、薛人、杞人、小邾人，城成周。

十有二月己未，公薨于乾侯。

三十二年传

"三十二年春王正月，公在乾侯。"言不能外内，又不能用其人也①。

"夏，吴伐越"，始用师于越也。史墨曰："不及四十年，越其有吴乎？越得岁而吴伐之②，必受其凶！"

秋八月，王使富辛与石张如晋，请城成周。天子曰："天降祸于周，俾我兄弟并有乱心，以为伯父忧。我一二亲昵甥舅，不皇启处，于今十年。勤成五年。余一人无日忘之，闵闵焉如农夫之望岁，惧以待时。伯父若肆大惠，复二文之业，弛周室之忧，徼文、武之福以固盟主，宣昭令名，则余一人有大愿矣！昔成王合诸侯城成周，以为东都，崇文德焉。今我欲徼福假灵于成王，修成周之城，俾戍人无勤，诸侯用宁，蝥贼远屏，晋之力也。其委诸伯父，使伯父实重图之，俾我一人无征怨于百姓，而伯父有荣施，先王庸之！"范献子谓魏献子曰："与其成周，不如城之。天子实云，虽有后事，晋勿与知可也。从王命以纾诸侯，晋国无忧，是之不务，而又焉从事？"魏献子曰："善！"使伯音对曰："天子有命，敢不奉承以奔告于诸侯？迟速衰序③，于是焉在。"

冬十一月，晋魏舒、韩不信如京师，合诸侯之大夫于狄泉，寻盟，且令城成周。魏子南面。卫彪傒曰："魏子必有大咎！干位以令大事，非其任也。《诗》曰：'敬天之怒，不敢戏豫；敬天之渝，不敢驰驱。'况敢干位以作大事乎？"

己丑，士弥牟营成周。计丈数，揣高卑；度厚薄，仞沟洫；物土方，议远迩；量事期，计徒庸，虑材用，书糇粮，以令役于诸侯。属役赋丈，书以授帅，而效诸刘子。韩简子临之，以为成命。

十二月，公疾。遍赐大夫，大夫不受。赐子家子双琥、一环、一璧、轻服，受之。大夫皆受其赐。己未，公薨。子家子反赐于府人，曰："吾不敢逆君命也。"大夫皆反其赐。书曰："公薨于乾侯。"言失其所也。

赵简子问于史墨曰："季氏出其君，而民服焉。诸侯与之。君死于外，而莫之或罪，何也？"对曰："物生有两、有三、有五、有陪贰。故天有三辰，地有五行，体有左右，各有妃耦；王有公，诸侯有卿，皆有贰也。天生季氏以贰鲁侯，为日久矣；民之服焉，不亦宜乎？鲁君世从其失，季氏世修其勤，民忘君矣。虽死于外，其谁矜之？社稷无常奉，君臣无常位，自古以然。故《诗》曰：'高岸为谷，深谷为陵。'三后之姓④，于今为庶，主所知也。在《易》卦，雷乘'乾'曰'大壮☰'，天之道也。昔成季友，桓之季也，文姜之爱子也；始震而卜，卜人谒之，曰：'生有嘉闻，其名曰友，为公室辅。'及生，如卜人之言，有文在其手曰'友'，遂以名之。既而有大功于鲁，受费以为上卿。至于文子、武子，世增其业，不废旧绩。鲁文公薨，而东门遂杀适立庶，鲁君于是乎失国，政在季氏，于此君也四公矣。民不知君，何以得国？是以为君慎器与名，不可以假人！"

①铖（qián，音箝）：人名，秦伯之弟。
②伍举：椒举。　介：副手。
③埠（shàn，音善）：供祭祀用的经清除的整洁地面。
④蒙：欺骗。
⑤祧（tiāo，音挑）：远祖庙。
⑥櫜（gāo，音高）：古代装兵器的口袋。垂櫜，表示袋内无兵器。

⑦再合诸侯：襄二十五年会夷仪，二十六年会澶渊。

⑧三合大夫：襄二十七年会于宋，三十年会澶渊，今会虢。

⑨讟（dú，音独）：诽谤。

⑩僭（jiàn，音荐）：不相信。

⑪穮（biāo，音标）：田中除草。　　蓘（gǔn，音滚）：培土附在苗的根部。

⑫设服：排列国君的仪仗服饰。　　离卫：二个卫兵持戈侍立。

⑬当璧：指楚平王。

⑭二子：指州犁与子羽。　　愍（mǐn，音闵）：忧。

⑮共：供职事。

⑯乐桓子：乐王鲋。

⑰藩：保护，保卫。

⑱有自来：一向就这样。

⑲谋主三：计谋以忠、信、贞三样为主体。

⑳执事：指叔孙豹。

㉑处：在国内。　　污：困难。

㉒王：三王，夏禹、商汤、周文武。五伯，即五霸，夏昆吾，商大彭、豕韦、周齐桓、晋文。　　令：善。

㉓引：划定。　　树：设置。

㉔三苗：国名，晋云氏之后。

㉕观：观国，在山东观城废县治西，在今范县境内。　　扈：亦称有扈，在今陕西户县北。

㉖姺（shēn，音深）：也作"侁"、"莘"，古国名，相传其地在今山东曹县北面的莘塚集。　　邳（péi，音陪）：古国名，今江苏的邳县旧治邳城镇。

㉗徐：古国名，在今江苏泗洪县南。　　奄：古奄国，在山东曲阜县东境。

㉘吴：吴国，在楚东面。　　濮：百濮，在楚南面。　　衅：间隙。

㉙烦：烦劳动兵。

㉚去烦：免除诸侯动众之劳。　　宥善：赦免善人。

㉛幕下：东房。

㉜天王：周景王。　　颍（yǐng，音颖）：原周邑，后属郑，在河南登封县东。

㉝弁冕：古代卿大夫的礼帽。　　端委：古代礼服，衣不剪裁，袖长。

㉞绩：继。

㉟知：智。　　耄及之：好似八、九十岁的人。

㊱曾夭：季孙的家臣。

㊲曾阜：鄅太子巫之子。

㊳徐吾犯：徐吾为复姓，名犯，郑大夫。

㊴楚：即子南。穆公之孙。

㊵委禽：古代婚礼，第一件事为纳采，用雁。

㊶衢：大路的十字路口。

㊷直钧：曲直相等。意思是言各有理。

㊸忌：敬。

㊹游楚：即子南。

㊺亢：扞蔽，保护。

㊻蔡蔡叔：流放蔡叔。

㊼后子：秦桓公之子，景公母弟，名鍼。

㊽雍：秦国都。在今陕西凤翔县。　　绛：晋国都。

㊾酬币：古代享礼，先由主人敬酒，曰献，再由宾还敬，再由主人先酌酒自饮，同时劝宾随饮，称酬。酬必主人赠送礼物给宾，称作酬币。

㊿八反：后子享晋侯，用最隆重的九献之礼。九献则应用酬币九次。取币于车共往返八次。

51甂：同玩。　　愒（kǎi，音慨）：着急。

○52阸（ài，音艾）：险要。

○53秩：奉禄，以田或谷。

○54务娄、瞀（mào，音茂）胡、灭明：均为展舆党羽。

○55不臧：不以为善。

○56辰：大火星。主辰，以大火星来定时节。

○57主参：以参星来定时节。

○58震：娠，怀孕。

○59玄冥：水官。

○60荣（yíng，音营）：古代禳灾之祭。

○61挥：即子羽。

○62黑肱：王子围之弟子皙。

○63齿：并列。

○64不获：被厌恶。

○65莲罢（pí，音皮）：人名。

○66说：同悦。

○67温：地名，在今河南温县西南。

○68雍：地名，在今河南修武县西。

○69子旗：子雅之子。

○70彊：子尾之子。

○71致：送到目的地。

○72逆班：迎女者的位次高低。

○73请：指公孙黑请。　　印：子皙之子。　　褚师：市官。

○74公族：即公族大夫韩须。

○75已：太。　　颇：偏。

○76梁丙：晋大夫。　　张趯（tì，音逖）：晋大夫。

○77不敢择位：不敢选择适当职位的人参加丧礼。

○78数：礼数。　　于：过于。　　守适：君之正夫人为嫡配，守内宫为长，故称为守适。

○79极：指晋平公已达到极盛点，盛极必衰。

○80焜（kūn，音昆）：明。　　耀（yào，音曜）：照。

○81董振：慎重。

○82嫔嫱：天子诸侯的姬妾。

○83成昏：定婚。

○84四量：四种容积单位和量具：四升为豆，四豆为区，区，斗六升。四区为釜，釜，六斗四升。十釜为钟。

○85登：加。加一，即五升为豆，五豆为区，五区为釜。

○86弗加于山：山上木料运往市场，其价格与在山上相同，不加价。

○87屦：用麻或革制造的鞋。　　踊：假足。

○88燠（yù，音郁）休：抚慰病痛的声音。

○89箕伯、直柄、虞遂、伯戏：四人均为舜的后代。

○90胡公：四人之后，周始封陈之祖先。　　大姬：胡公之妃。

○91殣（jǐn，音谨）：饿死。

○92皂隶：沦为低贱的吏役。

○93湫（jiǎo，音狡）隘：低下狭小。

○94爽：明亮。　　垲（kǎi，音恺）：高燥。

○95里旅：即里人，掌管卿大夫家宅。

○96鬻（yù，音育）：卖。

○97祉（zhǐ，音止）：喜。　　遄（chuán，音传）：疾速。　　已：止。

○98郤称：晋大夫。

⑨丰氏：公孙段之氏族。　　　主：住于其家，即私馆。

⑩以其子更公女：公孙虿以自己的女儿换公女嫁给平公。

⑪征：问。　　　不朝立王：指郑未去朝贺楚国新立国君楚灵王。

⑫庶几：可无事。

⑬卢蒲嫳：庆封之党羽。

⑭种种：短短的。表示自己衰老。

⑮二子：指子雅、子尾。

⑯比：勾结起来。　　　外嬖：指简公的宠臣。

⑰公孙灶：即子雅。

⑱子旗：子雅之子。

⑲四岳：即泰山，华山，衡山，恒山。　　　三涂：今河南嵩县西南十里伊水北面的三涂山。　　　阳城：在今河南登封县东南。　　　大室：嵩山，在今河南登封县北。　　　荆山：在今湖北南漳县西八十里。　　　中南：即终南山，在今陕西西安市南。

⑩是不一姓：都是险要之地，但险要不足恃，有灭亡者，也有兴国者。

⑪马之所坐：冀北出良马，所以名马称作骥。

⑫御：停止。

⑬北陆：指虚宿星和危宿星。地球公转至此则为小寒与大寒。

⑭西陆朝觌：指昴宿星和毕宿星。诸星早晨出现。其时应为清明、谷雨，则出藏冰。

⑮沍（hù，音互）：凝固。

⑯桃弧：桃木作的弓。　　　棘矢：以棘为箭。

⑰君其何用：君王打算采取哪一种。

⑱堕币：将财礼献给宗庙。

⑲吴出：吴国女所生。

⑳六王：启、汤、武、成、康、穆。　　　二公：齐桓公、晋文公。

㉑屈申：屈荡之子。　　　朱方：吴邑，已赐给齐国庆封，在今江苏镇江市丹徒镇南。

㉒赖：地名，在今湖北随县东北。

㉓韦龟：子文之玄孙。

㉔莫校：无人争论。

㉕蛮尾：蛮，蝎族，长尾为蛮。

㉖逞：放纵。

㉗国氏：郑国的公族，其人若是公孙，常以父字为氏。子产父字子国，故称国氏。

㉘凉：薄。

㉙敝：后果。

㉚棘：地名。在今河南永城县南。　　　栎：地名，在今河南新蔡县北二十里。　　　麻：地名，在今安徽砀山县东北二十五里。

㉛沈：县名，在今安徽临泉县。　　　尹：县长。　　　射：人名。

㉜葴（zhēn，音针）：地名。　　　宜咎：陈大夫。　　　钟离：地名，在今安徽凤阳县东北二十里。

㉝巢：地名，即居巢，在今寿县南约一百里。

㉞然丹：郑穆公孙。　　　州来：地名，在今安徽凤台县。

㉟彭生：楚大夫。　　　罢：指停止了筑城任务。

㊱穆子：鲁国的叔孙豹。

㊲上偻（lóu，音楼）：肩颈部位向前弯曲。

㊳豭（jiā，音加）：公猪。　　　喙（huì，音慧）：嘴。

㊴宣伯：侨如，穆子之兄。

㊵姓：子。

㊶竖：小臣。

㊷国姜：孟丙、仲壬的母亲。

㊸落：举行钟的落成典礼。

⑭杜泄：叔孙氏宰。

⑭真：置。　　个：东西厢房。

⑭昭子：叔孙带。　　南遗：季氏家臣。

⑭臣其子弟：仍作为奴隶兵，其老弱者则为自由民。

⑭鲜者：指叔孙豹非寿终而死。　　自西门：柩车自西门出去。

⑭仲：仲壬。

⑯不可能：一般人是做不到的。

⑮觉：正直。

⑯融：高。

⑯抑：但是。　　少：继承人。　　终：善终。

⑭劳：他国使者过境，先由使者的副手用束帛请求借道，东道国则由下大夫取其束帛入朝报告。如同意借道，便接受束帛，并提供饮食。今郑伯亲往慰劳，是表示对楚国特别恭敬。

⑮家：指大夫。鲁国政权此时已在季氏等三家。

⑯羁：庄公玄孙懿伯，字驹。

⑰民食于他：民依赖大夫为生。

⑱索氏：地名，在今河南荥阳县西面。

⑲恤：顾虑。

⑯珏（jué，音觉）：玉制的礼器，执于手中。

⑯覜（tiào，音眺）：见。　　璋：圭属礼器，削圭的上部左右各一寸半，即为璋。

⑯小：小国。　　述职：诸侯朝于天子称为述职。

⑯大：大国。　　巡功：天子適诸侯称为巡狩，巡狩即巡功。

⑯好货：友好的礼品。

⑯飧：熟食。　　陪：增加。　　鼎：有九鼎，牛鼎一、羊鼎一、豕鼎一、鱼鼎一、腊鼎一、肠胃鼎一、肤鼎一、鲜鱼鼎一、鲜腊鼎一。陪鼎一曰羞鼎，有三，牛羹鼎、羊羹鼎、豕羹鼎各一。

⑯麇至：麇，群。这里指楚国使椒举如晋求诸侯，晋许之而楚于申会诸侯。

⑯杨肸：因羊舌肸的采邑为杨，位于山西洪洞县东南，以邑为氏，故又称杨肸。

⑱杨石：叔向之子食我。

⑯长毂九百：兵车，每县百乘，九县即九百乘。

⑰伯华：叔向兄。

⑰圉：圉镇，在今河南杞县南五十里。

⑰止：扣留。　　公：鲁昭公。

⑰常寿过：常寿为复姓，吴仲雍之后。　　琐：地名，在今安徽霍丘县东。

⑭衅鼓：杀人以其血祭新鼓。

⑮滋：益，增加。　　休怠：懈怠。

⑯震电：大发雷霆。　　冯：盛。冯怒即盛怒。

⑰一臧一否：一吉一凶。

⑱谁能常之：吉凶所在无人能肯定落在哪件事情上。

⑲其庸：岂。岂有报志，是说卜虽吉，吉之应验在于战而吴胜。

⑱虞：希望。

⑱辟：法律。

⑱不忌于上：忌，敬。不忌于上，对上面不恭敬。

⑱并：徧。都有争夺之心。

⑱征：证引刑律。

⑱三辟：指禹刑、汤刑、九刑三种刑律。　　兴：产生。

⑱叔世：很晚的时候。

⑱作封洫：划定田界水沟。

⑱立谤政：设置推行挨骂的政事。

⑱参：即三种。

⑲锥刀之末：锥刀，刻字的工具。锥刀之末谓刑书的每字每句。

⑲火见：大火星出现。

⑲固：坚决。　彻加：撤掉加菜。

⑲华亥：华合比弟。

⑲比：勾结。

⑲宗子：华合比为华氏之宗主。　　城：城垣。

⑲俾：使。

⑲独：孤独。

⑲柤（jū，音居）：古地区名。

⑲私面：外臣以私人的身份见东道国国君。

⑳刍（chú，音锄）：割草。

㉑蓺：即艺。所种之菜果。

㉒抽：拔。这里指拆屋。

㉓匄：乞讨。

㉔愲（hùn，音混）：忧，患。

㉕暨（jì，音既）：和；同。暨齐平，北燕和齐国媾和。

㉖敝（bì，音币）器：破旧器物。

㉗俟：等待。　衅：间隙。　动：出动。

㉘瑶瓮：玉瓮。　玉椟：玉柜。　斝（jiǎ，音甲）耳：用玉制带耳的杯。

㉙无宇：人名。　断：砍断旌旗的飘带。

㉑及即位：灵王即位。

㉒皂：皂的异体字。補黑衣之队。

㉓舆：众。卫士无爵又无员额者。

㉔僚：劳。入罪隶而任劳者。

㉔仆：三代奴戮。

㉕台：罪人为奴。

㉖荒：大。　阅：搜索。

㉗陪台：罪人为奴，若逃亡，重新抓获为奴，称陪台。

㉘四王：共、康、郏敖及灵王。

㉙孤：指康王之子郏敖。　悼（diào，音掉）心：心摇撼不定。　失图：失去所图。

㉒不皇：不得空闲。

㉑嘉：嘉许。　赖：依靠。

㉒祖：古代出行要祭祀路神。

㉓不果行：终久去不成。

㉔当：承当日食的灾祸。

㉕务：致力于。

㉖成：地名，本为杞田，后为孟氏邑，在今山东宁阳县东北。

㉗挈瓶之知：犹言小智小慧。

㉘守：保守着。　假：借；租赁。

㉙成反：成地重归鲁国。

㉚鬣（liè，音猎）：须。长鬣，即美须。

㉛大屈：弓名，大屈弓。

㉜并走群望：应祭祀的山川都去祈祷过了。

㉝有间：病渐渐痊愈。

㉞丰施：郑公孙段之子。

㉟析薪：勤劳以兴家立业。

㉖病有之：宣子由于以前的话，占有了州地而感觉惭愧。

㉗易：调换。　原县：地名。　乐大心：宋大夫。

㉘或：有人。　介：披甲。

㉙归：归宿。

㉔⓪图：希望。　说：高兴，欢喜。

㉑始：刚刚。　化：死去。

㉒腆：厚。意思是郑虽为小国。

㉓蕞（zuì，音最）尔：细小、狭小。

㉔冯：冯恃。　厚：指势力厚。

㉕马师氏：公孙钽之子罕朔。

㉖燕之月：此年二月。

㉗罕魋（tuí，音颓）：魋与朔为从父兄弟。

㉘敏：审。恰当。

㉙贼人：指孙林父。

㉚鹡鸰：又称脊令、鹡鸰，鸣禽类，筑巢水滨石隙之间。　在原：鹡鸰因本为水滨鸟，今在平原，故互相救助。

㉛陡恪：升天。

㉜高圉、亚圉：均为周之先代，殷时期的贤诸侯。

㉝圣人：指弗父何及正考父。孔子六代祖孔父嘉被宋督害死。

㉞三命：上卿。　兹：益，更。　共：恭敬。

㉟其鼎：考父庙之鼎。

㊱偻：低头。　伛（yǔ，音雨）：曲背，躬身。　俯：深深弯腰。

㊲饘（zhān，音毡）：厚粥。

㊳鬻（zhù，音注）：粥的本字。

㊴属：託。　说：人名。　何忌：人名。

㊵单献公：周卿士，单靖公之子，顷公之孙。　羁：寄居的客臣。

㊶襄：襄公，顷公之父。　成公：献公弟。

㊷不则：好坏不同。

㊸羁：孔成子烝钽之子。　圉：仲叔圉，又称文叔。　史苟：史朝之子，又称文子。

㊹元亨：元将会享有。

㊺怨：怨恨。

㊻厮（sī，音斯）祁之宫：在今候马市附近。

㊼哿（kě，音可）：可；嘉。意思是会说话多美好。

㊽招：哀公弟。　过：哀公弟。

㊾子大叔：即游吉。

㊿大蒐：大检阅。　红：地名。

㉑根牟：鲁东境，在今山东莒县西南。　商：即宋。在鲁西南边境。

㉒子旗：栾施。

㉓梁婴：子尾家宰。

㉔子成、子工、子车：三子为齐大夫，子尾之属。子成：顷公之子固。子工：成之弟铸。子车：顷公之孙捷。

㉕子良：子尾之子高彊。

㉖游服：燕游之服，玄端深衣之类。

㉗惠不惠：施惠于不感激施惠的人。　茂不茂：劝勉不受劝勉的人。

㉘稽颡：叩头。嗑响头。

㉙孙吴：太孙吴，悼大子偃师之子惠公。

㉚加绖于颡：加首绖，用麻带缠头为哀公服丧。

㉛穿封戌：楚大夫。　陈公：灭陈为县，戌为县公。

㉜辟：避，避让，不争。

(283)颛顼：陈的祖先舜，舜出颛顼。

(284)析木之津：岁星在箕宿、斗宿之间的银河中。

(285)幕：颛顼后代，舜的祖先。　瞽瞍（gǔ sǒu，音古叟）：颛顼后代。颛顼生幕，幕生穷蝉，穷蝉生敬康，敬康生乔牛，乔牛生瞽瞍。

(286)遂：舜的后代，即虞遂。

(287)胡公不淫：胡公满遂的后代。

(288)夷：地名，在今安徽亳县东南七十里城父故城。

(289)甘人：甘大夫襄。甘位于洛阳市西南。　阎嘉：晋阎县大夫。

(290)阴戎：陸浑之戎。陸浑因近阴地，故称阴戎。

(291)迩（ěr，音尔）：近。　封：封疆。

(292)建母弟：建立同母兄弟的国家。

(293)废队：毁坏与坠落。

(294)弁髦：黑布帽和儿童剪去的头发。

(295)梼杌（wù，音误）：古代传说中的神名。

(296)允姓：阴戎祖先。

(297)图：考虑。

(298)在：于。

(299)伯：霸主，领袖诸侯。

(300)翼：辅佐。　戴：拥戴。

(301)王辞直：天子的辞令理直气壮。

(302)阎田：阎地的土地。　襚（suì，音遂）：赠送死人的衣衾。

(303)反：遣反。　颖俘：攻颍时的俘虏。

(304)宾滑：周大夫。　说：悦，讨喜欢。

(305)妃：配。火与水相辅相成。

(306)工：乐工。

(307)服以旌礼：服饰用来表示礼仪。

(308)非其物：意思是国君之客无哀戚而欢乐，不是其应有的类别。

(309)知氏：知盈，即荀盈。　外嬖：宠臣。

(310)为是：为了上述这件事情。

(311)荀跞（lì，音历）：荀盈之子，知文子。　说：表明自己的意思。

(312)殷聘：殷，丰盛。凡丰盛之举都称殷。请侯之邦交，岁相问，殷相聘。

(313)季平子：即季孙意如，悼子之子。

(314)经始勿亟：营造开始不要着急。

(315)庶民子来：百姓象儿子一样踊跃而来。

(316)勦（jiǎo，音剿）：劳。

(317)星：指新星。　婺女：即女宿星。

(318)今兹：今年。　岁：木星。　颛顼之虚：指玄枵（xiāo，音逍），十二星次之一。

(319)居其维首：维，即星次，二十八宿分为十二次。古时有分野的说法，玄枵为齐之分野，而婺女又为玄枵三宿之首。

(320)邑姜：齐太公女，晋的始封祖唐叔之母。

(321)七纪：二十八宿分布四方，每方为七宿。

(322)戊子：戊日。　逢公：即有逢，齐地以前的诸侯。　登：即死。

(323)栾、高氏：齐惠公之曾孙。栾氏即栾施，字子旗；高氏即高疆，字子良。

(324)公：指齐景公。

(325)四族：栾、高、陈、鲍。

(326)庸：豈。　愈：胜。

(327)灵姑钘：桓公的龙旗。

(328)必致诸公：陈氏所取栾、高之物，必交给齐景公。

(329)子山：襄三十一年子尾所逐群公子中有子山、子商、子周。
(330)棘：地名，在今临淄区西北。
(331)夫于：地名，在今山东长山废县附近。
(332)郠（gěng，音梗）：莒邑，在今山东沂水县。
(333)人：人祭。
(334)孤：晋国新君昭公自称，这里是叔向代昭言。
(335)斩（cǎn，音惨）：哀痛。
(336)夫人：指子尾。　力：功劳。
(337)元公：平公大子佐。
(338)比葬：安葬以后。
(339)楚子虔：即灵王。
(340)归氏：昭公母，胡女，归姓。
(341)苌（cháng，音长）弘：周大夫。
(342)岁：木星。　豕韦：营室谓之豕韦，二十八宿之室宿星。
(343)大梁：十二星次之一，在二十八宿为胃、昴、毕三宿。
(344)感：怨恨，憾。
(345)桀：夏桀。　克：战胜。　有缗（mín，音民）：部族名。
(346)芫氏：僖子正室。　簉（zào，音造）：即妾。
(347)字：养，抚养。
(348)物以无亲：别人就不来亲附了。
(349)单子：单成公。
(350)会有表：诸侯的霸主会诸侯或天子会诸侯，诸侯均依次设位，位又有标帜。
(351)衣有襘（guài，音怪）：衣衿交会之处。
(352)视：目光。　登：高。　带：衣带。
(353)言：声音。　过：超过。　步：一步。
(354)貌：容貌。　容：仪容，威仪。
(355)言：语言。　昭：明白。
(356)不道：不整肃。
(357)用：杀以祭之。　隐大子：蔡灵公之太子。
(358)栎：地名，在今河南禹县。　子元：厉公之子。
(359)穀：地名，在今山东东阿县新治东南面的东阿镇。
(360)五大：即五种大人物：太子、母弟、贵宠公子、公孙、累世正卿。　边：边境。
(361)五细：指五种小人物：贱、少、远、新、小。
(362)羁：他国来此寄居之臣。
(363)掉：摇。
(364)华定：华椒之孙。
(365)除徒：清除道路的徒众。　用：拆庙的工具。
(366)朝：早上。　塴（bèng，音泵）：丧葬下土。
(367)投壶：古代宴饮有投壶之礼。壶腹中放入坚而滑的小豆，以楛或棘为矢。矢中壶内则被小豆弹出。多中者为胜。
(368)坻（chí，音池）：水中的高地。
(369)渑（shéng，音绳）：渑水，源出山东今淄博市西北，流经博兴县入时水。
(370)日旰（gàn，音干）：天晚了。　勤：疲劳。
(371)成虎：令尹子玉之孙。与鬥氏同出于若敖氏。
(372)肥：肥国，鲜虞属国。在今河北藁县西南。
(373)原伯绞：周大夫原公。
(374)舆臣：众臣。　曹：成群。
(375)郊：周地。

⑩甘简公：周卿士。

⑪悼公：即甘简公弟过。　　鳅（qiū，音秋）：平公。

⑱南蒯：南遗之子，季氏费邑之宰。

⑲子仲：公子慭。

⑳季悼子：季武子之子，平子之父。

㉑叔仲子：叔仲带之子，即叔仲小。　　构：离间。

㉒三命：古代礼制，一命之官于乡里中依年龄大小为次序，二命之官于父辈中依年龄大小，三命之官则不论年龄，其官大，就可在父辈兄辈之先。　　踰：超过。

㉓枚筮：不指所卜所筮之事，则曰枚卜或枚筮。

㉔倍：背叛。　　邻：亲属。

㉕不为怨府：不能为季氏逐叔仲小充当怨恨聚集角色。

㉖荡侯、番子、司马督、嚣尹午、陵尹喜：此五子为楚大夫。　　徐：吴之与国。吴、徐为舅甥之国。

㉗秦复陶：身穿秦国的御寒羽衣。

㉘翠被（pī，音披）：翠羽制成的披风。

㉙豹舄（xì，音戏）：舄，古代的一种复底鞋。豹皮制作的鞋即称豹舄。

⑳熊绎：楚之始封君。　　吕伋：姜太公之子丁公。　　王孙牟：卫康叔之子康伯。　　燮父：唐叔之子。　　禽父：伯禽，姬旦之子。　　康王：周成王之子。

㉑四国：齐、晋、鲁、卫。　　分：颁赐珍宝之器。

㉒旧许：即许国，在今河南许昌市。

㉓剥圭：破开圭玉。　　铖柲（qī bì，音戚必）：斧柄。

㉔摩厉以须：磨刀剑以待之。

㉕綮公谋父：周公之孙。　　止：劝阻。

㉖获没：善终。　　祇宫：穆王元年在南郑筑祇宫。南郑位于今陕西华县北面。

㉗愔愔（yīn，音音）：安和；和善。

㉘克己复礼：儒家的修养方法，意思是约束自己的视听言动，以回复和符合于"礼"的要求。

㉙围：许大夫。

⑳韦龟：令尹子文之玄孙。　　中犫（chōu，音抽）：邑名，可能在今河南南阳地区。

㉑己：自己。　　徇：公开宣布。

㉒依：依赖。　　以国：陈人、蔡人都想乘机复国。

㉓请为武军：请求筑壁垒，树陈、蔡军旗。

㉔役：筑壁垒的劳役。　　病：疲劳。

㉕藩：篱笆。指编起篱笆将军营围住。

㉖劓（guì，音贵）：割鼻。

㉗然丹：即子革。　　归于楚：弃楚王回到楚国。

㉘沿：顺流而下。　　夏：汉水。

㉙棘闱：地名，既棘门。

⑩实：称之。　　訾敖：楚国君王无谥者，多以葬地冠"敖"字。

⑪枝如子躬：人名。枝如，复姓。

⑫事毕：聘问结束。　　弗致：没有交还犫地、栎地。

⑬子毋勤：您不要玷辱自己。

⑭诟天：责骂上天。

⑮冢：长子。

⑯大有事：徧祭神灵。　　群望：名山大川。

⑰巴姬：共王妾。　　大室：祖庙。

⑱跨之：两脚跨在玉璧上。

⑲加：指胳臂放在玉璧上。

⑳厌：压。　　纽：璧纽，纽即璧鼻。

(421)为羁终世：终身羁客在晋国。
(422)亡无爱征：流亡在外，楚人无怀念之象征。
(423)芈（mǐ，音米）姓：楚其后。
(424)季：少子，最小的儿子。 实立：立为国君。
(425)士五人：指狐偃、赵衰、颠颉、魏武子、司空季子。
(426)献无异亲：献公有九子，唯文公在，无其他亲人。
(427)奥主：高深莫测的君主。
(428)并：徧。指召全体诸侯。 征：召。 会：会见。
(429)良：地名，在今江苏省邳县新治东南约一百里。
(430)羊舌鲋：叔向弟。 摄：代替。
(431)幄：军旅帐蓬，四合如宫室叫幄。 幕：帐蓬，在上曰幕。皆用布制。
(432)淫：放纵。 刍荛：砍柴草的卫人。
(433)敢请之：请求制止刍荛者的胡作非为。
(434)庸：功。
(435)业：指贡赋之业。聘问。
(436)不经：不经常。
(437)不序：失掉高下之序。
(438)齐牺：齐同斋，盟会亦谓斋盟，盟之牺牲谓之斋牺。
(439)共：指贡赋。
(440)除：除地为墠，盟会的地方。
(441)张：张幄幕。
(442)承：贡赋物品的轻重次序。
(443)男：即男服。服，服事天子。
(444)行理之命：晋国使人来催问贡赋的命令。
(445)不竞：不竞争。 陵：为人侵陵。
(446)司铎：官名。 射：鲁大夫。
(447)湫：子服惠伯。 从：跟从至晋。
(448)艺贡事：制定对霸主贡献的极限，防止贪得无厌。
(449)驱冲竞：驱使冲车与鲜虞人争逐。
(450)许、胡、沈：小国家。 道、房、申：皆故诸侯，楚灭以为邑。 荆：即楚。
(451)士景伯：士文伯之子弥牟。
(452)瘳（chōu，音抽）：病稍愈谓瘳。瘳于晋，意思是对于晋有何好处。
(453)老：指季孙。诸侯之卿也称老。
(454)伪废（fā，音发）疾：假装发病。
(455)忍：狠心。意思是不能对季氏狠心。
(456)介特：单身民，收聚不让其流散。
(457)郊公：著丘公之子。
(458)养氏：子旗之党羽，养由基之后代。
(459)辛：子旗之子郧公辛。
(460)邢侯：楚国申公巫臣之子。 雍子：楚人。 鄐（chù，音畜）田：晋邢侯邑。
(461)买直：购买胜诉。雍子用女儿作为贿赂换得胜诉。
(462)鬻狱：司法受贿而出卖法律。
(463)祲（jìn，音浸）：阴阳相侵之气。
(464)朝吴：蔡大夫，因对楚平王有功，故无极欲害之。
(465)鼓：国名，姬姓，白狄的别种，当时属鲜虞。
(466)赏所甚恶：奖赏我们所极其厌恶的。
(467)若所好何：对所喜欢的又如何呢？

㊽邑以贾怠：得到城邑而买来懈怠。

㊾不如完旧：不如保持一贯的勤慎。

⑩鸢鞮（yuān dī，音冤低）：鼓国君主名。

⑪镇抚王室：指贡献礼器。

⑫荐：献。　彝：宗庙常器。

⑬密须：国名，姞姓，在今甘肃省灵台县西。

⑭参虚：晋之分野。

⑮匡：国境内。

⑯襄之二路：周襄王赐与晋文公大路和戎路。　　　铖钺（yuè，音阅）：铖，斧。钺，金斧。　　　秬鬯（jù chàng，音巨唱）：黑黍，香酒。　　　虎贲（bēn，音奔）：勇士之称。

⑰辛有：平王时人。　董：辛有的二子。后到晋国。

⑱考：成。　典：典则。

⑲志：记载。　经：礼。

⑳举典：数举典籍。典籍，国家重要文献。

㉑蛮氏：国名，在今河南汝阳县东南。　　　质：信用。

㉒蒲隧：地名，在今江苏睢宁县西南。

㉓甲父：古国名，在今山东金乡县。

㉔无伯：无霸主。

㉕害：指对小国有危害。

㉖莫：无。　亢：抗御。

㉗靡：无。　庆：安定。

㉘正：执政。　离居：四散分居。离心。

㉙肄：困苦辛劳。

㉚孔张：名申，字子张，又曰公孙申。子孔之孙。

㉛县间：悬挂钟、磬等乐器间。

㉜不衷：不当。

㉝刑：刑罚。　颣：不平。

㉞偷：薄，轻慢。

㉟立：立为卿。　无令名：无善名。

㊱事大：事奉大国。　字小：抚养小国。

㊲锐：细小。不亦锐乎，意思是因为玉环而换来罪过，不也是太犯不上吗？

㊳庸次比耦：共同合作。　艾杀：清除。

㊴藋（diào，音掉）：草名，与藜同类异种。

㊵毋或匄夺：不乞求，不掠夺。

㊶共：供贡。　无艺：无法则。

㊷子蠚（cuó，音嵯）：子皮之子婴齐。

㊸子柳：印段之子印癸。

㊹昭伯：惠伯之子子服回。随昭公从晋回来。

㊺屠击、祝款、竖柎（fū，音夫）：三人为郑大夫。　　　有事：祭祀。

㊻薮（yì，音艺）：同艺。培育和养护。

㊼不有以国：假如无治国之人才。

㊽请：请示。　所用币：用何物祭社。

㊾降物：素服。

㊿不举：不进丰盛的菜肴。

⑪辟移时：离开正寝躲过日食的时辰。

⑫啬夫：乡邑官。

⑬黄帝氏：姬姓之祖。　以云纪：以云记事。

(514)司分：因玄鸟即燕子，春分来秋分去，故司分者称玄鸟氏。

(515)伯赵：即伯劳，又名䴗，夏至鸣，冬至止。

(516)青鸟：鸧鷃，立春鸣，立夏止。

(517)司启：掌管立春立夏。

(518)丹鸟：锦鸡，立秋来，立冬去。

(519)祝鸠：鵻鸠，因鵻孝，故为司徒，主管教民。

(520)鴡鸠：王鴡，是猛武之禽。

(521)鳲鸠：鴶鵴，因鳲鸠平均，故为司空平水土。

(522)爽鸠：即鹰。为司寇，主管盗贼。

(523)鹘鸠：又名鶻鸠，春来冬去。为司事，主农事，春夏秋忙，只有冬闲。

(524)鸠民：鸠，即聚，这五鸠是治民上聚。

(525)五雉：雉有五种。　五工正：五种管理手工业的官。

(526)九扈：即春扈氏，夏扈氏，秋扈氏，冬扈氏，棘扈氏，行扈氏，宵扈氏，桑扈氏，老扈氏。　九农正：九种管理农业的官。

(527)天子失官：天子失去了古代官制。

(528)官学：官制的学问。　在四夷：保存在远方的小国。

(529)苌弘：周室之执教者。　刘子：刘献公。

(530)居火也久：指慧星和大火星相居已久，二年已有两次。

(531)夏：夏代。　数：历数。　得天：正与自然气象相适应。

(532)大辰之虚：古代将星宿分为十二次，配属给各国，称为“分野”。大火星为宋分野。

(533)若：或。　作：发火灾。

(534)瓘（guàn，音灌）：珪。　斝（jiǎ，音甲）：古代酒器。青铜制。圆口，有鋬和三足。　瓒（zàn，音赞）：玉杓，古代以圭为柄的灌酒器。

(535)阳匄：令尹子瑕，穆王曾孙。

(536)子鱼：公子鲂。

(537)昆吾：人名，祝融之孙。　稔：熟。恶贯满盈的意思。

(538)子宽、子上：郑大夫。　巡：巡行宗庙。　屏摄：祭祀之位。

(539)行：行而救助。　焮（xīn，音欣）：烧，灼。

(540)禳（ráng，音瓤）：祭祷消灾。　玄冥：火神。　回禄：水神。

(541)郰（yǔ，音雨）：古国名。妘姓。在今山东临沂县北。　藉：践履。巡行踏堪藉田监督农奴耕种。

(542)撊（xiàn，音限）然：猛然。

(543)郹（jú，音局）阳：蔡邑，在今河南省新蔡县。

(544)伍奢：伍员之父，伍举之子。

(545)向宁：向戌之子。　请师：请于宋公出兵伐邾。

(546)郳（ní，音尼）：古国名，也称小邾，在今山东滕县东。

(547)城父：楚邑，在今河南宝丰县东四十里。

(548)札：死于疫疠。　瘥：病死。　昏：没，死。

(549)抑：或。　剥：乱。指搅乱了继承法。

(550)祟（yǒng，音永）：古代禳灾之祭。

(551)蹶由：吴王弟。五年，灵王执以归。

(552)室于怒市于色：即怒于室者色于市。意思是灵王因怒吴子而执其弟，就象在室家发怒却给市人脸色看。

(553)梓慎：鲁国的日官。　望氛：登台望气以觇（chān，音搀）吉凶。觇，看。

(554)集：将成功。

(555)一过多：有一次过错（指纳建妻）已很严重了。

(556)奋扬：高辛氏才子八元伯奋的后代。

(557)棠：地名，即棠谿城，在今河南遂平县西北约一百里。　员：伍员（yún，音云），即申胥，字子胥。

(558)相从为愈：从，纵。各人互不勉强为好。

(559)旰（gàn，音干）：晚。旰食，不能准时吃饭。
(560)州于：吴子僚，吴子乘庶长子。
(561)栾：景公。　辰：太子栾的同母弟。　地：辰之兄，宋元公之子。
(562)公孟：灵公兄。　狎：轻。　齐豹：齐恶之子。
(563)有事：祭祀。　盖获：卫的郭门。
(564)鸿聊魋（liú tuí，音留颓）：人名，大鸿氏后代。
(565)肉袒：光着上身。
(566)死鸟：地名，郭门外东向适齐之地。
(567)阿下执事：卑微地去亲附执事。
(568)未致使：未行聘礼，致使命。
(569)宾：宾客。　掫（zōu，音邹）：巡夜打更。
(570)不获：得不到。　扞外役：在外面警戒的差役。
(571)子石：公孙青。
(572)苑何忌：齐大夫。
(573)疚：病。　回：邪。病身于邪。
(574)牼（kēng，音坑）：字牛，华亥庶兄。
(575)梁丘据、裔款：景公所宠幸之大夫。
(576)荐信：陈说实际情况。
(577)鹿：守山林的官吏。后面的舟鲛、虞侯、祈望皆为官名。
(578)萑（wán，间完）蒲：芦苇之类。
(579)鬷嘏（zōng gǔ，音宗古）：奏格，即献羹神至。　无言：无所指责。
(580)时靡有争：朝野上下皆无所争。
(581)二体：舞蹈分为文、武二体。文舞执羽籥，武体执干戚。
(582)三类：指诗经中的“风、雅、颂”。
(583)四物：杂用四方搜求制造乐器的材料。
(584)五声：音乐中的宫、商、角、徵、羽。
(585)六律：指黄钟、大蔟、姑洗、蕤宾、夷则、无射等六种调别。
(586)七音：五声之中加进变宫、变徵。
(587)八风：八方之风。
(588)九歌：用音乐歌颂九功之德。
(589)季荝（cè，音侧）：虞夏氏的诸侯，接替爽鸠氏。
(590)逢伯陵：殷诸侯，姜姓。
(591)蒲姑氏：殷周时代的诸侯。
(592)狎：轻。　玩：玩弄。
(593)取（jù，音聚）：聚集。　人：盗。　萑苻（huán fú，音环扶）：丛生芦苇的水泽称萑苻之泽。
(594)竞：强。　絿：缓。
(595)无射（yì，音亦）：大钟。
(596)泠：作伶，乐官。　州鸠：乐官名。
(597)省：观。　风：风俗。中和之风。
(598)摦（huà，音化）：粗犷，洪大。
(599)貙（yū，音鱼）：人名。
(600)横：地名，即今河南商丘西南的横城。
(601)厨人：宋国厨邑的大夫。
(602)苦维（qián，音箝）：人名。
(603)说：脱。　归：不助华氏而归宋公。
(604)华妵（tōu，音偷）：华族。不从华氏亦从宋公。
(605)曹翰：曹大夫。　荀吴：中行穆子。　苑何忌：齐大夫。

⑥⑥鹳（guàn，音灌）：作战摆成鹳阵。也可摆成鹅阵。

⑥⑦睢：睢水，在河南商丘境内。

⑥⑧东国：平侯卢之弟，隐大子之子，蔡侯朱的叔父。

⑥⑨启：齐大夫北郭佐之后。

⑥⑩牧之：莒大夫。苑氏，名牧之，字羊。

⑥⑪边卬（áng，音昂）：子边之孙。子边，宋平公之子。

⑥⑫乐輓（wǎn，音挽）：子罕之孙。

⑥⑬伯蚠（fén，音汾）：刘狄，刘献公庶子。

⑥⑭郊、要、饯：周地，三邑。

⑥⑮王子还：子朝的党羽。　王：悼王。

⑥⑯领：崿嶺，即轘辕山。

⑥⑰刘：地名，今河南偃师县西南。

⑥⑱闵马父：闵子马，鲁大夫。

⑥⑲鄩（xún，音寻）：古邑名，在今河南巩县西南。　鄩肸：周大夫，子朝党羽。

⑥⑳髡（kūn，音坤）：人名。

⑥㉑间：病情好转。

⑥㉒离姑：郱邑，在翼城北面。

⑥㉓坐：古时诉讼双方互相辩论。

⑥㉔弥牟：士景伯。

⑥㉕墙人：地名，新安县东北。　直人：地名，在新安县境。

⑥㉖刘佗：刘蚠族，敬王党羽。

⑥㉗熸（jiān，音尖）：火熄灭。这里指楚军士气涣散。

⑥㉘掩馀：吴王寿梦之子。

⑥㉙西王：因子朝在王城，故谓西王。

⑥㉚东王：因敬王居住狄泉，在王城东面，故曰东王。

⑥㉛徼：同儌，儌倖。

⑥㉜囊瓦：子囊之孙子常。

⑥㉝走集：边境的垒壁。

⑥㉞同：方百里称一同。

⑥㉟圻（qí，音其）：方千里为一圻。

⑥㊱召简公：召庄公之子召伯盈。　南宫嚚（yín，音银）：南宫极之子。　甘桓公：甘平公之子。

⑥㊲梁其踁：叔孙的家臣。

⑥㊳欬：同咳，咳嗽。

⑥㊴乾祭：王城北门。

⑥㊵嫠（lí，音离）：寡妇。　不恤其纬：不操心纬线。

⑥㊶阴不佞：敬王大夫。　南侵：指侵子朝。

⑥㊷右师：乐大心，食采桐门。

⑥㊸卑、贱：指才德薄浅。　司城：乐氏之大宗。

⑥㊹姻：婚家。　亚：即娅，两婚相互称谓，亦连襟。

⑥㊺鸲鹆（qú yù，音渠育）：即八哥。

⑥㊻跦跦（zhū，音朱）：跳行貌。

⑥㊼征：求。　褰（qiān，音牵）：套裤。　襦（rú，音如）：短衣，短袄。

⑥㊽季公鸟：平子庶叔父，季公亥之兄。

⑥㊾季姒：公鸟妻。　饔（yōng，音拥）人：食官。

⑥㊿挟（chì，音翅）：扑打，鞭打。

⑥51郈（hòu，音后）：人名。

⑥52介其鸡：将芥子粉末散在鸡翼上。

(653)金距：用薄金属加在鸡脚爪上作假距。距，鸡附足骨。

(654)昭伯：即臧孙赐。 会：臧会，即臧顷伯，宣叔许之孙，与昭伯赐为从父昆弟。

(655)公为：昭公之子务人。

(656)公果、公贲：皆公为之弟。

(657)子家懿伯：即子家羁，庄公之玄孙。

(658)阚（kàn，音瞰）：鲁邑，在今山东汶上县西南南旺湖中。

(659)懿子：仲孙何忌。

(660)千社：一社为二十五家，千社，二万五千家。

(661)缱绻（qiǎn quǎn，音遣犬）：坚决。

(662)楄柎（pián fū，音骈夫）：古代棺中垫尸用的木板。 幹：身体。

(663)僭（jiàn，音荐）：假；不可信。

(664)茄：靠近淮水的小邑。

(665)熊相禖（méi，音梅）：人名。 卷（quán，音权）：地名，故城在今河南叶县。

(666)子犹：齐景公的宠臣梁丘据。 齮（yǐ，音椅）：高氏族。

(667)淄：淄水，即今小汶河，源出山东新泰县东北龙堂山，经县南，西至泰安县东南入大汶河。

(668)炊鼻：地名，在今宁阳县境。

(669)子渊捷：顷公之孙捷，字子车，字渊是其氏。 泄声子：鲁大夫，野为其氏，名泄，谥号声子。

(670)刜（fú，音扶）：砍。

(671)鼜（qīng，音轻）：一足行。

(672)女宽：即叔宽。 阙塞：伊阙，今河南洛阳市南三十里的龙门。

(673)愆：恶疾。

(674)彘（zhì，音智）：地名，在今山西省霍县。

(675)携王：周幽王的少子伯服。

(676)頾（zī，音资）：髭须。

(677)灵王：定王之孙。 景王：灵王之子。

(678)单旗：穆公。 刘狄：刘蚠。

(679)攸：所。 厎：至。

(680)豆、区、釜、钟：均为量器。

(681)延州来：季子本来封延陵，后复封州来，因此称延州来。

(682)莠尹：楚国官名。 然：人名。 王尹：楚国官名。 麇：人名。

(683)沙汭：楚东地名，在今安徽怀远县东北。

(684)羞：进食。 献体：赤身裸体。

(685)阖庐：公子光。 其子：指鱄诸之子。

(686)子恶：即郤宛。

(687)炮：烧。

(688)三不辜：郤氏、阳氏、晋陈氏。

(689)瓦：囊瓦，字子常。

(690)籍秦：人名，籍谈之子。

(691)甥舅：此指齐国。齐、鲁常通婚姻，故互为甥舅。

(692)祁胜、邬臧：祁盈的家臣。 通室：易妻。

(693)恶直丑正：嫉害正直。

(694)实蕃有徒：这种人多得很。

(695)杨食我：杨，叔向邑。食我，叔向之子伯石。

(696)申公巫臣氏：巫臣在楚国时称申公巫臣。申公巫臣氏即巫臣与夏姬所生之女。

(697)惩：惩前毖后的意思。指不愿娶舅氏家人。

(698)子灵：巫臣。 妻：夏姬。

(699)有乃：古代诸侯。

⑩尤物：特别美的人。

⑪子容母：叔向嫂，伯华之妻。　　姑：叔向母。

⑫长叔：即叔向，伯华之长弟。　　姒：指夏姬女。

⑬不飏：容貌不显扬。

⑭毋堕乃力：不要毁了你的功劳。

⑮阎没、女宽：均晋大夫。阎没，阎明。女宽，叔宽。

⑯中置：上菜一半。

⑰属：适。　　厌：足。　　已：止。

⑱赵车：子朝余党。　　辇（niǎn，音辇）：周邑。

⑲归：馈。

⑳龙：祷旱玉，有龙纹的美玉。

㉑飀（liú，音流）：古国名，在今河南唐河县南八十里。

㉒扰：驯服龙。

㉓食（sì，音寺）：饲养。

㉔郁湮（yān，音烟）：抑郁阻塞。

㉕物：描述。

㉖氏：指上古帝者，如少皞氏、烈山氏等。

㉗赵鞅：赵武之孙。　　荀寅：中行荀吴之子。　　汝滨：晋国所取的陆浑地。

㉘无贰：按当时的礼节，送葬一人，吊丧一人，而送葬者地位必高于吊丧者。今游吉吊丧兼送葬，故谓"无贰"。

㉙嘉好：朝会。　　聘享：聘问同时必享宴，故谓聘享。　　三军：指战争。

㉚执绋（fú，音弗）：挽柩车的大绳，又作绰。

㉛养：邑名，在今河南省沈丘县。

㉜姬：指中原同姓之国，如鲁、卫、郑、晋等。

㉝练冠：布帽子。　　麻衣：麻质之衣，无彩色。　　跣行：光脚走路。

㉞夫人：那个人，即暗指季孙意如。　　有如河：意思是寡子愿向黄河之神，绝不见季孙意如的面。

㉟潜：霍山。　　六：地名，在今安徽省六安县北。

㊱火胜金：庚属于金，楚相当于火，吴相当于金。太阳（火）一旦遇祸，吴就不能胜楚。

㊲其人：指子家羁。指昭公子不能采纳贤臣的意见。

㊳越得岁：岁，木星。岁星运行到越国。

㊴迟速：工作之时与进度。　　衰序：差序，工作量及分配各国之等级。

㊵三后：虞、夏、商。

定　公

元　年　经

元年春王。

三月，晋人执宋仲几于京师。

夏六月癸亥，公之丧至自乾侯。

戊辰，公即位。

秋七月癸巳，葬我君昭公。

九月，大雩。

立炀宫。

冬十月，陨霜杀菽。

元 年 传

元年春王正月辛巳，晋魏舒合诸侯之大夫于狄泉，将以城成周。魏子莅政。卫彪傒曰："将建天子，而易位以令，非义也。大事奸义，必有大咎！晋不失诸侯，魏子其不免乎？"是行也，魏献子属役于韩简子及原寿过①，而田于大陆，焚焉；还，卒于宁。范献子去其柏椁，以其未复命而田也。

孟懿子会城成周。庚寅，栽②。宋仲几不受功，曰："滕、薛、郳，吾役也。"薛宰曰："宋为无道，绝我小国于周，以我适楚，故我常从宋。晋文公为践土之盟，曰：'凡我同盟，各复旧职！'若从践土，若从宋，亦唯命！"仲几曰："践土固然。"薛宰曰："薛之皇祖奚仲，居薛以为夏车正③。奚仲迁于邳④。仲虺居薛，以为汤左相。若复旧职，将承王官，何故以役诸侯？"仲几曰："三代各异物，薛焉得有旧？为宋役，亦其职也。"士弥牟曰："晋之从政者新，子姑受功。归，吾视诸故府。"仲几曰："纵子忘之，山川鬼神其忘诸乎？"士伯怒，谓韩简子曰："薛征于人，宋征于鬼。宋罪大矣！且己无辞，而抑我以神，诬我也。'启宠纳侮'，其此之谓矣。必以仲几为戮！"乃执仲几以归。三月，归诸京师。

城三旬而毕，乃归诸侯之戍。

齐高张后，不从诸侯。晋女叔宽曰："周苌弘、齐高张皆将不免。苌叔违天，高子违人。天之所坏，不可支也；众之所为，不可奸也。"

夏，叔孙成子逆公之丧于乾侯⑤。季孙曰："子家子亟言于我，未尝不中吾志也。吾欲与之从政。子必止之，且听命焉。"子家子不见叔孙，易几而哭⑥。叔孙请见子家子，子家子辞，曰："羁未得见，而从君以出。君不命而薨，羁不敢见。"叔孙使告之曰："公衍、公为实使群臣不得事君。若公子宋主社稷⑦，则群臣之愿也。凡从君出而可以入者，将唯子是听。子家氏未有后，季孙愿与子从政。此皆季孙之愿也，使不敢以告⑧。"对曰："若立君，则有卿士、大夫与守龟在，羁弗敢知。若从君者，则貌而出者，入可也；寇而出者，行可也。若羁也，则君知其出也，而未知其入也，羁将逃也！"

丧及坏隤，公子宋先入，从公者皆自坏隤反。六月癸亥，公之丧至自乾侯。戊辰，公即位。

季孙使役如阚公氏⑨，将沟焉。荣驾鹅曰⑩："生不能事，死又离之，以自旌也？纵子忍之，后必或耻之。"乃止。季孙问于荣驾鹅曰："吾欲为君谥，使子孙知之。"对曰："生弗能事，死又恶之，以自信也？将焉用之？"乃止。

秋七月癸巳，葬昭公于墓道南。孔子之为司寇也，沟而合诸墓。

昭公出故，季平子祷于炀公。九月，立炀宫⑪。

周巩简公弃其子弟，而好用远人。

二 年 经

二年春王正月。

夏五月壬辰，雉门及两观灾⑫。

秋，楚人伐吴。

冬十月，新作雉门及两观。

二　年　传

二年夏四月辛酉，巩氏之群子弟贼简公。

桐叛楚。吴子使舒鸠氏诱楚人，曰："以师临我。我伐桐。为我使之无忌。"秋，楚囊瓦伐吴，师于豫章。吴人见舟于豫章，而潜师于巢。冬十月，吴军楚师于豫章，败之。遂围巢，克之，获楚公子繁。

邾庄公与夷射姑饮酒。私出，阍乞肉焉，夺之杖以敲之。

三　年　经

三年春王正月，公如晋，至河乃复。

二月辛卯，邾子穿卒。

夏四月。

秋，葬邾庄公。

冬，仲孙何忌及邾子盟于拔。

三　年　传

三年春，二月辛卯。邾子在门台，临廷。阍以瓶水沃廷，邾子望见之，怒。阍曰："夷射姑旋焉⑬。"命执之。弗得。滋怒，自投于床，废于炉炭⑭，烂，遂卒。先葬以车五乘，殉五人。庄公卞急而好洁，故及是。

秋九月，鲜虞人败晋师于平中，获晋观虎，恃其勇也。

冬，盟于郏，修邾好也。

蔡昭侯为两佩与两裘以如楚，献一佩一裘于昭王。昭王服之，以享蔡侯；蔡侯亦服其一。子常欲之⑮，弗与，三年止之。

唐成公如楚，有两肃爽马。子常欲之，弗与；亦三年止之。唐人或相与谋，请代先从者，许之。饮先从者酒，醉之；窃马而献之子常。子常归唐侯。自拘于司败，曰："君以弄马之故，隐君身，弃国家。群臣请相夫人以偿马，必如之。"唐侯曰："寡人之过也。二三子无辱！"皆赏之。

蔡人闻之，固请而献佩于子常。子常朝，见蔡侯之徒，命有司曰："蔡君之久也，官不共也。明日礼不毕，将死！"蔡侯归，及汉，执玉而沈，曰："余所有济汉而南者⑯，有若大川！"蔡侯如晋，以其子元与其大夫之子为质焉，而请伐楚。

四　年　经

四年春王二月癸巳，陈侯吴卒。

三月，公会刘子、晋侯、宋公、蔡侯、卫侯、陈子、郑伯、许男、曹伯、莒子、邾子、顿子、胡子、滕子、薛伯、杞伯、小邾子、齐国夏于召陵，侵楚。

夏四月庚辰，蔡公孙姓帅师灭沈，以沈子嘉归，杀之。

五月，公及诸侯盟于皋鼬。

杞伯成卒于会。

六月，葬陈惠公。

许迁于容城。

秋七月，公至自会。

刘卷卒。

葬杞悼公。

楚人围蔡。

晋士鞅、卫孔圉帅师伐鲜虞。

葬刘文公。

冬十有一月庚午，蔡侯以吴子及楚人战于柏举，楚师败绩。

楚囊瓦出奔郑。

庚辰，吴入郢。

四 年 传

四年春三月，刘文公合诸侯于召陵，谋伐楚也。

晋荀寅求货于蔡侯，弗得；言于范献子曰：“国家方危，诸侯方贰，将以袭敌，不亦难乎？水潦方降，疾疟方起，中山不服⑰。弃盟取怨，无损于楚，而失中山不如辞蔡侯。吾自方城以来，楚未可以得志，祗取勤焉。”乃辞蔡侯。

晋人假羽旄于郑，郑人与之。明日，或旆以会，晋于是乎失诸侯。

将会，卫子行敬子言于灵公曰：“会同难，啧有烦言，莫之治也。其使祝佗从⑱！”公曰：“善！”乃使子鱼；子鱼辞，曰：“臣展四体，以率旧职，犹惧不给而烦刑书；若又共二，徼大罪也。且夫祝，社稷之常隶也。社稷不动，祝不出竟，官之制也。君以军行、祓社、衅鼓，祝奉以从，于是乎出竟。若嘉好之事，君行师从，卿行旅从，臣无事焉。”公曰：“行也！”

及皋鼬⑲，将长蔡于卫，卫侯使祝佗私于苌弘曰：“闻诸道路，不知信否。若闻蔡将先卫，信乎？”苌弘曰：“信！蔡叔，康叔之兄也。先卫，不亦可乎！”子鱼曰：“以先王观之，则尚德也。昔武王克商，成王定之，选建明德，以藩屏周，故周公相王室，以尹天下，于周为睦。分鲁公以大路、大旗，夏后氏之璜⑳，封父之繁弱㉑，殷民六族——条氏、徐氏、萧氏、索氏、长勺氏、尾勺氏，使帅其宗氏、辑其分族、将其类丑，以法则周公。用即命于周，是使之职事于鲁，以昭周公之明德。分之土田陪敦，祝、宗、卜、史，备物、典策，官司、彝器，因商奄之民，命以《伯禽》而封于少皞之虚。分康叔以大路、少帛、綪茷、旃旌、大吕，殷民七族——陶氏、施氏、繁氏、锜氏、樊氏、饥氏、终葵氏；封畛土略，自武父以南及圃田之北竟，取于有阎之土以共王职，取于相土之东都以会王之东蒐。聘季授土，陶叔授民，命以《康诰》而封于殷虚。皆启以商政，疆以周索。分唐叔以大路、密须之鼓㉒，阙巩、沽洗㉓，怀姓九宗，职官五正，命以《唐诰》而封于夏虚，启以夏政，疆以戎索。三者皆叔也，而有令德，故昭之以分物。不然，文、武、成、康之伯犹多，而不获是分也，唯不尚年也。

管、蔡启商，惎间王室㉔，王于是乎杀管叔而蔡蔡叔，以车七乘、徒七十人。其子蔡仲改行帅德，周公举之，以为己卿士，见诸王而命之以蔡。其命书云：‘王曰：“胡㉕！无若尔考之违王命也！'”'若之何其使蔡先卫也？

武王之母弟八人，周公为大宰，康叔为司寇，聃季为司空，五叔无官，岂尚年哉？曹，文之昭也；晋，武之穆也。曹为伯甸，非尚年也。今将尚之，是反先王也。

晋文公为践土之盟。卫成公不在，夷叔，其母弟也，犹先蔡。其载书云：'王若曰：晋重、鲁申、卫武、蔡甲午、郑捷、齐潘、宋王臣、莒期㉖。'藏在周府，可覆视也。吾子欲复文、武之略而不正其德，将如之何？”

苌弘说，告刘子，与范献子谋之，乃长卫侯于盟。

反自召陵，郑子大叔未至而卒。晋赵简子为之临，甚哀，曰：“黄父之会，夫子语我九言，曰：'无始乱，无怙富，无恃宠，无违同，无敖礼，无骄能，无复怒，无谋非德，无犯非义。'”

沈人不会于召陵，晋人使蔡伐之。夏，蔡灭沈。秋，楚为沈故，围蔡。

伍员为吴行人以谋楚。楚之杀郤宛也，伯氏之族出。伯州犁之孙嚭为吴大宰以谋楚㉗。楚自昭王即位，无岁不有吴师，蔡侯因之，以其子乾与其大夫之子为质于吴。

冬，蔡侯、吴子、唐侯伐楚，舍舟于淮汭，自豫章与楚夹汉。左司马戌谓子常曰：“子沿汉而与之上下，我悉方城外以毁其舟，还塞大隧、直辕、冥阨。子济汉而伐之，我自后击之，必大败之！”既谋而行。武城黑谓子常曰：“吴用木也。我用革也，不可久也。不如速战！”史皇谓子常：“楚人恶子而好司马。若司马毁吴舟于淮，塞城口而入，是独克吴也。子必速战！不然，不免。”乃济汉而陈。自小别至于大别，三战。子常知不可，欲奔；史皇曰：“安，求其事；难而逃之，将何所入？子必死之，初罪必尽说。”

十一月庚午，二师陈于柏举。阖庐之弟夫概王晨请于阖庐曰：“楚瓦不仁，其臣莫有死志。先伐之，其卒必奔。而后大师继之，必克！”弗许。夫概王曰：“所谓'臣义而行，不待命'者，其此之谓也。今日我死，楚可入也！”以其属五千先击子常之卒。子常之卒奔，楚师乱，吴师大败之。子常奔郑。史皇以其乘广死。

吴从楚师，及清发。将击之。夫概王曰：“困兽犹斗，况人乎？若知不免而致死，必败我。若使先济者知免，后者慕之，蔑有斗心矣。半济而后可击也。”从之。又败之。楚人为食，吴人及之；奔。食而从之，败诸雍澨。五战及郢。

己卯，楚子取其妹季芈畀我以出，涉睢。鍼尹固与王同舟。王使执燧象以奔吴师。

庚辰，吴入郢。以班处宫。子山处令尹之宫，夫概王欲攻之；惧而去之。夫概王入之。

左司马戌及息而还㉘，败吴师于雍澨，伤。初，司马臣阖庐，故耻为禽焉，谓其臣曰：“谁能免吾首？”吴句卑曰：“臣贱，可乎？”司马曰：“我实失子。可哉！”三战皆伤，曰：“吾不可用也已！”句卑布裳，刭而裹之㉙；藏其身而以其首免。

楚子涉睢，济江，入于云中。王寝，盗攻之，以戈击王；王孙由于以背受之，中肩。王奔郧，钟建负季芈以从。由于徐苏而从。

郧公辛之弟怀将弑王㉚，曰：“平王杀吾父，我杀其子，不亦可乎！”辛曰：“君讨臣，谁敢雠之？君命，天也；若死天命，将谁雠？《诗》曰：'柔亦不茹，刚亦不吐。不侮矜寡，不畏强御。'唯仁者能之。违强陵弱，非勇也；乘人之约，非仁也；灭宗废祀，非孝也；动无令名，非知也。必犯是，余将杀女！”

斗辛与其弟巢以王奔随。吴人从之，谓随人曰：“周之子孙在汉川者，楚实尽之。天诱其衷，致罚于楚。而君又窜之，周室何罪？君若顾报周室，施及寡人，以奖天衷㉛，君之惠也。汉阳之田，君实有之。”楚子在公宫之北，吴人在其南。子期似王㉜，逃王，而己为王，曰：“以我与之，王必免。”随人卜与之，不吉，乃辞吴曰：“以随之辟小而密迩于楚，楚实存之。世有盟誓，至于今未改。若难而弃之，何以事君？执事之患不唯一人，若鸠楚竟，敢不听命？"吴人乃退。

锺金初宦于子期氏，实与随人要言。王使见，辞，曰："不敢以约为利。"王割子期之心㊳，以与随人盟。

初，伍员与申包胥友。其亡也，谓申包胥曰："我必复楚国！"申包胥曰："勉之！子能复之，我必能兴之！"及昭王在随，申包胥如秦乞师，曰："吴为封豕、长蛇，以荐食上国，虐始于楚。寡君失守社稷，越在草莽，使下臣告急，曰：'夷德无厌，若邻于君，疆场之患也。逮吴之未定，君其取分焉！若楚之遂亡，君之土也。若以君灵抚之，世以事君！'"秦伯使辞焉，曰："寡人闻命矣。子姑就馆，将图而告。"对曰："寡君越在草莽，未获所伏，下臣何敢即安？"立，依于庭墙而哭，日夜不绝声、勺饮不入口七日。秦哀公为之赋《无衣》，九顿首而坐。秦师乃出。

五 年 经

五年春王三月辛亥朔，日有食之。

夏，归粟于蔡。

於越入吴。

六月丙申，季孙意如卒。

秋七月壬子，叔孙不敢卒。

冬，晋士鞅帅师围鲜虞。

五 年 传

五年春，王人杀子朝于楚。

"夏，归粟于蔡"，以周亟㊴，矜无资。

"越入吴"，吴在楚也。

六月，季平子行东野。还，未至，丙申，卒于房。阳虎将以玙璠敛㊵，仲梁怀弗与，曰："改步改玉㊶。"阳虎欲逐之，告公山不狃。不狃曰："彼为君也，子何怨焉？"

既葬，桓子行东野，及费。子泄为费宰，逆劳于郊，桓子敬之；劳仲梁怀，仲梁怀弗敬。子泄怒，谓阳虎："子行之乎！"

申包胥以秦师至。秦子蒲、子虎帅车五百乘以救楚。子蒲曰："吾未知吴道。"使楚人先与吴人战，而自稷会之，大败夫概王于沂。

吴人获薳射于柏举，其子帅奔徒以从子西，败吴师于军祥。

秋七月，子期、子蒲灭唐。

九月，夫概王归，自立也，以与王战，而败，奔楚，为堂谿氏㊲。

吴师败楚师于雍滋，秦师又败吴师。吴师居麇，子期将焚之，子西曰："父兄亲暴骨焉，不能收，又焚之，不可！"子期曰："国亡矣！死者若有知也，可以歆旧祀？岂惮焚之？"焚之而又战，吴师败。又战于公壻之谿，吴师大败，吴子乃归。囚阖庐与罢㊳。阖庐与罢请先，遂逃归。

叶公诸梁之弟后藏从其母于吴，不待而归。叶公终不正视。

乙亥，阳虎囚季桓子及公父文伯，而逐仲梁怀。冬十月丁亥，杀公何藐。己丑，盟桓子于稷门之内。庚寅，大诅。逐公父歜及秦遄㊳，皆奔齐。

楚子入于郢。初，鬬辛闻吴人之争宫也，曰："吾闻之：'不让，则不和；不和，不可以远征。'吴争于楚,必有乱;有乱则必归。焉能定楚?"王之奔随也,将涉于成臼。蓝尹亹涉其帑⑩,不与王舟。及宁,王欲杀之。子西曰:"子常唯思旧怨以败,君何效焉?"王曰:"善!使复其所,吾以志前恶。"王赏斗辛、王孙由于、王孙圉、钟建、斗巢、申包胥、王孙贾、宋木、斗怀。子西曰:"请舍怀也!"王曰:"大德灭小怨,道也。"申包胥曰:"吾为君也,非为身也。君既定矣,又何求?且吾尤子旗,其又为诸?"遂逃赏。

王将嫁季芈,季芈辞曰:"所以为女子,远丈夫也。钟建负我矣!"以妻钟建,以为乐尹。

王之在随也,子西为王舆服以保路,国于脾泄⑪。闻王所在,而后从王。王使由于城麋,复命。子西问高厚焉,弗知。子西曰:"不能,如辞。城不知高厚,小大何知?"对曰:"固辞不能,子使余也。人各有能有不能。王遇盗于云中,余受其戈,其所犹在。"袒而视之背,曰:"此余所能也。脾泄之事,余亦弗能也。"

晋士鞅围鲜虞,报观虎之败也。

六 年 经

六年春王正月癸亥,郑游速帅师灭许,以许男斯归。

二月,公侵郑。公至自侵郑。

夏,季孙斯、仲孙何忌如晋。

秋,晋人执宋行人乐祁犁。

冬,城中城。

季孙斯、仲孙忌帅师围郓。

六 年 传

六年春,郑灭许,因楚败也。

二月,公侵郑,取匡⑫,为晋讨郑之伐胥靡也⑬。往不假道于卫;及还,阳虎使季、孟自南门入,出自东门,舍于豚泽。卫侯怒,使弥子瑕追之。公叔文子老矣,辇而如公,曰:"尤人而效之,非礼也。昭公之难,君将以文之舒鼎、成之昭兆、定之鬯鉴⑭,'苟可以纳之,择用一焉';'公子与二三臣之子,诸侯苟忧之,将以为之质'。此群臣之所闻也。今将以小忿蒙旧德,无乃不可乎?大姒之子,唯周公、康叔为相睦也,而效小人以弃之,不亦诬乎?天将多阳虎之罪以毙之。君姑待之,若何?"乃止。

夏,季桓子如晋,献郑俘也。阳虎强使孟懿子往报夫人之币,晋人兼享之。孟孙立于房外,谓范献子曰:"阳虎若不能居鲁而息肩于晋,所不以为中军司马者,有如先君!"献子曰:"寡君有官,将使其人,鞅何知焉?"献子谓简子曰:"鲁人患阳虎矣!孟孙知其衅⑮,以为必适晋,故强为之请以取人焉。"

四月己丑,吴大子终累败楚舟师⑯,获潘子臣、小惟子及大夫七人。楚国大惕,惧亡。子期又以陵师败于繁扬。令尹子西喜曰:"乃今可为矣!"于是乎迁郢于鄀,而改纪其政,以定楚国。

周儋翩率王子朝之徒⑰,因郑人将以作乱于周。郑于是乎伐冯、滑、胥靡、负黍、狐人、阙外⑱。六月,晋阎没戍成周,且城胥靡。

秋八月,宋乐祁言于景公曰:"诸侯唯我事晋。今使不往,晋其憾矣!"乐祁告其宰陈寅,陈寅曰:"必使子往!"他日,公谓乐祁曰:"唯寡人说子之言,子必往!"陈寅曰:"子立后而行,吾室亦不亡，唯君亦以我为知难而行也。”见溷而行㊾。赵简子逆，而饮之酒于绵上，献杨楯六十于简子。陈寅曰：“昔吾主范氏；今子主赵氏，又有纳焉。以杨楯贾祸，弗可为也已。然子死晋国，子孙必得志于宋。”范献子言于晋侯曰：“以君命越疆而使，未致使而私饮酒，不敬二君，不可不讨也！”乃执乐祁。

阳虎又盟公及三桓于周社，盟国人于亳社，诅于五父之衢。

冬十二月，天王处于姑莸，辟儋翩之乱也。

七　年　经

七年春王正月。

夏四月。

秋，齐侯、郑伯盟于鹹。

齐人执卫行人北宫结以侵卫。齐侯、卫侯盟于沙。

大雩。

齐国夏帅师伐我西鄙。

九月，大雩。

冬十月。

七　年　传

七年春二月，周儋翩入于仪栗以叛㊿。

齐人归郓、阳关(51)，阳虎居之以为政。

夏四月，单武公、刘桓公败尹氏于穷谷(52)。

秋，齐侯、郑伯盟于鹹，征会于卫。卫侯欲叛晋，诸大夫不可。使北宫结如齐，而私与齐侯曰：“执结以侵我！”齐侯从之，乃盟于琐。

齐国夏伐我。阳虎御季桓子，公敛处父御孟懿子(53)，将宵军齐师。齐师闻之，堕，伏而待之。处父曰：“虎不图祸，而必死！”苫夷曰：“虎陷二子于难，不待有司，余必杀女！”虎惧，乃还，不败。

冬十一月戊午，单子、刘子逆王于庆氏。晋籍秦送王。己巳，王入于王城，馆于公族党氏，而后朝于庄宫。

八　年　经

八年春王正月，公侵齐。公至自侵齐。

二月，公侵齐。

三月，公至自侵齐。

曹伯露卒。

夏，齐国夏帅师伐我西鄙。

公会晋师于瓦。公至自瓦。

秋七月戊辰，陈侯柳卒。

晋士鞅帅师侵郑，遂侵卫。

葬曹靖公。

九月，葬陈怀公。

季孙斯、仲孙何忌帅师侵卫。

冬，卫侯、郑伯盟于曲濮。

从祀先公。

盗窃宝玉、大弓。

八 年 传

八年春王正月，公侵齐，门于阳州。士皆坐列，曰："颜高之弓六钧⑭。"皆取而传观之。阳州人出，颜高夺人弱弓，籍丘子锄击之⑮，与一人俱毙，偃，且射子锄，中颊，殪。颜息射人中眉⑯，退曰："我无勇。吾志其目也。"师退，冉猛伪伤足而先⑰。其兄会乃呼曰："猛也殿！"

二月己丑，单子伐穀城，刘子伐仪栗。辛卯，单子伐简城，刘子伐盂，以定王室。

赵鞅言于晋侯曰："诸侯唯宋事晋。好逆其使，犹惧不至；今又执之，是绝诸侯也！"将归乐祁，士鞅曰："三年止之，无故而归之，宋必叛晋。"献子私谓子梁曰⑱："寡君惧不得事宋君，是以止子。子姑使溷代子。"子梁以告陈寅。陈寅曰："宋将叛晋，是弃溷也。不如待之！"乐祁归，卒于大行⑲。士鞅曰："宋必叛！不如止其尸以求成焉。"乃止诸州⑳。

公侵齐，攻廪丘之郛。主人焚衝，或濡马褐以救之㉑，遂毁之。主人出，师奔。阳虎伪不见冉猛者，曰："猛在此，必败！"猛逐之，顾而无继，伪颠。虎曰："尽客气也！"

苫越生子，将待事而名之。阳州之役获焉，名之曰阳州。

夏，齐国夏、高张伐我西鄙。晋士鞅、赵鞅、荀寅救我。公会晋师于瓦。范献子执羔，赵简子、中行文子皆执雁。鲁于是始尚羔。

晋师将盟卫侯于鄟泽，赵简子曰："群臣谁敢盟卫君者？"涉佗、成何曰："我能盟之。"卫人请执牛耳，成何曰："卫，吾温、原也，焉得视诸侯？"将歃，涉佗捘卫侯之手㉒，及捥。卫侯怒，王孙贾趋进，曰："盟以信礼也。有如卫君，其敢不唯礼是事而受此盟也。"

卫侯欲叛晋，而患诸大夫。王孙贾使次于郊。大夫问故，公以晋诟语之，且曰："寡人辱社稷，其改卜嗣，寡人从焉！"大夫曰："是卫之祸，岂君之过也？"公曰："又有患焉，谓寡人：'必以而子与大夫之子为质！'"大夫曰："苟有益也，公子则往，群臣之子敢不皆负羁绁以从？"将行，王孙贾曰："苟卫国有难，工商未尝不为患，使皆行而后可。"公以告大夫，乃皆将行之。行有日，公朝国人，使贾问焉，曰："若卫叛晋，晋五伐我，病何如矣？"皆曰："五伐我，犹可以能战！"贾曰："然则如叛之㉓，病而后质焉，何迟之有？"乃叛晋。晋人请改盟，弗许。

秋，晋士鞅会成桓公，侵郑，围虫牢㉔，报伊阙也。遂侵卫。

九月，师侵卫，晋故也。

季寤、公钮极、公山不狃皆不得志于季氏㉕，叔孙辄无宠于叔孙氏㉖，叔仲志不得志于鲁㉗，故五人因阳虎。阳虎欲去三桓㉘，以季寤更季氏，以叔孙辄更叔孙氏，己更孟氏。冬十月，顺祀先公而祈焉。辛卯，禘于僖公。壬辰，将享季氏于蒲圃而杀之，戒都车，曰："癸巳至！"成宰公敛处父告孟孙，曰："季氏戒都车，何故？"孟孙曰："吾弗闻。"处父曰："然则乱也，必及于子。先备诸！"与孟孙以壬辰为期。

阳虎前驱。林楚御桓子，虞人以铍、盾夹之，阳越殿㉙。将如蒲圃。桓子咋谓林楚曰㉚："而先皆季氏之良也，尔以是继之。”对曰："臣闻命后。阳虎为政，鲁国服焉，违之征死，死无益于主。"桓子曰："何后之有？而能以我适孟氏乎？"对曰："不敢爱死，惧不免主。"桓子曰："往也！"孟氏选圉人之壮者三百人，以为公期筑室于门外。林楚怒马，及衢而骋。阳越射之，不中。筑者阖门，有自门间射阳越，杀之。阳虎劫公与武叔，以伐孟氏。公敛处父帅成人，自上东门入，与阳氏战于南门之内，弗胜。又战于棘下，阳氏败。

阳虎说甲如公宫，取宝玉、大弓以出，舍于五父之衢，寝而为食。其徒曰："追其将至！"虎曰："鲁人闻余出，喜于征死，何暇追余？"从者曰："嘻，速驾！公敛阳在。"公敛阳请追之，孟孙弗许。阳欲杀桓子，孟孙惧而归之。子言辨舍爵于季氏之庙而出。阳虎入于讙、阳关以叛。

郑驷歂嗣子大叔为政⑦。

九 年 经

九年春王正月。

夏四月戊申，郑伯虿卒。

得宝玉、大弓。

六月，葬郑献公。

秋，齐侯、卫侯次于五氏。

秦伯卒。

冬，葬秦哀公。

九 年 传

九年春，宋公使乐大心盟于晋，且逆乐祁之尸；辞，伪有疾；乃使向巢如晋盟，且逆子梁之尸。子明谓桐门右师出，曰："吾犹衰绖，而子击钟，何也？"右师曰："丧不在此故也。"既而告人曰："已衰绖而生子，余何故舍钟？"子明闻之，怒，言于公曰："右师将不利戴氏⑫。不肯适晋，将作乱也。不然无疾。"乃逐桐门右师。

郑驷歂杀邓析而用其竹刑⑬。君子谓子然于是不忠。苟有可以加于国家者，弃其邪可也。《静女》之三章，取彤管焉。《竿旄》"何以告之"，取其忠也。故用其道，不弃其人。《诗》云："蔽芾甘棠，勿翦勿伐，召伯所茇。"思其人犹爱其树，况用其道而不恤其人乎？子然无以劝能矣！

夏，阳虎归宝玉、大弓，书曰"得"，器用也。凡获器用曰"得"，得用焉曰"获"。

六月，伐阳关。阳虎使焚莱门，师惊。犯之而出，奔齐，请师以伐鲁，曰："三加，必取之！"齐侯将许之，鲍文子谏曰⑭："臣尝为隶于施氏矣⑮。鲁未可取也。上下犹和，众庶犹睦，能事大国，而无天灾，若之何取之？阳虎欲勤齐师也。齐师罢，大臣必多死亡，己于是乎奋其诈谋。夫阳虎有宠于季氏，而将杀季孙，以不利鲁国，而求容焉。亲富不亲仁，君焉用之？君富于季氏而大于鲁国，兹阳虎所欲倾覆也。鲁免其疾，而君又收之，无乃害乎？"

齐侯执阳虎，将东之。阳虎愿东，乃囚诸西鄙。尽借邑人之车，锲其轴，麻约而归之。载葱灵⑯，寝于其中而逃。追而得之，囚于齐。又以葱灵逃，奔宋，遂奔晋，适赵氏。仲尼曰："赵氏其世有乱乎！"

秋，齐侯伐晋夷仪。敝无存之父将室之⑰，辞，以与其弟，曰："此役也，不死，反，必娶于高、国。"先登，求自门出，死于雷下⑦。东郭书让登⑦，犁弥从之，曰："子让而左，我让而右，使登者绝而后下。"书左，弥先下。书与王猛息，猛曰："我先登！"书敛甲，曰："曩者之难，今又难焉！"猛笑曰："吾从子，如骖之靳⑧。"

晋车千乘在中牟。卫侯将如五氏，卜过之，龟焦。卫侯曰："可也。卫车当其半，寡人当其半，敌矣！"乃过中牟。中牟人欲伐之。卫褚师圃亡在中牟，曰："卫虽小，其君在焉，未可胜也。齐师克城而骄，其帅又贱；遇，必败之。不如从齐。"乃伐齐师，败之。齐侯致禚、媚、杏于卫⑧。

齐侯赏犁弥，犁弥辞曰："有先登者，臣从之。暂帻而衣狸制⑧。"公使视东郭书，曰："乃夫子也。——吾贶子。"公赏东郭书；辞，曰："彼，宾旅也。"乃赏犁弥。

齐师之在夷仪也，齐侯谓夷仪人曰："得敝无存者，以五家免。"乃得其尸。公三襚之⑧，与之犀轩与直盖⑧，而先归之。坐引者，以师哭之，亲推之三。

十 年 经

十年春王三月，及齐平。

夏，公会齐侯于夹谷。公至自夹谷。

晋赵鞅帅师围卫。

齐人来归郓、讙、龟阴田。

叔孙州仇、仲孙何忌帅师围郈。

秋，叔孙州仇、仲孙何忌帅师围郈。

宋乐大心出奔曹。

宋公子地出奔陈。

冬，齐侯、卫侯、郑游速会于安甫。

叔孙州仇如齐。

宋公之弟辰暨仲佗、石驱出夺陈⑧。

十 年 传

十年春，及齐平。

夏，公会齐侯于祝其，实夹谷。孔丘相。犁弥言于齐侯曰："孔丘知礼而无勇。若使莱人以兵劫鲁侯，必得志焉。"齐侯从之。孔丘以公退，曰："士兵之！两君合好，而裔夷之俘以兵乱之，非齐君所以命诸侯也。——裔不谋夏，夷不乱华，俘不干盟，兵不偪好。——于神为不祥，于德为愆义，于人为失礼，君必不然！"齐侯闻之，遽辟之。

将盟，齐人加于载书曰："齐师出竟，而不以甲车三百乘从我者，有如此盟！"孔丘使兹无还揖对⑧，曰："而不反我汶阳之田，吾以共命者，亦如之！"齐侯将享公，孔丘谓梁丘据曰："齐、鲁之故，吾子何不闻焉？事既成矣，而又享之，是勤执事也。且牺、象不出门⑧，嘉乐不野合⑧。飨而既具，是弃礼也；若其不具，用秕稗也。用秕稗，君辱；弃礼，名恶。子盍图之？夫享所以昭德也。不昭，不如其已也。"乃不果享。

齐人来归郓、讙、龟阴之田⑧。

晋赵鞅围卫，报夷仪也。初，卫侯伐邯郸午于寒氏，城其西北而守之；宵熸。及晋围卫，午以徒七十人门于卫西门，杀人于门中，曰："请报寒氏之役！"涉佗曰："夫子则勇矣。然我往，必不敢启门！"亦以徒七十人旦门焉；步左右，皆至而立，如植。日中不启门，乃退。反役，晋人讨卫之叛故，曰："由涉佗、成何。"于是执涉佗，以求成于卫，卫人不许。晋人遂杀涉佗，成何奔燕。君子曰："此之谓弃礼，必不钧。《诗》曰：'人而无礼，胡不遄死？'涉佗亦颛矣哉！"

初，叔孙成子欲立武叔，公若藐固谏曰："不可！"成子立之而卒。公南使贼射之，不能杀。公南为马正，使公若为郈宰�90。武叔既定，使郈马正侯犯杀公若；不能。其圉人曰："吾以剑过朝，公若必曰：'谁之剑也？'吾称子以告，必观之。吾伪固而授之末，则可杀也。"使如之。公若曰："尔欲吴王我乎？"遂杀公若。

侯犯以郈叛。武叔懿子围郈，弗克。秋，二子及齐师复围郈，弗克。叔孙谓郈工师驷赤曰："郈非唯叔孙氏之忧，社稷之患也。将若之何？"对曰："臣之业在《扬水》卒章之四言矣。"叔孙稽首。驷赤谓侯犯曰："居齐、鲁之际而无事，必不可矣！子盍求事于齐以临民？不然，将叛。"侯犯从之。齐使至，驷赤与郈人为之宣言于郈中曰："侯犯将以郈易于齐，齐人将迁郈民。"众凶惧。驷赤谓侯犯曰："众言异矣！子不如易于齐，与其死也，犹是郈也，而得纾焉。何必此？齐人欲以此偪鲁，必倍与子地。且盍多舍甲于子之门，以备不虞。"侯犯曰："诺！"乃多舍甲焉。

侯犯请易于齐，齐有司观郈。将至，驷赤使周走呼曰："齐师至矣！"郈人大骇，介侯犯之门甲，以围侯犯。驷赤将射之，侯犯止之，曰："谋免我！"侯犯请行，许之。驷赤先如宿�91，侯犯殿。每出一门，郈人闭之。及郭门，止之，曰："子以叔孙氏之甲出，有司若诛之，群臣惧死。"驷赤曰："叔孙氏之甲有物�92，吾未敢以出。"犯谓驷赤曰："子止而与之数。"驷赤止，而纳鲁人，侯犯奔齐。齐人乃致郈。

宋公子地嬖蘧富猎�93，十一分其室，而以其五与之。公子地有白马四，公嬖向魋�94，魋欲之。公取而朱其尾、鬣以与之。地怒，使其徒抶魋而夺之。魋惧，将走，公闭门而泣之，目尽肿。母弟辰曰："子分室以与猎也，而独卑魋，亦有颇焉。子为君礼，不过出竟，君必止也。"公子地出奔陈，公弗止。辰为之请，弗听。辰曰："是我迋吾兄也�95。吾以国人出，君谁与处？"冬，母弟辰暨仲佗、石彄出奔陈。

武叔聘于齐。齐侯享之，曰："子叔孙！若使郈在君之他竟，寡人何知焉？属于敝邑际，故敢助君忧之。"对曰："非寡君之望也。所以事君，封疆社稷是以，敢以家隶勤君之执事？夫不令之臣，天下之所恶也，君岂以为寡君赐？"

十一年经

十有一年春，宋公之弟辰及仲佗、石彄、公子地自陈入于萧以叛。

夏四月。

秋，宋乐大心自曹入于萧。

冬，及郑平。

叔还如郑莅盟。

十一年传

十一年春，宋公母弟辰暨仲佗、石彄、公子地入于萧以叛。秋，乐大心从之。大为宋患，宠向魋故也。

"冬，及郑平"，始叛晋也。

十 二 年 经

十有二年春，薛伯定卒。

夏，葬薛襄公。

叔孙州仇帅师堕郈。

卫公孟彄帅师伐曹。

季孙斯、仲孙何忌帅师堕费。

秋，大雩。

冬十月癸亥，公会齐侯，盟于黄。

十有一月丙寅朔，日有食之。

公至自黄。

十有二月，公围成。公至自围成。

十 二 年 传

十二年夏，卫公孟彄伐曹，克郊㊸。还，滑罗殿㊹。未出，不退于列。其御曰："殿而在列，其为无勇乎？"罗曰："与其素厉㊺，宁为无勇。"

仲由为季氏宰㊻，将堕三都。㊼于是叔孙氏堕郈。季氏将堕费，公山不狃、叔孙辄帅费人以袭鲁。公与三子入于季氏之宫，登武子之台。费人攻之，弗克。入及公侧，仲尼命申句须、乐颀下，伐之，费人北。国人追之，败诸姑蔑。二子奔齐，遂堕费。将堕成，公敛处父谓孟孙："堕成，齐人必至于北门。且成，孟氏之保障也。无成，是无孟氏也。子伪不知，我将不堕。"

冬十二月，公围成，弗克。

十 三 年 经

十有三年春，齐侯、卫侯次于垂葭㊽

夏，筑蛇渊囿。

大蒐于比蒲。

卫公孟彄帅师伐曹。

秋，晋赵鞅入于晋阳以叛。

冬，晋荀寅、士吉射入于朝歌以叛。

晋赵鞅归于晋。

薛弑其君比。

十 三 年 传

十三年春，齐侯、卫侯次于垂葭，实郹氏。使师伐晋。将济河，诸大夫皆曰"不可"，邴意兹曰："可。锐师伐河内，传必数日而后及绛。绛不三月，不能出河，则我既济水矣。"乃伐河内。齐侯皆敛诸大夫之轩，唯邴意兹乘轩。

齐侯欲与卫侯乘，与之宴而驾乘广^㉘，载甲焉。使告曰："晋师至矣！"齐侯曰："比君之驾也，寡人请摄。"乃介而与之乘，驱之。或告曰："无晋师。"乃止。

晋赵鞅谓邯郸午曰："归我卫贡五百家，吾舍诸晋阳。"午许诺。归，告其父兄。父兄皆曰："不可！卫是以为邯郸；而寘诸晋阳，绝卫之道也。不如侵齐而谋之。"乃如之，而归之于晋阳。赵孟怒，召午而囚诸晋阳；使其从者说剑而入，涉宾不可。乃使告邯郸人曰："吾私有讨于午也。二三子唯所欲立！"遂杀午。赵稷、涉宾以邯郸叛^㉙。

夏六月，上军司马籍秦围邯郸。邯郸午，荀寅之甥也；荀寅，范吉射之姻也。而相与睦，故不与围邯郸，将作乱。董安于闻之，告赵孟曰："先备诸！"赵孟曰："晋国有命：'始祸者死！'为后可也。"安于曰："与其害于民，宁我独死！请以我说。"赵孟不可。

秋七月，范氏、中行氏伐赵氏之宫。赵鞅奔晋阳，晋人围之。范皋夷无宠于范吉射^㉚，而欲为乱于范氏。梁婴父嬖于知文子，文子欲以为卿。韩简子与中行文子相恶，魏襄子亦与范昭子相恶。故五子谋^㉛，将逐荀寅，而以梁婴父代之，逐范吉射，而以范皋夷代之。荀跞言于晋侯曰："君命大臣：'始祸者死！'载书在河。今三臣始祸，而独逐鞅，刑已不钧矣。请皆逐之！"

冬十一月，荀跞、韩不信、魏曼多奉公以伐范氏、中行氏，弗克。二子将伐公，齐高强曰："三折肱知为良医。唯伐君为不可，民弗与也。我以伐君在此矣！三家未睦^㉜，可尽克也。克之，君将谁与？若先伐君，是使睦也。"弗听，遂伐公。国人助公，二子败，从而伐之。丁未，荀寅、士吉射奔朝歌。

韩、魏以赵氏为请。十二月辛未，赵鞅入于绛，盟于公宫。

初，卫公叔文子朝，而请享灵公。退，见史鳅而告之。史鳅曰："子必祸矣！子富而君贪，罪其及子乎！"文子曰："然。吾不先告子，是吾罪也。君即许我矣，其若之何！"史鳅曰："无害。子臣，可以免。富而能臣，必免于难。上下同之。戍也骄^㉝，其亡乎？富也不骄者鲜，吾唯子之见。骄而不亡者，未之有也。戍必与焉！"及文子卒，卫侯始恶于公叔戍，以其富也。公叔戍又将去夫人之党^㉞，夫人愬之曰："戍将为乱。"

十四年经

十有四年春，卫公叔戍来奔。卫赵阳出奔宋。

二月辛巳，楚公子结、陈公孙佗人帅师灭顿，以顿子牂归^㉟。

夏，卫北宫结来奔。

五月，於越败吴于檇李。

吴子光卒。

公会齐侯、卫侯于牵。

公至自会。

秋，齐侯、宋公会于洮。

天王使石尚来归脤。

卫世子蒯聩出奔宋。卫公孟彄出奔郑。

宋公之弟辰自萧来奔。

大蒐于比蒲。

邾子来会公。

城莒父及霄。

十 四 年 传

十四年春，卫侯逐公叔戍与其党，故赵阳奔宋，戍来奔。

梁婴父恶董安于，谓知文子曰："不杀安于，使终为政于赵氏，赵氏必得晋国。盍以其先发难也讨于赵氏？"文子使告于赵孟曰："范、中行氏虽信为乱，安于则发之，是安于与谋乱也。晋国有命：'始祸者死！'二子既伏其罪矣，敢以告！"赵孟患之，安于曰："我死而晋国宁、赵氏定，将焉用生？人谁不死？吾死莫矣！"乃缢而死。赵孟尸诸市，而告于知氏曰："主命戮罪人安于，既伏其罪矣。敢以告。"知伯从赵孟盟。而后赵氏定，祀安于于庙。

顿子牂欲事晋，背楚而绝陈好。二月，楚灭顿。

"夏，卫北宫结来奔。"公叔戍之故也。

吴伐越，越子句践御之，陈于檇李⑩。句践患吴之整也，使死士再禽焉；不动。使罪人三行，属剑于颈，而辞曰："二君有治，臣奸旗鼓。不敏于君之行前，不敢逃刑，敢归死⑩！"遂自刭也。师属之目，越子因而伐之，大败之。

灵姑浮以戈击阖庐⑩，阖庐伤将指，取其一屦。还，卒于陉，去檇李七里。夫差使人立于庭⑩，苟出入，必谓己曰："夫差！而忘越王之杀而父乎？"则对曰："唯，不敢忘！"三年，乃报越。

晋人围朝歌。公会齐侯、卫侯于脾、上梁之间，谋救范、中行氏。析成鲋、小王桃甲率狄师以袭晋，战于绛中，不克而还。士鲋奔周，小王桃甲入于朝歌。

"秋，齐侯、宋公会于洮"，范氏故也。

卫侯为夫人南子召宋朝。会于洮，大子蒯聩献盂于齐⑩，过宋野。野人歌之，曰："既定尔娄猪⑩，盍归吾艾豭⑫？"大子羞之，谓戏阳速曰："从我而朝少君！少君见我，我顾，乃杀之！"速曰："诺！"乃朝夫人。夫人见大子。大子三顾，速不进。夫人见其色，啼而走，曰："蒯聩将杀余！"公执其手以登台。大子奔宋。尽逐其党，故公孟驱出奔郑，自郑奔齐。

大子告人曰："戏阳速祸余。"戏阳速告人曰："大子则祸余。大子无道，使余杀其母。余不许，将戕于余；若杀夫人，将以余说。余是故许而弗为，以纾余死。谚曰：'民保于信。'吾以信义也！"

冬十二月，晋人败范、中行氏之师于潞⑩，获籍秦、高强。又败郑师及范氏之师于百泉⑩。

十 五 年 经

十有五年春王正月，邾子来朝。

鼷鼠食郊牛，牛死；改卜牛。

二月辛丑，楚子灭胡，以胡子豹归。

夏五月辛亥，郊。

壬申，公薨于高寝。

郑罕达帅师伐宋。

齐侯、卫侯次于渠蒢。

邾子来奔丧。

秋七月壬申，姒氏卒。

八月庚辰朔，日有食之。

九月，滕子来会葬。

丁巳，葬我君定公；雨，不克葬。戊午，日下昃^⑲，乃克葬。

辛巳，葬定姒。

冬，城漆^⑳。

十五年传

十五年春，邾隐公来朝。子贡观焉。邾子执玉高，其容仰；公受玉卑，其容俯。子贡曰："以礼观之：二君者皆有死亡焉。夫礼，死生存亡之体也。将左右、周旋、进退、俯仰，于是乎取之；朝、祀、丧、戎，于是乎观之。今正月相朝而皆不度，心已亡矣！嘉事不体^㉑，何以能久？高、仰，骄也；卑、俯，替也^㉒。骄近乱，替近疾。君为主，其先亡乎！"

吴之入楚也，胡子尽俘楚邑之近胡者。楚既定，胡子豹又不事楚，曰："存亡有命，事楚何为？多取费焉。"二月，楚灭胡。

夏五月壬申，公薨。仲尼曰："赐不幸言而中。是使赐多言者也！"

郑罕达败宋师于老丘。

齐侯、卫侯次于蘧挐^㉓，谋救宋也。

"秋七月壬申，姒氏卒。"不称"夫人"，不赴，且不祔也。

葬定公，雨，不克襄事，礼也。

"葬定姒"。不称"小君"，不成丧也。

"冬，城漆。"书，不时告也。

---

①简子：韩起之孙不信。　　原寿过：周大夫。

②栽：夯土。

③薛：地名，在今山东省滕县南四十里。

④邳：地名，今江苏邳县东北邳城镇。

⑤成子：叔孙婼之子。

⑥易几：或早或晚错开时间。

⑦公子宋：昭公弟定公。

⑧不敢：叔孙成子名。

⑨阚（kàn，音勘）公氏：鲁国群公之墓地。

⑩驾鹅：荣成伯，鲁大夫。

⑪炀宫：周公之子伯禽的儿子，乃是鲁国首次以小宗代大宗的君，因此季孙意如为了免罪才向炀公庙祷告。

⑫雉门：诸侯三门，库门、雉门、路门。雉门为诸侯宫之南门。　　观：雉门两旁有两观，积土为台，可以在台上观望。

⑬旋：小便。

⑭废：坐。

⑮子常：楚令尹囊瓦。

⑯济：渡。　　汉：汉水。　　南：南渡汉水去楚。

⑰中山：即鲜虞国，战国时为中山国。

⑱祝佗：卫国的太祝，名佗，字子鱼。

⑲皋鼬：郑地，在今河南临颍县南。

⑳璜：夏后氏珍器，半圭曰璋，半璧为璜。

㉑封父：国名，在今河南封丘县。　繁弱：良弓。

㉒密须：春秋时代以前的小城邦，在今甘肃灵台县。

㉓阙巩：阙巩国出铠甲，这里指甲。　沽洗：钟名。

㉔惎（jì，音忌）：谋。　间：犯。

㉕胡：蔡仲名。

㉖重：重耳，晋文公。　申：僖公。　武：叔武。　甲午：庄侯。　捷：文公。　潘：昭公。　王臣：成公。　期：兹丕公。

㉗嚭（pǐ，音痞）：人名。

㉘息：地名，在今河南息县西南。

㉙刭（jǐng，音颈）：割颈。

㉚辛：鬥辛，蔓成然之子。

㉛奖：成。助成天意。

㉜子期：昭王兄公子结。

㉝割子期之心：割破子期胸前取血以盟。

㉞周：赒，救，给。　亟：急难。

㉟玙璠（yú fán，音余烦）：鲁君所佩的宝玉。

㊱改步：步，行步。越尊贵的人，步行越慢越短，故步履不同，贵贱不同，佩玉也不同。

㊲堂谿（xī，音奚）：地名，在今河南遂平县西北。

㊳闉（yīn，音因）舆罢：楚大夫。

㊴歜（chù，音触）：即文伯。　秦遄（chuán，音船）：平子姑婿。

㊵亹（wěi，音伟）：人名。

㊶脾泄：楚邑地，在今湖北江陵县附近。

㊷匡：地名，在今河南长垣县的匡城。

㊸胥靡：地名，在今河南偃师县东。

㊹定：卫定公。　鞶（pán，音盘）鉴：鞶带以鉴为饰。

㊺衅：预兆。

㊻终纍（lěi，音磊）：阖庐之子。夫差兄。

㊼儋翩：子朝余党。

㊽冯：地名，在洛阳市附近。　滑：今河南偃师县缑氏镇。　负黍：今河南登封县西南。　狐人：在今河南临颍县。阙外：即洛阳市南的伊阙外地。

㊾溷（hùn，音诨）：乐祁之子。

㊿仪栗：周邑，在今河南兰考县境。

(51)郓、阳关：均为鲁邑，曾两次属齐，齐今归之。

(52)武公：穆公之子。　桓公：文公之子。

(53)处父：孟氏家臣，成宰公敛阳。

(54)钧：三十斤为一钧，六钧，指张满弓用力六钧。

(55)子钼：齐人。

(56)颜息：鲁人。

(57)冉猛：鲁人。

(58)献子：范鞅。　子梁：乐祁。

(59)大行：晋东南山。

(60)州：地名，在今河南沁阳县东南。

(61)马褐：马衣，用粗麻布制成的短衣。

(62)捘（zùn，音尊）：推。

(63)如：应当。

(64)虫牢：地名，在今河南封丘县北。

⑥季寤：即子言，意如之子，季桓子之弟。　　公钼极：桓子族子，公弥鲁孙。　　公山不狃：费宰。

⑥叔孙辄：叔孙氏的庶子。

⑥叔仲志：定伯带之孙。

⑥三桓：指鲁桓公后人的孟孙、季孙、叔孙三氏。按鲁国惯例，应由三桓中最年长者出任宰相。

⑥阳越：阳虎之从弟。

⑦咋：突然。

⑦歂（chuǎn，音喘）：驷乞之子，子然。

⑦戴氏：指宋国。

⑦竹刑：邓析作刑律，书于竹简，故谓竹刑。

⑦文子：即鲍国。

⑦施氏：鲁大夫。

⑦葱灵：装载衣物的车。

⑦无存：齐人。　　室之：娶妇。

⑦霤（liù，音溜）：城门檐溝。

⑦让登：抢登。

⑧靳：战车驾四马，两旁称骖，中间二马称服。服马背有游环，即靳。

⑧禚（zhuó，音卓）：古邑名，在今山东长清县境。　　媚：古邑名，在今山东禹城县。　　杏：古邑名，在今山东茌平县南博平废治境内。

⑧晳：白色。　　帻（zé，音责）：包头发的巾。

⑧禭（suì，音遂）：赠送死人的衣衾。

⑧犀轩：以犀皮为饰的高贵者所乘之车。　　直盖：高盖，即长柄伞。

⑧仲佗：仲幾之子。　　石驱（kōu，音抠）：褚师段之子。

⑧兹无还：鲁大夫。

⑧牺、象：酒器。

⑧嘉乐：钟、磬。

⑧郓：西郓，今山东省郓城县。　　讙（huān，音欢）：鲁邑，在今山东泰安西南。　　龟阴：在泰安县境。

⑨郈（hòu，音后）：古邑名，在今山东东平东南。

⑨宿：齐邑，在今山东东平县东南二十里。

⑨物：标志。

⑨地：景公之庶母弟，景公胞弟辰之兄。

⑨向魋（tuí，音颓）：司马桓魋。

⑨迋（guàng，音逛）：诳骗。

⑨郊：曹邑，在今山东荷泽县境。

⑨滑罗：卫大夫。

⑨素：空。　　厉：猛。

⑨仲由：字子路。

⑩三都：鲁国三桓之采邑，季孙氏之费、叔孙氏之郈、孟孙氏之成。

⑩垂葭（jiā，音家）：地名，在曹州府钜野县西南境。

⑩乘广：楚国战车名。

⑩赵稷：赵午之子。

⑩范皋夷：范氏侧室子。

⑩五子：范皋夷、梁婴父、知文子、韩简之、魏襄子。

⑩三家：知、韩、魏。

⑩戍：文子之子。

⑩夫人：灵公夫人，南子。党：宋朝之徒。

⑩顿：顿国，今河南项城县西的南顿故城。　　牂（zāng，音脏）：人名。

⑩檇（zuì，音醉）李：地名，在今浙江省嘉兴县南。

⑪归：自首。
⑫灵姑浮：越大夫。
⑬夫差：阖庐嗣子。
⑭蒯聩：卫灵公大子。　　盂：卫国东境之邑。
⑮娄猪：母猪。此处暗指卫灵公夫人南子。
⑯艾豭（jiā，音家）：公猪。此处暗指宋公子朝。
⑰潞：地名，在今山西潞城县东北四十里。
⑱百泉：地名，在今河南辉县西北。
⑲昃（zè，音仄）：日西斜。
⑳漆：地名，在今山东邹县北。
㉑嘉事：朝事。　　体：礼。
㉒替：废惰。
㉓蘧挐（rú，音如）：即渠蒢。

哀 公

元 年 经

元年春王正月，公即位。

楚子、陈侯、随侯、许男围蔡。

鼷鼠食郊牛。改卜牛。

夏四月辛巳，郊。

秋，齐侯、卫侯伐晋。

冬，仲孙何忌帅师伐邾。

元 年 传

元年春，楚子围蔡，报柏举也。里而栽[①]，广丈，高倍。夫屯昼夜九日，如子西之素[②]。蔡人男女以辨。使疆于江、汝之间而还。蔡于是乎请迁于吴。

吴王夫差败越于夫椒[③]，报槜李也。遂入越。越子以甲楯五千保于会稽，使大夫种因吴大宰嚭以行成[④]。吴子将许之，伍员曰：

“不可！臣闻之：‘树德莫如滋，去疾莫如尽。’昔有过浇杀斟灌以伐斟鄩[⑤]，灭夏后相。后缗方娠[⑥]，逃出自窦，归于有仍，生少康焉。为仍牧正，惎浇能戒之[⑦]。浇使椒求之。逃奔有虞，为之庖正[⑧]，以除其害。虞思于是妻之以二姚[⑨]，而邑诸纶，有田一成，有众一旅。能布其德而兆其谋，以收夏众，抚其官职；使女艾谍浇[⑩]，使季杼诱豷[⑪]。遂灭过、戈，复禹之绩，祀夏配天，不失旧物。今吴不如过，而越大于少康，或将丰之，不亦难乎？句践能亲而务施，施不失人，亲不弃劳。与我同壤，而世为仇雠。于是乎克而弗取，将又存之，违天而长寇雠。后虽悔之，不可食已！姬之衰也，日可俟也！介在蛮夷，而长寇雠，以是求伯，必不行矣！”

弗听。退而告人曰："越十年生聚，而十年教训，二十年之外，吴其为沼乎！"三月，越及吴平。"吴入越"不书，吴不告庆，越不告败也。

夏四月，齐侯、卫侯裘邯郸，围五鹿。

吴之人楚也，使召陈怀公。怀公朝国人而问焉，曰："欲与楚者右，欲与吴者左。陈人从田，无田从党。"逢滑当公而进，曰："臣闻国之兴也以福，其亡也以祸。今吴未有福，楚未有祸，楚未可弃，吴未可从。而晋，盟主也；若以晋辞吴，若何？"公曰："国胜君亡，非祸而何？"对曰："国之有是多矣，何必不复？小国犹复，况大国乎？臣闻：国之兴也，视民如伤，是其福也；其亡也，以民为土芥，是其祸也。楚虽无德，亦不艾杀其民。吴日敝于兵，暴骨如莽，而未见德焉。天其或者正训楚也。祸之适吴，其何日之有？"陈侯从之。及夫差克越，乃修先君之怨。秋八月，吴侵陈，修旧怨也。

齐侯、卫侯会于乾侯，救范氏也。师及齐师、卫孔圉、鲜虞人伐晋，取棘蒲。

吴师在陈，楚大夫皆惧，曰："阖庐惟能用其民，以败我于柏举。今闻其嗣又甚焉，将若之何？"子西曰："二三子恤不相睦，无患吴矣。昔阖庐食不二味，居不重席，室不崇坛⑫，器不彤镂，宫室不观⑬，舟车不饰，衣服财用择不取费。在国，天有灾疠，亲巡孤寡而共其乏困。在军，孰食者分而后敢食，其所尝者，卒乘与焉。勤恤其民而与之劳逸，是以民不罢劳，死知不旷。吾先大夫子常易之，所以败我也。今闻夫差：次有台榭陂池焉，宿有妃嫱、嫔御焉；一日之行，所欲必成，玩好必从，珍异是聚，观乐是务；视民如雠，而用之日新。夫先自败也已，安能败我？"

冬十一月，晋赵鞅伐朝歌。

二　年　经

二年春王二月，季孙斯、叔孙州仇、仲孙何忌帅师伐邾，取漷东田及沂西用。癸巳，叔孙州仇、仲孙何忌及邾子盟于句绎。

夏四月丙子，卫侯元卒。

滕子来朝。

晋赵鞅帅师纳卫世子蒯聩于戚。

秋八月甲戌，晋赵鞅帅师及郑罕达帅师战于铁，郑师败绩。

冬十月，葬卫灵公。

十有一月，蔡迁于州来。

蔡杀其大夫公子驷。

二　年　传

二年春，伐邾，将伐绞⑭。邾人爱其土，故赂以漷、沂之田而受盟。

初，卫侯游于郊，子南仆⑮。公曰："余无子，将立女。"不对。他日，又谓之。对曰："郢不足以辱社稷，君其改图！君夫人在堂，三揖在下，君命祗辱。"夏，卫灵公卒。夫人曰："命公子郢为大子，君命也！"对曰："郢异于他子；且君没于吾手，若有之，郢必闻之。且亡人之子辄在⑯。"乃立辄。

六月乙酉，晋赵鞅纳卫大子于戚。宵迷，阳虎曰："右河而南，必至焉。"使大子絻，八人衰经，伪自卫逆者。告于门，哭而入，遂居之。

秋八月，齐人输范氏粟，郑子姚、子般送之。士吉射逆之，赵鞅御之。遇于戚。阳虎曰："吾车少，以兵车之旆与罕、驷兵车先陈。罕、驷自后随而从之。彼见吾貌，必有惧心。于是乎会之，必大败之！"从之。卜战，龟焦。乐丁曰⑰："《诗》曰：'爰始爰谋，爰契我龟。'谋协，以故兆询可也。"简子誓曰："范氏、中行氏反易天明⑱，斩艾百姓，欲擅晋国而灭其君。寡君恃郑而保焉。今郑为不道，弃君助臣，二三子顺天明，从君命，经德义，除诟耻，在此行也！克敌者，上大夫受县，下大夫受郡，士田十万，庶人、工、商遂，人臣隶圉免。志父无罪⑲，君实图之！若其有罪，绞缢以戮，桐棺三寸，不设属辟⑳，素车、朴马，无入于兆㉑，下卿之罚也。"

甲戌，将战，邮无恤御简子，卫大子为右。登铁上，望见郑师众，大子惧，自投于车下。子良授大子绥而乘之，曰："妇人也！"简子巡列，曰："毕万，匹夫也，七战皆获，有马百乘，死于牖下。群子勉之！死不在寇。"繁羽御赵罗，宋勇为右。罗无勇，麋之。吏诘之，御对曰："疟作而伏㉒。"卫大子祷曰："曾孙蒯聩敢昭告皇祖文王、烈祖康叔、文祖襄公：郑胜乱从㉓，晋午在难㉔，不能治乱，使鞅讨之。蒯聩不敢自佚，备持矛焉。敢告无绝筋，无折骨，无面伤，以集大事，无作三祖羞。大命不敢请，佩玉不敢爱。"

郑人击简子中肩，毙于车中㉕。获其蜂旗。大子救之以戈，郑师北，获温大夫赵罗。大子复伐之，郑师大败，获齐粟千车。赵孟喜曰："可矣！"傅傁曰："虽克郑，犹有知在，忧未艾也。"

初，周人与范氏田。公孙尨税焉，赵氏得而献之。吏请杀之，赵孟曰："为其主也，何罪？"止，而与之田。及铁之战，以徒五百人宵攻郑师，取蜂旗于子姚之幕下，献，曰："请报主德！"追郑师。姚、般、公孙林殿而射，前列多死。赵孟曰："国无小！"

既战，简子曰："吾伏弢呕血㉖，鼓音不衰，今日我上也！"大子曰："吾救主于车，退敌于下；我，右之上也！"邮良曰："我两靷将绝，吾能止之；我，御之上也！"驾而乘材，两靷皆绝。吴泄庸如蔡纳聘，而稍纳师。师毕入，众知之。蔡侯告大夫，杀公子驷以说。哭而迁墓。冬，蔡迁于州来。

三 年 经

三年春，齐国夏、卫石曼姑帅师围戚。

夏四月甲午，地震。

五月辛卯，桓宫、僖宫灾。

季孙斯、叔孙州仇帅师城启阳。

宋乐髡帅师伐曹。

秋七月丙子，季孙斯卒。

蔡人放其大夫公孙猎于吴。

冬十月癸卯，秦伯卒。

叔孙州仇、仲孙何忌帅师围邾。

三 年 传

三年春，齐、卫围戚，求援于中山。

夏五月辛卯，司铎火。火逾公宫，桓、僖灾。救火者皆曰："顾府㉗！"南宫敬叔至，命周人出御书，俟于宫，曰："庀女㉘！而不在，死！"子服景伯至，命宰人出礼书以待命，命不共有常刑；校人乘马，巾车脂辖；百官官备，府库慎守，官人肃给；济濡帷幕，郁攸从之㉙，蒙茸公屋，自大庙始，外内以倅；助所不给："有不用命，则有常刑，无赦！"公父文伯至，命校人驾乘车。季桓子至，御公立于象魏之外㉚，命救火者："伤人则止。财可为也。"命藏象魏，曰："旧章不可亡也！"富父槐至，曰："无备而官办者，犹拾沈也㉛。"于是乎去表之槀㉜，道还公宫㉝。孔子在陈，闻火，曰："其桓、僖乎！"

刘氏、范氏世为婚姻，苌弘事刘文公，故周与范氏。赵鞅以为讨。六月癸卯，周人杀苌弘。

秋，季孙有疾，命正常曰㉞："无死！南孺子之子㉟，男也，则以告而立之；女也，则肥也可㊱。"季孙卒，康子即位。既葬，康子在朝。南氏生男，正常载以如朝，告曰："夫子有遗言，命其圉臣曰：'南氏生男，则以告于君与大夫而立之。'今生矣，男也，敢告。"遂奔卫。康子请退。公使共刘视之㊲，则或杀之矣。乃讨之。召正常，正常不反。

冬十月，晋赵鞅围朝歌，师于其南。荀寅伐其郛，使其徒自北门入，己犯师而出。癸丑，奔邯郸。十一月，赵鞅杀士皋夷，恶范氏也。

四 年 经

四年春王二月庚戌，盗杀蔡侯申。

蔡公孙辰出奔吴。

葬秦惠公。

宋人执小邾子。

夏，蔡杀其大夫公孙姓、公孙霍。

晋人执戎蛮子赤，归于楚。

城西郛。

六月辛丑，亳社灾。

秋八月甲寅，滕子结卒。

冬十有二月，葬蔡昭公。葬滕顷公。

四 年 传

四年春，蔡昭侯将如吴。诸大夫恐其又迁也，承公孙翩逐而射之；入于家人而卒。以两矢门之，众莫敢进。文之锴后至㊳，曰："如墙而进，多而杀二人。"锴执弓而先，翩射之，中肘；锴遂杀之。故逐公孙辰，而杀公孙姓、公孙盱。

夏，楚人既克夷虎，乃谋北方。左司马眅、申公寿馀、叶公诸梁致蔡于负函㊴，致方城之外于缯关㊵，曰："吴将溯江入郢㊶，将奔命焉。"为一昔之期，袭梁及霍。单浮馀围蛮氏，蛮氏溃，蛮子赤奔晋阴地。司马起丰、析与狄戎以临上雒，左师军于菟和，右师军于仓野，使谓阴地之命大夫士蔑曰："晋楚有盟，好恶同之。若将不废，寡君之愿也。不然，将通于少习以听命！"士蔑请诸赵孟，赵孟曰："晋国未宁，安能恶于楚？必速与之！"士蔑乃致九州之戎，将裂田以与蛮子而城之，且将为之卜。蛮子听卜，遂执之与其五大夫，以畀楚师于三户。司马致邑立宗焉，以诱其遗民，而尽俘以归。

秋七月，齐陈乞、弦施、卫宁跪救范氏㊷。庚午，围五鹿。九月，赵鞅围邯郸。冬十一月，邯郸降。荀寅奔鲜虞，赵稷奔临。十二月，弦施逆之，遂堕临。国夏伐晋，取邢、任、栾、鄗、逆畤、阴人、盂、壶口，会鲜虞，纳荀寅于柏人。

五 年 经

五年春，城毗。

夏，齐侯伐宋。

晋赵鞅帅师伐卫。

秋九月癸酉，齐侯杵臼卒。

冬，叔还如齐。

闰月，葬齐景公。

五 年 传

五年春，晋围柏人，荀寅、士吉射奔齐。初，范氏之臣王生恶张柳朔，言诸昭子，使为柏人。昭子曰："夫非而雠乎？"对曰："私雠不及公，好不废过，恶不去善，义之经也。臣敢违之？"及范氏出，张柳朔谓其子："尔从主，勉之！我将止死。王生授我矣，吾不可以僭之！"遂死于柏人。

夏，赵鞅伐卫，范氏之故也，遂围中牟。

齐燕姬生子[43]，不成而死。诸子鬻姒之子荼嬖，诸大夫恐其为大子也，言于公曰："君之齿长矣，未有大子，若之何？"公曰："二三子间于忧虞，则有疾疢。亦姑谋乐，何忧于无君？"公疾，使国惠子、高昭子立荼，置群公子于莱。秋，齐景公卒。冬十月，公子嘉、公子驹、公子黔奔卫，公子𬩽、公子阳生来奔。莱人歌之，曰："景公死乎不与埋，三军之事乎不与谋；师乎师乎[44]，何党之乎[45]？"

郑驷秦富而侈，嬖大夫也，而常陈卿之车服于其庭。郑人恶而杀之。子思曰[46]："《诗》曰：'不解于位，民之攸塈[47]。'不守其位，而能久者，鲜矣。《商颂》曰：'不僭不滥，不敢怠皇，命以多福。'"

六 年 经

六年春，城邾瑕。

晋赵鞅帅师伐鲜虞。

吴伐陈。

夏，齐国夏及高张来奔。

叔还会吴于柤[48]。

秋，七月庚寅，楚子轸卒。

齐阳生入于齐。

齐陈乞弑其君荼。

冬，仲孙何忌帅师伐邾。

宋向巢帅师伐曹。

六 年 传

六年春，晋伐鲜虞，治范氏之乱也。

"吴伐陈"，复修旧怨也。楚子曰："吾先君与陈有盟，不可以不救！"乃救陈，师于城父⑲。

齐陈乞伪事高、国者⑳，每朝必骖乘焉。所从必言诸大夫，曰："彼皆偃蹇㉑，将弃子之命，皆曰：'高、国得君，必偪我，盍去诸？'固将谋子，子早图之！图之，莫如尽灭之。需㉒，事之下也。"及朝，则曰："彼，虎狼也，见我在子之侧，杀我无日矣，请就之位。"又谓诸大夫曰："二子者祸矣，恃得君而欲谋二三子，曰：'国之多难，贵宠之由。尽去之而后君定。'既成谋矣。盍及其未作也，先诸？作而后，悔亦无及也！"大夫从之。夏六月戊辰，陈乞、鲍牧及诸大夫以甲入于公宫。昭子闻之，与惠子乘如公。战于庄，败。国人追之，国夏奔莒，遂及高张、晏圉、弦施来奔。

秋七月，楚子在城父，将救陈。卜战，不吉；卜退，不吉。王曰："然则死也！再败楚师，不如死！弃盟逃雠，亦不如死！死一也，其死雠乎！"命公子申为王㉝，不可；则命公子结㉞，亦不可；则命公子启㉟，五辞而后许。将战，王有疾。庚寅，昭王攻大冥，卒于城父。子闾退，曰："君王舍其子而让，群臣敢忘君乎？从君之命，顺也。立君之子，亦顺也。二顺不可失也！"与子西、子期谋，潜师闭涂，逆越女之子章立之，而后还㊱。

是岁也，有云如众赤鸟，夹日以飞，三日，楚子使问诸周大史，周大史曰："其当王身乎？若祟之㊲，可移于令尹、司马。"王曰："除腹心之疾，而寘诸股肱，何益？不穀不有大过，天其夭诸？有罪受罚，又焉移之？"遂弗祟。

初，昭王有疾，卜曰："河为祟。"王弗祭。大夫请祭诸郊，王曰："三代命祀，祭不越望。江、汉、雎、漳，楚之望也。祸福之至，不是过也。不穀虽不德，河非所获罪也。"遂弗祭。孔子曰："楚昭王知大道矣！其不失国也宜哉！《夏书》曰：'惟彼陶唐，帅彼天常，有此冀方。今失其行，乱其纪纲，乃灭而亡。'又曰：'允出兹在兹㊳。'由己率常㊴，可矣！"

八月，齐邴意兹来奔。

陈僖子使召公子阳生。阳生驾而见南郭且于㊵，曰："尝献马于季孙，不入于上乘，故又献此，请与子乘之。"出莱门而告之故。阚止知之，先待诸外。公子曰："事未可知。反，与壬也处㊶！"戒之，遂行。逮夜，至于齐，国人知之。僖子使子士之母养之㊷，与馈者皆入。

冬十月丁卯，立之。将盟，鲍子醉而往。其臣差车鲍点曰㊸："此谁之命也？"陈子曰："受命于鲍子。"遂诬鲍子，曰："子之命也！"鲍子曰："女忘君之为孺子牛而折其齿乎㊹，而背之也？"悼公稽首，曰："吾子，奉义而行者也。若我可，不必亡一大夫；若我不可，不必亡一公子。义则进，否则退，敢不唯子是从？废兴无以乱，则所愿也。"鲍子曰："谁非君之子？"乃受盟。使胡姬以安孺子如赖㊺，去鬻姒，杀王甲，拘江说，囚王豹于句窦之丘。

公使朱毛告于陈子㊻，曰："微子，则不及此。然君异于器，不可以二。器二不匮，君二多难。敢布诸大夫！"僖子不对而泣，曰："君举不信群臣乎？以齐国之困，困又有忧，少君不可以访，是以求长君。庶亦能容群臣乎？不然，夫孺子何罪？"毛复命，公悔之。毛曰："君大访于陈子㊼，而图其小可也㊽。"使毛迁孺子于骀㊾，不至，杀诸野幕之下，葬诸殳冒淳㊿。

七 年 经

七年春，宋皇瑗帅师侵郑。

晋魏曼多帅师侵卫。

夏，公会吴于鄫。

秋，公伐邾。八月己酉，入邾，以邾子益来。

宋人围曹。

冬，郑驷弘帅师救曹。

七 年 传

七年春，宋师侵郑，郑叛晋故也。

晋师侵卫，卫不服也。

夏，公会吴于鄫。吴来征百牢⑦，子服景伯对曰："先王未之有也。"吴人曰："宋百牢我，鲁不可以后宋。且鲁牢晋大夫过十，吴王百牢，不亦可乎！"景伯曰；"晋范鞅贪而弃礼，以大国惧敝邑，故敝邑十一牢之。君若以礼命于诸侯，则有数矣。若亦弃礼，则有淫者矣。周之王也，制礼，上物不过十二，以为天之大数也。今弃周礼而曰必百牢，亦唯执事。"吴人弗听，景伯曰："吴将亡矣，弃天而背本。不与，必弃疾于我。"乃与之。

大宰嚭召季康子⑦，康子使子贡辞。大宰嚭曰："国君道长而大夫不出门，此何礼也？"对曰："岂以为礼？畏大国也！大国不以礼命于诸侯，苟不以礼，岂可量也？寡君既共命焉，其老岂敢弃其国？大伯端委以治周礼；仲雍嗣之，断发文身，裸以为饰，岂礼也哉？有由然也！"

反自鄫。以吴为无能为也，季康子欲伐邾，乃飨大夫以谋之。子服景伯曰："小所以事大，信也；大所以保小，仁也。背大国，不信；伐小国，不仁。民保于城，城保于德。失二德者，危，将焉保？"孟孙曰："二三子以为何如？恶贤而逆之？"对曰："禹合诸侯于涂山，执玉帛者万国。今其存者，无数十焉，唯大不字小、小不事大也。知必危，何故不言？鲁德如邾，而以众加之，可乎？"不乐而出。

秋，伐邾。及范门，犹闻钟声。大夫谏，不听。茅成子请告于吴，不许，曰："鲁击柝闻于邾。吴二千里，不三月不至，何及于我？且国内岂不足？"成子以茅叛⑦。师遂入邾，处其公宫。众师昼掠，邾众保于绎。师宵掠，以邾子益来，献于亳社；囚诸负瑕⑦，负瑕故有绎⑦。

邾茅夷鸿以束帛乘韦自请救于吴，曰；"鲁弱晋而远吴，冯恃其众，而背君之盟，辟君之执事，以陵我小国。邾非敢自爱也，惧君威之不立。君威之不立，小国之忧也。若夏盟于鄫衍，秋而背之，成求而不违，四方诸侯其何以事君？且鲁赋八百乘，君之贰也；邾赋六百乘，君之私也。以师奉贰，唯君图之！"吴子从之。

宋人围曹。郑桓子思曰："宋人有曹，郑之患也。不可以不救！"冬，郑师救曹，侵宋。

初，曹人或梦众君子立于社宫，而谋亡曹。曹叔振铎请待公孙强，许之。旦而求之曹，无之。戒其子曰："我死，尔闻公孙强为政，必去之！"及曹伯阳即位，好田弋。曹鄙人公孙强好弋，获白雁，献之，且言田弋之说；说之，因访政事，大说之。有宠，使为司城以听政。梦者之子乃行。

强言霸说于曹伯，曹伯从之，乃背晋而奸宋。宋人伐之，晋人不救，筑五邑于其郊，曰黍丘、揖丘、大城、钟、邘。

八 年 经

八年春王正月，宋公入曹，以曹伯阳归。

吴伐我。

夏，齐人取谨及阐。

归邾子益于邾。

秋七月。

冬十有二月癸亥，杞伯过卒。

齐人归谨及阐。

八 年 传

八年春，宋公伐曹。将还，褚师子肥殿。曹人诟之。不行，师待之。公闻之，怒，命反之，遂灭曹，执曹伯阳及司城强以归，杀之。

吴为邾故，将伐鲁，问于叔孙辄。叔孙辄对曰："鲁有名而无情。伐之，必得志焉！"退而告公山不狃，公山不狃曰："非礼也！君子违，不适雠国。未臣而有伐之，奔命焉，死之可也！所托也则隐。且夫人之行也，不以所恶废乡。今子以小恶而欲覆宗国，不亦难乎！若使子率，子必辞！王将使我。"子张疾之。

王问于子泄⑦，对曰："鲁虽无与立，必有与毙。诸侯将救之，未可以得志焉。晋与齐、楚辅之，是四雠也。夫鲁，齐、晋之唇。唇亡齿寒，君所知也。不救何为？"

三月，吴伐我。子泄率，故道险，从武城。初，武城人或有因于吴竟田焉，拘鄫人之沤菅者，曰："何故使吾水滋⑦？"及吴师至，拘者道之以伐武城，克之。王犯尝为之宰⑦，澹台子羽之父好焉⑦，国人惧。懿子谓景伯："若之何？"对曰："吴师来，斯与之战，何患焉？且召之而至，又何求焉？"

吴师克东阳而进，舍于五梧。明日，舍于蚕室。公宾庚、公甲叔子与战于夷，获叔子与析朱钼，献于王。王曰："此同车，必使能，国未可望也。"明日，舍于庚宗，遂次于泗上。

微虎欲宵攻王舍，私属徒七百人，三踊于幕庭；卒三百人，有若与焉。及稷门之内，或谓季孙曰："不足以害吴，而多杀国士，不如已也。"乃止之。吴子闻之，一夕三迁。

吴人行成。将盟，景伯曰："楚人围宋，易子而食，析骸而爨，犹无城下之盟。我未及亏而有城下之盟，是弃国也。吴轻而远，不能久，将归矣，请少待之。"弗从。景伯负载，造于莱门。乃请释子服何于吴，吴人许之，以王子姑曹当之，而后止。吴人盟而还。

齐悼公之来也，季康子以其妹妻之，即位而逆之。季鲂侯通焉⑧；女言其情，弗敢与也。齐侯怒。夏五月，齐鲍牧帅师伐我，取谨及阐。

或谮胡姬于齐侯，曰："安孺子之党也。"六月，齐侯杀胡姬。

齐侯使如吴请师，将以伐我。乃归邾子。邾子又无道，吴子使大宰子馀讨之，囚诸楼台，栫之以棘⑧；使诸大夫奉大子革以为政⑧。

秋，及齐平。九月，臧宾如如齐莅盟⑧。齐闾丘明来莅盟⑧，且逆季姬以归，嬖。

鲍牧又谓群公子曰："使女有马千乘乎？"公子愬之。公谓鲍子："或谮子，子姑居于潞以察之。若有之，则分室以行；若无之，则反子之所。"出门，使以三分之一行；半道，使以二乘；及潞，麇之以入，遂杀之。

冬十二月，齐人归谨及阐，季姬嬖故也。

九 年 经

九年春王二月，葬杞僖公。

宋皇瑗帅师取郑师于雍丘。

夏，楚人伐陈。

秋，宋公伐郑。

冬十月。

九 年 传

九年春，齐侯使公孟绰辞师于吴。吴子曰："昔岁寡人闻命，今又革之，不知所从，将进受命于君。"

郑武子剩之嬖许瑕求邑⑧，无以与之。请外取，许之；故围宋雍丘。宋皇瑗围郑师，每日迁舍，垒合。郑师哭。子姚救之，大败。二月甲戌，宋取郑师于雍丘，使有能者无死，以郑张与郑罗归。

"夏，楚人伐陈"，陈即吴故也。

宋公伐郑。

秋，吴城邗⑧，沟通江、淮。

晋赵鞅卜救郑，遇水适火，占诸史赵、史墨、史龟。史龟曰："'是谓沈阳，可以兴兵；利以伐姜，不利子商⑧。'伐齐则可，敌宋不吉。"史墨曰："盈，水名也。子，水位也。名位敌，不可干也。炎帝为火师，姜姓其后也。水胜火，伐姜则可。"史赵曰："是谓如川之满，不可游也。郑方有罪，不可救也。救郑则不吉，不知其他。"阳虎以《周易》筮之，遇"泰☷☰"之"需☵☰"，曰："宋方吉，不可与也。微子启，帝乙之元子也⑧。宋、郑，甥舅也。祉，禄也。若帝乙之元子归妹而有吉禄⑧，我安得吉焉。"乃止。

冬，吴子使来儆师伐齐。

十 年 经

十年春王二月，邾子益来奔。

公会吴伐齐。

三月戊戌，齐侯阳生卒。

夏，宋人伐郑。

晋赵鞅帅师侵齐。

五月，公至自伐齐。

葬齐悼公。

卫公孟驱自齐归于卫。

薛伯夷卒。

秋，葬薛惠公。

冬，楚公子结帅师伐陈。吴救陈。

十 年 传

十年春，邾隐公来奔。齐甥也，故遂奔齐。

公会吴子、邾子、郯子伐齐南鄙，师于鄎⑨。齐人弑悼公，赴于师。吴子三日哭于军门之外。徐承帅舟师将自海入齐，齐人败之，吴师乃还。

夏，赵鞅帅师伐齐，大夫请卜之。赵孟曰："吾卜于此起兵。事不再令，卜不袭吉。行也！"于是乎取犁及辕，毁高唐之郭，侵及赖而还。

秋，吴子使来复儆师。

冬，楚子期伐陈。吴延州来季子救陈⑨，谓子期曰："二君不务德而力争诸侯，民何罪焉？我请退，以为子名，务德而安民。"乃还。

十 一 年 经

十有一年春，齐国书帅师伐我。

夏，陈辕颇出奔郑。

五月，公会吴伐齐。

甲戌，齐国书帅师及吴战于艾陵，齐师败绩。获齐国书。

秋七月辛酉，滕子虞毋卒。

冬十有一月，葬滕隐公。

卫世叔齐出奔宋。

十 一 年 传

十一年春，齐为鄎故，国书、高无㔻帅师伐我，及清。季孙谓其宰冉求曰："齐师在清，必鲁故也。若之何？"求曰："一子守，二子从公御诸竟。"季孙曰："不能。"求曰："居封疆之间。"季孙告二子，二子不可。求曰："若不可，则君无出。一子帅师，背城而战，不属者，非鲁人也。鲁之群室，众于齐之兵车，一室敌车优矣⑫，子何患焉？二子之不欲战也宜，政在季氏。当子之身，齐人伐鲁而不能战，子之耻也，大不列于诸侯矣！"

季孙使从于朝⑬，俟于党氏之沟。武叔呼而问战焉，对曰："君子有远虑，小人何知？"懿子强问之⑭，对曰："小人虑材而言，量力而共者也。"武叔曰："是谓我不成丈夫也。"退而蒐乘。孟孺子泄帅右师⑮，颜羽御，邴泄为右。冉求帅左师，管周父御，樊迟为右⑯。季孙曰："须也弱。"有子曰："就用命焉。"季氏之甲七千，冉有以武城人三百为己徒卒，老幼守宫，次于雩门之外。五日，右师从之。公叔务人见保者而泣，曰："事充政重，上不能谋，士不能死，何以治民？吾既言之矣，敢不勉乎？"

师及齐师战于郊。齐师自稷曲。师不逾沟，樊迟曰："非不能也。不信子也。请三刻而逾之。"如之。众从之。师入齐军。

右师奔，齐人从之。陈瓘、陈庄涉泗。孟之侧后入以为殿，抽矢策其马，曰："马不进也！"林不狃之伍曰："走乎？"不狃曰："谁不如？"曰："然则止乎⑰？"不狃曰："恶贤⑱？"徐步而死。

师获甲首八十，齐人不能师。宵谍曰："齐人遁。"冉有请从之三，季孙弗许。

孟孺子语人曰："我不如颜羽，而贤于邴泄。子羽锐敏，我不欲战而能默，泄曰'驱之'。"

公为与其嬖僮汪锜乘，皆死，皆殡。孔子曰："能执干戈以卫社稷，可无殇也[93]！"冉有用矛于齐师，故能入其军。孔子曰："义也！"

夏，陈辕颇出奔郑。初，辕颇为司徒，赋封田以嫁公女；有馀，以为己大器。国人逐之，故出。道渴，其族辕咺进稻醴、粱糗、腵脯焉[94]。喜曰："何其给也？"对曰："器成而具。"曰："何不吾谏？"对曰："惧先行。"

为郊战故，公会吴子伐齐。五月，克博。壬申，至于嬴。中军从王，胥门巢将上军，王子姑曹将下军，展如将右军。

齐国书将中军，高无丕将上军，宗楼将下军。陈僖子谓其弟书："尔死，我必得志！"宗子阳与闾丘明相厉也。桑掩胥御国子，公孙夏曰："二子必死。"将战，公孙夏命其徒歌《虞殡》。陈子行命其徒具含玉。公孙挥命其徒曰："人寻约[95]！吴发短。"东郭书曰："三战必死。于此三矣！"使问弦多以琴，曰："吾不复见子矣！"陈书曰："此行也，吾闻鼓而已，不闻金矣[96]！"

甲戌，战于艾陵。展如败高子。国子败胥门巢，王卒助之，大败齐师，获国书、公孙夏、闾丘明、陈书、东郭书，革车八百乘，甲首三千，以献于公。

将战，吴子呼叔孙，曰："而事何也？"对曰："从司马。"王赐之甲、剑铍，曰："奉尔君事，敬无废命！"叔孙未能对。卫赐进，曰："州仇奉甲从君！"而拜。

公使大史固归国子之元[97]，寘之新箧，裹之以玄纁[98]，加组带焉；寘书于其上，曰："天若不识不衷，何以使下国？"

吴将伐齐，越子率其众以朝焉，王及列士皆有馈赂。吴人皆喜，惟子胥惧，曰；"是豢吴也夫！"谏曰："越在我，心腹之疾也。壤地同，而有欲于我。夫其柔服，求济其欲也。不知早从事焉！得志于齐，犹获石田也，无所用之。越不为沼，吴其泯矣！使医除疾，而曰'必遗类焉'者，未之有也。《盘庚之诰》曰：'其有颠越不共，则劓殄无遗育，无俾易种于兹邑。'是商所以兴也。今君易之，将以求大，不亦难乎！"弗听。使于齐，属其子于鲍氏，为王孙氏。反役，王闻之，使赐之属镂以死[99]。将死，曰："树吴墓槚[100]，槚可材也。吴其亡乎！三年，其始弱矣。盈必毁，天之道也。"

秋，季孙命修守备，曰："小胜大，祸也。齐至无日矣！"

冬，卫大叔疾出奔宋。初，疾娶于宋子朝，其娣嬖。子朝出，孔文子使疾出其妻，而妻之。疾使侍人诱其初妻之娣，寘于犁，而为之一宫，如二妻。文子怒，欲攻之，仲尼止之。遂夺其妻。或淫于外州，外州人夺之轩以献。耻是二者，故出。卫人立遗，使室孔姞。疾臣向魋纳美珠焉，与之城钼。宋公求珠，魋不与，由是得罪。及桓氏出，城钼人攻大叔疾，卫庄公复之，使处巢。死焉，殡于郧，葬于少禘。

初，晋悼公子愁亡在卫，使其女仆而田。大叔懿子止而饮之酒，遂聘之；生悼子。悼子即位，故夏戊为大夫。悼子亡，卫人翦夏戊[101]。

孔文子之将攻大叔也，访于仲尼。仲尼曰："胡簋之事则尝学之矣[102]，甲兵之事未之闻也。"退，命驾而行，曰："鸟则择木，木岂能择鸟？"文子遽止之，曰："圉岂敢度其私？访卫国之难也。"将止，鲁人以币召之，乃归。

季孙欲以田赋，使冉有访诸仲尼。仲尼曰："丘不识也。"三发，卒曰："子为国老，待子而行，若之何子之不言也？"仲尼不对，而私于冉有曰："君子之行也，度于礼：施取其厚，事举其中，敛从其薄。如是则以丘亦足矣。若不度于礼，而贪冒无厌，则虽以田赋，将又不足。且子季孙若欲行而法，则周公之典在；若欲苟而行，又何访焉？"弗听。

十二年经

十有二年春，用田赋。

夏五月甲辰，孟子卒。

公会吴于橐皋。

秋，公会卫侯、宋皇瑗于郧。

宋向巢帅师伐郑。

冬十有二月，螽。

十二年传

十二年春王正月，用田赋。

夏五月，昭夫人孟子卒。昭公娶于吴，故不书姓。死不赴，故不称"夫人"。不反哭，故不言"葬小君"。孔子与吊，适季氏。季氏不说。放绖而拜。

公会吴于橐皋。吴子使大宰嚭请寻盟。公不欲，使子贡对曰："盟所以周信也，故心以制之，玉帛以奉之，言以结之，明神以要之。寡君以为苟有盟焉，弗可改也已；若犹可改，日盟何益？今吾子曰'必寻盟'，若可寻也，亦可寒也。"乃不寻盟。

吴徵会于卫。初，卫人杀吴行人且姚而惧，谋于行人子羽。子羽曰："吴方无道，无乃辱吾君？不如止也。"子木曰："吴方无道。国无道，必弃疾于人。吴虽无道，犹足以患卫。往也！长木之毙，无不摽也；国狗之瘈，无不噬也；而况大国乎？"

秋，卫侯会吴于郧。公及卫侯、宋皇瑗盟，而卒辞吴盟。吴人藩卫侯之舍。子服景伯谓子贡曰："夫诸侯之会，事既毕矣，侯伯致礼，地主归饩，以相辞也。今吴不行礼于卫，而藩其君舍以难之，子盍见大宰？"乃请束锦以行。语及卫故，大宰嚭曰："寡君愿事卫君，卫君之来也缓，寡君惧，故将止之。"子贡曰："卫君之来，必谋于其众，其众或欲或否，是以缓来。其欲来者，子之党也；其不欲来者，子之雠也。若执卫君，是堕党而崇雠也，夫堕子者得其志矣。且合诸侯而执卫君，谁敢不惧？堕党、崇雠而惧诸侯，或者难以霸乎？"大宰嚭说，乃舍卫侯。

卫侯归，效夷言。子之尚幼，曰："君必不免，其死于夷乎！执焉而又说其言，从之固矣！"

冬十二月，螽。季孙问诸仲尼，仲尼曰："丘闻之：火伏而后蛰者毕。今火犹西流，司历过也。"

宋郑之间有隙地焉，曰弥作、顷丘、玉畅、嵒、戈、锡。子产与宋人为成，曰："勿有是！"及宋平、元之族自萧奔郑，郑人为之城嵒、戈、锡。九月，宋向巢伐郑，取锡，杀元公之孙；遂围嵒。十二月，郑罕达救嵒。丙申，围宋师。

十三年经

十有三年春，郑罕达帅师取宋师于嵒。

夏，许男成卒。

公会晋侯及吴子于黄池。

楚公子申帅师伐陈。

於越入吴。

秋，公至自会。

晋魏曼多帅师侵卫。

葬许元公。

九月，螽。

冬十有一月，有星孛于东方。

盗杀陈夏区夫。

十有二月，螽。

十三年传

十三年春，宋向魋救其师。郑子剩使徇曰："得桓魋者有赏！"魋也逃归。遂取宋师于喦，获成讙、郜延。以六邑为虚。

夏，公会单平公、晋家公、吴夫差于黄池。

六月丙子，越子伐吴，为二隧。畴无馀、讴阳自南方^⑮，先及郊。吴大子友、王子地、王孙弥庸、寿於姚自泓上观之^⑯。弥庸见姑蔑之旗，曰："吾父之旗也。不可以见雠而弗杀也！"大子曰："战而不克，将亡国。请待之！"弥庸不可，属徒五千，王子地助之。乙酉，战，弥庸获畴无馀，地获讴阳。越子至，王子地守。丙戌复战，大败吴师，获大子友、王孙弥庸、寿於姚。丁亥入吴，吴人告败于王。王恶其闻也，自刭七人于幕下。

秋七月辛丑，盟，吴、晋争先。吴人曰："于周室，我为长。"晋人曰："于姬姓，我为伯。"赵鞅呼司马寅曰："日旰矣，大事未成，二臣之罪也！建鼓整列，二臣死之，长幼必可知也！"对曰："请姑视之！"反，曰："肉食者无墨。今吴王有墨，国胜乎？大子死乎？且夷德轻，不忍久，请少待之。"乃先晋人。

吴人将以公见晋侯，子服景伯对使者曰："王合诸侯，则伯帅侯牧以见于王^⑰。伯合诸侯，则侯帅子、男以见于伯。自王以下，朝聘玉帛不同，故敝邑之职贡于吴，有丰于晋，无不及焉，以为伯也。今诸侯会，而君将以寡君见晋君，则晋成为伯矣，敝邑将改职贡：鲁赋于吴八百乘，若为子、男，则将半邾以属于吴，而如邾以事晋。且执事以伯召诸侯，而以侯终之，何利之有焉？"吴人乃止。既而悔之，将囚景伯，景伯曰："何也立后于鲁矣^⑱；将以二乘与六人从，迟速唯命！"遂囚以还。及户牖^⑲，谓大宰曰；"鲁将以十月上辛有事于上帝、先王，季辛而毕。何世有职焉，自襄以来，未之改也。若不会，祝宗将曰：'吴实然。'且谓：'鲁不共，而执其贱者七人，何损焉？'"大宰嚭言于王曰："无损于鲁，而祇为名，不如归之。"乃归景伯。

吴申叔仪乞粮于公孙有山氏，曰："佩玉繠兮^⑳，余无所系之。旨酒一盛兮，余与褐之父睨之^㉑。"对曰："粱则无矣，粗则有之。若登首山以呼曰：'庚癸乎^㉒！'则诺。"

王欲伐宋，杀其丈夫而囚其妇人。大宰嚭曰："可胜也，而弗能居也。"乃归。

冬，吴及越平。

十 四 年 经

十有四年春，西狩获麟。

小邾射以句绎来奔^㉓。

夏四月，齐陈恒执其君，寘于舒州。

庚戌，叔还卒。

五月庚申朔，日有食之。

陈宗竖出奔楚。

宋向魋入于曹以叛。

莒子狂卒㉑。

六月，宋向魋自曹出奔卫。

宋向巢来奔。

齐人弑其君壬于舒州。

秋，晋赵鞅帅师伐卫。

八月辛丑，仲孙何忌卒。

冬，陈宗竖自楚复入于陈，陈人杀之。

陈辕买出奔楚。

有星孛。

饥。

十四年传

十四年春，西狩于大野。叔孙氏之车子钼商获麟，以为不祥，以赐虞人。仲尼观之，曰："麟也！"然后取之。

小邾射以句绎来奔，曰："使季路要我，吾无盟矣。"使子路，子路辞。季康子使冉有谓之曰："千乘之国，不信其盟，而信子之言，子何辱焉？"对曰："鲁有事于小邾，不敢问故，死其城下可也。彼不臣，而济其言，是义之也，由弗能！"

齐简公之在鲁也，阚止有宠焉。及即位，使为政。陈成子惮之，骤顾诸朝。诸御鞅言于公曰："陈、阚不可并也，君其择焉！"弗听。

子我夕㉒，陈逆杀人，逢之，遂执以入。陈氏方睦，使疾，而遗之潘沐㉓，备酒肉焉；飧守囚者，醉而杀之，而逃。子我盟诸陈于陈宗。

初，陈豹欲为子我臣㉔，使公孙言己；已，有丧而止。既，而言之，曰："有陈豹者，长而上偻，望视，事君子必得志，欲为子臣。吾惮其为人也，故援以告。"子我曰："何害？是其在我也。"使为臣。他日，与之言政，说，遂有宠。谓之曰："我尽逐陈氏而立女，若何？"对曰："我远于陈氏矣。且其违者不过数人，何尽逐焉？"遂告陈氏。子行曰："彼得君；弗先，必祸子！"子行舍于公宫。

夏五月壬申，成子兄弟四乘如公。子我在幄，出，逆之，遂入，闭门。侍人御之，子行杀侍人。公与妇人饮酒于檀台，成子迁诸寝。公执戈，将击之。大史子馀曰："非不利也，将除害也。"

成子出舍于库，闻公犹怒，将出，曰："何所无君？"子行抽剑，曰："需㉕，事之贼也。谁非陈宗？所不杀子者，有如陈宗！"乃止。

子我归，属徒，攻闱与大门，皆不胜，乃出。陈氏追之，失道于弇中㉖，适丰丘。丰丘人执之，以告；杀诸郭关。成子将杀大陆子方，陈逆请而免之。以公命取车于道，及耏㉗；众知而东之，出雍门；陈豹与之车，弗受，曰："逆为余请，豹与余车，余有私焉。事子我而有私于其雠，何以见鲁、卫之士?"东郭贾奔卫。庚辰,陈恒执公于舒州。公曰:"吾早从鞅之言,不及此!"

宋桓魋之宠害于公,公使夫人骤请享焉,而将讨之。未及,魋先谋公,请以鞌易薄^⑧,公曰:"不可!薄,宗邑也。"乃益鞌七邑。而请享公焉,以日中为期,家备尽往。公知之,告皇野曰:"余长魋也。今将祸余,请即救!"司马子仲曰:"有臣不顺,神之所恶也,而况人乎?敢不承命!不得左师不可,请以君命召之。"

左师每食,击钟。闻钟声,公曰:"夫子将食。"既食,又奏;公曰:"可矣。"以乘车往,曰:"迹人来告曰:'逢泽有介麋焉。'公曰:'虽魋未来,得左师,吾与之田,若何?'君惮告子,野曰:'尝私焉。'君欲速,故以乘车逆子。"与之乘,至。公告之故;拜,不能起。司马曰:"君与之言。"公曰:"所难子者,上有天,下有先君!"对曰:"魋之不共,宋之祸也,敢不唯命是听!"司马请瑞焉^⑫,以命其徒攻桓氏。其父兄故臣曰:"不可!"其新臣曰:"从吾君之命!"遂攻之。

子颀骋而告桓司马^⑬。司马欲入,子车止之,曰:"不能事君,而又伐国,民不与也;只取死焉!"向魋遂入于曹以叛。

六月,使左师巢伐之。欲质大夫以入焉,不能,亦入于曹,取质。魋曰:"不可。既不能事君,又得罪于民,将若之何?"乃舍之。民遂叛之,向魋奔卫。向巢来奔,宋公使止之,曰:"寡人与子有言矣,不可以绝向氏之祀!"辞曰:"臣之罪大!尽灭桓氏可也。若以先臣之故而使后,君之惠也。若臣,则不可以入矣。"

司马牛致其邑与珪焉^⑭,而适齐。向魋出于卫地,公文氏攻之,救夏后氏之璜焉。与之他玉,而奔齐。陈成子使为次卿,司马牛又致其邑焉,而适吴。吴人恶之,而反。赵简子召之,陈成子亦召之。卒于鲁郭门之外,阬氏葬诸丘舆。

甲午,齐陈恒弑其君壬于舒州。孔丘三日齐,而请伐齐,三。公曰:"鲁为齐弱久矣。子之伐之,将若之何?"对曰:"陈恒弑其君,民之不与者半。以鲁之众,加齐之半,可克也!"公曰:"子告季孙。"孔子辞,退而告人曰:"吾以从大夫之后也,故不敢不言!"

初,孟孺子泄将圉马于成,成宰公孙宿不受,曰:"孟孙为成之病,不圉马焉。"孺子怒,袭成,从者不得入,乃反。成有司使,孺子鞭之。秋八月辛丑,孟懿子卒。成人奔丧,弗内;袒、免、哭于衢。听共,弗许;惧,不归。

十 五 年 经

十有五年春王正月,成叛。
夏五月,齐高无㔻出奔北燕。
郑伯伐宋。
秋八月,大雩。
晋赵鞅帅师伐卫。
冬,晋侯伐郑。
及齐平。
卫公孟彄出奔齐。

十 五 年 传

十五年春,成叛于齐。武伯伐成,不克;遂城输。

夏，楚子西、子期伐吴，及桐汭^ᐧ。陈侯使公孙贞子吊焉，及良而卒；将以尸入，吴子使大宰嚭劳，且辞曰："以水潦之不时，无乃廪然陨大夫之尸^ᐧ，以重寡君之忧？寡君敢辞。"上介芊尹盖对曰："寡君闻楚为不道，荐伐吴国，灭厥民人，寡君使盖备使，吊君之下吏。无禄，使人逢天之戚，大命陨队，绝世于良。废日共积，一日迁次。今君命逆使人曰：'无以尸造于门。'是我寡君之命委于草莽也。且臣闻之曰：'事死如事生，礼也。'于是乎有朝聘而终、以尸将事之礼，又有朝聘而遭丧之礼。若不以尸将命，是遭丧而还也，无乃不可乎！以礼防民，犹或逾之，今大夫曰'死而弃之'，是弃礼也，其可以为诸侯主？先民有言曰：'无秽虐士^ᐧ。'备使奉尸将命，苟我寡君之命达于君所，虽陨于深渊，则天命也，非君与涉人之过也。"吴人内之。

秋，齐陈瓘如楚，过卫，仲由见之^ᐧ，曰："天或者以陈氏为斧斤，既斫丧公室，而他人有之，不可知也；其使终飨之，亦不可知也。若善鲁以待时，不亦可乎？何必恶焉？"子玉曰："然。吾受命矣，子使告我弟。"

冬，及齐平。子服景伯如齐，子赣为介，见公孙成，曰："人皆臣人，而有背人之心；况齐人虽为子役，其有不贰乎？子，周公之孙也，多飨大利，犹思不义；利不可得，而丧宗国，将焉用之？"成曰："善哉！吾不早闻命。"

陈成子馆客，曰："寡君使恒告曰：'寡人愿事君如事卫君。'"景伯揖子赣而进之，对曰："寡君之愿也！昔晋人伐卫，齐为卫故，伐晋冠氏，丧车五百。因与卫地，自济以西，禚、媚、杏以南，书社五百。吴人加敝邑以乱；齐因其病，取谨与阐，寡君是以寒心。若得视卫君之事君也，则固所愿也！"成子病之，乃归成。公孙宿以其兵甲入于嬴。

卫孔圉取大子蒯聩之姊，生悝。孔氏之竖浑良夫长而美，孔文子卒，通于内。大子在戚，孔姬使之焉。大子与之言曰："苟使我入获国，服冕乘轩，三死无与。"与之盟。为请于伯姬。

闰月，良夫与大子入，舍于孔氏之外圃。昏，二人蒙衣而乘，寺人罗御，如孔氏。孔氏之老栾宁问之，称姻妾以告。遂入，适伯姬氏。既食，孔伯姬杖戈而先，大子与五人介^ᐧ，舆豭从之。迫孔悝于厕，强盟之，遂劫以登台。栾宁将饮酒，炙未熟，闻乱，使告季子；召获驾乘车，行爵食炙，奉卫侯辄来奔。

季子将入，遇子羔将出，曰："门已闭矣。"季子曰："吾姑至焉。"子羔曰："弗及！不践其难！"季子曰："食焉，不辟其难！"子羔遂出，子路入。及门，公孙敢门焉，曰："无入为也！"季子曰："是公孙也。求利焉，而逃其难？由不然，利其禄，必救其患！"有使者出，乃入，曰："大子焉用孔悝？虽杀之，必或继之。"且曰："大子无勇。若燔台，半，必舍孔叔。"子大闻之，惧，下石乞、盂黡敌子路。以戈击之，断缨。子路曰："君子死，冠不免。"结缨而死。孔子闻卫乱，曰："柴也其来，由也死矣！"

孔悝立庄公^ᐧ。庄公害故政^ᐧ，欲尽去之，先谓司徒瞒成曰："寡人离病于外久矣，子请亦尝之！"归告褚师比，欲与之伐公，不果。

十六年经

十有六年春王正月己卯，卫世子蒯聩自戚入于卫。

卫侯辄来奔。

二月，卫子还成出奔宋。

夏四月己丑，孔丘卒。

十六年传

十六年春，瞒成、褚师比出奔宋。

卫侯使鄢武子告于周，曰：“蒯聩得罪于君父、君母，逋窜于晋。晋以王室之故，不弃兄弟，寘诸河上。天诱其衷，获嗣守封焉，使下臣肸敢告执事。”王使单平公对，曰：“肸以嘉命来告余一人，往谓叔父：余嘉乃成世，复尔禄次。敬之哉！方天之休。弗敬弗休，悔其可追？”

夏四月己丑，孔丘卒。公诔之曰[42]：“旻天不吊，不慭遗一老[43]；俾屏余一人以在位，茕茕余在疚。呜呼哀哉，尼父！无自律[44]。”子赣曰：“君其不没于鲁乎？夫子之言曰：‘礼失则昏，名失则愆。’失志为昏，失所为愆。生不能用，死而诔之，非礼也。称‘一人’，非名也。君两失之。”

六月，卫侯饮孔悝酒于平阳，重酬之。大夫皆有纳焉。醉而送之，夜半而遣之。载伯姬于平阳而行，及西门，使贰车反祏于西圃[45]。子伯季子初为孔氏臣，新登于公，请追之；遇载祏者，杀而乘其车。许公为反祏，遇之，曰：“与不仁人争明，无不胜。”必使先射。射三发，皆远许为。许为射之，殪。或以其车从，得祏于囊中。孔悝出奔宋。

楚大子建之遇谗也，自城父奔宋；又辟华氏之乱于郑，郑人甚善之。又适晋，与晋人谋袭郑，乃求复焉，郑人复之如初。晋人使谍于子木[46]，请行而期焉。子木暴虐于其私邑，邑人诉之。郑人省之，得晋谍焉，遂杀子木。其子曰胜，在吴，子西欲召之，叶公曰：“吾闻胜也诈而乱，无乃害乎？”子西曰：“吾闻胜也信而勇，不为不利。舍诸边竟，使卫藩焉。”叶公曰：“周仁之谓信，率义之谓勇。吾闻胜也好复言，而求死士，殆有私乎？复言非信也，期死非勇也。子必悔之！”弗从。召之，使处吴竟，为白公。

请伐郑，子西曰：“楚未节也。不然，吾不忘也。”他日又请，许之，未起师。晋人伐郑，楚救之，与之盟。胜怒，曰：“郑人在此，雠不远矣！”胜自厉剑，子期之子平见之，曰：“王孙何自厉也？”曰：“胜以直闻。不告女，庸为直乎？将以杀尔父！”平以告子西，子西曰：“胜如卵，余翼而长之。楚国第我死，令尹、司马非胜而谁？”胜闻之，曰：“令尹之狂也！得死，乃非我。”子西不悛。胜谓石乞曰：“王与二卿士，皆五百人当之，则可矣。”乞曰：“不可得也。”曰：“市南有熊宜僚者，若得之，可以当五百人矣。”乃从白公而见之。与之言，说。告之故，辞。承之以剑，不动。胜曰：“不为利诱、不为威惕、不泄人言以求媚者。去之！”

吴人伐慎，白公败之。请以战备献，许之。遂作乱。秋七月，杀子西、子期于朝，而劫惠王。子西以袂掩面而死。子期曰：“昔者吾以力事君，不可以弗终。”抉豫章以杀人而后死[47]。石乞曰：“焚库、弑王，不然不济。”白公曰：“不可！弑王，不祥。焚库，无聚。将何以守矣？”乞曰：“有楚国而治其民，以敬事神，可以得祥，且有聚矣，何患？”弗从。叶公在蔡。方城之外皆曰：“可以入矣！”子高曰：“吾闻之，以险侥幸者，其求无餍，偏重必离。”闻其杀齐管修也，而后入[48]。

白公欲以子闾为王[49]，子闾不可；遂劫以兵。子闾曰：“王孙若安靖楚国，匡正王室，而后庇焉，启之愿也，敢不听从？若将专利以倾王室，不顾楚国，有死不能！”遂杀之，而以王如高府。石乞尹门。圉公阳穴宫，负王以如昭夫人之宫。

叶公亦至，及北门，或遇之，曰：“君胡不胄？国人望君如望慈父母焉，盗贼之矢若伤君，是绝民望也，若之何不胄？”乃胄而进。又遇一人曰：“君胡胄？国人望君如望岁焉，日日以几；若见君面，是得艾也[50]。民知不死，其亦夫有奋心，犹将旌君以徇于国；而又掩面以绝民望，不亦甚乎？”乃免胄而进。

遇箴尹固帅其属，将与白公，子高曰："微二子者，楚不国矣。弃德从贼，其可保乎？"乃从叶公。使与国人以攻白公。

白公奔山而缢。其徒微之㊲。生拘石乞而问白公之死焉，对曰："余知其死所，而长者使余勿言。"曰："不信将烹！"乞曰："此事克则为卿，不克则烹。固其所也，何害！"乃烹石乞。王孙燕奔颎黄氏㊳。

沈诸梁兼二事，国宁。乃使宁为令尹，使宽为司马，而老于叶。

卫侯占梦。嬖人求酒于大叔僖子，不得；与卜人比，而告公曰："君有大臣在西南隅，弗去，惧害。"乃逐大叔遗。遗奔晋。

卫侯谓浑良夫曰："吾继先君而不得其器，若之何？"良夫代执火者，而言，曰："疾与亡君，皆君之子也。召之，而择材焉可也；若不材，器可得也。"竖告大子。大子使五人舆豭从己，劫公而强盟之，且请杀良夫。公曰："其盟免三死。"曰："请三之后有罪杀之。"公曰："诺哉！"

十七年传

十七年春，卫侯为虎幄于藉圃，成，求令名者而与之始食焉。大子请使良夫。良夫乘衷甸两牡㊴，紫衣狐裘。至，袒裘，不释剑而食。大子使牵以退，数之以三罪而杀之㊵。

三月，越子伐吴，吴子御之笠泽，夹水而陈。越子为左右句卒，使夜或左或右，鼓噪而进；吴师分以御之。越子以三军潜涉，当吴中军而鼓之，吴师大乱。遂败之。

晋赵鞅使告于卫曰："君之在晋也，志父为主。请君若大子来，以免志父。不然，寡君其曰'志父之为也'。"卫侯辞以难，大子又使椓之㊶。夏六月，赵鞅围卫。齐国观、陈瓘救卫，得晋人之致师者。子玉使服而见之，曰："国子实执齐柄，而命瓘曰：'无辟晋师！'岂敢废命？子又何辱？"简子曰："我卜伐卫，未卜与齐战。"乃还。

楚白公之乱，陈人恃其聚而侵楚。楚既宁，将取陈麦。楚子问帅于大师子穀与叶公诸梁，子穀曰："右领差车与左史老皆相令尹、司马以伐陈，其可使也。"子高曰："率贱，民慢之，惧不用命焉。"子穀曰："观丁父，鄀俘也；武王以为军率，是以克州、蓼，服随、唐，大启群蛮。彭仲爽，申俘也，文王以为令尹，实县申、息，朝陈、蔡，封畛于汝。唯其任也，何贱之有？"子高曰："天命不谄㊷。令尹有憾于陈，天若亡之，其必令尹之子是与，君盍舍焉？臣惧右领与左史有二俘之贱而无其令德也！"王卜之，武城尹吉；使帅师取陈麦。陈人御之，败。遂围陈。秋七月己卯，楚公孙朝帅师灭陈。

王与叶公枚卜子良以为令尹。沈尹朱曰："吉！过于其志。"叶公曰："王子而相国，过将何为？"他日，改卜子国而使为令尹。

卫侯梦于北宫，见人登昆吾之观，被发北面而噪曰："登此昆吾之虚，绵绵生之瓜。余为浑良夫，叫天无辜！"公亲筮之。胥弥赦占之，曰："不害。"与之邑，窴之而逃，奔宋。卫侯贞卜，其繇曰："如鱼竀尾㊸，衡流而方羊。裔焉大国，灭之将亡。阖门塞窦，乃自后逾。"

冬十月，晋复伐卫，入其郛。将入城，简子曰："止！叔向有言曰：'怙乱灭国者无后。'"卫人出庄公而与晋平。晋立襄公之孙般师而还。

十一月，卫侯自鄄入，般师出。

初，公登城以望，见戎州。问之；以告。公曰："我姬姓也，何戎之有焉？"翦之。公使匠久。公欲逐石圃，未及而难作。辛巳，石圃因匠氏攻公。公阖门而请，弗许。逾于北方而队，折股。戎州人攻之。大子疾、公子青逾从公，戎州人杀之。公入于戎州己氏。初，公自城上见己氏之妻发美，使髡之㉝，以为吕姜髢㉞。既入焉，而示之璧，曰："活我，吾与女璧。"己氏曰："杀女，璧其焉往？"遂杀之而取其璧。

卫人复公孙般师而立之。十二月，齐人伐卫，卫人请平。立公子起，执般师以归，舍诸潞。

公会齐侯盟于蒙㉟。孟武伯相。齐侯稽首，公拜。齐人怒。武伯曰："非天子，寡君无所稽首。"武伯问于高柴曰："诸侯盟，谁执牛耳？"季羔曰："鄫衍之役，吴公子姑曹。发阳之役，卫石魋。"武伯曰："然则彘也㊱。"

宋皇瑗之子麇，有友曰田丙，而夺其兄鄡般邑以与之㊲。鄡般慁而行，告桓司马之臣子仪克。子仪克适宋，告夫人曰："麇将纳桓氏。"公问诸子仲。初，子仲将以杞姒之子非我为子，麇曰："必立伯也，是良材。"子仲怒，弗从，故对曰："右师则老矣，不识麇也。"公执之。皇瑗奔晋，召之。

十八年传

十八年春，宋杀皇瑗。公闻其情，复皇氏之族，使皇缓为右师。

巴人伐楚，围鄾。初，右司马子国之卜也，观瞻曰："如志。"故命之。及巴师至，将卜帅，王曰："宁如志㊳，何卜焉？"使帅师而行。请承，王曰："寝尹、工尹，勤先君者也。"三月，楚公孙宁、吴由于、蒍固败巴师于鄾，故封子国于析。君子曰："惠王知志。《夏书》曰：'官占唯能蔽志㊴，昆命于元龟。'其是之谓乎！《志》曰：'圣人不烦卜筮。'惠王其有焉。"

夏，卫石圃逐其君起，起奔齐。卫侯辄自齐复归，逐石圃，而复石魋与大叔遗。

十九年传

十九年春，越人侵楚，以误吴也。夏，楚公子庆、公孙宽追越师，至冥，不及乃还。

秋，楚沈诸梁伐东夷，三夷男女及楚师盟于敖㊵。

冬，叔青如京师，敬王崩故也。

二十年传

二十年春，齐人来征会。夏，会于廪丘，为郑故，谋伐晋。郑人辞诸侯。秋，师还。

吴公子庆忌骤谏吴子㊶，曰："不改，必亡！"弗听。出居于艾㊷，遂适楚。闻越将伐吴。冬，请归平越，遂归，欲除不忠者以说于越。吴人杀之。

十一月，越围吴，赵孟降于丧食。楚隆曰："三年之丧，亲昵之极也。主又降之，无乃有故乎？"赵孟曰："黄池之役，先主与吴王有质，曰：'好恶同之。'今越围吴，嗣子不废旧业而敌之，非晋之所能及也，吾是以为降。"楚隆曰："若使吴王知之，若何？"赵孟曰："可乎？"隆曰："请尝之。"乃往。

先造于越军，曰："吴犯间上国多矣。闻君亲讨焉，诸夏之人莫不欣喜。唯恐君志之不从，请入视之。"许之。告于吴王曰："寡君之老无恤使陪臣隆㊸，敢展谢其不共：黄池之役，君之先臣志父得承齐盟，曰：'好恶同之。'今君在难，无恤不敢惮劳，非晋国之所能及也，使陪臣敢展布之！"王拜稽首，曰："寡人不佞，不能事越，以为大夫忧，拜命之辱！"与之一箪珠㊹，使问赵孟，曰："句践将生忧寡人，寡人死之不得矣！"王曰："溺人必笑。吾将有问也：史黯何以得为君子^⑪？”对曰：“黯也进不见恶，退无谤言。”王曰：“宜哉！”

二十一年传

二十一年夏五月，越人始来。

秋八月，公及齐侯、邾子盟于顾。齐人责稽首，因歌之，曰：“鲁人之皋，数年不觉，使我高蹈。唯其儒书，以为二国忧。”是行也，公先至于阳穀。齐闾丘息曰^⑫：“君辱举玉趾，以在寡君之军，群臣将传遽以告寡君^⑬。比其复也，君无乃勤？为仆人之未次^⑭，请除馆于舟道。”辞曰：“敢勤仆人？”

二十二年传

二十二年夏四月，邾隐公自齐奔越，曰：“吴为无道，执父立子。”越人归之，大子革奔越。

冬十一月丁卯，越灭吴，请使吴王居甬东^⑮。辞曰：“孤老矣，焉能事君？”乃缢。越人以归。

二十三年传

二十三年春，宋景曹卒^⑯。季康子使冉有吊且送葬，曰：“敝邑有社稷之事，使肥与有职竞焉，是以不得助执绋，使求从舆人，曰：‘以肥之得备弥甥也，有不腆先人之产马，使求荐诸夫人之宰，其可以称旌繁乎^⑰！’”

夏六月，晋荀瑶伐齐。高无丕帅师御之。知伯视齐师，马骇，遂驱之，曰：“齐人知余旗，其谓余畏而反也？”及垒而还。将战，长武子请卜。知伯曰：“君告于天子，而卜之以守龟于宗祧，吉矣；吾又何卜焉？且齐人取我英丘；君命瑶，非敢耀武也，治英丘也。以辞伐罪足矣，何必卜？”壬辰，战于犁丘。齐师败绩，知伯亲禽颜庚。

秋八月，叔青如越，始使越也。越诸鞅来聘，报叔青也。

二十四年传

二十四年夏四月，晋侯将伐齐，使来乞师，曰：“昔臧文仲以楚师伐齐，取穀；宣叔以晋师伐齐，取汶阳。寡君欲徼福于周公，愿乞灵于臧氏。”臧石帅师会之，取廪丘。军吏令缮，将进，莱章曰^⑱：“君卑政暴，往岁克敌，今又胜都，天奉多矣，又焉能进？是骄言也^⑲。役将班矣！”晋师乃还。饩臧石牛^⑳，大史谢之，曰：“以寡君之在行，牢礼不度，敢展谢之！”

邾子又无道，越人执之以归，而立公子何。何亦无道。

公子荆之母嬖^㉑，将以为夫人，使宗人衅夏献其礼。对曰：“无之。”公怒，曰：“女为宗司，立夫人，国之大礼也，何故无之？”对曰：“周公及武公娶于薛，孝、惠娶于商，自桓以下娶于齐，此礼也则有。若以妾为夫人，则固无其礼也。”公卒立之，而以荆为大子，国人始恶之。

闰月，公如越，得大子适郢^㉒，将妻公而多与之地。公孙有山使告于季孙。季孙惧，使因大宰嚭而纳赂焉，乃止。

二十五年传

二十五年夏五月庚辰，卫侯出奔宋。

卫侯为灵台于藉圃，与诸大夫饮酒焉。褚师声子袜而登席，公怒；辞曰："臣有疾，异于人；若见之，君将殼之。是以不敢。"公愈怒。大夫辞之，不可；褚师出。公戟其手，曰："必断而足！"闻之。褚师与司寇亥乘，曰："今日幸而后亡！"

公之入也，夺南氏邑，而夺司寇亥政。公使侍人纳公文懿子之车于池。

初，卫人翦夏丁氏，以其帑赐彭封弥子。弥子饮公酒，纳夏戊之女。嬖，以为夫人。其弟期，大叔疾之从孙甥也，少畜于公，以为司徒。夫人宠衰，期得罪。公使三匠久。公使优狡盟拳弥，而甚近信之。

故褚师比、公孙弥牟、公文要、司寇亥、司徒期因三匠与拳弥以作乱。皆执利兵，无者执斤。使拳弥入于公宫，而自大子疾之宫噪以攻公。鄄子士请御之，弥援其手，曰："子则勇矣，将若君何？不见先君乎？君何所不逞欲？且君尝在外矣，岂必不反？当今不可，众怒难犯。休而易间也。"乃出。

将适蒲，弥曰："晋无信，不可。"将适鄄，弥曰："齐、晋争我，不可。"将适泠，弥曰："鲁不足与。请适城鉏以钩越，越有君。"乃适城鉏。弥曰："卫盗不可知也。请速！自我始。"乃载宝以归。

公为支离之卒，因祝史挥以侵卫。卫人病之。懿子知之，见子之，请逐挥。文子曰："无罪。"懿子曰："彼好专利而妄。夫见君之入也，将先道焉。若逐之，必出于南门而适君所。夫越新得诸侯，将必请师焉。"挥在朝，使吏遣诸其室。挥出，信，弗内。五日，乃馆诸外里，遂有宠；使如越请师。

六月，公至自越，季康子、孟武伯逆于五梧。郭重仆，见二子，曰："恶言多矣，君请尽之！"公宴于五梧，武伯为祝，恶郭重，曰："何肥也？"季孙曰："请饮彘也！以鲁国之密迩仇雠，臣是以不获从君，克免于大行。又谓重也肥？"公曰："是食言多矣，能无肥乎？"饮酒不乐。公与大夫始有恶。

二十六年传

二十六年夏五月，叔孙舒帅师会越皋如、舌庸、宋乐筏纳卫侯。文子欲纳之，懿子曰："君愎而虐。少待之，必毒于民，乃睦于子矣。"师侵外州，大获。出御之，大败。掘褚师定子之墓，焚之于平庄之上。

文子使王孙齐私于皋如，曰："子将大灭卫乎？抑纳君而已乎？"皋如曰："寡君之命无他，纳卫君而已。"文子致众而问焉，曰："君以蛮夷伐国，国几亡矣，请纳之。"众曰："勿纳！"曰："弥牟亡而有益，请自北门出。"众曰："勿出！"重赂越人，申开、守陴而纳公，公不敢入。师还。

立悼公，南氏相之。以城鉏与越人，公曰："期则为此。"令苟有怨于夫人者报之。司徒期聘于越，公攻而夺之币。期告王；王命取之，期以众取之。公怒，杀期之甥之为大子者，遂卒于越。

宋景公无子，取公孙周之子得与启畜诸公宫，未有立焉。于是皇缓为右师，皇非我为大司马，皇怀为司徒^⑳，灵不缓为左师^㉑，乐筏为司城^㉒，乐朱钼为大司寇。六卿三族降听政，因大尹以达。大尹常不告，而以其欲称君命以令。国人恶之。司城欲去大尹，左师曰："纵之，使盈其罪。重而无基，能无敝乎？"

冬十月，公游于空泽^㉓。辛巳，卒于连中^㉔。大尹兴空泽之士千甲，奉公自空桐入如沃宫^㉕。使召六子，曰："闻下有师，君请六子画。"六子至，以甲劫之，曰："君有疾病，请二三子盟。"乃盟于少寝之庭，曰："无为公室不利！"大尹立启，奉丧殡于大宫，三日而后国人知之。司城茷使宣言于国曰："大尹惑盅其君而专其利；今君无疾而死，死又匿之。是无他矣，大尹之罪也！"

得梦启北首而寝于卢门之外^㉖，己为乌而集于其上，咮加于南门，尾加于桐门，曰："余梦美，必立！"

大尹谋曰："我不在盟，无乃逐我？复盟之乎！"使祝为载书。六子在唐盂。将盟之。祝襄以载书告皇非我。皇非我因子潞、门尹得、左师谋曰："民与我，逐之乎？"皆归授甲，使徇于国，曰："大尹惑盅其君，以陵虐公室。与我者，救君者也！"众曰："与之！"大尹徇曰："戴氏、皇氏将不利公室。与我者，无忧不富！"众曰："无别！"戴氏、皇氏欲伐公，乐得曰："不可！彼以陵公有罪。我伐公，则甚焉。"使国人施于大尹，大尹奉启以奔楚。乃立得，司城为上卿。盟曰："三族共政，无相害也！"

卫出公自城钼使以弓问子赣，且曰："吾其入乎？"子赣稽首受弓，对曰："臣不识也。"私于使者曰："昔成公孙于陈，宁武子、孙庄子为宛濮之盟而君入。献公孙于齐，子鲜、子展为夷仪之盟而君入。今君再在孙矣，内不闻献之亲，外不闻成之卿，则赐不识所由入也。《诗》曰：'无竞惟人，四方其顺之。'若得其人，四方以为主，而国于何有？"

二十七年传

二十七年春，越子使舌庸来聘，且言邾田，封于骀上。二月，盟于平阳，三子皆从。康子病之，言及子赣，曰："若在此，吾不及此夫！"武伯曰："然，何不召？"曰："固将召之。"文子曰："他日请念。"

夏四月己亥，季康子卒。公吊焉，降礼。

晋荀瑶帅师伐郑，次于桐丘。郑驷弘请救于齐。齐师将兴，陈成子属孤子三日朝，设乘车两马，系五邑焉。召颜涿聚之子晋，曰："隰之役，而父死焉。以国之多难，未女恤也。今君命女以是邑也，服车而朝，毋废前劳！"乃救郑。乃留舒^㉝，违穀七里^㉞，穀人不知。及濮，雨，不涉。子思曰："大国在敝邑之宇下，是以告急。今师不行，恐无及也！"成子衣制、杖戈^㉟，立于阪上，马不出者，助之鞭之。知伯闻之，乃还，曰："我卜伐郑，不卜敌齐。"使谓成子曰："大夫陈子，陈之自出。陈之不祀，郑之罪也，故寡君使瑶察陈衷焉^㊱，谓大夫'其恤陈乎'。若利本之颠，瑶何有焉！"成子怒，曰："多陵人者皆不在^㊲。知伯其能久乎？"

中行文子告成子曰^㊳："有自晋师告寅者，将为轻车千乘以厌齐师之门。则可尽也。"成子曰："寡君命桓曰：'无及寡^㊴，无畏众。'虽过千乘，敢辟之乎？将以子之命告寡君。"文子曰："吾乃今知所以亡。君子之谋也：始、衷、终^㊵，皆举之而后入焉^㊶。今我三不知而入之，不亦难乎！"

公患三桓之侈也^㊷，欲以诸侯去之；三桓亦患公之妄也，故君臣多间。公游于陵阪^㊸，遇孟武伯于孟氏之衢，曰："请有问于子：余及死乎？"对曰："臣无由知之。"三问，卒辞不对。

公欲以越伐鲁而去三桓。秋八月甲戌，公如公孙有陉氏。因孙于邾，乃遂如越。国人施公孙有山氏^㊹。

悼之四年，晋荀瑶帅师围郑，未至，郑驷弘曰："知伯愎而好胜。早下之^⑤，则可行也^⑥。"乃先保南里以待之。知伯入南里，门于桔柣之门。郑人俘酅魁垒^⑥，赂之以知政，闭其口而死。

将门，知伯谓赵孟："入之！"对曰："主在此。"知伯曰："恶而无勇^⑥，何以为子？"对曰："以能忍耻，庶无害赵宗乎！"知伯不悛^⑥，赵襄子由是慭知伯^⑥，遂丧之^⑥。知伯贪而愎，故韩、魏反而丧之。

---

①里而栽：围绕蔡国都城一里处建造碉堡。

②素：预定计划。

③夫椒：江苏吴县太湖中的西洞庭山。又名夫椒山。

④种：文种，字禽，楚国南郢人。

⑤有过：古代国名。　浇：有过国君主，寒浞之子。　斟灌：古代国名。　斟鄩：古代国名。　夏后相：夏启之孙。

⑥后缗（mín，音民）：夏后相妻。

⑦慭（jì，音忌）：怨毒。戒备。

⑧庖正：掌管饮食的官。

⑨思：有虞国酋长名，姚姓。　二姚：二女。

⑩女艾：少康手下的臣子。

⑪季杼：少康之子。　豷（yì，音壹）：浇之弟。

⑫崇坛：古时贵族盖房，必先有高出平地的坛。

⑬观：楼台亭阁。

⑭绞：邾邑，在今山东滕县北。

⑮子南：灵公之子郢。　仆：驾御。

⑯亡人：指蒯聩。　辄：蒯聩之子出公。

⑰乐丁：晋大夫。

⑱天明：天命。

⑲志父：赵鞅。

⑳属：大棺内的次大棺。　辟：亲身之棺。

㉑兆：古代同族的人丛葬一处，其范围称兆域。

㉒痁（shān，音山）：疟疾。

㉓胜：郑声公名。

㉔午：晋定公名。

㉕毙：踣。

㉖弢（tāo，音滔）：盛弓之袋。

㉗府：府库，财物所在。

㉘庀（pǐ，音痞）：备具；治理。

㉙郁攸：火器。

㉚象魏：即旧章。象魏在雉门之外，是悬挂法令使百姓知之处。

㉛拾沈：拾起倾复于地上的粪汁。

㉜槁：橧，泛指一切干燥易燃之物。

㉝道：火巷，隔绝火势者。　还：同环。

㉞正常：桓子的宠臣。

㉟南孺子：季桓子之妻。

㊱肥：康子。

㊲共刘：鲁大夫。

㊳文之锴（kǎi，音楷）：蔡昭之臣。

㊴贩（pān，音攀）：人名。　　负函：地名，在今河南信阳市、县境。

㊵缯（zēng，音增）关：地名，在今河南方城县。

㊶沂（sù，音素）：逆流而上。

㊷陈乞：僖子。　　弦施：弦多。　　宁跪：宁文子。

㊸燕姬：齐景公嫡夫人。

㊹师：众。指群公子。

㊺党：所。　　之：往。

㊻子思：子产之子国参。

㊼攸：所。　　墍：安宁。

㊽柤（zhā，音渣）：地名，在今江苏邳县北口的泇口。

㊾城父：北城父，在今河南宝丰县东，平顶山市西北。

㊿高、国：高张、国夏。

51偃蹇（jiǎn，音简）：骄傲；傲慢。

52需：迟疑，等待。

53公子申：子西。

54公子结：子期。

55公子启：子闾。

56越女：越王勾践之女。　　章：熊章。

57崇（yǒng，音永）：襀祭。

58允出兹在兹：付出了什么，就会收获什么。

59由己率常：由自己来遵从天道。

60且于：齐公子钽。

61壬：阳生之子简公。

62子士母：僖子妾。

63差车：主管车的官。　　鲍点：鲍牧之臣。

64孺子：指齐君荼，因年幼，故称孺子。

65胡姬：景山妾。　　赖：地名，在今山东章丘县西北。

66朱毛：齐大夫。

67大：指国政。

68小：指杀荼。

69骀（tái，音台）：地名，在今山东青州府临朐县。

70殳（shū，音书）冒淳：地名。

71百牢：牛、羊、猪各一百头作为享品。

72嚭（pǐ，音痞）：伯州犁之孙。吴大夫。

73茅：地名，在今山东金乡县西北。

74负瑕：地名，在今山东兖州县西。

75绎：绎民。

76子泄：即不狃。

77滋（zǐ，音滓）：沉淀的黑泥。

78王犯：吴大夫。

79澹台子羽：武城人，孔子弟子。　　好：关系好。

80季魴侯：康子叔父。

81栫（jiàn，音建）：围之。

82革：桓公。

83宾如：臧会之子。

84闾丘明：闾丘婴之子。

85武子剩：即罕达，又曰子姚。武子之属。

⑧邘 (hán，音寒)：邘城，在今扬州市北。

⑧子商：即宋。宋乃商后，子乃宋之姓。

⑧帝乙：纣父。　　元子：长子。

⑧归妹：嫁女儿。宋女嫁于郑国。

⑨郎 (xì，即戏)：古国名，齐南鄙邑。

⑨季子：吴王寿梦少子。此延州来季子未必即季札本人，或其子孙，仍受延、州来之封，故称呼延州来季子。

⑨一室：指季氏。　　优：指季氏兵车众多，敌齐兵力优裕。

⑨使：使冉求。　　从：随自己。

⑨懿子：即仲孙何忌。

⑨孺子泄：孟懿子之子。

⑨樊迟：鲁国人，樊须，孔子弟子。

⑨止：停下来抵抗。

⑨恶：停下抵抗。　　贤：高明。

⑨殇 (shāng，音伤)：未成年而死。

⑩辕咺 (xuān，音喧)：人名。　　稻醴：用稻米酿成的甜酒。　　梁糗 (qiǔ，音求)：精细小米制的干饭。　　股脯：用姜和桂腌制的干肉。

⑩寻：八尺。　　约：绳子。

⑩不闻金：听不到金声。鼓声为进军，金声为退军。

⑩归：归于齐。　　元：首。

⑩裞 (wèi，音尉)：垫在下面。　　玄纁 (xūn，音勋)：带赤的黑色和浅红色。

⑩属镂：剑名。

⑩檟 (jiǎ，音假)：木名，即楸。

⑩蕲：削其爵邑。

⑩胡簋 (guǐ，音鬼)：即簋簠，古代食器，盛放祭品。

⑩寻：温暖。

⑪寒：寒凉。指盟约毁废。

⑪摽 (biào，音鳔)：击；打击。

⑫瘈 (zhì，音至)：疯狗。

⑬子之：公孙弥牟文子。

⑭嵒 (yán，音言)：岩的异体字。地名。　　钖 (yáng，音羊)：地名。

⑮畴无馀、讴阳：越大夫。

⑯泓：水名，在吴地。

⑰伯：诸侯长，王官伯。　　侯牧：方伯。

⑱何：景伯名。

⑲户牖 (yǒu，音有)：地名，在今河南兰考县东北。

⑳蕤 (ruǐ，音蕊)：下垂貌。

㉑褐：贱者穿的衣服。　　睨 (nì，音腻)：斜视。

㉒庚癸：货分十等，甲乙为高等货，庚为下等，癸更下等。

㉓射：小邾大夫。　　句绎：地名，在今山东邹县东南峄山之东南。

㉔狂 (qíng，音情)：人名。

㉕子我：即阚止。　　夕：暮见。

㉖潘：淘米汁。　　沐：洗头洗面。

㉗陈豹：文子之孙，字子皮。

㉘需：迟疑不决。

㉙弇 (yǎn，音匽)中：弇中峪，在临淄西南。

㉚輈 (ér，音而)：齐与鲁交界之地。

㉛鞌 (ān，音安)：地名，在今山东定陶县南。

㉜瑞：符节，用来发兵。

㉝子颀（qí，音其）：桓魋弟。

㉞司马牛：桓魋弟。　　珪：守邑的符信。

㉟桐汭（ruì，音锐）：桐水，源出安徽广德县，泾入丹阳湖。

㊱廪（làn，音滥）：泛滥。　　陨：损坏。

㊲无：不要。无秽，不要看成污秽。　　虐士：死者。

㊳仲由：即子路。

㊴介：身披皮甲。

㊵庄公：蒯聩。

㊶故政：指旧大臣。

㊷诔（lěi，音耒）：积累生时的德行以赐之，即今之悼词。

㊸慭（yìn，音胤）：暂且。　　老：称孔丘为国老。

㊹无自律：失去了自己的榜样。

㊺祏（shí，音石）：宗庙中藏神主的石盒。　　西圃：孔氏庙所在。

㊻子木：楚太子建，字子木。

㊼抉：拔。　　豫章：樟木。

㊽管修：管仲七世孙，自齐适楚，为阴大夫。

㊾子闾：平王之子启。

㊿艾：安。

⑤微：藏匿其尸体。

⑤燕：胜弟。　　頯（kuí，音逵）黄：吴地，在今安徽芜湖地区宣城县境。

⑤衷甸：指两马一辕的卿车。　　牡：指公马。

⑤三罪：紫衣、祖裘、带剑。

⑤椓（zhuó，音酌）：通诼，谗毁。

⑤谣（tāo，音滔）：疑惑。

⑤窥（chēng，音撑）：赤色。鱼肥而尾赤，比喻卫侯纵乐暴虐。

⑤髡（kūn，音坤）：剃去头发。

⑤髢（dí，音敌）：装衬的假发。

⑥齐侯：简公弟平公骜。

⑥彘（zhì，音至）：武伯名。

⑥鄟（chán，音谗）：地名。

⑥宁：即子国。

⑥官占：卜筮之官。　　蔽：判断。

⑥昆：然后。

⑥三夷：在今浙江宁波、台州、温州三地区之间。

⑥庆忌：吴王僚子。　　骤：数次。

⑥艾：地名，吴邑，在今江西修水县西。

⑥无恤：赵无恤，晋国之正卿。　　隆：无恤之臣。

⑦箪（dān，音单）：竹制或苇制的盛器。

⑦史黯：即史墨。

⑦息：闻丘明之后。

⑦传遽：驿站车马。

⑦次：舍。准备行馆。

⑦角东：地名，今浙江定海县东面的翁山。

⑦宋景曹：宋元公夫人，景公之母。

⑦繁：马髦之饰物，用璿玉制作。

⑦莱章：齐大夫。

⑰甍（wèi，音卫）言：虚夸不足信的话。

⑱饩臧石牛：用活牛送给臧石。

⑲公子荆：哀公庶子。

⑫得：相亲。　　适郢：越王大子。

⑬觳（hù，音户）：呕吐。

⑭戟：人怒骂时的状态，左手叉腰右手横指如戟形。

⑮彭封弥子：即弥子瑕。

⑯期：夏戊之子，太叔疾的从外孙。

⑰斤：斫木斧。

⑱蒲：地名，在今河南长垣县东。

⑲鄄（juàn，音绢）：地名，在今山东鄄城县西北。

⑩定子：褚师比之父。

⑪平庄：陵墓名。

⑫申开：申，重。国都城门有郭门，有内城门，内城门不止一个。申开，指郭门、城门俱大开。　　守陴：严守女墙。

⑬期：司徒期。

⑭夫人：指期姊。　　报：报复。

⑮周：元公之孙，子高。　　得：昭公。　　启：昭公弟。

⑯皇怀：皇非我从昆弟。

⑰灵不缓：子灵围龟的后代。

⑱乐筏：乐溷之子。

⑲空泽：即空桐泽，在今河南商丘地区虞城县南。

⑳连中：馆名，在空泽后面。

㉑沃宫：宋国都内宫。

㉒卢门：宋都东门。

㉓留舒：地名，在今山东东阿县旧治东北。

㉔穀：齐地，在今山东东阿县南的东阿镇。

㉕制：雨衣。

㉖衷：中。

㉗不在：在，终。没有好结果。

㉘文子：荀寅。

㉙及：打击，攻击。　　寡：零星的士卒。

㉚始：开始。　　终：结果。

㉛举：谋，考虑。　　入：向上报告。

㉜侈：威胁。

㉝陵阪：黄帝陵在曲阜城东北，少皞陵在黄帝陵东，陵阪可能在这地区。

㉞施：拘捕。

㉟早下之：及早表示软弱无能。

㊱行：退兵。

㊲郤（xī，音西）魁垒：晋士。

㊳恶：丑陋。

㊴悛：悔改。

㊵慭：忌恨。

㊶丧：灭亡。

春秋公羊传

〔战国〕公羊高　撰

隐　公①

元　年

（元年）春，王正月。

元年者何？君之始年也。春者何？岁之始也。王者孰谓？谓文王也。曷为先言王而后言正月？王正月也。何言乎王正月？大一统也。

公何以不言即位？成公意也。何成乎公之意？公将平国而反之桓。曷为反之桓？桓幼而贵，隐长而卑。其为尊卑也微，国人莫知。隐长，又贤。诸大夫扳隐而立之。隐于是焉而辞立，则未知桓之将必得立也；且如桓立，则恐诸大夫之不能相幼君也。故凡隐之立，为桓立也。隐长，又贤，何以不宜立？立嫡以长，不以贤；立子以贵，不以长。桓何以贵？母贵也。母贵则子何以贵？子以母贵，母以子贵。

三月，公及邾娄仪父盟于眜。

及者何？与也。会、及、暨，皆与也。曷为或言会，或言及，或言暨？会犹最也，及犹汲汲也，暨犹暨暨也。及，我欲之；暨，不得已也。

仪父者何？邾娄之君也。何以名？字也。曷为称字？褒之也。曷为褒之？为其与公盟也。与公盟者众矣，曷为独褒乎此？因其可褒而褒之。此其为可褒奈何？渐进也。

眜者何？地期也。

夏，五月，郑伯克段于鄢。

克之者何？杀之也。杀之，则曷为谓之克？大郑伯之恶也。曷为大郑伯之恶？母欲立之，己杀之，不如勿与而已矣。

段者何？郑伯之弟也。何以不称弟？当国也。

其地，何？当国也。齐人杀无知何以不地？在内也。在内，虽当国，不地也。不当国，虽在外，亦不地也。

秋，七月，天王使宰咺来归惠公、仲子之赗②。

宰者何？官也。咺者何？名也。曷为以官氏？宰，士也。

惠公者何？隐之考也。仲子者何？桓之母。何以不称夫人？桓未君也。

赗者何？丧事有赗。赗者盖以马，以乘马束帛。车马曰赗，货财曰赙③，衣被曰禭④。

桓未君，则诸侯曷为来赗之？隐为桓立，故以桓母之丧告于诸侯。然则何言尔？成公意也。其言"来"何？不及事也。其言"惠公、仲子"何？兼之。兼之非礼也。何以不言"及仲子"？仲子微也。

九月，及宋人盟于宿。

孰及之？内之微者也。

冬，十有二月，祭伯来。

祭伯者何？天子之大夫也。何以不称使？奔也。奔则曷为不言奔？王者无外。言奔，则有外之辞也。

公子益师卒。

何以不日？远也。所见异辞，所闻异辞，所传闻异辞。

二　　年

（二年）春，公会戎于潜。

夏，五月，莒人入向。

入者何？得而不居也。

无骇帅师入极。

无骇者何？展无骇也。何以不氏？贬。曷为贬？疾始灭也。"始灭"昉于此乎⑤？前此矣。前此，则曷为"始"乎此？托始焉尔。曷为托始焉尔？《春秋》之始也。此灭也，其言"入"何？内大恶，讳也。

秋，八月庚辰，公及戎盟于唐。

九月，纪履緰来逆女⑥。

纪履緰者何？纪大夫也。何以不称使？婚礼不称主人。然则曷称？称诸父兄师友。宋公使公孙寿来纳币，则其称主人何？辞穷也。辞穷者何？无母也。然则纪有母乎？曰：有。有则何以不称母？母不通也。

外逆女不书，此何以书？讥。何讥尔？讥始不亲迎也。"始不亲迎"，昉于此乎？前此矣。前此，则曷为"始"乎此？托始焉尔。曷为托始焉尔？《春秋》之始也。

女曷为或称女，或称妇，或称夫人？女在其国称女，在涂称妇，入国称夫人。

冬，十月，伯姬归于纪。

伯姬者何？内女也。其言归何？妇人谓嫁曰归。

纪子伯、莒子盟于密。

纪子伯者何？无闻焉尔。

十有二月乙卯，夫人子氏薨⑦。

夫人子氏者何？隐公之母也。何以不书葬？成公意也。何成乎公之意？子将不终为君，故母亦不终为夫人也。

郑人伐卫。

三　　年

（三年）春，王二月。

己巳，日有食之。

何以书？记异也。日食，则曷为或日，或不日；或言朔，或不言朔？曰"某月某日朔"，日有食之者，食正朔也。其或日，或不日；或失之前，或失之后。失之前者朔在前也，失之后者朔在后也。

三月庚戌，天王崩。

何以不书"葬"？天子，记"崩"，不记"葬"，必其时也。诸侯，记"卒"，记"葬"，有天子存，不得必其时也。

曷为或言"崩",或言"薨"？天子，曰"崩"；诸侯，曰"薨"；大夫，曰"卒"；士，曰"不禄"。

夏，四月辛卯，尹氏卒。

尹氏者何？天子之大夫也。其称尹氏何？贬。曷为贬？讥世卿。世卿，非礼也。

外大夫不"卒"，此何以"卒"？天王崩，诸侯之主也。

秋，武氏子来求赙。

武氏子者何？天子之大夫也。其称武氏子何？讥。何讥尔？父卒，子未命也。何以不称使？当丧，未君也。

"武氏子来求赙"，何以书？讥。何讥尔？丧事无求，求赙非礼也。盖通于下。

八月庚辰，宋公和卒。

冬，十有二月，齐侯、郑伯盟于石门。

癸未，葬宋缪公。

葬者曷为或日或不日？不及时而日，渴葬也；不及时而不日，慢葬也。过时而日，隐之也；过时而不日，谓之不能葬也。当时而不日，正也；当时而日，危不得葬也。此当时，何危尔？宣公谓缪公曰："以吾爱女，则不若爱与夷。以为社稷宗庙主，则与夷不若女。盍终为君矣！"宣公死，缪公立。缪公逐其二子庄公冯与左师勃，曰："尔为吾子，生毋相见，死毋相哭。"与夷复曰："先君之所为不与臣国而纳国乎君者，以君可以为社稷宗庙主也。今君逐君之二子，而将致国乎与夷，此非先君之意也。且使子而可逐，则先君其逐臣矣。"缪公曰："先君之不尔逐，可知矣。吾立乎此，摄也。"终致国乎与夷。庄公冯弑与夷。故君子大居正。宋之祸，宣公为之也。

四　　年

（四年）春，王二月，莒人伐杞，取牟娄。

牟娄者何？杞之邑也。外取邑不书，此何以书？疾始取邑也。

戊申，卫州吁弑其君完。

曷为以国氏？当国也。

夏，公及宋公遇于清。

遇者何？不期也。一君出，一君要之也。

宋公、陈侯、蔡人、卫人伐郑。

秋，翚帅师会宋公、陈侯、蔡人。卫人伐郑。

翚者何，公子翚也。何以不称公子？贬。曷为贬？与弑公也。其与弑公奈何？公子翚谄乎隐公，谓隐公曰："百姓安子，诸侯说子。盍终为君矣？"隐曰："吾否。吾使修涂裘，吾将老焉。"公子翚恐若其言闻乎桓，于是谓桓曰："吾为子口隐矣。隐曰：'吾不反也。'"桓曰："然则奈何？"曰："请作难。"弑隐公，于钟巫之祭焉，弑隐公也。

九月，卫人杀州吁于濮。

其称人何？讨贼之辞也。

冬，十有二月，卫人立晋。

晋者何？公子晋也。立者何？立者不宜立也。其称人何？众立之之辞也。然则孰立之？石碏立之[8]。石碏立之，则其称人何？众之所欲立也。众虽欲立之，其立之非也。

五　年

（五年）春，公观鱼于棠。

何以书？讥。何讥尔？远也。公曷为远而观鱼？登来之也。百金之鱼，公张之。登来之者何？美大之之辞也。棠者何？济上之邑也。

夏，四月，葬卫桓公。

秋，卫师入盛。

曷为或言率师，或不言率师？将尊师众，称某率师。将尊师少，称将。将卑师众，称师。将卑师少，称人。君将不言率师，书其重者也。

九月，考仲子之宫。

考宫者何？考，犹入室也。始祭仲子也。桓未君，则曷为祭仲子？隐为桓立，故为桓祭其母也。然则何言尔？成公意也。

初献六羽。

初者何？始也。六羽者何？舞也。“初献六羽”，何以书？讥。何讥尔？讥始僭诸公也。六羽之为僭奈何？天子八佾，诸公六，诸侯四。诸公者何？诸侯者何？天子三公称公，王者之后称公；其馀大国称侯，小国称伯、子、男。天子三公者何？天子之相也。天子之相则何以三？自陕而东者，周公主之；自陕而西者，召公主之。一相处乎内。始僭诸公，昉于此乎？前此矣。前此，则曷为始乎此？僭诸公，犹可言也；僭天子，不可言也。

邾娄人、郑人伐宋。

螟。

何以书？记灾也。

冬，十有二月辛巳，公子彄卒。

宋人伐郑，围长葛。

邑不言围，此其言围何？强也。

六　年

（六年）春，郑人来输平。

输平者何？输平犹堕成也。何言乎堕成？败其成也。曰：“吾成败矣！吾与郑人未有成也。”吾与郑人则曷为未有成？狐壤之战，隐公获焉。然则何以不言战？讳获也。

夏，五月辛酉，公会齐侯盟于艾。

秋，七月。

此无事，何以书？《春秋》虽无事，首时过则书。首时过，则何以书？《春秋》编年，四时具，然后为年。

冬。宋人取长葛。

外取邑不书，此何以书？久也。

七　　年

（七年）**春，王三月，叔姬归于纪。**

滕侯卒。

何以不名？微国也。微国，则其称侯何？不嫌也。春秋贵贱不嫌同号，美恶不嫌同辞。

夏，城中丘。

中丘者何？内之邑也。"城中丘"，何以书？以重书也。

齐侯使其弟年来聘。

其称弟何？母弟，称弟；母兄，称兄。

秋，公伐邾娄。

冬，天王使凡伯来聘。戎伐凡伯于楚丘，以归。

凡伯者何？天子之大夫也。此聘也，其言伐之何？执之也。执之，则其言伐之何？大之也。曷为大之？不与夷狄之执中国也。其地何？大之也。

八　　年

（八年）**春，宋公、卫侯遇于垂。**

三月，郑伯使宛来归邴^⑨。

宛者何？郑之微者也。邴者何？郑汤沐之邑也。天子有事于泰山，诸侯皆从。泰山之下，诸侯皆有汤沐之邑焉。

庚寅，我入邴。

其言入何？难也。其日何，难也。其言我何？言我者，非独我也，齐亦欲之。

夏，六月己亥，蔡侯考父卒。辛亥，宿男卒。

秋，七月庚午，宋公、齐侯、卫侯盟于瓦屋。

八月，葬蔡宣公。

卒何以名而葬不名？卒从正，而葬从主人。卒何以日而葬不日？卒赴，而葬不告。

九月辛卯，公及莒人盟于包来。

公曷为与微者盟？称人则从，不疑也。

螟。

冬，十有二日，无骇卒。

此展无骇也，何以不氏？疾始灭也，故终其身不氏。

九　　年

（九年）**春，天王使南季来聘^⑩。**

三月癸酉，大雨震电。

何以书？记异也。何异尔？不时也。

庚辰，大雨雪。

何以书？记异也。何异尔？俶甚也。

侠卒。

侠者何？吾大夫之未命者也。

夏，城郎。

秋，七月。

冬，公会齐侯于邴。

十　年

（十年）春，王二月，公会齐侯、郑伯于中丘。

夏，翚帅师会齐人、郑人伐宋。

此公子翚也，何以不称公子？贬。曷为贬？隐之罪人也，故终隐之篇贬也。

六月壬戌，公败宋师于菅。辛未，取郜。辛巳，取防。

取邑不日，此何以日？一月而再取也。何言乎"一月而再取"？甚之也。内大恶讳，此其言甚之何？《春秋》录内而略外，于外大恶书，小恶不书；于内大恶讳，小恶书。

秋，宋人、卫人入郑。

宋人、蔡人、卫人伐载，郑伯伐取之。

其言"伐取之"何？易也。其易奈何？因其力也。因谁之力？因宋人、蔡人、卫人之力也。

冬，十月壬午，齐人、郑人入盛。

十　一　年

（十有一年）春，滕侯、薛侯来朝。

其言朝何？诸侯来曰朝，大夫来曰聘。其兼言之何？微国也。

夏，五月，公会郑伯于祁黎。

秋，七月壬午，公及齐侯、郑伯入许。

冬，十有一月壬辰，公薨。

何以不书葬？隐之也。何隐尔？弑也①。弑则何以不书葬？《春秋》：君弑，贼不讨，不书葬，以为无臣子也。子沈子曰："君弑，臣不讨贼，非臣也。子不复仇，非子也。葬，生者之事也。《春秋》：君弑，贼不讨，不书葬，以为不系乎臣子也。"

"公薨"，何以不地？不忍言也。

隐何以无正月？隐将让乎桓，故不有其正月也。

---

①《春秋公羊传》、《春秋穀梁传》中的黑体字，系《春秋》经文。　　隐公：名息姑，惠公之子，周公八世孙。

②赗（fèng，音奉）：送给丧家的丧葬用品。

③赙（fù，音付）：以财物资助人办丧事。

④禭（suì，音遂）：赠送死人的衣被。

⑤昉（fǎng，音访）：曙光初现为昉，这里引申为开始。

⑥纪履緰：纪大夫。"緰"音"须"。

⑦薨（hōng，音哄）：对诸侯死的尊称。

⑧碏（què，音鹊）：杂色石头。

⑨郱（bǐng，音饼）：古地名，在山东费县的东南。

⑩聘：问候。

⑪弑（shì，音试）：古时候称臣杀君、子杀父母等行为为弑。

桓　公①

元　年

（元年）春，王正月，公即位。

继弑君，不言即位。此其言即位何？如其意也。

三月，公会郑伯于垂。郑伯以璧假许田。

其言以璧假之何？易之也。易之，则其言假之何？为恭也。曷为为恭？有天子存，则诸侯不得专地也。许田者何？鲁朝宿之邑也。

诸侯时朝乎天子。天子之郊，诸侯皆有朝宿之邑焉。此鲁朝宿之邑也，则曷为谓之许田？讳取周田也。讳取周田，则曷为谓之许田？系之许也。曷为系之许？近许也。此邑也，其称田何？田多邑少称田，邑多田少称邑。

夏，四月丁未，公及郑伯盟于越。

秋，大水。

何以书？记灾也。

冬，十月。

二　年

（二年）春，王正月，戊申，宋督弑其君与夷及其大夫孔父。

及者何？。累也。弑君多矣，舍此无累者乎？曰：有。仇牧、荀息，皆累也。舍仇牧、荀息无累者乎？曰：有。有则此何以书？贤也。何贤乎孔父？孔父可谓义形于色矣。其义形于色奈何？督将弑殇公，孔父生而存，则殇公不可得而弑也，故于是先攻孔父之家。殇公知孔父死，己必死，趋而救之，皆死焉。孔父正色而立于朝，则人莫敢过而致难于其君者，孔父可谓义形于色矣！

滕子来朝。

三月，公会齐侯、陈侯、郑伯于稷，以成宋乱。

内大恶，讳。此其目言之何？远也。所见异辞，所闻异辞，所传闻异辞。隐亦远矣，曷为为隐讳？隐贤而桓贱也。

夏，四月，取郜大鼎于宋。

此取之宋，其谓之郜鼎何？器从名，地从主人。器何以从名？地何以从主人？器之与人，非即有尔。宋始以不义取之，故谓之"郜鼎"。至乎地之与人则不然，俄而可以为其有矣。然则为取可以为其有乎？曰：否。何者？若楚王之妻媚，无时焉可也。

　　戊申纳于大庙。

　　何以书？讥。何讥尔？遂乱受赂，纳于大庙非礼也。

　　秋，七月，纪侯来朝。

　　蔡侯、郑伯会于邓。

　　离不言会，此其言会何？盖邓与会尔。

　　九月，入杞。公及戎盟于唐。

　　冬，公至自唐。

三　年

　　（三年）春，正月，公会齐侯于嬴。

　　夏，齐侯、卫侯胥命于蒲。

　　胥命者何？相命也。何言乎相命？近正也。此其为近正奈何？古者不盟，结言而退。

　　六月，公会纪侯于盛。

　　秋，七月壬辰朔，日有食之既。

　　既者何？尽也。

　　公子翚如齐逆女。

　　九月，齐侯送姜氏于谨。

　　何以书？讥。何讥尔？诸侯越竟送女，非礼也。此入国矣，何以不称夫人？自我言，齐父母之于子，虽为邻国夫人，犹曰吾姜氏。

　　公会齐侯于谨，夫人姜氏至自齐。

　　翚何以不致？得见乎公矣。

　　冬，齐侯使其弟年来聘。

　　有年。

　　“有年”何以书？以喜书也。“大有年”何以书？亦以喜书也。此其曰“有年”何？仅有年也。彼其曰“大有年”何？大丰年也。仅有年，亦足以当喜乎？恃有年也。

四　年

　　（四年）春，正月，公狩于郎。

　　狩者何？田狩也。春曰苗，秋曰蒐，冬曰狩。常事不书，此何以书？讥。何讥尔？远也。诸侯曷为必田狩？一曰乾豆，二曰宾客，三曰充君之庖。

　　夏，天王使宰渠伯纠来聘。

　　宰渠伯纠者何？天子之大夫也。其称宰渠伯纠何？下大夫也。

五　年

　　（五年）春，正月甲戌，己丑，陈侯鲍卒。

　　曷为以二日卒之？惼也。甲戌之日亡，己丑之日死，而得君子疑焉，故以二日卒之也。

夏，齐侯、郑伯如纪。

外相如不书，此何以书？离不言会也。

天王使仍叔之子来聘。

仍叔之子者何？天子之大夫也。其称仍叔之子何？讥。何讥尔？讥父老子代从政也。

葬陈桓公。城祝丘。

秋，蔡人、卫人、陈人从王伐郑。

其言从王伐郑何？从王正也。

大雩②。

大雩者何？旱祭也。则何以不言旱？言雩则旱见，言旱则雩不见。何以书？记灾也。

螽③。

何以书？记灾也。

冬，州公如曹。

外相如不书，此何以书？过我也。

六　年

(六年) 春，正月，寔来。

"寔来"者何？犹曰"是人来"也。孰谓？谓州公也。曷为谓之"寔来"？慢之也。曷为慢之？化我也。

夏，四月，公会纪侯于成④。

秋，八月壬午，大阅。

大阅者何？简车徒也。何以书？盖以罕书也。

蔡人杀陈佗。

陈佗者何？陈君也。陈君，则曷为谓之陈佗？绝也。曷为绝之？贱也。其贱奈何？外淫也。恶乎淫？淫乎蔡，蔡人杀之。

九月丁卯，子同生。

"子同生"者孰谓？谓庄公也。何言乎"子同生"？喜有正也。未有言"喜有正"者，此其言"喜有正"何？久无正也。子公羊子曰：其诸以病桓与？

冬，纪侯来朝。

七　年

(七年) 春，二月己亥，焚咸丘。

焚之者何？樵之也。樵之者何？以火攻也。何言乎以火攻？疾始以火攻也。咸丘者何？邾娄之邑也。曷为不系乎邾娄？国之也。曷为国之？君存焉尔。

夏，穀伯绥来朝，邓侯吾离来朝。

皆何以名？失地之君也。其称侯朝何？贵者无后，待之以初也。

八　年

(八年) 春，正月己卯，烝⑤。

烝者何？冬祭也。春曰祠，夏曰礿，秋曰尝，冬曰烝。常事不书，此何以书？讥。何讥尔？讥亟也。亟则黩，黩则不敬。君子之祭也，敬而不黩。疏则怠，怠则忘。士不及兹四者，则冬不裘，夏不葛。

天王使家父来聘。

夏，五月丁丑。烝。

何以书？讥亟也。

秋，伐邾娄。

冬，十月，雨雪。

何以书？记异也。何异尔？不时也。

祭公来，遂逆王后于纪。

祭公者何？天子之三公也。何以不称使？婚礼不称主人。遂者何？生事也。大夫无遂事，此其言遂何？成使乎我也。其成使乎我奈何？使我为媒可，则因用是往逆矣。女在其国称"女"，此其称"王后"何？王者无外，其辞成矣。

九　年

（九年）春，纪季姜归于京师。

其辞成矣，则其称纪季姜何？自我言，纪父母之于子，虽为天王后，犹曰吾季姜。京师者何？天子之居也。京者何？大也。师者何？众也。天子之居，必以"众"、"大"之辞言之。

夏，四月。

秋，七月。

冬，曹伯使其世子射姑来朝。

"诸侯来曰朝"，此世子也，其言朝何？《春秋》有"讥父老子代从政"者，则未知其在齐与？曹与？

十　年

（十年）春，王正月庚申，曹伯终生卒。

夏，五月，葬曹桓公。

秋，公会卫侯于桃丘，弗遇。

会者何？期辞也。其言弗遇何？公不见要也。

冬，十有二月丙午，齐侯、卫侯、郑伯来战于郎。

郎者何？吾近邑也。吾近邑，则其言来战于郎何？近也。恶乎近？近乎围也。此偏战也，何以不言师败绩？内不言战，言战乃败矣。

十　一　年

（十有一年）春，正月，齐人、卫人、郑人盟于恶曹。

夏，五月癸未，郑伯寤生卒。

秋，七月，葬郑庄公。

九月，宋人执郑祭仲。

祭仲者何？郑相也。何以不名？贤也。何贤乎祭仲？以为知权也。其为知权奈何？古者郑国处于留，先郑伯有善于邻公者，通乎夫人，以取其国而迁郑焉，而野留。庄公死，已葬，祭仲将往省于留，涂出于宋。宋人执之，谓之曰："为我出忽而立突！"祭仲不从其言，则君必死、国必亡；从其言，则君可以生易死，国可以存易亡。少辽缓之，则突可故出而忽可故反，是不可得则病，然后有郑国。古人之有权者，祭仲之权是也。权者何？权者反于经，然后有善者也。权之所设，舍死亡无所设。行权有道，自贬损以行权，不害人以行权。杀人以自生，亡人以自存，君子不为也。

突归于郑。

突何以名？挈乎祭仲也。其言归何？顺祭仲也。

郑忽出奔卫。

忽何以名？《春秋》伯子男一也，辞无所贬。

柔会宋公、陈侯、蔡叔盟于折。

柔者何？吾大夫之未命者也。

公会宋公于夫童。

冬，十有二月，公会宋公于阚。

十　二　年

（十有二年）春，正月。

夏，六月壬寅，公会纪侯、莒子盟于殴蛇⑥。

秋，七月丁亥，公会宋公、燕人盟于穀丘⑦。

八月壬辰，陈侯跃卒。公会宋公于郯。

冬，十有一月，公会宋公于龟。丙戌，公会郑伯盟于武父。丙戌，卫侯晋卒。

十有二月，及郑师伐宋。丁未，战于宋。

战不言伐，此其言伐何？辟嫌也。恶乎嫌？嫌与郑人战也。此偏战也，何以不言师败绩？内不言战，言战乃败矣。

十　三　年

（十有三年）春，二月，公会纪侯、郑伯。己巳，及齐侯、宋公、卫侯、燕人战，齐师、宋师、卫师、燕师败绩。

曷为后日？恃外也。其恃外奈何？得纪侯、郑伯，然后能为日也。内不言战，此其言战何？从外也。曷为从外？恃外，故从外也。何以不地？近也。恶乎近？近乎围。郎亦近矣，郎何以地？郎犹可以地也。

三月，葬卫宣公。

夏，大水。

秋，七月。

冬，十月。

十　四　年

（十有四年）春，正月，公会郑伯于曹。

无冰。

何以书？记异也。

夏五。郑伯使其弟语来盟。

"夏五"者何？无闻焉尔。

秋，八月壬申，御廪灾。

御廪者何？粢盛委之所藏也。御廪灾，何以书？记灾也。

乙亥，尝。

常事不书，此何以书？讥。何讥尔？讥尝也。曰：犹尝乎？御廪灾，不如勿尝而已矣。

冬，十有二月丁巳，齐侯禄父卒。

宋人以齐人、卫人、蔡人、陈人伐郑。

"以"者何？行其意也。

十　五　年

（十有五年）春，二月，天王使家父来求车。

何以书？讥。何讥尔？王者无求，求车，非礼也。

三月乙未，天王崩。

夏，四月己巳，葬齐僖公。

五月，郑伯突出奔蔡。

突何以名？夺正也。

郑世子勿复归于郑。

其称世子何？复正也。曷为或言归，或言复归？复归者，出恶，归无恶；复入者，出无恶，入有恶；入者，出入恶；归者，出入无恶。

许叔入于许。公会齐侯于鄗。

邾娄人、牟人、葛人来朝。

皆何以称人？夷狄之也。

秋，九月，郑伯突入于栎。

栎者何？郑之邑。曷为不言入于郑？末言尔。曷为末言尔？祭仲亡矣。然则曷为不言忽之出奔？言忽为君之微也，祭仲存则存矣，祭仲亡则亡矣。

冬，十有一月，公会齐侯、宋公、卫侯、陈侯于侈，伐郑。

十　六　年

（十有六年）春，正月，公会宋公、蔡侯、卫侯于曹。

夏，四月，公会宋公、卫侯、陈侯、蔡侯，伐郑。

秋，七月，公至自伐郑。

冬，城向。

十有一月，卫侯朔出奔齐。

卫侯朔何以名？绝。曷为绝之？得罪于天子也。其得罪于天子奈何？见使守卫朔而不能使卫小众，越在岱阴齐，属负兹舍，不即罪尔。

十 七 年

(十有七年) 春，正月丙辰，公会齐侯、纪侯盟于黄。

二月丙午，公及邾娄仪父盟于趡⑧。

五月丙午，及齐师战于奚。

六月丁丑，蔡侯封人卒。

秋八月，蔡季自陈归于蔡。癸巳，葬蔡桓侯。

及宋人、卫人伐邾娄。

冬，十月朔，日有食之。

十 八 年

(十有八年) 春，王正月，公会齐侯于泺⑨。

公夫人姜氏遂如齐。

公何以不言及夫人？夫人外也。夫人外者何？内辞也。其实夫人、外公也。

夏，四月丙子，公薨于齐。

丁酉，公之丧至自齐。

秋，七月。

冬，十有二月己丑，葬我君桓公。

贼未讨，何以书葬？仇在外也。仇在外。则何以书葬？君子辞也。

---

①桓公：名允，惠公之子，隐公之弟。

②大雩 (yú，音愚)：古代求雨的一种祭祀。

③螽：蝗灾。

④成：鲁地，山东钜平县东南。

⑤烝 (zhēng，蒸)：冬天祭祀。烝表示众多，气势盛大。

⑥殿蛇：即曲池，山东汶阳县北有曲水亭，源出石门山。

⑦穀丘：即句渎之邱，在汉朝济阴郡句阳县。

⑧趡 (cuǐ，音璀)：古地名，在鲁国。

⑨泺 (luò，音洛)：即泺水，在济南历城县西，趵突泉即泺水之源。

庄　公^①

元　　年

（元年）春，王正月。

公何以不言即位？《春秋》君弑，子不言即位。君弑则子何以不言即位？隐之也。孰隐？隐子也。

三月，夫人孙于齐。

孙者何？孙犹孙也。内讳奔，谓之孙。夫人固在齐矣，其言孙于齐何？念母也。正月以存君，念母以首事。夫人何以不称"姜氏"？贬。曷为贬？与弑公也。其与弑公奈何？夫人谮公于齐侯："公曰：'同非吾子，齐侯之子也。'"齐侯怒，与之饮酒，于其出焉使公子彭生送之；于其乘焉搚干而杀之。念母者，所善也，则曷为于其念母焉？贬。不与念母也。

夏，单伯逆王姬。

单伯者何？吾大夫之命乎天子者也。何以不称使？天子召而使之也。逆之者何？使我主之也。曷为使我主之？天子嫁女乎诸侯，必使诸侯同姓者主之。诸侯嫁女于大夫，必使大夫同姓者主之。

秋，筑王姬之馆于外。

何以书？讥。何讥尔？筑之，礼也；于外，非礼也。于外何以非礼？筑于外，非礼也。其筑之何以礼？主王姬者，必为之改筑。主王姬者则曷为必为之改筑？于路寝则不可，小寝则嫌，群公子之舍则以卑矣，其道必为之改筑者也。

冬，十月乙亥，陈侯林卒。

王使荣叔来锡桓公命。

锡者何？赐也。命者何？加我服也。其言桓公何？追命也。

王姬归于齐。

何以书？我主之也。

齐师迁纪郱、鄑、郚。

迁之者何？取之也。取之，则曷为不言取之也？为襄公讳也。外取邑不书，此何以书？大之也。何大尔？自是始灭也。

二　　年

（二年）春，王二月，葬陈庄公。

夏，公子庆父帅师伐〔于〕馀丘。

"于馀丘"者何？邾娄之邑也。曷为不系乎邾娄？国之也。曷为国之？君存焉尔。

秋，七月，齐王姬卒。

外夫人不卒，此何以卒？录焉尔。曷为录焉尔？我主之也。

冬，十有二月，夫人姜氏会齐侯于郜。乙酉，宋公冯卒。

三　年

（三年）春，王正月，溺会齐师伐卫。

溺者何？吾大夫之未命者也。

夏，四月，葬宋庄公。

五月，葬桓王。

此未有言崩者，何以书葬？盖改葬也。

秋，纪季以酅入于齐②。

纪季者何？纪侯之弟也。何以不名？贤也。何贤乎纪季？服罪也。其服罪奈何？鲁子曰：请后五庙以存姑姊妹。

冬，公次于郎。

其言次于郎何？刺欲救纪而后不能也。

四　年

（四年）春，王二月，夫人姜氏飨齐侯于祝丘。三月，纪伯姬卒。

夏，齐侯、陈侯、郑伯遇于垂。

纪侯大去其国。

大去者何？灭也。孰灭之？齐灭之。曷为不言齐灭之？为襄公讳也。《春秋》为贤者讳，何贤乎襄公？复仇也。何仇尔？远祖也。哀公亨乎周，纪侯谮之。以襄公之为于此焉者，事祖祢之心尽矣。尽者何？襄公将复仇乎纪，卜之曰："师丧分焉，寡人死之，不为不吉也。"远祖者，几世乎？九世矣。九世犹可以复仇乎？虽百世可也。家亦可乎？曰：不可。国何以可？国、君一体也。先君之耻，犹今君之耻也；今君之耻，犹先君之耻也。国、君何以为一体？国君以国为体，诸侯世，故国、君为一体也。今纪无罪，此非怒与？曰：非也。古者有明天子，则纪侯必诛，必无纪者。纪侯之不诛，至今有纪者，犹无明天子也。古者诸侯必有会聚之事，相朝聘之道，号辞必称先君以相接。然则齐、纪无说焉，不可以并立乎天下。故将去纪侯者，不得不去纪也。有明天子，则襄公得为若行乎？曰：不得也。不得，则襄公曷为为之？上无天子，下无方伯，缘恩疾者可也。

六月乙丑，齐侯葬纪伯姬。

外夫人不书葬，此何以书？隐之也。何隐尔？其国亡矣，徒葬于齐尔。此复仇也，曷为葬之？灭其可灭，葬其可葬。此其为可葬奈何？复仇者，非将杀之，逐之也；以为虽遇纪侯之殡，亦将葬之也。

秋，七月。

冬，公及齐人狩于郜。

公曷为与微者狩？齐侯也。齐侯，则其称人何？讳与仇狩也。前此者有事矣，后此者有事矣，则曷为独于此焉讥？于仇者，将壹讥而已，故择其重者而讥焉，莫重乎其与仇狩也。于仇者则曷为将壹讥而已？仇者无时，焉可与通！通则无大讥。不可胜讥，故将壹讥而已，其余从同。

五　年

（五年）春，王正月。夏，夫人姜氏如齐师。

秋，倪黎来来朝。

倪者何？小邾娄也。小邾娄则曷为谓之倪？未能以其名通也。黎来者何？名也。其名何？微国也。

冬，公会齐人、宋人、陈人、蔡人伐卫。

此伐卫何？纳朔也。曷为不言纳卫侯朔？辟王也。

六　年

（六年）春，王三月，王人子突救卫。

王人者何？微者也。子突者何？贵也。贵则其称人何？系诸人也。曷为系诸人？王人耳。

夏，六月，卫侯朔入于卫。

卫侯朔何以名？绝。曷为绝之？犯命也。其言入何？篡辞也。

秋，公至自伐卫。

曷为或言致会？或言致伐？得意，致会；不得意，致伐。"卫侯朔入于卫"，何以致伐？不敢胜天子也。

螟。

冬，齐人来归卫宝。

此卫宝也，则齐人曷为来归之？卫人归之也。卫人归之，则其称齐人何？让乎我也。其让乎我奈何？齐侯曰：此非寡人之力，鲁侯之力也。

七　年

（七年）春，夫人姜氏会齐侯于防。

夏，四月辛卯夜，恒星不见；夜中，星霣如雨[3]。

恒星者何？列星也。列星不见，则何以知？夜之中星反也。如雨者何？如雨者，非雨也。非雨，则曷为谓之如雨？《不修春秋》曰："雨星不及地尺而复。"君子修之，曰："星霣如雨。"何以书？记异也。

秋，大水。

无麦苗。

无苗，则曷为先言无麦而后言无苗？一灾不书，待无麦然后书"无苗"。何以书？记灾也。

冬，夫人姜氏会齐侯于穀。

八　年

（八年）春，王正月，师次于郎，以俟陈人、蔡人。

次不言俟，此其言俟何？托不得已也。

甲午，治兵。

治兵者何？出曰治兵，入曰振旅，其礼一也，皆习战也。何言乎治兵？为久也。曷为为久？吾将以甲午之日，然后治兵于是。

夏，师及齐师围成，成降于齐师。

成者何？盛也。盛则曷为谓之成？讳灭同姓也。曷为不言降吾师？辟之也。

秋，师还。

还者何？善辞也。此灭同姓，何善尔？病之也，曰：师病矣，曷为病之？非师之罪也。

冬，十有一月癸未，齐无知弑其君诸儿。

九 年

（九年）春，齐人杀无知。公及齐大夫盟于暨。

公曷为与大夫盟？齐无君也。然则何以不名？为其讳与大夫盟也，使若众然。

夏，公伐齐纳纠。

纳者何？入辞也。其言伐之何？伐而言纳者，犹不能纳也。纳者何？公子纠也。何以不称公子？君前臣名也。

齐小白入于齐④。

曷为以国氏？当国也。其言入何？篡辞也。

秋，七月丁酉，葬齐襄公。

八月庚申，及齐师战于乾时，我师败绩。

内不言败，此其言败何？伐败也。曷为伐败？复仇也。此复仇乎大国，曷为使微者？公也。公则曷为不言公？不与公复仇也。曷为不与公复仇？复仇者在下也。

九月，齐人取子纠杀之。

其言取之何？内辞也。胁我，使我杀之也。其称子纠何？贵也。其贵奈何？宜为君者也。

冬，浚洙⑤。

洙者何？水也。浚之者何？深之也。曷为深之？畏齐也。曷为畏齐也？辞杀子纠也。

十 年

（十年）春，王正月，公败齐师于长勺。

二月，公侵宋。

曷为或言侵，或言伐？粗者曰侵，精者曰伐；战不言伐，围不言战；人不言围，灭不言人，书其重者也。

三月，宋人迁宿。

迁之者何？不通也，以地还之也。子沈子曰：不通者，盖因而臣之也。

夏，六月，齐师、宋师次于郎，公败宋师于乘丘。

其言次于郎何？伐也。伐则其言次何？齐与伐而不与战，故言伐也。我能败之，故言次也。

秋，九月，荆败蔡师于莘，以蔡侯献舞归。

荆者何？州名也。州不若国，国不若氏，氏不若人，人不若名，名不若字，字不若子。

蔡侯献舞何以名？绝。曷为绝之？获也。曷为不言其获？不与夷狄之获中国也。

冬，十月，齐师灭谭，谭子奔莒。

何以不言出？国已灭矣，无所出也。

十 一 年

（十有一年）春，王正月。

夏，五月戊寅，公败宋师于鄑。

秋，宋大水。

何以书？记灾也。外灾不书，此何以书？及我也。

冬，王姬归于齐。

何以书？过我也。

十 二 年

（十有二年）春，王三月，纪叔姬归于酅。

其言归于酅何？隐之也。何隐尔？其国亡矣，徒归于叔尔也。

夏，四月。

秋，八月甲午，宋万弑其君接及其大夫仇牧。

及者何？累也。弑君多矣，舍此无累者乎？孔父、荀息皆累也。舍孔父、荀息无累者乎？曰：有。有则此何以书？贤也。何贤乎仇牧？仇牧可谓不畏强御矣。其不畏强御奈何？万尝与庄公战，获乎庄公。庄公归，散舍诸宫中；数月，然后归之。归反为大夫于宋。与闵公博，妇人皆在侧。万曰：“甚矣，鲁侯之淑，鲁侯之美也！天下诸侯宜为君者，唯鲁侯尔。”闵公矜此妇人，妒其言，顾曰：“此虏也！尔虏焉故知鲁侯之美恶乎？”（致）万怒，搏闵公，绝其脰⑥。仇牧闻君弑，趋而至；遇之于门，手剑而叱之。万辟杀仇牧，碎其首，齿著乎门阖。仇牧可谓不畏强御矣。

冬，十月，宋万出奔陈。

十 三 年

（十有三年）春，齐侯、宋人、陈人、蔡人、邾娄人会于北杏。

夏，六月，齐人灭遂。

秋，七月。

冬，公会齐侯盟于柯。

何以不日？易也。其易奈何？桓之盟不日，其会不致，信之也。其不日何以始乎此？庄公将会乎桓，曹子进曰：“君之意何如？”庄公曰：“寡人之生，则不若死矣！”曹子曰：“然则君请当其君，臣请当其臣。”庄公曰：“诺！”于是会乎桓。庄公升坛，曹子手剑而从之。管子进曰：“君何求乎？”曹子曰：“城坏压竟，君不图与？”管子曰：“然则君将何求？”曹子曰：“愿请汶阳之田。”管子顾曰：“君许诺！”桓公曰：“诺！”曹子请盟。桓公下，与之盟。已盟，曹子摽剑而去之　要盟可犯，而桓公不欺；曹子可仇，而桓公不怨。桓公之信著乎天下，自柯之盟始焉。

十 四 年

（十有四年）春，齐人、陈人、曹人伐宋。

夏，单伯会伐宋。

其言会伐宋何？后会也。

秋，七月，荆入蔡。

冬，单伯会齐侯、宋公、卫侯、郑伯于鄄。

十 五 年

（十有五年）春，齐侯、宋公、陈侯、卫侯、郑伯会于鄄。

夏，夫人姜氏如齐。

秋，宋人、齐人、邾娄人伐儿。郑人侵宋。

冬，十月。

十 六 年

（十有六年）春，王正月。

夏，宋人、齐人、卫人伐郑。

秋，荆伐郑。

冬，十有二月，公会齐侯，宋公、陈侯、卫侯、郑伯、许男、曹伯、滑伯、滕子同盟于幽。

同盟者何？同欲也。

邾娄子克卒。

十 七 年

（十有七年）春，齐人执郑瞻。

郑瞻者何？郑之微者也。此郑之微者，何言乎齐人执之？书其佞也。

夏，齐人瀸于遂⑦。

瀸者何？瀸，积也。众杀戍者也。

秋，郑瞻自齐逃来。

何以书？书其佞也。曰：“佞人来矣，佞人来矣！”

冬，多麋。

何以书？记异也。

十 八 年

（十有八年）春，王正月，日有食之。

夏，公追戎于济西。

此未有言伐者，其言追何？大其为中国追也。此未有伐中国者，则其言为中国追何？大其未至而豫御之也。其言"于济西"何？人之也。

秋，有蜮。

何以书？记异也。

冬，十月。

十九年

（十有九年）春，王正月。

夏，四月。

秋，公子结媵陈人之妇于鄄⑧，遂及齐侯、宋公盟。

媵者何？诸侯娶一国，则二国往媵之，以侄娣从。侄者何？兄之子也。娣者何？女弟也。诸侯壹聘九女。诸侯不再娶。

媵不书，此何以书？为其有遂事，书。大夫无遂事，此其言"遂"何？聘礼：大夫受命，不受辞；出竟，有可以安社稷、利国家者，则专之可也。

夫人姜氏如莒。

冬，齐人、宋人、陈人伐我西鄙。

二十年

（二十年）春，王二月，夫人姜氏如莒。

夏，齐大灾。

大灾者何？大瘠也。大瘠者何？㾨也⑨。何以书？记灾也。外灾不书，此何以书？及我也。

秋，七月。

冬，齐人伐戎。

二十一年

（二十有一年）春，王正月。

夏，五月辛酉，郑伯突卒。

秋，七月戊戌，夫人姜氏薨。

冬，十有二月，葬郑厉公。

二十二年

（二十有二年）春，王正月，肆大省。

肆者何？跌也。大省者何？灾省也。肆大省，何以书？讥。何讥尔？讥始忌省也。

癸丑，葬我小君文姜。

文姜者何？庄公之母也。

陈人杀其公子御寇。

夏，五月。

秋，七月丙申，有齐高傒盟于防⑩。

齐高傒者何？贵大夫也。曷为就吾微者而盟？公也。公则曷为不言公？讳与大夫盟也。

冬，公如齐纳币。

纳币不书，此何以书？讥。何讥尔？亲纳币，非礼也。

二 十 三 年

（二十有三年）春，公至自齐。

桓之盟不日，其会不致，信之也。此之桓国何以致？危之也。何危尔？公一陈佗也。

祭叔来聘。

夏，公如齐观社。

何以书？讥。何讥尔？诸侯越竟观社，非礼也。

公至自齐。荆人来聘。

荆何以称人？始能聘也。

公及齐侯遇于穀。

萧叔朝公。

其言朝公何？公在外也。

秋，丹桓宫楹。

何以书？讥。何讥尔？丹桓宫楹，非礼也。

冬，十有一日。曹伯射姑卒。

十有二月甲寅，公会齐侯盟于扈。

桓之盟不日，此何以日？危之也。何危尔？我贰也。鲁子曰：我贰者，非彼然，我然也。

二 十 四 年

（二十有四年）春，王三月，刻桓宫桷⑪。

何以书？讥。何讥尔？刻桓宫桷，非礼也。

葬曹庄公。

夏，公如齐逆女。

何以书？亲迎，礼也。

秋，公至自齐。八月丁丑，夫人姜氏入。

其言入何？难也。其言日何？难也。其难奈何？夫人不偻，不可使入，与公有所约然后入。

戊寅，大夫宗妇觌⑫，用币。

宗妇者何？大夫之妻也。觌者何？见也。用者何？用者不宜用也。见用币，非礼也。然则曷用？枣栗云乎？腵修云乎？

大水。

冬，戎侵曹，羁出奔陈。

曹羁者何？曹大夫也。曹无大夫，此何以书？贤也。何贤乎曹羁？戎将侵曹，曹羁谏曰："戎众以无义，君请勿自敌也。"曹伯曰："不可。"三谏不从，遂去之。故君子以为得君臣之义也。

赤归于曹郭公。

赤者何？曹无赤者，盖郭公也。郭公者何？失地之君也。

二 十 五 年

（二十有五年）春，陈侯使女叔来聘。

夏，五月癸丑，卫侯朔卒。

六月辛未朔，日有食之，鼓、用牲于社。

日食则曷为鼓，用牲于社？求乎阴之道也。以朱丝营社，或曰胁之，或曰为闇，恐人犯之，故营之。

伯姬归于杞。

秋，大水，鼓、用牲于社，于门。

其言"于社，于门"何？于社，礼也；于门，非礼也。

冬，公子友如陈。

二 十 六 年

（二十有六年）春，公伐戎。

夏，公至自伐戎。

曹杀其大夫。

何以不名？众也。曷为众杀之？不死于曹君者也。君死乎位曰灭，曷为不言其灭？为曹羁讳也。此盖战也，何以不言战？为曹羁讳也。

秋，公会宋人、齐人伐徐。

冬，十有二月癸亥朔，日有食之。

二 十 七 年

（二十有七年）春，公会杞伯姬于洮。

夏，六月，公会齐侯、宋公、陈侯、郑伯，同盟于幽。

秋，公子友如陈，葬原仲。

原仲者何？陈大夫也。大夫不书葬，此何以书？通乎季子之私行也。何通乎季子之私行？辟内难也。君子辟内难，而不辟外难。内难者何？公子庆父、公子牙、公子友，皆庄公之母弟也。公子庆父、公子牙通乎夫人以胁公。季子起而治之则不得与于国政，坐而视之则亲亲，因不忍见也，故于是复请至于陈而葬原仲也。

冬，杞伯姬来。

其言来何？直来曰来，大归曰来归。

莒庆来逆叔姬。

莒庆者何？莒大夫也。莒无大夫，此何以书？讥。何讥尔？大夫越竟逆女，非礼也。

杞伯来朝。

公会齐侯于城濮。

二 十 八 年

（二十有八年）春，王三月甲寅，齐人伐卫。卫人及齐人战，卫人败绩。

伐不日，此何以日？至之日也。战不言伐，此其言伐何？至之日也。《春秋》伐者为客，伐者为主，故使卫主之也。曷为使卫主之？卫未有罪尔。败者称师，卫何以不称师？未得乎师也。

夏，四月丁未，邾娄子琐卒。

秋，荆伐郑，公会齐人、宋人、邾娄人救郑。

冬，筑微。大无麦禾。

冬，既见无麦禾矣，曷为先言筑微而后言无麦禾？讳以凶年造邑也。

臧孙辰告籴于齐。

告籴者何？请籴也。何以不称使？以为臧孙辰之私行也。曷为以臧孙辰之私行？君子之为国也，必有三年之委。一年不熟告籴，讥也。

二 十 九 年

（二十有九年）春，新延厩。

新延厩者何？修旧也。修旧不书，此何以书？讥。何讥尔？凶年不修。

夏，郑人侵许。

秋，有蜚。

何以书？记异也。

冬，十有二月，纪叔姬卒。城诸及防。

三 十 年

（三十年）春，王正月。

夏，师次于成。

秋，七月，齐人降鄣。

鄣者何？纪之遗邑也。降之者何？取之也。取之，则曷为不言取之？为桓公讳也。外取邑不书，此何以书？尽也。

八月癸亥，葬纪叔姬。

外夫人不书葬，此何以书？隐之也。何隐尔？其国亡矣，徒葬乎叔尔。

九月庚午朔，日有食之，鼓，用牲于社。

冬，公及齐侯遇于鲁济。齐人伐山戎。

此齐侯也，其称人何？贬。曷为贬？子司马子曰：“盖以操之为已蹙矣。”此盖战也，何以不言战？《春秋》敌者言战，桓公之与戎狄，驱之尔。

三 十 一 年

（三十有一年）春，筑台于郎。

何以书？讥。何讥尔？临民之所漱浣也。

夏，四月，薛伯卒。

筑台于薛。

何以书？讥。何讥尔？远也。

六月，齐侯来献戎捷。

齐，大国也，曷为亲来献戎捷？威我也。其威我奈何？旗获而过我也。

秋，筑台于秦。

何以书？讥。何讥尔？临国也。

冬，不雨。

何以书？记异也。

三 十 二 年

（三十有二年）春，城小穀。

夏，宋公、齐侯遇于梁丘。

秋，七月癸巳，公子牙卒。

何以不称弟？杀也。杀则曷为不言刺？为季子讳杀也。曷为为季子讳杀？季子之遏恶也，不以为国狱。缘季子之心而为之讳。季子之遏恶奈何？庄公病，将死，以病召季子。季子至而授之以国政，曰："寡人即不起此病，吾将焉致乎鲁国？"季子曰："般也存，君何忧焉！"公曰："庸得若是乎？牙谓我曰'鲁一生一及，君已知之矣。庆父也存。'"季子曰："夫何敢？是将为乱乎？夫何敢？"俄而牙弑械成，季子和药而饮之，曰："公子从吾言而饮此，则必可以无为天下戮笑，必有后乎鲁国。不从吾言而不饮此，则必为天下戮笑，必无后乎鲁国。"于是从其言而饮之，饮之无傫氏，至乎王堤而死。公子牙今将尔，辞曷为与亲弑者同？君亲无将，将而诛焉。然则善之与？曰：然。杀世子母弟，直称君者，甚之也。季子杀母兄，何善尔？诛不得辟兄，君臣之义也。然则曷为不直诛而酖之？行诛乎兄，隐而逃之，使托若以疾死然，亲亲之道也。

八月癸亥，公薨于路寝。

路寝者何？正寝也。

冬，十月己未，子般卒。

子卒云子卒，此其称子般卒何？君存称世子，君薨称子某，既葬称子，逾年称公。

子般卒，何以不书葬？未逾年之君也。有子则庙，庙葬书葬。无子不庙，不庙则不书葬。

公子庆父如齐。

狄伐邢。

---

①庄公：名同，桓公之子。谥法：胜敌克壮曰"庄"。

②郕（xǐ，音希）：纪邑，在山东安平县。

③霣：即殒，殒星。

④齐小白：即公子小白，春秋五霸之一，也称齐桓公。

⑤浚洙：深为浚，洙为水，即长江巨川。

⑥脰（dòu，音豆）：脖子，颈。

⑦瀸（jiān，音尖）：泉水时流时止。

⑧鄄（juàn，音绢）：春秋卫邑，在山东鄄城北边的旧城。

⑨痫（lì，音例）：同疠，瘟疫。

⑩傒（xī，音奚）：人名。

⑪桷（jué，音角）：方形的椽子。

⑫觌（dí，音敌）：见、相见。

⑬厩：马圈。

闵　公

元　年

（元年）春，王正月。

公何以不言即位？继弑君不言即位。孰继？继子般也。孰弑子般？庆父也。杀公子牙，今将尔，季子不免。庆父弑君，何以不诛？将而不免，遏恶也；既而不可及，因狱有所归，不探其情而诛焉，亲亲之道也。

恶乎归狱？归狱仆人邓扈乐。曷为归狱仆人邓扈乐？庄公存之时，乐曾淫于宫中，子般执而鞭之。庄公死，庆父谓乐曰："般之辱尔，国人莫不知。盍弑之矣？"使弑子般。然后诛邓扈乐而归狱焉，季子至而不变也。

齐人救邢。

夏，六月辛酉，葬我君庄公。

秋，八月，公及齐侯盟于洛姑。

季子来归。

其称季子何？贤也。其言来归何？喜之也。

冬，齐仲孙来。

齐仲孙者何？公子庆父也。公子庆父，则曷为谓之齐仲孙？系之齐也。曷为系之齐？外之也。曷为外之？《春秋》为尊者讳，为亲者讳，为贤者讳。子女子曰："以《春秋》为《春秋》，齐无仲孙，其诸吾仲孙与？"

二　年

（二年）春，王正月，齐人迁阳。

夏，五月乙酉，吉禘于庄公。

其言吉何？言吉者，未可以吉也。曷为未可以吉？未三年也。三年矣，曷为谓之未三年？三年之丧，实以二十五月。其言于庄公何？未可以称宫庙也。曷为未可以称宫庙？在三年之中矣。"吉禘于庄公"，何以书？讥。何讥尔？讥始不三年也。

秋，八月辛丑，公薨。

公薨何以不地？隐之也。何隐尔？弑也。孰弑之？庆父也。杀公子牙，今将尔，季子不免。庆父弑二君，何以不诛？将而不免，遏恶也；既而不可及，缓追逸贼，亲亲之道也。

九月，夫人姜氏孙于邾娄。公子庆父出奔莒。

冬，齐高子来盟。

高子者何？齐大夫也。何以不称使？我无君也。然则何以不名？喜之也。何喜尔？正我也。其正我奈何？庄公死，子般弑，闵公弑，此三君死，旷年无君。设以齐取鲁，曾不兴师，徒以言而已矣。桓公使高子将南阳之甲，立僖公而城鲁，或曰自鹿门至于争门者是也，或曰自争门至于吏门者是也。鲁人至今以为美谈，曰：犹望高子也。

十有二月，狄入卫。

郑弃其师。

郑弃其师者何？恶其将也。郑伯恶高克，使之将，逐而不纳，弃师之道也。

僖　公[①]

元　年

（元年）春，王正月。

公何以不言即位？继弑君，子不言即位。此非子也，其称子何？臣子一例也。

齐师、宋师、曹师次于聂北，救邢。

救不言次，此其言次何？不及事也。不及事者何？邢已亡矣。孰亡之？盖狄灭之。曷为不言狄灭之？为桓公讳也。曷为为桓公讳？上无天子，下无方伯，天下诸侯有相灭亡者，桓公不能救，则桓公耻之。

曷为先言次而后言救？君也。君则其称师何？不与诸侯专封也。曷为不与？实与而文不与。文曷为不与？诸侯之义不得专封也。诸侯之义不得专封，则其曰实与之何？上无天子，下无方伯，天下诸侯有相灭亡者，力能救之，则救之可也。

夏，六月，邢迁于陈仪。

迁者何？其意也。迁之者何？非其意也。

齐师、宋师、曹师城邢。

此一事也，曷为复言齐师、宋师、曹师？不复言师，则无以知其为一事也。

秋，七月戊辰，夫人姜氏薨于夷，齐人以归。

夷者何？齐地也。齐地，则其言齐人以归何？夫人薨于夷，则齐人以归。夫人薨于夷，则齐人曷为以归？桓公召而缢杀之。

楚人伐郑。

八月，公会齐侯、宋公、郑伯、曹伯、邾娄人于柽。九月，公败邾娄师于缨。

冬，十月壬午，公子友帅师，败莒师于犁，获莒挐。

莒挐者何？莒大夫也。莒无大夫，此何以书？大季子之获也。何大乎季子之获？季子治内难以正，御外难以正。其御外难以正奈何？公子庆父弑闵公，走而之莒，莒人逐之；将由乎齐，齐人不纳，却反舍于汶水之上，使公子奚斯入请。季子曰："公子不可以入。入则杀矣！"奚斯不忍反命于庆父，自南涘北面而哭。庆父闻之曰："嘻！此奚斯之声也。"诺已曰："吾不得入矣！"于是抗辀经而死②。莒人闻之，曰："吾已得子之贼矣。"以求赂乎鲁，鲁人不与。为是兴师而伐鲁，季子待之以偏战。

十有二月丁巳，夫人氏之丧至自齐。

夫人何以不称姜氏？贬。曷为贬？与弑公也。然则曷为不于弑焉贬？贬必于其重者，莫重乎其以丧至也。

二　　年

（二年）春，王正月，城楚丘。

孰城之？城卫也。曷为城卫？灭也。孰灭之？盖狄灭之。曷为不言狄灭之？为桓公讳也。曷为为桓公讳？上无天子，下无方伯，天下诸侯有相灭亡者，桓公不能救，则桓公耻之也。然则孰城之？桓公城之。曷为不言桓公城之？不与诸侯专封也。曷为不与？实与而文不与。文曷为不与？诸侯之义不得专封。诸侯之义不得专封，则其曰实与之何？上无天子，下无方伯，天下诸侯有相灭亡者，力能救之，则救之可也。

夏，五月辛巳，葬我小君哀姜。

哀姜者何？庄公之夫人也。

虞师晋师灭夏阳。

虞，微国也。曷为序乎大国之上？使虞首恶也。曷为使虞首恶？虞受赂，假灭国者道，以取亡焉。其受赂奈何？献公朝诸大夫而问焉，曰："寡人夜者寝而不寐，其意也何？"诸大夫有进对者曰："寝不安与？其诸侍御有不在侧者与？"献公不应，荀息进曰："虞、郭见与？"献公揖而进之，遂与之入而谋曰："吾欲攻郭，则虞救之；攻虞，则郭救之。如之何？愿与子虑之。"荀息对曰："君若用臣之谋，则今日取郭而明日取虞尔。君何忧焉？"献公曰："然则奈何？"荀息曰："请以屈产之乘与垂棘之白璧往，必可得也。则宝出之内藏，藏之外府；马出之内厩，系之外厩尔，君何丧焉？"献公曰："诺！虽然，宫之奇存焉，如之何？"荀息曰："宫之奇知则知矣，虽然，虞公贪而好宝，见宝必不从其言。请终以往。"于是终以往，虞公见宝，许诺。宫之奇果谏："《记》曰：'唇亡则齿寒。'虞、郭之相救，非相为赐。则晋今日取郭，而明日虞从而亡尔。君请勿许也。"虞公不从其言，终假之道以取郭还。四年，反取虞。虞公抱宝牵马而至，荀息见曰："臣之谋何如？"献公曰："子之谋则已行矣，宝则吾宝也。虽然，吾马之齿亦已长矣。"盖戏之也。

夏阳者何？郭之邑也。曷为不系于郭？国之也。曷为国之？君存焉尔。

秋，九月，齐侯、宋公、江人、黄人盟于贯泽。

"江人、黄人"者何？远国之辞也。远国至矣，则中国曷为独言齐、宋至尔？大国言齐、宋，远国言江、黄，则以其馀为莫敢不至也。

冬，十月，不雨。

何以书？记异也。

楚人侵郑。

三　年

（三年）春，王正月，不雨。夏，四月，不雨。

何以书？记异也。

徐人取舒。

其言取之何？易也。

六月，雨。

其言"六月，雨"何？上雨而不甚也。

秋，齐侯、宋公、江人、黄人会于阳榖。

此大会也，曷为末言尔？桓公曰："无障谷。无贮粟。无易树子。无以妾为妻。"

冬，公子友如齐莅盟。

莅盟者何？往盟乎彼也。其言来盟者何？来盟于我也。

楚人伐郑。

四　年

（四年）春，王正月，公会齐侯、宋公、陈侯、卫侯、郑伯、许男、曹伯侵蔡。蔡溃。

溃者何？下叛上也。国曰溃，邑曰叛。

遂伐楚，次于陉。

其言次于陉何？有俟也。孰俟？俟屈完也。

夏，许男新臣卒。

楚屈完来盟于师，盟于召陵。

屈完者何？楚大夫也。何以不称使？尊屈完也。曷为尊屈完？以当桓公也。其言"盟于师，盟于召陵"何？师在召陵也。师在召陵，则曷为再言盟？喜服楚也。何言乎喜服楚？楚有王者则后服，无王者则先叛，——夷狄也，而亟病中国。南夷与北狄交，中国不绝若线。桓公救中国而攘夷狄，卒帖荆，以此为王者之事也。

其言来何？与桓为主也。前此者有事矣，后此者有事矣，则曷为独于此焉？与桓公为主，序绩也。

齐人执陈袁涛涂。

涛涂之罪何？辟军之道也。其辟军之道奈何？涛涂谓桓公曰："君既服南夷矣，何不还师滨海而东，服东夷且归？"桓公曰："诺！"于是还师，滨海而东，大陷于沛泽之中，顾而执涛涂。

执者曷为？或称侯，或称人。称侯而执者，伯讨也；称人而执者，非伯讨也。此执有罪，何以不得为伯讨？古者周公东征则西国怨，西征则东国怨。桓公假涂于陈而伐楚，则陈人不欲其反由己者，师不正故也。不修其师而执涛涂，古人之讨则不然也。

秋，及江人、黄人伐陈。

八月，公至自伐楚。

楚已服矣，何以致伐楚？叛盟也。

葬许缪公。

冬，十有二月，公孙慈帅师，会齐人、宋人，卫人，郑人、许人、曹人侵陈。

五　年

（五年）春，晋侯杀其世子申生。

曷为直称晋侯以杀？杀世子、母弟直称君者，甚之也。

杞伯姬来朝其子。

其言来朝其子何？内辞也。与其子俱来朝也。

夏，公孙慈如牟。公及齐侯、宋公、陈侯、卫侯、郑伯、许男、曹伯会王世子于首戴。

曷为殊会王世子？世子贵也。世子，犹世世子也。

秋，八月，诸侯盟于首戴。

诸侯何以不序？一事而再见者，前目而后凡也。

郑伯逃归不盟。

其言逃归不盟者何？不可使盟也。不可使盟，则其言逃归何？鲁子曰：盖不以寡犯众也。

楚人灭弦，弦子奔黄。

九月戊申朔，日有食之。

冬，晋人执虞公。

虞已灭矣③，其言执之何？不与灭也。曷为不与灭？灭者，亡国之善辞也；灭者，上下之同力者也。

六　年

（六年）春，王正月。

夏，公会齐侯、宋公、陈侯、卫侯、曹伯伐郑，围新城。

邑不言围，此其言围何？强也。

秋，楚人围许，诸侯遂救许。

冬，公至自伐郑。

七　年

（七年）春，齐人伐郑。

夏，小邾娄子来朝。

郑杀其大夫申侯。

其称国以杀何？称国以杀者，君杀大夫之辞也。

秋，七月，公会齐侯、宋公、陈世子款、郑世子华盟于宁母。

曹伯般卒。

公子友如齐。

冬，葬曹昭公。

八　年

（八年）春，王正月，公会王人、齐侯、宋公、卫侯、许男、曹伯、陈世子款盟于洮。

王人者何？微者也。曷为序乎诸侯之上？先王命也。

郑伯乞盟。

乞盟者何？处其所而请与也。共处其所而请与奈何？盖酌之也。

夏，狄伐晋。

秋，七月，禘于大庙④，用致夫人。

用者何？用者不宜用也。致者何？致者不宜致也。禘用致夫人，非礼也。

夫人何以不称姜氏？贬。曷为贬？讥以妾为妻也。其言以妾为妻奈何？盖胁于齐媵女之先至者也。

冬，十有二月丁未，天王崩。

九　年

（九年）春，王三月丁丑，宋公御说卒。

何以不书葬？为襄公讳也。

夏，公会宰周公、齐侯、宋子、卫侯、郑伯、许男、曹伯于葵丘。

宰周公者何？天子之为政者也。

秋，七月乙酉，伯姬卒。

此未适人，何以"卒"？许嫁矣。妇人许嫁，字而笄之；死则以成人之丧治之。

九月戊辰，诸侯盟于葵丘。

桓之盟不日，此何以日？危之也。何危尔？贯泽之会，桓公有忧中国之心。不召而至者，江人、黄人也。葵丘之会，桓公震而矜之，叛者九国。震之者何？犹曰振振然。矜之者何？犹曰："莫若我"也。

甲戌，晋侯诡诸卒。

冬，晋里克弑其君之子奚齐。

此未逾年之君，其吉弑其君之子奚齐何？（杀）〔弑〕未逾年君之号也。

十　年

（十年）春，王正月，公如齐。狄灭温，温子奔卫。

晋里克弑其君卓子，及其大夫荀息。

及者何？累也。弑君多矣，舍此无累者乎？曰：有。孔父、仇牧皆累也。舍孔父、仇牧无累者乎？曰：有。有则此何以书？贤也。何贤乎荀息？荀息可谓不食其言矣。其不食其言奈何？奚齐、卓子者，骊姬之子也，荀息傅焉。骊姬者，国色也。献公爱之甚，欲立其子，于是杀世子申生。申生者，里克傅之。献公病，将死，谓荀息曰："士何如则可谓之信矣？"荀息对曰："使死者反生，生者不愧乎其言，则可谓信矣。"献公死，奚齐立。里克谓荀息曰："君杀正而立不正，废长而立幼，如之何？愿与子虑之！"荀息曰："君尝讯臣矣，臣对曰：'使死者反生，生者不愧乎其言，则可谓信矣。'"里克知其不可与谋，退，弑奚齐。荀息立卓子，里克弑卓子，荀息死之。荀息可谓不食其言矣！

夏，齐侯、许男伐北戎。晋杀其大夫里克。

里克弑二君，则曷为不以讨贼之辞言之？惠公之大夫也。然则孰立惠公？里克也。里克弑奚齐、卓子，逆惠公而入。里克立惠公，则惠公曷为杀之？惠公曰："尔既杀夫二孺子矣，又将图寡人，为尔君者不亦病乎！"于是杀之。然则曷为不言惠公之入？晋之不言出入者，踊为文公讳也。齐小白入于齐，则曷为不为桓公讳？桓公之享国也长，美见乎天下，故不为之讳本恶也。文公之享国也短，美未见乎天下，故为之讳本恶也。

秋，七月。

冬，大雨雹。

何以书？记异也。

十 一 年

（十有一年）**春，晋杀其大夫丕郑父⑤。**

夏，公及夫人姜氏会齐侯于阳榖。

秋，八月，大雩。

冬，楚人伐黄。

十 二 年

（十有二年）**春，王三月庚午，日有食之。夏，楚人灭黄。秋，七月。冬，十有二月丁丑，陈侯处臼卒。**

十 三 年

（十有三年）**春，狄侵卫。**

夏，四月，葬陈宣公。

公会齐侯、宋公、陈侯、卫侯、郑伯、许男、曹伯于鹹⑥。

秋，九月，大雩。

冬，公子友如齐。

十 四 年

（十有四年）**春，诸侯城缘陵。**

孰城之？城杞也。曷为城杞？灭也。孰灭之？盖徐、莒胁之。曷为不言徐、莒胁之？为桓公讳也。曷为为桓公讳？上无天子，下无方伯，天下诸侯有相灭亡者，桓公不能救，则桓公耻之也。

然则孰城之？桓公城之。曷为不言桓公城之？不与诸侯专封也。曷为不与？实与而文不与。文曷为不与？诸侯之义，不得专封也。诸侯之义不得专封，则其曰"实与之"何？上无天子，下无方伯，天下诸侯有相灭亡者，力能救之，则救之可也。

夏，六月，季姬及鄫子遇于防，使鄫子来朝⑦。

鄫子曷为使乎季姬来朝？内辞也。非使来朝，使来请己也。

秋，八月辛卯，沙鹿崩。

沙鹿者何？河上之邑也。此邑也，其言崩何？袭邑也。沙鹿崩何以书？记异也。外异不书，此何以书？为天下记异也。

狄侵郑。

冬，蔡侯肸卒⑧。

十 五 年

（十有五年）春，王正月，公如齐。楚人伐徐。

三月，公会齐侯、宋公、陈侯、卫侯、郑伯、许男、曹伯，盟于牡丘，遂次于匡。公孙敖帅师及诸侯之大夫救徐。

夏，五月，日有食之。

秋，七月，齐师、曹师伐厉。八月，螽⑨。

九月，公至自会。

桓公之会不致，此何以致？久也。

季姬归于鄫。

己卯，晦，震夷伯之庙。

晦者何？冥也。震之者何？雷电击夷伯之庙者也。夷伯者，曷为者也？季氏之孚也。季氏之孚则微者，其称夷伯何？大之也。曷为大之？天戒之，故大之也。何以书？记异也。

冬，宋人伐曹。楚人败徐于娄林。

十有一月壬戌，晋侯及秦伯战于韩。获晋侯。

此偏战也，何以不言师败绩？君获，不言师败绩也。

十 六 年

（十有六年）春，王正月戊申，朔，陨石于宋，五。是月，六鹢退飞⑩，过宋都。

曷为先言陨而后言石？“陨石”记闻，闻其磌然⑪，视之则石，察之则五。“是月”者何？仅逮是月也。何以不日？晦日也。晦则何以不言晦？《春秋》不书晦也。朔，有事则书；晦，虽有事，不书。曷为先言“六”而后言“鹢”？“六鹢退飞”，记见也。视之则六，察之则鹢，徐而察之则退飞。五石六鹢何以书？记异也。外异不书，此何以书？为王者之后，记异也。

三月壬申，公子季友卒。

其称季友何？贤也。

夏，四月丙申，鄫季姬卒。

秋，七月甲子，公孙慈卒。

冬，十有二月，公会齐侯、宋公、陈侯、卫侯、郑伯、许男、邢侯、曹伯于淮。

十 七 年

（十有七年）春，齐人、徐人伐英氏。

夏，灭项。

孰灭之？齐灭之。曷为不言齐灭之？为桓公讳也。《春秋》为贤者讳，此灭人之国，何贤尔？君子之恶恶也，疾始；善善也，乐终。桓公尝有继绝存亡之功，故君子为之讳也。

秋，夫人姜氏会齐侯于卞。九月，公至自会。

冬，十有二月乙亥，齐侯小白卒。

十 八 年

（十有八年）春，王正月，宋公会曹伯、卫人、邾娄人伐齐。

夏，师救齐。

五月戊寅，宋师及齐师战于甗[12]，齐师败绩。

战不言伐，此其言伐何？宋公与伐而不与战，故言伐。《春秋》伐者为客，伐者为主，曷为不使齐主之？与襄公之征齐也。曷为与襄公之征齐？桓公死，竖刁、易牙争权，不葬，为是故伐之也。

狄救齐。

秋，八月丁亥，葬齐桓公。

冬，邢人、狄人伐卫。

十 九 年

（十有九年）春，王三月，宋人执滕子婴齐。

夏，六月，宋人、曹人、邾娄人盟于曹南。

鄫子会于邾娄。

其言会盟何？后会也。

己酉，邾娄人执鄫子，用之。

恶乎用之？用之社也。其用之社奈何？盖叩其鼻以血社也。

秋，宋人围曹。卫人伐邢。

冬，公会陈人、蔡人、楚人、郑人盟于齐。

梁亡。

此未有伐者，其言梁亡何？自亡也。其自亡奈何？鱼烂而亡也。

二 十 年

（二十年）春，新作南门。

何以书？讥。何讥尔？门有古常也。

夏，郜子来朝。

郜子者何？失地之君也。何以不名？兄弟辞也。

五月乙巳，西宫灾。

西宫者何？小寝也。小寝则曷为谓之西宫？有西宫则有东宫矣。鲁子曰：以有西宫，亦知诸侯之有三宫也。"西宫灾"何以书？记异也。

郑人入滑。

秋，齐人，狄人盟于邢。

冬，楚人伐随。

二 十 一 年

（二十有一年）春，狄侵卫。宋人、齐人、楚人盟于鹿上。

夏，大旱。

何以书？记灾也。

秋，宋公、楚子、陈侯、蔡侯、郑伯、许男、曹伯会于霍，执宋公以伐宋。

孰执之？楚子执之。曷为不言楚子执之？不与夷狄之执中国也。

冬，公伐邾娄。

楚人使宜申来献捷。

此楚子也。其称人何？贬。曷为贬？为执宋公贬。曷为为执宋公贬？宋公与楚子期以乘车之会，公子目夷谏曰："楚，夷国也，强而无义。请君以兵车之会往。"宋公曰："不可！吾与之约以乘车之会，自我为之，自我堕之？"曰："不可！"终以乘车之会往。楚人果伏兵车，执宋公以伐宋。宋公谓公子目夷曰："子归守国矣。国，子之国也。吾不从子之言以至乎此！"公子目夷复曰："君虽不言国，国固臣之国也。"于是归设守械而守国。楚人谓宋人曰："子不与我国，吾将杀子君矣！"宋人应之曰："吾赖社稷之神灵，吾国已有君矣！"楚人知虽杀宋公，犹不得宋国，于是释宋公。宋公释乎执，走之卫。公子目夷复曰："国为君守之，君曷为不入？"然后逆襄公归。

恶乎捷，捷乎宋。曷为不言捷乎宋？为襄公讳也。此围辞也，曷为不言其围？为公子目夷讳也。

十有二月癸丑，公会诸侯盟于薄。

释宋公。

执未有言释之者，此其言释之何？公与为尔也。公与为尔奈何？公与议尔也。

二 十 二 年

（二十有二年）春，公伐邾娄，取须朐。

夏，宋公、卫侯、许男、滕子伐郑。

秋，八月丁未，及邾娄人战于升陉。

冬，十有一月己巳朔，宋公及楚人战于泓，宋师败绩。

偏战者日尔，此其言朔何？《春秋》辞繁而不杀者，正也。何正尔？宋公与楚人期战于泓之阳。楚人济泓而来。有司复曰："请迨其未毕济而击之。"宋公曰："不可！吾闻之也。君子不厄人。吾虽丧国之馀，寡人不忍行也。"既济，未毕陈，有司复曰："请迨其未毕陈而击之。"宋公曰："不可！吾闻之也，君子不鼓不成列。"已陈，然后襄公鼓之，宋师大败。故君子大其不鼓不成列，临大事而不忘大礼，有君而无臣，以为虽文王之战，亦不过此也。

二 十 三 年

（二十有三年）春，齐侯伐宋，围缗。

邑不言围，此其言围何？疾重故也。

夏，五月庚寅，宋公慈父卒。

何以不书葬？盈乎讳也。

秋，楚人伐陈。

冬，十有一月，杞子卒。

二 十 四 年

（二十有四年）春，王正月。

夏，狄伐郑。

秋，七月。

冬，天王出居于郑。

王者无外，此其言出何？不能乎母也。鲁子曰：是王也。不能乎母者，其诸此之谓与？

晋侯夷吾卒。

二 十 五 年

（二十有五年）春，王正月丙午，卫侯燬灭邢[13]。

卫侯燬何以名？绝。曷为绝之？灭同姓也。

夏，四月癸酉，卫侯燬卒。

宋荡伯姬来逆妇。

宋荡伯姬者何？荡氏之母也。其言来逆妇何？兄弟辞也。其称妇何？有姑之辞也。

宋杀其大夫。

何以不名？宋三世无大夫，三世内娶也。

秋，楚人围陈，纳顿子于顿。

何以不言遂？两之也。

葬卫文公。

冬，十有二月癸亥，公会卫子莒庆盟于洮。

二 十 六 年

（二十有六年）春，王正月己未，公会莒子、卫宁遬盟于向。

齐人侵我西鄙。公追齐师至巂[14]，弗及。

其言"至巂弗及"何？侈也。

夏，齐人伐我北鄙。卫人伐齐。

公子遂如楚乞师。

乞师者何？卑辞也。曷为以外内同若辞？重师也。曷为重师？师出不正反，战不正胜也。

秋，楚人灭隗，以隗子归。

冬，楚人伐宋，围缗。

邑不言围，此其言围何？刺道用师也。

公以楚师伐齐，取穀。公至自伐齐。

此已取穀矣，何以致伐？未得乎取穀也。曷为未得乎取穀？曰："患之起，必自此始也。"

二 十 七 年

（二十有七年）春，杞子来朝。

夏，六月庚寅，齐侯昭卒。

秋，八月乙未，葬齐孝公。乙巳，公子遂帅师入杞。

冬，楚人、陈侯、蔡侯、郑伯、许男围宋。

此楚子也，其称人何？贬。曷为贬？为执宋公贬，故终僖之篇贬也。

十有二月甲戌，公会诸侯盟于宋。

二 十 八 年

（二十有八年）春，晋侯侵曹，晋侯伐卫。

曷为再言晋侯？非两之也。然则何以不言遂？未侵曹也。未侵曹，则其言侵曹何？致其意也。其意侵曹，则曷为伐卫？晋侯将侵曹，假涂于卫；卫曰："不可得。"则固将伐之也。

公子买戍卫，不卒戍，刺之。

不卒戍者何？不卒戍者，内辞也，不可使往也。不可使往，则其言戍卫何？遂公意也。

刺之者何？杀之也。杀之则曷为谓之刺之？内讳杀大夫，谓之刺之也。

楚人救卫。

三月丙午，晋侯入曹，执曹伯畀宋人。

畀者何？与也。其言畀宋人何？与，使听之也。曹伯之罪何？甚恶也。其甚恶奈何？不可以一罪言也。

夏，四月己巳，晋侯、齐师、宋师、秦师及楚人战于城濮。楚师败绩。

此大战也。曷为使微者？子玉得臣也。子玉得臣，则其称人何？贬。曷为贬？大夫不敌君也。

楚杀其大夫得臣。卫侯出奔楚。

五月癸丑，公会晋侯、齐侯、宋公、蔡侯、郑伯、卫子、莒子盟于践土。陈侯如会。

其言如会何？后会也。

公朝于王所。

曷为不言公如京师？天子在是也。天子在是，则曷为不言天子在是？不与致天子也。

六月，卫侯郑自楚复归于卫。卫元咺出奔晋。陈侯款卒。

秋，杞伯姬来。公子遂如齐。

冬，公会晋侯、齐侯、宋公、蔡侯、郑伯、陈子、莒子、邾娄子、秦人于温。

天王狩于河阳。

狩不书，此何以书？不与再致天子也。鲁子曰：温近而践土远也。

壬申，公朝于王所。

其日何？录乎内也。

晋人执卫侯，归之于京师。

归之于者何？归于者何？归之于者，罪已定矣。归于者，罪未定也。罪未定，则何以得为伯讨？归之于者，执之于天子之侧者也，罪定不定已可知矣。归于者，非执之于天子之侧者也，罪定不定未可知也。

卫侯之罪何？杀叔武也。何以不书？为叔武讳也。《春秋》为贤者讳，何贤乎叔武？让国也。其让国奈何？文公逐卫侯而立叔武，叔武辞立而他人立，则恐卫侯之不得反也，故于是己立；然后为践土之会，治反卫侯。卫侯得反，曰："叔武篡我！"元咺争之，曰："叔武无罪。"终杀叔武。元咺走而出。

此晋人也，其称人何？贬。曷为贬？卫之祸，文公为之也。文公为之奈何？文公逐卫侯而立叔武，使人兄弟相疑。放乎杀母弟者，文公为之也。

卫元咺自晋复归于卫。

"自"者何？有力焉者也。此执其君，其言"自"何？为叔武争也。

诸侯遂围许。

曹伯襄复归于曹。

遂会诸侯围许。

二 十 九 年

（二十有九年）春，介葛卢来。

介葛卢者何？夷狄之君也。何以不言朝？不能乎朝也。

公至自围许。

夏，六月，公会王人、晋人、宋人、齐人、陈人、蔡人、秦人盟于狄泉。

秋，大雨雹。

冬，介葛卢来。

三 十 年

（三十年）春，王正月。

夏，狄侵齐。

秋，卫杀其大夫元咺，及公子瑕。

卫侯未至，其称国以杀何？道杀也。

卫侯郑归于卫。

此杀其大夫，其言归何？归恶乎元咺也。曷为归恶乎元咺？元咺之事君也，君出则己入，君入则己出，以为不臣也。

晋人、秦人围郑。介人侵萧。

冬，天王使宰周公来聘。

公子遂如京师，遂如晋。

大夫无遂事，此其言遂何？公不得为政尔。

三 十 一 年

（三十有一年）春，取济西田。

恶乎取之？取之曹也。曷为不言取之曹？讳取同姓之田也。

此未有伐曹者，则其言取之曹何？晋侯执曹伯，班其所取侵地于诸侯也。晋侯执曹伯，班其所取侵地于诸侯，则何讳乎取同姓之田？久也。

公子遂如晋。

夏，四月，四卜郊，不从，乃免牲，犹三望。

曷为或言三卜，或言四卜？三卜，礼也。四卜，非礼也。三卜何以礼？四卜何以非礼？求古之道三。禘尝不卜，郊何以卜？卜郊，非礼也。卜郊何以非礼？鲁郊，非礼也。鲁郊何以非礼？天子祭天，诸侯祭土。天子有方望之事，无所不通；诸侯山川有不在其封内者，则不祭也。曷为或言免牲，或言免牛？免牲，礼也；免牛，非礼也。免牛何以非礼？伤者曰牛。

三望者何？望祭也。然则曷祭？祭泰山河海。曷为祭泰山河海？山川有能润于百里者，天子秩而祭之。触石而出，肤寸而合，不崇朝而遍雨乎天下者，唯泰山尔。河海润于千里。犹者何？通可以已也。何以书？讥不郊而望祭也。

秋，七月。

冬，杞伯姬来求妇。

其言来求妇何？兄弟辞也。其称妇何？有姑之辞也。

狄围卫。十有二月，卫迁于帝丘。

三 十 二 年

（三十有二年）春，王正月。

夏，四月己丑，郑伯接卒。

卫人侵狄。

秋，卫人及狄盟。

冬，十有二月己卯，晋侯重耳卒。

三 十 三 年

（三十有三年）春，王二月，秦人入滑。齐侯使国归父来聘。

夏，四月辛巳，晋人及姜戎败秦于殽。

其谓之秦何？夷狄之也。曷为夷狄之？秦伯将袭郑，百里子与蹇叔子谏曰："千里而袭人，未有不亡者也。"秦伯怒曰："若尔之年者，宰上之木拱矣，尔曷知！"师出，百里子与蹇叔子送其子而戒之曰："尔即死，必于殽之嵚岩，是文王之所辟风雨者也。吾将尸尔焉！"子揖师而行。百里子与蹇叔子从其子而哭之，秦伯怒曰："尔曷为哭吾师？"对曰："臣非敢哭君师，哭臣之子也!"弦高者,郑商也。遇之殽。矫以郑伯之命而犒师焉。或曰往矣,或曰反矣。然而晋人与姜戎要之殽而击之,匹马只轮无反者。

其言及姜戎何?姜戎,微也。称人,亦微者也。何言乎姜戎之微?先轸也。或曰襄公亲之。襄公亲之则其称人何?贬。曷为贬?君在乎殡而用师,危不得葬也。诈战不日,此何以日?尽也。

癸巳,葬晋文公。

狄侵齐。

公伐邾娄,取丛。

秋,公子遂率师伐邾娄。晋人败狄于箕。

冬,十月,公如齐。十有二月,公至自齐。乙巳,公薨于小寝。

陨霜不杀草。李梅实。

何以书?记异也。何异尔?不时也。

晋人、陈人、郑人伐许。

---

① 僖公:名申,庄公之子,闵公庶兄。谥法:小心畏忌曰僖。

② 辀(zhōu,音舟):小车居中的弯曲车杠。

③ 虞(yú,音鱼):周代诸侯国,在山西省平陆县东北。

④ 禘(dì,音帝):天子诸侯宗庙五年一次的祭祀。

⑤ 罕(pén,音盆)郑:人名。

⑥ 鹹(xiǎn,音咸):即咸。卫国地盘。

⑦ 鄫(sēng,音僧):鄫国,在琅琊郡鄫县。

⑧ 肸(xī,音希):勤苦劳累的样子。

⑨ 蝝:即螽,虫灾也。

⑩ 鹢(yì,音益):一种象鹭鹚的鸟,能高飞。

⑪ 磌(tián,音田):石头落地声。

⑫ 甗(yǎn,音演):春秋齐地,在山东济南历城县境。

⑬ 煅:"毁"的异体字。

⑭ 巂(xī,音西):齐国地名。

⑮ 殽(xiáo,音校):在河南省渑池县西。

文　公①

元　年

（元年）春，王正月，公即位。

二月癸亥朔，日有食之。

天王使叔服来会葬。

其言来会葬何？会葬礼也。

夏，四月丁巳，葬我君僖公。

天王使毛伯来锡公命。

锡者何？赐也。命者何？加我服也。

晋侯伐卫。叔孙得臣如京师。卫人伐晋。

秋，公孙敖会晋侯于戚。

冬，十月丁未，楚世子商臣弑其君髡。公孙敖如齐。

二　年

（二年）春，王二月甲子，晋侯及秦师战于彭衙。秦师败绩。

丁丑，作僖公主。

作僖公主者何？为僖公作主也。主者曷用？虞主用桑，练主用栗。用栗者，藏主也。

作僖公主何以书？讥。何讥尔？不时也。其不时奈何？欲久丧而后不能也。

三月乙巳，及晋处父盟。

此晋阳处父也，何以不氏？讳与大夫盟也。

夏，六月，公孙敖会宋公、陈侯、郑伯、晋士縠盟于垂敛。

自十有二月不雨，至于秋七月。

何以书？记异也。大旱以灾书，此亦旱也，曷为以异书？大旱之日短而云灾，故以灾书；此不雨之日长而无灾，故以异书也。

八月丁卯，大事于大庙，跻僖公②。

大事者何？大袷也③。大袷者何？合祭也。其合祭奈何？毁庙之主，陈于大祖；未毁庙之主皆升，合食于大祖；五年而再殷祭。跻者何？升也。何言乎升僖公？讥。何讥尔？逆祀也。其逆祀奈何？先祢而后祖也。

冬，晋人、宋人、陈人、郑人伐秦。

公子遂如齐纳币。

纳币不书，此何以书？讥。何讥尔？讥丧娶也。娶在三年之外，则何讥乎丧娶？三年之内不图婚。吉禘于庄公，讥，然则曷为不于祭焉讥？三年之恩疾矣，非虚加之也，以人心为皆有之。

以人心为皆有之，则曷为独于娶焉讥？娶者大吉也，非常吉也。其为吉者主于己。以为有人心焉者，则宜于此焉变矣。

三 年

（三年）春，王正月，叔孙得臣会晋人、宋人、陈人、卫人、郑人伐沈，沈溃。

夏，五月，王子虎卒。

王子虎者何？天子之大夫也。外大夫不卒，此何以卒？新使乎我也。

秦人伐晋。

秋，楚人围江。

雨螽于宋。

"雨螽者"何？死而坠也。何以书？记异也。外异不书，此何以书？为王者之后记异也。

冬，公如晋。十有二月己巳，公及晋侯盟。

晋阳处父帅师伐楚救江。

此伐楚也，其言救江何？为谖也。其为谖奈何？伐楚为救江也。

四 年

（四年）春，公至自晋。

夏，逆妇姜于齐。

其谓之逆妇姜于齐，何？略之也。高子曰："娶乎大夫者，略之也。"

狄侵齐。

秋，楚人灭江。晋侯伐秦。卫侯使宁速来聘。

冬，十有一月壬寅，夫人风氏薨。

五 年

（五年）春，王正月，王使荣叔归含且赗。

含者何？口实也。其言归含且赗何？兼之。兼之，非礼也。

三月辛亥，葬我小君成风。

成风者何？僖公之母也。

王使召伯来会葬。

夏，公孙敖如晋。秦人入都。

秋，楚人灭六。

冬，十月甲申，许男业卒。

六 年

（六年）春，葬许僖公。

夏，季孙行父如陈。

秋，季孙行父如晋。八月乙亥，晋侯谨卒。

冬，十月，公子遂如晋。葬晋襄公。

晋杀其大夫阳处父。晋狐射姑出奔狄。

晋杀其大夫阳处父，则狐射姑曷为出奔？射姑杀也。射姑杀，则其称国以杀何？君漏言也。其漏言奈何？君将使射姑将，阳处父谏曰："射姑民众不说，不可使将。"于是废将。阳处父出，射姑入，君谓射姑曰："阳处父言曰：'射姑民众不说，不可使将。'"射姑怒，出，刺阳处父于朝而走。

闰月，不告月，犹朝于庙。

不告月者何？不告朔也。曷为不告朔？天无是月也。闰月矣，何以谓之天无是月？非常月也。"犹"者何？通可以已也。

七　　年

（七年）春，公伐邾娄。三月甲戌，取须朐。

取邑不日，此何以日？内辞也。使若他人然。

遂城郚。

夏，四月，宋公王臣卒。

宋人杀其大夫。

何以不名？宋三世无大夫，三世内娶也。

戊子，晋人及秦人战于令狐。晋先眜以师奔秦。

此偏战也。何以不言师败绩？敌也。此晋先眜也，其称人何？贬。曷为贬？外也。其外奈何？以师外也。何以不言出？遂在外也。

狄侵我西鄙。

秋，八月，公会诸侯、晋大夫盟于扈。

诸侯何以不序？大夫何以不名？公失序也。公失序奈何？诸侯不可使与公盟，眹晋大夫使与公盟也④。

冬，徐伐莒。公孙敖如莒莅盟。

八　　年

（八年）春，王正月。夏，四月。秋，八月戊申，天王崩。

冬，十月壬午，公子遂会晋赵盾，盟于衡雍。乙酉，公子遂会伊雒戎，盟于暴。

公孙敖如京师，不至复，丙戌奔莒。

不至复者何？不至复者，内辞也，不可使往也。不可使往，则其言如京师何？遂公意也。何以不言出？遂在外也。

螽。

宋人杀其大夫司马。宋司城来奔。

司马者何？司城者何？皆官举也。曷为皆官举？宋三世无大夫，三世内娶也。

九　年

（九年）春，毛伯来求金。

毛伯者何？天子之大夫也。何以不称使？当丧未君也。逾年矣，何以谓之未君？即位矣，而未称王也。未称王，何以知其即位？以诸侯之逾年即位，亦知天子之逾年即位也。以天子三年然后称王，亦知诸侯于其封内三年称子也。逾年称公矣，则曷为于其封内三年称子？缘民臣之心，不可一日无君；缘终始之义，一年不二君，不可旷年无君；缘孝子之心，则三年不忍当也。

毛伯来求金，何以书？讥。何讥尔？王者无求，求金非礼也。然则是王者与？曰：非也。非王者，则曷为谓之王者？王者无求，曰：是子也，继文王之体，守文王之法度，文王之法无求而求，故讥之也。

夫人姜氏如齐。

二月，叔孙得臣如京师。辛丑，葬襄王。

王者不书葬，此何以书？不及时，书；过时，书；我有往者，则书。

晋人杀其大夫先都。

三月，夫人姜氏至自齐。

晋人杀其大夫士縠及箕郑父。楚人伐郑。

公子遂会晋人、宋人、卫人、许人救郑。

夏，狄侵齐。

秋，八月，曹伯襄卒。

九月癸酉，地震。

地震者何？动地也。何以书？记异也。

冬，楚子使椒来聘。

椒者何？楚大夫也。楚无大夫，此何以书？始有大夫也。始有大夫，则何以不氏？许夷狄者不一而足也。

秦人来归僖公，成风之襚。

其言"僖公、成风"何？兼之。兼之非礼也。曷为不言及成风？成风尊也。

葬曹共公。

十　年

（十年）春，王三月辛卯，臧孙辰卒。

夏，秦伐晋。楚杀其大夫宜申。

自正月不雨，至于秋七月。及苏氏盟于女栗。

冬，狄侵宋。楚子、蔡侯次于屈貉。

十 一 年

（十有一年）春，楚子伐圈。

夏，叔彭生会晋郤缺于承匡。

秋，曹伯来朝。公子遂如宋。狄侵齐。

冬，十月甲午，叔孙得臣败狄于鹹。

狄者何？长狄也。兄弟三人：一者之齐，一者之鲁，一者之晋。其之齐者，王子成父杀之；其之鲁者，叔孙得臣杀之；则未知其之晋者也。其言败何？大之也。其日何？大之也。其地何？大之也。何以书？记异也。

十 二 年

（十有二年）春，王正月，盛伯来奔。

盛伯者何？失地之君也。何以不名？兄弟辞也。

杞伯来朝。

二月庚子，子叔姬卒。

此未适人，何以"卒"？许嫁矣。妇人许嫁，字而笄之，死则以成人之丧治之。其称子何？贵也。其贵奈何？母弟也。

夏，楚人围巢。

秋，滕子来朝。

秦伯使遂来聘。

遂者何？秦大夫也。秦无大夫，此何以书？贤缪公也。何贤乎缪公？以为能变也。其为能变奈何？惟诶诶善谇言，俾君子易怠，而况乎我多有之！惟一介断断焉无他技，其心休休能有容，是难也！

冬，十有二月戊午，晋人、秦人战于河曲。

此偏曲也，何以不言师败绩？敌也。曷为以水地？河曲疏矣，河千里而一曲也。

季孙行父帅师，城诸及运。

十 三 年

（十有三年）春，王正月。

夏，五月壬午，陈侯朔卒。

邾娄子蘧篨卒⑤。

自正月不雨，至〔于〕秋七月。

世室屋坏。

世室者何？鲁公之庙也。周公称大庙，鲁公称世室，群公称宫。此鲁公之庙也，曷为谓之世室？世室，犹世室也，世世不毁也。周公何以称大庙于鲁？封鲁公以为周公也。周公拜乎前，鲁公拜乎后，曰："生以养周公，死以为周公主！"然则周公之鲁乎？曰："不之鲁也。封鲁公以为周公主。"然则周公曷为不之鲁？欲天下之一乎周也。

鲁祭周公，何以为牲？周公用白牡，鲁公用骍犅⑥，群公不毛。鲁祭周公，何以为盛？周公盛，鲁公焘，群公廪。

世室屋坏，何以书？讥。何讥尔？久不修也。

冬，公如晋，卫侯会于沓。狄侵卫。

十有二月己丑，公及晋侯盟。还自晋，郑伯会公于斐。还者何？善辞也。何善尔？往党，卫侯会公于沓，至得与晋侯盟；反党，郑伯会公于斐，故善之也。

十 四 年

（十有四年）春，王正月，公至自晋。邾娄人伐我南鄙。叔彭生帅师伐邾娄。

夏，五月乙亥，齐侯潘卒。六月，公会宋公、陈侯、卫侯、郑伯、许男、曹伯、晋赵盾。癸酉，同盟于新城。

秋，七月，有星孛入于北斗。

孛者何？彗星也。其言入于北斗何？北斗有中也。何以书？记异也。

公至自公。

晋人纳接菑于邾娄，弗克纳。

纳者何？入辞也。其言"弗克纳"何？大其弗克纳也。何大乎其弗克纳？晋郤缺帅师，革车八百乘，以纳接菑于邾娄，力沛若有馀。而纳之，邾娄人言曰："接菑，晋出也。貜且⑦，齐出也。子以其指，则接菑也四，貜且也六。子以大国压之，则未知齐晋孰有之也。贵则皆贵矣，虽然，貜且也长。"郤缺曰："非吾力不能纳也，义实不尔克也。"引师而去之。故君子大其弗克纳也。

此晋郤缺也，其称人何？贬。曷为贬？不与大夫专废置君也。曷为不与？实与而文不与。文曷为不与？大夫之义，不得专废置君也。

九月甲申，公孙敖卒于齐。

齐公子商人弑其君舍。

此未逾年之君也，其言弑其君舍何？己立之，己杀之，成死者而贱生者也。

宋子哀来奔。

宋子哀者何？无闻焉尔。

冬，单伯如齐，齐人执单伯。齐人执子叔姬。

执者曷为或称行人，或不称行人？称行人而执者，以其事执也。不称行人而执者，以己执也。

单伯之罪何？道淫也。恶乎淫？淫于子叔姬。然则曷为不言齐人执单伯及子叔姬？内辞也，使若异罪然。

十 五 年

（十有五年）春，季孙行父如晋。三月，宋司马华孙来盟。

夏，曹伯来朝。

齐人归公孙敖之丧。

何以不言来？内辞也。胁我而归之，笱将而来也。

六月辛丑朔，日有食之，鼓，用牲于社。

单伯至自齐。

晋郤缺帅师伐蔡，戊申入蔡。

入不言伐，此其言伐何？至之日也。其日何？至之日也。

秋，齐人侵我西鄙。季孙行父如晋。

冬，十有一月，诸侯盟于扈。

十有二月，齐人来归子叔姬。

其言来何？闵之也。此有罪，何闵尔？父母之于子，虽有罪，犹若其不欲服罪然。

齐侯侵我西鄙，遂伐曹，入其郛⑧。

郛者何？恢郛也。入郛书乎？曰：不书。入郛不书，此何以书？动我也。动我者何？内辞也。其实我动焉尔。

十 六 年

（十有六年）春，季孙行父会齐侯于阳穀。齐侯弗及盟。其言弗及盟何？不见与盟也。

夏，五月，公四不视朔。

公曷为四不视朔？公有疾也。何言乎公有疾不视朔？自是公无疾，不视朔也。然则曷为不言公无疾不视朔？有疾，犹可言也；无疾，不可言也。

六月戊辰，公子遂及齐侯盟于犀丘。

秋，八月辛未，夫人姜氏薨。

毁泉台。

泉台者何？郎台也。郎台则曷为谓之泉台？未成，为郎台；既成，为泉台。毁泉台何以书？讥。何讥尔？筑之，讥；毁之，讥。先祖为之，己毁之，不如勿居而已矣。

楚人、秦人、巴人灭庸。

冬，十有一月，宋人弑其君处臼。

弑君者曷为或称名氏，或不称名氏？大夫弑君称名氏，贱者穷诸人。大夫相杀称人，贱者穷诸盗。

十 七 年

（十有七年）春，晋人、卫人、陈人、郑人伐宋。

夏，四月癸亥，葬我小君圣姜。

圣姜者何？文公之母也。

齐侯伐我西鄙。

六月癸未，公及齐侯盟于穀。

诸侯会于扈。

秋，公至自穀。

冬，公子遂如齐。

十 八 年

（十有八年）春，王二月丁丑，公薨于台下。

秦伯䓨卒。

夏，五月戊戌，齐人弑其君商人。六月癸酉，葬我君文公。

秋，公子遂、叔孙得臣如齐。

冬，十月，子卒。

子卒者孰谓？谓子赤也。何以不日？隐之也。何隐尔？弑也。弑则何以不日？不忍言也。

夫人姜氏归于齐。季孙行父如齐。

莒弑其君庶其。

称国以弑何？称国以弑者，众弑君之辞。

---

①文公：名兴，僖公之子。谥法：慈惠爱民曰"文"。

②跻（jī，音计）：登、升。

③祫（xiá，音侠）：古代天子诸侯宗庙祭礼之一。集合远近祖先的神主于太祖庙合祭。三年丧毕时举行一次，次年禘祭后又举行一次，以后每五年一次。

④睒（shùn，音舜）：以目示意。

⑤蘧篨（qú zhū，音瞿猪）：原本是古代钟鼓架下兽形的柎，蹲着后足，不能仰视。多比喻身有残疾不能仰视的人，也比喻谄佞之徒。

⑥骍牨（xīn gāng，音辛刚）：赤色马和公牛。

⑦貜（jué，音觉）且：人名。

⑧郛（fú，音浮）：城池，古代特指城圈外围的大城。

宣　公①

元　年

（元年）春，王正月，公即位。

继弑君不言即位，此其言"即位"何？如其意也。

公子遂如齐逆女。

三月，遂以夫人妇姜至自齐。

遂何以不称公子？一事而再见者，卒名也。

夫人何以不称姜氏？贬。曷为贬？讥丧娶也。丧娶者，公也。则曷为贬夫人？内无贬于公之道也。内无贬于公之道，则曷为贬夫人？夫人与公一体也。其称妇何？有姑之辞也。

夏，季孙行父如齐。

晋放其大夫胥甲父于卫。

放之者何？犹曰无去是云尔。然则何言尔？近正也。此其为近正奈何？古者大夫已去，三年待放。君放之，非也。大夫待放，正也。古者臣有大丧，则君三年不呼其门；已练，可以弁冕；服金革之事，君使之非也，臣行之礼也。闵子要绖而服事，既而曰："若此乎古之道不即人心！"退而致仕。孔子盖善之也。

公会齐侯于平州。公子遂如齐。

六月，齐人取济西田。

外取邑不书，此何以书？所以略齐也。曷为略齐？为弑子赤之略也。

秋，邾娄子来朝。楚子、郑人侵陈，遂侵宋。

晋赵盾帅师救陈。宋公、陈侯、卫侯、曹伯会晋师于斐林，伐郑。

此晋赵盾之师也，曷为不言赵盾之师？君不会大夫之辞也。

冬，晋赵穿帅师侵柳。

柳者何？天子之邑也。曷为不系乎周？不与伐天子也。

晋人、宋人伐郑。

二　年

（二年）春，王二月壬子，宋华元帅师及郑公子归生帅师战于大棘。宋师败绩。获宋华元。秦师伐晋。

夏，晋人、宋人、卫人、陈人侵郑。

秋，九月乙丑，晋赵盾弑其君夷獋②。

冬，十月乙亥，天王崩。

三　年

（三年）春，王正月，郊牛之口伤，改卜牛。牛死，乃不郊。犹三望。

其言之何？缓也。曷为不复卜？养牲养二卜。帝牲不吉。则扳稷牲而卜之。帝牲在于涤三月。于稷者，唯具是视。郊则曷为必祭稷？王者必以其祖配。王者则曷为必以其祖配？自内出者，无匹不行；自外至者，无主不止。

葬匡王。

楚子伐贲浑戎。

夏，楚人侵郑。

秋，赤狄侵齐。宋师围曹。

冬，十月丙戌，郑伯兰卒。

葬郑缪公。

四　年

（四年）春，王正月，公及晋侯平莒及郯。莒人不肯，公伐莒，取向。

此平莒也。其言不肯何？辞取向也。

秦伯稻卒。

夏，六月乙酉，郑公子归生弑其君夷。

赤狄侵齐。

秋，公如齐。公至自齐。

冬，楚子伐郑。

五　　年

（五年）春，公如齐。

夏，公至自齐。

秋，九月，齐高固来逆子叔姬。

叔孙得臣卒。

冬，齐高固及子叔姬来。

何言乎高固之来？言叔姬之来，而不言高固之来，则不可。子公羊子曰："其诸为其双双而俱至者与？"

楚人伐郑。

六　　年

（六年）春，晋赵盾、卫孙免侵陈。

赵盾弑君，此其复见何？亲弑君者，赵穿也。亲弑君者赵穿，则曷为加之赵盾？不讨贼也。何以谓之不讨贼？晋史书贼，曰："晋赵盾弑其君夷獯。"赵盾曰："天乎，无辜！吾不弑君，谁谓吾弑君者乎？"史曰："尔为仁为义，人弑尔君，而复国不讨贼，此非弑君如何？"

赵盾之复国奈何？

灵公为无道，使诸大夫皆内朝，然后处乎台上，引弹而弹之，已趋而辟丸，是乐而已矣。

赵盾已朝而出，与诸大夫立于朝。有人荷畚，自闺而出者。赵盾曰："彼何也？夫畚曷为出乎闺？"呼之，不至，曰："子大夫也，欲视之，则就而视之。"赵盾就而视之，则赫然死人也。赵盾曰："是何也？"曰："膳宰也。熊蹯不熟，公怒，以斗擎而杀之，支解，将使我弃之。"赵盾曰："嘻！"趋而入。灵公望见赵盾，愬而再拜。赵盾逡巡北面，再拜稽首，趋而出。

灵公心怍焉，欲杀之。于是使勇士某者往杀之。勇士入其大门，则无人门焉者；入其闺，则无人闺焉者；上其堂，则无人焉；俯而窥其户，方食鱼飧[3]。勇士曰："嘻！子诚仁人也！吾入子之大门，则无人焉；入子之闺，则无人焉；上子之堂，则无人焉，是子之易也。子为晋国重卿而食鱼飧，是子之俭也。君将使我杀子，吾不忍杀子也。虽然，吾亦不可复见吾君矣！"遂刎颈而死。

灵公闻之，怒滋，欲杀之甚。众莫可使往者。于是伏甲于宫中，召赵盾而食之。赵盾之车右祁弥明者，国之力士也，仡然从乎赵盾而入，放乎堂下而立。赵盾已食，灵公谓盾曰："吾闻子之剑盖利剑也，子以示我，吾将观焉。"赵盾起，将进剑，祁弥明自下呼之，曰："盾！食饱则出，何故拔剑于君所？"赵盾知之，蹒阶而走。灵公有周狗，谓之獒[4]。呼獒而属之，獒亦蹒阶而从之。祁弥明逆而踧之，绝其颔。赵盾顾曰："君之獒，不若臣之獒也！"然而宫中甲鼓而起。有起于甲中者，抱赵盾而乘之。赵盾顾曰："吾何以得此于子？"曰："子某时所食，活我于暴桑下者也。"赵盾曰："子名为谁？"曰："吾君孰为介？子之乘矣，何问吾名！"赵盾驱而出，众无留之者。

赵穿缘民众不说，起弑灵公，然后迎赵盾而入，与之立于朝，而立成公黑臀。

夏，四月。

秋，八月，螽[5]。

冬，十月。

七　　年

（七年）春，卫侯使孙良夫来盟。

夏，公会齐侯伐莱。

秋，公至自伐莱。大旱。

冬，公会晋侯、宋公、卫侯、郑伯、曹伯于黑壤。

八　　年

（八年）春，公至自会。

夏，六月，公子遂如齐，至黄乃复。

其言至黄乃复何？有疾也。何言乎有疾乃复？讥。何讥尔？大夫以君命出，闻丧，徐行而不反。

辛巳，有事于太庙。

仲遂卒于垂。

仲遂者何？公子遂也。何以不称公子？贬。曷为贬？为弑子赤贬。然则曷为不于其弑焉贬？于文则无罪，于子则无年。

壬午，犹绎，《万》入，去《籥》⑥。

绎者何？祭之明日也。《万》者何？干舞也。《籥》者何？籥舞也。其言《万》入去《籥》何？去其有声者，废其无声者，存其心焉尔。存其心焉尔者何？知其不可而为之也。犹者何？通可以已也。

戊子，夫人熊氏薨。

晋师、白狄伐秦。楚人灭舒蓼。

秋，七月甲子，日有食之，既。

冬，十月己丑，葬我小君顷熊，雨，不克葬。庚寅，日中而克葬。

顷熊者何？宣公之母也。而者何？难也。乃者何？难也。曷为或言而，或言乃？乃难乎而也。

城平阳。

楚师伐陈。

九　　年

（九年）春，王正月，公如齐。公至自齐。

夏，仲孙蔑如京师。齐侯伐莱。

秋，取根牟。

根牟者何？邾娄之邑也。曷为不系乎邾娄？讳亟也。

八月，滕子卒。

九月，晋侯、宋公、卫侯、郑伯、曹伯会于扈。晋荀林父帅师伐陈。

辛酉，晋侯黑臀卒于扈。

扈者何？晋之邑也。诸侯卒其封内不地，此何以地？卒于会，故地也。未出其地，故不言会也。

冬，十月癸酉，卫侯郑卒。

宋人围滕。楚子伐郑。晋郤缺帅师救郑。陈杀其大夫泄冶。

十 年

（十年）春，公如齐。公至自齐。齐人归我济西田。

齐已取之矣，其言我何？言我者，未绝于我也。曷为未绝于我？齐已言取之矣，其实未之齐也。

夏，四月丙辰，日有食之。

己巳，齐侯元卒。

齐崔氏出奔卫。

崔氏者何？齐大夫也。其称崔氏何？贬。曷为贬？讥世卿。世卿，非礼也。

公如齐。

五月，公至自齐。癸巳，陈夏徵舒弑其君平国。

六月，宋师伐滕。公孙归父如齐，葬齐惠公。晋人、宋人、卫人、曹人伐郑。

秋，天王使王季子来聘。

王季子者何？天子之大夫也。其称王季子何？贵也。其贵奈何？母弟也。

公孙归父帅师伐邾娄，取蘱。

大水。

季孙行父如齐。

冬，公孙归父如齐。齐侯使国佐来聘。

饥。

何以书？以重书也。

楚子伐郑。

十 一 年

（十有一年）春，王正月。

夏，楚子、陈侯、郑伯盟于辰陵。公孙归父会齐人伐莒。

秋，晋侯会狄于欑函⑦。

冬，十月，楚人杀陈夏徵舒。

此楚子也，其称人何？贬。曷为贬？不与外讨也。不与外讨者，因其讨乎外而不与也，虽内讨亦不与也。曷为不与？实与而文不与。文曷为不与？诸侯之义，不得专讨也。诸侯之义不得专讨，则其曰实与之何？上无天子，下无方伯，天下诸侯有为无道者，臣弑君，子弑父，力能讨之，则讨之可也。

丁亥，楚子入陈。纳公孙宁、仪行父于陈。

此皆大夫也，其言纳何？纳公党与也。

十 二 年

（十有二年）春，葬陈灵公。

讨此贼者，非臣子也，何以书葬？君子辞也。楚已讨之矣，臣子虽欲讨之，而无所讨也。

楚子围郑。

夏，六月乙卯，晋荀林父帅师，及楚子战于郊⑧晋师败绩。

大夫不敌君，此其称名氏以敌楚子何？不与晋而与楚子为礼也。曷为不与晋而与楚子为礼也？

庄王伐郑，胜乎皇门，放乎路衢。郑伯肉袒，左执茅旌，右执鸾刀，以逆庄王，曰："寡人无良，边垂之臣以干天祸，是以使君主沛焉，辱到敝邑。君如矜此丧人，锡之不毛之地，使帅一二耋老而绥焉，请唯君王之命！"庄王曰："君之不令臣，交易为言，是以使寡人得见君之玉面而微至乎此！"庄王亲自手旌，左右㧖军退舍七里⑨。将军子重谏曰："南郢之与郑，相去数千里。诸大夫死者数人，厮役扈养死者数百人。今君胜郑而不有，无乃失民臣之力乎？"庄王曰："古者杆不穿⑩，皮不蠹，则不出于四方。是以君子笃于礼而薄于利，要其人而不要其土。告从，不赦，不详。吾以不详道民，灾及吾身，何日之有！"

既则晋师之救郑者至，曰："请战！"庄王许诺。将军子重谏曰："晋，大国也。王师淹病矣。君请勿许也！"庄王曰："弱者，吾威之；强者，吾辟之。是以使寡人无以立乎天下！"令之还师而逆晋寇，庄王鼓之。晋师大败。晋众之走者，舟中之指可掬矣。庄王曰："嘻！吾两君不相好，百姓何罪？"令之还师而佚晋寇。

秋，七月。

冬，十有二月戊寅，楚子灭萧。

晋人、宋人、卫人、曹人同盟于清丘。宋师伐陈，卫人救陈。

十 三 年

（十有三年）春，齐师伐卫。

夏，楚子伐宋。

秋，蝝。

冬，晋杀其大夫先縠。

十 四 年

（十有四年）春，卫杀其大夫孔达。

夏，五月壬申，曹伯寿卒。

晋侯伐郑。

秋，九月，楚子围宋。葬曹文公。

冬，公孙归父会齐侯于穀。

十　五　年

（十有五年）春，公孙归父会楚子于宋。

夏，五月，宋人及楚人平。

外平不书，此何以书？大其平乎己也。

何大乎其平乎己？庄王围宋，军有七日之粮尔，尽此不胜，将去而归尔，于是使司马子反乘堙而窥宋城①。宋华元亦乘堙而出，见之。司马子反曰："子之国何如？"华元曰："惫矣！"曰："何如？"曰："易子而食之，析骸而炊之。"司马子反曰："嘻！甚矣惫。虽然，吾闻之也。围者柑马而秣之，使肥者应客，是何子之情也？"华元曰："吾闻之：君子见人之厄则矜之，小人见人之厄则幸之。吾见子之君子也，是以告情于子也。"司马子反曰："诺！勉之矣！吾军亦有七日之粮尔，尽此不胜，将去而归尔。"揖而去之，反于庄王。庄王曰："何如？"司马子反曰："惫矣！"曰："何如？"曰："易子而食之，析骸而炊之。"庄王曰："嘻！甚矣惫！虽然，吾今取此然后而归尔。"司马子反曰："不可。臣已告之矣：军有七日之粮尔。"庄王怒，曰："吾使子往视之，子曷为告之？"司马子反曰："以区区之宋，犹有不欺人之臣，可以楚而无乎？是以告之也。"庄王曰："诺！舍而止。虽然，吾犹取此，然后归尔。"司马子反曰："然则君请处于此，臣请归尔。"庄王曰："子去我而归，吾孰与处于此？吾亦从子而归尔！"引师而去之。故君子大其平乎己也。

此皆大夫也，其称人何？贬。曷为贬？平者在下也。

六月癸卯，晋师灭赤狄潞氏，以潞子婴儿归。

潞何以称子？潞子之为善也，躬足以亡尔。虽然，君子不可不记也。离于夷狄，而未能合于中国。晋师伐之，中国不救，狄人不有，是以亡也。

秦人伐晋。

王札子杀召伯、毛伯。

王札子者何？长庶之号也。

秋，蝝。仲孙蔑会齐高固于牟娄。

初税亩。

初者何？始也。税亩者何？履亩而税也。"初税亩"，何以书？讥。何讥尔？讥始履亩而税也。何讥乎始履亩而税？古者什一而藉。古者曷为什一而藉？什一者，天下之中正也。多乎什一，大桀小桀；寡乎什一，大貉小貉。什一者，天下之中正也，什一行而颂声作矣。

冬，蝝生②。

未有言蝝生者，此其言蝝生何？蝝生不书？此何以书，幸之也。幸之者何？犹曰受之云尔。受之云尔者何？上变古易常，应是而有天灾，其诸则宜于此焉变矣。

饥。

十　六　年

（十有六年）春，王正月，晋人灭赤狄甲氏，及留吁。

夏，成周宣谢灾。

成周者何？东周也。宣谢者何？宣宫之谢也。何言乎"成周宣谢灾？"乐器藏焉尔。"成周宣谢灾"何以书？记灾也。外灾不书，此何以书？新周也。

秋，郯伯姬来归。

冬，大有年。

十 七 年

（十有七年）春，王正月庚子，许男锡我卒。丁未，蔡侯申卒。

夏，葬许昭公。葬蔡文公。

六月癸卯，日有食之。

己未，公会晋侯、卫侯、曹伯、邾娄子，同盟于断道。

秋，公至自会。

冬，十有一月壬午；公弟叔肸卒。

十 八 年

（十有八年）春，晋侯、卫世子臧伐齐。公伐杞。

夏，四月。

秋，七月，邾娄人戕鄫子于鄫⑬。

戕鄫子于鄫者何？残贼而杀之也。

甲戌，楚子旅卒。

何以不书葬？吴楚之君不书葬，辟其号也。

公孙归父如晋。

冬，十月壬戌，公薨于路寝。

归父还自晋，至柽，遂奔齐。

还者何？善辞也。何善尔？归父使于晋，还自晋，至柽，闻君薨家遣，壇帷⑭，哭君成踊，反命乎介，自是走之齐。

---

①宣公：名倭，文公之子。谥法：善问周达曰"宣"。

②夷獋（gāo，音高）：人名。

③飧（sūn，音孙）：晚餐。常引申为熟食。这里指简单的饭食。

④獒（áo，音熬）：大犬；猛犬。狗长四尺以上称獒。

⑤螽：即螽，虫灾。

⑥龠（yuè，音跃）：古代管乐器。这里指用龠伴奏的舞曲。

⑦欑（cuán，音窜）函：地名，在狄地。

⑧邲（bì，音弼）：郑地名。

⑨挥（huì，音会）：指挥。

⑩杅（yú，音于）：盛汤浆的器皿。

⑪堙（yīn，音因）：附城的土山。

⑫螽：螽之子，皆蝗类。

⑬戕（qiáng，音墙）：刺杀。

⑭壇（shàn，音扇）：经打扫而供祭祀的地面。

成 公①

元 年

（元年）春，王正月，公即位。

二月辛酉，葬我君宣公。

无冰。

三月，作丘甲。

何以书？讥。何讥尔？讥始丘使也。

夏，臧孙许及晋侯盟于赤棘。

秋，王师败绩于贸戎。

孰败之？盖晋败之，或曰贸戎败之。然则曷为不言晋败之？王者无敌，莫敢当也。

冬，十月。

二 年

（二年）春，齐侯伐我北鄙。

夏，四月丙戌，卫孙良夫帅师，及齐师战于新筑。卫师败绩。

六月癸酉。季孙行父、臧孙许、叔孙侨如、公孙婴齐帅师，会晋郤克、卫孙良夫、曹公子手，及齐侯战于鞌②齐师败绩。

曹无大夫，"公子手"何以书？忧内也。

秋，七月，齐侯使国佐如师。己酉，及国佐盟于袁娄。

君不行使乎大夫，此其行使乎大夫何？佚获也。其佚获奈何？师还齐侯，晋郤克投戟逡巡，再拜稽首马前。逢丑父者，顷公之车右也，面目与顷公相似，衣服与顷公相似。代顷公当左，使顷公取饮，顷公操饮而至。曰："革取清者。"顷公用是佚而不反。逢丑父曰："吾赖社稷之神灵，吾君已免矣！"郤克曰："欺三军者，其法奈何？"曰："法斮！"于是斮逢丑父。

"己酉，及齐国佐盟于袁娄"，曷为不盟于师而盟于袁娄？前此者，晋郤克与臧孙许同时而聘于齐。萧同姪子者，齐君之母也；踊于棓而窥客③，则客或跛或眇。于是使跛者迓跛者④，使眇者迓眇者。二大夫出，相与踦闾而语⑤，移日然后相去。齐人皆曰："患之起，必自此始。"二大夫归，相与率师为鞌之战。齐师大败，齐侯使国佐如师。郤克曰："与我纪侯之甗⑥，反鲁卫之侵地，使耕者东亩，且以萧同姪子为质，则吾舍子矣！"国佐曰："与我纪侯之甗，请诺；反鲁卫之侵地，请诺。使耕者东亩，是则土齐也；萧同姪子者，齐君之母也，齐君之母犹晋君之母也，不可！请战！壹战不胜，请再；再战不胜，请三；三战不胜，则齐国尽子之有也，何必以萧同姪子为质！"揖而去之。郤克眣鲁卫之使，使以其辞而为之请。然后许之，逮于袁娄而与之盟。

八月壬午，宋公鲍卒。庚寅，卫侯遬卒⑦。

取汶阳田。

汶阳田者何？鲜之赂也。

冬，楚师、郑师侵卫。

十有一月，公会楚公子婴齐于蜀。丙申，公及楚人、秦人、宋人、陈人、卫人、郑人、齐人、曹人、邾娄人、薛人、鄫人盟于蜀。

此楚公子婴齐也，其称人何？得一贬焉尔。

三　　年

（三年）春，王正月，公会晋侯、宋公、卫侯、曹伯伐郑。

辛亥，葬卫缪公。

二月，公至自伐郑。

甲子，新宫灾，三日哭。

新宫者何？宣公之宫也。宣宫，则曷为谓之新宫？不忍言也。其言三日哭何？庙灾，三日哭，礼也。新宫灾，何以书？记灾也。

乙亥，葬宋文公。

夏，公如晋。郑公子去疾率师伐许。公至自晋。

秋，叔孙侨如率师围棘。

棘者何？汶阳之不服邑也。其言围之何？不听也。

大雩。

晋郤克、卫孙良夫伐将咎如。

冬，十有一月，晋侯使荀庚来聘。卫侯使孙良夫来聘。丙午，及荀庚盟。丁未，及孙良夫盟。

此聘也，其言盟何？聘而言盟者，寻旧盟也。

郑伐许。

四　　年

（四年）春，宋公使华元来聘。

三月壬申，郑伯坚卒。

杞伯来朝。

夏，四月甲寅，臧孙许卒。

公如晋。

葬郑襄公。

秋，公至自晋。

冬，城运。郑伯伐许。

五　　年

（五年）春，王正月，杞叔姬来归。仲孙蔑如宋。

夏，叔孙侨如会晋荀秀于穀。

梁山崩。

梁山者何？河上之山也。"梁山崩"何以书？记异也。何异尔？大也。何大尔？梁山崩，壅河三日不沔⑧。外异不书，此何以书？为天下记异也。

秋，大水。

冬，十有一月己酉，天王崩。

十有二月己丑，公会晋侯、齐侯、宋公、卫侯、郑伯、曹伯、邾娄子、杞伯，同盟于虫牢。

六　　年

（六年）春，王正月，公至自会。

二月辛巳，立武宫。

武宫者何？武公之宫也。立者何？立者，不宜立也。立武宫，非礼也。

取鄟⑨。

鄟者何？邾娄之邑也。曷为不系于邾娄？讳亟也。

卫孙良夫率师侵宋。

夏，六月，邾娄子来朝。公孙婴齐如晋。壬申，郑伯费卒。

秋，仲孙蔑、叔孙侨如率师侵宋。楚公子婴齐率师伐郑。

冬，季孙行父如晋。晋栾书率师侵郑。

七　　年

（七年）春，王正月，鼷鼠食郊牛角⑩，改卜牛。鼷鼠又食其角，乃免牛。

吴伐郑。

夏，五月，曹伯来朝。

不郊，犹三望。

秋，楚公子婴齐率师伐郑。公会晋侯、齐侯、宋公、卫侯、曹伯、莒子、邾娄子、杞伯救郑。八月戊辰，同盟于马陵。

公至自会。吴入州来。

冬，大雩。

卫孙林父出奔晋。

八　　年

（八年）春，晋侯使韩穿来言汶阳之田，归之于齐。

来言者何？内辞也。胁我，使我归之也。曷为使我归之？鞌之战，齐师大败。齐侯归，吊死视疾，七年不饮酒，不食肉。晋侯闻之，曰："嘻！奈何使人之君七年不饮酒，不食肉？"请皆反其所取侵地。

晋栾书帅师侵蔡。公孙婴齐如莒。宋公使华元来聘。

夏，宋公使公孙寿来纳币。

纳币不书，此何以书？录伯姬也。

晋杀其大夫赵同、赵括。

秋，七月，天子使召伯来锡公命。

其称天子何？"元年，春，王正月"，正也；其馀皆通矣。

冬，十月癸卯，杞叔姬卒。

晋侯使士燮来聘。叔孙侨如会晋士燮。

齐人、邾娄人伐郯。

卫人来媵。

媵不书，此何以书？录伯姬也。

九 年

（九年）春，王正月，杞伯来逆叔姬之丧以归。

杞伯曷为来逆叔姬之丧以归？内辞也。胁而归之也。

公会晋侯、齐侯、宋公、卫侯、郑伯、曹伯、莒子、杞伯，同盟于蒲。

公至自会。

二月，伯姬归于宋。

夏，季孙行父如宋致女。

未有言致女者，此其言致女何？录伯姬也。

晋人来媵。

媵不书，此何以书？录伯姬也。

秋，七月丙子，齐侯无野卒。

晋人执郑伯。晋栾书帅师伐郑。

冬，十有一月，葬齐顷公。

楚公子婴齐帅师伐莒，庚申莒溃。楚人入运。

秦入、白狄伐晋。郑人围许。

城中城。

十 年

（十年）春，卫侯之弟黑背率师侵郑。

夏，四月，五卜郊，不从，乃不郊。

其言"乃不郊"何？不免牲，故言"乃不郊"也。

五月，公会晋侯、齐侯、宋公、卫侯、曹伯伐郑。

齐人来媵。

媵不书，此何以书？录伯姬也。三国来媵，非礼也，曷为皆以"录伯姬"之辞言之？妇人以众多为侈也。

丙午，晋侯獳卒。

秋，七月。

公如晋。

十 一 年

（十有一年）春，王三月，公至自晋。

晋侯使郤州来聘。己丑，及郤州盟。

夏，季孙行父如晋。

秋，叔孙侨如如齐。

冬，十月。

十 二 年

（十有二年）春，周公出奔晋。

周公者何？天子之三公也。王者无外，此其言出何？自其私土而出也。

夏，公会晋侯、卫侯于沙泽。

秋，晋人败狄于交刚。

冬，十月。

十 三 年

（十有三年）春，晋侯使郤锜来乞师。三月，公如京师。

夏，五月，公自京师，遂会晋侯、齐侯、宋公、卫侯、郑伯、曹伯、邾娄人、滕人伐秦。

其言"自京师"何？公凿行也。公凿行奈何？不敢过天子也。

曹伯庐卒于师。

秋，七月，公至自伐秦。

冬，葬曹宣公。

十 四 年

（十有四年）春，王正月，莒子朱卒。

夏，卫孙林父自晋归于卫。

秋，叔孙侨如如齐逆女。郑公子喜率师伐许。

九月，侨如以夫人妇姜氏至自齐。

冬，十月庚寅，卫侯臧卒。

秦伯卒。

十 五 年

（十有五年）春，王二月，葬卫定公。

三月乙巳，仲婴齐卒。

仲婴齐者何？公孙婴齐也。公孙婴齐，则曷为谓之仲婴齐？为兄后也。为兄后，则曷为谓之仲婴齐？为人后者，为之子也。为人后者为其子，则其称仲何？孙以王父字为氏也。

　　然则婴齐孰后？后归父也。归父使于晋而未反，何以后之？叔仲惠伯，傅子赤者也。文公死，子幼，公子遂谓叔仲惠伯曰："君幼，如之何？愿与子虑之。"叔仲惠伯曰："吾子相之，老夫抱之，何幼君之有？"公子遂知其不可与谋，退而杀叔仲惠伯，弑子赤而立宣公。宣公死，成公幼。臧宣叔者相也，君死不哭，聚诸大夫而问焉，曰："昔者叔仲惠伯之事，孰为之？"诸大夫皆杂然曰："仲氏也。其然乎！"于是遣归父之家，然后哭君。归父使乎晋，还自晋，至柽，闻君薨家遣，掸帷，哭君成踊，反命于介，自是走之齐。鲁人徐伤归父之无后也，于是使婴齐后之也。

　　癸丑，公会晋侯、卫侯、郑伯、曹伯、宋世子成、齐国佐、邾娄人，同盟于戚。

　　晋侯执曹伯归之于京师。

　　公至自会。

　　夏，六月，宋公固卒。

　　楚子伐郑。

　　秋，八月庚辰，葬宋共公。

　　宋华元出奔晋。宋华元自晋归于宋。

　　宋杀其大夫山。宋鱼石出奔楚。

　　冬，十有一月，叔孙侨如会晋士燮、齐高无咎、宋华元、卫孙林父、郑公子鰌、邾娄人，会吴于钟离。

　　曷为殊会吴？外吴也。曷为外也？《春秋》内其国而外诸夏，内诸夏而外夷狄。王者欲一乎天下，曷为以外内之辞言之？言自近者始也。

　　许迁于叶。

十 六 年

　　（十有六年）春，王正月，雨木冰。

　　雨木冰者何"雨而木冰也。何以书？记异也。

　　夏，四月辛未，滕子卒。

　　郑公子喜帅师侵宋。

　　六月丙寅朔，日有食之。

　　晋侯使栾黡来乞师。

　　甲午，晦。

　　晦者何？冥也。何以书？记异也。

　　晋侯及楚子、郑伯战于鄢陵。楚子、郑师败绩。

　　败者称师，楚何以不称师？王痍也。王痍者何？伤乎矢也。然则何以不言师败绩？末言尔。

　　楚杀其大夫公子侧。

　　秋，公会晋侯、齐侯、卫侯、宋华元、邾娄人于沙随。

　　不见公。公至自会。

　　"不见公"者何？公不见见也。公不见见，大夫执，何以致会？不耻也。曷为不耻？公幼也。

　　公会尹子、晋侯、齐国佐、邾娄人伐郑。

　　曹伯归自京师。

执而归者，名；曹伯何以不名？而不言复归于曹何？易也。其易奈何？公子喜时在内也。公子喜时在内，则何以易？公子喜时者，仁人也，内平其国而待之，外治诸京师而免之。其言自京师何？言甚易也。舍是无难矣。

九月，晋人执季孙行父，舍之于招丘。

执未可言舍之者，此其言舍之何？仁之也。曰在招丘悕矣[11]。执未有言仁之者，此其言仁之何？代公执也。其代公执奈何？前此者，晋人来乞师而不与。公会晋侯，将执公，季孙行父曰："此臣之罪也。"于是执季孙行父。成公将会〔晋〕厉公，会不当期，将执公，季孙行父曰："臣有罪，执其君；子有罪，执其父，此听失之大者也。今此臣之罪也，舍臣之身而执臣之君，吾恐听失之为宗庙羞也。"于是执季孙行父。

冬，十月乙亥，叔孙侨如出奔齐。

十有二月乙丑，季孙行父及晋郤州盟于扈。

公至自会。

乙酉，刺公子偃。

十 七 年

（十有七年）春，卫北宫结率师侵郑。

夏，公会尹子、单子、晋侯、齐侯、宋公、卫侯、曹伯、邾娄人伐郑。六月乙酉，同盟于柯陵。

秋，公至自会。齐高无咎出奔莒。

九月辛丑，用郊。

用者何？用者不宜用也，九月非所用郊也。然则郊曷用？郊用正月上辛。或曰：用然后郊。

晋侯使荀罃来乞师。

冬，公会单子、晋侯、宋公、卫侯、曹伯、齐人、邾娄人伐郑。

十有一月，公至自伐郑。

壬申，公孙婴齐卒于貍轸。

非此月日也，曷为以此月日卒之？待君命然后卒大夫。曷为待君命然后卒大夫？前此者，婴齐走之晋。公会晋侯，将执公，婴齐为公请，公许之反为大夫。归，至于貍轸而卒。无君命，不敢卒大夫。公至，曰："吾固许之反为大夫！"然后卒之。

十有二月丁巳朔，日有食之。

邾娄子貜且卒。晋杀其大夫郤锜、郤州、郤至。楚人灭舒庸。

十 八 年

（十有八年）春，王正月，晋杀其大夫胥童。庚申，晋弑其君州蒲。

齐杀其大夫国佐。

公如晋。

夏，楚子、郑伯伐宋。宋鱼石复入于彭城。

公至自晋。晋侯使士匄来聘[12]。

秋，杞伯来朝。八月，邾娄子来朝。

筑鹿囿。

何以书？讥。何讥尔？有囿矣，又为也。

己丑，公薨于路寝。

冬，楚人、郑人侵宋。

晋侯使士彭来乞师。

十有二月，仲孙蔑会晋侯、宋公、卫侯、邾娄子、齐崔杼[13]，同盟于虚打[14]。

丁未，葬我君成公。

---

① 成公：名黑肱，宣公之子。谥法：安民立政曰"成"。

② 鞌（ān，音安）：齐地，在平阴县东，距临淄五百里。

③ 棓（bàng，音磅）：铺在高低不平处的跳板。

④ 迓（yà，音亚）：迎接。

⑤ 踦（yǐ，音椅）：抵住。

⑥ 甗（yǎn，音演）：古代用青铜或陶制成的炊器。

⑦ 遫（sù，音宿）：等同"速"。

⑧ 沶：同"流"。

⑨ 鄟（zhuān，音专）：邾娄的封邑，附庸国。

⑩ 鼷鼠（xī shú，音西鼠）：体形很小的鼠。

⑪ 俙（xī，音希）：悲伤。

⑫ 匃："丐"的异体字。

⑬ 杼（shù，音树）

⑭ 打（chéng，音成）

襄　公①

元　年

（元年）春，王正月，公即位。

仲孙蔑会晋栾黡、宋华元②、卫宁殖、曹人、莒人、邾娄人、滕人、薛人，围宋彭城。

宋华元曷为与诸侯围宋彭城？为宋诛也。其为宋诛奈何？鱼石走之楚，楚为之伐宋，取彭城以封鱼石。鱼石之罪奈何？以入是为罪也。楚已取之矣，曷为系之宋？不与诸侯专封也。

夏，晋韩屈帅师伐郑。仲孙蔑会齐崔杼、曹人、邾娄人、杞人，次于合。

秋，楚公子壬夫帅师侵宋。

九月辛酉，天王崩。

邾娄子来朝。

冬，卫侯使公孙剽来聘。晋侯使荀罃来聘。

二　　年

（二年）春，王正月，葬简王。

郑师伐宋。

夏，五月庚寅，夫人姜氏薨。

六月庚辰，郑伯睔卒。

晋师、宋师、卫宁殖侵郑。

秋，七月，仲孙蔑会晋荀罃、宋华元、卫孙林父、曹人、邾娄人于戚。

己丑，葬我小君齐姜。

齐姜者何？齐姜与缪姜。则未知其为宣夫人与？成夫人与？

叔孙豹如宋。

冬，仲孙蔑会晋荀罃、齐崔杼、宋华元、卫孙林父、曹人、邾娄人、滕人、薛人、小邾娄人于戚，遂城虎牢③。

虎牢者何？郑之邑也。其言城之何？取之也。取之，则曷为不言取之？为中国讳也。曷为为中国讳？讳伐丧也。曷为不系乎郑？为中国讳也。大夫无遂事，此其言遂何？归恶乎大夫也。

楚杀其大夫公子申。

三　　年

三年：春，楚公子婴齐帅师伐吴。公如晋。

夏，四月壬戌，公及晋侯盟于长樗④。

公至自晋。

六月，公会单子、晋侯、宋公、卫侯、郑伯、莒子、邾娄子、刘世子光。己未，同盟于鸡泽⑤。

陈侯使袁侨如会。

其言如会何？后会也。

戊寅，叔孙豹及诸侯之大夫及陈袁侨盟。

曷为殊及陈袁侨？为其与袁侨盟也。

秋，公至自会。

冬，晋荀罃帅师伐许。

四　　年

（四年）春，王三月己酉，陈侯午卒。

夏，叔孙豹如晋。

秋，七月戊子，夫人弋氏薨。

葬陈成公。

八月辛亥，葬我小君定弋。

定弋者何？襄公之母也。

冬，公如晋。陈人围顿。

五　　年

（五年）春，公至自晋。

夏，郑伯使公子发来聘。

叔孙豹、鄫世子巫如晋。

外相如不书，此何以书？为叔孙豹率而与之俱也。叔孙豹则曷为率而与之俱？盖舅出也。莒将灭之，故相与往殆乎晋也。莒将灭之，则曷为相与往殆乎晋？取后乎莒也。其取后乎莒奈何？（莒）〔鄫〕女有为（鄫）〔莒〕夫人者，盖欲立其出也。

仲孙蔑、卫孙林父会吴于善稻⑥。

秋，大雩。

楚杀其大夫公子壬夫。

公会晋侯、宋公、陈侯、卫侯、郑伯、曹伯、莒子、邾娄子、滕子、薛伯、刘世子光、吴人、鄫人于戚。

吴何以称人？"吴、鄫人"云则不辞。

公至自会。

冬，戍陈。

孰戍之？诸侯戍之。曷为不言诸侯戍之？离至不可得而序，故言我也。

楚公子贞帅师伐陈。

公会晋侯、宋公、卫侯、郑伯、曹伯、莒子、邾娄子、滕子、薛伯、齐世子光，救陈。

十有二月，公至自救陈。辛未，季孙行父卒。

六　　年

（六年）春，王三月壬午，杞伯姑容卒。

夏，宋华弱来奔。

秋，葬杞桓公。滕子来朝。莒人灭鄫。

冬，叔孙豹如邾娄。季孙宿如晋。

十有二月，齐侯灭莱。

曷为不言莱君出奔？国灭君死之，正也。

七　　年

（七年）春，郯子来朝。

夏，四月，三卜郊，不从，乃免牲。

小邾娄子来朝。

城费。

秋，季孙宿如卫。

八月，螺。

冬，十月，卫侯使孙林父来聘。壬戌，及孙林父盟。

楚公子贞帅师围陈。

十有二月，公会晋侯、宋公、陈侯、卫侯、曹伯、莒子、邾娄子于郑。郑伯髡原如会，未见诸侯，丙戌卒于操。

操者何？郑之邑也。诸侯卒其封内不地，此何以地？隐之也。何隐尔？弑也。孰弑之？其大夫弑之。曷为不言其大夫弑之？为中国讳也。曷为为中国讳？郑伯将会诸侯于郑⑦，其大夫谏曰："中国不足归也，则不若与楚。"郑伯曰："不可！"其大夫曰："以中国为义，则伐我丧；以中国为强，则不若楚。"于是弑之。

郑伯髡原何以名？伤而反，未至乎舍而卒也。未见诸侯，其言如会何？致其意也。

陈侯逃归。

八　　年

（八年）春，王正月，公如晋。

夏，葬郑僖公。

贼未讨，何以书葬？为中国讳也。

郑人侵蔡，获蔡公子燮。

此侵也，其言获何？侵而言获者，适得之也。

季孙宿会晋侯、郑伯、齐人、宋人、卫人、邾娄人于邢丘。

公至自晋。莒人伐我东鄙。

秋，九月，大雩。

冬，楚公子贞帅师伐郑。

晋侯使士匄来聘。

九　　年

（九年）春，宋火。

曷为或言灾，或言火？大者曰灾，小者曰火。然则内何以不言火？内不言火者，甚之也。

何以书？记灾也。外灾不书，此何以书？为王者之后记灾也。

夏，季孙宿如晋。

五月辛酉，夫人姜氏薨。

秋，八月癸未，葬我小君缪姜。

冬，公会晋侯、宋公、卫侯、曹伯、莒子、邾娄子、滕子、薛伯、杞伯、小邾娄子、齐世子光伐郑。十有二月己亥，同盟于戏。

楚子伐郑。

十　　年

（十年）春，公会晋侯、宋公、卫侯、曹伯、莒子、邾娄子、滕子、薛伯、杞伯、小邾娄子、齐世子光，会吴于柤⑧。

夏，五月甲午，遂灭偪阳⑨。

公至自会。

楚公子贞、郑公孙辄帅师伐宋。晋师伐秦。

秋，莒人伐我东鄙。

公会晋侯、宋公、卫侯、曹伯、莒子、邾娄子、齐世子光、滕子、薛伯、杞伯、小邾娄子伐郑。

冬，盗杀郑公子斐、公子发、公孙辄。

戍郑虎牢。

孰戍之？诸侯戍之。曷为不言诸侯戍之？离至不可得而序，故言我也。诸侯已取之矣，曷为系之郑？诸侯莫之主有，故反系之郑。

楚公子贞帅师救郑。

公至自伐郑。

十 一 年

（十有一年）春，王正月，作三军。

三军者何？三卿也。作三军，何以书？讥。何讥尔？古者上卿下卿，上士下士。

夏，四月，四卜郊，不从，乃不郊。

郑公孙舍之帅师侵宋。

公会晋侯、宋公、卫侯、曹伯、齐世子光、莒子、邾娄子、滕子、薛伯、杞伯、小邾娄子伐郑。

秋，七月己未，同盟于京城北。

公至自伐郑。

楚子、郑伯伐宋。

公会诸侯、宋公、卫侯、曹伯、齐世子光、莒子、邾娄子、滕子、薛伯、杞伯、小邾娄子伐郑，会于萧鱼。

此伐郑也，其言会于萧鱼何？盖郑与会尔。

公至自会。

楚人执郑行人良霄。

冬，秦人伐晋。

十 二 年

（十有二年）春，王三月，莒人伐我东鄙围台。

邑不言围，此其言围何？伐而言围者，取邑之辞也；伐而不言围者，非取邑之辞也。

季孙宿帅师救台，遂入运。

大夫无遂事，此其言遂何？公不得为政尔。

夏，晋侯使士鲂来聘。

秋，九月，吴子乘卒。

冬，楚公子贞帅师侵宋。

公如晋。

十 三 年

（十有三年）春，公至自晋。

夏，取诗。

诗者何？邾娄之邑也。曷为不系乎邾娄？讳亟也。

秋，九月庚辰，楚子审卒。

冬，城防。

十 四 年

（十有四年）春，王正月，季孙宿、叔老会晋士匄、齐人、宋人、卫人、郑公孙虿、曹人、莒人、邾娄人、滕人、薛人、杞人、小邾娄人，会吴于向。

二月乙未朔，日有食之。

夏，四月，叔孙豹会晋荀偃、齐人、宋人、卫北宫结、郑公孙虿、曹人、莒人、邾娄人、滕人、薛人、杞人、小邾娄人伐秦。

己未，卫侯衎出奔齐。

莒人侵我东鄙。

秋，楚公子贞帅师伐吴。

冬，季孙宿会晋士匄、宋华阅、卫孙林父、郑公孙虿①、莒人、邾娄人于戚。

十 五 年

（十有五年）春，宋公使向戌来聘。

二月己亥，及向戌盟于刘。

刘夏逆王后于齐。

刘夏者何？天子之大夫也。刘者何？邑也。其称刘何？以邑氏也。外逆女不书，此何以书？过我也。

夏，齐侯伐我北鄙，围成。公救成，至遇。

其言至遇何？不敢进也。

季孙宿、叔孙豹帅师城成郛。

秋，八月丁巳，日有食之。

邾娄人伐我南鄙。

冬，十有一月癸亥，晋侯周卒。

十 六 年

（十有六年）春，王正月，葬晋悼公。

三月，公会晋侯、宋公、卫侯、郑伯、曹伯、莒子、邾娄子、薛伯、杞伯、小邾娄子于溴梁①。

　　戊寅，大夫盟。

　　诸侯皆在是，其言大夫盟何？信在大夫也。何言乎信在大夫？遍刺天下之大夫也。曷为遍刺天下之大夫？君若赘旒然。

　　晋人执莒子、邾娄子以归。齐侯伐我北鄙。

　　夏，公至自会。

　　五月甲子，地震。

　　叔老会郑伯、晋荀偃、卫宁殖、宋人伐许。

　　秋，齐侯伐我北鄙，围成。

　　大雩。

　　冬，叔孙豹如晋。

十 七 年

（十有七年）春，王二月庚午，邾娄子瞷卒。

宋人伐陈。

夏，卫石买帅师伐曹。

秋，齐侯伐我北鄙，围洮。齐高厚帅师伐我北鄙，围防。

九月，大雩。

宋华臣出奔陈。

冬，邾娄人伐我南鄙。

十 八 年

（十有八年）春，白狄来。

白狄者何？夷狄之君也。何以不言朝？不能朝也。

夏，晋人执卫行人石买。

秋，齐师伐我北鄙。

冬，十月，公会晋侯、宋公、卫侯、郑伯、曹伯、莒子、邾娄子、滕子、薛伯、杞伯、小邾娄子，同围齐。曹伯负刍卒于师。

楚公子午帅师伐郑。

十 九 年

（十有九年）春，王正月，诸侯盟于祝阿。

晋人执邾娄子。

公至自伐齐。

此同围齐也，何以致伐？未围齐也。未围齐，则其言围齐何？抑齐也。曷为抑齐？为其亟伐也。或曰：为其骄蹇，使其世子处乎诸侯之上也。

取邾娄田自漷水⑫。

其言自漯水何？以漯为竟也。何言乎以漯为竟？漯移也。

季孙宿如晋。

葬曹成公。

夏，卫孙林父帅师伐齐。

秋，七月辛卯，齐侯瑗卒。

晋士匄帅师侵齐，至榖，闻齐侯卒，乃还。

还者何？善辞也。何善尔？大其不伐丧也。此受命乎君而伐齐，则何大乎其不伐丧？大夫以君命出，进退在大夫也。

八月丙辰，仲孙蔑卒。

齐杀其大夫高厚。郑杀其大夫公子喜。

冬，葬齐灵公。

城西郛。

叔孙豹会晋士匄于柯。

城武城。

二 十 年

（二十年）春，王正月辛亥，仲孙邀会莒人，盟于向。

夏，六月庚申，公会晋侯、齐侯、宋公、卫侯、郑伯、曹伯、莒子、邾娄子、滕子、薛伯、杞伯、小邾娄子，盟于澶渊。

秋，公至自会。

仲孙速帅师伐邾娄。

蔡杀其大夫公子燮。蔡公子履出奔楚。

陈侯之弟光出奔楚。

叔老如齐。

冬，十月丙辰朔，日有食之。

季孙宿如宋。

二 十 一 年

（二十有一年）春，王正月，公如晋。

邾娄庶其以漆闾丘来奔。

邾娄庶其者何？邾娄大夫也。邾娄无大夫，此何以书？重地也。

夏，公至自晋。

秋，晋栾盈出奔楚。

九月庚戌朔，日有食之。

冬，十月庚辰朔，日有食之。

曹伯来朝。公会晋侯、齐侯、宋公、卫侯、郑伯、曹伯、莒子、邾娄子于商任。

十月庚子，孔子生。

二 十 二 年

（二十有二年）春，王正月，公至自会。

夏，四月。

秋，七月辛酉，叔老卒。

冬，公会晋侯、齐侯、宋公、卫侯、郑伯、曹伯、莒子、邾娄子、滕子、薛伯、杞伯、小邾娄子于沙随。公至自会。

楚杀其大夫公子追舒。

二 十 三 年

（二十有三年）春，王二月癸酉朔，日有食之。

三月己巳，杞伯匄卒。

夏，邾娄鼻我来奔。

邾娄鼻我者何？邾娄大夫也。邾娄无大夫，此何以书？以近书也。

葬杞孝公。

陈杀其大夫庆虎及庆寅。陈侯之弟光自楚归于陈。

晋栾盈复入于晋，入于曲沃。

曲沃者何？晋之邑也。其言"入于晋，入于曲沃"何？栾盈将入晋，晋人不纳，由乎曲沃而入也。

秋，齐侯伐卫，遂伐晋。八月，叔孙豹帅师救晋，次于雍渝。

曷为先言救而后言次？先通君命也。

己卯，仲孙速卒。

冬，十月乙亥，臧孙纥出奔邾娄。

晋人杀栾盈。

曷为不言杀其大夫？非其大夫也。

齐侯袭莒。

二 十 四 年

（二十有四年）春，叔孙豹如晋。仲孙羯帅师侵齐。

夏，楚子伐吴。

秋，七月甲子朔，日有食之，既。

齐崔杼帅师伐莒。

大水。

八月癸巳朔，日有食之。

公会晋侯、宋公、卫侯、郑伯、曹伯、莒子、邾娄子、滕子、薛伯、杞伯、小邾娄子于陈仪。

冬，楚子、蔡侯、陈侯、许男伐郑。

公至自会。

陈咸宜咎出奔楚。

叔孙豹如京师。

大饥。

二 十 五 年

（二十有五年）春，齐崔杼帅师伐我北鄙。

夏，五月乙亥，齐崔杼弑其君光。

公会晋侯、宋公、卫侯、郑伯、曹伯、莒子、邾娄子、滕子、薛伯、杞伯、小邾娄子于陈仪。

六月壬子，郑公孙舍之帅师入陈。

秋，七月己巳，诸侯同盟于重丘。

公至自会。

卫侯入于陈仪。

陈仪者何？卫之邑也。曷为不言入于卫？谖君以弑也。

楚屈建帅师灭舒鸠。

冬，郑公孙囮帅师伐陈。

十有二月，吴子谒伐楚，门于巢，卒。

"门于巢，卒"者何？入门乎巢而卒也。入门乎巢而卒者何？入巢之门而卒也。

"吴子谒"何以名？伤而反，未至乎舍而卒也。

二 十 六 年

（二十有六年）春，王二月辛卯，卫宁喜弑其君剽。

卫孙林父入于戚以叛。

甲午，卫侯衎复归于卫。

此谖君以弑也，其言复归何？恶剽也。曷为恶剽？剽之立，于是未有说也。然则曷为不言剽之立？不言剽之立者，以恶卫侯也。

夏，晋侯使荀吴来聘。

公会晋人、郑良霄、宋人、曹人于澶渊。

秋，宋公杀其世子痤。

晋人执卫宁喜。

此执有罪，何以不得为伯讨？不以其罪执之也。

八月壬午，许男宁卒于楚。

冬，楚子、蔡侯、陈侯伐郑。

葬许灵公。

二 十 七 年

（二十有七年）春，齐侯使庆封来聘。

夏，叔孙豹会晋赵武、楚屈建、蔡公孙归生、卫石恶、陈孔瑗、郑良霄、许人、曹人于宋。卫杀其大夫宁喜。卫侯之弟鱄出奔晋⑬。

卫杀其大夫宁喜，则卫侯之弟鱄曷为出奔晋？为杀宁喜出奔也。曷为为杀宁喜出奔？

卫宁殖与孙林父逐卫侯而立公孙剽。宁殖病，将死，谓喜曰："黜公者，非吾意也，孙氏为之。我即死，女能固纳公乎？"喜曰："诺！"宁殖死。喜立为大夫，使人谓献公曰："黜公者，非宁氏也，孙氏为之。吾欲纳公，何如？"献公曰："子苟欲纳我，吾请与子盟。"喜曰："无所用盟。请使公子鱄约之。"

献公谓公子鱄曰："宁氏将纳我，吾欲与之盟，其言曰：'无所用盟。请使公子鱄约之。'子固为我与之约矣！"公子鱄辞曰："夫负羁絷，执铁锁，从君东西南北，则是臣仆庶孽之事也。若夫约言为信，则非臣仆庶孽之所敢与也。"献公怒，曰："黜我者，非宁氏与孙氏，凡在尔！"公子鱄不得已而与之约。

已约，归至，杀宁喜。公子鱄挈其妻子而去之，将济于河，携其妻子而与之盟，曰："苟有履卫地、食卫粟者，昧雉彼视！"

秋，七月辛巳，豹及诸侯之大夫盟于宋。

曷为再言豹？殆诸侯也。曷为殆诸侯？为卫石恶在是也，曰："恶人之徒在是矣！"

冬，十有二月乙亥朔，日有食之。

二 十 八 年

（二十有八年）春，无冰。

夏，卫石恶出奔晋。

邾娄子来朝。

秋，八月，大雩。

仲孙羯如晋。

冬，齐庆封来奔。

十有一月，公如楚。

十有二月甲寅，天王崩。己未，楚子昭卒。

二 十 九 年

（二十有九年）春，王正月，公在楚。

何言乎公在楚？正月以存君也。

夏，五月，公至自楚。庚午，卫侯衎卒。

阍弑吴子馀祭。

阍者何？门人也，刑人也。刑人则曷为谓之阍？刑人非其人也。君子不近刑人，近刑人则轻死之道也。

仲孙羯会晋荀盈、齐高止、宋华定、卫世叔齐、郑公孙段、曹人、莒人、邾娄人、滕人、薛人、小邾娄人，城杞。

晋侯使士鞅来聘。杞子来盟。

吴子使札来聘。

吴无君无大夫，此何以有君有大夫？贤季子也。何贤乎季子？让国也。其让国奈何？

谒也，余祭也，夷昧也，与季子同母者四。季子弱而才，兄弟皆爱之，同欲立之以为君。谒曰："今若是迮而与季子国，季子犹不受也。请无与子而与弟，弟兄迭为君，而致国乎季子。"皆曰："诺！"故诸为君者，皆轻死为勇，饮食必祝，曰："天苟有吴国，尚速有悔于予身！"故谒也死，余祭也立；余祭也死，夷昧也立；夷昧也死，则国宜之季子者也。季子使而亡焉。僚者，长庶也，即之。季子使而反，至而君之尔。

阖庐曰："先君之所以不与子国而与弟者，凡为季子故也。将从先君之命与？则国宜之季子者也。如不从先君之命与？则我宜立者也。僚恶得为君乎！"于是使专诸刺僚，而致国乎季子。季子不受，曰："尔杀吾君，吾受尔国，是吾与尔为篡也。尔杀吾兄，吾又杀尔，是父子兄弟相杀终无已也。"去之延陵，终身不入吴国。故君子以其不受为义，以其不杀为仁。

贤季子，则吴何以有君有大夫？以季子为臣，则宜有君者也。札者何？吴季子之名也。《春秋》贤者不名，此何以名？许夷狄者不壹而足也。季子者，所贤也，曷为不足乎季子？许人臣者必使臣，许人子者必使子也。

秋，九月，葬卫献公。

齐高止出奔北燕。

冬，仲孙羯如晋。

三 十 年

（三十年）春，王正月，楚子使薳颇来聘。

夏，四月，蔡世子般弑其君固。

五月甲午，宋灾，伯姬卒。

天王杀其弟年夫。王子瑕奔晋。

秋，七月，叔弓如宋，葬宋共姬。

外夫人不书葬，此何以书？隐之也。何隐尔？宋灾，伯姬卒焉。其称谥何？贤也。何贤尔？宋灾，伯姬存焉，有司复曰："火至矣，请出！"伯姬曰："不可！吾闻之也。妇人夜出，不见傅、母不下堂。"傅至矣，母未至也，逮乎火而死。

郑良霄出奔许，自许入于郑，郑人杀良霄。

冬，十月，葬蔡景公。

贼未讨，何以书葬？君子辞也。

晋人、齐人、宋人、卫人、郑人、曹人、莒人、邾娄人、滕人、薛人、杞人、小邾娄人会于澶渊，宋灾故。

宋灾故者何？诸侯会于澶渊，凡为宋灾故也，会未有言其所为者，此言所为何？录伯姬也。诸侯相聚而更宋之所丧，曰："死者不可复生，尔财复矣！"

此大事也，曷为使微者？卿也。卿则其称人何？贬。曷为贬？卿不得忧诸侯也。

三十一年

（三十有一年）春，王正月。

夏，六月辛巳，公薨于楚宫。

秋，九月癸巳，子野卒。己亥，仲孙羯卒。

冬，十月，滕子来会葬。癸酉，葬我君襄公。

十有一月，莒人弑其君密州。

---

①襄公：名午，成公之子，成定姒所生。谥法：因事有功曰："襄"。

②宋华元：宋国大夫华元。公元前607年，宋对郑作战失败，他被俘，后逃归。他曾促使晋楚两国在宋国西门外结成第一次"弭兵"之约。

③虎牢：即虎牢关，古代重要的军事要塞。

④长樗（chū，音初）：靠近城池的地方。

⑤鸡泽：地名，在河北曲梁县西南。

⑥善稻：地名，即江苏盱眙县。

⑦邧（wéi，音为）：春秋郑国地名，确切地址不详，一说在河南鲁山县。

⑧柤（zhā，音渣）：楚国地名。

⑨偪阳：在今江苏徐州一带。偪读"福"。

⑩虿（chài，音钗）：同"虿"。

⑪湨（jú，音菊）梁：湨水边上的大堤。湨水发源于河南省济源。

⑫漷（guō，音郭）水：流经当时的鲁国，经高平湖入泗水。

⑬鳣（zhuān，音专）。

⑭锧（zhì，音质）：古代腰斩用的垫座。

昭　公[①]

元　年

（元年）春，王正月，公即位。

叔孙豹会晋赵武、楚公子围、齐国酌、宋向戍、卫石恶、陈公子招、蔡公孙归生、郑轩虎、许人、曹人于漷[②]。

此陈侯之弟招也，何以不称弟？贬。曷为贬？为杀世子偃师贬。曰："陈侯之弟招，杀陈世子偃师。"大夫相杀称人，此其称名氏以杀何？言将自是弑君也。今将尔，词曷为与亲弑者同？君亲无将，将而必诛焉。然则曷为不于其弑焉贬？以亲者弑，然后其罪恶其。《春秋》不待贬绝而罪恶见者，不贬绝以见罪恶也；贬绝然后罪恶见者，贬绝以见罪恶也。今招之罪已重矣，曷为复贬乎此？著招之有罪也。何著乎招之有罪？言楚之托乎讨招以灭陈也。

三月，取运。

运者何？内之邑也。其言取之何？不听也。

夏，秦伯之弟铖出奔晋。

秦无大夫，此何以书？仁诸晋也。曷为仁诸晋？有千乘之国而不能容其母弟，故君子谓之"出奔"也。

六月丁巳，邾娄子华卒。

晋荀吴帅师，败狄于大原。

此大卤也，曷为谓之大原？地、物从中国，邑人名从主人。原者何？上平曰原，下平曰隰③。

秋，莒去疾自齐入于宫。莒展出奔吴。

叔弓帅师疆运田。

疆运田者何？与莒为竟也。与莒为竟，则曷为帅师而往？畏莒也。

葬邾娄悼公。

冬，十有一月己酉，楚子卷卒。

楚公子比出奔晋。

二　　年

（二年）春，晋侯使韩起来聘。

夏，叔弓如晋。

秋，郑杀其大夫公孙黑。

冬，公如晋，至河乃复。

其言至河乃复何？不敢进也。

季孙宿如晋。

三　　年

（三年）春，王正月丁未，滕子泉卒。

夏，叔弓如滕。五月，葬滕成公。

秋，小邾娄子来朝。

八月，大雩。

冬，大雨雹。

北燕伯款出奔齐。

四　　年

（四年）春，王正月，大雨雪。

夏，楚子、蔡侯、陈侯、郑伯、许男、徐子、滕子、顿子、胡子、沈子、小邾娄子、宋世子佐、淮夷会于申。

楚人执徐子。

秋，七月，楚子、蔡侯、陈侯、许男、顿子、胡子、沈子、淮夷伐吴，执齐庆封，杀之。

此伐吴也，其言执齐庆封何？为齐诛也。其为齐诛奈何？庆封走之吴，吴封之于防。然则曷为不言伐防？不与诸侯专封也。庆封之罪何？胁齐君而乱齐国也。

遂灭厉。

九月，取鄫。

其言取之何？灭之也。灭之，则其言取之何？内大恶讳也。

冬，十有二月乙卯，叔孙豹卒。

五　　年

（五年）春，王正月，舍中军。

舍中军者何？复古也。然则曷为不言三卿？五亦有中，三亦有中。

楚杀其大夫屈申。

公如晋。

夏，莒牟夷以牟娄及防、兹来奔。

莒牟夷者何？莒大夫也。莒无大夫，此何以书？重地也。其言及防、兹来奔何？不以私邑累公邑也。

秋，七月，公至自晋。

戊辰，叔弓帅师，败莒师于濆泉。

濆泉者何？直泉也。直泉者何？涌泉也。

秦伯卒。

何以不名？秦者，夷也，匿嫡之名也。其名何？嫡得之也。

冬，楚子、蔡侯、陈侯、许男、顿子、沈子、徐人、越人伐吴。

六　　年

（六年）春，王正月，杞伯益姑卒。

葬秦景公。

夏，季孙宿如晋。

葬杞文公。

宋华合比出奔卫。

秋，九月，大雩。

楚薳颇帅师伐吴。

冬，叔弓如楚。齐侯伐北燕。

七　　年

（七年）春，王正月，暨齐平。

三月，公如楚。叔孙舍如齐莅盟。

夏，四月甲辰朔，日有食之。

秋，八月戊辰，卫侯恶卒。

九月，公至自楚。

冬，十有一月癸未，季孙宿卒。

十有二月癸亥，葬卫襄公。

八　年

（八年）春，陈侯之弟招杀陈世子偃师。

夏，四月辛丑，陈侯溺卒。

叔弓如晋。

楚人执陈行人于徵师，杀之。陈公子留出奔郑。

秋，搜于红。

搜者何？简车从也。何以书？盖以罕书也。

陈人杀其大夫公子过。

大雩。

冬，十月壬午，楚师灭陈。执陈公子招，放之于越。杀陈孔瑗。

葬陈哀公。

九　年

（九年）春，叔弓会楚子于陈。许迁于夷。

夏，四月，陈火。

陈已灭矣，其言"陈火"何？存陈也。曰"存陈"，悕矣。曷为存陈？灭人之国，执人之罪人；杀人之贼，葬人之君：若是，则陈存悕矣。

秋，仲孙貜如齐。

冬，筑郎囿。

十　年

（十年）春，王正月。

夏，齐栾施来奔。

秋，七月，季孙隐如、叔弓、仲孙貜帅师伐莒。

戊子，晋侯彪卒。

九月，叔孙舍如晋，葬晋平公。

十有二月甲子，宋公戌卒。

十 一 年

（十有一年）春，王正月，叔弓如宋。葬宋平公。

夏，四月丁巳，楚子虔诱蔡侯般，杀之于申。

楚子虔何以名？绝。曷为绝之？为其诱讨也。此讨贼也，虽诱之，则曷为绝之？怀恶而讨，不义，君子不予也。

楚公子弃疾帅师围蔡。

五月甲申，夫人归氏薨。

大搜于比蒲。

大搜者何？简车徒也。何以书？盖以罕书也。

仲孙貜会邾娄子，盟于侵羊④**。**

秋，季孙隐如会晋韩起、齐国酌、宋华亥、卫北宫佗、郑轩虎、曹人、杞人于屈银。

九月己亥，葬我小君齐归。

齐归者何？昭公之母也。

冬，十有一月丁酉，楚师灭蔡，执蔡世子有以归，用之。

此未逾年之君也，其称世子何？不君灵公，不成其子也。不君灵公，则曷为不成其子？诛君之子不立，非怒也，无继也。恶乎用之？用之防也。其用之防奈何？盖以筑防也。

十 二 年

（十有二年）春，齐高偃帅师，纳北燕伯于阳。

伯于阳者何？公子阳生也。子曰：“我乃知之矣！”在侧者曰：“子苟知之，何以不革？”曰：“如尔所不知何？”《春秋》之信史也，其序则齐桓、晋文，其会则主会者为之也，其词则某有罪焉尔。

三月壬申，郑伯嘉卒。

夏，宋公使华定来聘。公如晋，至河乃复。

五月，葬郑简公。

楚杀其大夫成然。

秋，七月。

冬，十月，公子整出奔齐。楚子伐徐。晋伐鲜虞。

十 三 年

（十有三年）春，叔弓帅师围费。

夏，四月，楚公子比自晋归于楚，弑其君虔于乾溪。

此弑其君，其言归何？归无恶于弑立也。归无恶于弑立者何？灵王为无道，作乾溪之台，三年不成。楚公子弃疾胁比而立之，然后令于乾溪之役，曰：“比已立矣。后归者不得复其田里！”众罢而去之。灵王经而死。

楚公子弃疾弑公子比。

比已立矣，其称公子何？其意不当也。其意不当，则曷为加弑焉尔？比之义宜乎效死不立。大夫相杀称人，此其称名氏以弑何？言将自是为君也。

秋，公会刘子、晋侯、齐侯、宋公、卫侯、郑伯、曹伯、莒子、邾娄子、滕子、薛伯、杞伯、小邾娄子于平丘⑤**。八月甲戌，同盟于平丘，公不与盟。**

晋人执季孙隐如以归。公至自会。

公不与盟者何？公不见与盟也。公不见与盟，大夫执，何以致会？不耻也。曷为不耻？诸侯遂乱，反陈蔡，君子不耻不与焉。

蔡侯庐归于蔡，陈侯吴归于陈。

此皆灭国也，其言归何？不与诸侯专封也。

冬，十月，葬蔡灵公。

公如晋，至河乃复。

吴灭州来。

十　四　年

（十有四年）春，隐如至自晋。

三月，曹伯滕卒。

夏，四月。

秋，葬曹武公。

八月，莒子去疾卒。

冬，莒杀其公子意恢。

十　五　年

（十有五年）春，王正月，吴子夷昧卒。

二月癸酉，有事于武宫，龠入。叔弓卒，去乐卒事。

其言去乐卒事何？礼也。君有事于庙，闻大夫之丧，去乐卒事。大夫闻君之丧，摄主而往。大夫闻大夫之丧，尸事毕而往。

夏，蔡昭吴奔郑。

六月丁巳朔，日有食之。

秋，晋荀吴帅师伐鲜虞。

冬，公如晋。

十　六　年

（十有六年）春，齐侯伐徐。楚子诱戎曼子杀之⑥。

楚子何以不名？夷狄相诱，君子不疾也。曷为不疾？若不疾，乃疾之也。

夏，公至自晋。

秋，八月己亥，晋侯夷卒。

九月，大雩。季孙隐如如晋。

冬，十月，葬晋昭公。

十　七　年

（十有七年）春，小邾娄子来朝。

夏，六月甲戌朔，日有食之。

秋，郯子来朝。

八月，晋荀吴帅师灭贲浑戎。

冬，有星孛于大辰。

孛者何？彗星也。其言"于大辰"何？在大辰也。大辰者何？大火也。大火为大辰，伐为大辰，北辰亦为大辰。何以书？记异也。

楚人及吴战于长岸。

诈战不言战，此其言战何？敌也。

十 八 年

（十有八年）春，王三月，曹伯须卒。

夏，五月壬午，宋、卫、陈、郑灾。

何以书？记异也。何异尔？异其同日而俱灾也。外异不书，此何以书？为天下记异也。

六月，邾娄人入鄅①。

秋，葬曹平公。

冬，许迁于白羽。

十 九 年

（十有九年）春，宋公伐邾娄。

夏，五月戊辰，许世子止弑其君买。

己卯，地震。

秋，齐高发帅师伐莒。

冬，葬许悼公。

贼未讨，何以书葬？不成于弑也。曷为不成于弑？止进药而药杀也。止进药而药杀，则曷为加弑焉尔？讥子道之不尽也。其讥子道之不尽奈何？曰：乐正子春之视疾也，复加一饭，则脱然逾；复损一饭，则脱然逾；复加一衣，则脱然逾；复损一衣，则脱然逾。止进药而药杀，是以君子加弑焉尔。曰：许世子止弑其君买，是君子之听止也。葬许慎公，是君子之赦止也。赦止者，免止之罪辞也。

二 十 年

（二十年）春，王正月。

夏，曹公孙会自鄸出奔宋②。

奔未有言自者，此其言自何？畔也。畔则曷为不言其畔？为公子喜时之后讳也。《春秋》为贤者讳，何贤乎公子喜时？让国也。其让国奈何？曹伯庐卒于师，则未知公子喜时从与？公子负刍从欤？或为主于国，或为主于师。公子喜时见公子负刍之当主也，逡巡而退。贤公子喜时，则曷为为会讳？君子之善善也长，恶恶也短。恶恶止其身，善善及子孙。贤者子孙，故君子为之讳也。

秋，盗杀卫侯之兄辄。

母兄称兄，兄何以不立？有疾也。何疾尔？恶疾也。

冬，十月，宋华亥、向宁、华定出奔陈。

十有一月辛卯，蔡侯庐卒。

二 十 一 年

（二十有一年）春，王三月，葬蔡平公。

夏，晋侯使士鞅来聘。

宋华亥、向宁、华定自陈入于宋南里以畔。宋南里者何？若曰因诸者然。

秋，七月壬午朔，日有食之。

八月乙亥，叔痤卒。

冬，蔡侯朱出奔楚。公如晋，至河乃复。

二 十 二 年

（二十有二年）春，齐侯伐莒。

宋华亥、向宁、华定自宋南里出奔楚。

大搜于昌奸。

夏，四月乙丑，天王崩。

六月，叔鞅如京师葬景王。

王室乱。

何言乎王室乱？言不及外也。

刘子、单子以王猛居于皇⑨。

其称王猛何？当国也。

秋，刘子、单子以王猛入于王城。

王城者何？西周也。其言入何？篡辞也。

冬，十月，王子猛卒。

此未逾年之君也，其称王子猛卒何？不与当也。不与当者，不与当"父死子继，兄死弟及"之辞也。

十有二月癸酉朔，日有食之。

二 十 三 年

（二十有三年）春，王正月，叔孙舍如晋。癸丑，叔鞅卒。

晋人执我行人叔孙舍。

晋人围郊。

郊者何？天子之邑也。曷为不系于周？不与伐天子也。

夏，六月，蔡侯东国卒于楚。

秋，七月，莒子庚舆来奔。

戊辰，吴败顿、胡、沈、蔡、陈、许之师于鸡父。胡子髡、沈子楹灭。获陈夏啮。

此偏战也，曷为以诈战之辞言之？不与夷狄之主中国也。然则曷为不使中国主之？中国亦新夷狄也。其言"灭"、"获"何？别君臣也。君死于位曰"灭"，生得曰"获"。大夫生、死皆曰"获"。不与夷狄之主中国，则其言"获陈夏啮"何？吴少进也。

天王居于狄泉。

此未三年，其称天王何？著有天子也。

尹氏立王子朝。

八月乙未，地震。

冬，公如晋，至河，公有疾乃复。何言乎公有疾乃复？杀耻也。

二 十 四 年

（二十有四年）春，王二月丙戌，仲孙貜卒。

叔孙舍至自晋。

夏，五月乙未朔，日有食之。

秋，八月，大雩。丁酉，杞伯郁釐卒。

冬，吴灭巢。

葬杞平公。

二 十 五 年

（二十有五年）春，叔孙舍如宋。

夏，叔倪会晋赵鞅、宋乐世心、卫北宫喜、郑游吉、曹人、邾娄人、滕人、薛人、小邾娄人于黄父。

有鹳鹆来巢[10]。

何以书？记异也。何异尔？非中国之禽也，宜穴又巢也。

秋，七月上辛，大雩。季辛又雩。

又雩者何？又雩者，非雩也，聚众以逐季氏也。

九月己亥，公孙于齐次于杨州。

齐侯唁公于野井。

唁公者何？昭公将弑季氏，告子家驹曰："季氏为无道，僭于公室久矣。吾欲弑之，何如？"子家驹曰："诸侯僭（于）天子，大夫僭（于）诸侯，久矣！"昭公曰："吾何僭矣哉？"子家驹曰："设两观，乘大路，朱干、玉戚以舞《大夏》，八佾以舞《大武》[11]，此皆天子之礼也。且夫牛马维娄委己者也，而柔焉，季氏得民众久矣，君无多辱焉！"昭公不从其言，终弑之而败焉，走之齐。

齐侯唁公于野井，曰："奈何君去鲁国之社稷？"昭公曰："丧人不佞，失守鲁国之社稷，执事以羞。"再拜颡。庆子家驹曰："庆子免君于大难矣！"子家驹曰："臣不佞，陷君于大难。君不忍加之以铁锧，赐之以死。"再拜颡。

高子执箪食与四脡脯，国子执壶浆，曰："吾寡君闻君在外，馂飨未就[12]，敢致糗于从者[13]。"昭公曰："君不忘吾先君，延及丧人，锡之以大礼！"再拜稽首，以袚受[14]。高子曰："有夫不祥，君无所辱大礼!"昭公盖祭而不尝。

景公曰:"寡人有不腆先君之服,未之敢服;有不腆先君之器,未之敢用。敢以请!"昭公曰:"丧人不佞,失守鲁国之社稷,执事以羞,敢辱大礼? 敢辞!"

景公曰:"寡人有不腆先君之服,未之敢服;有不腆先君之器,未之敢用。敢固以请!"昭公曰:"以吾宗庙之在鲁也,有先君之服,未之能以服;有先君之器,未之能以出。敢固辞!"

景公曰:"寡人有不腆先君之服,未之敢服;有不腆先君之器,未之敢用。请以飨乎从者!"

昭公曰:"丧人其何称?"景公曰:"孰君而无称?"昭公于是噭然而哭,诸大夫皆哭。既哭,以人为菑⑮,以幦为席⑯,以鞍为几,以遇礼相见。

孔子曰:"其礼与其辞足观矣!"

冬,十月戊辰,叔孙舍卒。

十有一月己亥,宋公佐卒于曲棘。

曲棘者何? 宋之邑也。诸侯卒其封内不地,此何以地? 忧内也。

十有二月,齐侯取运。

外取邑不书,此何以书? 为公取之也。

二 十 六 年

(二十有六年)春,王正月,葬宋元公。

三月,公至自齐,居于运。

夏,公围成。

秋,公会齐侯、莒子、邾娄子、杞伯,盟于刬陵⑰。公至自会,居于运。

九月庚申,楚子居卒。

冬,十月,天王入于成周。

成周者何? 东周也。其言入何? 不嫌也。

尹氏、召伯、毛伯以王子朝奔楚。

二 十 七 年

(二十有七年)春,公如齐。公至自齐,居于运。

夏,四月,吴弑其君僚。

楚杀其大夫郤宛。

秋,晋士鞅、宋乐祁犁、卫北宫喜、曹人、邾娄人、滕人会于扈。

冬,十月,曹伯午卒。

邾娄快来奔。

邾娄快者何? 邾娄之大夫也。邾娄无大夫,此何以书? 以近书也。

公如齐。公至自齐,居于运。

二 十 八 年

(二十有八年)春,王三月,葬曹悼公。

公如晋，次于乾侯。

夏，四月丙戌，郑伯宁卒。

六月，葬郑定公。

秋，七月癸巳，滕子宁卒。

冬，葬滕悼公。

二 十 九 年

（二十有九年）春，公至自乾侯，居于运。齐侯使高张来唁公。

公如晋，次于乾侯。

夏，四月庚子，叔倪卒。

秋，七月。

冬，十月，运溃。

邑不言溃，此其言溃何？郛之也。曷为郛之？君存焉尔。

三 十 年

（三十年）春，王正月，公在乾侯。

夏，六月庚辰，晋侯去疾卒。

秋，八月，葬晋顷公。

冬，十有二月，吴灭徐。徐子章禹奔楚。

三 十 一 年

（三十有一年）春，王正月，公在乾侯。季孙隐如会晋荀栎于适历。

夏，四月丁巳，薛伯穀卒。

晋侯使荀栎唁公于乾侯。

秋，葬薛献公。

冬，黑弓以滥来奔⑱。

文何以无邾娄？通滥也。曷为通滥？贤者子孙宜有地也。贤者孰谓？谓叔术也。何贤乎叔术？让国也。其让国奈何？

当邾娄颜之时，邾娄女有为鲁夫人者，则未知其为武公与？懿公与？孝公幼，颜淫九公子于宫中，因以纳贼，则未知其为鲁公子与？邾娄公子与？臧氏之母，养公者也。君幼则宜有养者，大夫之妾，士之妻，则未知臧氏之母者曷为者也。养公者必以其子入养。臧氏之母闻有贼，以其子易公，抱公以逃。贼至，凑公寝而弑之。

臣有鲍广父与梁买子者，闻有贼，趋而至。臧氏之母曰："公不死也，在是。吾以吾子易公矣。"于是负孝公之周诉天子，天子为之诛颜而立叔术，反孝公于鲁。

颜夫人者，妪盈女也，国色也。其言曰："有能为我杀杀颜者，吾为其妻！"叔术为之杀杀颜者，而以为妻。有子焉，谓之盱。夏父者，其所为有于颜者也。盱幼，而皆爱之。食必坐二子于其侧而食之。有珍怪之食，盱必先取足焉。夏父曰："以来！人未足而盱有余！"叔术觉焉，曰：

"嘻！此诚尔国也夫！"起而致国于夏父，夏父受而中分之，叔术曰："不可！"三分之，叔术曰："不可！"四分之，叔术曰："不可。"五分之，然后受之。

公扈子者，邾娄之父兄也，习乎邾娄之故。其言曰："恶有言人之国贤若此者乎？诛颜之时天子死，叔术起而致国于夏父。当此之时，邾娄人常被兵于周，曰：'何故死吾天子？'"

通滥，则文何以无邾娄？天下未有滥也。天下未有滥，则其言"以滥来奔"何？叔术者，贤大夫也。绝之则为叔术，不欲绝、不绝则世大夫也。大夫之义不得世，故于是推而通之也。

十有二月辛亥朔，日有食之。

三 十 二 年

（三十有二年）春，王正月，公在乾侯。

取阚。

阚者何？邾娄之邑也。曷为不系乎邾娄？讳亟也。

夏，吴伐越。

秋，七月。

冬，仲孙何忌会晋韩不信、齐高张、宋仲几、卫世叔申、郑国参、曹人、莒人、邾娄人、薛人、杞人、小邾娄人，城成周。

十有二月己未，公薨于乾侯。

---

①昭公：名裯，襄公之子，齐归所生。谥法：威仪共明为"昭"。

②郭（guō，音郭）：郑国地名，同"虢"。

③隰（xí，音习）：低湿的地方。

④侵羊：地名，在今山东省兖州市。

⑤平丘：地名，在今河南长垣县西南。

⑥戎曼：即戎蛮，居住在河南新城县东南。

⑦郓（yǔ，音雨）：古国名，在今山东临沂县北。

⑧猏（méng，音梦）：古地名，在今山东省定陶县西北。

⑨皇：地名，在今河南巩县西南。

⑩鸜鹆（qù yù，音渠欲）：段玉裁认为："今之八哥也。"即鹦鹉。

⑪佾（yì，音义）：古时乐舞的行列。

⑫馂饔（jùn yōng，音俊涌）：做熟的早餐。

⑬糗（qiǔ，音囚）：用炒熟的米、麦等谷物制成的干粮。

⑭衽（rèn，音任）：衣襟。

⑮菑（zī，音资）：刚耕过的田地。

⑯幦（mì，音密）：古时车轼上的覆盖物。

⑰邿（zhuān，音专）陵：地阙。

⑱滥：地名，古时东海昌虑县。

定　公①

元　年

（元年）春，王。

定何以无正月？正月者，正即位也。定无正月者，即位后也。即位何以后？昭公在外，得入不得入，未可知也。曷为未可知？在季氏也。定、哀多微辞，主人习其读而问其传，则未知己之有罪焉尔。

三月，晋人执宋仲幾于京师。

仲幾之罪何？不衰城也。其言于京师何？伯讨也。伯讨，则其称人何。贬。曷为贬？不与大夫专执也。曷为不与？实与而文不与。文曷为不与？大夫之义，不得专执也。

夏，六月癸亥，公之丧至自乾侯。

戊辰，公即位。

癸亥，公之丧至自乾侯，则曷为以戊辰之日然后即位？正棺于两楹之间，然后即位。子沈子曰：“定君乎国，然后即位。”

即位不日，此何以日？录乎内也。

秋，七月癸巳，葬我君昭公。

九月，大雩。

立炀宫。

炀宫者何？炀公之宫也。立者何？立者不宜立也。立炀宫，非礼也。

冬，十月，陨霜杀菽。

何以书？记异也。此灾菽也，曷为以异书？异大乎灾也。

二　年

（二年）春，王正月。

夏，五月壬辰，雉门及两观灾。

其言雉门及两观灾何？两观微也。然则曷为不言雉门灾及两观？主灾者，两观也。主灾者两观，则曷为后言之？不以微及大也。何以书？记灾也。

秋，楚人伐吴。

冬，十月，新作雉门及两观。

其言新作之何？修大也。修旧不书，此何以书？讥。何讥尔？不务乎公室也。

三　年

（三年）春，王正月，公如晋，至河乃复。

二月辛卯，邾娄子穿卒。

夏，四月。

秋，葬邾娄庄公。

冬，仲孙何忌及邾娄子盟于枝。

四　年

（四年）春，王二月癸巳，陈侯吴卒。

三月，公会刘子、晋侯、宋公、蔡侯、卫侯、陈子、郑伯、许男、曹伯、莒子、邾娄子、顿子、胡子、滕子、薛伯、杞伯、小邾娄子、齐国夏于召陵，侵楚。

夏，四月庚辰，蔡公孙归姓帅师灭沈，以沈子嘉归，杀之。

五月，公及诸侯盟于浩油。杞伯戊卒于会。

六月，葬陈惠公。

许迁于容城。

秋，七月，公至自会。

刘卷卒。

刘卷者何？天子之大夫也。外大夫不“卒”，此何以“卒”？我主之也。

葬杞悼公。

楚人围蔡。晋士鞅、卫孔圉帅师伐鲜虞。

葬刘文公。

外大夫不书葬，此何以书？录我主也。

冬，十有一月庚午，蔡侯以吴子及楚人战于伯莒。楚师败绩。

吴何以称子？夷狄也，而忧中国。其忧中国奈何？

伍子胥父诛乎楚，挟弓而去楚，以干阖庐②。阖庐曰：“士之甚！勇之甚！”将为之兴师而复仇于楚，伍子胥复曰：“诸侯不为匹夫兴师。且臣闻之：事君犹事父也。亏君之义，复父之仇，臣不为也。”于是止。

蔡昭公朝乎楚。有美裘焉，囊瓦求之，昭公不与。为是拘昭公于南郢，数年然后归之。于其归焉，用事乎河，曰：“天下诸侯苟有能伐楚者，寡人请为之前列！”楚人闻之，怒，为是兴师，使囊瓦将而伐蔡。蔡请救于吴。伍子胥复曰：“蔡非有罪也，楚人为无道。君如有忧中国之心，则若时可矣！”于是兴师而救蔡。

曰“事君犹事父也”，此其为可以复仇奈何？曰：“父不受诛，子复仇可也。父受诛，子复仇，推刃之道也。复仇不除害，朋友相卫而不相迿，古之道也。”

楚囊瓦出奔郑。

庚辰，吴入楚。

吴何以不称子？反夷狄也。其反夷狄奈何？君舍于君室，大夫舍于大夫室，盖妻楚王之母也。

五　　年

（五年）春，王三月辛亥朔，日有食之。

夏，归粟于蔡。

孰归之？诸侯归之。曷为不言诸侯归之？离至，不可得而序，故言我也。

於越入吴。

於越者何？越者何？於越者，未能以其名通也；越者，能以其名通也。

六月丙申，季孙隐如卒。

秋，七月壬子，叔孙不敢卒。

冬，晋士鞅帅师围鲜虞。

六　　年

（六年）春，王正月癸亥，郑游遨帅师灭许，以许男斯归。

二月，公侵郑。公至自侵郑。

夏，季孙斯、仲孙何忌如晋。

秋，晋人执宋行人乐祈犁。

冬，城中城。

季孙斯、仲孙忌帅师围运。

此仲孙何忌也，曷为谓之仲孙忌？讥二名，二名非礼也。

七　　年

（七年）春，王正月。

夏，四月。

秋，齐侯、郑伯盟于鹹。

齐人执卫行人北宫结以侵卫。齐侯、卫侯盟于沙泽。

大雩。

齐国夏帅师伐我西鄙。

九月，大雩。

冬，十月。

八　　年

（八年）春，王正月，公侵齐。公至自侵齐。

二月，公侵齐。三月，公至自侵齐。

曹伯露卒。

夏，齐国夏帅师伐我西鄙。

公会晋师于瓦。公至自瓦。

秋，七月戊辰，陈侯柳卒。

晋赵鞅帅师侵郑，遂侵卫。

葬曹靖公。

九月，葬陈怀公。

季孙斯、仲孙何忌帅师侵卫。

冬，卫侯、郑伯盟于曲濮。

从祀先公。

从祀者何？顺祀也。文公逆祀，去者三人。定公顺祀，叛者五人。

盗窃宝玉、大弓。

盗者孰谓？谓阳虎也。阳虎者，曷为者也？季氏之宰也。季氏之宰则微者也，恶乎得国宝而窃之？阳虎专季氏，季氏专鲁国。阳虎拘季孙。孟氏与叔孙氏迭而食之。睋而锓其板③，曰："某月某日将杀我于蒲圃，力能救我则于是。"至乎日若时而出。临南者，阳虎之出也，御之。于其乘焉，季孙谓临南曰："以季氏之世世有子，子可以不免我死乎？"临南曰："有力不足，臣何敢不勉？"阳越者，阳虎之从弟也，为右。诸阳之从者，车数十乘。至于孟衢，临南投策而坠之，阳越下取策，临南骤马而由乎孟氏。阳虎从而射之，矢著于庄门，然而甲起于琴如。弑不成，却，反舍于郊，皆说然息。或曰："弑千乘之主而不克，舍此可乎？"阳虎曰："夫孺子得国而已，如丈夫何？"睋而曰："彼哉彼哉！"趣驾。既驾，公敛处父帅师而至。慬然后得免，自是走之晋。

宝者何？璋判白，弓绣质，龟青纯。

九　　年

（九年）春，王正月。

夏，四月戊申，郑伯虿卒。

得宝玉、大弓。

何以书？国宝也。丧之，书；得之，书。

六月，葬郑献公。

秋，齐侯、卫侯次于五氏。秦伯卒。

冬，葬秦哀公。

十　　年

（十年）春，王三月，及齐平。

夏，公会齐侯于颊谷。公至自颊谷。

晋赵鞅帅师围卫。

齐人来归运、谨、龟阴田④。

齐人曷为来归运、谨、龟阴田？孔子行乎季孙，三月不违，齐人为是来归之。

叔孙州仇、仲孙何忌帅师围郈。

秋，叔孙州仇、仲孙何忌帅师围费。

宋乐世心出奔曹。宋公子池出奔陈。

冬，齐侯、卫侯、郑游遬会于鞍。

叔孙州仇如齐。

宋公之弟辰暨宋仲佗、石彄出奔陈。

十　一　年

（十有一年）春，宋公之弟辰及仲佗、石彄、公子池自陈入于萧以叛。

夏，四月。

秋，宋乐世心自曹入于萧。

冬，及郑平。叔还如郑莅盟。

十　二　年

（十有二年）春，薛伯定卒。

夏，葬薛襄公。

叔孙州仇帅师堕郈。

卫公孟彄帅师伐曹。

季孙斯、仲孙何忌帅师堕费。

曷为帅师堕郈、帅师堕费？孔子行乎季孙，三月不违，曰："家不藏甲，邑无百雉之城。"于是帅师堕郈，帅师堕费。雉者何？五板而堵，五堵而雉，百雉而城。

秋，大雩。

冬，十月辛亥，公会齐侯，盟于黄。

十有一月丙寅朔，日有食之。

公至自黄。

十有二月，公围城。公至自围成。

十　三　年

（十有三年）春，齐侯、卫侯次于垂瑕。

夏，筑蛇渊囿。大搜于比蒲。

卫公孟彄帅师伐曹。

秋，晋赵鞅入于晋阳以叛。

冬，晋荀寅及士吉射入于朝歌以叛。晋赵鞅归于晋。

此叛也，其言归何？以地正国也。其以地正国奈何？晋赵鞅取晋阳之甲以逐荀寅与士吉射。荀寅与士吉射者，曷为者也？君侧之恶人也。此逐君侧之恶人，曷为以叛言之？无君命也。

薛弑其君比。

十　四　年

（十有四年）春，卫公叔戌来奔。卫赵阳出奔宋。

二月辛巳，楚公子结、陈公子佗人帅师灭顿，以顿子牂归⑤。

夏，卫北宫结来奔。

五月，於越败吴于醉李⑥。

吴子光卒。

公会齐侯、卫侯于坚。公至自会。

秋，齐侯、宋公会于洮。

天王使石尚来归脤。

石尚者何？天子之士也。脤者何？俎实也。腥曰脤，熟曰燔。

卫世子蒯聩出奔宋。卫公孟驱出奔郑。

宋公之弟辰自萧来奔。

大搜于比蒲。

邾娄子来会公。

城莒父及霄。

十 五 年

（十有五年）春，王正月，邾娄子来朝。

鼷鼠食郊牛，牛死，改卜牛。

曷为不言其所食？漫也。

二月辛丑，楚子灭胡，以胡子豹归。

夏，五月辛亥，郊。

曷为以夏五月郊？三卜之运也。

壬申，公薨于高寝。

郑轩达帅师伐宋。齐侯、卫侯次于籧篨⑦。

邾娄子来奔丧。

其言来奔丧何？奔丧非礼也。

秋，七月壬申，姒氏卒。

姒氏者何？哀公之母也。何以不称夫人？哀未君也。

八月庚辰朔，日有食之。

九月，滕子来会葬。丁巳，葬我君定公，雨不克葬。戊午，日下昃⑧，乃克葬。

辛巳，葬定姒。

定姒何以书葬？未逾年之君也。有子则庙，庙则书葬。

冬，城漆。

---

①定公：名宋，襄公之子，昭公之弟。谥法：安民大虑曰"定"。

②阖庐：春秋末年吴国国君，名光。他派专诸刺杀吴王僚而自立。他曾灭亡徐国，一度占领楚都郢（湖北江陵）。后被越王勾践击败，重伤而死。

③锓（qǐn，音寝）：刻。特指刻木板。

④运、讙、龟阴田：是三块封邑的地名。

⑤戗qiāng，音羌）：人名。

⑥醉李：古地名，在浙江嘉兴县。

⑦蘧篨（qú chú，音渠除）：原指苇席，这里指宋国地名。

⑧昃（zè，音则）：太阳西斜。

哀　公①

元　年

（元年）春，王正月，公即位。

楚子、陈侯、随侯、许男围蔡。

鼷鼠食郊牛。改卜牛。

夏，四月辛巳，郊。

秋，齐侯、卫侯伐晋。

冬，仲孙何忌帅师伐邾娄。

二　年

（二年）春，王二月，季孙斯、叔孙州仇、仲孙何忌帅师伐邾娄，取漷东田及沂西田。癸巳，叔孙州仇、仲孙何忌及邾娄子盟于句绎。

夏，四月丙子，卫侯元卒。

滕子来朝。

晋赵鞅帅师，纳卫世子蒯聩于戚。

戚者何？卫之邑也。曷为不言入于卫？父有子，子不得有父也。

秋，八月甲戌，晋赵鞅帅师，及郑轩达帅师战于栗，郑师败绩。

冬，十月，葬卫灵公。

十有一月，蔡迁于州来。蔡杀其大夫公子驷。

三　年

（三年）春，齐国夏、卫石曼姑帅师围戚。

齐国夏曷为与卫石曼姑帅师围戚？伯讨也。此其为伯讨奈何？曼姑受命乎灵公而立辄，以曼姑之义为固可以距之也。

辄者曷为者也？蒯聩之子也。然则曷为不立蒯聩而立辄？蒯聩为无道，灵公逐蒯聩而立辄。然则辄之义可以立乎？曰：可。其可奈何？不以父命辞王父命；以王父命辞父命，是父之行乎子也。不以家事辞王事；以王事辞家事，是上之行乎下也。

夏，四月甲午，地震。

五月辛卯，桓宫、僖宫灾。

此皆毁庙也，其言灾何？复立也。曷为不言其复立？《春秋》见者不复见也。何以不言及？敌也。何以书？记灾也。

季孙斯、叔孙州仇帅师城启阳。

宋乐髡帅师伐曹。

秋，七月丙子，季孙斯卒。

蔡人放其大夫公孙猎于吴。

冬，十月癸卯，秦伯卒。

叔孙州仇、仲孙何忌帅师围邾娄。

四　年

（四年）春，王二月庚戌，盗杀蔡侯申。

弑君，贱者穷诸人，此其称盗以弑何？贱乎贱者也。贱乎贱者孰谓？谓罪人也。

蔡公孙辰出奔吴。

葬秦惠公。

宋人执小邾娄子。

夏，蔡杀其大夫公孙归姓、公孙霍。

晋人执戎曼子赤归于楚。

赤者何？戎曼子之名也。其言归于楚何？子北宫子曰：辟伯晋而京师楚也。

城西郛。

六月辛丑，蒲社灾。

蒲社者何？亡国之社也。社者封也。其言灾何？亡国之社盖掩之，掩其上而柴其下。蒲社灾，何以书？记灾也。

秋，八月甲寅，滕子结卒。

冬，十有二月，葬蔡昭公。葬滕顷公。

五　年

（五年）春，城比。

夏，齐侯伐宋。晋赵鞅帅师伐卫。

秋，九月癸酉，齐侯处臼卒。

冬，叔还如齐。

闰月，葬齐景公。

闰不书，此何以书？丧以闰数也。丧曷为以闰数？丧数略也。

六　年

（六年）春，城邾娄葭。

晋赵鞅帅师伐解虞。吴伐陈。

夏，齐国夏及高张来奔。叔还会吴于柤。

秋，七月庚寅，楚子轸卒。

齐阳生入于齐。

齐陈乞弑其君舍。

弑而立者，不以当国之辞言之。此其以当国之辞言之何？为谖也。此其为谖奈何？

景公谓陈乞曰："吾欲立舍，何如？"陈乞曰："所乐乎为君者，欲立之则立之，不欲立则不立。君如欲立之，则臣请立之。"

阳生谓陈乞曰："吾闻子盖将不欲立我也。"陈乞曰："夫千乘之主将废正而立不正，必杀正者。吾不立子者，所以生子者也，走矣！"与之玉节而走之。

景公死而舍立，陈乞使人迎阳生，于诸其家。除景公之丧，诸大夫皆在朝。陈乞曰："常之母有鱼菽之祭，愿诸大夫之化我也。"诸大夫皆曰："诺！"于是皆之陈乞之家坐。陈乞曰："吾有所为甲，请以示焉。"诸大夫皆曰："诺！"于是使力士举巨囊而至于中霤②。诸大夫见之，皆色然而骇。开之，则闯然公子阳生也。陈乞曰："此君也已！"诸大夫不得已，皆逡巡北面，再拜稽首而君之尔。

自是往弑舍。

冬，仲孙何忌帅师伐邾娄。宋向巢帅师伐曹。

七　　年

（七年）**春，宋皇瑷帅师侵郑。晋魏曼多帅师侵卫。**

夏，公会吴于鄫。

秋，公伐邾娄。八月己酉，入邾娄。以邾娄子益来。

入不言伐，此其言伐何？内辞也，若使他人然。邾娄子益何以名？绝。曷为绝之？获也。曷为不言其获？内大恶讳也。

宋人围曹。

冬，郑驷弘帅师救曹。

八　　年

（八年）**春，王正月，宋公入曹，以曹伯阳归。**

曹伯阳何以名？绝。曷为绝之？灭也。曷为不言其灭？讳同姓之灭也。何讳乎同姓之灭？力能救之而不救也。

吴伐我。

夏，齐人取谨及僤。

外取邑不书，此何以书？所以赂齐也。曷为赂齐？为以邾娄子益来也。

归邾娄子益于邾娄。

秋，七月。

冬，十有二月癸亥，杞伯过卒。

齐人归谨及僤。

九 年

（九年）春，王二月，葬杞僖公。

宋皇瑗帅师，取郑师于雍丘。

其言取之何？易也。其易奈何？诈之也。

夏，楚人伐陈。

秋，宋公伐郑。

冬，十月。

十 年

（十年）春，王二月，邾娄子益来奔。公会吴伐齐。

三月戊戌，齐侯阳生卒。

夏，宋公伐郑。晋赵鞅帅师侵齐③。

五月，公至自伐齐。

葬齐悼公。

卫公孟彄自齐归于卫。

薛伯寅卒。

秋，葬薛惠公。

冬，楚公子结帅师伐陈。吴救陈。

十 一 年

（十有一年）春，齐国书帅师伐我。

夏，陈袁颇出奔郑。

五月，公会吴伐齐。甲戌，齐国书帅师及吴战于艾陵。齐师败绩，获齐国书。

秋，七月辛酉，滕子虞母卒。

冬，十有一月，葬滕隐公。

卫世叔齐出奔宋。

十 二 年

（十有二年）春，用田赋。

何以书？讥。何讥尔？讥始用田赋也。

夏，五月甲辰，孟子卒。

孟子者何？昭公之夫人也。其称孟子何？讳娶同姓。盖吴女也。

公会吴于橐皋④。

秋，公会卫侯、宋皇瑗于运。宋向巢帅师伐郑。

冬，十有二月，螽。

何以书？记异也。何异尔？不时也。

十　三　年

（十有三年）春，郑轩达帅师，取宋师于岩。

其言取之何？易也。其易奈何？诈反也。

夏，许男戌卒。

公会晋侯及吴子于黄池⑤。

吴何以称子？吴主会也。吴主会，则曷为先言晋侯？不与夷狄之主中国也。其言“及吴子”何？会两伯之辞也。不与夷狄之主中国，则曷为以会两伯之辞言之？重吴也。曷为重吴？吴在是，则天下诸侯莫敢不至也。

楚公子申帅师伐陈。於越入吴。

秋，公至自会。

晋魏多帅师侵卫。

此晋魏曼多也，曷为谓之晋魏多？讥二名。二名非礼也。

葬许元公。

九月，螺。

冬，十有一月，有星孛于东方。

孛者何？彗星也。其言于东方何？见于旦也。何以书？记异也。

盗杀陈夏彄夫。

十有二月，螺。

十　四　年

（十有四年）春，西狩获麟。

何以书？记异也。何异尔？非中国之兽也。然则孰狩之？薪采者也。薪采者则微者也？曷为以狩言之？大之也。曷为大之？为获麟大之也。曷为为获麟大之？麟者仁兽也，有王者则至，无王者则不至。有以告者曰：“有麏而角者⑥。”孔子曰：“孰为来哉？孰为来哉！”反袂拭面，涕沾衿。颜渊死，子曰：“噫！天丧予！”子路死，子曰：“噫！天祝予！”西狩获死麟，孔子曰：“吾道穷矣！”

《春秋》何以始乎隐？祖之所逮闻也。所见异辞，所闻异辞，所传闻异辞。何以终乎哀十四年？曰：“备矣！”

君子曷为为《春秋》？拨乱世，反诸正，莫近诸《春秋》，则未知其为是与？其诸君子乐道尧舜之道与？末不亦乐乎，尧舜之知君子也！制《春秋》之义以俟后圣，以君子之为亦有乐乎此也。

---

①哀公：名蒋，定公之子。谥法：恭仁短折曰“哀”。

②霤（liù，音遛）：屋檐下接水的长槽。

③橐皋（tuó gào，音托告）：地名，在今安徽省宣城县东南。

④赵鞅：即赵简子。春秋末年晋国的卿。他战胜范氏、中行氏后，扩大封地，为建立赵国奠定基础。

⑤吴子：即吴王夫差。阖闾的儿子，曾在夫椒大败越兵，在艾陵大败齐兵。后来越国攻灭吴国，夫差自杀。

⑥麇：（jūn，音军）：即獐子。

春秋穀梁传

〔战国〕　穀梁赤　撰

隐　公

元　年

（元年）春，王正月。

虽无事，必举正月，谨始也。公何以不言即位？成公志也。焉成之？言君之不取为公也。君之不取为公，何也？将以让桓也。让桓正乎？曰：不正。《春秋》成人之美，不成人之恶。隐不正而成之，何也？将以恶桓也。其恶桓，何也？隐将让而桓弑之，则桓恶矣。桓弑而隐让，则隐善矣。善则其不正焉，何也？《春秋》贵义而不贵惠，信道而不信邪。孝子扬父之美，不扬父之恶。先君之欲与桓，非正也，邪也。虽然，既胜其邪心以与隐矣，已探先君之邪志而遂以与桓，则是成父之恶也。兄弟，天伦也。为子受之父，为诸侯受之君，已废天伦而忘君父以行小惠，曰：小道也。若隐者，可谓轻千乘之国，蹈道则未也。

三月，公及邾仪父盟于眛。

及者何？内为志焉尔。仪，字也。父，犹傅也，男子之美称也。其不言邾子何也？邾之上古微，未爵命于周也。不日，其盟渝也。眛，地名也。

夏，五月，郑伯克段于鄢。

克者何？能也。何能也？能杀也。何以不言杀？见段之有徒众也。

段，郑伯弟也。何以知其为弟也？杀世子母弟目君，以其目君，知其为弟也。段，弟也而弗谓弟，公子也而弗谓公子，贬之也。

段失子弟之道矣，贱段而甚郑伯也。何甚乎郑伯？甚郑伯之处心积虑成于杀也。

"于鄢"，远也。犹曰取之其母之怀中而杀之云尔，甚之也。然则为郑伯者宜奈何？缓追逸贼，亲亲之道也。

秋，七月，天王使宰咺来归惠公[①]、仲子之赗。

母以子氏，仲子者何？惠公之母，孝公之妾也。礼：赗人之母则可，赗人之妾则不可。君子以其可辞。受之，其志不及事也。

赗者可也？乘马曰"赗[②]"，衣衾曰"襚[③]"，贝玉曰"含"，钱财曰"赙"。

九月，及宋人盟于宿。

及者何？内卑者也。"宋人"，外卑者也。卑者之盟不日。"宿"，邑名也。

冬，十有二月，祭伯来。

来者，来朝也。其弗谓朝，何也？寰内诸侯非有天子之命，不得出会诸侯。不正其外交，故弗与朝也。聘弓鍭矢[④]；不出竟场；束修之肉[⑤]，不行竟中；有至尊者，不贰之也。

公子益师卒。

大夫日"卒"，正也；不日"卒"，恶也。

二　　年

（二年）春，公会戎于潜。

会者，外为主焉尔。知者虑，义者行，仁者守，有此三者然后可以出会。会戎，危公也。

夏，五月，莒人入向。

入者，内弗受也。向，我邑也。

无侅帅师入极。⑥

入者，内弗受也。极，国也。苟焉以入人为志者，人亦入之矣。不称氏者，灭同姓，贬也。

秋，八月庚辰，公及戎盟于唐。

九月，纪履𦈛来逆女。

逆女，亲者也。使大夫，非正也。以国氏者，为其来交接于我，故君子进之也。

冬，十月，伯姬归于纪。

礼：妇人谓嫁曰归，反曰来归，从人者也。妇人在家制于父，既嫁制于夫，夫死从长子。妇人不专行，必有从也。"伯姬归于纪"，此其如专行之辞何也？曰：非专行也。吾伯姬归于纪，故志之也。其不言"使"，何也？逆之道微，无足道焉尔。

纪子伯、莒子盟于密。

或曰："纪子伯莒子而与之盟。"或曰："年同爵同，故纪子以伯先也。"

十有二月乙卯，夫人子氏薨。

夫人薨不地。夫人者，隐之妻也。卒而不书葬，夫人之义从君者也。

郑人伐卫。

三　　年

（三年）春，王二月。己巳，日有食之。

言日不言朔，食晦日也。其日有食之何也？吐者外壤，食者内壤。阙然不见其壤，有食之者也。"有"，内辞也，或外辞也。"有食之"者，内于日也。其不言"食之"者，何也？知其不可知，知也。

三月庚戌，天王崩。

高曰崩，厚曰崩，尊曰崩。天子之崩，以尊也。其"崩"之何也？以其在民上，故"崩"之。其不名何也？大上，故不名也。

夏，四月辛卯，尹氏卒。

尹氏者何也？天子之大夫也。外大夫不"卒"，此何以"卒"之也？于天子之崩为鲁主，故隐而"卒"之。

秋，武氏子来求赙。

武氏子者何也？天子之大夫也。天子之大夫，其称"武氏子"何也？未毕丧，孤未爵。未爵使之，非正也。其不言"使"何也？无君也。归死者曰"赗"，归生者曰"赙"。曰归之者，正也。求之者，非正也。周虽不求，鲁不可以不归。鲁虽不归，周不可以求之。求之为言，得不得未可知之辞也。交讥之。

八月庚辰，宋公和卒。

诸侯日卒，正也。

冬，十有二月，齐侯、郑伯盟于石门。

癸未，葬宋缪公。

日葬，故也，危不得葬也。

四　　年

（四年）春，王二月，莒人伐杞，取牟娄。

《传》曰：言"伐"，言"取"，所恶也。诸侯相伐取地于是始，故谨而志之也。

戊申，卫祝吁弑其君完。

大夫弑其君，以国氏者，嫌也，弑而代之也。

夏，公及宋公遇于清。

及者，内为志焉尔；遇者，志相得也。

宋公、陈侯、蔡人、卫人伐郑。

秋，翚帅师会宋公、陈侯、蔡人、卫人伐郑。

翚者何也？公子翚也。其不称公子何也？贬之也。何为贬之也？与于弑公，故贬也。

九月，卫人杀祝吁于濮。

称人以杀，杀有罪也。祝吁之挈，失嫌也。其"月"，谨之也。"于濮"者，讥失贼也。

冬，十有二月，卫人立晋。

卫人者，众辞也。立者，不宜立者也。晋之名，恶也。其称人以立之，何也？得众也。得众则是贤也。贤则其曰"不宜立"，何也？《春秋》之义，诸侯与正而不与贤也。

五　　年

（五年）春，公观鱼于棠。

《传》曰：常事曰视，非常曰观。礼：尊不亲小事，卑不尸大功。鱼，卑者之事也，公观之，非正也。

夏，四月，葬卫桓公。

月葬，故也。

秋，卫师入郕⑦。

入者，内弗受也。郕，国也。将卑师众，曰"师"。

九月，考仲子之宫。

考者，何也？考者，成之也，成之为夫人也。礼：庶子为君，为其母筑宫，使公子主其祭也。于子祭，于孙止。仲子者，惠公之母；隐孙而修之，非隐也。

初献六羽。

初，始也。穀梁子曰：舞《夏》，天子八佾⑧，诸公六佾，诸侯四佾。"初献六羽"，始僭乐矣。《尸子》曰：舞《夏》，自天子至诸侯皆用八佾。"初献六羽"，始厉乐矣。

邾人、郑人伐宋。

螟。⑨

虫灾也。甚则月，不甚则时。

冬，十有二月辛巳，公子驱卒。

隐不爵命大夫，其曰"公子驱"何也？先君之大夫也。

宋人伐郑，围长葛。

伐国不言围，邑，此其言围何也？久之也。

伐不逾时，战不逐奔，诛不填服。苞人民，殴牛马，曰"侵"。斩树木，坏宫室，曰"伐"。

六 年

（六年）春，郑人来输平。

输者，堕也。平之为言，以道成也。"来输平"者，不果成也。

夏，五月辛酉，公会齐侯，盟于艾。

秋，七月。

冬，宋人取长葛。

外取邑不志，此其志，何也？久之也。

七 年

（七年）春，王三月，叔姬归于纪。

其不言"逆"，何也？逆之道微，无足道焉尔。

滕侯卒。

滕侯无名，少曰世子，长曰君，狄道也。其不正者，名也。

夏，城中丘。

城为保民为之也。民众城小则益城，益城无极。凡城之志，皆讥也。

齐侯使其弟年来聘。

诸侯之尊，弟兄不得以属通。其弟云者，以其来接于我，举其贵者也。

秋，公伐邾。

冬，天王使凡伯来聘。戎伐凡伯于楚丘以归。

凡伯者何也？天子之大夫也。国而曰"伐"，此一人而曰"伐"，何也？大天子之命也。戎者卫也。"戎"卫者，为其伐天子之使，贬而"戎"之也。楚丘，卫之邑也。"以归"，犹愈乎执也。

八 年

（八年）春，宋公、卫侯遇于垂。

不期而会曰遇。遇者，志相得也。

三月，郑伯使宛来归邴。

名宛，所以贬郑伯，恶与地也。

庚寅，我入邴。

入者，内弗受也。日入，恶入者也。邴者，郑伯所受命于天子而祭泰山之邑也。

夏，六月己亥，蔡侯考父卒。

诸侯日卒，正也。

辛亥，宿男卒。

宿，微国也。未能同盟，故"男卒"也。

秋，七月庚午，宋公、齐侯、卫侯盟于瓦屋。

外盟不日，此其日何也？诸侯之参盟于是始，故谨而日之也。诰誓不及五帝，盟诅不及三王，交质子不及二伯。

八月，葬蔡宣公。

月葬，故也。

九月辛卯，公及莒人盟于包来。

可言公及人，不可言公及大夫。

螟。

冬，十有二月，无侅卒。

无侅之名，未有闻焉。或曰：隐不爵大夫也。或说曰：故贬之也。

九　　年

（九年）春，天王使南季来聘。

南，氏姓也。季，字也。聘，问也。聘诸侯，非正也。

三月癸酉，大雨震电。

震，雷也。电，霆也。

庚辰，大雨雪。

志疏数也。八日之间再有大变，阴阳错行，故谨而日之也。雨月，志正也。

侅卒。

侅者，所侅也。弗大夫者，隐不爵大夫也。隐之不爵大夫何也？曰：不成为君也。

夏，城郎。

秋，七月。

无事焉，何以书？不遗时也。

冬，公会齐侯于防。

会者，外为主焉尔。

十　　年

（十年）春，王二月，公会齐侯、郑伯于中丘。

夏，翬帅师会齐人、郑人伐宋。

六月壬戌，公败宋师于菅。⑩

内不言战，举其大者也。

辛未取郜，辛巳取防。

取邑不日，此其日何也？不正其乘败人而深为利、取二邑，故谨而日之也。

秋，宋人、卫人入郑。

宋人、蔡人、卫人伐戴。郑伯伐取之。

不正其因人之力而易取之，故主其事也。

冬，十月壬午，齐人、郑人入郕。

入者，内弗受也。日入，恶入者也。郕，国也。

十 一 年

（十有一年）春，滕侯、薛侯来朝。

天子无事，诸侯相朝，正也。考礼修德，所以尊天子也。诸侯来朝，时，正也。特言，同时也。累数，皆至也。

夏，五月，公会郑伯于时来。

秋，七月壬午，公及齐侯、郑伯入许。

冬，十有一月壬辰，公薨。

公薨不地，故也。隐之，不忍地也。其不言葬何也？君弑，贼不讨，不书葬，以罪下也。

隐十年无正，隐不自正也。元年有正，所以正隐也。

---

①咺（xuān，音喧）：威仪的样子。这里用作人名。

②赗（fèng，音奉）：送给丧家的丧葬用品。

③禭（suī，音遂）：赠给死人的衣被。

④鍭（hóu，音喉）矢：箭名。《尔雅·释器》云：金镞剪羽谓之鍭。

⑤修：干肉。

⑥侅（gāi，音该）：人名。

⑦郕（chéng，音成）：古国名。在山东省宁阳东北。

⑧佾（yì，音义）：古时乐舞的行列。

⑨螟（míng，音明）：指食苗心的幼虫。这里表示虫灾。

⑩菅（jiān，音肩）：古地名。在山东省单县北部

桓 公

元 年

（元年）春，王正月，公即位。

桓无王，其曰"王"，何也？谨始也。

其曰"无王"，何也？桓弟弑兄，臣弑君，天子不能定，诸侯不能救，百姓不能去。以为无王之道，遂可以至焉尔。元年有"王"，所以治桓也。

正月，公即位。

继故不言"即位"，正也。继故不言"即位"之为正何也？曰：先君不以其道终，则子弟不忍即位也。继故而言"即位"，则是与闻乎弑也。继故而言"即位"，是为与闻乎弑何也？曰：先

君不以其道终，己正即位之道而即位，是无恩于先君也。

三月，公会郑伯于垂。

会者何？外为主焉尔。

郑伯以璧假许田。

"假"，不言"以"。言"以"非"假"也。非假而曰"假"，讳易地也。礼：天子在上，诸侯不得以地相与也。无田则无许可知矣，不言许，不与许也。许田者，鲁朝宿之邑也。邴者，郑伯之所受命而祭泰山之邑也。用见鲁之不朝于周而郑之不祭泰山也。

夏，四月丁未，公及郑伯盟于越。

及者，内为志焉尔。越，盟地之名也。

秋，大水。

高下有水灾，曰大水。

冬，十月。

无事焉，何以书？不遗时也。《春秋》编年，四时具而后为年。

二　年

（二年）春，王正月戊申，宋督弑其君与夷及其大夫孔父。

桓无王，其曰"王"，何也？正与夷之卒也。

孔父先死，其曰"及"，何也？书尊及卑，《春秋》之义也。

孔父之先死，何也？督欲弑君而恐不立，于是乎先杀孔父，孔父闲也。何以知其先杀孔父也？曰：子既死，父不忍称其名；臣既死，君不忍称其名。以是知君之累之也。"孔氏，父字谥也。或曰：其不称名，盖为祖讳也，孔子故宋也。

滕子来朝。

三月，公会齐侯、陈侯、郑伯于稷，以成宋乱。

"以"者，内为志焉尔，公为志乎成是乱也。此成矣，取不成事之辞而加之焉。于内之恶，而君子无遗焉尔。

夏，四月，取郜大鼎于宋。戊申，纳于大庙。

桓内弑其君，外成人之乱，受赂而退，以事其祖，非礼也。其道以周公为弗受也。

郜鼎者，郜之所为也。曰"宋"，取之宋也，以是为讨之鼎也。孔子曰：名从主人，物从中国，故曰"郜大鼎"也。

秋，七月，纪侯来朝。

朝时，此其月，何也？桓内弑其君，外成人之乱，于是为齐侯、陈侯、郑伯讨，数日以赂。己即是事而朝之，恶之，故谨而月之也。

蔡侯、郑伯会于邓。

九月，入杞。

我入之也。

公及戎盟于唐。

冬，公至自唐。

桓无会，而其致何也？远之也。

三　年

（三年）春，正月，公会齐侯于嬴。

夏，齐侯、卫侯胥命于蒲。

胥之为言，犹相也。相命而信谕，谨言而退，以是为近古也。是必一人先。其以相言，之何也？不以齐侯命卫侯也。

六月，公会杞侯于郕。

秋，七月壬辰朔，日有食之既。

言日言朔，食正朔也。既者尽也，有继之辞也。

公子翚如齐逆女。

逆女，亲者也。使大夫，非正也。

九月，齐侯送姜氏于讙。

礼：送女，父不下堂，母不出祭门，诸母兄弟不出阙门。父戒之曰：“谨慎从尔舅之言！”母戒之曰：“谨慎从尔姑之言！”诸母般，申之曰：“谨慎从尔父母之言！”送女逾竟，非礼也。

公会齐侯于讙。

无讥乎？曰：为礼也。齐侯来也，公之逆而会之可也。

夫人姜氏至自齐。

其不言翚之以来何也？公亲受之于齐侯也。子贡曰：“冕而亲迎，不已重乎？”孔子曰：“合二姓之好，以继万世之后，何谓已重乎？”

冬，齐侯使其弟年来聘。

有年。

五谷皆熟为有年也。

四　年

（四年）春，正月，公狩于郎。

四时之田，皆为宗庙之事也。春曰田，夏曰苗，秋曰蒐，冬曰狩。四时之田用三焉，唯其所先得，一为乾豆，二为宾客，三为充君之庖。

夏，天王使宰渠伯纠来聘。

五　年

（五年）春，正月甲戌、己丑，陈侯鲍卒。

“鲍卒”，何为以二日“卒”之？《春秋》之义，信以传信，疑以传疑，陈侯以甲戌之日出，己丑之日得，不知死之日，故举二日以包也。

夏，齐侯、郑伯如纪。

天王使任叔之子来聘。

任叔之子者，录父以使子也。故微其君臣而著其父子，不正父在子代仕之辞也。

葬陈桓公。

城祝丘。

秋，蔡人、卫人、陈人从王伐郑。

举从者之辞也。其举从者之辞何也？为天王讳伐郑也。郑，同姓之国也，在乎冀州。于是不服，为天子病矣。

大雩。

螽。

螽，虫灾也。甚则月，不甚则时。

冬，州公如曹。

外相如不书，此其书何也？过我也。

六　年

（六年）春，正月，实来。

实来者，是来也。何谓是来？谓州公也。其谓之是来何也？以其画我，故简言之也。诸侯不以过相朝也。

夏，四月，公会纪侯于郕。

秋，八月壬午，大阅。

大阅者何？阅兵车也。修教明谕，国道也。平而修戎事，非正也。其曰，以为崇武，故谨而日之，盖以观妇人也。

蔡人杀陈佗。

陈佗者，陈君也。其曰"陈佗"，何也？匹夫行，故匹夫称之也。其匹夫行奈何？陈侯喜猎，淫猎于蔡，与蔡人争禽。蔡人不知其是陈君也，而杀之。何以知其是陈君也？两下相杀，不道。其不地，于蔡也。

九月丁卯，子同生。

疑，故志之。时曰：同乎人也。

冬，纪侯来朝。

七　年

（七年）春，二月己亥，焚咸丘。

其不言邾咸丘何也？疾其以火攻也。

夏，穀伯绥来朝。邓侯吾离来朝。

其名何也？失国也。失国，则其以朝言之何也？尝以诸侯与之接矣，虽失国，弗损吾异日也。

八　年

（八年）春，正月己卯，烝。

烝，冬事也。春兴之，志不时也。

天王使家父来聘。

夏，五月丁丑，烝。

烝，冬事也。春夏兴之，黩祀也，志不敬也。

秋，伐邾。

冬，十月，雨雪。

祭公来，遂逆王后于纪。

其不言使焉何也？不正其以宗庙之大事，即谋于我，故弗与使也。

"遂"，继事之辞也。其曰"遂逆王后"，故略之也。或曰：天子无外，王命之则成矣。

九　　年

（九年）春，纪季姜归于京师。

为之中者归之也。

夏，四月。

秋，七月。

冬，曹伯使其世子射姑来朝。

朝不言使，言使非正也。使世子伉诸侯之礼而来朝，曹伯失正矣。诸侯相见曰朝。以待人父之道待人之子，以内为失正矣。内失正，曹伯失正，世子可以已矣，则是故命也。《尸子》曰："夫已，多乎道。"

十　　年

（十年）春，王正月。庚申，曹伯终生卒。

桓无王，其曰"王"，何也？正终生之卒也。

夏，五月，葬曹桓公。

秋，公会卫侯于桃丘，弗遇。

弗遇者，志不相得也。弗，内辞也。

冬，十有二月丙午，齐侯、卫侯、郑伯来战于郎。

来战者，前定之战也。内不言战，言战则败也。不言其人，以吾败也。不言"及"者，为内讳也。

十 一 年

（十有一年）春，正月，齐人、卫人、郑人盟于恶曹。

夏，五月癸未，郑伯寤生卒。

秋，七月，葬郑庄公。

九月，宋人执郑祭仲。

宋人者，宋公也。其曰"人"，何也？贬之也。

突归于郑。

曰"突"，贱之也。曰"归"，易辞也。祭仲易其事，权在祭仲也。死君难，臣道也。今立恶而黜正，恶祭仲也。

郑忽出奔卫。

郑忽者，世子忽也。其名，失国也。

柔会宋公、陈侯、蔡叔，盟于折。

柔者何？吾大夫之未命者也。

公会宋公于夫钟。

冬，十有二月，公会宋公于阚。

十 二 年

（十有二年）春，正月。

夏，六月壬寅，公会纪侯、莒子，盟于曲池。

秋，七月丁亥，公会宋公、燕人，盟于穀丘。

八月壬辰，陈侯跃卒。

公会宋公于虚。

冬，十有一月，公会宋公于龟。丙戌，公会郑伯，盟于武父。

丙戌，卫侯晋卒。

再称日，决日义也。

十有二月，及郑师伐宋。丁未，战于宋。

非与所与伐战也。不言与郑战，耻不和也。于伐与战，败也。内讳败，举其可道者也。

十 三 年

（十有三年）春，二月，公会纪侯、郑伯。己巳，及齐侯、宋公、卫侯、燕人战，齐师、宋师、卫师、燕师败绩。

其言"及"者，由内及之也。其曰"战"者，由外言之也。战称"人"，败称"师"，重众也。其不地，于纪也。

三月，葬卫宣公。

夏，大水。

秋，七月。

冬，十月。

十 四 年

（十有四年）春，正月，公会郑伯于曹。

无冰。

无冰，时燠也。

夏五。郑伯使其弟御来盟。

诸侯之尊，兄弟不得以属通。其弟云者，以其来我举其贵者也。来盟，前定也。不日，前定之盟不日。

孔子曰：听远音者，闻其疾而不闻其舒。望远者，察其貌而不察其形。立乎定、哀以指隐、桓，隐、桓之日远矣。"夏五"，传疑也。

秋，八月壬申，御廪灾。乙亥，尝。

御廪之灾不志，此其志，何也？以为唯未易灾之馀而尝可也。志不敬也。天子亲耕以共粢盛，王后亲蚕以共祭服，国非无良农工女也，以为人之所尽事其祖祢，不若以己所自亲者也。

何用见其未易灾之馀而尝也？曰：甸粟而内之三宫，三宫米而藏之御廪。夫尝，必有兼甸之事焉。"壬申，御廪灾。乙亥，尝。"以为未易灾之馀而尝也。

冬，十有二月丁巳，齐侯禄父卒。

宋人以齐人、蔡人、卫人、陈人伐郑。

以者，不以者也。民者，君之本也。使人以其死，非正也。

十 五 年

（十有五年）春，二月，天王使家父来求车。

古者诸侯时献于天子，以其国之所有，故有辞让而无徵求。求车非礼也，求金甚矣。

三月乙未，天王崩。

夏，四月己巳，葬齐僖公。

五月，郑伯突出奔蔡。

讥夺正也。

郑世子忽复归于郑。

反正也。

许叔入于许。

许叔，许之贵者也。莫宜乎许叔，其曰"入"，何也？其归之道，非所以归也。

公会齐侯于蒿。

邾人、牟人、葛人来朝。

秋，九月，郑伯突入于栎。

冬，十有一月，公会宋公、卫侯、陈侯于袲伐郑。

地而后伐，疑辞也。非其疑也。

十 六 年

（十有六年）春，正月，公会宋公、蔡侯、卫侯于曹。

夏，四月，公会宋公、卫侯、陈侯、蔡侯伐郑。

秋，七月，公至自伐郑。

桓无会，其致何也？危之也。

冬，城向。

十有一月，卫侯朔出奔齐。

朔之名，恶也。天子召而不往也。

十 七 年

（十有七年）春，正月丙辰，公会齐侯、纪侯，盟于黄。

二月丙午，公及邾仪父盟于趡。

夏，五月丙午，及齐师战于郎。

内讳败，举其可道者也。不言其人，以吾败也。不言及之者，为内讳也。

六月丁丑，蔡侯封人卒。

秋，八月，蔡季自陈归于蔡。

蔡季，蔡之贵者也。"自陈"，陈有奉焉尔。

癸巳，葬蔡桓侯。

及宋人、卫人伐邾。

冬，十月朔，日有食之。

言朔不言日，食既朔也。

十 八 年

（十有八年）春，王正月。公会齐侯于泺。公与夫人姜氏遂如齐。

泺之会，不言及夫人，何也？以夫人之伉，弗称数也。

夏，四月丙子，公薨于齐。

其地，于外也。薨称公，举上也。

丁酉，公之丧至自齐。

秋，七月。

冬，十有二月己丑，葬我君桓公。

葬我君，接上下也。君弑贼不讨，不书葬；此其言葬，何也？不责逾国而讨于是也。

桓公葬而后举谥，谥所以成德也，于卒事乎加之矣。知者虑，义者行，仁者守。有此三者备，然后可以会矣。

庄　公

元　年

（元年）春，王正月。

继弑君不言即位，正也。继弑君不言即位之为正，何也？

曰：先君不以其道终，则子不忍即位也。

三月，夫人孙于齐。

孙之为言，犹孙也，讳奔也。接练时，录母之变，始人之也。不言氏姓，贬之也。人之于天也，以道受命；于人也，以言受命。不若于道者，天绝之也。不若于言者，人绝之也。臣子大受命。

夏，单伯逆王姬。

单伯者何？吾大夫之命乎天子者也。命大夫，故不名也。其不言"如"，何也？其义不可受于京师也。其义不可受于京师，何也？曰：躬君弑于齐，使之主婚姻，与齐为礼，其义固不可受也。

秋，筑王姬之馆于外。

筑，礼也。于外，非礼也。筑之为礼何也？主王姬者，必自公门出。于庙则已尊，于寝则已卑，为之筑节矣。筑之外，变之正也。筑之外，变之为正何也？仇仇之人，非所以接婚姻也；衰麻，非所以接弁冕也。

其不言齐侯之来逆何也？不使齐侯得与吾为礼也。

冬，十月乙亥，陈侯林卒。

诸侯日卒，正也。

王使荣叔来锡桓公命。

礼有受命，无来锡命。锡命非正也。生服之，死行之，礼也。生不服，死追锡之，不正甚矣！

王姬归于齐。

为之中者归之也。

齐师迁纪、邢、鄑、郚①。

纪，国也。邢、鄑、郚，国也。或曰：迁纪于邢、鄑、郚。

二　　年

（二年）春，王二月，葬陈庄公。

夏，公子庆父帅师伐于馀丘。

国而曰"伐"。"于馀丘"，邾之邑也，其曰"伐"，何也？公子贵矣，师重矣，而敌人之邑，公子病矣。病公子，所以讥乎公也。其一曰：君在而重之也。

秋，七月，齐王姬卒。

为之主者，"卒"之也。

冬，十有二月，夫人姜氏会齐侯于禚。

妇人既嫁不逾竟，逾竟非正也。妇人不言"会"，言"会"非正也。"禚"，甚矣！

乙酉，宋公冯卒。

三　　年

（三年）春，王正月，溺会齐伐卫。

溺者，何也？公子溺也。其不称"公子"，何也？恶其会仇雠而伐同姓，故贬而名之也。

夏，四月，葬宋庄公。

月葬，故也。

五月，葬桓公。

《传》曰：改葬也。改葬之礼：缌②，举下，缅也。或曰：却尸以求诸侯。

天子志崩不志葬，必其时也，何必焉？举天下而葬一人，其义不疑也。志葬，故也，危不得葬也。曰：近不失崩。不志崩，失天下也。

独阴不生，独阳不生，独天不生，三合然后生。故曰母之子也可，天之子也可。尊者取尊称焉，卑者取卑称焉。其曰"王"者，民之所归往也。

秋，纪季以酅入于齐。③

酅，纪之邑也。入于齐者，以酅事齐也。入者，内弗受也。

冬，公次于郎。

次，止也，有畏也。欲救纪而不能也。

四　年

（四年）春，王二月，夫人姜氏飨齐侯于祝丘。

飨，甚矣！飨齐侯，所以病齐侯也。

三月，纪伯姬卒。

外夫人不"卒"，此其言"卒"何也？吾女也，适诸侯则尊同，以吾为之变，"卒"之也。

夏，齐侯、陈侯、郑伯遇于垂。

纪侯大去其国。

大去者，不遗一人之辞也。言民之从者，四年而后毕也。纪侯贤而齐侯灭之，不言"灭"而曰"大去其国"者，不使小人加乎君子。

六月乙丑，齐侯葬纪伯姬。

外夫人不书葬，此其书葬何也？吾女也，失国，隐而葬之。

秋，七月。

冬，公及齐人狩于郜。

齐人者，齐侯也。其曰"人"，何也？卑公之敌，所以卑公也。何为卑公也？不复仇而怨不释，刺释怨也。

五　年

（五年）春，王正月。

夏，夫人姜氏如齐师。

师而曰"如"，众也。妇人既嫁不逾竟，逾竟非礼也。

秋，郳黎来来朝。

郳，国也。黎来，微国之君，未爵命者也。

冬，公会齐人、宋人、陈人、蔡人伐卫。

是齐侯、宋公也，其曰"人"何也？"人"诸侯，所以"人"公也。其"人"公何也？逆天王之命也。

六　　年

（六年）春，王三月，王人子突救卫。

王人，卑者也。称名，贵之也。善救卫也。救者善，则伐者不正矣。

夏，六月，卫侯朔入于卫。

其不言伐卫纳朔何也？不逆天王之命也。入者，内弗受也。何用弗受也？为以王命绝之也。朔之名，恶也。朔入逆则出顺矣。朔出入名，以王命绝之也。

秋，公至自伐卫。

恶事不致，此其致何也？不致，则无用见公之恶事之成也。

螟。

冬，齐人来归卫宝。

以"齐"首之，分恶于齐也。使之如下齐而来我然，恶战则杀矣。

七　　年

（七年）春，夫人姜氏会齐侯于防。

妇人不会，会非正也。

夏，四月辛卯昔，恒星不见。

恒星者，经星也。日入至于星出，谓之昔。不见者，可以见也。

夜中，星陨如雨。

其陨也如雨，是夜中与？《春秋》著以传著，疑以传疑。中之几也，而曰"夜中"，著焉尔。何用见其中也？失变而录其时，则夜中矣。其不曰恒星之陨何也？我知恒星之不见，而不知其陨也；我见其陨而接于地者，则是雨说也。著于上，见于下，谓之雨；著于下，不见于上，谓之陨，岂"雨说"哉？

秋，大水。

高下有水灾，曰"大水"。

无麦、苗。

麦，苗，同时也。

冬，夫人姜氏会齐侯于榖。

妇人不会，会非正也。

八　　年

（八年）春，王正月，师次于郎，以俟陈人、蔡人。

次，止也。俟，待也。

甲午，治兵。

出曰"治兵"，习战也；入曰"振旅"，习战也。治兵而陈、蔡不至矣，兵事以严终，故曰：善陈者不战，此之谓也。善为国者不师，善师者不陈，善陈者不战，善战者不死，善死者不亡。

夏，师及齐师围郕。郕降于齐师。

其曰"降于齐师"何？不使齐师加威于郦也。

秋，师还。

还者，事未毕也。遁也④。

冬，十有一月癸未，齐无知弑其君诸儿。

大夫弑其君以国氏者，嫌也，弑而代之也。

九 年

（九年）春，齐人杀无知。

无知之挈，失嫌也。称"人"以杀大夫，杀有罪也。

公及齐大夫盟于暨。

公不及大夫。大夫不名，无君也。"盟"，纳子纠也。不日，其盟渝也。当齐无君，制在公矣。当可纳而不纳，故恶内也。

夏，公伐齐纳纠。

当可纳而不纳，齐变而后伐，故乾时之战不讳败，恶内也。

齐小白入于齐。

大夫出奔，反以好曰"归"，以恶曰"入"。齐公孙无知弑襄公，公子纠、公子小白不能存，出亡。齐人杀无知而迎公子纠于鲁。公子小白不让公子纠，先入；又杀之于鲁。故曰"齐小白入于齐"，恶之也。

秋，七月丁酉，葬齐襄公。

八月庚申，及齐师战于乾时，我师败绩。

九月，齐人取子纠杀之。

外不言取；言取，病内也。取，易辞也，犹曰取其子纠而杀之云尔。十室之邑，可以逃难；百室之邑，可以隐死。以千乘之鲁而不能存子纠，以公为病矣。

冬，浚洙⑤。

浚洙者，深洙也。著力不足也。

十 年

（十年）春，王正月，公败齐师于长勺。

不日，疑战也。疑战而曰"败"，胜内也。

二月，公侵宋。

侵时，此其"月"何也？乃深其怨于齐，又退侵宋以众其敌，恶之，故谨而"月"之。

三月，宋人迁宿。

迁，亡辞也。其不地，宿不复见也。迁者，犹未失其国家以往者也。

夏，六月，齐师、宋师次于郎。

次，止也。畏我也。

公败宋师于乘丘。

不日，疑战也。疑战而曰"败"，胜内也。

秋，九月，荆败蔡师于莘，以蔡侯献武归。

荆者，楚也。何为谓之荆？狄之也。何为狄之？圣人立，必后至；天子弱，必先叛，故曰：“荆，狄之也”。

蔡侯何以名也？绝之也。何为绝之？获也。中国不言“败”，此其言“败”何也？中国不言“败”，蔡侯其见获乎？其言“败”何也？释蔡侯之获也。“以归”，犹愈乎执也。

冬，十月，齐师灭谭，谭子奔莒。

十　一　年

（十有一年）春，王正月。

夏，五月戊寅，公败宋师于鄑。

内事不言战，举其大者。其日，成败之也。宋万之获也。

秋，宋大水。

外灾不书，此何以书？王者之后也。高下有水灾曰：“大水”。

冬，王姬归于齐。

其志，过我也。

十　二　年

（十有二年）春，王三月，纪叔姬归于酅。

国而曰“归”，此邑也，其曰“归”何也？吾女也，失国，喜得其所，故言“归”焉尔。

夏，四月。

秋，八月甲午，宋万弑其君捷。

宋万，宋之卑者也。卑者以国氏，及其大夫仇牧，以尊及卑也。仇牧，闲也。

冬，十月，宋万出奔陈。

十　三　年

（十有三年）春，齐人、宋人、陈人、蔡人、邾人会于北杏。

是齐侯、宋公也，其曰“人”何也？始疑之。何疑焉？桓非受命之伯也，将以事授之者也。曰：“可矣乎？未乎？”举“人”，众之辞也。

夏，六月，齐人灭遂。

遂，国也。其不日，微国也。

秋，七月。

冬，公会齐侯，盟于柯。

曹刿之盟也，信齐侯也。桓盟虽内与，不日，信也。

十　四　年

（十有四年）春，齐人、陈人、曹人伐宋。

夏，单伯会伐宋。

会，事之成也。

秋，七月，荆入蔡。

荆者，楚也。其曰"荆"，何也？州举之也。州不如国，国不如名，名不如字。

冬，单伯会齐侯、宋公、卫侯、郑伯于鄄。

复同会也。

十五年

（十有五年）春，齐侯、宋公、陈侯、卫侯、郑伯会于鄄⑥。

复同会也。

夏，夫人姜氏如齐。

妇人既嫁不逾竟，逾竟非礼也。

秋，宋人、齐人、邾人伐郳⑦。郑人侵宋。

冬，十月。

十六年

（十有六年）春，王正月。

夏，宋人、齐人、卫人伐郑。

秋，荆伐郑。

冬，十有二月，会齐侯、宋公、陈侯、卫侯、郑伯、许男、曹伯、滑伯、滕子，同盟于幽。

同者，有同也，同尊周也。不言公，外内寮一疑之也。

邾子克卒。

其曰子，进之也。

十七年

（十有七年）春，齐人执郑詹。

"人"者，众辞也。以人执，与之辞也。郑詹，郑之卑者。卑者不志，此其志何也？以其逃来志之也。逃来则何志焉？将有其末，不得不录其本也。郑詹，郑之佞人也。

夏，齐人歼于遂。

歼者，尽也。然则何为不言遂人尽齐人也？无遂之辞也。无遂则何为言遂？其犹存遂也。存遂奈何？曰：齐人灭遂，使人戍之。遂之因氏饮戍者酒而杀之，齐人歼焉。此谓狎敌也。

秋，郑詹自齐逃来。

逃义曰逃。

冬，多麋。

十八年

（十有八年）春，王三月，日有食之。

不言日，不言朔，夜食也。何以知其夜食也？曰：王者朝日。故虽为天子，必有尊也；贵为诸侯，必有长也。故天子朝日，诸侯朝朔。

夏，公追戎于济西。

其不言戎之伐我，何也？以公之追之。不使戎迩于我也。"于济西"者，大之也。何大焉？为公之追之也。

秋，有蜮。⑧

一有一亡曰"有"。蜮，射人者也。

冬，十月。

十九年

（十有九年）春，王正月。

夏，四月。

秋，公子结媵陈人之妇于鄄，遂及齐侯、宋公盟。

媵，浅事也，不志，此其志何也？辟要盟也。何以见其辟要盟也？媵，礼之轻者也；盟，国之重也。以轻事遂乎国重，无说。其曰"陈人之妇"，略之也。其不日，数渝，恶之也。

夫人姜氏如莒。

妇人既嫁不逾竟，逾竟，非正也。

冬，齐人、宋人、陈人伐我西鄙。

其曰鄙，远之也。其远之何也？不以难迩我国也。

二十年

（二十年）春，王二月，夫人姜氏如莒。

妇人既嫁不逾竟，逾竟，非正也。

夏，齐大灾。

其志，以甚也。

秋，七月。

冬，齐人伐戎。

二十一年

（二十有一年）春，王正月。

夏，五月辛酉，郑伯突卒。

秋，七月戊戌，夫人姜氏薨。

妇人弗目也。

冬，十有二月，葬郑厉公。

二十二年

（二十有二年）春，王正月，肆大眚⑨。

肆，失也。眚，灾也。灾，纪也；失，故也。为嫌天子之葬也。

癸丑，葬我小君文姜。

小君，非君也。其曰"君"何也？以其为公配，可以言小君也。

陈人杀其公子御寇。

言"公子"而不言大夫，公子未命为大夫也。其曰"公子"何也？公子之重视大夫，命以执公子。

夏，五月。

秋，七月丙申，及齐高傒盟于防。

不言公，高傒伉也。

冬，公如齐纳币。

纳币，大夫之事也。礼有纳采，有问名，有纳徵，有告期：四者备而后娶，礼也。公之亲纳币，非礼也，故讥之。

二十三年

（二十有三年）春，公至自齐。

祭叔来聘。

其不言"使"，何也？天子之内臣也。不正其外交，故不与"使"也。

夏，公如齐观社。

常事曰"视"，非常曰"观"。"观"，无事之辞也，以是为尸女也。无事不出竟。

公至自齐。

公如往时，正也；致月，故也。如往月、致月，有惧焉尔。

荆人来聘。

善累而后进之。其曰"人"，何也？举道不待再。

公及齐侯遇于榖。

"及"者，内为志焉尔。遇者，志相得也。

萧叔朝公。

微国之君未爵命者。其不言"来"，于外也。朝于庙，正也；于外，非正也。

秋，丹桓宫楹。

礼：天子、诸侯黝垩⑩。大夫仓，士黈⑪。丹楹，非礼也。

冬，十有一月，曹伯射姑卒。

十有二月甲寅，公会齐侯，盟于扈。

二十四年

（二十有四年）春，王三月，刻桓宫桷⑫。

礼：天子之椁，斫之砻之，加密石焉。诸侯之椁，斫之砻之。大夫斫之。士斫本。刻桷，非正也。夫人，所以崇宗庙也，取非礼与非正而加之于宗庙，以饰夫人，非正也。

"刻桓宫桷"，"丹桓宫楹"，斥言"桓宫"，以恶庄也。

葬曹庄公。

夏，公如齐逆女。

亲迎，恒事也，不志。此其志何也？不正其亲迎于齐也。

秋，公至自齐。

迎者，行见诸，舍见诸。先至，非正也。

八月丁丑，夫人姜氏入。

入者，内弗受也。日入，恶入者也。何用不受也？以宗庙弗受也。其以宗庙弗受何也？娶仇人子弟，以荐舍于前，其义不可受也。

戊寅，大夫、宗妇觌用币。

觌[13]，见也。礼：大夫不见夫人，不言及不正。其行妇道，故列数之也。男子之贽：羔、雁、雉、腒[14]。妇人之贽：枣、栗、锻、脩。"用币"，非礼也。"用"者，不宜用者也。大夫，国体也，而行妇道；恶之，故谨而日之也。

大水。

冬，戎侵曹。曹羁出奔陈。

赤归于曹。

郭公。

赤盖郭公也。何为名也？礼：诸侯无外归之义，外归非正也。

二十五年

（二十有五年）春，陈侯使女叔来聘。

其不名何也？天子之命大夫也。

夏，五月癸丑，卫侯朔卒。

六月辛未朔，日有食之。

言日言朔，食正朔也。

鼓、用牲于社。

鼓、礼也。用牲，非礼也。天子救日，置五麾，陈五兵、五鼓；诸侯置三麾，陈三鼓、三兵；大夫击门，士击柝，言充其阳也。

伯姬归于杞。

其不言逆何也？逆之道微，无足道焉尔。

秋，大水。鼓、用牲于社、于门。

高下有水灾，曰大水。既戒鼓而骇众，用牲可以已矣。

救日以鼓兵，救水以鼓众。

冬，公子友如陈。

二十六年

（二十有六年）春，公伐戎。

夏，公至自伐戎。

曹杀其大夫。

言"大夫"而不称名姓，无命大夫也。无命大夫而曰"大夫"，贤也，为曹羁崇也。

秋，公会宋人、齐人伐徐。

冬，十有二月癸亥朔，日有食之。

二十七年

（二十有七年）春，公会杞伯姬于洮。

夏，六月，公会齐侯、宋公、陈侯、郑伯，同盟于幽。

同者，有同也，同尊周也，于是而后授之诸侯也。其授之诸侯何也？齐侯得众也。桓会不致，安之也。桓盟不日，信之也。信其信，仁其仁。衣裳之会十有一，未尝有歃血之盟也，信厚也。兵车之会四，未尝有大战也，爱民也。

秋，公子友如陈葬原仲。

言葬不言卒，不葬者也。不葬而曰葬，讳出奔也。

冬，杞伯姬来。

莒庆来逆叔姬。

诸侯之嫁子于大夫，主大夫以与之。"来"者，接内也。不正其接内，故不与夫妇之称也。

杞伯来朝。

公会齐侯于城濮。

二十八年

（二十有八年）春，王三月甲寅，齐人伐卫。卫人及齐人战，卫人败绩。

于伐与战，安战也。战卫，战则是师也。其曰"人"，何也？微之也。何为微之也？今授之诸侯，而后有侵伐之事，故微之也。其"人"卫何也？以其"人"齐，不可不"人"卫也。卫小齐大，其以卫"及"之，何也？以其微之，可以言"及"也。其称"人"以败何也？不以师败于人也。

夏，四月丁未，邾子琐卒。

秋，荆伐郑。

荆者，楚也。其曰"荆"，州举之也。

公会齐人、宋人救郑。

善救郑也。

冬，筑微。

山林薮泽之利，所以与民共也。虞之，非正也。

大无麦、禾。

大者，有顾之辞也，于无禾及无麦也。

臧孙辰告籴于齐。

国无三年之畜，曰国非其国也。一年不升，告籴诸侯。告，请也。籴，籴也。不正，故举臧孙辰以为私行也。

国无九年之畜，曰不足。无六年之畜，曰急。无三年之畜，曰国非其国也。诸侯无粟，诸侯相归粟，正也。"臧孙辰告籴于齐"，告然后与之。言内之无外交也。

古者税什一，丰年补败，不外求而上下皆足也。虽累凶年，民弗病也。一年不艾而百姓饥，君子非之。

不言"如"，为内讳也。

二 十 九 年

（二十有九年）春，新延厩。

延厩者，法厩也。其言"新"，有故也。有故则何为书也？古之君人者，必时视民之所勤。民勤于力，则功筑罕；民勤于财，则贡赋少；民勤于食，则百事废矣。冬筑微，春新延厩，以其用民力为已悉矣。

夏，郑人侵许。

秋，有蜚⑮。

一有一亡曰有。

冬，十有二月，纪叔姬卒。

城诸及防。

可城也，以大及小也。

三 十 年

（三十年）春，王正月。

夏，师次于成。

次，止也，有畏也。欲救郓而不能也。不言公，耻不能救郓也。

秋，七月，齐人降郓。

降犹下也。郓，纪之遗邑也。

八月癸亥，葬纪叔姬。

不日卒而日葬，闵纪之亡也。

九月庚午朔，日有食之。鼓、用牲于社。

冬，公及齐侯遇于鲁济。

"及"者，内为志焉尔；遇者，志相得也。

齐人伐山戎。

"齐人"者，齐侯也。其曰"人"，何也？爱齐侯乎山戎也。其爱之何也？桓内无因国，外无从诸侯，而越千里之险北伐山戎，危之也。则非之乎？善之也。何善乎尔，燕，周之分子也，贡职不至，山戎为之伐矣。

三十一年

（三十有一年）春，筑台于郎。

夏，四月，薛伯卒。

筑台于薛。

六月，齐侯来献戎捷。

齐侯来献捷者，内齐侯也。不言使，何也？内与同，不言使也。"献戎捷"：军得曰捷；戎，菽也。

秋，筑台于秦。

不正罢民三时，虞山林薮泽之利，且财尽则怨，力尽则怼，君子危之，故谨而志之也。

或曰：倚诸桓也。桓外无诸侯之变，内无国事，越千里之险，北伐山戎，为燕辟地。鲁外无诸侯之变，内无国事，一年罢民三时，虞山林薮泽之利，恶内也。

冬，不雨。

三十二年

（三十有二年）春，城小穀。

夏，宋公、齐侯遇于梁丘。

遇者，志相得也。梁丘，在曹、邾之间，去齐八百里。非不能从诸侯而往也，辞所遇，遇所不遇，大齐桓也。

秋，七月癸巳，公子牙卒。

八月癸亥，公薨于路寝。

路寝，正寝也。寝疾居正寝，正也。男子不绝于妇人之手，以齐终也。

冬，十月己未，子般卒。

子卒日，正也；不日，故也。有所见则日。

公子庆父如齐。

此奔也，其曰"如"，何也？讳莫如深，深则隐。苟有所见，莫如深也。

狄伐邢。

---

①邢、鄑、郚：纪的城邑。邢，音平，在今山东省临朐东南。鄑，音资，在今山东省昌邑西北。郚，音吾，在今山东省安丘西南。

②缌（sī，音思）：细麻布，古人用来制丧服。

③郋（xī，音希）：地名，在今山东省益都县西北。

④遁（dùn，音盾）：逃走。

⑤浚洙：洙水极深。洙，音朱，河名。

⑥鄄（juàn，音绢）：今山东省鄄城北旧城。

⑦郳（ní，音尼）：古地名，在今山东省滕县东。

⑧蜮（yù，音域）：古代传说中的一种鬼怪，状如鳖，三足，又名射工，能含沙射人。

⑨眚（shěng，音省）：一种病名，名为肝厥，发病时唇口、手足、十指甲皆青。

⑩黝垩（yǒu è，音幼恶）：黝为黑柱，垩为白壁，以为天子黝，诸侯垩者。

⑪娃（tǒu，音偷）：黄色。
⑫桷（jué，音角）：方的椽子。
⑬觌（dì，音敌）：相互见面。
⑭腒（jū，音居）：用鸟肉制作的干脯。
⑬蜮：怪物，色青，非中国所有。南越盛暑，男女同川而浴，淫气所生，为虫恶臭。

闵　公

元　年

（元年）春，王正月。

继弑君不言"即位"，正也。亲之非父也，尊之非君也，继之如君父也者，受国焉尔。

齐人救邢。

善救邢也。

夏，六月申酉，葬我君庄公。

庄公葬而后举谥，谥所以成德也，于卒事乎加之矣。

秋，八月，公及齐侯盟于洛姑。

盟纳季子也。

季子来归。

其曰"季子"，贵之也；其曰"来归"，喜之也。

冬，齐仲孙来。

其曰"齐仲孙"，外之也。其不目而曰"仲孙"，疏之也。其言"齐"，以累桓也。

二　年

（二年）春，王正月，齐人迁阳。

夏，五月乙酉，吉禘于庄公。

吉禘者，不吉者也。丧事未毕而举吉祭，故非之也。

秋，八月辛丑，公薨。

不地，故也。其不书葬，不以讨母葬子也。

九月，夫人姜氏孙于邾。

孙之为言犹孙也。讳奔也。

公子庆父出奔莒。

其曰"出"，绝之也。庆父不复见矣。

冬，齐高子来盟。

其曰"来"，喜之也；其曰"高子"，贵之也。盟立僖公也。不言使何也？不以齐侯使高子也。

十有二月，狄入卫。

郑弃其师。

恶其长也。兼不反其众，则是弃其师也。

僖　公

元　　年

（元年）春，王正月。

继弑君，不言即位，正也。

齐师、宋师、曹师次于聂北，救邢。

救不言"次"，言"次"非救也。非救而曰"救"，何也？遂齐侯之意也。

是齐侯与？齐侯也。何用见其是齐侯也？曹无师，"曹师"者，曹伯也。其不言曹伯，何也？以其不言齐侯，不可言曹伯也。其不言齐侯，何也？以其不足乎扬，不言齐侯也。

夏，六月，邢迁于夷仪。

迁者，犹得其国家以往者也。其地，邢复见也。

齐师、宋师、曹师城邢。

是向之师也，使之如改事然，美齐侯之功也。

秋，七月戊辰，夫人姜氏薨于夷。

夫人薨，不地；地，故也。

齐人以归。

不言"以丧归"，非以丧归也。加丧焉，讳以夫人归也，其以归薨之也。

楚人伐郑。

八月，公会齐侯、宋公、郑伯、曹伯、邾人于柽。

九月，公败邾师于偃。

不日，疑战也。疑战而曰："败"，胜内也。

冬，十月壬午，公子友帅师败莒师于丽，获莒挐。

莒无大夫，其曰"莒挐"，何也？以吾获之目之也。内不言获，此其言获何也？恶公子之给。给者奈何？公子友谓莒挐曰："吾二人不相说，士卒何罪？"屏左右而相搏，公子友处下；左右曰："孟劳！"孟劳者，鲁之宝刀也。公子友以杀之，然则何以恶乎殆也？曰：弃师之道也。

十有二月丁巳，夫人氏之丧至自齐。

其不言姜，以其杀二子，贬之也。或曰：为齐桓讳杀同姓也。

二　　年

（二年）春，王正月，城楚丘。

楚丘者何？卫邑也。国而曰城；此邑也，其曰城，何也？封卫也。则其不言城卫何也？卫未迁也。其不言卫之迁焉何也？不与齐侯专封也。其言城之者，专辞也。故非天子不得专封诸侯。诸侯不得专封诸侯，虽通其仁以义而不与也。故曰：仁不胜道。

夏，五月辛巳，葬我小君哀姜。

虞师、晋师灭夏阳。

非国而曰"灭"，重夏阳也。虞无师，其曰"师"，何也？以其先晋，不可以不言"师"也。其先晋何也？为主乎灭夏阳也。夏阳者，虞虢之塞邑也。灭夏阳而虞虢举矣。

虞之为主乎灭夏阳何也？晋献公欲伐虢，荀息曰："君何不以屈产之乘、垂棘之璧而借道乎虞也？"公曰："此晋国之宝也，如受吾币而不借吾道，则如之何？"荀息曰："此小国之所以事大国也。彼不借吾道，必不敢受吾币。如受吾币而借吾道，则是我取之中府而藏之外府，取之中厩而置之外厩也。"公曰："宫之奇存焉，必不使受之也。"荀息曰："宫之奇之为人也，达心而懦，又少长于君；达心则其言略，懦则不能彊谏，少长于君则君轻之。且夫玩好在耳目之前，而患在一国之后，此中知以上乃能虑之；臣料虞君中知以下也。"公遂借道而伐虢。宫之奇谏曰："晋国之使者，其辞卑而币重，必不便于虞。"虞公弗听，遂受其币而借之道。宫之奇谏曰："语曰：'唇亡则齿寒。'其斯之谓与！"挈其妻子以奔曹。献公亡虢，五年而后举虞。荀息牵马操璧而前曰："璧则犹是也，而马齿加长矣！"

秋，九月，齐侯、宋公、江人、黄人盟于贯。

贯之盟，不期而至者，江人、黄人也。江人、黄人者，远国之辞也。中国称齐、宋，远国称江、黄，以为诸侯皆来至也。

冬，十月，不雨。

不雨者，勤雨也。

楚人侵郑。

三　　年

（三年）**春，王正月，不雨。**

不雨者，勤雨也。

夏，四月，不雨。

一时言"不雨"者，闵雨也。闵雨者，有志乎民者也。

徐人取舒。

六月，雨。

雨云者，喜雨也。喜雨者，有志乎民者也。

秋，齐侯、宋公、江人、黄人会于阳谷。

阳谷之会，桓公委端、搢笏而朝诸侯，诸侯皆谕乎桓公之志。

冬，公子季友如齐莅盟。

莅者，位也。其不日，前定也。不言"及"者，以国与之也。不言其人，亦以国与之也。

楚人伐郑。

四　年

（四年）春，王正月，公会齐侯、宋公、陈侯、卫侯、郑伯、许男、曹伯侵蔡。蔡溃。

溃之为言，上下不相得也。侵，浅事也。侵蔡而蔡溃，以桓公为知所侵也。不土其地，不分其民，明正也。

遂伐楚，次于陉。

遂，继事也。次，止也。

夏，许男新臣卒。

诸侯死于国，不地；死于外，地。死于师，何为不地？内桓师也。

楚屈完来盟于师，盟于召陵。

楚无大夫，其曰屈完，何也？以其来会桓，成之为大夫也。其不言使，权在屈完也。则是正乎？曰：非正也。以其来会诸侯，重之也。

来者何？内桓师也。"于师"，前定也。"于召陵"，得志乎桓公也。得志者，不得志也，以桓公得志为仅矣。屈完曰："大国之以兵向楚何也？"桓公曰："昭王南征不反。菁茅之贡不至，故周室不祭。"屈完曰："菁茅之贡不至，则诺。昭王南征不反，我将问诸江！"

齐人执陈袁涛涂。

齐人者，齐侯也。其人之何也？于是哆然外齐侯也，不正其逾国而执也。

秋，及江人、黄人伐陈。

不言其人及之者何？内师也。

八月，公至自伐楚。

有二事偶，则以后事致；后事小，则以先事致。其以伐楚致，大伐楚也。

葬许穆公。

冬，十有二月，公孙兹帅师会齐人、宋人、卫人、郑人、许人、曹人侵陈。

五　年

（五年）春，晋侯杀其世子申生。

目晋侯，斥杀，恶晋侯也。

杞伯姬来朝其子。

妇人既嫁不逾竟，逾竟，非正也。诸侯相见曰朝，伯姬为志乎朝其子也。伯姬为志乎朝其子，则是杞伯失夫之道矣。诸侯相见曰朝，以待人父之道待人之子，非正也。故曰："杞伯姬来朝其子"，参讥也。

夏，公孙兹如牟。

公及齐侯、宋公、陈侯、卫侯、郑伯、许男、曹伯会王世子于首戴。

及以会，尊之也。何尊焉？"王世子"云者，唯王之贰也。云可以重之存焉，尊之也。何重焉？天子世子，世天下也。

秋，八月，诸侯盟于首戴。

无中事而复举诸侯何也？尊王世子而不敢与盟也。尊则其不敢与盟何也？盟者不相信也，故谨信也，不敢以所不信而加之尊者。

桓，诸侯也；不能朝天子，是不臣也。王世子，子也；块然受诸侯之尊己而立乎其位，是不子也。桓不臣，王世子不子，则其所善焉何也？是则变之正也。天子微，诸侯不享觐。桓控大国，扶小国，统诸侯，不能以朝天子；亦不敢致天王。尊王世子于首戴，乃所以尊天王之命也。世子含王命会齐桓，亦所以尊天王之命也。世子受之可乎？是亦变之正也。天子微，诸侯不享觐。世子受诸侯之尊己，而天王尊矣，世子受之可也。

郑伯逃归，不盟。

以其去诸侯，故逃之也。

楚人灭弦。弦子奔黄。

弦，国也。其不日，微国也。

九月戊申朔，日有食之。

冬，晋人执虞公。

执不言所，于地缚于晋也。其曰公何也？犹曰其下执之之辞也。其犹下执之之辞何也？晋命行乎虞民矣。虞虢之相救，非相为赐也，今日亡虢而明日亡虞矣。

六　　年

（六年）春，王正月。

夏，公会齐侯、宋公、陈侯、卫侯、曹伯伐郑，围新城。

伐国不言围邑，此其言围何也？病郑也，著郑伯之罪也。

秋，楚人围许，诸侯遂救许。

善救许也。

冬，公至自伐郑。

其不以救许致何也？大伐郑也。

七　　年

（七年）春，齐人伐郑。

夏，小邾子来朝。

郑杀其大夫申侯。

称国以杀大夫，杀无罪也。

秋，七月，公会齐侯、宋公、陈世子款、郑世子华，盟于宁母。

衣裳之会也。

曹伯班卒。

公子友如齐。

冬，葬曹昭公。

八　　年

（八年）春，王正月，公会王人、齐侯、宋公、卫侯、许男、曹伯、陈世子款，盟于洮。

王人之先诸侯，何也？贵王命也。朝服虽敝，必加于上；弁冕虽旧，必加于首；周室虽衰，必先诸侯。兵车之会也。

郑伯乞盟。

以向之逃归乞之也。乞者，重辞也，重是盟也。乞者，处其所而请与也。盖汋之也。

夏，狄伐晋。

秋，七月，禘于大庙，用致夫人。

用者，不宜用者也。致者，不宜致者也。言夫人，必以其氏姓，言夫人而不以氏姓，非夫人也，立妾之辞也，非正也。"夫人"之，我可以不"夫人"之乎？夫人卒葬之，我可以不卒葬之乎？一则以宗庙临之而后贬焉，一则以外之弗"夫人"而见正焉。

冬，十有二月丁未，天王崩。

九　　年

（九年）春，王三月丁丑，宋公御说卒。

夏，公会宰周公、齐侯、宋子、卫侯、郑伯、许男、曹伯于葵丘。

天子之宰，通于四海。宋其称子何也？未葬之辞也。礼：枢在堂上，孤无外事。今背殡而出会，以宋子为无哀矣。

秋，七月乙酉，伯姬卒。

内女也，未适人不"卒"，此何以"卒"也？许嫁笄而字之，死则以成人之丧治之。

九月戊辰，诸侯盟于葵丘。

桓盟不日，此何以日？美之也。为见天子之禁，故备之也。

葵丘之盟，陈牲而不杀，读书加于牲上，壹明天子之禁，曰："毋雍泉，毋讫籴，毋易树子，毋以妾为妻，毋使妇人与国事！"

甲子，晋侯诡诸卒。

冬，晋里克杀其君之子奚齐。

"其君之子"云者，国人不子也。国人不子，何也？不正其杀世子申生而立之也。

十　　年

（十年）春，王正月，公如齐。

狄灭温，温子奔卫。

晋里克弑其君卓及其大夫荀息。

以尊及卑也，荀息闲也。

夏，齐侯、许男伐北戎。

晋杀其大夫里克。

称国以杀，罪累上也。里克弑二君与一大夫，其以"累上"之辞言之，何也？其杀之不以其罪也。其杀之不以其罪奈何？里克所为弑者，为重耳也。夷吾曰："是又将杀我乎？"故杀之，不以其罪也。其为重耳弑奈何？

晋献公伐虢，得丽姬。献公私之，有二子，长曰奚齐，稚曰卓子。丽姬欲为乱，故谓君曰："吾夜者梦夫人趋而来，曰：'吾苦畏！'胡不使大夫将卫士而卫冢乎？"公曰："孰可使？"曰："臣莫尊于世子，则世子可。"故君谓世子曰："丽姬梦夫人趋而来，曰：'吾苦畏！'女其将卫士而往卫冢乎！"世子曰："敬诺！"筑宫，宫成。

丽姬又曰："吾夜者梦夫人趋而来，曰：'吾苦饥！'世子之宫已成，则何为不使祠也?"故献公谓世子曰："其祠！"世子祠。

已祠，致福于君。君田而不在。丽姬以酖为酒，药脯以毒。献公田来，丽姬曰："世子已祠，故致福于君。"君将食，丽姬跪曰："食自外来者，不可不试也。"覆酒于地而地贲。以脯与犬，犬死。丽姬下堂而啼呼，曰：'"天乎！天乎！国，子之国也，子何迟于为君?"君喟然叹曰："吾与女未有过切，是何与我之深也！"使人谓世子曰："尔其图之！"

世子之傅里克谓世子曰："入自明！入自明则可以生，不入自明则不可以生。"世子曰："吾君已老矣，已昏矣！吾若此而入自明，则丽姬必死；丽姬死，则吾君不安。所以使吾君不安者，吾不若自死。吾宁自杀以安吾君，以重耳为寄矣！"刎脰而死。

故里克所为弑者，为重耳也。夷吾曰"是又将杀我"也。

秋，七月。

冬，大雨雪。

十 一 年

（十有一年）春，晋杀其大夫丕郑父。

称国以杀，罪累上也。

夏，公及夫人姜氏会齐侯于阳穀。

秋，八月，大雩。

雩，月，正也。雩：得雨曰雩，不得雨曰旱。

冬，楚人伐黄。

十 二 年

（十有二年）春，王三月庚午，日有食之。

夏，楚人灭黄。

贯之盟，管仲曰："江、黄远齐而近楚。楚，为利之国也。苦伐而不能救，则无以宗诸侯矣。"桓公不听，遂与之盟。管仲死，楚伐江灭黄，桓公不能救，故君子闵之也。

秋，七月。

冬，十有二月丁丑，陈侯杵臼卒。

十 三 年

（十有三年）春，狄侵卫。

夏，四月，葬陈宣公。

公会齐侯、宋公、陈侯、卫侯、郑伯、许男、曹伯于咸。

兵车之会也。

秋，九月，大雩①。

冬，公子友如齐。

十 四 年

（十有四年）春，诸侯城缘陵。

其曰"诸侯"，散辞也。聚而曰散，何也？"诸侯城"，有散辞也，桓德衰矣。

夏，六月，季姬及缯子遇于防，使缯子来朝。

遇者，同谋也。来朝者，来请己也。朝不言使，言使非正也。以病缯子也。

秋，八月辛卯，沙鹿崩②。

林属于山为鹿。沙，山名也。无崩道而崩，故志之也。其日，重其变也。

狄侵郑。

冬，蔡侯肸卒③。

诸侯时卒，恶之也。

十 五 年

（十有五年）春，王正月，公如齐。

楚人伐徐。

三月，公会齐侯、宋公、陈侯、卫侯、郑伯、许男、曹伯，盟于牡丘。

兵车之会也。

遂次于匡。

遂，继事也。次，止也，有畏也。

公孙敖帅师及诸侯之大夫救徐。

善救徐也。

夏，五月，日有食之。

秋，七月，齐师、曹师伐厉。

八月，螽④。

螽，虫灾也。甚则月，不甚则时。

九月，公至自会。季姬归于缯。

己卯晦，震夷伯之庙。

晦，冥也。震，雷也。夷伯，鲁大夫也。因此以见天子至于士皆有庙。天子七庙，诸侯五，大夫三，士二。故德厚者流光，德薄者流卑。是以贵始，德之本也。始封必为祖。

冬，宋人伐曹。

楚人败徐于娄林。

夷狄相败，志也。

十有一月壬戌，晋侯及秦伯战于韩。获晋侯。

韩之战，晋侯失民矣，以其民未败而君获也。

十 六 年

（十有六年）春，王正月戊申朔，陨石于宋五。

先陨而后石，何也？陨而后石也。于宋四竟之内曰宋。后数，散辞也。耳治也。

是月，六鹢退飞⑤，过宋都。

是月者，决不日而月也。"六鹢退飞过宋都"，先数，聚辞也，目治也。子曰：石无知之物，鹢微有知之物。石无知，故日之。鹢微有知之物，故月之。君子之于物，无所苟而已。石、鹢且犹尽其辞，而况于人乎？故五石、六鹢之辞不设，则王道不亢矣。

民所聚曰"都"。

三月壬申，公子季友卒。

大夫日卒，正也。称公弟叔仲，贤也。大夫不言"公子"、"公孙"，疏之也。

夏，四月丙申，鄫季姬卒。

秋，七月甲子，公孙兹卒。

大夫日卒，正也。

冬，十有二月，公会齐侯、宋公、陈侯、卫侯、郑伯、许男、邢侯、曹伯于淮。

兵车之会也。

十 七 年

（十有七年）春，齐人、徐人伐英氏。

夏，灭项。

孰灭之？桓公也。何以不言桓公也？为贤者讳也。项，国也，不可灭而灭之乎？桓公知项之可灭也，而不知己之不可以灭也。既灭人之国矣，何贤乎？君子恶恶疾其始，善善乐其终。桓公尝有存亡继绝之功，故君子为之讳也。

秋，夫人姜氏会齐侯于卞。

九月，公至自会。

冬，十有二月乙亥，齐侯小白卒。

此不正，其日之何也？其不正，前见矣。其不正之前见何也？以不正入虚国，故称嫌焉尔。

十 八 年

（十有八年）春，王正月，宋公、曹伯、卫人、邾人伐齐。

非伐丧也。

夏，师救齐。

善救齐也。

五月戊寅，宋师及齐师战于甗⑥齐师败绩。 战不言伐，客不言及，言及，恶宋也。

狄救齐。

善救齐也。

秋，八月丁亥，葬齐桓公。

冬，邢人、狄人伐卫。

狄其称人，何也？善累而后进之。伐卫，所以救齐也，功近而德远矣。

十 九 年

（十有九年）春，王三月，宋人执滕子婴齐。

夏，六月，宋公、曹人、邾人盟于曹南。缯子会盟于邾。

己酉，邾人执缯子，用之。

微国之君，因邾以求与之盟。人因己以求与之盟，己迎而执之。恶之，故谨而日之也。

"用之"者，叩其鼻以衈社也。

秋，宋人围曹。卫人伐邢。

冬，会陈人、蔡人、楚人、郑人盟于齐。

梁亡。

自亡也。湎于酒，淫于色，心昏耳目塞，上无正长之治，大臣背叛，民为寇盗。梁亡，自亡
也。如加力役焉，湎不足道也。

梁亡，郑弃其师，我无加损焉，正名而已矣。梁亡，出恶正也。郑弃其师，恶其长也。

二 十 年

（二十年）春，新作南门。

作，为也。有加其度也。言新，有故也，非作也。南门者，法门也。

夏，郜子来朝。

五月乙巳，西宫灾。

谓之新宫，则近为祢宫。以谥言之，则如疏之然，以是为闵宫也。

郑人入滑。

秋，齐人、狄人盟于邢。

邢为主焉尔。邢小，其为主何也？其为主乎救齐。

冬，楚人伐随。

随，国也。

二十一年

（二十有一年）春，狄侵卫。

宋人、齐人、楚人盟于鹿上。

夏，大旱。

旱，时，正也。

秋，宋公、楚子、陈侯、蔡侯、郑伯、许男、曹伯会于雩。执宋公以伐宋。

以，重辞也。

冬，公伐邾

楚人使宜申来献捷。

捷，军得也。其不曰"宋捷"，何也？不与楚捷于宋也。

十有二月癸丑，公会诸侯盟于薄。

会者，外为主焉尔。

释宋公。

外释不志，此其志何也？以公之与之盟目之也。不言楚，不与楚专释也。

二十二年

（二十有二年）春，公伐邾，取须句。

夏，宋公、卫侯、许男、滕子伐郑。

秋，八月丁未，及邾人战于升陉。

内讳败，举其可道者也。不言其人，以吾败也。不言及之者，为内讳也。

冬，十有一月己巳，朔，宋公及楚人战于泓。宋师败绩。

日事遇朔曰朔。《春秋》三十有四战，未有以尊败乎卑，以"师"败乎"人"者也。以尊败乎卑，以"师"败乎"人"，则骄其敌。襄公以"师"败乎"人"，而不骄其敌，何也？责之也。泓之战，以为复雩之耻也。雩之耻，宋襄公有以自取之。伐齐之丧，执滕子，围曹，为雩之会，不顾其力之不足而致楚成王，成王怒而执之。故曰：礼人而不答，则反其敬；爱人而不亲，则反其仁；治人而不治，则反其知。过而不改，又之，是谓之过。襄公之谓也。古者被甲婴胄，非以兴国也，则以征无道也，岂曰以报其耻哉？

宋公与楚人战于泓水之上，司马子反曰："楚众我少，鼓险而击之，胜无幸焉。"襄公曰："君子不推人危，不攻人厄。须其出。"既出，旌乱于上，陈乱于下。子反曰："楚众我少，击之，胜无幸焉。"襄公曰："不鼓不成列。"须其成列而后击之，则众败而身伤焉，七月而死。

倍则攻，敌则战，少则守。人之所以为人者，言也。人而不能言，何以为人？言之所以为言者，信也。言而不信，何以为言？信之所以为信者，道也。信而不道，何以为道？道之贵者时，其行势也。

二十三年

（二十有三年）春，齐侯伐宋，围闵。

伐国不言围邑，此其言围，何也？不正其以恶报恶也。

夏，五月庚寅，宋公兹父卒。

兹父之不葬何也？失民也。其失民何也？以其不教民战，则是弃其师也。为人君而弃其师，其民孰以为君哉？

秋，楚人伐陈。

冬，十有一月，杞子卒。

二十四年

（二十有四年）春，王正月。

夏，狄伐郑。

秋，七月。

冬，天王出居于郑。

天子无出。出，失天下也。居者，居其所也。虽失天下，莫敢有也。

晋侯夷吾卒。

二十五年

（二十有五年）春，王正月丙午，卫侯毁灭邢。

毁之名何也？不正其伐本而灭同姓也。

夏，四月癸丑，卫侯毁卒。

宋荡伯姬来逆妇。

妇人既嫁不逾竟。宋荡伯姬来逆妇，非正也。其曰妇，何也？缘姑言之之辞也。

宋杀其大夫。

其不称名姓，以其在祖之位，尊之也。

秋，楚人围陈，纳顿子于顿。

纳者，内弗受也。围，一事也。纳，一事也。而遂言之，盖纳顿子者陈也。

葬卫文公。

冬，十有二月癸亥，公会卫子、莒庆，盟于洮。

莒无大夫，其曰莒庆何也？以公之会目之也。

二十六年

（二十有六年）春，王正月己未，公会莒子、卫宁速，盟于向。

公不会大夫，其曰"宁速"何也？以其随莒子，可以言会也。

齐人侵我西鄙。公追齐师，至巂①，弗及。

人，微者也。侵，浅事也。公之追之，非正也。"至巂"，急辞也。"弗及"者，弗与也，可以及而不敢及也。其侵也曰"人"，其追也曰"师"，以公之"弗及"大之也。"弗及"，内辞也。

夏，齐人伐我北鄙。卫人伐齐。

公子遂如楚乞师。

"乞"，重辞也。何重焉？重人之死也，非所乞也。师出不必反，战不必胜，故重之也。

秋，楚人灭夔，以夔子归。

夔，国也。不日，微国也。"以归"，犹愈乎执也。

冬，楚人伐宋，围闵。

伐国不言围邑，此其言围何也？以吾用其师目其事也，非道用师也。

公以楚师伐齐，取穀。

以者，不以者也。民者，君之本也。使民以其死，非其正也。

公至自伐齐。

恶事不致，此其致之何也？危之也。

二十七年

（二十有七年）春，杞子来朝。

夏，六月庚寅，齐侯昭卒。

秋，八月乙未，葬齐孝公。乙巳，公子遂帅师入杞。

冬，楚人、陈侯、蔡侯、郑伯、许男围宋。

楚人者，楚子也。其曰"人"何也？"人"楚子，所以"人"诸侯也。其"人"诸侯，何也？不正其信夷狄而伐中国也。

十有二月甲戌，公会诸侯盟于宋。

二十八年

〔二十有八年〕春，晋侯侵曹。晋侯伐卫。

再称"晋侯"，忌也。

公子买戍卫。不卒戍，刺之。

先名后刺，杀有罪也。公子启曰："不卒戍者，可以卒也。可以卒而不卒，讥在公子也，刺之可也。"

楚人救卫。

三月丙午，晋侯入曹；执曹伯，畀宋人。

入者，内弗受也。日入，恶入者也。以晋侯而斥"执曹伯"，恶晋侯也。畀，与也。其曰"人"何也？不以晋侯畀宋公也。

夏，四月己巳，晋侯、齐师、宋师、秦师及楚人战于城濮。楚师败绩。

楚杀其大夫得臣。

卫侯出奔楚。

五月癸丑，公会晋侯、齐侯、宋公、蔡侯、郑伯、卫子、莒子，盟于践土。

讳会天王也。

陈侯如会。

如会，外乎会也，于会受命也。

公朝于王所。

朝不言所，言所者，非其所也。

六月，卫侯郑自楚复归于卫。

"自楚"，楚有奉焉尔。复者，复中国也。归者，归其所也。"郑"之名，失国也。

卫远喧出奔晋。

陈侯款卒。

秋，杞伯姬来。公子遂如齐。

冬，公会晋侯、宋公、蔡侯、郑伯、陈子、莒子、邾子、秦人于温。

讳会天王也。

天王守于河阳。

全天王之行也。为若将守而遇诸侯之朝也，为天王讳也。水北为阳，山南为阳。温，河阳也。

壬申，公朝于王所。

朝于庙，礼也。于外，非礼也。独公朝与？诸侯尽朝也。

其日，以其再致天子，故谨而日之。

主善以内，目恶以外。言曰"公朝"，逆辞也，而尊天子。会于温，言小诸侯。温，河北地；以"河阳"言之，大天子也。

日系于月，月系于时。"壬申，公朝于王所"，其不月，失其所系也。以为晋文公之行事，为已偾矣！

晋人执卫侯，归之于京师。

此入而执，其不言"入"，何也？不外王命于卫也。"归之于京师"，缓辞也，断在京师也。

卫元咺自晋复归于卫。

自晋，晋有奉焉尔。复者，复中国也。归者，归其所也。

诸侯遂围许。

遂，继事也。

曹伯襄复归于曹。

复者，复中国也。天子免之，因与之会。其曰"复"，通王命也。

遂会诸侯围许。

遂，继事也。

二十九年

（二十有九年）春，介葛卢来。

介，国也。葛卢，微国之君未爵者也。其曰"来"，卑也。

公至自围许。

夏，六月，公会王人、晋人、宋人、齐人、陈人、蔡人、秦人，盟于翟泉。

秋，大雨雹。

冬，介葛卢来。

三 十 年

（三十年）春，王正月。

夏，狄侵齐。

秋，卫杀其大夫元咺，

称国以杀，罪累上也，以是为讼君也。卫侯在外，其以"累上"之辞言之，何也？待其杀而后入也。

及公子瑕。

公子瑕，累也，以尊及卑也。

卫侯郑归于卫。

晋人、秦人围郑。介人侵萧。

冬，天王使宰周公来聘。

天子之宰，通于四海。

公子遂如京师，遂如晋。

以尊遂乎卑，此言不敢叛京师也。

三十一年

（三十有一年）春，取济西田。

公子遂如晋。

夏，四月，四卜郊，不从，乃免牲，犹三望。

夏，四月，不时也。四卜，非礼也。

"免牲"者，为之缁衣熏裳，有司玄端，奉送至于南郊。免牛亦然。"乃"者，亡乎人之辞也。"犹"者，可以已之辞也。

秋，七月。

冬，杞伯姬来求妇。

妇人既嫁不逾竟，杞伯姬来求妇，非正也。

狄围卫。十有二月，卫迁于帝丘。

三十二年

（三十有二年）春，王正月。

夏，四月己丑，郑伯捷卒。

卫人侵狄。

秋，卫人及狄盟。

冬，十有二月己卯，晋侯重耳卒。

三十三年

（三十有三年）春，王二月，秦人入滑。

滑，国也。

齐侯使国归父来聘。

夏，四月辛巳，晋人及姜戎败秦师于殽。

不言战而言败，何也？狄秦也。其狄之何也？秦越千里之险入虚国，进不能守，退败其师徒，乱人子女之教，无男女之别，……秦之为狄，自殽之战始也。

秦伯将袭郑，百里子与蹇叔子谏曰："千里而袭人，未有不亡者也。"秦伯曰："子之冢木已拱矣，何知？"

师行，百里子与蹇叔子送其子而戒之，曰："女死，必于殽之岩唫之下。我将尸女于是！"师行，百里子与蹇叔子随其子而哭之。秦伯怒曰："何为哭吾师也？"二子曰："非敢哭师也。哭吾子也。我老矣！彼不死，则我死矣！"

晋人与姜戎要而击之殽，匹马倚轮无反者。晋人者，晋子也。其曰人，何也？微之也。何为微之？不正其释殡而主乎战也。

癸巳，葬晋文公。

日葬，危不得葬也。

狄侵齐。

公伐邾，取訾楼。

秋，公子遂帅师伐邾。

晋人败狄于箕。

冬，十月，公如齐。

十有二月，公至自齐。乙巳，公薨于小寝。

小寝，非正也。

陨霜不杀草。

未可杀而杀，举重也。可杀而不杀，举轻也。

李梅实。

实之为言，犹实也。

晋人、陈人、郑人伐许。

---

①大雩（yú，音于）：古代为求雨而举行的祭祀。

②沙鹿：山名，在晋地。

③肸（bì，音币）

④螽（zhōng，音终）：虫灾。

⑤鹢（yì，音亿）：一种像鹭鸶的水鸟。

⑥甗（yǎn，音演）：古代炊器，上部是蒸食的甑，下部是鬲。

⑦巂（guī，音归）：古地名，在今山东省。

文　公

元　年

（元年）春，王正月，公即位。

继正即位，正也。

二月癸亥，日有食之。

天王使叔服来会葬。

葬曰会，其志重天子之礼也。

夏，四月丁巳，葬我君僖公。

薨称"公"，举上也。"葬我君"，接上下也。"僖公"葬而后举谥，谥所以成德也，于卒事乎加之矣。

天王使毛伯来锡公命。

礼有受命，无来锡命。锡命，非正也。

晋侯伐卫。

叔孙得臣如京师。

卫人伐晋。

秋，公孙敖会晋侯于戚。

冬，十月丁未，楚世子商臣弑其君髡。

日髡之卒，所以谨商臣之弑也。夷狄不言"正"、"不正"。

公孙敖如齐。

二 年

（二年）春，王二月甲子，晋侯及秦师战于彭衙。秦师败绩。

丁丑，作僖公主。

作，为也。为僖公主也。立主：丧主于虞，吉主于练。"作僖公主"，讥其后也。作主、坏庙有时日。于练焉坏庙。坏庙之道，易檐可也，改涂可也。

三月乙巳，及晋处父盟。

不言公，处父伉也，为公讳也。何以知其与公盟？以其日也。何以不言公之如晋？所耻也。出不书，反不致也。

夏，六月，公孙敖会宋公、陈侯、郑伯、晋士穀，盟于垂敛。

内大夫可以会外诸侯。

自十有二月不雨，至于秋七月。

历时而言"不雨"，文不忧雨也。不忧雨者，无志乎民也。

八月丁卯，大事于大庙，跻僖公。

大事者何？大是事也。著祫、尝。祫祭者，毁庙之主，陈于大祖；未毁庙之主，皆升合祭于大祖。

跻，升也。先亲而后祖也，逆祀也。逆祀，则是无昭穆也。无昭穆，则是无祖也。无祖，则无天也。故曰：文无天。无天者，是无天而行也。君子不以亲亲害尊尊，此《春秋》之义也。

冬，晋人、宋人、陈人、郑人伐秦。

公子遂如齐纳币。

三 年

（三年）春，王正月，叔孙得臣会晋人、宋人、陈人、卫人、郑人伐沈。沈溃①。

夏，五月，王子虎卒。

叔服也，此不"卒"者也，何以"卒"之？以其来会葬，我"卒"之也。或曰：以其尝执重以守也。

秦人伐晋。

秋，楚人围江。

雨螽于宋。

外灾不志，此何以志也？曰：灾甚也。其甚奈何？茅茨尽矣。著于上，见于下，谓之雨。

冬，公如晋。十有二月己巳，公及晋侯盟。

晋阳处父帅师伐楚救江。

此伐楚，其言救江何也？江远楚近，伐楚所以救江也。

四　年

（四年）春，公至自晋。

夏，逆妇姜于齐。

其曰"妇姜"，为其礼成乎齐也。其逆者谁也？亲逆而称"妇"，或者公与？何其速妇之也？曰：公也。其不言公何也？非成礼于齐也。曰"妇"，有姑之辞也。其不言"氏"何也？贬之也。何为贬之也？夫人与有贬也。

狄侵齐。

秋，楚人灭江。晋侯伐秦。

卫侯使宁俞来聘。

冬，十有一月壬寅，夫人风氏薨。

五　年

（五年）春，王正月，王使荣叔归含且赗。

含②，一事也。赗，一事也。兼归之，非正也。其曰"且"，志兼也。其不言"来"，不周事之用也。赗以早，而含已晚。

三月辛亥，葬我小君成风。王使毛伯来会葬。

会葬之礼于鄙上。

夏，公孙敖如晋。秦人入鄀。

秋，楚人灭六③。

冬，十月甲申，许男业卒。

六　年

（六年）春，葬许僖公。

夏，季孙行父如陈。

秋，季孙行父如晋。

八月乙亥，晋侯欢卒。

冬，十月，公子遂如晋。葬晋襄公。

晋杀其大夫阳处父。

称国以杀，罪累上也。襄公已葬，其以"累上"之辞言之，何也？君漏言也。上泄则下暗，下暗则上聋。且暗且聋，无以相通。夜姑杀者也。

夜姑之杀奈何？曰：晋将与狄战，使狐夜姑为将军，赵盾佐之。阳处父曰："不可！古者君之使臣也，使仁者佐贤者，不使贤者佐仁者。今赵盾贤，夜姑仁，其不可乎？"襄公曰："诺！"谓夜姑曰："吾始使盾佐女；今女佐盾矣。"夜姑曰："敬诺！"襄公死，处父主竟上事，夜姑使人杀之，君漏言也。故士造膝而言，诡辞而出，曰："用我则可，不用我则无乱其德。"

晋狐夜姑出奔狄。

闰月不告月，犹朝于庙。

不告月者何也？不告朔也。不告朔则何为不言朔也？闰月者，附月之余日也，积分而成于月者也。天子不以告朔，而丧事不数也。犹之为言，可以已也。

七　年

（七年）春，公伐邾。三月甲戌，取须句。

取邑不日，此其日何也？不正其再取，故谨而日之也。

遂城郚④。

遂，继事也。

夏，四月，宋公壬臣卒。宋人杀其大夫。

称"人"以杀，诛有罪也。

戊子，晋人及秦人战于令狐。晋先蔑奔秦。

不言出，在外也。辍战而奔秦，以是为逃军也。

狄侵我西鄙。

秋，八月，公会诸侯、晋大夫，盟于扈。

其曰"诸侯"，略之也。

冬，徐伐莒。

公孙敖如莒莅盟。

莅，位也。其曰位何也？前定也。其不日，前定之盟不日也。

八　年

（八年）春，王正月。

夏，四月。

秋，八月戊申，天王崩。

冬，十月壬午，公子遂会晋赵盾，盟于衡雍。乙酉，公子遂会雒戎，盟于暴。

公孙敖如京师，不至而复。丙戌，奔莒。

不言所至，未如也。未如则未复也。未如而曰"如"，不废君命也。未复而曰"复"，不专君命也。其"如"，非如也。其"复"，非复也。唯"奔莒"之为信，故谨而日之也。

螽。

宋人杀其大夫司马。

司马，官也。其以官称，无君之辞也。

宋司城来奔。

司城，官也。其以官称，无君之辞也。"来奔"者不言出，举其接我也。

九　年

（九年）春，毛伯来求金。

求车犹可，求金甚矣！

夫人姜氏如齐。

二月，叔孙得臣如京师。

京，大也。师，众也。言周，必以众与大言之也。

辛丑，葬襄王。

天子志"崩"不志"葬"，举天下而葬一人，其道不疑也。志"葬"，危不得葬也。日之，甚矣，其不葬之辞也！

晋人杀其大夫先都。

三月，夫人姜氏至自齐。

卑以尊致，病文公也。

晋人杀其大夫士穀及箕郑父。

称人以杀，诛有罪也，郑父累也。

楚人伐郑。

公子遂会晋人、宋人、卫人、许人，救郑。

夏，狄侵齐。

秋，八月，曹伯襄卒。

九月癸酉，地震。

震，动也。地，不震者也。震，故谨而日之也。

冬楚子使萩来聘。

楚无大夫，其曰"萩"何也？以其来我褒之也。

秦人来归僖公、成风之襚。

秦人弗夫人也，即外之弗夫人而见正焉。

葬曹共公。

十 年

（十年）春，王三月辛卯，臧孙辰卒。

夏，秦伐晋。

楚杀其大夫宜申。

自正月不雨，至于秋七月。

历时而言"不雨"，文不闵雨也。不闵雨者，无志乎民也。

及苏子盟于女栗。

冬，狄侵宋。楚子、蔡侯次于厥貉。

十 一 年

（十有一年）春，楚子伐廪。

夏，叔彭生会晋郤缺于承匡。

秋，曹伯来朝。

公子遂如宋。

狄侵齐。

冬，十月甲午，叔孙得臣败狄于咸。

不言"帅师"，而言"败"，何也？直败一人之辞也。一人而曰"败"，何也？以众焉言之也。《传》曰：长狄也，弟兄三人，佚宕中国，瓦石不能害。叔孙得臣，最善射者也；射其目，身横九亩，断其首而载之，眉见于轼。然则何为不言"获"也？曰：古者不重创，不禽二毛⑤，故不言"获"，为内讳也。其之齐者，王子成父杀之，则未知其之晋者也。

十 二 年

（十有二年）春，王正月，郕伯来奔。杞伯来朝。

二月庚子，子叔姬卒。

其曰"子叔姬"，贵也，公之母姊妹也。其传曰：许嫁以卒之也。男子二十而冠，冠而列丈夫，三十而娶。女子十五而许嫁，二十而嫁。

夏，楚人围巢。

秋，滕子来朝。秦伯使术来聘。

冬，十有二月戊午，晋人、秦人战于河曲。

不言"及"，秦、晋之战已亟，故略之也。

季孙行父帅师，城诸及郓。

称"帅师"，言有难也。

十 三 年

（十有三年）春，王正月。

夏，王月壬午，陈候朔卒。

邾子蘧篨卒。

自正月不雨，至于秋七月。

大室屋坏。

大室屋坏者，有坏道也，讥不修也。大室，犹世室也。周公曰"大庙"，伯禽，曰："大室"，群公，曰："宫"。礼：宗庙之事，君亲割，夫人亲舂，敬之至也。为社稷之主，而先君之庙坏，极称之，志不敬也。

冬，公如晋。卫侯会公于沓。

狄侵卫。

十有二月己丑，公及晋侯盟。

还自晋。

还者，事未毕也。自晋，事毕也。

郑伯会公于棐。

十 四 年

（十有四年）春，王正月，公至自晋。

邾人伐我南鄙，叔彭生帅师伐邾。

夏，五月乙亥，齐侯潘卒。

六月，公会宋公、陈侯、卫侯、郑伯、许伯、曹伯、晋赵盾。癸酉，同盟于新城。

同者，有同也。同外楚也。

秋，七月，有星孛入于北斗。

孛之为言，犹茀也。其曰"入北斗"，斗有环域也。

公至自会。

晋人纳捷菑于邾，弗克纳。

是郤克也，其曰"人"，何也？微之也。何为微之也？长毂五百乘，绵地千里，过宋、郑、滕、薛，夐，入千乘之国，欲变人之主，至城下然后知，何知之晚也！

"弗克纳"，未伐而曰"弗克"，何也？弗克其义也。捷菑，晋出也。貜且，齐出也。貜且⑥，正也。捷菑，不正也。

九月甲申，公孙敖卒于齐。

奔大夫不言"卒"，而言"卒"何也？为受其丧，不可不"卒"也。其地，于外也。

齐公子商人弑其君舍。

舍未逾年，其曰"君"何也？成舍之为君，所以重商人之弑也。商人其不以国氏，何也，不以嫌代嫌也。舍之不日，何也？未成为君也。

宋子哀来奔。

其曰"子哀"，失之也。

冬，单伯如齐。

齐人执单伯。

私罪也。单伯淫于齐，齐人执之。

齐人执子叔姬。

叔姬同罪也。

十 五 年

（十有五年）春，季孙行父如晋。

三月，宋司马华孙来盟。

司马，官也。其以官称，无君之辞也。"来盟"者何？前定也。不言"及"者，以国与之也。

夏，曹伯来朝。齐人归公孙敖之丧。

六月辛丑朔，日有食之。鼓，用牲于社。

单伯至自齐。

大夫执则致，致则名，此其不名何也？天子之命大夫也。

晋郤缺帅师伐蔡，戊申入蔡。

秋，齐人侵我西鄙。

其曰"鄙"，远之也。其远之何也？不以难介我国也。

季孙行父如晋。

冬，十有一月，诸侯盟于扈。

十有二月，齐人来归子叔姬。

其曰"子叔姬"，贵之也。其言"来归"何也？父母之于子，虽有罪，犹欲其免也。

齐侯侵我西鄙，遂伐曹，入其郛。

十 六 年

（十有六年）春，季孙行父会齐侯于阳谷。齐侯弗及盟。

"弗及"者，内辞也。行父失命矣，齐得内辞也。

夏，五月，公四不视朔。

天子告朔于诸侯，诸侯受乎祢庙，礼也。"公四不视朔"，公不臣也，以公为厌政以甚矣。

六月戊辰，公子遂及齐侯盟于师丘。

复行父之盟也。

秋，八月辛未，夫人姜氏薨。

毁泉台。

丧不贰事；贰事，缓丧也。以文为多失道矣。自古为之，今毁之，不如勿处而已矣。

楚人、秦人、巴人灭庸。

冬，十有一月，宋人弑其君杵臼。

十 七 年

（十有七年）春，晋人、卫人、陈人、郑人伐宋。

夏，四月癸亥，葬我小君声姜。

齐侯伐我西鄙。

六月癸未，公及齐侯盟于榖。

诸侯会于扈。

秋，公至自榖。

冬，公子遂如齐。

十 八 年

（十有八年）春，王二月丁丑，公薨于台下。

台下，非正也。

秦伯罃卒。

夏，五月戊戌，齐人弑其君商人。

六月癸酉，葬我君文公。

秋，公子遂、叔孙得臣如齐。

使，举上客而不称介，不正其同伦而相介，故列而数之也。

冬，十月，子卒。

子卒不日，故也。

夫人姜氏归于齐。

恶宣公也。有不待贬绝而罪恶见者，有待贬绝而恶从之者。姪娣者，不孤子之意也，一人有子，三人缓带。一曰就贤也。

季孙行父如齐。

莒弑其君庶其。

---

①沈溃：沈地的百姓逃亡了。

②含：死者口中含的玉石。

③六：指庐江六县，当时是六个小国。

④郚（wú，吾）：古地名，在今山东省。

⑤不禽二毛：不俘虏头发花白的老年士兵。"二毛"指头发黑白相间的中老年人。

⑥貜（jué，音觉）且：人名。

宣　公

元　年

（元年）春，王正月，公即位。

继故而言即位，与闻乎故也。

公子遂如齐逆女。三月，遂以夫人妇姜至自齐。

其不言氏，丧未毕，故略之也。其曰妇，缘姑言之之辞也。遂之挈，由上致之也。

夏，季孙行父如齐。

晋放其大夫胥甲父于卫。

放犹屏也。称国以放，放无罪也。

公会齐侯于平州。公子遂如齐。

六月，齐人取济西田。

内不言取，言取，授之也，以是为赂齐也。

秋，邾子来朝。

楚子、郑人侵陈，遂侵宋。

遂，继事也。

晋赵盾帅师救陈。

善救陈也。

宋公、陈侯、卫侯、曹伯会晋师于棐林，伐郑。

列数诸侯而会晋赵盾，大赵盾之事也。其曰"师"何也？以其大之也。"于棐林"地而后伐郑，疑辞也。此其地何？则著其美也。

冬，晋赵穿帅师侵崇。晋人、宋人伐郑。

伐郑，所以救宋也。

二　年

（二年）春，王二月壬子，宋华元帅师及郑公子归生帅师战于大棘。宋师败绩。获宋华元。

获者，不与之辞也。言尽其众以救其将也。以三军敌华元，华元虽获，不病矣。

秦师伐晋。

夏，晋人、宋人、卫人、陈人侵郑。

秋，九月乙丑，晋赵盾弑其君夷皋。

穿弑也，盾不弑，而曰"盾弑"，何也？以罪盾也。其以罪盾何也？曰：

灵公朝诸大夫，而暴弹之，观其辟丸也。赵盾入谏，不听。出亡，至于郊。赵穿弑公而后反赵盾，史狐书"贼"曰："赵盾弑公。"盾曰："天乎天乎！予无罪。孰为盾而忍弑其君者乎？"史狐曰："子为正卿，入谏不听，出亡不远；君弑，反不讨贼则志同，志同则书重，非子而谁？故书之。"

曰"晋赵盾弑其君夷皋"者，过在下也。曰：于盾也，见忠臣之至；于许世子止，见孝子之至。

冬，十月乙亥，天王崩。

三　年

（三年）春，王正月，郊牛之口伤①。

之口，缓辞也。伤自牛作也。

改卜牛。牛死，乃不郊。

事之变也。乃者，亡乎人之辞也。

犹三望②。

葬匡王。

楚子伐陆浑戎。

夏，楚人侵郑。

秋，赤狄侵齐。宋师围曹。

冬，十月丙戌，郑伯兰卒。

葬郑穆公。

四　年

（四年）春，王正月，公及齐侯平莒及郯。莒人不肯。

及者，内为志焉耳。平者，成也。不肯者，可以肯也。

公伐莒，取向。

伐犹可，取向甚矣！

莒人辞不受治也。伐莒，义兵也。取向，非也，乘义而为利也。

秦伯稻卒。

夏，六月乙酉，郑公子归生弑其君夷。

赤狄侵齐。

秋，公如齐。公至自齐。

冬，楚子伐郑。

五　　年

（五年）春，公如齐。

夏，公至自齐。

秋，九月，齐高固来逆子叔姬。

诸侯之嫁子于大夫，主大夫以与之。来者，接内也。不正其接内，故不与夫妇之称也。

叔孙得臣卒。

冬，齐高固及子叔姬来。

及者，及吾子叔姬也。为使来者，不使得归之意也。

楚人伐郑。

六　　年

（六年）春，晋赵盾、卫孙免侵陈。

此帅师也，其不言帅师何也？不正其败前事，故不与帅师也。

夏，四月。

秋，八月，螽。

冬，十月。

七　　年

（七年）春，卫侯使孙良夫来盟。

来盟，前定也。不言及者，以国与之。不言其人，亦以国与之。不日，前定之盟不日。

夏，公会齐侯伐莱。

秋，公至自伐莱。

大旱。

冬，公会晋侯、宋公、卫侯、郑伯、曹伯于黑壤。

八　　年

（八年）春，公至自会。

夏，六月，公子遂如齐，至黄乃复。

乃者，亡乎人之辞也。复者，事毕也。不专公命也。

辛巳，有事于大庙。

仲遂卒于垂。

为若反命而后卒也。此公子也，其曰仲，何也？疏之也。何为疏之也？是不卒者也，不疏，则无用见其不卒也。则其卒之何也？以讥乎宣也。其讥乎宣何也？闻大夫之丧，则去乐，卒事。

壬午，犹绎。

犹者，可以已之辞也。绎者，祭之旦日之享宾也。

《万》入，去《籥》③。

以其为之变，讥之也。

戊子，夫人熊氏薨。

晋师、白狄伐秦。楚人灭舒蓼。

秋，七月甲子，日有食之，既。

冬，十月己丑，葬我小君顷熊。雨，不克葬。

葬既有日，不为雨止，礼也。"雨，不克葬"，丧不以制也。

庚寅，日中而克葬。

"而"，缓辞也。足乎日之辞也。

城平阳。

楚师伐陈。

九　　年

（九年）春，王正月，公如齐。

公至自齐。

夏，仲孙蔑如京师。齐侯伐莱。

秋，取根牟。

八月，滕子卒。

九月，晋侯、宋公、卫侯、郑伯、曹伯会于扈。晋荀林父帅师伐陈。

辛酉，晋侯黑臀卒于扈。

其地，于外也。其日，未逾竟也。

冬，十月癸酉，卫侯郑卒。

宋人围滕。

楚子伐郑。晋郤缺帅师救郑。

陈杀其大夫泄冶。

称国以杀其大夫，杀无罪也。泄冶之无罪如何？陈灵公通于夏徵舒之家，公孙宁、仪行父亦通其家。或衣其衣，或衷其襦，以相戏于朝。泄冶闻之，入谏，曰："使国人闻之则犹可，使仁人闻之则不可。"君愧于泄冶，不能用其言而杀之。

十　　年

（十年）春，公如齐。公至自齐。齐人归我济西田。

公娶齐，齐由以为兄弟，反之。不言来，公如齐受之也。

夏，四月丙辰，日有食之。己巳，齐侯元卒。

齐崔氏出奔卫。

氏者，举族而出之之辞也。

公如齐。

五月，公至自齐。

癸巳，陈夏徵舒弑其君平国。

六月，宋师伐滕。

公孙归父如齐。葬齐惠公。

晋人、宋人、卫人、曹人伐郑。

秋，天王使王季子来聘。

其曰"王季"，王子也。其曰"子"，尊之也。聘，问也。

公孙归父帅师伐邾，取绎。

大水。

季孙行父如齐。

冬，公孙归父如齐。齐侯使国佐来聘。

饥。

楚子伐郑。

十 一 年

（十有一年）春，王正月。

夏，楚子、陈侯、郑伯盟于夷陵。

公孙归父会齐人伐莒。

秋，晋侯会狄于欑函。

不言及，外狄也。

冬，十月，楚人杀陈夏徵舒。

此人而杀也，其不言"人"何也？外徵舒于陈也。其外徵舒于陈何也？明楚之讨有罪也。

丁亥，楚子入陈。

入者，内弗受也。日入，恶入者也。何用弗受也？不使夷狄为中国也。

纳公孙宁、仪行父于陈。

纳者，内弗受也。辅人之不能民而讨，犹可；入人之国，制人之上下，使不得其君臣之道，不可。

十 二 年

（十有二年）春，葬陈灵公。

楚子围郑。

夏，六月乙卯，晋荀林父帅师，及楚子战于邲。晋师败绩。

绩，功也。功，事也。曰：其事败也。

秋，七月。

冬，十有二月戊寅，楚子灭萧。

晋人、宋人、卫人、曹人同盟于清丘。

宋师伐陈。卫人救陈。

十　三　年

（十有三年）春，齐师伐莒。

夏，楚子伐宋。

秋，螽。

冬，晋杀其大夫先縠。

十　四　年

（十有四年）春，卫杀其大夫孔达。

夏，五月壬申，曹伯寿卒。

晋侯伐郑。

秋，九月，楚子围宋。

葬曹文公。

冬，公孙归父会齐侯于榖。

十　五　年

（十有五年）春，公孙归父会楚子于宋。

夏，五月，宋人及楚人平。

平者，成也，善其量力而反义也。人者，众辞也。平称众，上下欲之也。外平不道，以吾人之存焉道之也。

六月癸卯，晋师灭赤狄潞氏，以潞子婴儿归。

灭国有三术：中国谨日，卑国月，夷狄不日。其日潞子婴儿，贤也。

秦人伐晋。

王札子杀召伯、毛伯。

王札子者，当上之辞也。杀召伯、毛伯不言其，何也？两下相杀也。两下相杀，不志乎《春秋》。此其志何也？矫王命以杀之，非忿怒相杀也，故曰以王命杀也。以王命杀则何志焉？为天下主者天也，继天者君也，君之所存者命也。为人臣而侵其君之命而用之，是不臣也；为人君而失其命，是不君也。君不君，臣不臣，此天下所以倾也。

秋，螽。

仲孙蔑会齐高固于无娄。

初税亩。

初者始也。古者什一，藉而不税。"初税亩"，非正也。古者三百步为里，为曰井田。井田者，九百亩，公田居一。私田稼不善，则非吏；公田稼不善，则非民。"初税亩"者，非公之去公田而履亩十取一也，以公之与民为已悉矣。古者公田为居，井灶葱韭尽取焉。

冬，蝝生。

蝝非灾也。其曰蝝，非税亩之灾也。

饥。

十 六 年

（十有六年）春。王正月，晋人灭赤狄甲氏及留吁。

夏，成周宣榭灾。

周灾不志也，其曰宣榭，何也？以乐器之所藏目之也。

秋，郯伯姬来归。

冬，大有年。

五穀大熟为大有年。

十 七 年

（十有七年）春，王正月庚子，许男锡我卒。丁未，蔡侯申卒。

夏，葬许昭公。葬蔡文公。

六月癸卯，日有食之。

己未，公会晋侯、卫侯、曹伯、邾子，同盟于断道。同者，有同也，同外楚也。

秋，公至自会。

冬，十有一月壬午，公弟叔肸卒。

其曰"公弟叔肸"，贤之也。其贤之何也？宣弑而非之也。非之，则胡为不去也？曰：兄弟也，何去而之？与之财，则曰："我足矣。"织屦而食，终身不食宣公之食。君子以是为通恩也，以取贵乎《春秋》。

十 八 年

（十有八年）春，晋侯、卫世子臧伐齐。

公伐杞。

夏，四月。

秋，七月，邾人戕鄫子于鄫。

戕，犹残也，捝杀也⑥。

甲戌，楚子吕卒。

夷狄不"卒"，"卒"，少进也。"卒"而不日；日，少进也。日而不言"正"、"不正"，简之也。

公孙归父如晋。

冬，十月壬戌，公薨于路寝。

路寝，正寝也。

归父还自晋。

"还"者，事未毕也。"自晋"，事毕也。与人之子守其父之殡，捐殡而奔其父之使者，是亦奔父也。

至柽，遂奔齐。

"遂"，继事也。

①郊牛：用于祭天的牛。

②三望：蔡祀泰山、河、海，称为三望。

③禴（yuè，音月）：文舞的别名，又称羽舞。跳舞者要吹籥，并手持野鸡翎。

④欑（cuán，音攒）函：古地名，狄地。

⑤螽（yuán，音远）：虫灾。发生在夏天的虫灾称"蝝"。发生在秋天的虫灾称"螽"。

⑥挩（tuō，音脱）：遗漏。

成　公

元　年

（元年）春，王正月，公即位。

二月辛酉，葬我君宣公。

无冰。

终时无冰则志，此未终时而言无冰，何也？终无冰矣，加之寒之辞也。

三月，作丘甲。

作，为也。丘为甲也。丘甲，国之事也。丘作甲，非正也。丘作甲之为非正何也？古者立国家，百官具，农工皆有职以事上。古者有四民：有士民，有商民，有农民，有工民。夫甲，非人人之所能为也。丘作甲，非正也。

夏，臧孙许及晋侯盟于赤棘。

秋，王师败绩于贸戎。

不言战，莫之敢敌也。为尊者讳敌不讳败，为亲者讳败不讳敌，尊尊亲亲之义也。然则孰败之？晋也。

冬，十月。

季孙行父秃，晋郤克眇，卫孙良夫跛，曹公子手偻，同时，而聘于齐。齐使秃者御秃者，使眇者御眇者，使跛者御跛者，使偻者御偻者。萧同姪子处台上而笑之，闻于客。客不说而去，相与立胥闾而语，移日不解。齐人有知之者，曰："齐之患，必自此始矣！"

二　年

（二年）春，齐侯伐我北鄙。

夏，四月丙戌，卫孙良夫帅师及齐师占于新筑，卫师败绩。

六月癸酉，季孙行父、臧孙许、叔孙侨如、公孙婴齐帅师，会晋郤克、卫孙良夫、曹公子手，及齐侯战于鞌①。齐师败绩。

其日：或曰日其战也，或曰日其悉也。曹无大夫，其曰"公子"何也？以吾之四大夫在焉，举其贵者也。

秋，七月，齐侯使国佐如师。己酉，及国佐盟于爰娄。

牵去国五百里，爱娄去国五十里。壹战绵地五百里，焚雍民之茨，侵车东至海。君子闻之，曰：夫甚，甚之辞焉，齐有以取之也。齐之有以取之何也？败卫师于新筑，侵我北鄙，敖郤献子；齐有以取之也。

爱娄在师之外。郤克曰："反鲁、卫之侵地，以纪侯之甗来，以萧同姪子之母为质，使耕者皆东其亩，然后与子盟。"国佐曰："反鲁、卫之侵地，以纪侯之甗来，则诺。以萧同姪子之母为质，则是齐侯之母也，齐侯之母犹晋君之母也，晋君之母犹齐侯之母也。使耕者尽东其亩，则是终土齐也，不可！请壹战！壹战不克，请再；再不克，请三；三不克，请四；四不克，请五；五不克，举国而授。"于是而与之盟。

八月壬午，宋公鲍卒。庚寅，卫侯速午。

取汶阳田。

冬，楚师、郑师侵卫。

十有一月，公会楚公子婴齐于蜀。

楚无大夫，其曰"公子"何也？婴齐亢也。

丙甲，公及楚人、秦人、宋人、陈人、卫人、郑人、齐人、曹人、邾人、薛人、缯人盟于蜀。

楚其称人，何也？于是而后公得其所也。

会与盟同月，则地会不地盟；不同月，则地会地盟。此其地会地盟何也？以公得其所，申其事也。今之屈，向之骄也。

三　年

（三年）春，王正月，公会晋侯、宋公、卫侯、曹伯伐郑。

辛亥，葬卫穆公。

二月，公至自伐郑。

甲子，新宫灾，三日哭。

新宫者，祢宫也。三日哭，哀也。其哀，礼也。迫近不敢称谥，恭也。其辞恭且哀，以成公为无讥矣。

乙亥，葬宋文公。

夏，公如晋。郑公子去疾帅师伐许。

公至自晋。

秋，叔孙侨如由帅师围棘。

大雩。

晋郤克、卫孙良夫伐墙咎如。

冬，十有一月，晋侯使荀庚来聘。卫侯使孙良夫来聘。

丙午，及荀庚盟。丁未，及孙良夫盟。

其日，公也。来聘而求盟，不言及者，以国与之也。不言其人，亦以国与之也。不言求，两欲之也。

郑伐许。

四　年

（四年）春，宋公使华元来聘。

三月壬申，郑伯坚卒。

杞伯来朝。

夏，四月甲寅，臧孙许卒。

公如晋。

葬郑襄公。

秋，公至自晋。

冬，城郓。郑伯伐许。

五　年

（五年）春，王正月，杞叔姬来归。

妇人之义：嫁曰归，反曰来归。

仲孙蔑如宋。

夏，叔孙侨如会晋荀首于榖。

梁山崩。

不日，何也？高者有崩道也。有崩道，则何以书也？曰：

梁山崩，壅遏河三日不流。晋君召伯尊而问焉。伯尊来，遇辇者；辇者不辟。使车右下而鞭之。辇者曰：“所以鞭我者，其取道远矣。”伯尊下车而问焉，曰：“子有闻乎？”对曰：“梁山崩，壅遏河三日不流。”伯尊曰：“君为此召我也。为之奈何？”辇曰者：“天有山，天崩之；天有河，天壅之。虽召伯尊如之何？”伯尊由忠问焉，辇者曰：“君亲素缟，帅群臣而哭之，既而祠焉，斯流矣。”

伯尊至。君问之，曰：“梁山崩，壅遏河三日不流。为之奈何？”伯尊曰：“君亲素缟，帅群臣而哭之，既而祠焉，斯流矣。”

孔子闻之，曰：“伯尊其无绩乎，攘善也！”

秋，大水。

冬，十有一月己酉，天王崩。

十有二月己丑，公会晋侯、齐侯、宋公、卫侯、郑伯、曹伯、邾子、杞伯，同盟于虫牢。

六　年

（六年）春，王正月，公至自会。

二月辛巳，立武宫。

立者，不宜立也。

取鄟②。

鄟，国也。

卫孙良夫帅师侵宋。

夏，六月，邾子来朝。公孙婴齐如晋。

壬申，郑伯费卒。

秋，仲孙蔑、叔孙侨如帅师侵宋。楚公子婴齐帅师伐郑。

冬，季孙行父如晋。晋栾书帅师救郑。

七　年

（七年）春，王正月，鼷鼠食郊牛角③。

不言日，急辞也，过有司也。郊牛日展斛角而知伤，展道尽矣，其所以备灾之道不尽也。

改卜牛，鼷鼠又食其角。

又，有继之辞也。"其"，缓辞也。曰：亡乎人矣，非人之所能也，所以免有司之过也。

乃免牛。

乃者，亡乎人之辞也。免牲者，为之缁衣纁裳④，有司玄端，奉送至于南郊；免牛亦然。免牲不曰"不郊"，免牛亦然。

吴伐郯。

夏，五月，曹伯来朝。

不郊，犹三望。

秋，楚公子婴齐帅师伐郑。

会公晋侯、齐侯、宋公、卫侯、曹伯、莒子、邾子、杞伯救郑。八月戊辰，同盟于马陵。

公至自会。

吴入州来。

冬，大雩。

雩，不月而时，非之也。冬无为雩也。

卫孙林父出奔晋。

八　年

（八年）春，晋侯使韩穿来言汶阳之田，归之于齐。于齐，缓辞也，不使尽我也。

晋栾书帅师侵蔡。

公孙婴齐如莒。

宋公使华元来聘。

夏，宋公使公孙寿来纳币。

晋杀其大夫赵同、赵括。

秋，七月，天子使召伯来锡公命。

礼有受命，无来锡命，锡命非正也。曰天子，何也？曰见一称也。

冬，十月癸卯，杞叔姬卒。

晋侯使士燮来聘。

叔孙侨如会晋士燮、齐人、邾人伐郯。

卫人来媵。

媵，浅事也，不志；此其志何也？以伯姬之不得其所，故尽其事也。

九　　年

（九年）春，王正月，杞伯来逆叔姬之丧以归。

《传》曰：夫无逆出妻之丧而为之也。

公会晋侯、齐侯、宋公、卫侯、郑伯、曹伯、莒子、杞伯，同盟于蒲。

公至自会。

二月，伯姬归于宋。

夏，季孙行父如宋致女。

致者，不致者也。妇人在家制于父，既嫁制于夫。如宋致女，是以我尽之也。不正，故不与内称也。逆者微，故致女。详其事，贤伯姬也。

晋人来媵。

媵，浅事也，不志；此其志何也？以伯姬之不得其所，故尽其事也。

秋，七月丙子，齐侯无野卒。

晋人执郑伯。晋栾书帅师伐郑。

不言战，以郑伯也。为尊者讳耻，为贤者讳过，为亲者讳疾。

冬，十有一月，葬齐顷公。

楚公子婴齐帅师伐莒。庚申，莒溃。

其日，莒虽夷狄，犹中国也。大夫溃莒而之楚，是以叛其上为事也。恶之，故谨而日之也。

楚人入郓。

秦人、白狄伐晋。

郑人围许。

城中城。

城中城者，非外民也。

十　　年

（十年）春，卫侯之弟黑背帅师侵郑。

夏，四月，五卜郊；不从，乃不郊。

"夏，四月"，不时也。"五卜"，强也。"乃"者，亡乎人之辞也。

五月，公会晋侯、齐侯、宋公、卫侯、曹伯，伐郑。

齐人来媵。

丙午，晋侯獳卒。

秋，七月，公如晋。

冬，十月。

十　一　年

（十有一年）春，王三月，公至自晋。

晋侯使郤犫来聘⑤。己丑，及郤犫盟。

夏，季孙行父如晋。

秋，叔孙侨如如齐。

冬，十月。

十 二 年

（十有二年）**春，周公出奔晋。**

周有入无出。其曰"出"，上下一见之也。言其上下之道无以存也。上虽失之，下孰敢有之？今上下皆失之矣。

夏，公会晋侯、卫侯于琐泽。

秋，晋人败狄于交刚。

中国与夷狄不言"战"，皆曰"败之"。夷狄不日。

冬，十月。

十 三 年

（十有三年）**春，晋侯使郤锜来乞师。**

乞，重辞也。古之人重师，故以"乞"言之也。

三月，公如京师。

公如京师不"月"，"月"非如也。非如而曰"如"，不叛京师也。

夏，五月，公至自京师，遂会晋侯、齐侯、宋公、卫侯、郑伯、曹伯、邾人、滕人伐秦。

言受命，不敢叛周也。

曹伯庐卒于师。

《传》曰：闵之也。公、大夫，在师曰师，在会曰会。

秋，七月，公至自伐秦。

冬，葬曹宣公。

葬时，正也。

十 四 年

（十有四年）**春，王正月，莒子朱卒。**

夏，卫孙林父自晋归于卫。

秋，叔孙侨如如齐逆女。

郑公子喜帅师伐许。

九月，侨如以夫人妇姜氏至自齐。

大夫不以夫人，"以夫人"非正也。刺不亲迎也。侨如之挈，由上致之也。

冬，十月庚寅，卫侯臧卒。

秦伯卒。

十　五　年

（十有五年）春，王二月，葬卫定公。

三月乙巳，仲婴齐卒。

此公孙也，其曰"仲"，何也？子由父疏之也。

癸丑，公会晋侯、卫侯、郑伯、曹伯、宋世子成、齐国佐、邾人，同盟于戚。晋侯执曹伯归于京师。

以晋侯而斥执曹伯，恶晋侯也。不言之，急辞也。断在晋侯也。

公至自会。

夏，六月，宋公固卒。

楚子伐郑。

秋，八月庚辰，葬宋共公。

月卒日葬，非葬者也。此其言葬何也？以其葬共姬，不可不葬共公也。葬共姬，则其不可不葬共公何也？夫人之义不逾君也，为贤者崇也。

宋华元出奔晋。宋华元自晋归于宋。

宋杀其大夫山。宋鱼石出奔楚。

冬，十有一月，叔孙侨如会晋士燮、齐高无咎、宋华元、卫孙林父、郑公子鰌⑥、邾人，会吴于钟离。

会又会，外之也。

许迁于叶。

迁者，犹得其国家以往者也。其地，许复见也。

十　六　年

（十有六年）春，王正月，雨木冰。

雨而木冰也。志异也。《传》曰：根枝折。

夏，四月辛未，滕子卒。

郑公孙喜帅师侵宋。

六月丙寅朔，日有食之。

晋侯使栾黡来乞师⑦。

甲午晦，晋侯及楚子、郑伯战于鄢陵。楚子、郑师败绩。

日事遇晦曰"晦"。四体偏断曰"败"，此其败则目也。楚不言"师"，君重于师也。

楚杀其大夫公子侧。

秋，公会晋侯、齐侯、卫侯、宋华元、邾人于沙随。不见公。

"不见公"者，可以见公也。可以见公而不见公，讥在诸侯也。

公至自会。

公会尹子、晋侯、齐国佐、邾人伐郑。

曹伯归自京师。

不言所归，归之善者也。出入不名，以为不失其国也。"归"为善，"自某归"次之。

九月，晋人执季孙行父，舍之于苕丘。

执者不舍；而舍，公所也。执者致；而不致，公在也。何其执而辞也？犹存公也。存意，公亦存也？公存也。

冬，十月乙亥，叔孙侨如出奔齐。

十有二月乙丑，季孙行父及晋郤犨盟于扈。

公至自会。

乙酉，刺公子偃。

大夫曰"卒"，正也。先刺后名，杀无罪也。

十 七 年

（十有七年）春，卫北宫括帅师侵郑。

夏，公会尹子、单子、晋侯、齐侯、宋公、卫侯、曹伯、邾人，伐郑。六月乙酉，同盟于柯陵。

柯陵之盟，谋复伐郑也。

秋，公至自会。

不曰"至自伐郑"也，公不周乎伐郑也。何以知公之不周乎伐郑？以其以会致也。何以知其盟复伐郑也？以其后会之人尽盟者也。不周乎伐郑，则何为日也？言公之不背柯陵之盟也。

齐高无咎出奔莒。

九月辛丑，用郊。

夏之始，可以承春。以秋之末承春之始，盖不可矣。九月用郊，用者不宜用也。宫室不设，不可以祭；衣服不修，不可以祭；车马器械不备，不可以祭；有司一人不备其职，不可以祭。祭者，荐其时也，荐其敬也，荐其义也，非享味也。

晋侯使荀罃来乞师。

冬，公会单子、晋侯、宋公、卫侯、曹伯、齐人、邾人伐郑。

言公不背柯陵之盟也。

十有一月，公至自伐郑。

壬申，公孙婴齐卒于狸脤。

十一月无壬申；壬申，乃十月也。致公而后录，臣子之义也。其地，未逾竟也。

十有二月丁巳朔，日有食之。

邾子貜且卒。

晋杀其大夫郤锜、郤犨、郤至。

自祸于是起矣。

楚人灭舒庸。

十 八 年

（十有八年）春，王正月，晋杀其大夫胥童。

庚申，晋弑其君州蒲。

称国以弑其君，君恶甚矣。

齐杀其大夫国佐。

公如晋。

夏，楚子、郑伯伐宋。宋鱼石复入于彭城。

公至自晋。

晋侯使士匄来聘。

秋，杞伯来朝。八月，邾子来朝。

筑鹿囿。

筑不志，此其志何也？山林薮泽之利，所以与民共也；虞之，非正也。

己丑，公薨于路寝。

路寝，正也。男子不绝妇人之手，以齐终也。

冬，楚人、郑人侵宋。

晋侯使士鲂来乞师。

十有二月，仲孙蔑会晋侯、宋公、卫侯、邾子、齐崔杼，同盟于虚朾。

丁未，葬我君成公。

---

①鞌（ān，音安）：古地名，在今山东省济南市。

②郭（zhuān，音专）：邾娄的附庸国。

③鼷（xī，音西）鼠：小老鼠。

④纁（xūn，音勋）：绛色。

⑤犨（chōu，音抽）：牛喘息声。

⑥鳅（qiōu，秋）：人名。

⑦厴（yān，音咽）：人名。

襄　公

元　年

（元年）春，王正月，公即位。

继正即位，正也。

仲孙蔑会晋栾黡、宋华元、卫宁殖、曹人、莒人、邾人、滕人、薛人，围宋彭城。

系彭城于宋者，不与鱼石①，正也。

夏，晋韩厥帅师伐郑。

仲孙蔑会齐崔杼、曹人、邾人、杞人，次于鄫。

秋，楚公子壬夫帅师侵宋。

九月申酉，天王崩。

邾子来朝。

冬，卫侯使公孙剽来聘。晋侯使荀䓨来聘。

二　　年

（二年）春，王正月，葬简王。

郑师伐宋。

夏，五月庚寅，夫人姜氏薨。

六月庚辰，郑伯睔卒[②]。

晋师、宋师、卫宁殖侵郑。

其曰"卫宁殖"，如是而称于前事也。

秋，七月，仲孙蔑会晋荀䓨、宋华元、卫孙林父、曹人、邾人于戚。

己丑，葬我小君齐姜。

叔孙豹如宋。

冬，仲孙蔑会晋荀䓨、齐崔杼、宋华元、卫孙林父、曹人、邾人、滕人、薛人、小邾人于戚，遂城虎牢。

若言中国焉，内郑也。

楚杀其大夫公子申。

三　　年

（三年）春，楚公子婴齐帅师伐吴。

公如晋。

夏，四月壬戌，公及晋侯盟于长樗。

公至自晋。

六月，公会单子、晋侯、宋公、卫侯、郑伯、莒子、邾子、齐世子光。己未，同盟于鸡泽。

同者，有同也，同外楚也。

陈侯使袁侨如会。

如会，外乎会也。于会受命也。

戊寅，叔孙豹及诸侯之大夫及陈袁侨盟。

及以及，与之也。诸侯以为可与则与之，不可与则释之。诸侯盟，又大夫相与私盟，是大夫强也。故鸡泽之会，诸侯始失正矣，大夫执国权。曰袁侨，异之也。

秋，公至自晋。

冬，晋荀䓨帅师伐许。

四　　年

（四年）春，王三月己酉，陈侯午卒。

夏，叔孙豹如晋。

秋，七月戊子，夫人姒氏薨。

葬陈成公。

八月辛亥，葬我小君定姒。

冬，公如晋。陈人围顿。

五　年

（五年）春，公至自晋。

夏，郑伯使公子发来聘。

叔孙豹、缯世子巫如晋。

外不言如，而言如，为我事往也。

仲孙蔑、卫孙林父会吴于善稻。

吴谓善伊，谓稻缓。号从中国，名从主人。

秋，大雩。

楚杀其大夫公子壬夫。

公会晋侯、宋公、陈侯、卫侯、郑伯、曹伯、莒子、邾子、滕子、薛伯、齐世子光、吴人、缯人于戚。公至自会。

冬，戍陈。

内辞也。

楚公子贞帅师伐陈。

公会晋侯、宋公、卫侯、郑伯、曹伯、莒子、邾子、滕子、薛伯、齐世子光，救陈。

十有二月，公至自救陈。

善救陈也。

辛未，季孙行父卒。

六　年

（六年）春，王三月壬午，杞伯姑容卒。

夏，宋华弱来奔。

秋，葬杞桓公。滕子来朝。

莒人灭缯。

非灭也。中国日，卑国月，夷狄时。缯，中国也。而时，非灭也。家有既亡，国有既灭。灭而不自知，由别之而不别也。莒人灭缯，非灭也，立异姓以莅祭祀，灭亡之道也。

冬，叔孙豹如邾。季孙宿如晋。

十有二月，齐侯灭莱。

七　年

（七年）春，郯子来朝。

夏，四月，三卜郊，不从，乃免牲。

“夏，四月”，不时也。“三卜”，礼也。“乃”者，亡乎人之辞也。

小邾子来朝。

城费。

秋，季孙宿如卫。

八月，螽。

冬，十月，卫侯使孙林父来聘。壬戌，及孙林父盟。

楚公子贞帅师围陈。

十有二月，公会晋侯、宋公、陈侯、卫侯、曹伯、莒子、邾子于鄬[3]。

郑伯髡原如会，未见诸侯；丙戌，卒于操。

未见诸侯，其曰"如会"，何也？致其志也。礼：诸侯不生名。此其生名何也？卒之名也。卒之名，则何为加之"如会"之上？见以如会卒也。其见以如会卒何也？郑伯将会中国，其臣欲从楚；不胜，其臣弑而死。其不言弑何也？不使夷狄之民加乎中国之君也。

其地，于外也。其日，未逾竟也。日卒，时葬，正也。

陈侯逃归。

以其去诸侯，故逃之也。

八　年

（八年）春，王正月，公如晋。

夏，葬郑僖公。

郑人侵蔡，获蔡公子湿。

人，微者也；侵，浅事也。而获公子，公子病矣。

季孙宿会晋侯、郑伯、齐人、宋人、卫人、邾人于邢丘。

见鲁之失正也，公在而大夫会也。

公至自晋。莒人伐我东鄙。

秋，九月，大雩。

冬，楚公子贞帅师伐郑。

晋侯使士匄来聘。

九　年

（九年）春，宋灾。

外灾不志，此其志何也？故宋也。

夏，季孙宿如晋。

五月辛酉，夫人姜氏薨。

秋，八月癸未，葬我小君穆姜。

冬，公会晋侯、宋公、卫侯、曹伯、莒子、邾子、滕子、薛伯、杞伯、小邾子、齐世子光，伐郑。十有二月己亥，同盟于戏。

不异言郑，善得郑也。不致，耻不能据郑也。

楚子伐郑。

十　年

（十年）春，公会晋侯、宋公、卫侯、曹伯、莒子、邾子、滕子、薛伯、杞伯、小邾子、齐世子光，会吴于柤④

会又会，外之也。

夏，五月甲午，遂灭傅阳。

遂，直遂也。其曰"遂"何？不以中国从夷狄也。

公至自会。

会夷狄不致，恶事不致，此其致何也？存中国也。中国有善事则并焉，无善事则异之，存之也。没郑伯，逃归陈侯，致柤之会，存中国也。

楚公子贞、郑公孙辄帅师伐宋。晋师伐秦。

秋，莒人伐我东鄙。

公会晋侯、宋公、卫侯、曹伯、莒子、邾子、齐世子光、滕子、薛伯、杞伯、小邾子，伐郑。

冬，盗杀郑公子斐、公子发、公孙辄。

称盗以杀大夫，弗以上下道，恶上也。

戍郑虎牢。

其曰"郑虎牢"，决郑乎虎牢也。

楚公子贞帅师救郑。

公至自伐郑。

十 一 年

（十有一年）春，王正月，作三军。

作，为也。古者天子六师，诸侯一军。作三军，非正也。

夏，四月，四卜郊；不从，乃不郊。

夏四月，不时也。四卜，非礼也。

郑公孙舍之帅师侵宋。

公会晋侯、宋公、卫侯、曹伯、齐世子光、莒子、邾子、滕子、薛伯、杞伯、小邾子，伐郑。

秋，七月己未，同盟于京城北。

公至自伐郑。

不以后致，盟后复伐郑也。

楚子、郑伯伐宋。

公会晋侯、宋公、卫侯、曹伯、齐世子光、莒子、邾子、滕子、薛伯、杞伯、小邾子伐郑，会于萧鱼。公至自会。

伐而后会，不以伐郑致，得郑伯之辞也。

楚人执郑行人良霄。

"行人"者，挈国之辞也。

冬，秦人伐晋。

十 二 年

（十有二年）春，王三月，莒人伐我东鄙，围郘。

伐国不言围邑，举重也。取邑不书围，安足书也？

季孙宿帅师救郘，遂入郓。

遂，继事也。受命而救郘，不受命而入郓，恶季孙宿也。

夏，晋侯使士鲂来聘。

秋，九月，吴子乘卒。

冬，楚公子贞帅师侵宋。

公如晋。

十 三 年

（十有三年）春，公至自晋。

夏，取邿⑤。

秋，九月庚辰，楚子审卒。

冬，城防。

十 四 年

（十有四年）春，王正月，季孙宿、叔老会晋士匄、齐人、宋人、卫人、郑公孙虿、曹人、莒人、邾人、滕人、薛人、杞人、小邾人，会吴于向。

二月乙未朔，日有食之。

夏，四月，叔孙豹会晋荀偃、齐人、宋人、卫北宫括、郑公孙虿、曹人、莒人、邾人、滕人、薛人、杞人、小邾人，伐秦。

己未，卫侯出奔齐。

莒人侵我东鄙。

秋，楚公子贞帅师伐吴。

冬，季孙宿会晋士匄、宋华阅、卫孙林父、郑公孙虿、莒人、邾人于戚。

十 五 年

（十有五年）春，宋公使向戌来聘。二月己亥，及向戌盟于刘。

刘夏逆王后于齐。

过我，故志之也。

夏，齐侯伐我北鄙，围成。公救成，至遇。季孙宿、叔孙豹帅师城成郛。

秋，八月丁巳，日有食之。

邾人伐我南鄙。

冬，十有一月癸亥，晋侯周卒。

十 六 年

（十有六年）春，王正月，葬晋悼公。

三月，公会晋侯、宋公、卫侯、郑伯、曹伯、莒子、邾子、薛伯、杞伯、小邾子于溴梁。戊寅，大夫盟。

溴梁之会，诸侯失正矣。诸侯会而曰"大夫盟"，正在大夫也。诸侯在而不曰"诸侯之大夫"，大夫不臣也。

晋人执莒子、邾子以归。

齐侯伐我北鄙。

夏，公至自会。

五月甲子，地震。

叔老会郑伯、晋荀偃、卫宁殖、宋人，伐许。

秋，齐侯伐我北鄙，围城。

大雩。

冬，叔孙豹如晋。

十 七 年

（十有七年）春，王二月庚午，邾子瞷卒⑥。

宋人伐陈。

夏，卫石买帅师伐曹。

秋，齐侯伐我北鄙，围桃。齐高厚帅师伐我北鄙，围防。

九月，大雩。

宋华臣出奔陈。

冬，邾人伐我南鄙。

十 八 年

（十有八年）春，白狄来。

夏，晋人执卫行人石买。

称"行人"，怨接于上也。

秋，齐侯伐我北鄙。

冬，十月，公会晋侯、宋公、卫侯、郑伯、曹伯、莒子、邾子、滕子、薛伯、杞伯、小邾子，同围齐。

非围而曰"围齐"，有大焉，亦有病焉。非大而足同与？诸侯同罪之也，亦病矣。

曹伯负刍卒于师。

闵之也。

楚公子午帅师伐郑。

十 九 年

（十有九年）春，王正月，诸侯盟于祝阿。晋人执邾子。

公至自伐齐。

《春秋》之义：已伐而盟复伐者则以伐致，盟不复伐者则以会致。祝阿之盟，盟复伐齐与？曰：非也。然则何为以伐致也？曰：与人同事，或执其君，或取其地。

取邾田自漷水①。

轧辞也。其不日，恶盟也。

季孙宿如晋。

葬曹成公。

夏，卫孙林父帅师伐齐。

秋，七月辛卯，齐侯环卒。

晋士匄帅师侵齐，至榖，闻齐侯卒，乃还。

还者，事未毕之辞也。受命而诛生；死，无所加其怒。不伐丧，善之也。善之则何为未毕也？君不尸小事；臣不专大名，善则称君，过则称己：则民作让矣。士匄外专君命，故非之也。然则为士匄者宜奈何？宜墠帷而归命乎介。

八月丙辰，仲孙蔑卒。

齐杀其大夫高厚。郑杀其大夫公子嘉。

冬，葬齐灵公。

城西郛。叔孙豹会晋士匄于柯。

城武城。

二 十 年

（二十年）春，王正月辛亥，仲孙速会莒人，盟于向。

夏，六月庚申，公会晋侯、齐侯、宋公、卫侯、郑伯、曹伯、莒子、邾子、滕子、薛伯、杞伯、小邾子，盟于澶渊。

秋，公至自公。仲孙速帅师伐邾。

蔡杀其大夫公子湿。蔡公子履出奔楚。

陈侯之弟光出奔楚。

诸侯之尊，弟兄不得以属通。其"弟"云者，亲之也。亲而奔之，恶也。

叔老如齐。

冬，十月丙辰朔，日有食之。

季孙宿如宋。

二 十 一 年

（二十有一年）春，王正月，公如晋。

邾庶其以漆闾丘来奔。

以者，不以者也。来奔者不言出，举其接我者也。漆闾丘不言"及"，小大敌也。

夏，公至自晋。

秋，晋栾盈出奔楚。

九月庚戌朔，日有食之。

冬，十月庚辰朔，日有食之。

曹伯来朝。

公会晋侯、齐侯、宋公、卫侯、郑伯、曹伯、莒子、邾子于商任。

庚子，孔子生。

二十二年

（二十有二年）春，王正月，公至自会。

夏，四月。

秋，七月辛酉，叔老卒。

冬，公会晋侯、齐侯、宋公、卫侯、郑伯、曹伯、莒子、邾子、滕子、薛伯、杞伯、小邾子于沙随。公至自会。

楚杀其大夫公子追舒。

二十三年

（二十有三年）春，王二月癸酉朔，日有食之。

三月己巳，札伯匄卒。

夏，邾畀我来奔。

葬杞孝公。

陈杀其大夫庆虎及庆寅。

称国以杀，罪累上也。"及庆寅"，庆寅累也。

陈侯之弟光自楚归于陈。

晋栾盈复入于晋，入于曲沃。

秋，齐侯伐卫，遂伐晋。

八月，叔孙豹帅师救晋，次于雍渝。

言"救"后"次"，非救也。

己卯，仲孙速卒。

冬，十月乙亥，臧孙纥出奔邾。

其日，正臧孙纥之出也。遽伯玉曰："不以道事其君者，其出乎！"

晋人杀栾盈。

恶之，弗有也。

齐侯袭莒。

二十四年

（二十有四年）春，叔孙豹如晋。

仲孙羯帅师侵齐。

夏，楚子伐吴。

秋，七月甲子朔，日有食之，既。

齐崔杼帅师伐莒。

大水。

八月癸巳朔，日有食之。

公会晋侯、宋公、卫侯、郑伯、曹伯、莒子、邾子、滕子、薛伯、杞伯、小邾子于夷仪。

冬，楚子、蔡侯、陈侯、许男伐郑。

公至自会。

陈铖宜咎出奔楚。

叔孙豹如京师。

大饥。

五谷不升为大饥。一谷不升谓之嗛⑧，二谷不升谓之饥，三谷不升谓之馑，四谷不升谓之康，五谷不升谓之大侵。大侵之礼：君食不兼味，台榭不涂，弛侯，廷道不除，百官布而不制，鬼神祷而不祀，此大侵之礼也。

二十五年

（二十有五年）春，齐崔杼帅师伐我北鄙。

夏，五月乙亥，齐崔杼弑其君光。

庄公失言，淫于崔氏。

公会晋侯、宋公、卫侯、郑伯、曹伯、莒子、邾子、滕子、薛伯、杞伯、小邾子于夷仪。

六月壬子，郑公孙舍之帅师入陈。

秋，七月己巳，诸侯同盟于重丘。

公至自会。

卫侯入于夷仪。

楚屈建帅师灭舒鸠。

冬，郑公孙夏帅师伐陈。

十有二月，吴子谒伐楚，门于巢，卒。

以伐楚之事，门于巢，卒也。“于巢”者，外乎楚也。“门之巢”，乃伐楚也。诸侯不生名；取卒之名加之“伐楚”之上者，见以伐楚卒也。其见以伐楚卒何也？古者大国过小邑，小邑必饰城而请罪，礼也。吴子谒伐楚至巢，入其门，门人射吴子；有矢创，反舍而卒，古者虽有文事，必有武备，非巢之不饰城而请罪，非吴子之自轻也。

二 十 六 年

（二十有六年）春，王二月辛卯，卫宁喜弑其君剽。

此不正，其日何也？殖也立之，喜也君之，正也。

卫孙林父入于戚以叛。

甲午，卫侯衎复归于卫。

日归，见知弑也。

夏，晋侯使荀吴来聘。

公会晋人、郑良霄、宋人、曹人于澶渊。

秋，宋公杀其世子座。晋人执卫宁喜。

八月壬午，许男宁卒于楚。

冬，楚子、蔡侯、陈侯伐郑。

葬许灵公。

二 十 七 年

（二十有七年）春，齐侯使庆封来聘。

夏，叔孙豹会晋赵武、楚屈建、蔡公孙归生、卫石恶、陈孔奂、郑良霄、许人、曹人于宋。

卫杀其大夫宁喜。

称国以杀，罪累上也。宁喜弑君，其以"累上"之辞言之何也？尝为大夫，与之涉公事矣。宁喜由君弑君，而不以弑君之罪罪之者，恶献公也。

卫侯之弟专出奔晋。

专，喜之徒也。专之为喜之徒何也？己虽急纳其兄，与人之臣谋弑其君，是亦弑君者也。

专其曰"弟"何也？专有是信者。君赂不入乎喜而杀喜，是君不直乎喜也。故出奔晋，织绚邯郸⑨，终身不言卫。专之去，合乎《春秋》。

秋，七月辛巳，豹及诸侯之大夫盟于宋。

溴梁之会⑩，诸侯在而不曰"诸侯之大夫"，大夫不臣也。晋赵武耻之。"豹"云者，恭也。诸侯不在而曰"诸侯之大夫"，大夫臣也。其臣恭也，晋赵武为之会也。

冬，十有二月乙亥朔，日有食之。

二 十 八 年

（二十有八年）春，无冰。

夏，卫石恶出奔晋。

邾子来朝。

秋，八月，大雩。

仲孙羯如晋。

冬，齐庆封来奔。

十有一月，公如楚。

十有二月甲寅，天王崩。己未，楚子昭卒。

二十九年

（二十有九年）春，王正月，公在楚。

闵公也。

夏，五月，公至自楚。

喜之也。致君者，殆其往而喜其反，此致君之意义也。

庚午，卫侯衎卒。

阍弑吴子馀祭。

阍，门者也，寺人也。不称名姓，阍不得齐于人。不称"其君"，阍不得君其君也。礼：君不使无耻，不近刑人，不狎敌，不迩怨。贱人，非所贵也；贵人，非所刑也；刑人，非所近也。举至贱而加之吴子，吴子近刑人也。"阍弑吴子馀祭"，仇之也。

仲孙羯会晋荀盈、齐高止、宋华定、卫世叔仪、郑公孙段、曹人、莒人、邾人、滕人、薛人、小邾人，城杞。

古者天子封诸侯，其地足以容其民，其民足以满城以自守也。杞危而不能自守，故诸侯之大夫相帅以城之，此变之正也。

晋侯使士鞅来聘。杞子来盟。

吴子使札来聘。

吴其称"子"，何也？善使延陵季子，故进之也，身贤，贤也；使贤，亦贤也。延陵季子之贤，尊君也。其名，成尊于上也。

秋，九月，葬卫献公。

齐高止出奔北燕。

其曰"北燕"，从史文也。

冬，仲孙羯如晋。

三　十　年

（三十年）春，王正月，楚子使薳罢来聘①。

夏，四月，蔡世子般弑其君固。

其不日，子夺父政，是谓夷之。

五月甲午，宋灾。伯姬卒。

取卒之日，加之"灾"上者，见以灾卒也。其见以灾卒奈可？伯姬之舍失火，左右曰："夫人少辟火乎？"伯姬曰："妇人之义，傅母不在，宵不下堂。"左右又曰："夫人少辟火乎？"伯姬曰："妇人之义，保母不在，宵不下堂。"遂逮乎火而死。妇人以贞为行者也，伯姬之妇道尽矣。详其事，贤伯姬也。

天王杀其弟佞夫。

《传》曰：诸侯且不首恶，况于天子乎？君无忍亲之义。天子、诸侯所亲者，唯长子、母弟耳。"天王杀其弟佞夫"，甚之也。

王子瑕奔晋。

秋，七月，叔弓如宋，葬共姬。

外夫人不书葬，此其言"葬"何也？吾女也，卒灾，故隐而葬之也。

郑良霄出奔许，自许入于郑；郑人杀良宵。

不言"大夫"，恶之也。

冬，十月，葬蔡景公。

不日卒而月葬，不"葬"者也。卒而葬之，不忍使父失民于子也。

晋人、齐人、宋人、卫人、郑人、曹人、莒人、邾人、滕人、薛人、杞人、小邾人会于澶渊，宋灾故。

会不言其所为，其曰"宋灾故"何也？不言"灾故"，则无以风其善也。其曰"人"何也？救灾以众。何救焉？更宋之所丧财也。

澶渊之会，中国不侵伐夷狄，夷狄不入中国，无侵伐八年。善之也，晋赵武、楚屈建之力也。

三十一年

（三十有一年）春，王正月。

夏，六月辛巳，公薨于楚宫。

楚宫，非正也。

秋，九月癸巳，子野卒。

子卒日，正也。

己亥，仲孙羯卒。

冬，十月，滕子来会葬。癸酉，葬我君襄公。

十有一月，莒人弑其君密州。

---

①鱼石：人名。

②盷（gǔn，音滚）：人名。盷，眼睛大。

③郱（wéi，音为）：古地名，在今河南省鲁山县境内。

④柤（zhā，音渣）：楚国领地。

⑤邿（shī，音诗）：古国名，在今山东省济宁东南。

⑥睍（jiàn，音建）：人名。

⑦潏（kuò，音扩）水：河名，经当时的鲁国注入泗水。即今山东滕县郭河。

⑧嗛（qiān，音千）：通"歉"，粮食歉收。

⑨织绚（qú，音渠）：编织鞋头上的装饰品。

⑩淏（jú，音菊）：河名。在河南西北部，源头在济源县，向东南流入黄河。

⑪选（yūn，音孕）罢：人名。

昭　公

元　年

（元年）春，王正月，公即位。

继正即位，正也。

叔孙豹会晋赵武、楚公子围、齐国弱、宋向戌、卫齐恶、陈公子招、蔡公孙归生、郑罕虎、许人、曹人于郭。

三月，取郓。

夏，秦伯之弟铖出奔晋[①]。

诸侯之尊，弟兄不得以属通。其弟云者，亲之也。亲而奔之，恶也。

六月丁巳，邾子华卒。

晋荀吴帅师败狄于大原。

《传》曰：中国曰大原，夷狄曰大卤。号从中国，名从主人。

秋，莒去疾自齐入于莒。莒展出奔吴。

叔弓帅师疆郓田。

疆之为言，犹竟也。

葬邾悼以。

冬，十有一月己酉，楚子卷卒。

楚公子比出奔晋。

二　年

（二年）春，晋侯使韩起来聘。

夏，叔弓如晋。

秋，郑杀其大夫公孙黑。

冬，公如晋，至河乃复。

耻如晋，故著有疾也。

季孙宿如晋。

公如晋而不得入，季孙宿如晋而得入，恶季孙宿也。

三　年

（三年）春，王正月丁未，滕子原卒。

夏，叔弓如滕。

五月，葬滕成公。

秋，小邾子来朝。

八月，大雩。

冬，大雨雹。

北燕伯款出奔齐。

其曰"北燕"，从史文也。

四　年

（四年）春，王正月，大雨雪。

夏，楚子、蔡侯、陈侯、郑伯、许男、徐子、滕子、顿子、胡子、沈子、小邾子、宋世子佐、淮夷会于申。楚人执徐子。

秋，七月，楚子、蔡侯、陈侯、许男、顿子、胡子、沈子、淮夷伐吴。执齐庆封，杀之。

此人而杀，其不言"人"何也？庆封封乎吴钟离。其不言伐钟离何也？不与吴封也。

庆封其以齐氏何也？为齐讨。灵王使人以庆封令于军中，曰："有若齐庆封弑其君者乎？"庆封曰："子一息，我亦且一言。"曰"有若楚公子围弑其兄之子而代之为君者乎？"军人粲然皆笑。庆封弑其君而不以弑君之罪罪之者，庆封不为灵王服也，不与楚讨也。

《春秋》之义：用贵治贱，用贤治不肖，不以乱治乱也。孔子曰：怀恶而讨，虽死不服，其斯之谓与！

遂灭厉。

遂，继事也。

九月，取缯。

冬，十有二月乙卯，叔孙豹卒。

五　年

（五年）春，王正月，舍中军。

贵复正也。

楚杀其大夫屈申。

公如晋。

夏，莒牟夷以牟娄及防兹来奔。

"以"者，不以者也。"出奔"者不言出。"及防兹"，以大及小也。

莒无大夫，其曰"牟夷"，何也？以其地来也。以地来则何以书也？重地也。

秋，七月，公至自晋。

戊辰，叔弓帅师，败莒师于贲泉。

狄人谓贲泉"失台"，号从中国，名从主人。

秦伯卒。

冬，楚子、蔡侯、陈侯、许男、顿子、沈子、徐人、越人伐吴。

六 年

（六年）春，王正月，杞伯益姑卒。

葬秦景公。

夏，季孙宿如晋。

葬杞文公。

宋华合比出奔卫。

秋，九月，大雩。

楚远罢帅师伐吴。

冬，叔弓如楚。齐侯伐北燕。

七 年

（七年）春，王正月，暨齐平。

平者成也。暨犹暨暨也，暨者不得已也，以外及内曰暨。

三月，公如楚。

叔孙婼如齐莅盟。

莅，位也。内之前定之辞谓之"莅"，外之前定之辞谓之"来"。

夏，四月甲辰朔，日有食之。

秋，八月戊辰，卫侯恶卒。

乡曰"卫齐恶"，今曰"卫侯恶"，此何为君臣同名也？君子不夺人名，不夺人亲之所名，重其所以来也，王父名子也。

九月，公至自楚。

冬，十有一月癸未，季孙宿卒。

十有二月癸亥，葬卫襄公。

八 年

（八年）春，陈侯之弟招杀陈世子偃师。

乡曰"陈公子招"，今曰"陈侯之弟招"，何也？曰：尽其亲，所以恶招也。两下相杀，不志乎《春秋》，此其志何也？世子云者，唯君之贰也，云可以重之存焉，志之也。诸侯之尊，弟兄不得以属通。其弟云者，亲之也。亲而杀之，恶也。

夏，四月辛丑，陈侯溺卒。

叔弓如晋。

楚人执陈行人干徵师，杀之，

称人以执大夫，执有罪也。称行人，怨接于上也。

陈公子留出奔郑。

秋，搜于红。

正也。因搜狩以习用武事，礼之大者也。艾兰以为防，罪旃为以辕门[2]，以葛覆质以为槷[3]，流旁握，御击者不得入④。车轨尘，马候蹄，掩禽旅，御者不失其驰，然后射者能中。过防弗逐，不从奔之道也。面伤不献，不成禽不献。禽虽多，天子取三十焉。其馀与士众，以习射于射宫。射而中，田不得禽则得禽。田得禽而射不中，则不得禽。是以知古之贵仁义而贱勇力也。

陈人杀其大夫公子过。

大雩。

冬，十月壬午，楚师灭陈。执陈公子招，放之于越。杀陈孔奂。

恶楚子也。

葬陈哀公。

不与楚灭，闵公也。

九　　年

（九年）春，叔弓会楚子于陈。

许迁于夷。

夏，四月，陈火。

国曰"灾"，邑曰"火"。火不志，此何以志？闵陈而存之也。

秋，仲孙貜如齐⑤。

冬，筑郎囿。

十　　年

（十年）春，王正月。

夏，齐栾施来奔。

秋，七月，季孙意如、叔弓、仲孙貜帅师伐莒。

戊子，晋侯彪卒。

九月，叔孙婼如晋。葬晋平公。

十有二月甲子，宋公成卒。

十　一　年

（十有一年）春，王二月，叔弓如宋。葬宋平公。

夏，四月丁巳，楚子虔诱蔡侯般，杀之于申。

何为名之也？夷狄之君诱中国之君而杀之，故谨而名之也。称时，称月，称日，称地，谨之也。

楚公子弃疾帅师围蔡。

五月甲申，夫人归氏薨。

大搜于比蒲。

仲孙貜会邾子盟于祲祥。

秋，季孙意如会晋韩起、齐国弱、宋华亥、卫北宫佗、郑罕虎、曹人、杞人于厥慭⑥。

九月己亥，葬我小君齐归。

冬，十有一月丁酉，楚师灭蔡，执蔡世子友以归，用之。

此子也，其曰"世子"，何也？不与楚杀也。一事详乎志，所以恶楚子也。

十 二 年

（十有二年）春，齐高偃帅师，纳北燕伯于阳。

纳者，内不受也。燕伯之不名何也？不以高偃挈燕伯也。

三月壬申，郑伯嘉卒。

夏，宋公使华定来聘。

公如晋，至河乃复。

季孙氏不使遂乎晋也。

五月，葬郑简公。

楚杀其大夫成虎。

秋，七月。

冬，十月，公子慭出奔齐。

楚子伐徐。

晋伐鲜虞。

其曰"晋"，狄之也。其狄之何也？不正其与夷狄交伐中国，故狄称之也。

十 三 年

（十有三年）春，叔弓帅师围费。

夏，四月，楚公子比自晋归于楚。弑其君虔于乾溪。

自晋，晋有奉焉尔。归而弑，不言归；言归，非弑也。归一事也，弑一事也，而遂言之，以比之归弑，比不弑也。弑君者日，不日，比不弑也。

楚公子弃疾杀公子比。

当上之辞也。当上之辞者，谓不称人以杀，乃以君杀之也。讨贼以当上之辞，杀，非弑也。比之不弑有四。取国者称国以弑，"楚公子弃疾杀公子比"，比不嫌也。《春秋》不以嫌代嫌。弃疾主其事，故嫌也。

秋，公会刘子、晋侯、齐侯、宋公、卫侯、郑伯、曹伯、莒子、邾子、滕子、薛伯、杞伯、小邾子于平丘。八月甲戌，同盟于平丘，公不与盟。

同者，有同也，同外楚也。公不与盟者，可以与而不与，讥在公也。其日，善是盟也。

晋人执季孙意如以归。

公至自会。

蔡侯庐归于蔡。陈侯吴归于陈。

善其成之，会而归之，故谨而日之。此未尝有国也，使如失国辞然者，不与楚灭也。

冬，十月，葬蔡灵公。

变之不葬有三：失德不葬，弑君不葬，灭国不葬。然且葬之，不与楚灭，且成诸侯之事也。

公如晋，至河乃复。

吴灭州来。

十 四 年

（十有四年）春，意如至自晋。

大夫执则致，致则名。意如恶，然而致，见君臣之礼也。

三月，曹伯滕卒。

夏，四月。

秋，葬曹武公。

八月，莒子去疾卒。

冬，莒杀其公子意恢。

言"公子"而不言"大夫"，莒无大夫也。莒无大夫而曰"公子意恢"，意恢贤也。

曹、莒皆无大夫。其所以无大夫者，其义异也。

十 五 年

（十有五年）春，王正月，吴子夷末卒。

二月癸酉，有事于武宫，龠入；叔弓卒，去乐卒事。

君在祭乐之中，闻大夫之丧，则去乐卒事，礼也。

君在祭乐之中，大夫有变，以闻可乎？大夫，国体也。古之人重死，君命无所不通。

夏，蔡朝吴，出奔郑。

六月丁巳朔，日有食之。

秋，晋荀吴帅师伐鲜虞。

冬，公如晋。

十 六 年

（十有六年）春，齐侯伐徐。楚子诱戎蛮子杀之。

夏，公至自晋。

秋，八月己亥，晋侯夷卒。

九月，大雩。

季孙意如如晋。

冬，十月，葬晋昭公。

十 七 年

（十有七年）春，小邾子来朝。

夏，六月甲戌朔，日有食之。

秋，郯子来朝。

八月，晋荀吴帅师灭陆浑戎。

冬，有星孛于大辰。

一有一亡曰有。于大辰者，滥于大辰也。

楚人及吴战于长岸。

两夷狄曰"败"，中国与夷狄亦曰"败"。楚人及吴战于长岸，进楚子，故曰"战"。

十 八 年

（十有八年）春，王三月，曹伯须卒。

夏，五月壬午，宋、卫、陈、郑灾。

其志，以同日也。其日，亦以同日也。或曰：人有谓郑子产曰："某日有灾"。子产曰："天者神，子恶知之？"是人也，同日为四国灾也。

六月，邾人入鄅⑦。

秋，葬曹平公。

冬，许迁于白羽。

十 九 年

（十有九年）春，宋公伐邾。

夏，五月戊辰，许世子止弑其君买。

日弑，正卒也。正卒，则止不弑也。不弑而曰弑，责止也。止曰："我与夫弑者。"不立乎其位，以与其弟虺⑧。哭泣，歠飦粥⑨，嗌不容粒，未逾年而死，故君子即止自责而责之也。

己卯，地震。

秋，齐高发帅师伐莒。

冬，葬许悼公。

日卒时葬，不使止为弑父也。曰：子既生，不免乎水火，母之罪也。羁贯成童，不就师傅，父之罪也。就师学问无方，心志不通，身之罪也。心志既通，而名誉不闻，友之罪也。名誉即闻，有司不举，有司之罪也。有司举之，王者不用，王者之过也。许世子止不知尝药，累及许君也。

二 十 年

（二十年）春，王正月。

夏，曹公孙会自梦出奔宋。

自梦者，专乎梦也。曹无大夫，其曰"公孙"，何也？言其以贵取之，而不以叛也。

秋，盗杀卫侯之兄辄。

盗，贱也。其曰兄，母兄也。目卫侯，卫侯累也。然则何为不为君也？曰：有天疾者，不得入乎宗庙。辄者何也？曰：两足不能相过，齐谓之綦⑩，楚谓之踂，卫谓之辄。

冬，十月，宋华亥、向宁、华定出奔陈。

十有一月辛卯，蔡侯庐卒。

二十一年

（二十有一年）春，王三月，葬蔡平公。

夏，晋侯使士鞅来聘。

宋华亥、向宁、华定自陈入于宋南里以叛。

自陈，陈有奉焉尔。入者，内弗受也。其曰“宋南里”，宋之南鄙也。以者，不以者也。叛，直叛也。

秋，七月壬午朔，日有食之。

八月乙亥，叔辄卒。

冬，蔡侯东出奔楚。

东者，东国也。何为谓之东也？王父诱而杀焉，父执而用焉，奔而又奔之。曰“东”，恶之而贬之也。

公如晋，至河乃复。

二十二年

（二十有二年）春，齐侯伐莒。

宋华亥、向宁、华定自宋南里出奔楚。

“自宋南里”者，专也。

大搜于昌间。

秋而曰“搜”。此春也，其曰“搜”何也？以搜事也。

夏，四月乙丑，天王崩。

六月，叔鞅如京师。葬景王。

王室乱。

乱之为言，事未有所成也。

刘子、单子以王猛居于皇。

以者，不以者也。王猛嫌也。

秋，刘子、单子以王猛入于王城。

以者，不以者也。入者，内弗受也。

冬，十月，王子猛卒。

此不“卒”者也；其曰“卒”，失嫌也。

十有二月癸酉朔，日有食之。

二十三年

（二十有三年）春，王正月，叔孙婼如晋。

癸丑，叔鞅卒。

晋人执我行人叔孙婼。晋人围郊。

夏，六月，蔡侯东国卒于楚。

秋，七月，莒子庚舆来奔。

戊辰，吴败顿、胡、沈、蔡、陈、许之师于鸡甫。胡子髡、沈子盈灭。

中国不言"败"，此其言"败"，何也？中国不败，胡子髡、沈子盈其灭乎？其言"败"，释其灭也。

获陈夏啮。

获者，非与之辞也，上下之称也。

天王居于狄泉。

始王也。其曰"天王"，因其居而王之也。

尹氏立王子朝。

立者，不宜立者也。朝之不名何也？别嫌乎尹氏之朝也。

八月乙未，地震。

冬，公如晋。至河，公有疾，乃复。

疾不志，此其志何也？释不得入乎晋也。

二 十 四 年

（二十有四年）春，王二月丙戌，仲孙貜卒。

婼至自晋。

大夫执则致，致则挈，由上致之也。

夏，五月乙未朔，日有食之。

秋，八月大雩。

丁酉，杞伯郁厘卒。

冬，吴灭巢，葬杞平公。

二 十 五 年

（二十有五年）春，叔孙婼如宋。

夏，叔倪会晋赵鞅、宋乐大心、卫北宫僖、郑游吉、曹人、邾人、滕人、薛人、小邾人于黄父。

有鹳鹆来巢①。

一有一亡曰有。来者，来中国也。鹳鹆穴者而曰巢，或曰：增之也。

秋，七月上辛，大雩。季辛，又雩。

季者，有中之辞也。又，有继之辞也。

九月乙亥，公孙于齐。

"孙"之为言，犹孙也。讳奔也。

次于阳州。

次，止也。

齐侯唁公于野井。

吊失国曰唁。唁公不得入于鲁也。

冬，十月戊辰，叔孙婼卒。

十有一月己亥，宋公佐卒于曲棘。

郔公也。

十有二月，齐侯取郓。

取，易辞也。内不言取，以其为公取之，故易言之也。

二十六年

（二十有六年）春，王正月，葬宋元公。

三月，公至自齐，居于郓。

公次于阳州，其曰"至自齐"，何也？以齐侯之见公，可以言"至自齐"也。居于郓者，公在外也。至自齐，道义不外公也。

夏，公围成。

非国不言"围"。所以言"围"者，以大公也。

秋，公会齐侯、莒子、邾子、杞伯，盟于鄟陵。公至自会，居于郓。

公在外也。"至自会"，道义不外公也。

九月庚申，楚子居卒。

冬，十月，天王入于成周。

周，有入无出也。

尹氏、召伯、毛伯以王子朝奔楚。

远矣，非也。奔，直奔也。

二十七年

（二十有七年）春，公如齐。公至自齐，居于郓。公在外也。

夏，四月，吴弑其君僚。楚杀其大夫郤宛。

秋，晋士鞅、宋乐祁犁、卫北宫喜、曹人、邾人、滕人会于扈。

冬，十月，曹伯午卒。

邾快来奔。

公如齐。公至自齐，居于郓。

二十八年

（二十有八年）春，王三月，葬曹悼公。

公如晋，次于乾侯。

公在外也。

夏，四月丙戌，郑伯宁卒。

六月，葬郑定公。

秋，七月癸巳，滕子宁卒。

冬，葬滕悼公。

二十九年

（二十有九年）春，公至自乾侯，居于郓。

齐侯使高张来唁公。

唁公不得入于鲁也。

公如晋，次于乾侯。

夏，四月庚子，叔倪卒。

季孙意如曰："叔倪无病而死。此皆无公也，是天命也，非我罪也。"

秋，七月。

冬，十月，郓溃。

溃之为言，上下不相得也。上下不相得则恶矣，亦讥公也。昭公出奔，民如释重负。

三十年

（三十年）春，王正月，公在乾侯。

中国不存公。存公，故也。

夏，六月庚辰，晋侯去疾卒。

秋，八月，葬晋顷公。

冬，十有二月，吴灭徐。徐子章羽奔楚。

三十一年

（三十有一年）春，王正月，公在乾侯。

季孙意如会晋荀栎于适历。

夏，四月丁巳，薛伯穀卒。

晋侯使荀栎唁公于乾侯。

唁公不得入于鲁也，曰："既为君言之矣，不可者意如也。"

秋，葬薛献公。

冬，黑肱以滥来奔。

其不言"邾黑肱"，何也？别乎邾也。其不言"滥子"，何也？非天子所封也。"来奔"，内不言叛也。

十有二月辛亥朔，日有食之。

三十二年

（三十有二年）春，王正月，公在乾侯，取阚。

夏，吴伐越。

秋，七月。

冬，仲孙何忌会晋韩不信、齐高张、宋仲几、卫大叔申、郑国参、曹人、莒人、邾人、薛人、杞人、小邾人，城成周。

天子微，诸侯不享觐。天子之在者，惟祭与号。故诸侯之大夫相帅以城之，此变之正也。

十有二月己未，公薨于乾侯。

---

① 铖（qián，音前）：人名。与"针"同形异音。
② 旃（zhān，音沾）：赤色的曲柄旗。
③ 槷（niè，音聂）：门橛，即门中竖立以为限隔的短木。
④ 挈（jí，音棘）：车辖相击，引申为舟车相撞。
⑤ 玃（jué，音觉）：人名。
⑥ 厥愁（yin，音胤）：地名。
⑦ 郚（yǔ，音雨）：地名，在今山东省临沂县北。
⑧ 虺（huǐ，音毁）：毒蛇或毒虫。
⑨ 歠忓（chuò zhān）粥：饮粘粥。
⑩ 綦（qí，音其）：古代方言，两脚并连，不能开步。
⑪ 鸜鹆（qú yú，音渠欲）：鹦鹉。

定　公

元　年

（元年）春，王。

不言正月，定无正也。定之无正何也？昭公之终非正终也，定之始非正始也。昭无正终，故定无正始。不言即位，丧在外也。

三月，晋人执宋仲几于京师。

此其大夫，其曰"人"，何也？微之也。何为微之？不正其执人于尊者之所也，不与大夫之伯讨也。

夏，六月癸亥，公之丧至自乾侯。

戊辰，公即位。

殡，然后即位也。定无正，见无以正也。逾年不言即位，是有故公也；言即位，是无故公也。即位，授受之道也。先君无正终，则后君无正始也；先君有正终，则后君有正始也。

"戊辰，公即位"，谨之也。定之即位，不可不察也。公即位，何以日也？戊辰之日，然后即位也。"癸亥，公之丧至自乾侯"，何为戊辰之日然后即位也？正君乎国，然后即位也。沈子曰："正棺乎两楹之间，然后即位也。"

内之大事，日。即位，君之大事也，其不日何也？以年决者，不以日决也。此则其日何也？著之也。何著焉？逾年即位，厉也，于厉之中又有义焉。未殡，虽有天子之命犹不敢，况临诸臣乎？

周人有丧，鲁人有丧；周人吊，鲁人不吊。周人曰："固吾臣也。使人可也。"鲁人曰："吾君也。亲之者也，使大夫则不可也。"故周人吊，鲁人不吊，以其下成、康为未久也。君至尊也，去父之殡而往吊犹不敢，况未殡而临诸臣乎？

秋，七月癸巳，葬我君昭公。

九月，大雩。

雩月，雩之正也。秋之雩，非正也。冬大雩，非正也。秋大雩，雩之为非正何也？毛泽未尽，人力未竭，未可以雩也。雩月，雩之正也，月之为雩之正何也？其时穷人力尽然后雩，雩之正也。何谓"其时穷人力尽"？是月不雨，则无及矣；是年不艾，则无食矣，是谓"其时穷人力尽"也。

雩之必待其时穷人力尽何也？雩者，为旱求者也。求者请也。古之人重请。何重乎请？人之所以为人者，让也。请道去让也，则是舍其所以为人也，是以重之。焉请哉？请乎应上公。古之神人有应上公者，通乎阴阳；君亲帅诸大夫道之而以请焉。夫请者，非可诒托而往也，必亲之者也，是以重之。

立炀宫。

立者，不宜立者也。

冬，十月，陨霜杀菽。

未可以杀而杀，举重。可杀而不杀，举轻。其曰菽，举重也。

二　年

（二年）春，王正月。

夏，五月壬辰，雉门及两观灾。

其不曰"雉门灾及两观"，何也？灾自两观始也，不以尊者亲灾也。先言雉门①，尊尊也。

秋，楚人伐吴。

冬，十月，新作雉门及两观

言"新"，有旧也。作，为也，有加其度也。此不正，其以尊者亲之何也？虽不正也，于美犹可也。

三　年

（三年）春，王正月，公如晋，至河乃复。

二月辛卯，邾子穿卒。

夏，四月。

秋，葬邾庄公。

冬，仲孙何忌及邾子盟于拔。

四　年

（四年）春，王二月癸巳，陈侯吴卒。

三月，公会刘子、晋侯、宋公、蔡侯、卫侯、陈子、郑伯、许男、曹伯、莒子、邾子、顿子、胡子、滕子、薛伯、杞伯、小邾子、齐国夏于召陵，侵楚。

夏，四月庚辰，蔡公孙姓帅师灭沈，以沈子嘉归，杀之。

五月，公及诸侯盟于皋鼬。

后而再会，公志于后会也。后，志疑也。

杞伯成卒于会。

六月，葬陈惠公。

诉迁于容城。

秋，七月，公至自会。

刘卷卒。

此不卒而卒者，贤之也。寰内诸侯也，非列士诸侯，此何以卒也？天王崩，为诸侯主也。

葬杞悼公。

楚人围蔡。晋士鞅、卫孔圉帅师伐鲜虞。

葬刘文公。

冬，十有一月庚午，蔡侯以吴子及楚人战于伯举。楚师败绩。

吴其称"子"，何也？以蔡侯之以之，举其贵者也。蔡侯之以之，则其举贵者何也？吴信中国而攘夷狄，吴进矣。其信中国而攘夷狄奈何？

子胥父诛于楚也，挟弓持矢而干阖庐。阖庐曰："大之甚，勇之甚！"为是欲兴师而伐楚，子胥谏曰："臣闻之：君不为匹夫兴师。且事君犹事父也，亏君之义，复义之仇，臣弗为也。"于是止。

蔡昭公朝于楚。有美裘，正是日囊瓦求之，昭公不与。为是拘昭公于南郢，数年然后得归。归乃用事乎汉，曰："苟诸侯有欲伐楚者，寡人请为前列焉！"楚人闻之而怒，为是兴师而伐蔡。蔡请救于吴。子胥曰："蔡非有罪，楚无道也。君若有忧中国之心，则若此时可矣！"为是兴师而伐楚。何以不言救也？救大也。

楚囊瓦出奔郑。

庚辰，吴入楚。

日入，易无楚也。易无楚者，坏宗庙，徙陈器，挞平王之墓。何以不言"灭"也？欲存楚也。其欲存楚奈何？昭王之军败而逃，父老送之；曰："寡人不肖，亡先君之邑。父老反矣，何忧无君？寡人且用此入海矣！"父老曰："有君如此其贤也！"以众不如吴，以必死不如楚。相与击之，一夜而三败吴人，复立。

何以谓之"吴"也？狄之也。何谓狄之也？君居其君之寝，而妻其君之妻；大夫居其大夫之寝，而妻其大夫之妻。盖有欲妻楚王之母者。不正乘败人之绩而深为利、居人之国，故反其狄道也。

五　　年

（五年）春，王三月辛亥朔，日有食之。

夏，归粟于蔡。

诸侯无粟，诸侯相归粟，正也。孰归之？诸侯也。不言归之者，专辞也，义迩也②。

於越入吴。

六月丙申，季孙意如卒。

秋，七月壬子，叔孙不敢卒。

冬，晋士鞅帅师围鲜虞。

六　　年

（六年）春，王正月癸亥，郑游速帅师灭许，以许男斯归。

二月，公侵郑。以至自侵郑。

夏，季孙斯、仲孙何忌如晋。

秋，晋人执宋行人乐祁犁。

冬，城中城。

城中城者，三家张也。或曰：非外民也。

季孙斯、仲孙忌帅师围郓。

七　　年

（七年）春，王正月。

夏，四月。

秋，齐侯、郑伯盟于咸。

齐人执卫行人北宫结以侵卫。

以，重辞也。卫人重北宫结。

齐侯、卫侯盟于沙。

大雩。

齐国夏帅师伐我西鄙。

九月，大雩。

冬，十月。

八　　年

（八年）春，王正月，公侵齐。公至自侵齐。

二月，公侵齐。

三月，公至自侵齐。

公如：往时，致月，危致也。往月，致时，危往也。往月，致月，恶之也。

曹伯露卒。

夏，齐国夏帅师伐我西鄙。公会晋师于瓦。公至自瓦。

秋，七月戊辰，陈侯柳卒。

晋士鞅帅师侵郑，遂侵卫。

葬曹靖公。

九月，葬陈怀公。

季孙斯、仲孙何忌帅师侵卫。

冬，卫侯、郑伯盟于曲濮。

从祀先公。

贵复正也。

盗窃宝玉、大弓。

宝玉者，封圭也。大弓者，武王之戎弓屯。周公受赐，藏之鲁。非其所以与人而与人，谓之亡；非其所取而取之，谓之盗。

九　年

（九年）春，王正月。

夏，四月戊申，郑伯虿卒③。

得宝玉、大弓。

其不地何也？宝玉、大弓在家则羞，不目羞也。恶得之？得之堤下。或曰：阳虎以解众也。

六月，葬郑献公。

秋，齐侯、卫侯次于五氏。秦伯卒。

冬，葬秦哀公。

十　年

（十年）春，王三月，及齐平。

夏，公会齐侯于颊谷。公至自颊谷。

离地不致，何为致也？危之也。危之，则以地致何也？为危之也。春危奈何？曰：颊谷之会，孔子相焉。两君就坛，两相相揖。齐人鼓噪而起，欲以执鲁君。孔子历阶而上，不尽一等，而视归乎齐侯，曰："两君合好，夷狄之民何为来为？"命司马止之。齐侯逡巡而谢曰："寡人之过也。"退而属其二三大夫曰："夫人率其君，与之行古人之道，二三子独率我而入夷狄之俗，何为？"

罢会，齐人使优施舞于鲁君之幕下。孔子曰："笑君者，罪当死！"使司马行法焉，首足异门而出。

齐人来归郓、欢、龟、阴之田者，盖为此也。因是以见虽有文事，必在武备，孔子于颊谷之会见之矣。

晋赵鞅帅师围卫。

齐人来归郓、欢、龟、阴之田。

叔孙州仇、仲孙何忌帅师围郈。

秋，叔孙州仇、仲孙何忌帅师围郈。

宋乐大心出奔曹。宋公子地出奔陈。

冬，齐侯、卫侯、郑游速会于安甫。

叔孙州仇如齐。

宋公之弟辰暨宋仲佗、石驱出奔陈。

十 一 年

（十有一年）春，宋公之弟辰

未失其弟也。

及仲佗、石㪍④、公子地

以尊及卑也。

自陈

陈有奉焉尔。

入于萧以叛。

入者，内弗受也。以者，不以也。叛，直叛也。

夏，四月。

秋，宋乐大心自曹入于萧。

冬，及郑平。叔还如郑莅盟。

十 二 年

（十有二年）春，薛伯定卒。

夏，葬薛襄公。

叔孙州仇帅师堕郈⑤。

堕，犹取也。

卫公孟㪍帅师伐曹。

季孙斯、仲孙何忌帅师堕费。

秋，大雩。

冬，十有癸亥，公会齐侯，盟于黄。

十有一月丙寅朔，日有食之。

公至自黄。

十有二月，公围成。

非国言围，围成，大公也。

公至自围成。

何以致？危之也。何危尔？边乎齐也。

十 三 年

（十有三年）春，齐侯次于垂葭。

夏，筑蛇渊囿。大搜于比蒲。

卫公孟㪍帅师伐曹。

秋，晋赵鞅入于晋阳以叛。

以者，不以者也。叛，直叛也。

冬，晋荀寅、士吉射入于朝歌以叛。

晋赵鞅归于晋。

此叛也，其以归言之，何也？贵其以地反也。贵其以地反，则是大利也？非大利也，许悔过也。许悔过，则何以言叛也？以地正国也。以地正国则何以言叛？其入无君命也。

薛弑其君比。

十 四 年

（十有四年）春，卫公叔戌来奔。卫赵阳出奔宋。

二月辛巳，楚公子结、陈公孙佗人帅师灭顿，以顿子牂归。

夏，卫北宫结来奔。

五月，於越败吴于檇李。吴子光卒。

公会齐侯、卫侯于牵。公至自会。

秋，齐侯、宋公会于洮。

天王使石尚来归脤⑥。

脤者何也？俎实也，祭肉也。生曰脤，熟曰燔。其辞"石尚"，士也。何以知其士也？天子之大夫不名。石尚欲书《春秋》，谏曰："久矣周之不行礼于鲁也！请行脤。"贵复正也。

卫世子蒯聩出奔宋，卫公孟驱出奔郑。

宋公之弟辰自萧来奔。

大搜于比蒲。邾子来会公。

城莒父及霄。

十 五 年

（十有五年）春，王正月，邾子来朝。

鼷鼠食郊牛，牛死，改卜牛。

不敬莫大焉。

二月辛丑，楚子灭胡，以胡子豹归。

夏，五月辛亥，郊。

壬申，公薨于高寝。

高寝，非正也。

郑罕达帅师伐宋。

齐侯、卫侯次于渠蒢⑦

邾子来奔丧。

丧急，故以"奔"言之。

秋，七月壬申，弋氏卒。

妾辞也。哀公之母也。

八月庚辰朔，日有食之。

九月，滕子来会葬。

丁巳，葬我君定公，雨不克葬。

葬既有日，不为雨止，礼也。"雨不克葬"，丧不以制也。

戊午，日下稷，乃克葬。

乃，急辞也，不足乎日之辞也。

辛巳，葬定弋。

冬，城漆。

①雉门：杜预曰："雉门者，公宫之南门。"
②迩（ěr，音尔）：近、接近。
③虿（chài，音钗）：人名。
④彄（kōu，音抠）：人名。
⑤郈（hòu，音后）：地名。在今山东省东平东南。
⑥脤（shèn，音慎）：祭祀用的生肉。
⑦蒢蒢（chú，音出）：地名，宋地。

哀　公

元　年

（元年）春，王正月，公即位。

楚子、陈侯、随侯、许男围蔡。

鼷鼠食郊牛角，改卜牛。

夏，四月辛巳郊。

此该郊之变而道之也。于变之中又有言焉："鼷鼠食郊牛角，改卜牛"，志不敬也。"郊牛日展斛角而知伤"，展道尽矣。"郊自正月至于三月"，郊之时也。"夏四月郊"，不时也。"五月郊"，不时也。夏之始，可以承春；以秋之末承春之始，盖不可矣。"九月用郊"，"用"者，不宜用者也。"郊三卜"，礼也；"四卜"，非礼也；"五卜"，强也。卜免牲者，吉则免之，不吉则否。牛伤，不言"伤之"者，伤自牛作也，故其辞缓。全曰"牲"；伤曰"牛"，未牲曰"牛"：其牛一也，其所以为牛者异。有变而不郊，故卜免牛也。已"牛"矣，其尚卜免之何也？礼：与其亡也，宁有。尝置之上帝矣，故卜而后免之，不敢专也。卜之不吉则如之何？不免，安置之，系而待六月上甲始庀牲，然后左右之。

子之所言者，牲之变也，而曰我一该郊之变而道之何也？我以六月上甲始庀牲，十月上甲始系牲。十一月、十二月牲虽有变，不道也。待正月然后言牲之变，此乃所以该郊。郊，享道也；贵其时，大其礼，其养牲虽小不备可也。

子不志三月卜郊，何也？郊自正月至于三月，郊之时也。我以十二月下辛卜正月上辛，如不从，则以正月下辛卜二月上辛；如不从，则以二月下辛卜三月上辛；如不从，则不郊矣。

秋，齐侯、卫侯伐晋。

冬，仲孙何忌帅师伐邾。

二　年

（二年）春，王二月，季孙斯、叔孙州仇、仲孙何忌帅师伐邾，取漷东田，

漷东未尽也。

及沂西田，

沂西未尽也。

癸巳，叔孙州仇、仲孙何忌及邾子盟于句绎。

三人伐而二人盟何也？各盟其得也。

夏，四月丙子，卫侯元卒。

滕子来朝。

晋赵鞅帅师纳卫世子蒯聩于戚。

纳者，内弗受也。帅师而后纳者，有伐也。何用弗受也？以辄不受也，以辄不受父之命，受之王父也。信父而辞王父，则是不尊王父也。其弗受，以尊王父也。

秋，八月甲戌，晋赵鞅帅师及郑罕达帅师战于铁。郑师败绩。

冬，十月，葬卫灵公。

十有一月，蔡迁于州来。蔡杀其大夫公子驷。

三　　年

（三年）春，齐国夏、卫石曼姑帅师围戚。

此卫事也，其先国夏何也？子不围父也。不系戚于卫者，子不有父也。

夏，四月甲午，地震。

五月辛卯，桓宫、僖宫灾。

言"及"则祖有尊卑，由我言之则一也。

季孙斯、叔孙州仇帅师城启阳。

宋乐髡帅师伐曹。

秋，七月丙子，季孙斯卒。

蔡人放其大夫公孙猎于吴。

冬，十月癸卯，秦伯卒。

叔孙州仇、仲孙何忌帅师围邾。

四　　年

（四年）春，王二月庚戌，盗弑蔡侯申。

称盗以弑君，不以上下道道也。内其君而外弑者，不以弑道道也。《春秋》有三盗：微杀大夫谓之盗，非所取而取之谓之盗，辟中国之正道以袭利谓之盗。

蔡公孙辰出奔吴。

葬秦惠公。

宋人执小邾子。

夏，蔡杀其大夫公孙姓、公孙霍。晋人执戎蛮子赤归于楚。

城西郛。

六月辛丑，亳社灾。

亳社者，亳之社也。亳，亡国也。亡国之社以为庙屏，戒也。其屋，亡国之社不得达上也。

秋，八月甲寅，滕子结卒。

冬，十有二月，葬蔡昭公。葬滕顷公。

五　　年

（五年）春，城毗。

夏，齐侯伐宋。晋赵鞅帅师伐卫。

秋，九月癸酉，齐侯杵臼卒。

冬，叔还如齐。

闰月，葬齐景公。

不正其闰也。

六　　年

（六年）春，城邾瑕。

晋赵鞅帅师伐鲜虞。吴伐陈。

夏，齐国夏及高张来奔。

叔还会吴于柤。

秋，七月庚寅，楚子轸卒。

齐阳生入于齐，齐陈乞弑其君荼。

阳生入而弑其君，以陈乞主之何也？不以阳生君荼也。其不以阳生君荼何也？阳生正，荼不正。不正则其曰君何也？荼虽不正，已受命矣。

入者，内弗受也。荼不正，何用弗受？以其受命，可以言弗受也。

阳生其以国氏何也？取国于荼也。

冬，仲孙何忌帅师伐邾。宋向巢帅师伐曹。

七　　年

（七年）春，宋皇瑗帅师侵郑。晋魏曼多帅师侵卫。

夏，公会吴于缯。

秋，公伐邾。八月己酉，入邾，以邾子益来。

以者，不以者也。益之名，恶也。

《春秋》有临天下之言焉，有临一国之言焉，有临一家之言焉。其言"来"者，有外鲁之辞焉。

宋人围曹。

冬，郑驷弘帅师救曹。

八　　年

（八年）春，王正月，宋公入曹，以曹伯阳归。

吴伐我。

夏，齐人取欢及阐。

恶内也。

归邾子益于邾。

益之名，失国也。

秋，七月。

冬，十有二月癸亥，杞伯过卒。

齐人归欢及阐。

九　　年

（九年）春，王二月，葬杞僖公。

宋皇瑗帅师取郑师于雍丘。

取，易辞也。以师而易取，郑病矣。

夏，楚人伐陈。

秋，宋公伐郑。

冬，十月。

十　　年

（十年）春，王二月，邾子益来奔。公会吴伐齐。

三月戊戌，齐侯阳生卒。

夏，宋人伐郑。晋赵鞅帅师侵齐。

五月，公至自伐齐。

葬齐悼公。卫公孟彄自齐归于卫。

薛伯夷卒。

秋，葬薛惠公。

冬，楚公子结帅师伐陈，吴救陈。

十 一 年

（十有一年）春，齐国书帅师伐我。

夏，陈辕颇出奔郑。

五月，公会吴伐齐。甲戌，齐国书帅师及吴战于艾陵。

齐师败绩。获齐国书。

秋，七月辛酉，滕子虞母卒。

冬，十有一月，葬滕隐公。

卫世叔齐出奔宋。

十 二 年

（十有二年）春，用田赋。

古者公田什一，"用田赋"非正也。

夏，五月甲辰，孟子卒。

孟子者，何也？昭公夫人也。其不言夫人，何也？讳取同姓也。

公会吴于橐皋。

秋，公会卫侯、宋皇瑗于郧。

宋向巢帅师伐郑。

冬，十有二月，螽。

十 三 年

（十有三年）春，郑罕达帅师取宋师于嵒。

取，易辞也。以师而易取，宋病矣。

夏，许男成卒。

公会晋侯及吴子于黄池。

黄池之会，吴子进乎哉！遂子矣。吴，夷狄之国也，祝髪文身，欲因鲁之礼，因晋之权，而请冠、端而袭其藉于成周，以尊天王。吴进矣。吴，东方之大国也，累累致小国以会诸侯，以合乎中国。吴能为之，则不臣乎？吴进矣！

王，尊称也。子，卑称也。辞尊称而居卑称，以会乎诸侯，以尊天王。吴王夫差曰："好冠来！"孔子曰："大矣哉！夫差未能言冠而欲冠也。"

楚公子申帅师伐陈。

於越入吴。

秋，公至自会。

晋魏曼多帅师侵卫。

葬许元公。

九月，螽。

冬，十有一月，有星孛于东方。

盗杀陈夏区夫。

十有二月，螽。

十 四 年

（十有四年）春，西狩获麟。

引取之也。狩，地；不地，不狩也。非狩而曰"狩"，大获麟，故大其适也。其不言"来"，不外麟于中国也。其不言"有"，不使麟不恒于中国也。

大　学

大　学

　　大学之道，在明明德，在亲民，在止于至善。知止而后有定，定而后能静，静而后能安，安而后能虑，虑而后能得。物有本末，事有终始。知所先后，则近道矣。古之欲明明德于天下者，先治其国；欲治其国者，先齐其家；欲齐其家者，先修其身；欲修其身者，先正其心；欲正其心者，先诚其意；欲诚其意者，先致其知。致知在格物。物格而后知至，知至而后意诚，意诚而后心正，心正而后身修，身修而后家齐，家齐而后国治，国治而后天下平。自天子以至于庶人，壹是皆以修身为本。其本乱而末治者否矣。其所厚者薄，而其所薄者厚，未之有也。

　　《康诰》曰："克明德。"《大甲》曰："顾谉天之明命。"《帝典》曰："克明峻德。"皆自明也。

　　汤之《盘铭》曰："苟日新，日日新，又日新。"《康诰》曰："作新民。"《诗》曰："周虽旧邦，其命维新。"是故君子无所不用其极。

　　《诗》云："邦畿千里，维民所止。"《诗》云："缗蛮黄鸟，止于丘隅。"子曰："于止，知其所止，可以人而不如鸟乎？"《诗》云："穆穆文王，於缉熙敬止！"为人君，止于仁；为人臣，止于敬；为人子，止于孝；为人父，止于慈；与国人交，止于信。

　　《诗》云："瞻彼淇澳，菉竹猗猗。有斐君子，如切如磋，如琢如磨。瑟兮僩兮，赫兮喧兮。有斐君子，终不可諠兮！""如切如磋"者，道学也。"如琢如磨"者，自修也。"瑟兮僩兮"者，恂慄也。"赫兮喧兮"者，威仪也。"有斐君子，终不可諠兮"者，道盛德至善，民之不能忘也。

　　《诗》云："於戏，前王不忘！"君子贤其贤而亲其亲，小人乐其乐而利其利，此以没世不忘也。

　　子曰："听讼，吾犹人也。必也使无讼乎！"无情者不得尽其辞，大畏民志，此谓知本。

　　此谓知本，此谓知之至也。

　　所谓诚其意者，毋自欺也。如恶恶臭，如好好色，此之谓自谦，故君子必慎其独也。小人闲居为不善，无所不至，见君子而后厌然，掩其不善，而著其善。人之视己，如见其肺肝然，则何益矣？此谓诚于中，形于外，故君子必慎其独也。曾子曰："十目所视，十手所指，其严乎！"富润屋，德润身，心广体胖，故君子必诚其意。

　　所谓修身在正其心者，身有所忿懥，则不得其正；有所恐惧，则不得其正；有所好乐，则不得其正；有所忧患，则不得其正。心不在焉，视而不见，听而不闻，食而不知其味。此谓修身在正其心。

　　所谓齐其家在修其身者，人之其所亲爱而辟焉，之其所贱恶而辟焉，之其所畏敬而辟焉，之其所哀矜而辟焉，之其所敖惰而辟焉。故好而知其恶，恶而知其美者，天下鲜矣！故谚有之曰："人莫知其子之恶，莫知其苗之硕。"此谓身不修，不可以齐其家。

　　所谓治国必先齐其家者，其家不可教而能教人者，无之。故君子不出家而成教于国。孝者，所以事君也；弟者，所以事长也；慈者，所以使众也。《康诰》曰："如保赤子。"心诚求之，虽不中，不远矣。未有学养子而后嫁者也。一家仁，一国兴仁；一家让，一国兴让；一人贪戾，一国作乱。其机如此。此谓一言偾事，一人定国。尧、舜帅天下以仁，而民从之。桀、纣帅天下以暴，而民从之。其所令反其所好，而民不从。是故君子有诸己而后求诸人，无诸己而后非诸人。所藏乎身不恕，而能喻诸人者，未之有也。故治国在齐其家。《诗》云："桃之夭夭，其叶蓁蓁。之子于归，宜其家人。"宜其家人，而后可以教国人。《诗》云："宜兄宜弟。"宜兄宜弟，而后可以教国人。《诗》云："其仪不忒，正是四国。"其为父子兄弟足法，而后民法之也。此谓治国在齐其家。

所谓平天下在治其国者，上老老而民兴孝，上长长而民兴弟，上恤孤而民不倍，是以君子有絜矩之道也。所恶于上，毋以使下；所恶于下，毋以事上；所恶于前，毋以先后；所恶于后，毋以从前；所恶于右，毋以交于左；所恶于左，毋以交于右。此之谓絜矩之道。

《诗》云："乐只君子，民之父母。"民之所好好之，民之所恶恶之，此之谓民之父母。《诗》云："节彼南山，维石岩岩。赫赫师尹，民具尔瞻。"有国者不可以不慎，辟则为天下僇矣。《诗》云："殷之未丧师，克配上帝。仪监于殷，峻命不易。"道得众则得国，失众则失国。是故君子先慎乎德。有德此有人，有人此有土，有土此有财，有财此有用。德者本也，财有末也。外本内末，争民施夺。是故财聚则民散，财散则民聚。是故言悖而出者，亦悖而入；货悖而入者，亦悖而出。

《康诰》曰："惟命不于常。"道善则得之，不善则失之矣。

《楚书》曰："楚国无以为宝，惟善以为宝。"舅犯曰："亡人无以为宝，仁亲以为宝。"

《秦誓》曰："若有一个臣，断断兮，无他技，其心休休焉，其如有容焉。人之有技，若己有之；人之彦圣，其心好之，不啻若自其口出，寔能容之，以能保我子孙黎民，尚亦有利哉！人之有技，媢疾以恶之；人之彦圣，而违之俾不通，寔不能容，以不能保我子孙黎民，亦曰殆哉！"唯仁人，放流之，迸诸四夷，不与同中国，此谓唯仁人为能爱人，能恶人。见贤而不能举，举而不能先，命也；见不善而不能退，退而不能远，过也。好人之所恶，恶人之所好，是谓拂人之性，菑必逮失身。是故君子有大道，必忠信以得之，骄泰以失之。

生财有大道。生之者众，食之者寡，为之者疾，用之者舒，则财恒足矣。仁者以财发身，不仁者以身发财。未有上好仁而下不好义者也，未有好义其事不终者也，未有府库财非其财者也。孟献子曰："畜马乘，不察于鸡豚；伐冰之家，不畜牛羊；百乘之家，不畜聚敛之臣。与其有聚敛之臣，宁有盗臣。"此谓国不以利为利，以义为利也。长国家而务财用者，必自小人矣。彼为善之，小人之使为国家，菑害并至。虽有善者，亦无如之何矣！此谓国不以利为利，以义为利也。

中庸

中　庸

天命之谓性，率性之谓道，修道之谓教。道也者，不可须臾离也，可离非道也。是故君子戒慎乎其所不睹，恐惧乎其所不闻。莫见乎隐，莫显乎微，故君子慎其独也。喜怒哀乐之未发，谓之中；发而皆中节，谓之和。中也者，天也之大本也；和也者，天下之达道也。致中和，天地位焉，万物育焉。

仲尼曰："君子中庸，小人反中庸。君子之中庸也，君子而时中；小人之中庸也，小人而无忌惮也。"

子曰："中庸其至矣乎！民鲜能久矣！"

子曰："道之不行也，我知之矣，知者过之，愚者不及也。道之不明也，我知之矣，贤者过之，不肖者不及也。人莫不饮食也，鲜能知味也。"

子曰："道其不行矣夫！"

子曰："舜其大知也与！舜好问而好察迩言，隐恶而扬善，执其两端，用其中于民，其斯以为舜乎！"

子曰："人皆曰'予知'，驱而纳诸罟擭陷阱之中，而莫之知辟也。人皆曰'予知'，择乎中庸，而不能期月守也。"

子曰："回之为人也，择乎中庸，得一善，则拳拳服膺，而弗失之矣。"

子曰："天下国家可均也，爵禄可辞也，白刃可蹈也，中庸不可能也。"

子路问强。子曰："南方之强与？北方之强与？抑而强与？宽柔以教，不报无道，南方之强也，君子居之。衽金革，死而不厌，北方之强也，而强者居之。故君子和而不流，强哉矫！中立而不倚，强哉矫！国有道，不变塞焉，强哉矫！国无道，至死不变，强哉矫！"

子曰："素隐行怪，后世有述焉，吾弗为之矣。君子遵道而行，半涂而废，吾弗能已矣。君子依乎中庸，遁世不见知而不悔，唯圣者能之。"

君子之道费而隐。夫妇之愚，可以与知焉；及其至也，虽圣人亦有所不知焉。夫妇之不肖，可以能行焉；及其至也，虽圣人亦有所不能焉。天地之大也，人犹有所憾。故君子语大，天下莫能载焉；语小，天下莫能破焉。《诗》云："鸢飞戾天，鱼跃于渊。"言其上下察也。君子之道，造端乎夫妇；及其至也，察乎天地。

子曰："道不远人。人之为道而远人，不可以为道。《诗》云：'伐柯伐柯，其则不远。'执柯以伐柯，睨而视之，犹以为远。故君子以人治人，改而止。忠恕违道不远，施诸己而不愿，亦勿施于人。君子之道四，丘未能一焉：所求乎子，以事父，未能也；所求乎臣，以事君，未能也；所求乎弟，以事兄，未能也；所求乎朋友，先施之，未能也。庸德之行，庸言之谨，有所不足，不敢不勉，有余，不敢尽。言顾行，行顾言，君子胡不慥慥尔！"

君子素其位而行，不愿乎其外。素富贵，行乎富贵；素贫贱，行乎贫贱；素夷狄，行乎夷狄；素患难，行乎患难。君子无入而不自得焉。在上位不陵下，在下位不援上，正己而不求于人，则无怨。上不怨天，下不尤人。故君子居易以俟命，小人行险以徼幸。子曰："射有似乎君子，失诸正鹄，反求诸其身。"

君子之道，辟如行远，必自迩；辟如登高，必自卑。《诗》曰："妻子好合，如鼓瑟琴。兄弟既翕，和乐且耽。宜尔室家，乐尔妻帑。"子曰："父母其顺矣乎！"

子曰："鬼神之为德，其盛矣乎！视之而弗见，听之而弗闻，体物而不可遗。使天下之人，齐明盛服，以承祭祀，洋洋乎如在其上，如在其左右。《诗》曰：'神之格思，不可度思！矧可射思！'夫微之显，诚之不可掩如此夫。"

子曰："舜其大孝也与！德为圣人，尊为天子，富有四海之内，宗庙飨之，子孙保之。故大德必得其位，必得其禄，必得其名，必得其寿。故天之生物，必因其材而笃焉。故栽者培之，倾者覆之。《诗》曰：'嘉乐君子，宪宪令德。宜民宜人，受禄于天。保佑命之，自天申之。'故大德者必受命。"

子曰："无忧者，其惟文王乎？以王季为父，以武王为子，父作之，子述之。武王缵大王、王季、文王之绪，壹戎衣而有天下，身不失天下之显名，尊为天子，富有四海之内，宗庙飨之，子孙保之。武王末受命，周公成文、武之德，追王大王、王季，上祀先公以天子之礼。斯礼也，达乎诸侯大夫及士庶人。父为大夫，子为士，葬以大夫，祭以士。父为士，子为大夫，葬以士，祭以大夫。期之丧，达乎大夫。三年之丧，达乎天子。父母之丧，无贵贱，一也。"

子曰："武王、周公，其达孝矣乎！夫孝者，善继人之志，善述人之事者也。春秋，修其祖庙，陈其宗器，设其裳衣，荐其时食。宗庙之礼，所以序昭穆也。序爵，所以辨贵贱也。序事，所以辨贤也。旅酬下为上，所以逮贱也。燕毛，所以序齿也。践其位，行其礼，奏其乐，敬其所尊，爱其所亲，事死如事生，事亡如事存，孝之至也。郊社之礼，所以事上帝也。宗庙之礼，所以祀乎其先也。明乎郊社之礼、禘尝之义，治国其如示诸掌乎！"

哀公问政。子曰："文武之政，布在方策。其人存，则其政举；其人亡，则其政息。人道敏政，地道敏树。夫政也者，蒲卢也。故为政在人，取人以身，修身以道，修道以仁。仁者，人也，亲亲为大；义者，宜也，尊贤为大。亲亲之杀，尊贤之等，礼所生也。在下位不获乎上，民不可得而治矣！故君子不可以不修身；思修身，不可以不事亲；思事亲，不可以不知人；思知人，不可以不知天。"

"天下之达道五，所以行之者三。曰：君臣也，父子也，夫妇也，昆弟也，朋友之交也。五者，天下之达道也。知，仁，勇三者，天下之达德也，所以行之者一也。或生而知之，或学而知之，或困而知之，及其知之，一也。或安而行之，或利而行之，或勉强而行之，及其成功，一也。子曰：好学近乎知，力行近乎仁，知耻近乎勇。知斯三者，则知所以修身；知所以修身，则知所以治人；知所以治人，则知所以治天下国家矣。"

"凡为天下国家有九经，曰修身也，尊贤也，亲亲也，敬大臣也，体群臣也，子庶民也，来百工也，柔远人也，怀诸侯也。修身则道立，尊贤则不惑，亲亲则诸父昆弟不怨，敬大臣则不眩，体群臣则士之报礼重，子庶民则百姓劝，来百工则财用足，柔远人则四方归之，怀诸侯则天下畏之。齐明盛服，非礼不动，所以修身也；去谗远色，贱货而贵德，所以劝贤也；尊其位，重其禄，同其好恶，所以劝亲亲也；官盛任使，所以劝大臣也；忠信重禄，所以劝士也；时使薄敛，所以劝百姓也；日省月试，既禀称事，所以劝百工也；送往迎来，嘉善而矜不能，所以柔远人也；继绝世，举废国，治乱持危，朝聘以时，厚往而薄来，所以怀诸侯也。凡为天下国家有九经，所以行之者一也。"

"凡事豫则立，不豫则废。言前定则不跲，事前定则不困，行前定则不疚，道前定则不穷。在下位不获乎上，民不可得而治矣；获乎上有道，不信乎朋友，不获乎上矣；信乎朋友有道，不顺乎亲，不信乎朋友矣；顺乎亲有道，反诸身不诚，不顺乎亲矣；诚身有道，不明乎善，不诚乎身矣。诚者，天之道也；诚之者，人之道也。诚者不勉而中，不思而得，从容中道，圣人也。诚之者，择善而固执之者也。"

"博学之，审问之，慎思之，明辨之，笃行之。有弗学，学之弗能，弗措也；有弗问，问之弗知，弗措也；有弗思，思之弗得，弗措也；有弗辨，辨之弗明，弗措也；有弗行，行之弗笃，弗措也。人一能之，己百之，人十能之，己千之。果能此道矣，虽愚必明，虽柔必强。"

自诚明，谓之性。自明诚，谓之教。诚则明矣，明则诚矣。

唯天下至诚，为能尽其性；能尽其性，则能尽人之性；能尽人之性，则能尽物之性；能尽物之性，则可以赞天地之化育；可以赞天地之化育，则可以与天地参矣。

其次致曲。曲能有诚，诚则形，形则著，著则明，明则动，动则变，变则化。唯天下至诚为能化。

至诚之道，可以前知。国家将兴，必有祯祥。国家将亡，必有妖孽。见乎蓍龟，动乎四体。祸福将至，善，必先知之；不善，必先知之。故至诚如神。

诚者自成也，而道自道也。诚者，物之终始，不诚无物。是故君子诚之为贵。诚者非自成己而已也，所以成物也。成己，仁也；成物，知也。性之德也，合外内之道也，故时措之宜也。

故至诚无息。不息则久，久则征，征则悠远，悠远则博厚，博厚则高明。博厚，所以载物也；高明，所以覆物也；悠久，所以成物也。博厚配地，高明配天，悠久无疆。如此者，不见而章，不动而变，无为而成。天地之道，可一言而尽也，其为物不贰，则其生物不测。天地之道，博也，厚也，高也，明也，悠也，久也。今夫天，斯昭昭之多，及其无穷也，日月星辰系焉，万物覆焉。今夫地，一撮土之多；及其广厚，载华岳而不重，振河海而不泄，万物载焉。今夫山，一卷石之多；及其广大，草木生之，禽兽居之，宝藏兴焉。今夫水，一勺之多；及其不测，鼋鼍、蛟龙、鱼鳖生焉，货财殖焉。《诗》曰："维天之命，於穆不已！"盖曰天之所以为天也。"於乎不显，文王之德之纯！"盖曰文王之所以为文也，纯亦不已。

大哉圣人之道！洋洋乎发育万物，峻极于天。优优大哉！礼仪三百，威仪三千。待其人而后行。故曰：苟不至德，至道不凝焉。故君子尊德性而道问学，致广大而尽精微，极高明而道中庸。温故而知新，敦厚以崇礼。是故居上不骄，为下不倍；国有道，其言足以兴；国无道，其默足以容。《诗》曰："既明且哲，以保其身。"其此之谓与？

子曰："愚而好自用，贱而好自专，生乎今之世，反古之道：如此者，灾及其身者也。"非天子，不议礼，不制度，不考文。今天下车同轨，书同文，行同伦。虽有其位，苟无其德，不敢作礼乐焉；虽有其德，苟无其位，亦不敢作礼乐焉。子曰："吾说夏礼，杞不足徵也。吾学殷礼，有宋存焉。吾学周礼，今用之，吾从周。"

王天下有三重焉，其寡过矣乎！上焉者虽善无征，无征不信，不信民弗从；下焉者虽善不尊，不尊不信，不信民弗从。故君子之道，本诸身，征诸庶民，考诸三王而不缪，建诸天地而不悖，质诸鬼神而无疑，百世以俟圣人而不惑。质诸鬼神而无疑，知天也；百世以俟圣人而不惑，知人也。是故君子动而世为天下道，行而世为天下法，言而世为天下则。远之则有望，近之则不厌。《诗》曰："在彼无恶，在此无射。庶几夙夜，以永终誉！"君子未有不如此而蚤有誉于天下者也。

仲尼祖述尧舜，宪章文武；上律天时，下袭水土。辟如天地之无不持载，无不覆帱，辟如四时之错行，如日月之代明。万物并育而不相害，道并行而不相悖。小德川流，大德敦化，此天地之所以为大也。

唯天下至圣为能聪明睿知，足以有临也；宽裕温柔，足以有容也；发强刚毅，足以有执也；

齐庄中正，足以有敬也；文理密察，足以有别也。溥博渊泉，而时出之。溥博如天，渊泉如渊。见而民莫不敬，言而民莫不信，行而民莫不说。是以声名洋溢乎中国，施及蛮貊。舟车所至，人力所通，天之所履，地之所载，日月所照，霜露所队：凡有血气者，莫不尊亲，故曰配天。

唯天下至诚，为能经纶天下之大经，立天下之大本，知天地之化育。夫焉有所倚？肫肫其仁！渊渊其渊！浩浩其天！苟不固聪明圣知达天德者，其孰能知之？

《诗》曰："衣锦尚䌹"，恶其文之著也。故君子之道，闇然而日章；小人之道，的然而日亡。君子之道，淡而不厌，简而文，温而理，知远之近，知风之自，知微之显，可与入德矣。《诗》云："潜虽伏矣，亦孔之昭！"故君子内省不疚，无恶于志。君子之所不可及者，其唯人之所不见乎？《诗》云："相在尔室，尚不愧于屋漏。"故君子不动而敬，不言而信。《诗》曰："奏假无言，时靡有争。"是故君子不赏而民劝，不怒而民威于鈇钺。《诗》曰："不显惟德！百辟其刑之。"是故君子笃恭而天下平。《诗》云："予怀明德，不大声以色。"子曰："声色之于以化民，末也。"《诗》曰："德輶如毛，毛犹有伦；上天之载，无声无臭。"至矣！

论　语

学 而

子曰："学而时习之，不亦说乎①？有朋自远方来，不亦乐乎？人不知而不愠②，不亦君子乎？"

有子曰："其为人也孝弟，而好犯上者，鲜矣③；不好犯上，而好作乱者，未之有也。君子务本，本立而道生。孝弟也者，其为仁之本与！"

子曰："巧言令色，鲜矣仁！"

曾子曰："吾日三省吾身④：为人谋而不忠乎？与朋友交而不信乎？传不习乎？"

子曰："道千乘之国，敬事而信，节用而爱人，使民以时。"

子曰："弟子入则孝，出则弟，谨而信，汎爱众⑤，而亲仁。行有余力，则以学文。"

子夏曰："贤贤易色⑥；事父母，能竭其力；事君，能致其身；与朋友交，言而有信：虽曰未学，吾必谓之学矣。"

子曰："君子不重则不威，学则不固。主忠信。无友不如己者。过则勿惮改。"

曾子曰："慎终追远，民德归厚矣。"

子禽问于子贡曰："夫子至于是邦也，必闻其政，求之与？抑与之与？"子贡曰："夫子温、良、恭、俭、让以得之。夫子之求之也，其诸异乎人之求之与⑦？"

子曰："父在，观其志。父没，观其行；三年无改于父之道：可谓孝矣。"

有子曰："礼之用，和为贵。先王之道，斯为美，小大由之。有所不行，知和而和，不以礼节之，亦不可行也。"

有子曰："信近于义，言可复也⑧；恭近于礼，远耻辱也；因不失其亲，亦可宗也⑨。"

子曰："君子食无求饱，居无求安，敏于事，而慎于言，就有道而正焉⑩，可谓好学也已。"

子贡曰："贫而无谄，富而无骄，何如？"子曰："可也。未若贫而乐，富而好礼者也。"子贡曰："《诗》云：'如切如磋，如琢如磨。'其斯之谓与？"子曰："赐也，始可与言《诗》已矣！告诸往而知来者。"

子曰："不患人之不己知⑪，患不知人也。"

---

①说（yuè，音月）：通"悦"。

②愠（yùn，音运）：恼恨。

③鲜（xiǎn，音显）：少。

④省（xǐng，音醒）：自我检查，反省。

⑤汎（fàn，音饭）：同"泛"。

⑥贤贤易色：重品德，不重容貌。

⑦其诸："或者"的意思。

⑧复：践行。复言，实践诺言。

⑨宗：主，可靠。

⑩正：匡正。

⑪不己知：不了解自己。

为　政

子曰："为政以德，譬如北辰，居其所而众星共之①。"

子曰："《诗》三百，一言以蔽之，曰'思无邪'。"

子曰："道之以政，齐之以刑，民免而无耻。道之以德，齐之以礼，有耻且格。"

子曰："吾十有五而志于学，三十而立，四十而不惑，五十而知天命，六十而耳顺，七十则从心所欲，不逾矩。"

孟懿子问孝。子曰："无违。"樊迟御，子告之曰："孟孙问孝于我，我对曰'无违'。"樊迟曰："何谓也?"子曰："生，事之以礼；死，葬之以礼，祭之以礼。"

孟武伯问孝。子曰："父母唯其疾之忧。"

子游问孝。子曰："今之孝者，是谓能养，至于犬马，皆能有养；不敬，何以别乎?"

子夏问孝。子曰："色难②。有事，弟子服其劳；有酒食，先生馔，曾是以为孝乎③?"

子曰："吾与回言终日，不违如愚。退而省其私，亦足以发。回也不愚。"

子曰："视其所以，观其所由，察其所安。人焉廋哉④? 人焉廋哉?"

子曰："温故而知新，可以为师矣。"

子曰："君子不器。"

子贡问君子。子曰："先行其言，而后从之。"

子曰："君子周而不比，小人比而不周⑤。"

子曰："学而不思则罔，思而不学则殆。"

子曰："攻乎异端，斯害也已!"

子曰："由；诲女知之乎! 知之为知之，不知为不知，是知也。"

子张学干禄。子曰："多闻阙疑，慎言其馀，则寡尤⑥；多见阙殆，慎行其馀，则寡悔。言寡尤，行寡悔，禄在其中矣。"

哀公问曰："何为则民服?"孔子对曰："举直错诸枉⑦，则民服；举枉错诸直，则民不服。"

季康子问："使民敬、忠以劝，如之何?"子曰："临之以庄则敬，孝慈则忠，举善而教不能则劝。"

或谓孔子曰："子奚不为政?"子曰："《书》云：'孝乎! 惟孝，友于兄弟，施于有政。'是亦为政，奚其为为政?"

子曰："人而无信，不知其可也。大车无辀⑧，小车无軏⑨，其何以行之哉?"

子张问："十世可知也?"子曰："殷因于夏，礼所损益可知也；周因于殷，礼所损益可知也；其或继周者，虽百世可知也。"

子曰："非其鬼而祭之⑩，谄也。见义不为，无勇也。"

---

①共：同"拱"。

②色难：指儿子侍奉父母时经常有愉悦的容色是难得的。

③曾（céng，音层）：竟，竟然。

④廋（sōu，音搜）：藏匿，隐藏。

⑤周：指团结。　　比：指勾结。

⑥尤：过失。

⑦错：通"措"，放置的意思。

⑧輗（ní，音倪）：大车辕端与衡连接的部分。

⑨軏（yuè，音月）：小车辕端与衡连接的关键。

⑩鬼：这里指已死的祖先。

八　佾

孔子谓季氏，"八佾舞于庭①，是可忍也，孰不可忍也？"

三家者以《雍》彻②。子曰："'相维辟公，天子穆穆'，奚取于三家之堂？"

子曰："人而不仁，如礼何？人而不仁，如乐何？"

林放问礼之本。子曰："大哉问！礼，与其奢也，宁俭；丧，与其易也，宁戚。"

子曰："夷狄之有君，不如诸夏之亡也。"

季氏旅于泰山。子谓冉有曰："女弗能救与？"对曰："不能。"子曰："呜呼！曾谓泰山不如林放乎？"

子曰："君子无所争，必也射乎！揖让而升，下而饮，其争也君子。"

子夏问曰："'巧笑倩兮，美目盼兮③，素以为绚兮。'何谓也？"子曰："绘事后素。"曰："礼后乎？"子曰："起予者商也！始可与言《诗》已矣。"

子曰："夏礼吾能言之，杞不足徵也。殷礼吾能言之，宋不足徵也。文献不足故也；足，则吾能徵之矣。"

子曰："禘④，自既灌而往者，吾不欲观之矣。"

或问禘之说。子曰："不知也。知其说者之于天下也，其如示诸斯乎！"指其掌。

祭如在，祭神如神在。子曰："吾不与祭，如不祭。"

王孙贾问曰："'与其媚于奥⑤，宁媚于灶'，何谓也？"子曰："不然，获罪于天，无所祷也。"

子曰："周监于二代，郁郁乎文哉！吾从周。"

子入大庙，每事问。或曰："孰谓鄹人之子知礼乎⑥？入大庙，每事问。"子闻之，曰："是礼也。"

子曰："射不主皮，为力不同科，古之道也。"

子贡欲去告朔之饩羊。子曰："赐也，尔爱其羊，我爱其礼。"

子曰："事君尽礼，人以为谄也。"

定公问："君使臣，臣事君，如之何？"孔子对曰："君使臣以礼，臣事君以忠。"

子曰："《关雎》，乐而不淫，哀而不伤。"

哀公问社于宰我。宰我对曰："夏后氏以松，殷人以柏，周人以栗。"曰："使民战栗。"子闻之，曰："成事不说，遂事不谏，既往不咎。"

子曰："管仲之器小哉！"或曰："管仲俭乎？"曰："管氏有三归，官事不摄，焉得俭？""然则管仲知礼乎？"曰："邦君树塞门，管氏亦树塞门。邦君为两君之好，有反坫，管氏亦有反坫。管氏而知礼，孰不知礼？"

子语鲁大师乐，曰："乐其可知也：始作，翕如也；从之，纯如也，皦如也⑦，绎如也，以成。"

仪封人请见，曰："君子之至于斯也，吾未尝不得见也。"从者见之。出，曰："二三子何患于丧乎？天下之无道也久矣，天将以夫子为木铎。"

子谓《韶》："尽美矣，又尽善也。"谓《武》："尽美矣，未尽善也。"

子曰："居上不宽，为礼不敬，临丧不哀，吾何以观之哉？"

---

①八佾（yì，音逸）：古代乐舞的行列，一行八人叫一佾。
②雍：《诗经·周颂》的一篇。　　彻：祭祀完毕撤除祭品。
③盼：黑白分明。
④禘（dì，音帝）：古代帝王诸侯祭祀祖先的一种活动。
⑤奥：指屋内西南角。
⑥鄹（zōu；音邹）：又作郰，地名。鄹人：指孔子父亲叔梁纥，他曾作过鄹大夫。
⑦皦（jiǎo，音皎）如：清晰明亮。如：语助词。

里　仁

子曰："里仁为美①。择不处仁，焉得知？"

子曰："不仁者不可以久处约；不可以长处乐。仁者安仁，知者利仁。"

子曰："唯仁者能好人，能恶人。"

子曰："苟志于仁矣，无恶也。"

子曰："富与贵，是人之所欲也；不以其道得之，不处也。贫与贱，是人之所恶也；不以其道得之，不去也。君子去仁，恶乎成名？君子无终食之间违仁，造次必于是②，颠沛必于是。"

子曰："我未见好仁者、恶不仁者。好仁者，无以尚之；恶不仁者，其为仁矣，不使不仁者加乎其身。有能一日用其力于仁矣乎？我未见力不足者。盖有之矣，我未之见也。"

子曰："人之过也，各于其党。观过，斯知仁矣。"

子曰："朝闻道，夕死可矣。"

子曰："士志于道，而耻恶衣恶食者，未足与议也。"

子曰："君子之于天下也，无适也，无莫也，义之与比③。"

子曰："君子怀德，小人怀土。君子怀刑，小人怀惠。"

子曰："放于利而行，多怨。"

子曰："能以礼让为国乎？何有？不能以礼让为国，如礼何？"

子曰："不患无位，患所以立；不患莫己知，求为可知也。"

子曰："参乎！吾道一以贯之。"曾子曰："唯。"子出。门人问曰："何谓也？"曾子曰："夫子之道，忠恕而已矣。"

子曰："君子喻于义，小人喻于利。"

子曰："见贤思齐焉。见不贤而内自省也。"

子曰："事父母几谏④。见志不从，又敬不违，劳而不怨。"

子曰："父母在，不远游。游必有方。"

子曰："三年无改于父之道，可谓孝矣。"

子曰："父母之年，不可不知也。一则以喜，一则以惧。"

子曰："古者言之不出，耻躬之不逮也。"

子曰："以约失之者鲜矣。"

子曰："君子欲讷于言而敏于行。"

子曰："德不孤，必有邻。"

子游曰："事君数⑤，斯辱矣；朋友数，斯疏矣。"

---

①里仁为美：居住的地方，有仁德方为美。里，作动词，居住。

②造次：仓促，匆忙。

③义之与比：只按照义的要求去做。比，从的意思。

④几谏：婉转地劝止。几（jī，音机）：轻微婉转。

⑤数（shuò，音朔）：密，屡屡。这里是烦琐之意。

公 冶 长

子谓公冶长，"可妻也。虽在缧绁之中①，非其罪也。"以其子妻之。子谓南容，"邦有道不废；邦无道，免于刑戮。"以其兄之子妻之。

子谓子贱："君子哉若人！鲁无君子者，斯焉取斯？"

子贡问曰："赐也何如？"子曰："女，器也。"曰："何器也？"曰："瑚琏也②。"

或曰："雍也仁而不佞。"子曰："焉用佞？御人以口给，屡憎于人。不知其仁，焉用佞？"

子使漆雕开仕。对曰："吾斯之未能信。"子说。

子曰："道不行，乘桴浮于海。从我者，其由与？"子路闻之喜。子曰："由也好勇过我，无所取材。"

孟武伯问子路仁乎？子曰："不知也。"又问。子曰："由也，千乘之国，可使治其赋也，不知其仁也。""求也何如？"子曰："求也，千室之邑，百乘之家，可使为之宰也，不知其仁也。""赤也何如？"子曰："赤也，束带立于朝，可使与宾客言也，不知其仁也。"

子谓子贡曰："女与回也孰愈③？"对曰："赐也何敢望回？回也闻一以知十，赐也闻一以知二。"子曰："弗如也！吾与女弗如也。"

宰予昼寝，子曰："朽木不可雕也，粪土之墙不可杇也④。于予与何诛？"

子曰："始吾于人也，听其言而信其行；今吾于人也，听其言而观其行。于予与改是。"

子曰："吾未见刚者。"或对曰："申枨⑤。"子曰："枨也欲，焉得刚？"

子贡曰："我不欲人之加诸我也，吾亦欲无加诸人。"子曰："赐也，非尔所及也。"

子贡曰："夫子之文章，可得而闻也；夫子之言性与天道，不可得而闻也。"

子路有闻，未之能行，唯恐有闻。

子贡问曰："孔文子何以谓之'文'也?"子曰："敏而好学，不耻下问，是以谓之'文'也。"

子谓子产："有君子之道四焉，其行己也恭，其事上也敬，其养民也惠，其使民也义。"

子曰："晏平仲善与人交，久而敬之。"

子曰："臧文仲居蔡，山节藻棁⑥，何如其知也?"

子张问曰："令尹子文三仕为令尹，无喜色；三已之，无愠色。旧令尹之政，必以告新令尹。何如?"子曰："忠矣。"曰："仁矣乎?"曰："未知。焉得仁?""崔子弑齐君。陈文子有马十乘，弃而违之。至于他邦，则曰：'犹吾大夫崔子也。'违之。之一邦，则又曰：'犹吾大夫崔子也。'违之。何如?"子曰："清矣。"曰："仁矣乎?"曰："未知；焉得仁?"

季文子三思而后行。子闻之，曰："再，斯可矣。"

子曰："宁武子，邦有道，则知，邦无道，则愚。其知可及也，其愚不可及也。"

子在陈，曰："归与！归与！吾党之小子狂简，斐然成章，不知所以裁之。"

子曰："伯夷、叔齐不念旧恶，怨是用希。"

子曰："孰谓微生高直? 或乞醯焉⑦，乞诸其邻而与之。"

子曰："巧言、令色、足恭，左丘明耻之，丘亦耻之。匿怨而友其人，左丘明耻之，丘亦耻之。"

颜渊、季路侍。子曰："盍各言尔志⑧?"子路曰："愿车马衣轻裘，与朋友共，敝之而无憾。"颜渊曰："愿无伐善，无施劳。"子路曰："愿闻子之志。"子曰："老者安之，朋友信之，少者怀之。"

子曰："已矣乎！吾未见能见其过而内自讼者也。"

子曰："十室之邑，必有忠信如丘者焉，不如丘之好学也。"

---

①缧绁（léi xiè，音垒泄）：拴罪人的绳索，此指监狱。

②瑚琏（hú lián，音胡连）：祭祀时所用的贵重器具。

③愈：强。

④杇（wū，音乌）：把墙壁抹平。

⑤申枨（chéng，音橙）：人名。

⑥山节藻棁（zhuó，音啄）：指华美的屋子。节，柱上斗拱；棁，梁上短柱。

⑦醯（xī，音西）：醋。

⑧盍（hé，音合）："何不"的合音字。

雍　也

子曰："雍也可使南面。"

仲弓问子桑伯子，子曰："可也简。"仲弓曰："居敬而行简，以临其民，不亦可乎？居简而行简，无乃大简乎？"子曰："雍之言然。"

哀公问："弟子孰为好学？"孔子对曰："有颜回者好学，不迁怒，不贰过。不幸短命死矣！今也则亡，未闻好学者也。"

子华使于齐，冉子为其母请粟。子曰："与之釜。"请益。曰："与之庾。"冉子与之粟五秉。子曰："赤之适齐也，乘肥马，衣轻裘。吾闻之也，君子周急不继富。"

原思为之宰，与之粟九百，辞。子曰："毋！以与尔邻里乡党乎！"

子谓仲弓曰："犁牛之子骍且角①，虽欲勿用，山川其舍诸？"

子曰："回也，其心三月不违仁，其余则日月至焉而已矣。"

季康子问："仲由可使从政也与？"子曰："由也果，于从政乎何有？"曰："赐也可使从政也与？"曰："赐也达，于从政乎何有？"曰："求也可使从政也与？"曰："求也艺，于从政乎何有？"

季氏使闵子骞为费宰。闵子骞曰："善为我辞焉。如有复我者，则吾必在汶上矣。"

伯牛有疾，子问之，自牖执其手，曰："亡之，命矣夫！斯人也而有斯疾也！斯人也而有斯疾也！"

子曰："贤哉，回也！一箪食，一瓢饮，在陋巷。人不堪其忧，回也不改其乐。贤哉回也！"

冉求曰："非不说子之道，力不足也。"子曰："力不足者，中道而废。今女画②。"

子谓子夏曰："女为君子儒，无为小人儒。"

子游为武城宰。子曰："女得人焉尔乎？"曰："有澹台灭明者，行不由径。非公事，未尝至于偃之室也。"

子曰："孟之反不伐，奔而殿；将入门，策其马，曰：'非敢后也，马不进也。'"

子曰："不有祝鮀之佞③，而有宋朝之美，难乎免于今之世矣！"

子曰："谁能出不由户？何莫由斯道也？"

子曰："质胜文则野，文胜质则史。文质彬彬，然后君子。"

子曰："人之生也直，罔之生也幸而免④。"

子曰："知之者不如好之者，好之者不如乐之者。"

子曰："中人以上，可以语上也；中人以下，不可以语上也。"

樊迟问知。子曰："务民之义，敬鬼神而远之，可谓知矣。"问仁。曰："仁者先难而后获，可谓仁矣。"

子曰："知者乐水，仁者乐山。知者动，仁者静。知者乐，仁者寿。"

子曰："齐一变，至于鲁；鲁一变，至于道。"

子曰："觚不觚，觚哉！觚哉⑤！"

宰我问曰："仁者，虽告之曰'井有仁焉'，其从之也？"子曰："何为其然也？君子可逝也，不可陷也；可欺也，不可罔也。"

子曰："君子博学于文，约之以礼，亦可以弗畔矣夫⑥！"

子见南子，子路不说。夫子矢之，曰："予所否者，天厌之！天厌之！"

子曰："中庸之为德也，其至矣乎！民鲜久矣⑦。"

子贡曰："如有博施于民而能济众，何如？可谓仁乎？"子曰："何事于仁，必也圣乎！尧、舜其犹病诸⑧！夫仁者，己欲立而立人，己欲达而达人。能近取譬，可谓仁之方也已。"

---

①骍（xīng，音星）：赤色的牛、马。

②画：停止。

③祝鮀（tuó，音驼）：人名。

④罔：诬罔的人，不正直的人。

⑤觚（gū，音孤）：古代盛酒的器皿。

⑥畔：同"叛"。

⑦鲜（xiǎn，音显）：少。

⑧尧舜其犹病诸：尧舜或许也难以做到吧。　　诸："之乎"的合音字。

述　而

子曰："述而不作，信而好古。窃比于我老彭。"

子曰："默而识之，学而不厌，诲人不倦，何有于我哉？"

子曰："德之不修，学之不讲，闻义不能徙，不善不能改，是吾忧也。"

子之燕居，申申如也，夭夭如也①。

子曰："甚矣吾衰也！久矣吾不复梦见周公。"

子曰："志于道，据于德，依于仁，游于艺。"

子曰："自行束修以上，吾未尝无诲焉。"

子曰："不愤不启，不悱不发②。举一隅不以三隅反，则不复也。"

子食于有丧者之侧，未尝饱也。

子于是日哭，则不歌。

子谓颜渊曰："用之则行，舍之则藏，唯我与尔有是夫！"子路曰："子行三军，则谁与？"子曰："暴虎冯河③，死而无悔者，吾不与也。必也临事而惧，好谋而成者也。"

子曰："富而可求也，虽执鞭之士，吾亦为之。如不可求，从吾所好。"

子之所慎：齐，战，疾。

子在齐闻《韶》，三月不知肉味，曰："不图为乐之至于斯也！"

冉有曰："夫子为卫君乎？"子贡曰："诺。吾将问之。"入，曰："伯夷、叔齐何人也？"曰："古之贤人也。"曰："怨乎？"曰："求仁而得仁，又何怨！"出，曰："夫子不为也。"

子曰："饭疏食，饮水，曲肱而枕之，乐亦在其中矣。不义而富且贵，于我如浮云。"

子曰："加我数年，五十以学《易》，可以无大过矣。"

子所雅言：《诗》，《书》，执礼，皆雅言也。

　　叶公问孔子于子路，子路不对。子曰："女奚不曰：其为人也，发愤忘食，乐以忘忧，不知老之将至云尔。"

　　子曰："我非生而知之者，好古，敏以求之者也。"

　　子不语怪、力、乱、神。

　　子曰："三人行，必有我师焉。择其善者而从之，其不善者而改之。"

　　子曰："天生德于予，桓魋其如予何④?"

　　子曰："二三子以我为隐乎? 吾无隐乎尔。吾无行而不与二三子者，是丘也。"

　　子以四教：文，行，忠，信。

　　子曰："圣人，吾不得而见之矣；得见君子者，斯可矣。"子曰："善人，吾不得而见之矣；得见有恒者，斯可矣。亡而为有，虚而为盈，约而为泰，难乎有恒矣。"

　　子钓而不纲，弋不射宿⑤。

　　子曰："盖有不知而作之者，我无是也。多闻，择其善者而从之；多见而识之；知之次也。"

　　互乡难与言。童子见，门人惑。子曰："与其进也，不与其退也，唯何甚! 人洁己以进，与其洁也，不保其往也。"

　　子曰："仁远乎哉? 我欲仁，斯仁至矣。"

　　陈司败问："昭公知礼乎?"孔子曰："知礼。"孔子退。揖巫马期而进之，曰："吾闻君子不党，君子亦党乎? 君取于吴为同姓，谓之吴孟子。君而知礼，孰不知礼?"巫马期以告。子曰："丘也幸，苟有过，人必知之。"

　　子与人歌而善，必使反之，而后和之。

　　子曰："文，莫吾犹人也。躬行君子，则吾未之有得。"

　　子曰："若圣与仁，则吾岂敢? 抑为之不厌，诲人不倦，则可谓云尔已矣。"公西华曰："正唯弟子不能学也。"

　　子疾病，子路请祷。子曰："有诸?"子路对曰："有之。《诔》曰：'祷尔于上下神祇。'"子曰："丘之祷久矣。"

　　子曰："奢则不孙⑥，俭则固⑦。与其不孙也，宁固。"

　　子曰："君子坦荡荡，小人长戚戚。"

　　子温而厉，威而不猛，恭而安。

　　　　　　　　　　　　　　　　　　　　　　　　

　①申申如也，夭夭如也：整齐、和舒的样子。

　②愤：心求通而未得之意。　　悱（fěi，音斐）：口欲言而未能的样子。

　③暴虎冯（píng，音凭）河：徒手搏虎，徒足涉河。

　④桓魋（tuí，音颓）：人名。

　⑤纲：网上的大绳。　　宿：歇宿了的鸟。

　⑥孙：同"逊"。

　⑦固：固陋，寒伧。

泰　伯

子曰："泰伯，其可谓至德也已矣！三以天下让，民无得而称焉。"

子曰："恭而无礼则劳，慎而无礼则葸，勇而无礼则乱，直而无礼则绞①。君子笃于亲，则民兴于仁；故旧不遗，则民不偷。"

曾子有疾，召门弟子曰："启予足！启予手！《诗》云：'战战兢兢，如临深渊，如履薄冰。'而今而后，吾知免夫！小子！"

曾子有疾，孟敬子问之。曾子言曰："鸟之将死，其鸣也哀；人之将死，其言也善。君子所贵乎道者三：动容貌，斯远暴慢矣；正颜色，斯近信矣；出辞气，斯远鄙倍矣。笾豆之事②，则有司存。"

曾子曰："以能问于不能，以多问于寡；有若无，实若虚，犯而不校——昔者吾友尝从事于斯矣。"

曾子曰："可以托六尺之孤，可以寄百里之命，临大节而不可夺也——君子人与？君子人也。"

曾子曰："士不可以不弘毅，任重而道远。仁以为己任，不亦重乎？死而后已，不亦远乎？"

子曰："兴于《诗》。立于礼。成于乐。"

子曰："民可使由之，不可使知之。"

子曰："好勇疾贫，乱也。人而不仁，疾之已甚，乱也。"

子曰："如有周公之才之美，使骄且吝，其余不足观也已。"

子曰："三年学，不至于谷③，不易得也。"

子曰："笃信好学，守死善道。危邦不入，乱邦不居。天下有道则见，无道则隐。邦有道，贫且贱焉，耻也；邦无道，富且贵焉，耻也。"

子曰："不在其位，不谋其政。"

子曰："师挚之始，《关雎》之乱，洋洋乎盈耳哉！"

子曰："狂而不直，侗而不愿，悾悾而不信④，吾不知之矣。"

子曰："学如不及，犹恐失之。"

子曰："巍巍乎！舜、禹之有天下也，而不与焉。"

子曰："大哉尧之为君也！巍巍乎！唯天为大，唯尧则之⑤。荡荡乎！民无能名焉。巍巍乎其有成功也！焕乎其有文章！"

舜有臣五人而天下治。武王曰："予有乱臣十人。"孔子曰："才难，不其然乎？唐、虞之际，于斯为盛。有妇人焉，九人而已。三分天下有其二，以服事殷。周之德，其可谓至德也已矣。"

子曰："禹，吾无间然矣⑥。菲饮食，而致孝乎鬼神；恶衣服，而致美乎黻冕⑦；卑宫室，而尽力乎沟洫⑧。禹，吾无间然矣！"

---

①绞：尖刻，刺人。

②笾（biān，音边）豆：古代祭祀时用的器皿。

③谷：谷米。这里有"禄"的意思。

④侗：幼稚。 悾悾（kōng，音空）：诚恳。

⑤则：效法，学习。

⑥间然：非议。

⑦黻（fú，音弗）冕（miǎn，音免）：祭祀时穿的礼服，礼帽。

⑧沟洫（xù，音序）：沟渠，指田间水利。

子　罕

子罕言利与命与仁。

达巷党人曰："大哉孔子！博学而无所成名。"子闻之，谓门弟子曰："吾何执？执御乎？执射乎？吾执御矣。"

子曰："麻冕，礼也；今也纯，俭，吾从众。拜下，礼也；今拜乎上，泰也。虽违众，吾从下。"

子绝四：毋意，毋必，毋固，毋我①。

子畏于匡，曰："文王既没，文不在兹乎？天之将丧斯文也，后死者不得与于斯文也，天之未丧斯文也，匡人其如予何？"

大宰问于子贡曰："夫子圣者与？何其多能也？"子贡曰："固天纵之将圣，又多能也。"子闻之，曰："大宰知我乎！吾少也贱，故多能鄙事。君子多乎哉？不多也。"牢曰："子云：'吾不试，故艺。'"

子曰："吾有知乎哉？无知也。有鄙夫问于我，空空如也，我叩其两端而竭焉。"

子曰："凤鸟不至，河不出图，吾已矣夫！"

子见齐衰者②、冕衣裳者与瞽者，见之，虽少，必作；过之，必趋。

颜渊喟然叹曰："仰之弥高，钻之弥坚；瞻之在前，忽焉在后。夫子循循然善诱人，博我以文，约我以礼。欲罢不能，既竭吾才，如有所立卓尔。虽欲从之，末由也已。"

子疾病。子路使门人为臣。病间，曰："久矣哉，由之行诈也！无臣而为有臣，吾谁欺？欺天乎？且予与其死于臣之手也，无宁死于二三子之手乎？且予纵不得大葬，予死于道路乎？"

子贡曰："有美玉于斯，韫椟而藏诸③？求善贾而沽诸？"子曰："沽之哉！沽之哉！我待贾者也。"

子欲居九夷。或曰："陋，如之何？"子曰："君子居之，何陋之有？"

子曰："吾自卫反鲁，然后乐正，《雅》、《颂》各得其所。"

子曰："出则事公卿，入则事父兄，丧事不敢不勉，不为酒困，何有于我哉？"

子在川上，曰："逝者如斯夫！不舍昼夜。"

子曰："吾未见好德如好色者也。"

子曰："譬如为山，未成一篑④，止，吾止也。譬如平地，虽覆一篑，进，吾往也。"

子曰："语之而不惰者，其回也与！"

子谓颜渊，曰："惜乎！吾见其进也，未见其止也。"

子曰："苗而不秀者有矣夫！秀而不实者有矣夫！"

子曰："后生可畏，焉知来者之不如今也？四十、五十而无闻焉，斯亦不足畏也已。"

子曰："法语之言，能无从乎？改之为贵。巽与之言，能无说乎？绎之为贵。说而不绎，从而不改，吾末如之何也已矣。"

子曰："主忠信，毋友不如己者，过则勿惮改。"

子曰："三军可夺帅也，匹夫不可夺志也。"

子曰："衣敝缊袍⑤，与衣狐貉者立，而不耻者，其由也与？'不忮不求，何用不臧⑥？'"子路终身诵之。子曰："是道也，何足以臧？"

子曰："岁寒，然后知松柏之后雕也。"

子曰："知者不惑，仁者不忧，勇者不惧。"

子曰："可与共学，未可与适道；可与适道，未可与立；可与立，未可与权。"

"唐棣之华，偏其反而。岂不尔思？室是远而。"子曰："未之思也。夫何远之有？"

---

①毋意：不悬空揣测。　　毋必：不绝对肯定。　　毋固：不固执武断。　　毋我：不唯我独是。

②齐衰（zī cuī，音资崔）：古代丧服。

③韫（yùn，音蕴）椟（dú，音读）：藏在匣子中。

④篑（kuì，音愧）：盛土的竹筐。

⑤缊（yùn，音运）：旧絮。

⑥忮（zhì，音至）：忌恨。　　臧（zāng，音脏）：好，吉祥。

乡　党

孔子于乡党，恂恂如也①，似不能言者。其在宗庙朝廷，便便言②，唯谨尔。

朝，与下大夫言，侃侃如也；与上大夫言，訚訚如也③。君在，踧踖如也，与与如也。

君召使摈，色勃如也，足躩如也。揖所与立，左右手。衣前后，襜如也④。趋进，翼如也。宾退，必复命曰："宾不顾矣。"

入公门，鞠躬如也，如不容。立不中门，行不履阈。过位，色勃如也，足躩如也，其言似不足者。摄齐升堂，鞠躬如也，屏气似不息者。出，降一等，逞颜色，怡怡如也。没阶，趋，翼如也，复其位，踧踖如也。

执圭，鞠躬如也，如不胜。上如揖，下如授。勃如战色，足蹜蹜，如有循。享礼，有容色。私觌，愉愉如也。

君子不以绀緅饰⑤，红紫不以为亵服。当暑，袗絺绤⑥，必表而出之。缁衣羔裘，素衣麑裘，黄衣狐裘。亵裘长。短右袂。必有寝衣，长一身有半。狐貉之厚以居。去丧，无所不佩。非帷裳，必杀之。羔裘玄冠不以吊。吉月，必朝服而朝。

齐，必有明衣，布。齐，必变食，居必迁坐。

食不厌精，脍不厌细。食饐而餲⑦，鱼馁而肉败，不食。色恶，不食。臭恶，不食。失饪，不食。不时，不食。割不正，不食。不得其酱，不食。肉虽多，不使胜食气。惟酒无量，不及乱。沽酒市脯，不食。不撤姜食、不多食。

祭于公，不宿肉。祭肉不出三日。出三日，不食之矣。

食不语，寝不言。

虽疏食、菜羹、瓜祭，必齐如也。

席不正，不坐。

乡人饮酒，杖者出，斯出矣。

乡人傩⑧，朝服而立于阼阶。

问人于他邦，再拜而送之。

康子馈药，拜而受之。曰："丘未达，不敢尝。"

厩焚。子退朝，曰："伤人乎？"不问马。

君赐食，必正席先尝之。君赐腥，必熟而荐之。君赐生，必畜之。侍食于君，君祭，先饭。

疾，君视之，东首，加朝服，拖绅。

君命召，不俟驾行矣。

入太庙，每事问。

朋友死，无所归，曰："于我殡。"朋友之馈，虽车马，非祭肉，不拜。

寝不尸，居不客。见齐衰者，虽狎，必变。见冕者与瞽者，虽亵，必以貌。凶服者式之⑨。式负版者。有盛馔，必变色而作。迅雷风烈，必变。

升车，必正立执绥。车中，不内顾，不疾言，不亲指。

色斯举矣，翔而后集。曰："山梁雌雉，时哉！时哉！"子路共之，三嗅而作。

---

①恂恂（xún，音旬）如：恭顺的样子。如，语助词。

②便便（pián，音骈）：明白善辩的样子。

③訚訚（yín，音银）：正直而恭敬的样子。

④襜（chān，音幨）：整齐的样子。

⑤绀（gàn，音赣）緅（zōu，音邹）：天青色和铁灰色。

⑥袗（zhěn，音轸）绤（chī，音痴）绤（xì，音隙）：穿着葛布单衣。   袗，单衣，这里作动词。

⑦饐（yì，音义）而餲（ài，音碍）：粮食霉烂变味。

⑧傩（nuó，音挪）：古代迎神驱鬼的一种风俗。

⑨式：通"轼"，车前横木。

先　进

子曰："先进于礼乐，野人也；后进于礼乐，君子也。如用之，则吾从先进。"

子曰："从我于陈、蔡者，皆不及门也。"

德行：颜渊，闵子骞，冉伯牛，仲弓。言语：宰我，子贡。政事：冉有，季路。文学：子游，子夏。

子曰："回也非助我者也，于吾言无所不说。"

子曰："孝哉闵子骞，人不间于其父母昆弟之言。"

南容三复"白圭"，孔子以其兄之子妻之。

季康子问："弟子孰为好学？"孔子对曰："有颜回者好学，不幸短命死矣！今也则亡。"

颜渊死，颜路请子之车以为之椁①。子曰："才不才，亦各言其子也。鲤也死，有棺而无椁，吾不徒行以为之椁。以吾从大夫之后，不可徒行也。"

颜渊死。子曰："噫！天丧予！天丧予！"

颜渊死，子哭之恸。从者曰："子恸矣。"曰："有恸乎？非夫人之为恸而谁为？"

颜渊死，门人欲厚葬之。子曰："不可。"门人厚葬之。子曰："回也视予犹父也，予不得视犹子也。非我也，夫二三子也。"

季路问事鬼神。子曰："未能事人，焉能事鬼？"曰："敢问死。"曰："未知生，焉知死？"

闵子侍侧，訚訚如也；子路，行行如也；冉有、子贡，侃侃如也。子乐。"若由也，不得其死然。"

鲁人为长府。闵子骞曰："仍旧贯，如之何？何必改作？"子曰："夫人不言，言必有中。"

子曰："由之瑟，奚为于丘之门？"门人不敬子路。子曰："由也升堂矣，未入于室也。"

子贡问："师与商也孰贤？"子曰："师也过，商也不及。"曰："然则师愈与？"子曰："过犹不及。"

"季氏富于周公，而求也为之聚敛而附益之。"子曰："非吾徒也。小子鸣鼓而攻之，可也！"

柴也愚，参也鲁，师也辟，由也喭②。

子曰："回也其庶乎！屡空。赐不受命，而货殖焉，亿则屡中。"

子张问善人之道。子曰："不践迹，亦不入于室。"

子曰："论笃是与，君子者乎？色庄者乎？"

子路问："闻斯行诸？"子曰："有父兄在，如之何其闻斯行之？"冉有问："闻斯行诸？"子曰："闻斯行之。"公西华曰："由也问'闻斯行诸'，子曰'有父兄在'；求也问'闻斯行诸'，子曰'闻斯行之'。赤也惑，敢问。"子曰："求也退，故进之；由也兼人③，故退之。"

子畏于匡，颜渊后。子曰："吾以女为死矣。"曰："子在，回何敢死？"

季子然问："仲由、冉求可谓大臣与？"子曰："吾以子为异之问，曾由与求之问！所谓大臣者：以道事君，不可则止。今由与求也，可谓具臣矣。"曰："然则从之者与？"子曰："弑父与君，亦不从也。"

子路使子羔为费宰。子曰："贼夫人之子④。"子路曰："有民人焉，有社稷焉。何必读书，然后为学？"子曰："是故恶夫佞者。"

子路、曾皙、冉有、公西华侍坐。子曰："以吾一日长乎尔，毋吾以也。居则曰：'不吾知也！'如或知尔，则何以哉？"子路率尔而对曰："千乘之国，摄乎大国之间，加之以师旅，因之以饥馑；由也为之，比及三年，可使有勇，且知方也。"夫子哂之。"求！尔何如？"对曰："方六七十，如五六十，求也为之，比及三年，可使足民。如其礼乐，以俟君子。""赤！尔何如？"对曰："非曰能之，愿学焉。宗庙之事，如会同，端章甫⑤，愿为小相焉。""点！尔何如？"鼓瑟希，铿尔，舍瑟而作，对曰："异乎三子者之撰。"子曰："何伤乎？亦各言其志也。"曰："莫春者⑥，春服既成。冠者五六人，童子六七人，浴乎沂，风乎舞雩，咏而归。"夫子喟然叹曰："吾与点也！"三子者出，曾皙后。曾皙曰："夫三子者之言何如？"子曰："亦各言其志也已矣。"曰："夫子何哂由也？"曰："为国以礼，其言不让，是故哂之。""唯求则非邦也与？""安见方六七十如五六十而非邦也者？""唯赤则非邦也与？""宗庙会同，非诸侯而何？赤也为之小，孰能为之大?"

①椁（guǒ，音果）：也作槨，外棺。

②唁（yàn，音艳）：粗鲁。

③兼人：勇于作为。

④贼：戕害。　　　夫：语助词。

⑤端章服：礼服和礼帽。

⑥莫：同"暮"。

颜　渊

颜渊问仁。子曰："克己复礼为仁。一日克己复礼，天下归仁焉。为仁由己，而由人乎哉？"颜渊曰："请问其目。"子曰："非礼勿视，非礼勿听，非礼勿言，非礼勿动。"颜渊曰："回虽不敏，请事斯语矣。"

仲弓问仁。子曰："出门如见大宾，使民如承大祭。己所不欲，勿施于人。在邦无怨，在家无怨。"仲弓曰："雍虽不敏，请事斯语矣。"

司马牛问仁。子曰："仁者其言也讱①。"曰："其言也讱，斯谓之仁已乎？"子曰："为之难，言之得无讱乎？"

司马牛问君子。子曰："君子不忧不惧。"曰："不忧不惧，斯谓之君子已乎？"子曰："内省不疚，夫何忧何惧？"

司马牛忧曰："人皆有兄弟，我独亡。"子夏曰："商闻之矣：死生有命，富贵在天。君子敬而无失，与人恭而有礼，四海之内，皆兄弟也。君子何患乎无兄弟也？"

子张问明。子曰："浸润之谮，肤受之愬，不行焉，可谓明也已矣。浸润之谮，肤受之愬，不行焉，可谓远也已矣。"

子贡问政。子曰："足食，足兵，民信之矣。"子贡曰："必不得已而去，于斯三者何先？"曰："去兵。"子贡曰："必不得已而去，于斯二者何先？"曰："去食。自古皆有死，民无信不立。"

棘子成曰："君子质而已矣，何以文为？"子贡曰："惜乎！夫子之说君子也。驷不及舌。文犹质也，质犹文也。虎豹之鞟犹犬羊之鞟②。"

哀公问于有若曰："年饥，用不足，如之何？"有若对曰："盍彻乎③？"曰："二，吾犹不足，如之何其彻也？"对曰："百姓足，君孰与不足？百姓不足，君孰与足？"

子张问崇德、辨惑。子曰："主忠信，徙义，崇德也。爱之欲其生，恶之欲其死；既欲其生，又欲其死，是惑也。'诚不以富，亦祇以异。'"

齐景公问政于孔子。孔子对曰："君君，臣臣，父父，子子。"公曰："善哉！信如君不君，臣不臣，父不父，子不子，虽有粟，吾得而食诸？"

子曰："片言可以折狱者，其由也与？"子路无宿诺。

子曰："听讼，吾犹人也。必也使无讼乎！"

子张问政。子曰："居之无倦，行之以忠。"

子曰："博学于文，约之以礼，亦可以弗畔矣夫！"

子曰："君子成人之美，不成人之恶。小人反是。"

季康子问政于孔子。孔子对曰："政者，正也。子帅以正，孰敢不正？"

季康子患盗，问于孔子。孔子对曰："苟子之不欲，虽赏之不窃。"

季康子问政于孔子，曰："如杀无道，以就有道，何如？"孔子对曰："子为政，焉用杀？子欲善而民善矣。君子之德风，小人之德草。草上之风，必偃。"

子张问："士何如斯可谓之达矣？"子曰："何哉，尔所谓达者？"子张对曰："在邦必闻，在家必闻。"子曰："是闻也，非达也。夫达也者，质直而好义，察言而观色，虑以下人。在邦必达，在家必达。夫闻也者，色取仁而行违，居之不疑。在邦必闻，在家必闻。"

樊迟从游于舞雩之下，曰："敢问崇德、修慝、辨惑。"子曰："善哉问！先事后得，非崇德与？攻其恶，无攻人之恶，非修慝与？一朝之忿，忘其身以及其亲，非惑与？"

樊迟问仁。子曰："爱人。"问知。子曰："知人。"樊迟未达。子曰："举直错诸枉④，能使枉者直。"樊迟退，见子夏，曰："乡也吾见于夫子而问'知'，子曰：'举直错诸枉，能使枉者直'，何谓也？"子夏曰："富哉言乎！舜有天下，选于众，举皋陶，不仁者远矣。汤有天下，选于众，举伊尹，不仁者远矣。"

子贡问友。子曰："忠告而善道之，不可则止，毋自辱焉。"

曾子曰："君子以文会友，以友辅仁。"

---

① 讱（rèn，音刃）：言语迟钝。

② 鞟（kuò，音扩）：去毛的兽皮。

③ 彻：十分抽一的税率。

④ 举直错诸枉：选拔正直人，位置在邪恶之上。错，通"措"，安置。

子　路

子路问政。子曰："先之劳之①。"请益。曰："无倦。"

仲弓为季氏宰，问政。子曰："先有司，赦小过，举贤才。"曰："焉知贤才而举之？"曰："举尔所知。尔所不知，人其舍诸？"

子路曰："卫君待子而为政，子将奚先？"子曰："必也正名乎！"子路曰："有是哉，子之迂也！奚其正？"子曰："野哉，由也！君子于其所不知，盖阙如也。名不正，则言不顺；言不顺，则事不成；事不成，则礼乐不兴；礼乐不兴，则刑罚不中；刑罚不中，则民无所措手足。故君子名之必可言也，言之必可行也。君子于其言，无所苟而已矣。"

樊迟请学稼。子曰："吾不如老农。"请学为圃，曰："吾不如老圃。"樊迟出。子曰："小人哉，樊须也！上好礼，则民莫敢不敬；上好义，则民莫敢不服；上好信，则民莫敢不用情。夫如是，则四方之民襁负其子而至矣，焉用稼？"

子曰："诵《诗》三百，授之以政，不达；使于四方，不能专对；虽多，亦奚以为？"

子曰："其身正，不令而行；其身不正，虽令不从。"

子曰："鲁卫之政，兄弟也。"

子谓卫公子荆，"善居室②。始有，曰：'苟合矣。'少有，曰：'苟完矣。'富有，曰：'苟美矣。'"

子适卫，冉有仆。子曰："庶矣哉③！"冉有曰："既庶矣，又何加焉？"曰："富之。"曰："既富矣，又何加焉？"曰："教之。"

子曰："苟有用我者，期月而已可也，三年有成。"

子曰："善人为邦百年，亦可以胜残去杀矣。诚哉是言也！"

子曰："如有王者，必世而后仁。"

子曰："苟正其身矣，于从政乎何有？不能正其身，如正人何？"

冉子退朝。子曰："何晏也④？"对曰："有政。"子曰："其事也。如有政，虽不吾以，吾其与闻之。"

定公问："一言而可以兴邦，有诸？"孔子对曰："言不可以若是其几也⑤。人之言曰：'为君难，为臣不易。'如知为君之难也，不几乎一言而兴邦乎？"曰："一言而丧邦，有诸？"孔子对曰："言不可以若是其几也。人之言曰：'予无乐乎为君，惟其言而莫予违也。'如其善而莫之违也，不亦善乎？如不善而莫之违也，不几乎一言而丧邦乎？"

叶公问政。子曰："近者说，远者来。"

子夏为莒父宰，问政。子曰："无欲速，无见小利。欲速，则不达；见小利，则大事不成。"

叶公语孔子曰："吾党有直躬者，其父攘羊⑥，而子证之。"孔子曰："吾党之直者异于是。父为子隐，子为父隐，直在其中矣。"

樊迟问仁。子曰："居处恭，执事敬，与人忠。虽之夷狄，不可弃也。"

子贡问曰："何如斯可谓之士矣？"子曰："行己有耻；使于四方，不辱君命：可谓士矣。"曰："敢问其次。"曰："宗族称孝焉，乡党称弟焉。"曰："敢问其次。"曰："言必信，行必果，硁硁然小人哉！抑亦可以为次矣。"曰："今之从政者何如？"子曰："噫！斗筲之人⑦，何足算也！"

子曰："不得中行而与之，必也狂狷乎！狂者进取，狷者有所不为也。"

子曰："南人有言曰：'人而无恒，不可以作巫医。'善夫！""不恒其德，或承之羞。"子曰："不占而已矣。"

子曰："君子和而不同，小人同而不和。"

子贡问曰："乡人皆好之，何如？"子曰："未可也。""乡人皆恶之，何如？"子曰："未可也。不如乡人之善者好之，其不善者恶之。"

子曰："君子易事而难说也。说之不以道，不说也；及其使人也，器之。小人难事而易说也。说之虽不以道，说也；及其使人也，求备焉。"

子曰："君子泰而不骄，小人骄而不泰。"

子曰："刚、毅、木、讷，近仁。"

子路问曰："何如斯可谓之士矣？"子曰："切切偲偲⑧，怡怡如也，可谓士矣。朋友切切偲偲，兄弟怡怡。"

子曰："善人教民七年，亦可以即戎矣。"

子曰："以不教民战，是谓弃之。"

①先之劳之：自己给百姓带头，从而使他们勤劳工作。

②善居室：善于居家过日子。

③庶：众多。

④晏：晚。

⑤几：简单的意思。

⑥攘：偷。

⑦斗筲（shāo，音梢）之人：度量见识狭小的人。

⑧切切偲偲（sī，音思）：互相批评勉励。

宪　　问

宪问耻。子曰："邦有道，谷；邦无道，谷，耻也。"

"克、伐、怨、欲不行焉，可以为仁矣？"子曰："可以为难矣，仁则吾不知也。"

子曰："士而怀居①，不足以为士矣。"

子曰："邦有道，危言危行；邦无道，危行言孙②。"

子曰："有德者必有言，有言者不必有德；仁者必有勇，勇者不必有仁。"

南宫适问于孔子，曰："羿善射，奡荡舟，俱不得其死然。禹稷躬稼，而有天下。"夫子不答。南宫适出，子曰："君子哉若人！尚德哉若人！"

子曰："君子而不仁者有矣夫，未有小人而仁者也。"

子曰："爱之，能勿劳乎？忠焉，能勿诲乎？"

子曰："为命：裨谌草创之③，世叔讨论之，行人子羽修饰之，东里子产润色之。"

或问子产。子曰："惠人也。"问子西。曰："彼哉！彼哉！"问管仲。曰："人也。夺伯氏骈邑三百，饭疏食，没齿无怨言。"

子曰："贫而无怨难，富而无骄易。"

子曰："孟公绰为赵、魏老则优，不可以为滕、薛大夫。"

子路问成人。子曰："若臧武仲之知，公绰之不欲，卞庄子之勇，冉求之艺，文之以礼乐，亦可以为成人矣。"曰："今之成人者何必然？见利思义，见危授命，久要不忘平生之言，亦可以为成人矣。"

子问公叔文子于公明贾，曰："信乎，夫子不言、不笑、不取乎？"公明贾对曰："以告者过也。夫子时然后言，人不厌其言；乐然后笑，人不厌其笑；义然后取，人不厌其取。"子曰："其然，岂其然乎？"

子曰："臧武仲以防求为后于鲁，虽曰不要君，吾不信也。"

子曰："晋文公谲而不正④，齐桓公正而不谲。"

子路曰："桓公杀公子纠，召忽死之，管仲不死。"曰："未仁乎？"子曰："桓公九合诸侯，不以兵车，管仲之力也。如其仁！如其仁！"

子贡曰："管仲非仁者与？桓公杀公子纠，不能死，又相之。"子曰："管仲相桓公，霸诸侯，一匡天下，民到于今受其赐。微管仲⑤，吾其被发左衽矣。岂若匹夫匹妇之为谅也，自经于沟渎而莫之知也。"

公叔文子之臣大夫僎，与文子同升诸公。子闻之曰："可以为'文'矣。"

子言卫灵公之无道也，康子曰："夫如是，奚而不丧？"孔子曰："仲叔圉治宾客，祝鮀治宗庙，王孙贾治军旅。夫如是，奚其丧？"

子曰："其言之不怍⑥，则为之也难。"

陈成子弑简公。孔子沐浴而朝，告于哀公曰："陈恒弑其君，请讨之。"公曰："告夫三子！"孔子曰："以吾从大夫之后，不敢不告也。君曰'告夫三子'者。"之三子告，不可。孔子曰："以吾从大夫之后，不敢不告也。"

子路问事君。子曰："勿欺也，而犯之。"

子曰："君子上达。小人下达。"

子曰："古之学者为己，今之学者为人。"

蘧伯玉使人于孔子。孔子与之坐而问焉，曰："夫子何为？"对曰："夫子欲寡其过而未能也。"使者出。子曰："使乎！使乎！"

子曰："不在其位，不谋其政。"

曾子曰："君子思不出其位。"

子曰："君子耻其言而过其行。"

子曰："君子道者三，我无能焉：仁者不忧，知者不惑，勇者不惧。"子贡曰："夫子自道也。"

子贡方人⑦。子曰："赐也贤乎哉？夫我则不暇。"

子曰："不患人之不己知，患其不能也。"

子曰："不逆诈，不亿不信。抑亦先觉者，是贤乎！"

微生亩谓孔子曰："丘何为是栖栖者与？无乃为佞乎？"孔子曰："非敢为佞也，疾固也。"

子曰："骥不称其力，称其德也。"

或曰："以德报怨，何如？"子曰："何以报德？以直报怨，以德报德。"

子曰："莫我知也夫！"子贡曰："何为其莫知子也？"子曰："不怨天，不尤人。下学而上达。知我者其天乎！"

公伯寮愬子路于季孙⑧。子服景伯以告，曰："夫子固有惑志于公伯寮，吾力犹能肆诸市朝。"子曰："道之将行也与？命也。道之将废也与？命也。公伯寮其如命何！"

子曰："贤者辟世⑨，其次辟地，其次辟色，其次辟言。"子曰："作者七人矣。"

子路宿于石门。晨门曰："奚自？"子路曰："自孔氏。"曰："是知其不可而为之者与？"

子击磬于卫。有荷蒉而过孔氏之门者，曰："有心哉！击磬乎！"既而曰："鄙哉！硁硁乎！莫己知也，斯己而已矣。深则厉，浅则揭。"子曰："果哉！末之难矣。"

子张曰："《书》云：'高宗谅阴⑩，三年不言。'何谓也？"子曰："何必高宗？古之人皆然。君薨，百官总己以听于冢宰三年。"

子曰："上好礼，则民易使也。"

子路问君子。子曰："修己以敬。"曰："如斯而已乎？"曰："修己以安人。"曰："如斯而已乎？"曰："修己以安百姓。修己以安百姓，尧、舜其犹病诸！"

原壤夷俟⑪。子曰："幼而不孙弟⑫，长而无述焉，老而不死，是为贼！"以杖叩其胫。

阙党童子将命⑬。或问之曰："益者与？"子曰："吾见其居于位也，见其与先生并行也，非求益者也，欲速成者也。"

①怀居：留恋安居。

②危行言孙：行为正直，言语逊顺。危，正。孙，通"逊"。

③裨谌（bì chén，音毕臣）：郑国大夫。

④谲（jué，音决）：欺诈，玩弄诡诈阴谋。

⑤微：假如没有。

⑥怍（zuò，音作）：惭愧。

⑦方人：讥评、谤议别人。

⑧愬：同"诉"。

⑨辟：通"避"。

⑩谅阴：居丧时所住的房子，又叫"凶庐"。

⑪夷俟：箕踞等待。

⑫孙：通"逊"。　　弟：通"悌"。

⑬阙党：地名。

卫 灵 公

卫灵公问陈于孔子①。孔子对曰："俎豆之事，则尝闻之矣；军旅之事，未之学也。"明日遂行。

在陈绝粮，从者病，莫能兴。子路愠见，曰："君子亦有穷乎？"子曰："君子固穷，小人穷斯滥矣。"

子曰："赐也，女以予为多学而识之者与？"对曰："然。非与？"曰："非也。予一以贯之。"

子曰："由！知德者鲜矣。"

子曰："无为而治者，其舜也与？夫何为哉？恭己正南面而已矣。"

子张问行。子曰："言忠信，行笃敬，虽蛮貊之邦行矣；言不忠信，行不笃敬，虽州里行乎哉？立则见其参于前也，在舆则见其倚于衡也，夫然后行。"子张书诸绅②。

子曰："直哉史鱼！邦有道，如矢；邦无道，如矢。君子哉蘧伯玉！邦有道，则仕；邦无道，则可卷而怀之。"

子曰："可与言而不与之言，失人，不可与言而与之言，失言。知者不失人，亦不失言。"

子曰："志士仁人，无求生以害仁，有杀身以成仁。"

子贡问为仁，子曰："工欲善其事，必先利其器。居是邦也，事其大夫之贤者，友其士之仁者。"

颜渊问为邦。子曰："行夏之时，乘殷之辂，服周之冕，乐则《韶》《舞》。放郑声，远佞人。郑声淫，佞人殆。"

子曰："人无远虑，必有近忧。"

子曰："已矣乎！吾未见好德如好色者也。"

子曰："臧文仲其窃位者与？知柳下惠之贤，而不与立也。"

子曰："躬自厚而薄责于人，则远怨矣。"

子曰："不曰'如之何、如之何'者，吾末如之何也已矣。"

子曰："群居终日，言不及义，好行小慧，难矣哉！"

子曰："君子义以为质，礼以行之，孙以出之③，信以成之。君子哉！"

子曰："君子病无能焉，不病人之不己知也。"

子曰："君子疾没世而名不称焉。"

子曰："君子求诸己，小人求诸人。"

子曰："君子矜而不争，群而不党。"

子曰："君子不以言举人，不以人废言。"

子贡问曰："有一言而可以终身行之者乎？"子曰："其'恕'乎！己所不欲，勿施于人。"

子曰："吾之于人也，谁毁谁誉？如有所誉者，其有所试矣。斯民也，三代之所以直道而行也。"

子曰："吾犹及史之阙文也。有马者借人乘之，今亡矣夫！"

子曰："巧言乱德，小不忍则乱大谋。"

子曰："众恶之，必察焉；众好之，必察焉。"

子曰："人能弘道，非道弘人。"

子曰："过而不改，是谓过矣。"

子曰："吾尝终日不食，终夜不寝，以思，无益，不如学也。"

子曰："君子谋道不谋食。耕也，馁在其中矣；学也，禄在其中矣。君子忧道不忧贫。"

子曰："知及之，仁不能守之，虽得之，必失之。知及之，仁能守之，不庄以莅之，则民不敬。知及之，仁能守之，庄以莅之，动之不以礼，未善也。"

子曰："君子不可小知，而可大受也。小人不可大受，而可小知也。"

子曰："民之于仁也，甚于水火。水火，吾见蹈而死者矣，未见蹈仁而死者也。"

子曰："当仁，不让于师。"

子曰："君子贞而不谅④。"

子曰："事君，敬其事而后其食。"

子曰："有教无类。"

子曰："道不同，不相为谋。"

子曰："辞达而已矣。"

师冕见⑤，及阶，子曰："阶也。"及席，子曰："席也。"皆坐，子告之曰："某在斯，某在斯。"师冕出。子张问曰："与师言之道与？"子曰："然。固相师之道也。"

---

①陈：通"阵"，军队陈列、阵法。

②绅：古代士大夫束在腰间的大带子。

③孙以出之：用谦逊的言语说话。孙，通"逊"。

④贞而不谅：坚守正道而不必拘泥于小信。

⑤师冕：师，乐师。古代乐官一般由盲人担任。

季　氏

季氏将伐颛臾。冉有、季路见于孔子，曰："季氏将有事于颛臾①。"孔子曰："求！无乃尔是过与？夫颛臾，昔者先王以为东蒙主，且在邦域之中矣，是社稷之臣也。何以伐为？"冉有曰："夫子欲之，吾二臣者皆不欲也。"孔子曰："求！周任有言曰：'陈力就列，不能者止。'危而不持，颠而不扶，则将焉用彼相矣？且尔言过矣。虎兕出于柙，龟玉毁于椟中，是谁之过与？"冉有曰："今夫颛臾，固而近于费②。今不取，后世必为子孙忧。"孔子曰："求！君子疾夫舍曰'欲之'而必为之辞③。丘也闻有国有家者，不患寡而患不均，不患贫而患不安。盖均无贫，和无寡，安无倾。夫如是，故远人不服，则修文德以来之。既来之，则安之。今由与求也相夫子，远人不服而不能来也，邦分崩离析而不能守也，而谋动干戈于邦内。吾恐季孙之忧，不在颛臾，而在萧墙之内也。"

孔子曰："天下有道，则礼乐征伐自天子出；天下无道，则礼乐征伐自诸侯出。自诸侯出，盖十世希不失矣；自大夫出，五世希不失矣；陪臣执国命，三世希不失矣。天下有道，则政不在大夫。天下有道，则庶人不议。"

孔子曰："禄之去公室，五世矣。政逮于大夫，四世矣。故夫三桓之子孙，微矣。"

孔子曰："益者三友④，损者三友。友直，友谅，友多闻，益矣。友便辟，友善柔，友便佞，损矣。"

孔子曰："益者三乐，损者三乐。乐节礼乐，乐道人之善，乐多贤友，益矣。乐骄乐，乐佚游，乐宴乐，损矣。"

孔子曰："侍于君子有三愆⑤：言未及之而言，谓之躁；言及之而不言，谓之隐；未见颜色而言，谓之瞽。"

孔子曰："君子有三戒：少之时，血气未定，戒之在色；及其壮也，血气方刚，戒之在斗；及其老也，血气既衰，戒之在得。"

孔子曰："君子有三畏：畏天命，畏大人，畏圣人之言。小人不知天命而不畏也，狎大人，侮圣人之言。"

孔子曰："生而知之者，上也；学而知之者，次也；困而学之，又其次也；困而不学，民斯为下矣。"

孔子曰："君子有九思：视思明，听思聪，色思温，貌思恭，言思忠，事思敬，疑思问，忿思难，见得思义。"

孔子曰："见善如不及，见不善如探汤⑥。吾见其人矣，吾闻其语矣。隐居以求其志，行义以达其道。吾闻其语矣，未见其人也。"

齐景公有马千驷，死之日，民无德而称焉。伯夷、叔齐饿于首阳之下，民到于今称之。其斯之谓与？

陈亢问于伯鱼曰："子亦有异闻乎？"对曰："未也。尝独立，鲤趋而过庭⑦。曰：'学《诗》乎？'对曰：'未也。''不学《诗》，无以言。'鲤退而学《诗》。他日又独立，鲤趋而过庭。曰：'学《礼》乎？'对曰：'未也。''不学《礼》，无以立。'鲤退而学《礼》。闻斯二者。"陈亢退而喜曰："问一得三：闻《诗》，闻《礼》，又闻君子之远其子也。"

　　邦君之妻，君称之曰"夫人"，夫人自称曰"小童"；邦人称之曰"君夫人"，称诸异邦曰"寡小君"；异邦人称之，亦曰"君夫人"。

---

①事：指军事，战事。
②费（bì，音必）：鲁国季氏采邑。
③君子疾夫舍曰"欲之"而必为之辞：君子痛恨那种嘴上不说我想得到它却为自己的行为找借口的人。
④益者三友：有益的朋友有三种。
⑤愆（qiān，音千）：过失，错误。
⑥见不善如探汤：遇见邪恶，好像将手伸到沸水中一样，极力避开。　　汤：沸水。
⑦趋：小步快走。

阳　货

　　阳货欲见孔子，孔子不见，归孔子豚①。孔子时其亡也，而往拜之，遇诸涂。谓孔子曰："来！予与尔言。"曰："怀其宝而迷其邦，可谓仁乎？"曰："不可。好从事而亟失时，可谓知乎？"曰："不可。日月逝矣，岁不我与。"孔子曰："诺。吾将仕矣。"

　　子曰："性相近也，习相远也。"

　　子曰："唯上知与下愚不移。"

　　子之武城，闻弦歌之声。夫子莞尔而笑，曰："割鸡焉用牛刀？"子游对曰："昔者偃也闻诸夫子曰：'君子学道则爱人，小人学道则易使也。'"子曰："二三子！偃之言是也。前言戏之耳。"

　　公山弗扰以费畔②，召，子欲往。子路不说，曰："末之也已，何必公山氏之之也。"子曰："夫召我者，而岂徒哉？如有用我者，吾其为东周乎？"

　　子张问仁于孔子。孔子曰："能行五者于天下，为仁矣。"请问之。曰："恭、宽、信、敏、惠。恭则不侮，宽则得众，信则人任焉，敏则有功，惠则足以使人。"

　　佛肸召，子欲往。子路曰："昔者由也闻诸夫子曰：'亲于其身为不善者，君子不入也。'佛肸以中牟畔。子之往也，如之何？"子曰："然。有是言也。不曰坚乎，磨而不磷③；不曰白乎，涅而不缁④。吾岂匏瓜也哉？焉能系而不食？"

　　子曰："由也，女闻六言六蔽矣乎？"对曰："未也。""居！吾语女。好仁不好学，其蔽也愚；好知不好学，其蔽也荡；好信不好学，其蔽也贼；好直不好学，其蔽也绞⑤；好勇不好学，其蔽也乱；好刚不好学，其蔽也狂。"

　　子曰："小子！何莫学夫《诗》？《诗》，可以兴，可以观，可以群，可以怨。迩之事父，远之事君。多识于鸟兽草木之名。"

　　子谓伯鱼曰："女为《周南》、《召南》矣乎？人而不为《周南》、《召南》，其犹正墙面而立也与！"

　　子曰："礼云礼云，玉帛云乎哉？乐云乐云，钟鼓云乎哉？"

　　子曰："色厉而内荏，譬诸小人，其犹穿窬之盗也与？"

子曰："乡原⑥，德之贼也。"

子曰："道听而涂说，德之弃也。"

子曰："鄙夫可与事君也与哉？其未得之也，患得之；既得之，患失之。苟患失之，无所不至矣。"

子曰："古者民有三疾，今也或是之亡也。古之狂也肆，今之狂也荡；古之矜也廉，今之矜也忿戾；古之愚也直，今之愚也诈而已矣。"

子曰："巧言令色，鲜矣仁。"

子曰："恶紫之夺朱也，恶郑声之乱雅乐也，恶利口之覆邦家者。"

子曰："予欲无言。"子贡曰："子如不言，则小子何述焉？"子曰："天何言哉？四时行焉，百物生焉，天何言哉？"

孺悲欲见孔子，孔子辞以疾。将命者出户。取瑟而歌，使之闻之。

宰我问："三年之丧，期已久矣。君子三年不为礼，礼必坏；三年不为乐，乐必崩。旧谷既没，新谷既升，钻燧改火，期可已矣。"子曰："食夫稻，衣夫锦，于女安乎？"曰："安。""女安则为之！夫君子之居丧，食旨不甘，闻乐不乐，居处不安，故不为也。今女安，则为之！"宰我出。子曰："予之不仁也！子生三年，然后免于父母之怀。夫三年之丧，天下之通丧也。予也有三年之爱于其父母乎？"

子曰："饱食终日，无所用心，难矣哉！不有博弈者乎，为之犹贤乎已。"

子路曰："君子尚勇乎？"子曰："君子义以为上。君子有勇而无义为乱，小人有勇而无义为盗。"

子贡曰："君子亦有恶乎？"子曰："有恶：恶称人之恶者，恶居下流而讪上者，恶勇而无礼者，恶果敢而窒者。"曰："赐也亦有恶乎？""恶徼以为知者⑦，恶不孙以为勇者，恶讦以为直者。"

子曰："唯女子与小人为难养也，近之则不孙，远之则怨。"

子曰："年四十而见恶焉，其终也已。"

---

①归：馈送的意思。

②畔：通"叛"。

③磷（lìn，音吝）：薄。

④涅（niè，音聂）：可作黑色染料的矾石。这里作"染黑"讲。

⑤绞：说话尖刻而刺人。

⑥乡原（yuàn）：原，通"愿"。指乡里言行不一、伪善欺世的人。

⑦徼（jiāo，音交）：窃取，抄袭。

微　子

微子去之，箕子为之奴，比干谏而死。孔子曰："殷有三仁焉。"

柳下惠为士师，三黜。人曰："子未可以去乎？"曰："直道而事人，焉往而不三黜？枉道而事人，何必去父母之邦？"

齐景公待孔子，曰："若季氏则吾不能，以季、孟之间待之。"曰："吾老矣，不能用也。"孔子行。

齐人归女乐。季桓子受之，三日不朝。孔子行。

楚狂接舆歌而过孔子，曰："凤兮！凤兮！何德之衰？往者不可谏，来者犹可追。已而！已而！今之从政者殆而！"孔子下，欲与之言。趋而辟之，不得与之言。

长沮、桀溺耦而耕，孔子过之，使子路问津焉。长沮曰："夫执舆者为谁？"子路曰："为孔丘。"曰："是鲁孔丘与？"曰："是也。"曰："是知津矣。"问于桀溺，桀溺曰："子为谁？"曰："为仲由。"曰："是鲁孔丘之徒与？"对曰："然。"曰："滔滔者天下皆是也，而谁以易之？且而与其从辟人之士也，岂若从辟世之士哉？"耰而不辍①。子路行以告。夫子怃然曰："鸟兽不可与同群，吾非斯人之徒与而谁与？天下有道，丘不与易也。"

子路从而后，遇丈人，以杖荷蓧②。子路问曰："子见夫子乎？"丈人曰："四体不勤，五谷不分。孰为夫子？"植其杖而芸③。子路拱而立。止子路宿，杀鸡为黍而食之，见其二子焉。明日，子路行，以告。子曰："隐者也。"使子路反见之。至则行矣。子路曰："不仕无义。长幼之节，不可废也；君臣之义，如之何其废之？欲洁其身，而乱大伦？君子之仕也，行其义也。道之不行，已知之矣。"

逸民：伯夷，叔齐，虞仲，夷逸，朱张，柳下惠，少连。子曰："不降其志，不辱其身，伯夷、叔齐与！"谓："柳下惠、少连，降志辱身矣。言中伦，行中虑，其斯而已矣。"谓："虞仲、夷逸，隐居放言，身中清，废中权。我则异于是，无可无不可。"

大师挚适齐，亚饭干适楚，三饭缭适蔡，四饭缺适秦。鼓方叔入于河，播鼗武入于汉④，少师阳、击磬襄入于海。

周公谓鲁公曰："君子不施其亲，不使大臣怨乎不以。故旧无大故，则不弃也。无求备于一人。"

周有八士：伯达，伯适，仲突，仲忽，叔夜，叔夏，季随，季骟。

---

① 耰（yōu，音优）：农具。播种后用来平土，覆盖种子。
② 蓧（diào，音掉）：古代锄草用的农具。
③ 芸（yún，音云）：通"耘"，锄草。
④ 鼗（táo，音桃）：乐器。

子　张

子张曰："士见危致命，见得思义，祭思敬，丧思哀，其可已矣。"

子张曰："执德不弘，信道不笃，焉能为有？焉能为亡？"

子夏之门人问交于子张。子张曰："子夏云何？"对曰："子夏曰：'可者与之，其不可者拒之。'"子张曰："异乎吾所闻。君子尊贤而容众，嘉善而矜不能①。我之大贤与，于人何所不容？

我之不贤与，人将拒我，如之何其拒人也？”

子夏曰：“虽小道，必有可观者焉；致远恐泥，是以君子不为也。”

子夏曰：“日知其所亡②，月无忘其所能，可谓好学也已矣。”

子夏曰：“博学而笃志，切问而近思，仁在其中矣。”

子夏曰：“百工居肆以成其事，君子学以致其道。”

子夏曰：“小人之过也必文。”

子夏曰：“君子有三变：望之俨然，即之也温，听其言也厉。”

子夏曰：“君子信而后劳其民，未信，则以为厉己也③；信而后谏，未信，则以为谤己也。”

子夏曰：“大德不逾闲④，小德出入可也。”

子游曰：“子夏之门人小子，当洒扫、应对、进退，则可矣，抑末也。本之则无，如之何？”子夏闻之，曰：“噫！言游过矣！君子之道，孰先传焉？孰后倦焉？譬诸草木，区以别矣。君子之道，焉可诬也？有始有卒者，其惟圣人乎！”

子夏曰：“仕而优则学，学而优则仕。”

子游曰：“丧致乎哀而止。”

子游曰：“吾友张也，为难能也。然而未仁。”

曾子曰：“堂堂乎张也，难与并为仁矣。”

曾子曰：“吾闻诸夫子：人未有自致者也⑤，必也亲丧乎！”

曾子曰：“吾闻诸夫子：孟庄子之孝也，其他可能也；其不改父之臣与父之政，是难能也。”

孟氏使阳肤为士师，问于曾子。曾子曰：“上失其道，民散久矣。如得其情，则哀矜而勿喜。”

子贡曰：“纣之不善，不如是之甚也。是以君子恶居下流，天下之恶皆归焉。”

子贡曰：“君子之过也，如日月之食焉：过也，人皆见之；更也，人皆仰之。”

卫公孙朝问于子贡曰：“仲尼焉学？”子贡曰：“文、武之道，未坠于地，在人。贤者识其大者，不贤者识其小者，莫不有文、武之道焉。夫子焉不学？而亦何常师之有？”

叔孙武叔语大夫于朝，曰：“子贡贤于仲尼。”子服景伯以告子贡。子贡曰：“譬之宫墙：赐之墙也及肩，窥见室家之好。夫子之墙数仞，不得其门而入，不见宗庙之美，百官之富。得其门者或寡矣。夫子之云，不亦宜乎！”

叔孙武叔毁仲尼。子贡曰：“无以为也，仲尼不可毁也。他人之贤者，丘陵也，犹可逾也。仲尼，日月也，无得而逾焉。人虽欲自绝，其何伤于日月乎？多见其不知量也⑥！”

陈子禽谓子贡曰：“子为恭也，仲尼岂贤于子乎？”子贡曰：“君子一言以为知，一言以为不知，言不可不慎也。夫子之不可及也，犹天之不可阶而升也。夫子之得邦家者，所谓立之斯立，道之斯行，绥之斯来，动之斯和。其生也荣，其死也哀。如之何其可及也！”

①矜（jīn，音今）：怜悯，怜惜。

②亡：通“无”。未知的。

③厉：折磨。

④闲：规范，法度。

⑤自致：致，尽其极。自动地充分表达情感。

⑥多：只，适。

尧　曰

　　尧曰："咨！尔舜！天之历数在尔躬。允执其中。四海困穷，天禄永终。"舜亦以命禹。曰："予小子履，敢用玄牡，敢昭告于皇皇后帝：有罪不敢赦。帝臣不蔽，简在帝心。朕躬有罪，无以万方；万方有罪，罪在朕躬。"

　　周有大赉①，善人是富。"虽有周亲，不如仁人。百姓有过，在予一人。"谨权量，审法度，修废官，四方之政行焉。兴灭国，继绝世，举逸民，天下之民归心焉。所重：民、食、丧、祭。宽则得众，信则民任焉，敏则有功，公则说。

　　子张问于孔子曰："何如斯可以从政矣？"子曰："尊五美，屏四恶，斯可以从政矣。"子张曰："何谓五美？"子曰："君子惠而不费②，劳而不怨，欲而不贪，泰而不骄，威而不猛。"子张曰："何谓惠而不费？"子曰："因民之所利而利之，斯不亦惠而不费乎？择可劳而劳之，又谁怨？欲仁而得仁，又焉贪？君子无众寡，无小大，无敢慢，斯不亦泰而不骄乎？君子正其衣冠，尊其瞻视，俨然人望而畏之，斯不亦威而不猛乎？"子张曰："何谓四恶？"子曰："不教而杀谓之虐；不戒视成谓之暴；慢令致期谓之贼③；犹之与人也，出纳之吝，谓之有司④。"

　　子曰："不知命，无以为君子也。不知礼，无以立也。不知言，无以知人也。"

---

①赉（lài，音赖）：赏赐。

②惠而不费：给人民以好处，自己却无所耗费。

③慢令致期：法令起先松懈，突然限期严厉执行。

④与：给予。　　有司：管事者。此言为政之体，不能如具体管事者之拘谨吝惜。